INY
LORENTZ

DIE
PERLEN
PRINZESSIN

- RIVALEN -

Roman

Besuchen Sie uns im Internet:
www.knaur.de

Aus Verantwortung für die Umwelt hat sich die Verlagsgruppe
Droemer Knaur zu einer nachhaltigen Buchproduktion verpflichtet.
Der bewusste Umgang mit unseren Ressourcen, der Schutz unseres
Klimas und der Natur gehören zu unseren obersten Unternehmenszielen.
Gemeinsam mit unseren Partnern und Lieferanten setzen wir uns für
eine klimaneutrale Buchproduktion ein, die den Erwerb von Klima-
zertifikaten zur Kompensation des CO_2-Ausstoßes einschließt.
Weitere Informationen finden Sie unter: www.klimaneutralerverlag.de

Originalausgabe März 2021
Knaur Taschenbuch
Ein Imprint der Verlagsgruppe
Droemer Knaur GmbH & Co. KG, München
Alle Rechte vorbehalten. Das Werk darf – auch teilweise –
nur mit Genehmigung des Verlags wiedergegeben werden.
Covergestaltung: ZERO Werbeagentur, München
Coverabbildung: College aus verschieden Motiven
Abbildungen im Innenteil: Maria Averburg / Shutterstock.com
Satz: Adobe InDesign im Verlag
Druck und Bindung: CPI books GmbH, Leck
ISBN 978-3-426-52605-7

2 4 5 3 1

ERSTER TEIL

•

RIVALEN

1.

*E*rna Lüders drückte sich rasch in den Schatten eines Verkaufsstands, als sie das Paar Mina und Simon entdeckte. Es tat ihr im Herzen weh zu sehen, wie vertraut die beiden miteinander waren. Da half auch nicht der Gedanke, dass ein reicher Kaufmann wie Cornelius Thadde seine Tochter Mina niemals mit einem einfachen Steuermann verheiraten würde. Erna erinnerte sich nur allzu gut an die Überlegungen ihres Vaters bezüglich ihrer Zukunft mit Simon Simonsen und fragte sich, was diese jetzt noch wert waren. Andererseits war eine Heirat etwas, das mit Verstand bedacht werden musste. Übertriebene Leidenschaft stört da nur, sagte sie sich. Das dumpfe Stechen im Herzen wollte dennoch nicht weichen.

Nun blieben die beiden auch noch in ihrer Nähe stehen, und sie hörte Mina Thadde fröhlich lachen. »Willst du tatsächlich noch das ganze Jahr bei dem alten Knüddelbock Lüders bleiben?«

»Ich bin sein Steuermann, und wenn er tatsächlich ein zweites Schiff kauft, kann ich sein altes als Kapitän übernehmen«, antwortete Simon.

Mina lachte noch heller. »Du bist ein sehr guter Seemann! Sogar mein Vater sagt das, und der lobt niemanden ohne Grund. Um ihn davon zu überzeugen, mich dir als Braut zu überlassen, musst du allerdings mehr sein als nur Steuermann eines so kleinen Handelsschiffs.«

»Wenn ich nächstes Jahr Lüders' *Neuwerk* bekomme, kann ich mich Kapitän nennen«, wandte Simon ein.

»Aber nur, wenn du seine rothaarige Tochter heiratest!« Mina klang ungehalten. Offenbar wollte sie, dass er endlich etwas tat, damit ihr Vater auf ihn aufmerksam wurde und ihn förderte.

»Heiraten? Die Erna? Wer hat dir denn diesen Unsinn ins Ohr geblasen?«, rief Simon, während die heimliche Lauscherin vor Scham am liebsten im Boden versunken wäre.

»So sagen es die Leute! Mich wundert, dass du nichts davon weißt«, antwortete Mina.

»Mir gegenüber hat Lüders nie etwas in dieser Art verlauten lassen. Außerdem würde ich Erna nicht heiraten, selbst wenn ihr Vater mir ein Schiff wie die *Schwan* dafür anbieten würde.«

Die *Schwan* war der neueste Großsegler, der zusammen mit der etwas älteren *Pelikan* für eine Gruppe von Kaufleuten, zu denen auch Minas Vater Cornelius Thadde gehörte, die Meere befuhr. Erna war klar, dass die *Neuwerk* ihres Vaters höchstens ein Sechstel der Ladung dieses Schiffes fassen konnte. Auch der Neubau, den er ins Auge gefasst hatte, würde gerade mal auf ein Viertel kommen. Dennoch war Simons Bemerkung für sie ein Stich ins Herz, und ihr kamen die Tränen.

»Herrgott im Himmel! Was ist, wenn er mich entdeckt und weinen sieht? Ich müsste mich zu Tode schämen!«, flüsterte sie. Dabei rieb sie sich mit dem Ärmel so heftig über die Augen, dass es schmerzte.

Unterdessen fragte Simon Mina, was er ihrer Meinung nach tun solle.

»Sei ein Mann und geh zu meinem Vater! Frage ihn, ob er nicht einen Steuermann für eines seiner Schiffe braucht. Wenn du dich gut machst – und das wirst du! –, bist du in einem Jahr Kapitän, und zwar der eines richtig guten Schiffes! Nicht der eines Seelenverkäufers, wie Lüders ihn besitzt.«

Erna wäre am liebsten hinter dem Verkaufsstand hervorgekommen und hätte Mina für diese Worte geohrfeigt. Für die Beleidigungen, mit denen diese ihren Vater bedachte, hätte die Thadde-Tochter etliche Maulschellen verdient. Fast noch mehr empörte es Erna, dass Simon keine Anstalten machte, ihren Vater zu verteidigen. Es war, als hätte er selbst ihn Knüttelbock genannt und die *Neuwerk* einen Seelenverkäufer.

Zu ihrer Erleichterung gingen Simon und Mina weiter, ohne sie zu bemerken. Erna wartete noch einige Augenblicke, dann wandte sie sich in die Gegenrichtung und kaufte die Waren ein, um derentwillen sie zum Markt gekommen war. Gewohnt, ihre Gefühle für sich zu behalten, sah ihr niemand an, wie aufgewühlt sie war.

Auf dem Heimweg quälten diese düsteren Gedanken sie weiterhin. Sie wusste, dass ihr Aussehen niemals mit dem von Mina Thadde konkurrieren konnte. Diese war ein goldblonder Engel mit seelenvollen blauen Augen und einem Gesicht, wie es nur die besten Maler auf eine Leinwand bannen konnten. Auch war Thaddes Tochter von mittlerer Größe und weder stämmig noch zu zierlich. Zudem stand ihr eine gute Mitgift in Aussicht. Anders als sie selbst war Mina jedoch nicht das einzige Kind ihres Vaters, denn es gab noch zwei Söhne im Kindesalter, die einmal das Handelshaus Thadde weiterführen sollten.

»Wäre Simon gescheit, würde er mich heiraten. Ich brächte ihm zwei Schiffe mit in die Ehe, und das ist gewiss mehr, als Cornelius Thadde seiner Tochter mitgeben wird«, fauchte sie und ging an zwei jungen Männern vorbei, die mit Krügen in der Hand bei einem Bierausschank standen.

Einer von ihnen, ein hochgewachsener, schlanker und gut aussehender Mann trank sein Bier mit einer Miene, als hätte er Essig im Krug.

»Ich hätte nicht gedacht, dass Simonsen sich so eifrig um deine Base bemüht«, sagte er, nachdem er den Krug abgesetzt hatte.

Der andere war genauso groß, aber von hagerer Gestalt und hatte ein längliches Gesicht, das an ein Pferd erinnerte. Nun stieß er ein böses Lachen aus. »Was willst du, Jörgen? Mina ist gerade im richtigen Heiratsalter, und von den Kontorhengsten, die meinem Onkel als mögliche Schwiegersöhne vorschweben, hält sie nicht viel. Für sie muss es schon ein Kapitän sein, am besten einer mit einem eigenen Schiff.«

»Bist wohl auch hinter ihr her gewesen, weil du so ein schiefes Gesicht ziehst?«, fragte Jörgen Mensing ihn spöttisch.

»Ich und hinter Mina her? Gott bewahre!«, antwortete Lukas Thadde nicht ganz wahrheitsgemäß.

Er wusste jedoch selbst, dass er weder seiner Base als Bräutigam noch seinem Onkel als Eidam willkommen wäre. Dafür hatte sein Vater zu gut gelebt und der Mutter und ihm nach seinem Tod nur einen Haufen Schulden hinterlassen. Ohne die Hilfe des Oheims wäre er in den Schuldturm gewandert. Stattdessen musste er für einen Lohn bei Cornelius Thadde arbeiten, bei dem sich jeder andere Kommis geweigert hätte, auch nur die Feder in die Hand zu nehmen. Wenn er je auf einen grünen Zweig kommen wollte, musste er andere Ziele ins Auge fassen.

»Ich werde meinen Oheim bitten, mich als Zahlmeister auf einem seiner Schiffe mitfahren zu lassen«, erklärte er zwischen zwei Schlucken Bier und stieß heftig auf, bevor er weitersprach. »Hoffentlich gerate ich dann nicht an Simon Simonsen als Steuermann oder gar Kapitän. Ich bin mir gewiss, dass Mina ihm raten wird, sich ihrem Vater anzudienen.«

»Der soll bei Lüders bleiben und dessen Rotschopf vor den Traualtar schleifen!« Jörgen Mensing hatte vor ein paar Monaten versucht, Erna für sich zu gewinnen, war aber von ihr eisig abgewiesen worden. Mittlerweile kannte er die Gerüchte, die davon sprachen, dass Hauke Lüders Simon mit seiner Tochter verheiraten wollte. Statt sich damit zufriedenzugeben, scharwenzelte dieser jedoch um Mina Thadde herum, und es sah ganz so aus, als wäre dies ihr alles andere als unangenehm.

»Cornelius Thadde wird Simonsen gerne in seine Dienste nehmen. Immerhin gilt dieser als ausgezeichneter Seemann«, wandte Lukas ein.

»Besser als ich ist der Kerl auch nicht!«, fuhr Jörgen empört auf. Er trank einen weiteren Schluck und funkelte Lukas entschlossen an. »Was Simonsen kann, kann ich schon lange. Ich werde noch heute zu deinem Oheim gehen und ihn fragen, ob ich als Steuermann oder Kapitän für ihn fahren kann.«

»Dann wäre ich gerne auf deinem Schiff, denn gemeinsam bringen wir es gewiss zu etwas!«, rief Lukas und stieß mit ihm an.

Beide wussten, dass es darum ging, ein wenig von den Gewinnen einer Handelsfahrt in die eigene Tasche abzuzweigen, ohne dass jemand den Unterschleif bemerkte. Bei einem großen Schiff konnte sich das im Lauf der Zeit so summieren, dass sie sich selbstständig machen und auf eigene Rechnung arbeiten konnten.

2.

In den Augen Simon Simonsens war Mina Thadde das schönste Mädchen der Welt, und er konnte kaum glauben, dass sie die Liebe, die er für sie empfand, erwiderte. Es war daher ein Leichtes für sie, ihn dazu zu bewegen, noch am selben Tag in seinem besten Rock und mit blank geputzten Schuhen im Haus ihres Vaters zu erscheinen und um eine Unterredung zu ersuchen.

Cornelius Thadde verdankte seinen Reichtum in erster Linie jenen Männern, die mit ihren Schiffen die Meere befuhren und für ihn wertvolle Güter aus aller Welt nach Hamburg schafften. Eine Flotte kleinerer Schiffe besaß er selbst, überdies war er an mehreren großen Kauffahrteischiffen beteiligt. Daher sprachen regelmäßig Steuerleute und Kapitäne bei ihm vor, in der Hoffnung, eine Stellung zu erhalten. Die meisten kamen vergebens, denn Thadde verfügte selbst über fähige und zuverlässige Leute. Manchen, bei denen es sich für sein Gefühl lohnen konnte, verschaffte er jedoch gerne den begehrten Posten.

Als ihm Simon Simonsen gemeldet wurde, ließ er diesen daher nur eine knappe halbe Stunde warten, bevor er ihn empfing. Thadde war kein Narr und wusste, dass der junge Seemann seiner Tochter gefiel. Hochgewachsen, mit dunkelblonden Haaren und Augen wie blaues Eis, dazu mit einem angenehmen, markanten Gesicht und einem Grübchen am Kinn war Simon durchaus ein Mann, von dem ein Mädchen des Nachts träumen konnte.

Thadde gab jedoch nicht viel auf Mädchenträume. Schwärmerei war das eine, Heirat etwas anderes. Seine Tochter würde einmal dem Mann angehören, den er für sie aussuchte. Das konnte auch Simon Simonsen sein, wenn dieser sich als Steuermann und Kapitän bewährte.

Noch bevor Simon das erste Wort gesagt hatte, war es für Thadde bereits beschlossene Sache, ihn in seine Dienste zu nehmen. Simon zählte zu den besten und ehrlichsten Seeleuten in Hamburg und hatte sein Handwerk bei Hauke Lüders gelernt, dem so leicht keiner etwas vormachte.

»Guten Tag, Herr Thadde«, grüßte Simon mit dem Hut in der Hand.

»Auch dir einen guten Tag, Simon«, antwortete Thadde und machte mit seinen Worten von vornherein klar, wie die Verhältnisse lagen. »Was liegt dir auf dem Herzen?«, fragte er und hoffte, dass der junge Mann nicht so dumm war, ihn gleich um die Hand seiner Tochter zu bitten.

Simon atmete kurz durch, sagte sich dann, dass es um Mina ging, die er nur als erfolgreicher Kapitän erringen würde, und begann zu sprechen. »Herr Thadde, ich bin gekommen, um zu fragen, ob Sie für eines Ihrer Schiffe einen Steuermann suchen. Ich traue mir auch zu, selbst ein Schiff zu führen.«

Das glaubte Thadde unbesehen. Doch er wollte Simon nicht gleich zu hoch aufsteigen lassen. »Einen Kapitän benötige ich zurzeit nicht, doch für einen Steuermann hätte ich Platz! Du könntest auf der *Pelikan* fahren. Deren Steuermann hat auf einem holländischen Walfänger angeheuert, weil er sich mit Sievers nicht vertragen konnte.«

Frerk Sievers war als streitsüchtig bekannt und vergraulte seine Steuerleute meist schon auf der ersten Fahrt. Wenn Simon sich jedoch Minas würdig erweisen wollte, musste er mit dem Mann zurechtkommen, sagte Thadde sich und wartete gespannt auf dessen Antwort.

Für Simon gab es kein Besinnen. »Wenn es Ihnen recht ist, heuere ich auf der *Pelikan* an!«

Damit war die Entscheidung gefallen. Bereits im nächsten Moment musste Simon an seinen bisherigen Schiffer denken. Hauke Lüders war ein Seemann, wie es in Hamburg nur wenige gab, und er war ihm dankbar, weil dieser ihn auf sein Schiff genommen und gefördert hatte. Nun wurde es Zeit, sich von dessen Rockschößen zu lösen und seinen eigenen Kurs zu segeln. Hatte Lüders wirklich vorgehabt, ihm eine Heirat mit Erna anzutragen?, fragte er sich, während er die Hand ergriff, die Thadde ihm entgegenstreckte. Es erschien ihm wenig wahrscheinlich, denn Lüders hatte ihm gegenüber niemals etwas in dieser Art verlauten lassen. Auch Erna hatte ihm kein einziges Mal gezeigt, dass ihr mehr an ihm liege als an den anderen Matrosen ihres Vaters.

»Dann sei es so!« Thaddes kühle, geschäftsmäßige Stimme holte Simon aus seinen Gedanken zurück.

Er atmete erneut kräftig durch und sagte sich, dass er damit die erste Stufe der Treppe erstiegen hatte, an deren oberen Ende Mina auf ihn wartete.

3.

Simon Simonsen hatte Thaddes Haus noch keine halbe Stunde verlassen, da wurde dem Kaufherrn Jörgen Mensings Ankunft gemeldet. Obwohl es nicht oft vorkam, dass sich gleich zwei junge, aufstrebende Seeleute bei ihm einfanden, wunderte Thadde sich nicht darüber. Auch über Mensing wusste er gut Bescheid. Dieser war ebenfalls ein vielversprechender Steuermann, doch möglicherweise zu ehrgeizig. In der Hinsicht gefiel ihm der zurückhaltende Simon besser. Dies hieß für ihn jedoch nicht, Mensings Dienste abzulehnen.

»Führ ihn herein!«, sagte er zu seinem Diener und wartete, bis dieser mit dem jungen Mann zurückkehrte.

Jörgen Mensing war etwas nachlässiger gekleidet als Simon, der seinen besten Rock angezogen hatte, und wirkte verwegener. Thadde hielt ihn für einen Mann, der das Ziel, das er sich setzte, auch erreichen wollte. Er wird noch lernen müssen, dass die Sterne für ihn zu hoch standen, um sie alle vom Himmel holen zu können, dachte er und fixierte den Gast mit scharfem Blick.

»Guten Tag, Jörgen!«, begrüßte er diesen ebenso mit Vornamen, wie er es bei Simon getan hatte.

»Guten Tag, Herr Thadde.« Jörgen Mensing verzog unmerklich das Gesicht, denn diese Situation betonte in seinen Augen den Unterschied zwischen einem reichen und geachteten Kaufherrn wie Cornelius Thadde und ihm selbst überdeutlich. Er war der Bittsteller, wenn nicht gar ein Bettler, der von den Launen seines Gegenübers abhing.

»Was führt dich hierher?«, fragte Thadde in einem Ton, der anzeigen sollte, dass er nicht gewillt war, viel Zeit an den jungen Mann zu vergeuden.

»Es geht um Jungfer Mina. Sie gefällt mir, und ich würde sie gerne heiraten«, erklärte Jörgen, um seine Absichten von vorneherein klarzustellen.

Wie von ihm erwartet, nahm Thaddes Gesicht eine ablehnende Miene an, daher sprach er sofort weiter. »Ich weiß aber auch, dass Sie sie mir in meiner jetzigen Position niemals geben werden. Daher will ich mich hinaufarbeiten, bis ich Ihnen als Eidam willkommen bin.«

Thadde betrachtete ihn mit einer Mischung aus Ärger und Belustigung. »Du willst mir also deinen Wert beweisen! Wie soll das gehen?«

»Geben Sie mir ein Schiff und eine Aufgabe, und Sie werden es nicht bereuen«, erklärte Jörgen selbstbewusst.

Obwohl er gute Seeleute brauchen konnte, schwankte Thadde nun doch. Ihm steuerte Mensing etwas zu direkt auf sein Ziel los. Andererseits hatte er nicht vor, seine Tochter mit dem Sohn eines seiner Handelspartner oder Konkurrenten zu verheiraten, weil er mit Minas Mitgift diesen stärken und sich selbst schwächen würde. Heiratete sie hingegen einen Kapitän in seinen Diensten, kostete es ihn nur ein Viertel bis die Hälfte der Mitgift, die im anderen Falle fällig wäre, und ihr Mann wäre weiterhin von ihm abhängig und würde seinen Reichtum mehren.

In der Hinsicht war ihm der bescheidene Simon Simonsen sehr viel lieber als der von sich eingenommene Jörgen Mensing. Andererseits mochte eine gewisse Konkurrenzsituation zwischen den beiden ihren Eifer stärken und er davon profitieren.

»Ich kann vorerst auch als Steuermann für Sie fahren«, bot Jörgen Mensing an, da ihm Thaddes Schweigen arg lange dauerte.

»Das wird sich machen lassen«, antwortete der Kaufherr. »Ich muss nur sehen, auf welchem Schiff ich dich unterbringen kann. Melde dich in drei Tagen wieder.«

»Von Herzen gern!« Jörgen grinste, denn damit war der erste Stein aus dem Weg geräumt. Fuhr er erst einmal auf einem von Thaddes Schiffen, würde er seinen Weg schon machen. Mit diesem Gedanken verabschiedete er sich und verließ den Raum.

Im Vorraum traf er auf Mina, die eben ins Haus zurückkehrte, und lüpfte seinen Hut. »Guten Tag, Jungfer Mina! Ich freue mich, Sie zu sehen.«

Mina blieb stehen und sah ihn an. Vor einem Jahr war er im betrunkenen Zustand aufdringlich geworden. Simon hatte ihn damals zurechtgewiesen, und nur seine Freunde hatten Jörgen daran hindern können, eine Schlägerei zu beginnen. Diesen Mann in ihrem Heim zu sehen, wunderte sie.

»Was machen Sie hier, Seemann?«, fragte sie.

»Ich heiße Mensing und habe Ihren Vater um eine Stellung als Steuermann gebeten und erhalten«, antwortete er und verschlang das schöne Mädchen mit den Blicken.

Mina spürte, wie sehr sie ihm gefiel, und fühlte sich trotz jener schlechten Erfahrung geschmeichelt. Als sie ihn nun genauer betrachtete, faszinierte sie, was sie sah. Er war noch einen oder zwei Zoll größer als Simon und fast genauso breit in den Schultern. Sein Gesicht schien etwas hübscher zu sein, wies aber auch eine Verwegenheit auf, die sie bei Simon bislang nicht bemerkt hatte.

»Verzeihen Sie, Herr Mensing, dass mir Ihr Name nicht gleich eingefallen ist«, sagte sie, unsicher geworden.

»Es sei Ihnen verziehen, Jungfer Mina! Sie sollten mich und meinen Namen jedoch im Gedächtnis behalten, denn ich bin von nun an einer der Steuerleute Ihres Vaters und werde Sie gewiss öfter sehen.«

Jörgen lächelte zufrieden, denn wie es aussah, hatte er das Interesse der jungen Frau geweckt. Das war ein guter Einstieg in seinen neuen Dienst. In ein paar Jahren, wenn es für Thaddes Tochter ans Heiraten ging, hatte er Simon ausgestochen und würde derjenige sein, der sie zum Traualtar führte.

16

4.

Zu Hause erst stellte Erna Lüders fest, dass sie einige notwendige Lebensmittel vergessen hatte einzukaufen. Sie ärgerte sich darüber, denn ein Mann, der Mina Thadde nachlief, war es nicht wert, dass sie seinetwegen ein zweites Mal zum Markt gehen musste.

»Räum das weg! Ich muss noch etwas holen«, sagte sie zu ihrer Küchenmagd.

Diese wackelte verwundert mit dem Kopf. Sonst hatte Erna alles auf einmal gebracht, mochte der Korb auch noch so schwer sein. Diesmal war er gerade mal halb voll. Sie sagte jedoch nichts, sondern trug die Einkäufe in die Vorratskammer und ordnete sie dort ein, während Erna nach einem zweiten Korb griff und erneut das Haus verließ.

Unterwegs fragte die junge Frau sich, wie sie sich von nun an zu Simon stellen sollte. Dem Wunsch des Vaters folgend, hatte sie sich damit abgefunden, ihn einmal zu heiraten. Nein, sagte sie sich. Du hast dich schon vorher in Simon verliebt und warst überglücklich, als dein Vater vor ein paar Wochen meinte, er könne sich ihn gut als Schwiegersohn und seinen Nachfolger als Kapitän und Schiffseigner vorstellen.

Simons Vater war selbst Kapitän mit einem eigenen, wenn auch kleinen Schiff gewesen, aber damit vor etlichen Jahren auf See geblieben. Daraufhin wäre die Witwe mit ihrem halbwüchsigen Sohn beinahe ins Elend abgeglitten. Ihr Vater hatte der Nachbarin geholfen, ihr Haus zu behalten, und Simon auf seine *Neuwerk* geholt, um einen guten Seemann aus ihm zu machen. Erna sah es daher als Verrat an, dass Simon sich nun Cornelius Thadde als Steuermann andienen wollte.

»Soll Simon doch der Teufel holen!«, fluchte sie leise, während ihr Blick über das geringer gewordene Angebot auf dem Markt glitt. Seinetwegen würde sie nun schlechtere Ware nach Hause bringen und auch mehr bezahlen müssen. Der Gedanke hinderte sie jedoch nicht daran, beim Einkaufen kräftig zu feilschen und auch zweimal den Stand zu wechseln, weil ihr die Qualität und der Preis nicht zusagten.

»Lüders' Erna hat wirklich Haare auf den Zähnen!«, rief eine der Gemüsebäuerinnen.

»Das kannst du drucken und aushängen lassen«, stimmte ihr ein Händler zu, bei dem Erna ebenfalls nichts gekauft hatte. »Andere Frauen schicken ihre Mägde zum Einkaufen, aber Erna hat Angst, die könnten einen Pfennig mehr ausgeben, und kommt daher selbst auf den Markt.«

Eine Frau, die am Nebenstand einkaufte, überlegte, ob sie sagen sollte, dass Sparsamkeit eine Zier für ein junges Mädchen sei, das wie Erna seit dem Tod der Mutter vor drei Jahren den Haushalt führen musste. Immerhin stand deren Vater kurz davor, ein neues Schiff bauen zu lassen, und so etwas war nur möglich, wenn man in der Familie nicht nur auf den Taler, sondern auch auf den Pfennig achtete. Dann aber sagte sie sich, dass es wohl zu viel Liebesmühe wäre, es diesen Bauersleuten zu erklären, und schloss zu Erna auf.

»Du bist heute spät dran«, meinte sie.

Erna stieß ein verärgertes Lachen aus. »Ich war heute früh mit den Gedanken woanders und habe einiges vergessen.«

»Wie heißt es so schön? Was man nicht im Kopf hat, muss man in den Beinen haben.« Auch die Nachbarin lachte und wies mit dem Kinn zu einem weiteren Stand. »Es sieht aus, als würden wir dort doch noch bessere Ware bekommen.«

»Schön wäre es.« Da Erna das Sparen gelernt hatte, folgte sie der Frau zu dem Stand.

Wenig später hatten beide ihre Einkäufe erledigt und verließen den Markt. Erna nahm wahr, wie ihre Nachbarin unter der Last ihres Einkaufskorbs keuchte, und blieb stehen.

»Sollten wir nicht besser tauschen? Du tust dich mit meinem Korb gewiss leichter als mit deinem.«

»Bist ja auch noch ein junges Blut«, antwortete die Frau erleichtert, und so vollzogen sie den Tausch.

»Wie es heißt, soll dein Vater daran denken, dich zu verheiraten. Bist mit neunzehn alt genug und auch vernünftiger als andere Mädchen dieses Alters.« Insgeheim dachte die Nachbarin, dass etliche Erna wegen ihrer kühlen und überlegten Art für allzu energisch hielten. Hätte sie Brüder und müsste einem Bräutigam in dessen Heim folgen, würde sich so manche Mutter eines Sohnes aus Angst, von ihr beiseitegeschoben zu werden, gegen diese Heirat sträuben. Aber Erna war Hauke Lüders' einziges Kind und konnte daher ihren eigenen Haushalt führen. So manche Mutter, die sie nicht bei sich zu Hause dulden würde, hätte gewiss nichts dagegen, wenn einer ihrer Söhne Erna für sich gewinnen und dadurch ihr recht angenehmes Erbe einheimsen könnte.

Die Nachbarin hatte zwar keinen Sohn im entsprechenden Alter, aber einen Neffen, dem sie Braut und Mitgift gegönnt hätte. Allerdings hieß es, Lüders habe sich bereits für seinen Steuermann Simon Simonsen entschieden, und der stellte die meisten jungen Männer hier in Hamburg in den Schatten. Trotzdem war sie neugierig darauf, was Erna zu diesem Bräutigam meinte.

Hätte das Mädchen nicht den schweren Korb getragen, hätte es wohl mit den Achseln gezuckt. So aber wiegte Erna den Kopf. »Vater hat mich zwar einmal auf eine Heirat angesprochen, doch ich habe ihm klargemacht, dass ich nicht früher eine Ehe eingehen will als meine Mutter.«

Bis dorthin waren es noch drei Jahre, und in der Zeit hoffte Erna, dass die Verirrung ihres Herzens schwinden würde. So nannte sie insgeheim ihre Liebe zu Simon, nachdem sie ihn mit Mina Thadde zusammen gesehen hatte. Natürlich würde sie eines Tages heiraten müssen. Dann aber wollte sie die Ehe so angehen, wie es sich gehörte, nämlich als ein Geschäft zwischen zwei Familien, bei dem tiefere Gefühle eher hinderlich als nützlich waren. Ein Teil von ihr hoffte jedoch, dass Simon bis dahin von seiner Leidenschaft für die Tochter des Kaufherrn geheilt sein und sich darauf besinnen würde, dass sie zwar kein so hübsches Mädchen wie Mina Thadde war, ihm aber als gute Hausfrau und als Erbin ihres Vaters einiges zu bieten hatte.

5.

Nachdem er Cornelius Thadde verlassen hatte, wanderte Simon Simonsen am Binnenhafen entlang und musterte die Schiffe, die dort den Winter über darauf warteten, wieder in See zu stechen. Einige, wie Lüders' *Neuwerk,* waren an Land gezogen worden, damit Reparaturen durchgeführt werden konnten. Beim Anblick des Schiffes, auf dem er nun bereits sieben Jahre gefahren war – die beiden letzten davon als Steuermann –, zog es ihm das Herz zusammen. Er mochte Lüders, und es stimmte ihn traurig, diesen verlassen zu müssen. Es ging jedoch um sein Glück, und das konnte er in Hauke Lüders' Diensten nicht erlangen. Um für Thadde als Bewerber um dessen Tochter infrage zu kommen, reichte es nicht, Kapitän eines kleinen Küstenseglers zu sein, der seine Fracht aus nachrangigen Häfen holte und hierher nach Hamburg brachte.

Simons Blick suchte die *Pelikan.* In wenigen Wochen würde er als Steuermann auf deren Deck stehen und beweisen können, dass er ein Schiff in jeden Hafen der Welt zu steuern vermochte. Frerk Sievers war zwar als unleidlicher Mann verschrien, aber er verstand sein Handwerk und würde ihn, wenn er keinen Fehler machte, gewiss bei Thadde loben.

Mit diesem Gedanken verließ er den Hafen wieder und wandte sich dem Haus zu, das er mit seiner Mutter bewohnte. Sein Vater war wie Lüders nur ein kleiner Küstenschiffer gewesen, und so wirkte es arg bescheiden. Dennoch hatte Simon sich immer wohl darin gefühlt. Aber seit er Cornelius Thadde in seiner Villa aufgesucht hatte, fühlte er sich in seinem eigenen Heim plötzlich beengt.

Thadde hatte auch ganz andere Bedienstete als einen alten Knecht und eine Magd, die die vierzig ebenfalls bereits überschritten hatte. In Lüders' Haus gab es zwar auch nur einen Knecht, dafür aber mehrere Mägde. Brauchte es Männerkraft, so wurden die Matrosen eingespannt. Bis jetzt hatte Simon sich gerne an diesen Arbeiten beteiligt. Nun aber sagte er sich, dass ein Steuermann wie er nicht für solche Dienste herangezogen werden sollte.

»Bist du das, Simon?«, fragte seine Mutter aus der Küche.

»Ja!«, antwortete er knapp und ging in seine Kammer, um dort seinen guten Rock und die neuen Kniehosen auszuziehen. Als er sich zu seiner Mutter in die Küche gesellte, trug er lange Hosen, Hemd und Weste wie auf dem Schiff. Als Steuermann der *Pelikan* würde er dort seinen Rock tragen dürfen – und zwar nicht nur bei besonderen Anlässen, fuhr es ihm durch den Kopf.

Seine Mutter bat ihn lächelnd, Platz zu nehmen. »Magst du einen Tee mit einem Schuss Branntwein?«

»Gerne.« Simon war es bei seinem Spaziergang am Hafen etwas kalt geworden, da kam ihm ein heißes Getränk gerade recht.

Den Tee hatten sie mit der *Neuwerk* aus Amsterdam geholt, und das war wahrlich keine lange oder bedeutende Fahrt gewesen. Wie anders musste es sein, bis Formosa zu reisen, um dort Tee zu laden? Selbst der Gedanke, dass auch die Schiffe, die Thadde zusammen mit anderen Kaufherren aussandte, nur in Ausnahmefällen das Privileg erhielten, in jene fernen Weltgegenden zu segeln, söhnte ihn nicht mit den Fahrten aus, die Hauke Lüders unternahm.

»Ist etwas passiert?«, fragte seine Mutter, da Simon so schweigsam war.

»Was sollte sein? Mir geht es im Gegenteil ausgezeichnet«, antwortete Simon lächelnd.

»Dann bin ich aber froh.« Lia Simonsen füllte Simons Lieblingstasse mit Tee und gab einen guten Schuss aus der Branntweinflasche dazu.

»Hat Lüders gesagt, wann er heuer wieder in See zu stechen gedenkt?«, fragte sie.

»Ich war nicht bei Lüders.«

»Ich dachte es, weil du vorhin im guten Rock weggegangen bist!«

Lia Simonsen klang enttäuscht.

»Ich war bei Cornelius Thadde. Ich werde heuer als Steuermann auf seiner *Pelikan* fahren«, berichtete Simon.

Seine Mutter schüttelte ungläubig den Kopf. »Was sagst du da?«

»Ich fahre in Zukunft als Steuermann auf Thaddes *Pelikan*«, wiederholte Simon.

»Wie kommst du denn darauf? Ich dachte, es würde dir bei Lüders gefallen! Er hält große Stücke auf dich, und ich bin mir sicher, er würde es dir nicht abschlagen, wenn du ihn bitten würdest, seine Erna heiraten zu dürfen.«

Eigentlich hatte Lia Simonsen nicht so damit herausplatzen wollen, doch nun hatte sie sich nicht beherrschen können.

»Ich und Erna heiraten? Wie kommst du auf diesen verrückten Gedanken?« Simon stieß ein leises Lachen aus. Zwar mochte er das Mädchen, doch heiraten wollte er es gewiss nicht.

Seine Mutter sah ihn an, als hätte sie einen Schwachsinnigen vor sich.

»Ja bist du denn von allen guten Geistern verlassen?«, fuhr sie ihn an. »Ausgerechnet auf dem Schiff des unleidlichen Frerk willst du anheuern, bei dem es noch kein Steuermann länger als ein Jahr ausgehalten hat? Glaube nur nicht, dass es dir besser ergehen wird! Wenn Thadde dich dann auf die Straße setzt, brauchst du nicht zu glauben, dass Lüders dich wieder aufnehmen wird. Der wird sich einen anderen Tochtermann suchen, einen, auf den er sich verlassen kann.«

Lia Simonsen war immer leiser geworden und brach nun in Tränen aus. Hauke Lüders und sie waren sich einig gewesen, dass Erna und Simon in zwei, drei Jahren heiraten sollten.

Ich hätte Simon von Anfang an in diese Überlegungen miteinbeziehen sollen, dann hätte er den Vorteil dieser Verbindung gewiss erkannt, dachte sie bedrückt. So aber hatte sie nur ein paar Andeutungen von sich gegeben, die anscheinend an ihm vorbeigegangen waren.

Der kurze Wutanfall und die Tränen seiner Mutter schmerzten Simon, brachten ihn aber nicht von seinen Plänen ab. »Frerk Sievers ist ein guter Schiffer, und ich werde gewiss mit ihm auskommen«, erklärte er mit Nachdruck.

»Warum hast du das getan?«, fragte seine Mutter schluchzend.

»Ich will Mina Thadde heiraten!«, erklärte ihr Sohn selbstbewusst. »Um ihrer wert zu sein, kann ich nicht auf einem schlichten Küstenfahrer anheuern. Cornelius Thadde hat mir versprochen, mir ein eigenes Schiff zu überlassen, wenn ich mich auf der *Pelikan* bewähre.«

Lia Simonsen schluckte ihre Tränen hinunter und betrachtete ihren Sohn mit einem eisigen Blick. »Als Hauke Lüders' Eidam wärst du bald dein eigener Herr geworden. So aber wirst du bis zum Ende deines Lebens der Knecht eines der großen Pfeffersäcke dieser Stadt bleiben. Nun gut, du musst es wissen!«

Ihre Enttäuschung tat Simon weh, und er fasste nach ihrer Hand. »Sei ohne Sorge, Mutter! Ich werde meinen Weg machen.«

»Ich frage mich nur, wohin er dich führt.« Lia Simonsen entzog ihrem Sohn die Hand und kehrte an den Herd zurück. Während sie in einem über dem Feuer hängenden Kessel rührte, drehte sie sich noch einmal zu Simon um. »Hast du es Lüders bereits gesagt?«

Simon schüttelte den Kopf. »Bis jetzt noch nicht.«

»Dann solltest du es tun, bevor er es von anderen erfährt und dich für noch unzuverlässiger hält, als er es nach deiner Entscheidung annehmen muss.«

Es klang kalt, und Simon begriff, dass es nicht leicht sein würde, die Mutter wieder zu versöhnen. Doch wenn er das Jahr über auf der *Pelikan* fuhr und im Herbst mit einer Heuer zurückkehrte, welche jene, die er von Hauke Lüders erhalten hätte, bei Weitem überstieg, würde auch sie begreifen, dass er richtig gehandelt hatte.

6.

Zur gleichen Zeit, in der Simon Simonsen aufbrach, um seinem väterlichen Freund Hauke Lüders zu beichten, dass er in diesem Jahr nicht mehr auf seinem Schiff fahren würde, betrat der Kapitän der *Schwan* Cornelius Thaddes Kontor und blieb vor dem Kaufherrn stehen.

»Was gibt es, Reimers?«, fragte Thadde.

»Ich bringe keine guten Nachrichten, Herr Thadde, wirklich keine guten!«, begann der Kapitän und wies nach draußen, wo die hohen Masten seines Schiffes den Wall und die dazwischenliegenden Dächer überragten.

»Was gibt es?«, fragte Thadde unruhig.

»Steckmann ist heute Mittag daheim die Treppe hinabgestürzt und hat sich das Bein gebrochen! Ich stehe daher ohne Steuermann da.«

»War wohl wieder betrunken, was?«, fragte Thadde erleichtert, weil es keine Nachricht war, die ihn selbst schädigte.

Reimers verteidigte seinen Steuermann sofort. »Das mag sein, aber auf dem Schiff hat er keinen Tropfen angerührt.«

Thaddes Gedanken befassten sich längst mit der Frage, wer Steckmann ersetzen sollte. Er überlegte, ob er nicht Simon Simonsen von der *Pelikan* abziehen und für das neuere Schiff einteilen sollte. Dann aber sagte er sich, dass Frerk Sievers zwar ein streitsüchtiger Mann war, aber auch jemand, dem er voll und ganz vertrauen konnte. Wenn Simonsen sich dessen Achtung erwarb, war er wirklich ein Mann, zu dem seine Tochter aufsehen konnte.

»Dann wird eben Jörgen Mensing dein Steuermann, Reimers«, sagte er und überlegte sich bereits, wie die beiden jungen Männer sich auf ihren jeweiligen Schiffen machen würden.

»Mensing ist kein schlechter Seemann«, fand Reimers. »Er mag vielleicht ehrgeizig sein, aber ich werde ihn zügeln können.«

»Darauf rechne ich, Reimers«, antwortete Thadde und fand, dass er sich nichts vergab, wenn er einen seiner Kapitäne zu einem Glas Branntwein einlud.

7.

Simon Simonsen hatte sich schon wohler gefühlt als in dem Augenblick, in dem er an die Tür von Lüders' Haus in der Nicolaistraße klopfte. Kurz darauf wurde ihm geöffnet, und eine der drei Mägde machte ihm auf.

»Der Simon ist da!«, rief sie ins Haus hinein.

»Soll hereinkommen!«, klang Lüders' tiefe Stimme auf, während Erna keinerlei Regung zeigte.

Gegen sein Gefühl hoffte das Mädchen, Simon hätte sich besonnen und erkannt, wie dumm es wäre, ihren Vater zu verlassen, nur um einem Traum zu folgen, der sich niemals erfüllen würde. Ein anderer Teil ihrer selbst verachtete sich dafür, weil sie in dem Fall nur die zweite Wahl nach der wunderschönen Thadde-Tochter sein würde. Sollte Simon sie heiraten wollen, dann nicht ihretwegen, sondern nur, um im nächsten Jahr als Kapitän auf dem Schiff ihres Vaters fahren zu können.

Unterdessen betrat Simon die Kammer, in der Hauke Lüders saß. Der Kapitän hatte eine Pfeife im Mund, und vor ihm auf dem Tisch waren ein Glas Branntwein und die Ladeliste der *Neuwerk* zu sehen.

»Setz dich, Simon!«, forderte er den jungen Mann auf und rief nach seiner Tochter.

»Erna, gieß Simon auch ein Glas Branntwein ein, damit wir nicht trocken zusammensitzen müssen.«

Das Mädchen erschien mit einem Glas in der Hand und sah Simon forschend an. Anders als ihr Vater entnahm sie seiner Miene, weshalb er gekommen war, und griff nach der Branntweinflasche, um das Glas zu füllen. Ohne ein Wort stellte sie es ihm hin und wollte die Kammer wieder verlassen.

»Hast du etwas Dringendes in der Küche zu tun?«, fragte ihr Vater verwundert, weil sie sonst immer geblieben war und ein paar Worte mit Simon gewechselt hatte.

Lügen mochte Erna nicht und schüttelte daher den Kopf. »Nein, aber ich wollte nicht stören.«

»Als wenn du je gestört hättest!« Ihr Vater lachte kurz und wandte sich an Simon. »Es sieht gut aus! Wir können unsere erste Fahrt nach Memel, Riga und Reval abstecken. Das Schiff wird voll sein, und man hat uns gute Fracht für den Rückweg versprochen.«

Vor seinem Entschluss, sich bei Thadde zu bewerben, wäre Simon über eine solche Nachricht froh gewesen. Nun aber umklammerte er seinen Hut und überlegte verzweifelt, wie er seinem väterlichen Freund beibringen sollte, dass er bei dieser Fahrt nicht mehr mit an Bord sein würde.

»Ist das nicht gut?«, stichelte Erna, die Simon die Gedanken förmlich vom Gesicht ablas.

»Doch, klar ist es das! Es freut mich für Sie, Herr Lüders«, antwortete Simon gepresst.

Lüders sah erstaunt auf. »Ist etwas mit deiner Mutter?« Eine plötzliche Erkrankung Lia Simonsens erschien ihm als das Wahrscheinlichste, um Simons bedrücktes Wesen zu erklären.

Simon nahm all seinen Mut zusammen. »Ich wollte Ihnen mitteilen, Herr Lüders, dass ich abmustere. Ich werde heuer nicht mehr auf der *Neuwerk* mitfahren.«

Hauke Lüders brauchte einige Augenblicke, um zu begreifen, was Simon gesagt hatte. »Bist du von allen guten Geistern verlassen?«, polterte er los. »Wir waren uns doch einig, dass du dieses Jahr noch einmal als Steuermann mitkommst und du dann, wenn über den Sommer hinweg ein zweites Schiff gebaut wird, die *Neuwerk* als Kapitän führen wirst! Was passt dir daran auf einmal nicht mehr?«

»Es ist nicht so, dass es mir nicht passt, nur …«

»Was nur?«, bellte Lüders, da Simon stockte.

»Ich will auch einmal auf einem anderen Schiff fahren. Daher werde ich in diesem Jahr als Steuermann auf der *Pelikan* anheuern!«

Lüders glaubte, nicht richtig gehört zu haben. »Du willst unter dem unleidlichen Frerk dienen? Bei Gott, ist dir dein gesamter Verstand abhandengekommen? Kein Steuermann hält es länger als ein paar Monate bei ihm aus! Er wird sich auch an dir reiben, bis du glücklich bist, sein Schiff verlassen zu können.«

»Frerk Sievers ist ein guter Kapitän, und ich werde viel von ihm lernen können.«

Es war keine gute Antwort, denn Hauke Lüders' Kopf färbte sich nun tiefrot vor Zorn. »Was kann Sievers dir beibringen, was ich dir nicht beigebracht habe?«

Die Frage war berechtigt, denn Lüders hatte Simon sorgfältig ausgebildet, damit dieser einmal sein Nachfolger hätte werden können. Danach aber sah es im Augenblick nicht aus.

Von Lüders in die Enge getrieben, wurde nun auch Simon laut. »Ich bin es leid, mühsam durch Skagerrak und Kattegat navigie-

27

rend in die Ostsee einzufahren und Häfen wie Memel anzulaufen. Ich will weiter hinausgreifen und andere Kontinente sehen.«

Hauke Lüders sah ihn kopfschüttelnd an. »Bei Gott, ich habe dich für einen vernünftigen jungen Mann gehalten. Aber du hast auch nur Flausen im Kopf! Nun gut, dann heuere eben auf der *Pelikan* an. Ich finde schon einen anderen Steuermann.«

Für seine Tochter war es eine Qual gewesen, diesem Gespräch beizuwohnen. Anders als ihr Vater kannte Erna den wahren Grund, weshalb Simon auf das Schiff wechseln wollte, dessen größten Anteil Cornelius Thadde hielt. Schweigend sah sie zu, wie Simon sich zur Tür wandte. Dort blieb er noch einmal stehen.

»Ich danke Ihnen für alles, was Sie für meine Mutter und mich getan haben, und hoffe, dass ich diese Schuld einmal begleichen kann.«

»Verschwinde, du Lümmel, und lass dich hier nie wieder blicken!«, schrie Lüders ihn wutentbrannt an und hielt sein noch halb volles Branntweinglas so in der Hand, als wolle er es Simon an den Kopf werfen.

Dieser begriff, dass er in diesem Haus nicht mehr willkommen war, und verließ es mit einem knappen Gruß.

Auf dem Heimweg sagte er sich, dass Lüders doch nur der alte Knüddelbock war, als den Mina ihn bezeichnet hatte.

Lüders starrte unterdessen auf die Tür, die sich hinter Simon geschlossen hatte, trank sein Glas leer, packte das zweite, das Simon nicht angerührt hatte, und stürzte den Inhalt ebenfalls hinab.

»So ein Lumpenhund! Da ist man wie ein Vater zu ihm, und er wirft einem alles vor die Füße. Der Teufel soll ihn holen.«

Nun erst sah er seine Tochter, der lautlos die Tränen über die Wangen liefen, und zwang sich zur Ruhe.

»Du musst nicht traurig sein, min Deern. Es wird schon alles gut werden. Der Simon soll ruhig einmal merken, was für ein Wind auf einem anderen Schiff bläst. Der auf der *Pelikan* bläst besonders scharf. Frerk Sievers duldet nicht die kleinste Nachlässigkeit. Außerdem ist er von streitsüchtigem Gemüt. Spätestens im Herbst wird Simon wieder vor unserer Tür stehen und darum bitten, eingelassen zu werden. Eines aber schwöre ich dir! Kapitän auf der *Neuwerk* wird er erst werden, wenn ihr beide verheiratet seid.«

Lüders glaubte, seine Tochter damit trösten zu können. Doch da flammten Ernas Augen zornig auf. »Meinetwegen kann Simonsen bleiben, wo der Pfeffer wächst! Ich jedenfalls will ihn hier nie wieder sehen!«

Danach war ihre Kraft verbraucht, und sie verschwand in ihrer Kammer. Die vielen Tränen, die sie um ihre verlorene Liebe weinte, sollte ihr Vater nicht zu Gesicht bekommen.

8.

Eine Woche später saß Cornelius Thadde mit seinen sieben Mitgesellschaftern der beiden großen Kauffahrteischiffe *Pelikan* und *Schwan* bei Tisch. Jeder der Herren besaß auch eigene Schiffe, die kleiner und für Fahrten zu näheren Zielen geeignet waren. Den größten Teil ihrer Gewinne erzielten sie jedoch mit den beiden großen Handelsseglern.

Die beiden Kapitäne, die Zahlmeister und die Steuerleute waren ebenfalls anwesend, saßen aber am Ende der Tafel, und ihnen würde auch als Letzte aufgetragen. Frerk Sievers von der *Pelikan* und Reimers von der *Schwan* waren dies so gewohnt. Simon Simonsen und Jörgen Mensing empfanden jedoch deutlich den Abstand, der zwischen ihnen und den acht Kaufherren bestand. Während Simon erste Zweifel kamen, ob er je so weit aufsteigen würde, dass er mit Hoffnung auf Erfolg um Mina werben konnte, wurde Mensing von einem brennenden Neid auf die acht Männer gepackt, die sich angeregt miteinander unterhielten und dabei die beiden Kapitäne und die Zahlmeister nur selten und Simon und ihn überhaupt nicht in ihr Gespräch miteinbezogen.

Die Zusammenkunft wirkte wie das fröhliche Treffen gut situierter Herren, denen nichts die Laune trüben konnte. Sie speisten vorzüglich, tranken ausgezeichnete Weine und sprachen dem Konfekt zu, welches zuletzt gereicht wurde. Nichts deutete darauf hin, dass dieser Tag für sie als Eigner der beiden Schiffe sowie deren Kapitäne, Zahlmeister und Steuerleute einer der wichtigsten im Jahr darstellte.

Mina überwachte die Mägde, die bei Tisch bedienten, und sah immer wieder zu Simon und Jörgen hin. Unwillkürlich verglich sie die beiden miteinander. Jeder von ihnen ragte unter den meisten jungen Männern heraus, und doch gab es Unterschiede zwischen ihnen. Simon erschien ihr als der Ruhigere und Zuverlässigere. Dies war auch an seiner Kleidung zu erkennen. Sein Rock war gut gearbeitet, wirkte aber schlicht, während der von Mensing mit großen Messingknöpfen prangte. Den Hut, den Simon bei seinem Eintreten abgegeben hatte, hätte jeder junge Seemann tragen können. Mensing hingegen war mit einem Dreispitz erschienen, der die verwegenen Gesichtszüge noch unterstrich.

Der Verstand sagte Mina, dass Simon der Mann war, mit dem sie ein gutes Leben würde führen können, doch mit einem Mal war ihr Herz im Zweifel. Mensing mochte gelegentlich ruppig sein, faszinierte sie aber. Anders als Simon suchte er auch immer wieder ihren Blick. Zwar hatte sie Simon selbst erklärt, er dürfe ihren Vater nicht darauf aufmerksam machen, wie sehr er nach ihr strebte, bevor er dessen Wohlwollen errungen hatte. Trotzdem enttäuschte es sie ein wenig, weil er ihr im Gegensatz zu Mensing kaum Aufmerksamkeit schenkte.

Während seine Tochter damit haderte, weil sie dem Mann, den sie liebte, doch ein wenig von Mensings Draufgängertum gewünscht hätte, beendete Cornelius Thadde das Mahl und befahl den Mägden, jedem Gast ein großes Glas Branntwein aufzutischen.

»Lasst uns darauf trinken, dass die *Schwan* und die *Pelikan* stets die notwendige Handbreit Wasser unter dem Kiel haben, sie allen Stürmen, in die sie geraten, trotzen und kein Pirat sie kapern wird!«

»Darauf trinken wir!«, riefen seine Miteigner und erhoben sich.

Auch die beiden Kapitäne, die Zahlmeister sowie Simon und Mensing standen auf und hoben ihre Gläser. Alle wussten, dass es nun darum ging, wohin ihre Schiffe in diesem Jahr segeln würden. Jeder hoffte auf eine ertragreiche Fahrt, die ihnen am Ende zu einer stattlichen Prämie und weiterem Ansehen in Hamburg verhelfen würde.

Thadde wartete ab, bis alle die Gläser wieder abgestellt hatten, und ließ sich von einem Kommis ein paar Blätter Papier reichen. Diese präsentierte er wie ein Siegeszeichen, bevor er zu sprechen begann.

»Es ist mir nach langen Verhandlungen mit der Niederländischen Ostindienkompanie gelungen, die Erlaubnis zur Entsendung eines Schiffes nach Batavia zu erlangen.«

»Batavia! Das ist eine lange Fahrt, aber sie kann sich lohnen«, rief einer seiner Kompagnons erstaunt und erfreut.

»Sie wird sich lohnen!«, antwortete Thadde ein wenig von oben herab. »Zwar haben wir strikte Auflagen bezüglich der Ladung erhalten, doch wir wissen alle, dass in jenen fernen Weltgegenden ein paar Speziestaler ausreichen, damit das eine oder andere Auge zugedrückt wird. Das Schiff, welches wir nach Batavia senden werden, wird daher mit den Kostbarkeiten Ostindiens nach Hamburg zurückkehren.«

»Besser wäre es gewesen, wenn es im letzten Herbst aufgebrochen wäre, um im Frühjahr hier zu erscheinen. Da sind die Preise für derlei Güter noch ein ganzes Stück höher als bei einer Rückkehr im Herbst«, wandte einer der Kaufherren ein.

Thadde musterte ihn mit einem strafenden Blick. »Wenn Sie mit einem der maßgeblichen Herren der Ostindienkompanie bekannt sind, der uns dieses Privileg verschaffen kann, überlasse ich Ihnen gerne die Verhandlung mit den Holländern.«

»Jetzt erregen Sie sich nicht, Thadde!«, rief der Mitbesitzer beschwichtigend. »Sölters Wunsch wäre auch der unsere. Wir wissen aber alle, dass die Holländer und Friesen die ersten Transporte im Jahr unter sich aufteilen und es weder uns noch anderen gestatten, sich daran zu beteiligen. Seien wir froh, dass wir überhaupt ein Schiff nach Ostindien schicken können und nicht alles teuer in Amsterdam ankaufen müssen.«

»Das ist auch meine Meinung!«, stimmte ihm ein weiterer Kaufherr zu.

»Ich habe es nicht bös gemeint, Thadde. Jeder von uns weiß, wie gut Sie zu unseren Gunsten verhandeln. Ohne Sie und Ihre Verbindungen zu den Herren der Ostindienkompanie könnten wir weitaus weniger Gewinn erzielen«, erklärte Sölter versöhnlich.

»Allerdings! Wenn die *Schwan* und die *Pelikan* gute Ware bringen, werden Sie und die anderen jedoch ebenso daran verdienen wie ich«, erklärte Thadde noch immer gekränkt.

»Welches Schiff wollen wir nach Batavia schicken?«, fragte der Kaufherr neben ihm.

»Sprechen wir erst über die zweite Route. Sie führt nach Kuba. Einen Vertrag über eine Fracht haben wir noch keinen. Daher werden der Kapitän und der Zahlmeister vor Ort zusehen müssen, womit sie das Schiff füllen können.«

»Was ist mit den Holländern in Westindien?«, fragte Sölter, der es nicht lassen konnte, erneut gegen Thadde zu sticheln.

»Ich habe versucht, mit den Herren ins Geschäft zu kommen, doch sie wollen noch nicht. Vielleicht gelingt es mir im nächsten Jahr.« Thadde winkte ab, denn der Gewinn würde bei einem geschickten Kapitän auch so erfreulich sein. Die anderen sahen es ebenso, und das galt auch für Sölter. Nun interessierte die Herren, welches Schiff nach Ostindien und welches nach Kuba fahren sollte.

Die nächsten Minuten waren mit Überlegungen und Mutmaßungen gefüllt, bis Thadde schließlich die Hand hob, um die Aufmerksamkeit wieder auf sich zu lenken. »Die Routen liegen fest, und die Schiffe dafür sind bestimmt. Die *Schwan* übernimmt die längere Reise.«

»Ich halte das für Unsinn, wenn Sie die *Schwan* nach Batavia schicken! Meine *Pelikan* kann doch noch ein paar Tonnen mehr tragen«, fuhr Frerk Sievers auf.

Er war nicht sehr geschickt beim Handeln und würde dies seinem Zahlmeister überlassen müssen. Michel Gartz war jedoch ebenso neu auf seinem Schiff wie sein Steuermann, und er wusste noch nicht, was er von den beiden halten sollte. Zudem dauerte eine Fahrt nach Kuba und zurück nicht sonderlich lang, so dass sie im Sommer noch einmal auf Fahrt gehen mussten, und zwar zu näher gelegenen Häfen. Dann würden sie überall ein paar Säcke und Fässer ausladen und andere dafür an Bord nehmen müssen. Viel zu verdienen gab es auf diese Weise nicht.

»Die Holländer haben uns feste Vorgaben zur Größe des Schiffes gemacht«, antwortete Thadde verärgert. Auch er hätte gerne die *Pelikan* nach Batavia geschickt, weil sie mit gut einem Zehntel mehr Fracht an Bord hätte zurückkehren können. Da diese Fahrt bis in den Spätherbst hinein dauerte, würde das Schiff danach für den Winter im Hafen bleiben müssen. Reimers hätte er zudem zugetraut, sein Schiff auf Kuba rascher und zu günstigeren Preisen vollladen zu können als Sievers. Da es nun aber nicht anders ging, wollte er keinen Widerspruch hören.

Simon war es einerlei, wohin das neue Schiff ihn trug. Kuba und Batavia lagen weit in der Ferne, und im Lauf der Zeit würde er noch ganz andere Häfen anlaufen. Sein Ärger wegen der ablehnenden Haltung seiner Mutter schwand. Als einfache Schifferfrau konnte sie nicht begreifen, welche Möglichkeiten sich ihm dadurch eröffneten. Sie wird staunen, wenn ich ihr erzähle, wo ich überall gewesen bin, und ihr meinen Gewinnanteil nennen kann, dachte er und lauschte wieder auf das, was Thadde und die anderen Handelsherren sagten.

Mensing hielt es für einen Glücksfall, nach Batavia segeln zu können. Die Rückkehr von dort würde mehr Aufsehen erregen, als wenn sie von Kuba kommend einlaufen würden. Außerdem fuhr mit Nils Nilsen ein Matrose auf der *Schwan* mit, mit dem er befreundet war und der ihm helfen konnte, seine Position an Bord zu stärken. Wenn sie dann zudem mit Reichtümern beladen zurückkehrten, konnte ihm das bereits im nächsten Jahr den Posten eines Kapitäns auf einem von Thaddes Schiffen einbringen. Simon Simonsen hingegen, so schätzte er, würde höchstwahrscheinlich bereits nach seiner ersten Fahrt unter Frerk Sievers von der *Pelikan* abmustern und bei Mina Thadde als Versager gelten.

9.

Am selben Tag saß man auch in Hauke Lüders' Haus zusammen, aber dort ging es weniger förmlich zu. Erna hatte gekocht, und es schmeckte allen außer ihrem Vater, der noch immer an seiner Enttäuschung über Simon herumkaute.

Die Matrosen wunderte es, dass ihr bisheriger Steuermann fehlte. Überdies war die Laune des Alten nicht gerade die beste. Daher stellte Hein, der älteste Matrose an Bord, die Frage, die allen auf der Zunge lag.

»Was ist eigentlich mit Simonsen? Der hat sich doch noch nie verspätet.«

»Simonsen hat abgemustert und fährt nicht mehr mit uns! Du wirst seine Stelle als Steuermann einnehmen.« In Hauke Lüders' Stimme schwangen der gesamte Ärger und die Enttäuschung über Simon mit.

Seine Männer begriffen, dass sie nach Möglichkeit nicht an dieser Sache rühren sollten, und so fragte Hein nach dem Kurs, den sie heuer als Erstes steuern würden.

Lüders nannte den Matrosen die Häfen, zu denen sie Waren bringen und von wo sie welche an Bord nehmen sollten, und schloss mit den Worten, dass es ein noch erfolgreicheres Jahr als das letzte werden könnte.

»Dafür aber muss jeder das Seine mittun!«, setzte er mahnend hinzu und drehte sich zu seiner Tochter um. »Schenk jedem der Männer einen großen Becher Branntwein ein, und dem Pieter einen kleinen, damit wir auf eine glückliche Fahrt trinken können.«

Erna gehorchte, ohne eine Regung zu zeigen. Für die Matrosen, die durchaus bemerkt hatten, dass Lüders Simon nicht nur als Seemann schätzte, sondern ihn auch gerne als Schwiegersohn gesehen hätte, sah es so aus, als würde sie der Verlust eines möglichen Bräutigams nicht berühren.

Hein, der sie von allen am besten kannte, wunderte sich darüber, denn er hatte wahrgenommen, wie sie Simon angeschaut hatte. Dann aber begriff er, dass Erna zu stolz war, ihre Enttäuschung oder gar ihren Schmerz zu zeigen. Er selbst vermochte dies nicht. Als er später mit Pieter und einigen anderen Lüders' Haus verließ, schüttelte er verärgert den Kopf.

»Den Simon soll der Teufel holen! Er hätte es so gut haben können. Lüders hat ihn wie einen Sohn geliebt und hätte ihm Erna mit Freuden zur Frau gegeben.«

»Ich würde die Erna sofort heiraten«, meinte einer der Matrosen, dachte dabei aber weniger an das Mädchen als an die *Neuwerk* und das neue Schiff, das Lüders bauen lassen wollte.

»Ich nicht! Dafür scheucht sie mich zu sehr herum, wenn Arbeiten anstehen«, stieß Pieter Timmermann hervor, der mit seinen dreizehn Jahren allerdings noch viel zu jung zum Heiraten war.

»Ja, durchzusetzen weiß die Erna sich«, sagte Hein und zog seine Tonpfeife hervor, die er im letzten Herbst in Amsterdam gekauft hatte. Während er sie stopfte und schließlich anbrannte, fragte er sich, welcher Irrsinn Simon gepackt haben mochte, das, was er mit leichter Hand hätte erreichen können, leichtfertig aufzugeben.

10.

Wenige Tage später wurden die Decks der Schiffe noch einmal gescheuert, die Segel angeschlagen und die Waren an Bord gebracht. Während Jörgen Mensing mit Reimers als Kapitän gut zurechtkam, lernte Simon rasch, weshalb Sievers der unleidliche Frerk genannt wurde. Der von seinem Kapitän verwendete Wortschatz bestand zu einem Drittel aus Schimpfwörtern, zu einem weiteren Drittel aus mit Beleidigungen gespickten Vorwürfen und zum letzten Drittel aus Befehlen, die vor Grobheiten nur so strotzten.

Die Matrosen der *Pelikan* waren es so gewohnt, doch Simon musste immer wieder die Zähne zusammenbeißen, um nicht selbst laut zu werden. Wenn es zu schlimm wurde, dachte er an Mina. Um sie zu erringen, hatte er Lüders verlassen und auf diesem Schiff angeheuert. Es noch vor der ersten Fahrt wieder zu verlassen, würde seiner Hoffnung, Thaddes Tochter zu erringen, den Todesstoß versetzen.

Er hielt daher still, tat seine Arbeit und ließ Sievers' Beschimpfungen an sich abperlen wie Regentropfen. Einige Matrosen hielten ihn deswegen für einen Feigling. Andere hatten jedoch erlebt, wie er einen rüpelhaften Kerl, der in der letzten Weihnachtszeit auf Krawall aus gewesen war, mit einem einzigen Faustschlag niedergestreckt hatte.

»Ich würde Simonsen nicht ärgern, wenn ich du wäre«, warnte einer einen Schiffskameraden, der gehofft hatte, selbst Steuermann werden zu können. »Er ist zwar einer von den Stillen, aber wenn er in Fahrt kommt, reicht selbst ein Belegnagel nicht aus, um ihn aufzuhalten.«

»Was du schon sagst!«, spottete der Mann.

Da sah er, wie Simon das Deck betrat, ging auf diesen zu und rempelte ihn im Vorbeigehen an. Einen Augenblick später saß er auf dem Hosenboden und starrte verdattert zu Simon hoch. Wie dieser ihn zu Fall gebracht hatte, war ihm ein Rätsel, so schnell war es gegangen.

»Du solltest dich vorsehen, wenn du über das Deck läufst, sonst knallst du noch gegen den Mast oder das Ruderhaus«, sagte Simon freundlich zu ihm.

Einige Matrosen lachten, und das ärgerte ihren Kameraden noch mehr. Simon hatte sich jedoch durchgesetzt, und als der Matrose sich später bei Sievers über ihn beschweren wollte, musterte dieser ihn mit einem kalten Blick.

»Wenn du Lumpenhund mich gestoßen hättest, hätte ich dir einen verfluchten Belegnagel über deinen mit Scheiße gefüllten Schädel gehauen, dass dir der Dreck nur so aus den Ohren gespritzt wäre!« Die Begebenheit gab Sievers dennoch zu denken. Seine Stellung als Kapitän der *Pelikan* war nicht so gefestigt, als dass Thadde, Sölter und die anderen Schiffseigner ihn für unersetzlich erachteten. Bislang war ihm noch kein Steuermann gefährlich genug geworden, um ihm die Stellung streitig machen zu können. Bei Simonsen sah die Sache anders aus. Der war immerhin durch Hauke Lüders' Schule gegangen, und dieser hätte mit Leichtigkeit Kapitän auf einem der großen Handelssegler werden können, würde er es nicht vorziehen, Herr auf seinem eigenen Schiff zu sein.

Sievers hielt es daher für möglich, dass die Eigner der *Pelikan* Simon auf das Schiff gebracht hatten, damit dieser ihn im nächsten Jahr ersetzte. Nicht mit mir!, beschloss er. Bis jetzt hatte er jeden seiner Steuerleute zur Verzweiflung getrieben und würde es auch bei Simonsen schaffen.

Aus diesem Grund bedachte er Simon mit einem Übermaß an Aufgaben, die für einen einzelnen Mann eigentlich nicht zu schaffen waren. Um Minas willen hielt Simon sich jedoch eisern zurück und tat alles, was Sievers von ihm verlangte. Zudem lernte er auf diese Weise das Schiff sehr viel schneller kennen, als es sonst der Fall gewesen wäre. Auch von den Matrosen konnte er schon nach wenigen Tagen sagen, wer von ihnen zugriff und wem er vertrauen konnte.

Irgendwann waren die letzten Säcke und Fässer von den Hafenschuten übernommen, und die *Pelikan* lag auslaufbereit vor Anker. Nicht zuletzt war es Simons unermüdlichem Einsatz zu verdanken, dass sie diesmal vor der *Schwan* fertig geworden waren, obwohl diese weniger Fracht fasste als sie.

Von einem Fenster im oberen Stock seines Hauses aus sah Cornelius Thadde zu, wie die *Pelikan* den Anker einholte und langsam in die Norderelbe hinausglitt.

»Simonsen ist wirklich ein guter Mann«, sagte er leise. Er hatte Simons Einsatz sehr wohl wahrgenommen und war sehr zufrieden mit ihm.

Anders als der Kaufherr quälte Erna das bittere Gefühl, von Simon missachtet und beiseitegeschoben worden zu sein. Dennoch sah sie von der Mauer des Fortifikationshauses aus mit brennenden Augen zu, wie die *Pelikan* den Strom hinabfuhr, und betete leise, dass der Herrgott im Himmel dem jungen Mann trotz seiner Treulosigkeit ihrem Vater gegenüber seinen Beistand nicht verweigern möge.

11.

Der Elblotse kam an Bord und grüßte Simon freundlich. »Hast wohl hier angeheuert!«, meinte er. »Kannst auch gleich das Steuer übernehmen! Hast es ja bereits oft genug geführt, um selbst Elblotse werden zu können.«

Es war ein verkapptes Angebot, doch Simons Gedanken galten nicht der sicheren Stellung an der Elbe, sondern den fernen Häfen, die er sehen wollte.

Sievers verzog das Gesicht. »Entweder übernimmst du selbst das Steuer, oder du bist schuld, wenn die Pelikan unterwegs strandet«, fuhr er den Lotsen an.

Dieser spuckte seinen Priem über Bord, bevor er antwortete: »Keine Sorge, der Simon macht das schon!«

Er erntete etliche Beschimpfungen, bei denen Sievers seinem Beinamen unleidlicher Frerk alle Ehre machte. Allerdings kümmerten sich weder der Lotse noch Simon darum.

»Jetzt leicht steuerbord!«, wies der Lotse Simon an und nickte zufrieden, als die Pelikan auf der idealen Route fuhr.

»Passt auf, dass ihr nicht dem Holsteiner Ufer zu nahe kommt oder dort gar auf eine Sandbank aufläuft. Die Herren Eigner wüssten euch wenig Dank dafür«, rief Sievers grollend.

Der Lotse wandte sich spöttisch zu ihm um. »Dir aber auch nicht! Immerhin bist du der Kapitän.«

Simon musste sich das Grinsen verkneifen, als er Sievers' betretene Miene sah. Der Mann musste doch wissen, dass der Lotse den Strom kannte. Daher wären ein paar höfliche Worte angemessener gewesen als dieses sinnlose Geschimpfe.

Auch die Matrosen wunderten sich über ihren Kapitän. Der war zwar auch sonst rasch mit einem Fluch oder Schimpfwort bei der Hand gewesen, doch diesmal trieb er es doppelt so schlimm.

»Das kann noch heiter werden!«, murmelte Michel Gartz, der zum ersten Mal als Zahlmeister auf der Pelikan mitfuhr.

Schließlich war das erste Stück der Fahrt geschafft, und der Lotse ging von Bord. Sievers befahl, so viele Segel zu setzen, wie es möglich war, und einen Kurs zu steuern, der südlich an Helgoland vorbeiführte.

Simon nickte und musterte die Takelage. »Wir sollten die Segel am Fockmast anders trimmen, dann kämen wir schneller voran.«

»Was du nicht sagst!«, antwortete Sievers schnaubend. »Die Takelage ist so, wie sie ist, am besten, hast du Lumpenhund verstanden?«

Simon nahm es mit einem Achselzucken hin. Sievers war der Kapitän und damit der Mann an Bord, der befahl. Die Segel wurden daher so gesetzt, wie dieser es wollte, auch wenn die *Pelikan* durchaus schneller hätte sein können.

Während die Tage vergingen, machte Simon sich mit jeder Planke des Schiffes vertraut, nicht ahnend, dass er damit Sievers' Furcht nährte, Cornelius Thadde könnte ihn an Bord geschickt haben, um ihn bei nächster Gelegenheit als neuen Kapitän einsetzen zu können.

Frerk Sievers blieb die meiste Zeit in seiner Kajüte und überließ Simon die Aufsicht über Schiff und Matrosen. Sein Ziel war, seinen neuen Steuermann zu Fehlern zu verleiten, um ihn seines Postens entbinden und ihn unterwegs in irgendeinem Hafen zurücklassen zu können. Die Navigation des Schiffes würde er übernehmen und Simons restliche Aufgaben einem der Maate übertragen.

Trotz seiner Jugend hatte Simon die Nordsee und den Ärmelkanal schon oft befahren und konnte den Kurs daher ebenso gut bestimmen wie der Kapitän. Die Matrosen gewöhnten sich an seine ruhige Art, zu kommandieren, und nicht wenige wünschten, Sievers würde für immer in seiner Kajüte bleiben. Alle hatten seine Schimpfkanonaden und Beleidigungen satt und waren erleichtert, vorerst davon verschont zu werden.

Als die *Pelikan* das Ende des Ärmelkanals erreichte, kam dichter Nebel auf. Simon gab Befehl, mehrere Segel zu reffen, und schickte einen Mann an den Bug, damit dieser in regelmäßigen Abständen mit einem Horn Signal gab.

»Wollen wir hoffen, dass uns kein anderes Schiff vor den Bug läuft«, meinte der Rudergänger zu Simon.

Dieser nickte mit angespannter Miene. »Der Nebel ist so dicht, dass wir von hier aus unseren eigenen Bug kaum erkennen können«, antwortete er und lauschte auf mögliche Antworten auf ihr Hornsignal.

Zunächst blieb alles still. Dafür erschien der Kapitän und blieb neben dem Steuerrad stehen. Der Nebel bereitete ihm Sorge. Falls etwas passieren sollte, wollte er nicht, dass es hieß, er hätte sich nicht um das Schiff gekümmert, sondern dies dem Steuermann überlassen.

Der Nebel hielt stundenlang an und schien immer noch dichter zu werden.

»Da soll doch der Klabautermann dreinfahren!«, fluchte Sievers. »So einen Scheißnebel habe ich schon seit Jahren nicht mehr erlebt!«

»Wir sollten uns etwas mehr backbord halten, um nicht auf die Riffe bei den Scilly-Inseln zu treffen«, riet Simon.

Der Kapitän überlegte. Eine Bestimmung ihrer genauen Position war unmöglich, doch glaubte er die Inseln noch ein Stück voraus. Außerdem erklangen schräg vor ihnen rasch hintereinander mehrere Signalhörner.

»Willst du etwa auf die anderen Schiffe zusteuern, du Narr?«, fragte er Simon ätzend und befahl dem Rudergänger, zwei Strich nach Steuerbord zu drehen.

Der Mann gehorchte, während Simon ärgerlich den Kopf schüttelte.

»Halten Sie das für vernünftig?«, fragte er.

»Vernünftiger jedenfalls, als ein anderes Schiff zu rammen«, gab der Kapitän höhnisch zurück und nahm sich vor, in seinem Logbuch zu vermerken, welch unsinnigen Vorschlag Simon gemacht hatte.

Da hörte Simon vor sich Brandungsgeräusche, schob den Rudergänger beiseite und drehte das Steuerrad, so schnell er konnte, um das Schiff nach Backbord zu zwingen.

»Das ist Meuterei, du Hund! Dafür werde ich dich in Eisen legen lassen«, schrie Sievers voller Wut.

Da gellte der Warnschrei des Mannes am Bug auf. »Brandung direkt voraus!«

Jetzt half nur noch Beten. Das Steuerrad stand am Anschlag, und Simon sah, wie sich der Bug des Schiffes quälend langsam in die gewünschte Richtung bewegte. Noch aber lag das Riff direkt vor ihnen.

»Komm, altes Mädchen! Du willst doch nicht scheitern wollen?«, flehte Simon.

Augenblicke später passierten sie den Felsen im Abstand von weniger als zwei Mannslängen. Alle zogen die Köpfe ein und warteten auf das Geräusch berstenden Holzes. Es tat sich zum Glück jedoch nichts, und die gefährliche Stelle blieb hinter ihnen zurück.

»Guter Gott! Ich sah mich schon auf dem Grunde des Meeres«, stieß der Rudergänger erregt hervor.

»Sie haben rasch und überlegt gehandelt und unseren Eignern damit Schiff und Ladung erhalten. Ich werde es in meinem Bericht vermerken«, erklärte der Zahlmeister. Michel Gartz war ein kleines, mageres Männlein mit einem spitzen Mausgesicht, auf dem Simon jetzt Erleichterung und Dankbarkeit las. Im Gegensatz dazu wirkte der Kapitän, als hätte er eben den Klabautermann gesehen.

Sievers wusste, dass der Zahlmeister seinen Fehler Thadde und den anderen Eignern melden würde, und wünschte sich fast, die *Pelikan* wäre gegen den Felsen gelaufen. Ein zu einem Seemann passendes Ende erschien ihm als das leichtere Los, als sein Kommando an einen anderen zu verlieren. Wenn es dazu nicht kommen sollte, musste diese Fahrt ein gewaltiger Erfolg werden, denn nur ein großer Schwall glänzender Talerstücke würde diese Begebenheit hinwegschwemmen.

12.

Von diesem Tag an hätte Simon von der Mannschaft verlangen können, den alten Kapitän über Bord zu werfen und es als Unglück hinzustellen. Sievers reagierte darauf, indem er Simon demütigte, wo es nur ging, und die Mannschaft zu teilweise sinnlosen Arbeiten anhielt. Die Männer gehorchten mit der Faust in der Tasche und atmeten auf, als nach mehreren Wochen Fahrt auf dem Atlantischen Ozean endlich Kuba vor ihnen auftauchte. An diesem Ort Handel zu treiben, war nicht leicht, denn die spanische Kolonialmacht achtete mit Argusaugen darauf, dass kein fremdes Schiff Häfen anlief, die ihm verboten waren.

Thadde war es durch seine Kontakte zu spanischen Kaufleuten gelungen, die notwendige Erlaubnis zu erhalten. Man hatte ihm auch die Waren genannt, die sie hierherbringen und verkaufen dürften. Nur mit Waren desselben Wertes zurückzufahren, hätte einen Verlust bedeutet. Frerk Sievers und der Zahlmeister mussten daher zusehen, dass sie möglichst wertvolle Handelsgüter erstanden, damit die Fahrt sich auch lohnte.

Für die Matrosen war dies mit der harten Arbeit des Ent- und Beladens des Schiffes verbunden. Bis es jedoch so weit war, würden ein paar Tage vergehen, und die wollten sie an Land mit braunen Mädchen und Schnaps verbringen. Beide kosteten wenig und ließen die Anstrengungen an Bord vergessen.

Auch Frerk Sievers wollte an Land, um nach ein paar Gläsern Rum seinen Ärger in den Armen einer hübschen Hure zu vergessen.

»Du!«, sein rechter Zeigefinger stach auf den Zahlmeister zu. »Du suchst die Empfänger unserer verdammten Ladung auf und kümmerst dich darum, dass diese zum Teufel noch mal gelöscht wird. Zwei Männer bleiben als Wache an Bord. Gibt es Freiwillige, oder muss ich ein paar von euch Affen dazu bestimmen?«

Zwei ältere Matrosen, die den Freuden der Venus nicht mehr viel abgewinnen konnten, meldeten sich. »Bringt uns aber einen Krug Rum, damit wir nicht so trocken hier sitzen müssen«, forderte einer von ihnen seine Kameraden auf.

Während diese nickten, suchte der Blick des Kapitäns Simon. »Du bleibst ebenfalls an Bord und achtest darauf, dass nichts gestohlen wird! Verstanden?«

Es war reine Schikane, doch Simon zuckte nur mit den Schultern. Am nächsten Tag, spätestens am übernächsten werde auch ich an Land kommen, dachte er, während er das Gedränge im Hafen, die spanische Festung, die diesen schützte, und die Berge im Hinterland betrachtete. Palmen hatte er bereits im letzten Jahr bei Lissabon gesehen. Die hier aber waren von einer anderen Art und wuchsen deutlich höher.

Sievers überließ ihm und dem Zahlmeister auch die Formalitäten und schritt, während die beiden sich noch mit den Hafenbeamten herumschlugen, schnurstracks auf eine Schenke zu. Ein paar Matrosen folgten ihm in der Hoffnung, er würde ihnen ein paar Becher Rum bezahlen. Aber es blieb bei dem frommen Wunsch, denn Sievers setzte sich an den Kommandantentisch, der mit Schnitzereien geschmückt war und direkt neben der Schanktheke stand. Die einfachen Seeleute mussten sich weiter hinten einen Platz suchen.

Da die *Pelikan* erst spät am Nachmittag eingelaufen war, war die Schenke recht voll, und die meisten Huren hatten bereits Freier gefunden. Bei diesen saßen sie nun, schlangen den Arm um sie und tranken aus ihren Bechern. Sievers blickte sich forschend um, entdeckte unter den zweien, die noch auf der Suche nach einem spendablen Hengst durch die Tischreihen streiften, jedoch keine, die ihm gefiel. Er trank einen großen Becher Rum, dann noch einen und einen dritten und spürte, wie sein Wunsch nach einer Frau immer stärker wurde. Ein hübsches, braunhäutiges Ding stach ihm ins Auge. Es hockte allerdings bei einem Kapitän aus den englischen Kolonien, der sie besitzergreifend im Arm hielt.

»He, du da, komm mit! Ich will dich haben«, rief Sievers ihr in holprigem Spanisch zu.

Die junge Frau lachte, während ihr Galan seinen Priem in Sievers' Richtung ausspuckte.

»Das machst du nur ein Mal, du Hund!«, schrie Sievers den Kapitän an und versetzte ihm einen heftigen Faustschlag. Dann packte er die Hure am Handgelenk und wollte sie hinter sich herziehen.

Der Schiffer aus Baltimore war nicht weniger betrunken als Sievers und brauchte ein paar Sekunden, um sich von dem Hieb zu erholen. Dann sprang er auf, riss sein Messer heraus und stach zu.

Sievers blieb abrupt stehen, drehte sich zu dem anderen um und sah dessen blutige Klinge. »Du verdammter Hundsfott!«, brachte er noch heraus, dann kippte er um und schlug auf die schmutzigen Bretter, die den Boden bildeten.

»Musstest du ihn gleich umbringen?«, schimpfte die Wirtin verärgert.

Der Neuengländer wischte sein Messer an Sievers' Rock sauber und steckte es wieder ein, bevor er sich zu der Wirtin umwandte. »Mich schlägt keiner hinterrücks nieder, ohne das entsprechende Echo zu bekommen!«

»Trotzdem hättest du nicht gleich das Messer ziehen müssen!«

»Will mir hier einer einen Vorwurf daraus machen?«, fragte der Kapitän provozierend und sah sich um.

Einer der Matrosen der *Pelikan* wollte sich erheben, doch seine Kameraden zogen ihn wieder zurück.

»Bist du verrückt? Du kannst dich doch nicht wegen des unleidlichen Frerk mit diesem Kerl anlegen«, sagte ein Kamerad leise.

Der Matrose überlegte kurz und schüttelte den Kopf. »Nein, wahrlich nicht!«

»Dann trink deinen Rum und halte den Rand!«

Der Mann aus Baltimore wandte sich mit einem zufriedenen Grinsen an die Wirtin. »Du kannst den Kadaver wegschaffen lassen, sonst fällt noch einer drüber!«

Während die Wirtin schmallippig einem Knecht den Befehl erteilte, Frerk Sievers' Leichnam in einen Nebenraum zu schaffen und danach den Bestatter zu holen, beschloss der Neuengländer, dass eine vergnügliche Stunde mit dem Mädchen genau das war, was er jetzt brauchte, und forderte es auf, mit ihm in einen der hinteren Räume zu kommen.

13.

Als der Zahlmeister an Bord stieg, wirkte sein Mausgesicht noch spitzer als sonst, und die wenigen Barthaare auf seiner Oberlippe sträubten sich wie ein Katzenbart.

»Herr Thadde und die anderen Schiffseigner hätten sich niemals auf diese Fahrt einlassen dürfen«, rief er wutschnaubend aus. »Den Spaniern ist es nur darum gegangen, die Waren, die sie brauchten, billig von uns zu bekommen. Die Gegenfracht nach Hamburg sollen wir selbst ankaufen, wurde uns gesagt. Doch die Preise, die diese Lumpen von uns verlangen, sind so hoch, dass wir die *Pelikan* höchstens zur Hälfte voll bekommen. Mit Glück werden wir keinen Verlust machen, aber einen Gewinn wird es nicht geben.«

»Das ist übel!« Simon ärgerte sich unwillkürlich über Thadde und seine Miteigner, die sich von ihren Vertragspartnern hatten verlocken lassen, das Schiff voll beladen über den Ozean zu schicken, ohne eine passende Gegenfracht zu vereinbaren. Wenn sie jetzt nach Hause kamen, würden die Herren die Schuld jedoch nicht bei sich, sondern bei Sievers, Michel Gartz und ihm suchen.

»Gibt es keine Möglichkeit, auf anderem Weg an eine Fracht zu gelangen?«, fragte er.

Der Zahlmeister wiegte den Kopf. »Dafür müssten der Kapitän und ich durch die Insel reisen und mit den einzelnen Plantagenbesitzern verhandeln. Vielleicht sind ein paar von ihnen bereit, an uns zu verkaufen, wenn wir ihnen ein paar Prozent mehr bieten als die hiesigen Aufkäufer. Aber das wird dauern. Eine Herbstfahrt, so wie Herr Thadde und die anderen es von uns erwarten, wird es dann nicht mehr geben.«

Auch das war eine schlimme Nachricht. Simons erste Fahrt in Thaddes Diensten schien unter einem schlechten Stern zu stehen. Bevor er jedoch etwas dazu sagen konnte, kamen zwei Matrosen zurück. Ihre Gesichter wirkten ernst, als sie vor ihm stehen blieben.

»Den Kapitän hat es erwischt!«, meldete einer der beiden.

»Was sagst du?«, fragte Simon verständnislos.

»Ein Schiffer aus Neuengland hat ihn abgestochen, einfach so!«

Sein Kamerad rückte die Tatsachen zurecht. »Einfach so war es nicht! Unser Kapitän hat dem Mann zuerst einen Faustschlag verpasst und wollte ihm das Mädchen wegnehmen, das dieser sich für die Nacht ausgesucht hatte.«

»Trotzdem hat dieser Scheißkerl den Kapitän von hinten niedergestochen! Behauptet aber, es wäre Notwehr gewesen. Die hiesigen Behörden kümmert es nicht. Wir wären doch nur ein paar lumpige Ausländer und können uns ruhig gegenseitig abmurksen. Außerdem hat ein katholischer Pfaffe Sievers' Leichnam in Beschlag genommen und will Geld dafür haben, ihn unter die Erde zu bringen. Dabei war der unleidliche Frerk ein Seemann – und noch dazu ein Protestant«, meinte der Erste.

Sein Kamerad schnaubte grimmig. »Wir sollen aber zahlen, wenn wir Sievers ein anständiges Seemannsgrab geben wollen!«

»Uns wird nichts anderes übrig bleiben, als zu zahlen, sonst laufen wir Gefahr, dass sie uns hier festhalten«, kommentierte Gartz die Sache und wandte sich Simon zu. »Jetzt liegt es an Ihnen, die *Pelikan* heil nach Hamburg zurückzubringen!«

Die Bemerkung des Zahlmeisters machte Simon klar, dass nun alle Verantwortung auf seinen Schultern ruhte. Wenn er versagte, würde er Mina niemals erringen können. Für einen Augenblick drohte ihn die Verzweiflung zu übermannen. Der westlichste Hafen, den er je angefahren hatte, war Lissabon gewesen, und das lag auf der anderen Seite des Ozeans. Zwar hatte er zusammen mit Hauke Lüders spielerisch Kurse berechnet, die zu weit entfernteren Zielen geführt hätten. Doch genügte das?

Ein Blick in die Gesichter seiner Matrosen verriet ihm, dass er sich seine Zweifel niemals anmerken lassen durfte. Und noch etwas las er in ihnen. Keine verdammte Teerjacke, woher sie auch immer stammen mochte, durfte den Kapitän eines Hamburger Schiffes niederstechen, ohne seine Strafe zu erhalten. Damit, sagte Simon sich, würde er beginnen.

»Wo ist dieser Neuengländer jetzt?«, fragte er die Matrosen.

»Noch immer in der Schenke! Er prahlt sogar damit, wie er mit dem armen Sievers verfahren ist.«

Zwar hatten die Matrosen ihren Kapitän gehasst, aber er hatte zu ihnen gehört, und es erbitterte sie, dass ihn jemand ermordet hatte.

»Dann führt mich hin!«

Die Matrosen nickten und verließen das Schiff. Als Simon ihnen folgte, schloss Gartz sich ihnen an. Er war zutiefst beunruhigt. Obwohl Sievers jähzornig gewesen war, hätte er diesem noch eher zugetraut, mit den Plantagenbesitzern verhandeln zu können. Simon erschien ihm noch arg grün hinter den Ohren.

In diesem Augenblick verschwendete Simon jedoch keinerlei Gedanken daran, wie sie den Laderaum des Schiffes füllen konnten. Er ging zur Schenke, trat breitbeinig ein und ließ den Blick schweifen.

»Hier hat irgendein Schwein meinen Kapitän von hinten erstochen. Ist es noch hier, oder hat es das Weite gesucht?«

Sein Tonfall war so scharf und beleidigend, dass alle in der Schenke zusammenzuckten. Selbst die alte Mulattin, die hinter der Schanktheke stand und eben Branntwein in Becher füllte, blickte verblüfft auf.

Der Mann aus Baltimore begriff, dass er sich dieser Herausforderung nicht entziehen durfte, wenn er nicht in allen Gewässern zwischen Kuba und seiner Heimatstadt als Feigling gelten wollte. Er stand daher auf und funkelte Simon feindselig an.

»Kein Mann auf der Welt darf Samuel Bartlett ein Schwein nennen!« Noch während er es sagte, zog er sein Messer und griff an.

Simon wich dem Stoß aus und hämmerte die rechte Faust gegen das Kinn des Amerikaners. Bartlett flog nach hinten, verlor das Messer und schlug hart auf dem Boden auf.

Es dauerte einige Augenblicke, bis die Umstehenden begriffen, dass der Mann bewusstlos war. Einige Matrosen seiner Mannschaft sahen einander an, blieben aber sitzen, als Simons Begleiter an dessen Seite traten.

»Das war ein Hieb! Ein Gaul hätte nicht härter ausschlagen können«, rief ein Matrose grinsend. »Der Kerl wird es sich überlegen, ob er sich noch einmal mit einem Hamburger anlegen will.«

Simon nahm wahr, dass seine Leute mit der Strafe, die er Bartlett erteilt hatte, zufrieden waren. Daher warf er dem Bewusstlosen einen letzten Blick zu und wollte gehen. Da stellte die Wirtin ihm einen großen Becher Rum hin.

»Den hast du dir verdient!«, sagte sie in einer Mischung aus Spanisch und Englisch.

Simon hatte etwas Mühe, sie zu verstehen. Um sie nicht zu beleidigen, nahm er den Becher und trank.

Die Frau musterte ihn nachdenklich. »Du bist von dem Hamburger Schiff, das eine Fracht für die Heimfahrt sucht?«

Unwillkürlich nickte Simon.

»Ich könnte euch eine Fracht verschaffen, und das zu guten Preisen«, fuhr die Mulattin fort.

»Was für eine Fracht?«

»Guten Rum, Zucker, Tabak, Kaffee!« Die Frau zählte all die Dinge auf, die in Hamburg viel Geld bringen würden.

»Woher willst du das Zeug haben?«

Die Frau lachte. »Ich habe Freunde, die es loswerden wollen!«

»Es handelt sich wahrscheinlich um Schmuggelware oder gar die Beute von Piraten«, raunte der Zahlmeister Simon ins Ohr.

Dieser sah ihn unsicher an. »Sollen wir uns darauf einlassen?«

»Wir sind unseren Eignern verpflichtet. Da man uns unter falschen Voraussetzungen hierhergelockt hat, sehe ich keinen Grund, auf die Spanier Rücksicht zu nehmen.«

Simon überlegte kurz, klopfte Michel Gartz auf die Schulter und wandte sich dann der Wirtin zu. »Wenn es stimmt, was du sagst, werden wir ins Geschäft kommen.«

Die Frau lächelte und nannte die Preise, die sie für die Waren haben wollte. Sie waren um einiges niedriger als die, die man bisher von ihnen verlangt hatte, und das versprach in Hamburg reichen Gewinn.

Bei Hauke Lüders hatte Simon gelernt, wie man mit Anbietern verhandelt, und so sah der Zahlmeister verwundert zu, wie der junge Mann Preise erzielte, die er sich selbst nicht zugetraut hätte.

Als Simon und seine Begleiter die Schenke verließen, sahen sie die Seeleute aus Baltimore vor sich. Zwei mussten Samuel Bartlett stützen, weil er noch immer nicht in der Lage war, ein paar gerade Schritte hintereinanderzugehen.

»Der wird morgen arge Kopfschmerzen haben«, spottete Michel Gartz.

»Wenn ich ihm das nächste Mal begegne, werde ich mich daran erinnern, dass Frerk Sievers von ihm ermordet wurde und der Kerl dafür nur einen Faustschlag als Vergeltung erhalten hat«, antwortete Simon und richtete dann seine Gedanken auf die Fracht, die sie an Bord nehmen würden, sowie ihre mitgebrachten Güter entladen waren.

14.

Cornelius Thadde betrachtete wohlgefällig seine Familie. Ihm gegenüber saß seine Ehefrau, die mit ihren gut vierzig Jahren ein wenig mollig geworden war, dem Haushalt aber vorstand wie keine Zweite. Zehn Monate nach der Heirat hatte sie Mina geboren. Dann vergingen zehn lange, schwere Jahre mit mehreren Fehlgeburten, bis schließlich mit Thaddäus sein Stammhalter zur Welt gekommen war und nach zwei weiteren Jahren mit Matthäus ein zweiter Sohn. Damit, sagte Thadde sich, konnte er zufrieden sein. Seine Söhne würden sein Handelshaus einmal weiterführen, und Mina wollte er so verheiraten, dass er den höchsten Gewinn damit erzielte.

Bei dem Gedanken kamen ihm die beiden jungen Steuerleute in den Sinn, die er am Ende des Winters in seine Dienste genommen hatte. Einen von ihnen würde er wohl zu seinem Schwiegersohn machen. Das Handelshaus brauchte Männer, die wertvolle Waren aus allen Enden und Ecken der Welt holten und nach Hamburg brachten.

Die Suppe wurde aufgetragen, und er scheuchte Simon Simonsen und Jörgen Mensing wieder aus seinen Gedanken. Nachdem er gekostet hatte, nickte er seiner Frau zufrieden zu.

»Es schmeckt sehr gut!«

»Ich danke dir.« Greta Thadde lächelte so entzückt, als hätte sie selbst am Herd gestanden und nicht nur ihrer Köchin gesagt, sie solle die Lieblingssuppe ihres Mannes auf den Tisch bringen.

Auch der Vortisch war nach Thaddes Sinn und ebenso der Fisch, der als nächster Gang gereicht wurde. Bevor jedoch der Braten serviert werden konnte, stürzte einer der Kommis herein, ohne vorher anzuklopfen.

»Herr Thadde! Herr Thadde! Die *Pelikan* wird gemeldet!«, rief er aufgeregt.

»Was sagst du da?« Thadde schüttelte verwundert den Kopf. »Das kann nicht sein! Ich erwarte die *Pelikan* frühestens in einem Monat zurück.«

»Sie ist es aber! Ich hätte es nicht gewagt, Sie zu stören, wenn ich mich dessen nicht vergewissert hätte.«

In dem Augenblick war für Thadde das Mahl vergessen. Er wischte sich den Mund mit der Serviette ab, warf diese auf den Tisch und stand auf.

»Esst weiter!«, sagte er zu Frau und Kindern und eilte mit langen Schritten davon.

Bis zum Hafen waren es von seinem Haus in der Catharinenstraße nur wenige Schritte. Als er dort ankam, ließ eben die *Pelikan* unweit von ihm den Anker fallen.

»Ist Sievers etwa mit dem Schiff geflogen?«, fragte er verwundert und winkte ein Boot heran.

»Bringt mich zur *Pelikan!*«, befahl er den Ruderern und schüttelte, als sie sich dem Schiff näherten, ein ums andere Mal den Kopf: Das Schiff hatte nicht die Flaggen aufgezogen, mit denen es sonst in Hamburg eingelaufen war. War unterwegs etwas geschehen, und Sievers hatte sich gezwungen gesehen, umzukehren?, fragte er sich. Dafür aber lag die *Pelikan* zu tief im Wasser. Sie musste bis zum Äußersten beladen sein.

Angespannt kletterte er die Jakobsleiter hoch und sah sich Simon und dem Zahlmeister gegenüber.

»Willkommen an Bord, Herr Thadde«, begann Simon mit einer leichten Verbeugung. »Ich melde die Rückkehr der *Pelikan* von Kuba, muss aber zu meiner Trauer hinzufügen, dass wir den Leib unseres guten Kapitäns Frerk Sievers vor Kuba der See übergeben haben. Er wurde von einem Schurken aus Baltimore hinterrücks ermordet.«

»Sievers ist tot?« Einen Augenblick lang hielt Thadde erschrocken inne. Dann aber fand er, dass Sievers kein Verlust war, der ihm ernsthaft schaden würde, und legte Simon die Hand auf die Schulter.

»Hast du das Schiff heimgebracht?«

Simon nickte, ohne etwas zu sagen.

Das übernahm Michel Gartz. »Simonsen hat sich nicht nur als ausgezeichneter Schiffer erwiesen, sondern auf Kuba auch klug verhandelt und dadurch die Hinterlist der Herren, die Sie dazu verlockt haben, das Schiff dorthin zu schicken, in einen Erfolg für uns verwandelt.«

Thadde atmete tief durch und fragte, was die *Pelikan* alles geladen habe.

»Sehen Sie es sich an!«, forderte Simon ihn auf und kletterte den Niedergang hinab.

Thadde folgte ihm und sah staunend auf die Fässer, die im Frachtraum fast deckenhoch aufgestapelt waren. Unterdessen winkte Simon mehrere Matrosen herbei und befahl ihnen, einige zu öffnen.

»Wir haben alle kontrolliert und nur beste Qualität erhalten«, erklärte er Thadde.

Dieser probierte Rum und Zucker, ließ Kaffeebohnen durch die Finger rieseln und rieb an einem Tabakblatt, um daran zu riechen. Da er die Preise kannte, die hier in Hamburg für diese Waren bezahlt wurden, konnte er den Gewinn dieser Fahrt in etwa bestimmen. Es war mehr, als je eines der Schiffe ihrer Eignergemeinschaft hierhergebracht hatte.

»Ich werde mich um das Löschen der Ladung kümmern«, erklärte er Simon und klopfte ihm mehrfach auf die Schulter. »Ich kann dir zwar noch nichts versprechen, werde mich aber dafür einsetzen, dass du die Herbstfahrt der *Pelikan* als vorläufiger Kommandant unternehmen kannst. Kommst du dann mit guten Ergebnissen zurück, wird den anderen Eignern nichts anderes übrig bleiben, als meinen Rat zu befolgen und dich im nächsten Jahr zum Kapitän zu ernennen.«

»Ich danke Ihnen von Herzen!«, rief Simon voller Freude.

Damit hatte er die höchste Stufe eines Handelsschiffers erreicht. Noch ein oder zwei erfolgreiche Jahre, und er würde mit Aussicht auf Erfolg an Thaddes Tür klopfen und um Minas Hand anhalten können.

Mit diesem Gedanken verabschiedete er Thadde und sah zu, wie dieser mit einem Boot wieder an Land gerudert wurde. Als er sich umdrehen wollte, entdeckte er auf einem Bootsanleger einen roten Schopf.

Erna Lüders! Für Augenblicke trafen sich ihre Blicke, und er las die Verachtung auf ihrem Gesicht. Brüsk wandte sie sich um und ging. Die gute Stimmung, die Simon eben noch erfüllt hatte, verflog.

ZWEITER TEIL

WETTFAHRT
NACH
WESTINDIEN

1.

HAMBURG IM JAHR 1773

*S*imon Simonsen trat mit entschlossener Miene auf Cornelius Thadde zu und blieb mit einer knappen Verbeugung vor ihm stehen. »Ich danke Ihnen, dass Sie mir diese Unterredung gewährt haben.«

»Wenn ich einen meiner Kapitäne nicht mehr empfangen würde, wäre ich ein schlechter Handelsmann«, antwortete Thadde mit unbewegter Miene. Auch wenn er nur ein Fünftel an der *Pelikan* besaß, tat er alles, damit Simon und auch Jörgen Mensing sich als seine Kapitäne fühlten. Einen Moment dachte er daran, dass Reimers Ende vorletzten Jahres zwar die *Schwan* gut aus Ostindien zurückgebracht hatte. Im letzten Frühjahr war der Mann jedoch krank geworden, und er hatte seinen Miteignern angeraten, Mensing die *Schwan* anzuvertrauen. Das hatte er nicht bereut. Mensing war nicht weniger ehrgeizig als Simon und hatte der Eignergemeinschaft einen guten Gewinn eingebracht. Auch Simon war erfolgreich geblieben, und es war zu erwarten, dass die Gewinne heuer noch größer ausfallen würden. Darüber aber wollte er erst im Anschluss sprechen, wenn außer Simon auch Mensing, die beiden Steuermänner und die Zahlmeister erschienen waren.

»Nun, was gibt es so Dringendes?«, fragte Thadde.

Simon raffte seinen gesamten Mut zusammen und sah ihn fordernd an. »Ich glaube, Sie haben sich weder im vorletzten noch im vergangenen Jahr über mich beschweren müssen.«

»Das stimmt!«, gab Thadde zu.

»Kurz und gut, ich bitte Sie um die Hand Ihrer Tochter.«

Nun war es ausgesprochen. Simon hatte die heurige Fahrt noch abwarten wollen, dann aber von Mina erfahren, dass Jörgen Mensing sich bereits beim Eintreten in die Dienste ihres Vaters um sie beworben hatte. Um nicht von seinem Rivalen übertrumpft zu werden, hatte er beschlossen, das Gespräch mit Thadde zu suchen und nach Möglichkeit eine Entscheidung herbeizuführen.

Minas Vater hatte zwar geahnt, dass Simon irgendwann um Mina werben würde, es aber nicht so rasch erwartet. Auch überraschte ihn die Festigkeit, mit der dieser seinen Antrag vortrug. Bislang hatte er Jörgen Mensing für entschlossener gehalten. Das schien ein Irrtum gewesen zu sein. Stille Wasser gründen tief, dachte er, während Stromschnellen über flachem Grund lagen. Nun fragte Thadde sich, ob Simons feste Haltung einen Vorteil oder einen Nachteil für ihn und seine Söhne bedeuten könnte. Bei Mensing hatte er Zweifel. Dennoch wollte er sich nicht sofort entscheiden.

»Ich weiß«, sagte er zögernd, »dass Mina dich gerne sieht. Dennoch kommt dein Antrag überraschend. Du wirst verstehen, dass ich darüber nachdenken muss. Ich sage daher weder Ja noch Nein, muss dir aber mitteilen, dass du nicht der Einzige bist, der sich um Mina bemüht. Da ist zum einen Dolf Sölter, ein feiner, junger Mann, der einmal die Nachfolge seines Vaters antreten wird …«, und schon deshalb nicht infrage kommt, weil Minas Mitgift sein Handelshaus stärken würde, setzte Thadde für sich hinzu, um dann fortzufahren: »Der andere ist Jörgen Mensing, einer meiner Kapitäne wie du – und ein sehr guter dazu!«

Simon presste die Zähne zusammen. Er mochte Mensing nicht. Vor drei Jahren hatte dieser Erna Lüders bedrängt, nicht aus Liebe, sondern um der Nachfolger ihres Vaters werden zu können. Nun streckte er die Hand nach Mina aus, die ihn heiraten musste, wenn der Vater es ihr befahl.

»Ich akzeptiere, dass Sie mir jetzt noch keine Antwort geben wollen, werde aber alles tun, um Sie zu überzeugen, dass ich für Mina der richtige Mann bin.«

»Wenn du das bist, wird es dir auch gelingen!« Thadde lächelte, doch dem Lächeln fehlte jegliche Wärme. Stattdessen überlegte er sich, welchen Vorteil er aus der Rivalität der beiden jungen Kapitäne ziehen konnte. Beiden hatte er erfahrene Steuerleute zugeteilt, die jene Dummheiten zu verhindern wussten, die die jungen Kapitäne sonst anstellen würden, um einander zu übertreffen.

»Ich wünsche dir eine gute Fahrt und eine ebenso gute Ladung!«, sagte er und reichte Simon die Hand.

»Ich werde Sie davon überzeugen, dass ich der richtige Tochtermann für Sie bin«, erklärte dieser noch einmal, drückte Thaddes Hand und wollte gehen.

»Halt!«, rief da der Kaufherr. »Es gilt, die heurige Fahrt zu besprechen. Mit meinen Anteilseignern werde ich das am Abend tun. Dir, Mensing, den Zahlmeistern und euren Steuerleuten will ich die Sache jedoch vorher im kleinen Kreis erklären.«

»Dann soll es so sein«, antwortete Simon, während Thadde die Tischglocke ergriff und ihr einen hellen Ton entlockte.

Ein Diener trat herein und blieb an der Tür stehen.

»Sind die anderen schon da?«

»Zu meinem Bedauern muss ich Ihnen mitteilen, dass sich bis jetzt erst Herr Lukas Thadde eingefunden hat«, antwortete der Diener.

»Sie werden gewiss bald kommen! Führe Kapitän Simonsen zu Lukas und lass beiden einen Krug Bier einschenken. Sobald alle erschienen sind, meldest du es mir«, erklärte Thadde und wandte sich den Papieren auf seinem Tisch zu.

Simon folgte dem Diener in das Nebenzimmer. Dort flegelte sich Thaddes Neffe auf einem Stuhl, setzte sich aber gerade hin, als er Simon eintreten sah.

»Du bist der Zweite, aber nach mir!«, meinte er grinsend und fauchte dann den Diener an. »Was ist? Will mein Oheim uns dürsten lassen?«

»Herr Thadde hat bereits befohlen, den Herren Bier zu kredenzen«, antwortete der Mann und stolzierte mit gravitätischen Schritten davon.

2.

Cornelius Thadde hätte die Einzelheiten der diesjährigen Fahrt wie in all den Jahren vorher im größeren Rahmen erklären können. Doch ihm lag viel daran, die beiden jungen Kapitäne und deren Helfer auf sich einzuschwören. Simonsen und Mensing hatten in erster Linie seinem Handelshaus zu dienen. Die Interessen der sieben Miteigner mussten etwas hintanstehen.

Als er den Raum betrat, waren die sechs Männer anwesend. Mina begleitete ihn, um das Einschenken zu übernehmen, da nicht alles, was gesprochen wurde, an die Ohren eines Dieners gelangen durfte. Allerdings gab es noch einen weiteren Grund, weshalb er sie mitnahm. Er brauchte nur in die Gesichter der beiden Kapitäne zu schauen. Bei Mensing las er Begehren, ja sogar Gier, während Simon wie ein scharfer Wachhund wirkte, der den Wolf Mensing von dem ansehnlichen Schaf Mina vertreiben wollte.

»Ich freue mich, dass ihr meinem Ruf gefolgt seid«, begann er. »Wir werden uns zwar heute Abend noch einmal in Sölters Haus treffen, doch es erschien mir wichtig, vorher mit euch im kleinen Kreis zu reden. Nachdem wir vor zwei Jahren die *Pelikan* nach Kuba und die *Schwan* nach Batavia und im letzten Jahr die *Pelikan* nach Ceylon und die *Schwan* nach Brasilien geschickt haben, werden beide Schiffe heuer dasselbe Ziel ansteuern.«

Simon und Mensing blickten erstaunt auf. Auch die Steuerleute und Zahlmeister zeigten Überraschung. Die großen Seemächte beherrschten die Meere und achteten eifersüchtig darauf, dass sich kein fremdes Handelsschiff ohne Erlaubnis in ihre Häfen verirrte. Es galt daher, Privilegien zu erlangen, um dort Handel zu treiben. Angesichts der Konkurrenz, die hier in Hamburg herrschte, war dies nicht einfach. Bislang jedenfalls hatten Thadde und seine Miteigner noch nicht das Recht erhalten, zwei Schiffe gleichzeitig an einen Ort zu schicken.

»Jawohl, so ist es!«, erklärte Thadde stolz. »Ich habe mich mit den Holländern geeinigt, sowohl die *Pelikan* wie auch die *Schwan* in diesem Jahr nach Willemstad auf Sint Maarten entsenden zu können. Wir haben das Recht, dort frei zu handeln. Ihr alle wisst, an welcher Fracht mir persönlich am meisten gelegen ist. Kümmert euch in erster Linie um diese und dann erst um das, was die anderen Herren fordern.«

Im Kreis seiner Miteigner hätte Thadde das niemals aussprechen dürfen, ohne deren Ärger und vielleicht sogar den Ausschluss aus ihrem Kreis zu riskieren.

Jörgen Mensing verstand sehr gut, was der Handelsherr meinte, und grinste verstehend, während Simon eine bedenkliche Miene zog. Seiner Meinung nach war es falsch, so zu handeln. Er war jedoch kein Kaufmann und zudem von Thaddes Gunst abhängig. Daher hielt er den Mund.

Während der Reeder erklärte, wie die beiden Schiffe beladen werden sollten, beobachtete seine Tochter die beiden Männer, die ihr den Hof machten. Ihr Verstand und mindestens das halbe Herz zog sie zu Simon hin. Die beiden letzten Jahre und die Verantwortung, die er in dieser Zeit hatte tragen müssen, waren ihm gut bekommen. Sein Blick war strenger geworden, und er wirkte entschlossener. Auch achtete er auf ihre Vorhaltungen hin mehr auf seine Kleidung. Er trug nun einen Rock mit Silberknöpfen, und sein Hut war dem eines Schiffskapitäns angemessen.

Doch im Vergleich zu Jörgen Mensing wirkte er immer noch bieder. Dessen dunkelblauer Rock war länger und mit Aufschlägen und silbernen Litzen versehen. Dazu hatte er sich eine rote Schärpe um die Taille gewunden. Einen Dreispitz trug er zwar nicht mehr, dafür aber einen Schlapphut mit breiter Krempe, der mit Reiherfedern geschmückt war. An der Hüfte hing der orientalische Säbel, den er vor zwei Jahren aus Batavia mitgebracht hatte. So wie er hätte auch ein erfolgreicher Pirat aussehen können, und Mina ahnte, dass genau dieser Eindruck beabsichtigt war, denn Mensing wollte bemerkt werden.

Ein Teil von ihr fand ihn faszinierend, während ein anderer Teil sich von ihm abgestoßen fühlte. Dennoch war sie bereit, ihn zu heiraten, falls ihr Vater es von ihr fordern sollte. Simon, so sagte sie sich, war ihr dennoch ein kleines Stück lieber.

Während Mina ihren Gedanken nachhing, zwang Thadde seinen Lippen ein Lächeln auf und musterte Simon und Mensing mit den Blicken eines Mannes, der sich seines Erfolgs sicher fühlte.

»Ihr habt mich beide um die Hand meiner Tochter gebeten. Ich finde es kühn, um nicht zu sagen, dreist von euch. Andererseits seid ihr gute Seeleute, und ich weiß, dass ihr mir gut dienen werdet! Ich will nun nicht sagen, dass derjenige von euch, der als Erster mit reicher Ladung von Sint Maarten zurückkehrt, meine Zustimmung erhält. Es wäre aber gewiss kein Schaden, der Erste zu sein! Allerdings kann der andere ihn mit einem höheren Gewinn übertreffen.«

Damit hatte Thadde das Wettrennen nach Westindien eröffnet. Jörgen Mensing dachte zufrieden daran, dass seine *Schwan* als das schnellere Schiff galt. Die *Pelikan* hingegen vermochte mehr Fracht zu fassen. Andererseits wurde die erste Ladung zumeist teurer verkauft als die zweite, und dies erschien Mensing als ein Punkt, der zu seinen Gunsten sprach. Wenn er sein Schiff mit wertvollen Waren füllen konnte, würde sein Rivale das Nachsehen haben.

Simons Zuversicht war nicht geringer als die seines Kontrahenten. Er hatte bereits auf der Rückfahrt von Kuba die Takelung ändern lassen und auch, während die *Pelikan* in Hamburg vor Anker gelegen und auf den Frühling gewartet hatte, einiges neu geordnet. Daher hielt Simon sein Schiff mittlerweile für ebenso schnell wie die *Schwan*. Wenn er seine Ladung auf Sint Maarten rasch löschen und die eingekauften Güter ebenso rasch an Bord bringen lassen konnte, würde er Cornelius Thadde weitaus mehr zufriedenstellen können als sein Gegner.

»Ich hoffe, ihr habt alles verstanden«, sagte Thadde.

Die Männer nickten, Mina aber biss sich auf die Lippen. Wenn sie ihren Vater richtig verstanden hatte, war sie nun der Preis bei einem Wettrennen ihrer Verehrer, und das fand sie erniedrigend. Nachdenklich musterte sie die beiden. Mensing schien sich seines Sieges sicher zu sein, denn er grinste ihr anzüglich zu und rückte dabei seinen Säbel zurecht. In ihren Augen schien er etwas besitzergreifend, und das hatte mit dem Ehebett zu tun. Doch auch Simon wirkte siegesgewiss, allerdings war das Lächeln, das er ihr schenkte, zärtlich und frei von Anzüglichkeiten.

Nun hoffte sie mit ganzem Herzen, dass Simon über Jörgen Mensing triumphieren und ihr Vater sie ihm anvertrauen würde. Sie lächelte diesem Verehrer zu und sah aus den Augenwinkeln, wie sich Mensings Gesicht anspannte. Eine Niederlage, dachte sie, würde dieser Mann nur schwer verkraften. Sie vergönnte es ihm aber, hinter Simon zurückstehen zu müssen. Oder auch nicht, meldete sich nun wieder der Teil in ihr, dem Jörgen Mensings verwegenes Aussehen gefiel. Sie blieb zwiegespalten, auch wenn der Balken der Waage sich noch etwas mehr Simon zuneigte. Er würde, so sagte ihr der Verstand, auf jeden Fall der bessere Ehemann sein.

3.

Als sie Thaddes Haus verließen, trat Mensing zu Simon hin und fasste ihn bei der Brust. »Denke nur nicht, dass du Mina gewinnen kannst!«, sagte er drohend.

»Wer sollte mich daran hindern?«, antwortete Simon und löste die Hand seines Kontrahenten von seinem Rock.

»Es ist ein weiter Weg von hier bis Sint Maarten und wieder zurück und die *Schwan* das schnellere Schiff!«

Mensing wollte Simon verunsichern, bis dieser an einem Sieg zweifelte. Sein Rivale ging jedoch einfach weiter, ohne ihn noch einmal anzuschauen.

»So ein Heimtücker!«, fluchte Mensing.

Neben ihm begann Lukas Thadde zu lachen. »So einfach wirst du Simonsen nicht übertrumpfen, auch wenn ich dir meine Base gönnen würde. Auf jeden Fall sind wir jetzt auf demselben Schiff. Daher können wir gut für uns sorgen. Der Steuermann wird uns nicht daran hindern.«

»Du Narr!«, fuhr Mensing ihn an. »Du hast deinen Oheim gehört. Er will Mina demjenigen geben, der ihm den reichsten Gewinn einbringt. Da kann ich es nicht riskieren, tausend oder zweitausend Taler in deinen und meinen Taschen verschwinden zu lassen.«

Lukas Thadde fluchte, zuckte dann aber mit den Achseln. »Was soll's! Sobald du den Goldfasan Mina eingeheimst hast, können wir immer noch unseren persönlichen Gewinn einstreichen. Wollen wir darauf trinken?«

»Darauf und dass ich mir Mina hole!«, antwortete Mensing entschlossen und folgte ihm in die nächste Schenke.

Unterdessen machte Simon sich auf den Heimweg. Das Haus, in dem er mit seiner Mutter lebte, war nicht allzu weit von Hauke Lüders' Heim entfernt. Seit er diesem den Dienst aufgekündigt hatte, war er nicht mehr dort gewesen und hatte den alten Seebären wie auch dessen Tochter über die Winterzeit hinweg nur gelegentlich auf der Straße getroffen. Eine Antwort auf seinen Gruß hatten ihm weder Lüders noch Erna gegönnt.

Als Erna ihm diesmal entgegenkam, sprach er sie trotzdem noch einmal an. »Guten Tag, Erna! Wie geht es dir, und wie geht es deinem Vater?«

Die junge Frau blickte über ihn hinweg, als wäre er Luft, und schritt weiter. Was für ein stures Biest, fuhr es Simon durch den Kopf. Und doch tat es weh. Immerhin waren Erna und er fast ein Jahrzehnt wie Schwester und Bruder gewesen. Er sah ihr mit bitterer Miene nach und entdeckte zu seiner Überraschung, dass sie ein sehr hübsches Ding war. Ihr rotblondes Haar glühte in der Spätwintersonne, und ihre Gestalt war weder zu mager noch zu breit. Auch ihr Gesicht, das er in Gedanken noch vor sich sah, konnte schön genannt werden. Wäre er Mina nicht begegnet, hätte er Hauke Lüders' Tochter vielleicht nicht mit Begeisterung, aber doch mit Zufriedenheit zum Traualtar führen können.

Verwundert, wohin sich seine Gedanken verirrten, ging er weiter und trat ins Haus. Seine Mutter stand wie meistens am Herd, um selbst zu kochen, denn dies wollte sie nicht der betagten Magd überlassen. Früher hatte sie ihn stets gefragt, ob er einen Becher Branntwein oder einen Krug Bier haben wolle. Seit er jedoch Lüders' *Neuwerk* verlassen hatte, tat sie es nicht mehr. Auch jetzt drehte sie sich erst nach einer Weile zu ihm um.

»Und? Hat Thadde dir jetzt endlich seine Tochter versprochen oder dich durch seine Diener zur Tür hinauswerfen lassen?«, fragte sie bitter.

»Weder das eine noch das andere«, antwortete Simon. »Jörgen Mensing hat Herrn Thadde ebenfalls um Minas Hand gebeten. Daher meinte Herr Thadde spaßeshalber, er würde sie demjenigen von uns geben, der in diesem Jahr die Ladung mit dem höchsten Gewinn nach Hamburg bringt.«

»Ob er das wirklich im Scherz sagte, bezweifle ich«, antwortete Lia Simonsen herb und wies auf die kleine Küche und den schmalen Flur. »Glaubst du wirklich, eine Mina Thadde, die in dem großen Haus ihres Vaters aufgewachsen ist, würde sich in dieser Enge wohlfühlen? Erna hätte es getan.«

Es ärgerte Simon, dass seine Mutter nicht von ihrer Vorliebe für Erna ablassen wollte. Für sie wäre es der Traum ihres Lebens gewesen, ihn mit diesem Mädchen verheiratet zu sehen. Während des letzten Winters und auch in diesem hatte sie ihm mehr als ein Mal erklärt, wie undankbar er Hauke Lüders gegenüber gehandelt habe. Ohne diesen Mann, so ihre Worte, hätte er dankbar sein müssen, wenn er nach dem Tod des Vaters als Schiffsjunge auf einem Schiff hätte mitfahren dürfen. Selbst der Posten eines Steuermanns wäre außerhalb seiner Möglichkeiten gewesen, umso mehr der eines Schiffskapitäns.

»Mina und ich werden nicht für immer in diesem Haus leben. Sobald ich genug Geld habe, werde ich mir ein neues Heim schaffen, groß genug, um mit dem von Thadde konkurrieren zu können«, antwortete er scharf.

Seine Mutter sah ihn von oben bis unten an. »Noch hast du Mina nicht gewonnen, und bei Gott, ich bete darum, dass du bei diesem Wettstreit mit Jörgen Mensing der Verlierer sein wirst!«

4.

Während Jörgen Mensing sich aufgrund seines angeblich schnelleren Schiffes seines Sieges sicher war, überprüfte Simon in den folgenden Tagen seine *Pelikan* vom Kiel bis zur Mastspitze und ließ jedes Tau und jede Stenge austauschen, von denen er annahm, sie könnten die Reise nicht durchstehen. Um Mensing schlagen zu können, musste die *Pelikan* härter am Wind segeln können als die *Schwan.*

Während sein Zahlmeister Gartz es guthieß, da die Fracht des schnelleren Schiffes teurer verkauft werden konnte, machte ihm Oltmanns, der Steuermann der *Pelikan,* Vorhaltungen. »Die Rah dort ist doch noch gut! Die würde noch einige Fahrten aushalten, ebenso das Tauwerk des Besanmasts. Die Herren Eigner werden uns schelten, wenn wir ihr Geld so vergeuden, und es von unseren Prämien abziehen.«

Simon hatte sich schon im letzten Jahr über Oltmanns geärgert. Dieser tat alles, um nicht den geringsten Anstoß bei Thadde und den anderen Schiffseignern zu erregen. Da er aber mit ihm auskommen musste, wandte er sich mit einem gezwungenen Lächeln zu ihm um.

»Ich werde Ihre Bedenken im Logbuch vermerken, Oltmanns, so dass die Eigner ersehen, welche Änderungen im Takelwerk und auch sonst gegen Ihre Einwände erfolgt sind. Damit können die Herren Ihnen die Prämie nicht kürzen.«

Michel Gartz gluckste. In seinen Augen war Oltmanns ein unerträglicher Bedenkenträger. Den Mann hätte man als Steuermann in die Ostsee und vielleicht bis Amsterdam schicken können. Für ein Schiff wie die *Pelikan,* das die sieben Meere befuhr, war er denkbar ungeeignet. Cornelius Thadde hatte ihn jedoch zum Steuermann des Schiffes bestimmt, und der hatte nun einmal das Sagen.

»Nun, das will ich auch wieder nicht!« Oltmanns wand sich wie ein Wurm. Zum einen kosteten die Arbeiten, die Simon vornehmen ließ, in seinen Augen unnötig Geld, zum anderen aber wollte er sich nicht offen gegen seinen Kapitän stellen.

»Aber ich will es!«, erklärte Simon bestimmt. »Alles, was hier gemacht wird, geschieht auf meine Anordnung hin. Daher trage auch ich die Verantwortung dafür. Und jetzt sehen wir uns den Fockmast an. Wenn dort eine Rah bricht, kann uns der Klabautermann holen!«

So schlimm war es zwar nicht, doch das Schiff ließe sich damit auf jeden Fall schlechter steuern, und dies würde Mensing und der *Schwan* einen Vorteil verschaffen, den Simon ihnen keinesfalls einräumen wollte. Er setzte daher seine Besichtigung fort und fand noch weitere Stellen, an denen etwas ersetzt oder geändert werden musste.

Zuletzt schlief er sogar auf dem Schiff und aß in einer Hafenkneipe. Zu Hause hatte seine Mutter ihm zu deutlich gezeigt, dass sie sich weder mit seiner Entscheidung, für Thadde zu fahren, noch mit seiner Brautwerbung um dessen Tochter Mina abgefunden hatte.

Schließlich kam der Tag, an dem beide Schiffe ihre Anker lichten sollten. Die Besatzungen waren vollständig an Bord. Simon vertraute seinen Männern, die bereits mit Frerk Sievers gefahren waren. Mensing hingegen hatte Freunde auf sein Schiff geholt, die nun zusammen mit Lukas Thadde und Nils Nilsen seine engere Gefolgschaft bildeten. Arbeiten mussten sie wie alle anderen auch. Mensing wollte dieses Wettrennen nach Westindien gewinnen, und dafür hatte jeder seiner Matrosen das Nötige zu tun.

Die Reihenfolge des Auslaufens war ausgelost worden, und Mensing hatte gewonnen. Seine *Schwan* steuerte daher als Erstes zum Hafen hinaus und glitt elbabwärts der Nordsee zu. Mit Bauchgrummeln musste Simon seinem Konkurrenten diesen Vorsprung lassen. Endlich kam auch die *Pelikan* frei und folgte dem Schwesterschiff.

Von der Mauer des Fortifikationshauses aus folgten Erna Lüders' Blicke den beiden Schiffen. Die Lippen fest zusammengepresst, stand sie da und kämpfte gegen die Gedanken an, die in ihr hochsteigen wollten. Ein Teil von ihr, der sich von Simon verletzt fühlte, wünschte ihm Stürme und brechende Masten, doch sie schalt sich deswegen. Eifersucht war kein Grund, jemandem alles Schlechte zu wünschen. Da entdeckte sie ein Stück weiter Mina, die, gegen den kühlen Wind in einen Mantel gehüllt, hinter den Schiffen herschaute. Das Ziehen in ihrem Herzen wurde stärker, und sie bat Gott im Himmel, Simon heil zurückkehren zu lassen, aber eben erst, nachdem Jörgen Mensing bereits wieder in Hamburg eingelaufen war und Mina Thadde als Braut gewonnen hatte.

5.

Es wurde von Anfang an ein Rennen auf Messers Schneide. Auch wenn es Jörgen Mensing gelang, die Elbmündung bei Cuxhaven vor der *Pelikan* zu erreichen, blieb diese in der Nordsee und im Englischen Kanal nie mehr als eine oder zwei Seemeilen hinter seiner *Schwan* zurück.

Simon lag auf der Lauer. Noch stand der Wind nicht so günstig, dass er die *Schwan* hätte überholen können. Seine sorgfältige Vorbereitung hatte jedoch dafür gesorgt, dass die *Pelikan* nicht zurückgeblieben war. Jörgen Mensing musste seinen Atem im Nacken spüren, und das würde diesem Kerl gar nicht schmecken.

»Wenn das so weitergeht, werden wir nur wenige Stunden nach der *Schwan* in Willemstad einlaufen«, meinte der Zahlmeister zufrieden.

»Ein paar Stunden vor der *Schwan* wäre es mir lieber, Gartz«, antwortete Simon grinsend.

»Mir auch, Kapitän! Das Schiff, das früher den Hafen erreicht, wird früher ausgeladen und kann damit eher wieder Fracht übernehmen. Wenn wir uns da einen kleinen Vorsprung herausarbeiten, wird ihn die *Schwan* auf dem Rückweg sicher nicht aufholen können.«

»Es sei denn, Mensing lädt weniger, als er könnte. Das aber kann er sich nicht leisten!« Simon lachte leise.

Der Steuermann verzog jedoch zweifelnd das Gesicht. »Bis jetzt hatten wir Glück, aber wir können nicht damit rechnen, dass es anhält! Die *Schwan* ist trotz allem das schnellere Schiff.«

»Was man bis jetzt noch nicht so recht merkt. Ich glaube, wir holen sogar ein wenig auf!«, rief Gartz überrascht.

Jetzt sah Simon es auch. Die Segel blähten sich stärker im Wind, und das Knarzen der Masten und des Segelwerks zeugte von dem Zug, dem sie jetzt ausgesetzt waren.

»Wir werden bald die ersten Segel reffen müssen«, mahnte Oltmanns.

»Warum sollten wir? Das Tauwerk und die Rahen sind fest, und unsere *Pelikan* kommt gerade richtig in Fahrt«, meinte Simon gelassen, wies dann aber den Mann im Krähennest an, aufmerksam zu sein. »Die Karten des Karibischen Meeres sind nicht allzu genau, und es gibt etliche unbekannte Riffe und Untiefen«, erklärte er.

Nur wenige Augenblicke später klang die Stimme des Ausgucks auf. »Riff steuerbord voraus! Es muss mehrere Meilen lang sein. Wo es endet, kann ich nicht genau erkennen.«

»Dann sollten wir ein paar Strich nach Backbord abfallen«, schloss Simon daraus und erteilte den Befehl.

Eine kurze Zeit sah es so aus, als würde die *Pelikan* gegenüber der *Schwan* wieder abfallen, dann aber frischte der Wind noch weiter auf, und das Schiff entpuppte sich mit der geänderten Takelung als wahrer Renner.

»Bei Gott, wir kriegen ihn!«, rief Gartz begeistert, während Simon triumphierend zusah, wie sein Schiff immer weiter aufholte und schließlich auf gleicher Höhe zur *Schwan* die Wogen durchpflügte.

Gartz schlug Simon lachend auf die Schulter. »Wir sind weit genug weg, so dass sie uns nicht den Wind nehmen kann! Wenn Mensing jetzt nichts einfällt, sind wir vor ihm in Willemstad.«

Simon nickte zufrieden und wandte sich an seinen Steuermann. »Sie wollten es nicht glauben, aber wir haben die *Schwan* eingeholt! Das wird Jörgen Mensing Magenschmerzen bereiten.«

Oltmanns zeigte mit besorgter Miene auf die eigenen Masten. »Der Wind hat erneut an Stärke zugenommen, Kapitän. Wir sollten die Marssegel reffen, sonst bricht uns noch eine der Rahen. Mensing tut es gerade!«

Simon sah ebenfalls, wie auf dem anderen Schiff die ersten Segel gerefft wurden, und blickte unwillkürlich zu den eigenen Masten auf.

»Noch nicht!«, antwortete er mit vor Erregung heiserer Stimme. »Unsere Takelage hält mehr aus als die der *Schwan*. Wenn wir noch eine halbe Stunde durchhalten, haben wir Mensing hinter uns gelassen.«

»Wenn das nur gut geht!«, stöhnte der Steuermann und dachte nicht zum ersten Mal, dass sein Kapitän zu jung war und unbesonnen an diese verantwortungsvolle Aufgabe heranging. Es galt, unversehrt ans Ziel zu gelangen und ebenso unversehrt nach Hause zu kommen. In seinem Wettkampf mit Jörgen Mensing riskierte Simonsen einfach zu viel.

Simons Gedanken rasten. Das Schiff, das als Erstes den Hafen von Sint Maarten erreichte, würde auch als Erstes wieder in die Heimat aufbrechen können. In Hamburg konnten sie dann für ihre Fracht höhere Preise erzielen und er Mensing besiegen. Seine Gedanken wanderten zu Mina. Schon um ihretwillen musste er als Erster zurückkommen. Wenn Jörgen Mensing siegte, bestand die Gefahr, dass Cornelius Thadde sie diesem zur Frau gab. Das galt es unter allen Umständen zu verhindern.

Wie unter Zwang setzte Simon sein Fernrohr an und richtete es auf das andere Schiff. Dort stand Mensing an der Reling und reckte ihm zornig die Faust entgegen. Dann drehte sein Konkurrent sich um und brüllte einige Befehle. Etliche Matrosen kletterten die

Wanten des Hauptmastes hoch und begannen, die gerefften Marssegel wieder anzuschlagen.

»An Mensings Stelle würde ich das nicht tun. Das halten seine Masten nicht aus«, fand Simon.

»Die unseren tun das aber auch nicht mehr lange«, wandte sein Steuermann ein.

Zu Oltmanns' Bedauern erteilte Simon jedoch nicht den Befehl, die Segelfläche zu verringern. Stattdessen ließ sein Kapitän die *Schwan* nicht aus den Augen. Eine gewisse Zeit konnte das andere Schiff mit ihnen mithalten, dann aber fegte eine Bö heran. Selbst auf der *Pelikan* war das Krachen zu hören, mit dem der obere Teil des Großmasts der *Schwan* abbrach und zur Seite kippte. Segelfetzen und zerrissene Taue flatterten im Wind, und das Schiff geriet aus dem Kurs.

»Jetzt können wir unsere Marssegel reffen«, sagte Simon zufrieden, während die *Schwan* hinter ihnen zurückblieb.

Gartz nickte mit zufriedener Miene. »Das wird Mensing eine Weile aufhalten.«

»Er wird bis zum Abend brauchen, um die Schäden zu beheben«, schätzte Simon. »Wir werden unseren Zielhafen lange vor ihm erreichen.«

Da klang erneut die Stimme des Ausgucks auf. »Brecher direkt voraus! Das Riff ist länger, als es zunächst den Anschein hatte!«

Sofort richtete Simon sein Fernrohr darauf. »Noch zwei Strich nach Backbord abfallen, dann müssten wir es unbeschadet passieren können!«

Der Rudergänger gehorchte, drehte aber das Steuerrad so weit, dass die Segel für einen Augenblick den Wind verloren.

»Bist du närrisch geworden?«, fuhr Simon ihn an. »Ich sagte, zwei Strich abfallen, und nicht: Auf Gegenkurs gehen!«

Da der Mann sofort gehorchte, fing die *Pelikan* wieder den Wind ein und segelte auf dem befohlenen Kurs. Simon sah erleichtert zu, wie die gefährliche Stelle zur Seite wanderte, und sah sich lächelnd zu seinem Steuermann um.

»Wir schaffen es!«

»Aber die nicht!«, antwortete Oltmanns mit schreckgeweiteten Augen und wies nach hinten.

Dort hielt die *Schwan* noch immer ihren alten Kurs und steuerte dadurch genau auf das Riff zu.

»Mensing ist verrückt geworden!«, entfuhr es Simon. »Er müsste längst gegen den Wind drehen, um die gefährliche Stelle umfahren zu können!«

6.

Auf der *Schwan* war der Ausguck im Krähennest von einer der berstenden Stengen bewusstlos geschlagen worden und hatte seinen Kapitän nicht mehr vor dem Riff warnen können. Bis Jörgen Mensing auf die Gefahr aufmerksam wurde, war es zu spät. Mochte der Rudergänger auch noch so wild an seinem Steuerrad drehen, das Schiff war durch die herabhängende Mastspitze und das schlagende Segel zu schwerfällig geworden, um darauf anzusprechen.

Mensing schrie voller Wut auf, als sich die *Schwan* querlegte und mit der Steuerbordseite gegen das Riff krachte. Der Fockmast und der bereits beschädigte Großmast wurden aus ihren Verankerungen gerissen und stürzten auf das Schiff. Männer schrien vor Schmerz, als die gerissenen Taue wie Peitschen über das Deck schnellten und alles niedermähten, was ihnen in den Weg kam. Mensing stürzte und entging nur um Haaresbreite dem armdicken Tau, das ihm sämtliche Knochen im Leib zerschmettert hätte. Viele seiner Männer waren jedoch verletzt und ein paar von ihnen tot.

Als Mensing sich aufraffte, sah er den Schrecken in den Augen der Matrosen, aber auch den Vorwurf, dass er sie mit seinem Bestreben, nicht hinter der *Pelikan* zurückbleiben zu wollen, in diese Situation gebracht hatte. Einen Augenblick beneidete er diejenigen, die bereits tot waren und weder den Schmerz ihrer Verletzungen noch den weitaus bittereren der Niederlage spüren mussten.

»Was machen wir denn jetzt?«, fragte Lukas Thadde mit vor Entsetzen verzerrter Stimme.

»Der Mast hat das große Beiboot zerschlagen! Wir haben nur noch das kleine Dingi hinten am Heck, aber das reicht niemals für alle!«

Nils Nilsens Stimme klang angsterfüllt und gleichzeitig lauernd. Wenn sie die *Schwan* verlassen mussten, wollte er zu jenen gehören, die einen Platz auf dem Boot fanden.

»Wie sieht es sonst aus?«, fragte Mensing mühsam beherrscht. Weshalb habe ich nicht besser achtgegeben?, fuhr es ihm durch den Kopf. Er hatte nur noch Augen für die *Pelikan* gehabt, die bei auffrischendem Wind auf einmal schneller als die *Schwan* geworden war, und alles andere um sich herum vergessen.

»Wir haben mehrere Lecks unter der Wasserlinie und laufen voll«, meldete Nilsen. »Aber das ist noch nicht das Schlimmste. Das Schiff hängt an der Außenkante des Riffs und kann jederzeit abrutschen und im Meer versinken.«

An dieser Nachricht hatte Mensing zu kauen. Das Dingi fasste höchstens zehn Leute. An Bord befanden sich jedoch vierunddreißig Schiffsjungen und Matrosen. Selbst wenn etliche von ihnen tot oder schwer verwundet waren, war das Boot immer noch zu klein für alle.

»Warum musste das ausgerechnet mir passieren?«, stöhnte Mensing. Er konnte die Schuld nicht einmal auf andere schieben, denn er hatte trotz des starken Windes darauf bestanden, die bereits gerefften Segel noch einmal zu setzen, um die *Pelikan* nicht davonziehen zu lassen. Sein Wettstreit mit Simonsen war verloren! Während seine Hoffnungen hier im Meer versanken, würde sein Rivale Sint Maarten erreichen und dort gute Geschäfte machen. Sobald Simonsen mit reicher Ladung nach Hamburg zurückkehrte, würde Cornelius Thadde ihm seine Tochter zur Frau geben.

Er hingegen … Mensing fluchte und wünschte sich erneut, der fallende Mast hätte ihn getötet. Mit einem Mal aber drehten sich seine Gedanken nicht mehr um sein gescheitertes Schiff und seine ebenfalls gescheiterten Pläne, denn ihn packte Todesangst.

Da hörte er seinen Steuermann rufen. »Simonsen dreht bei und wendet! Er will uns zu Hilfe kommen!«

Jetzt sah Mensing es ebenfalls. Auch wenn es schmerzte, von seinem erfolgreichen Konkurrenten gerettet zu werden, war er erleichtert.

Lukas Thadde trat mit besorgter Miene an seine Seite. »Simonsen muss gegen den Wind ankreuzen und wird kaum vor Einbruch der Nacht so nahe herankommen, dass er uns mit seinem Beiboot holen kann. Ich weiß nicht, ob sich unser Kasten so lange über Wasser hält.«

Das war auch Mensings Sorge. Er schickte daher Nilsen nach unten, um nachzusehen. Derweil hielt er selbst nach der *Pelikan* Ausschau, die so scharf gegen den Wind ankreuzte, wie es nur ging, um zu ihnen zu gelangen.

Nilsen kehrte mit angespannter Miene zurück. »Ich glaube nicht, dass das alte Mädchen noch lange über Wasser bleiben wird! Die ganze Seite ist aufgerissen. Würden uns nicht ein paar Korallenstücke halten, wären wir längst abgesoffen.«

Als hätte er es verschrien, sackte die *Schwan* in dem Augenblick um mehrere Fuß ab und blieb schräg zum Riff liegen. Einige der an Deck herumirrenden Matrosen verloren den Halt und stürzten in die tobende See.

Mensing hatte sich ebenso wie Lukas Thadde und Nilsen an einem Tau festklammern können. Doch allen drei war bewusst, dass ihr Schicksal auf Messers Schneide stand. Die *Schwan* wurde nur noch durch die Taue des auf das Riff gestürzten Fockmasts und des damit verkeilten Großmasts festgehalten, und diese Taue waren zum Zerreißen gespannt. In dem Augenblick, in dem sie nachgaben, würde das Schiff ein Opfer der Fluten werden.

Erneut hielt Mensing nach der *Pelikan* Ausschau. Simonsen war ein geschickter Seemann und würde alles tun, um sie zu erreichen. Doch auch er konnte dem Wind, der gegen ihn stand, nicht befehlen, sich zu drehen. Noch während Mensing die Zeit abschätzte, die sein Rivale brauchte, um ihnen zu Hilfe kommen zu können, prasselte wie aus dem Nichts ein schwerer Schauer nieder und raubte ihm die Sicht auf das andere Schiff.

»Simonsen wird ablaufen, und wir werden elend ersaufen«, prophezeite ein in der Nähe stehender Matrose düster.

Lukas Thadde fuhr erschrocken herum. »Dieser Kerl kann doch nicht einfach weiterfahren und uns unserem Schicksal überlassen?«

An dieser Stelle half es ihm nicht, ein Neffe des Kaufherrn Cornelius Thadde zu sein, denn er war den Elementen ebenso ausgeliefert wie der letzte Matrose.

Unterdessen überschlugen sich Mensings Gedanken. Dass Simonsen rechtzeitig erscheinen würde, um die gesamten Überlebenden retten zu können, bezweifelte er. Ins Dingi passten jedoch nur wenige Personen. Wenn er überleben wollte, musste er mit dem Dingi fliehen. Doch wenn er das tat, hieß es, genau darauf zu achten, wen er mit ins Boot nahm. Lukas Thadde brauchte er, damit dieser ihm half, sich in Hamburg vor den Eignern für den Verlust der *Schwan* zu rechtfertigen. Der Steuermann des Schiffes hingegen würde ihm die Schuld an dem Schiffbruch zuweisen. Diesen mitzunehmen, war daher zu gefährlich. Ähnlich war es mit den Matrosen.

Unwillkürlich formte sich in Mensings Gedanken ein riskanter Plan. Auch wenn bis zu zehn Mann in das Dingi passten, konnte er nicht so vielen an Bord trauen. Je weniger sie waren, umso größer war zudem die Aussicht, auf ein Schiff zu treffen oder Land ansteuern zu können, bevor Wasser und Nahrung ausgingen.

Außer Lukas Thadde und Nilsen fielen Mensing noch fünf Matrosen ein, deren Loyalität er sich sicher sein konnte. Als er nach ihnen Ausschau hielt, entdeckte er, dass zwei von ihnen vom Großmast erschlagen worden waren. Die drei anderen winkte er zu sich. Auch sein Steuermann, dieser simple Tropf, kam mit zu ihm her.

»Das Schiff hat schwere Schlagseite«, meldete er. »Ich habe mir schon überlegt, ob wir nicht einen Anker über dem Riff ausbringen können, damit er uns über Wasser hält?«

»Ein guter Gedanke!«, lobte Mensing. »Nimm dir alle Männer, die noch auf den Beinen sind, und seht zu, dass ihr den Backbordanker über das Riff legen könnt. Nils und die drei dort«, Mensing wies auf die Matrosen, die er zurückhalten wollte, »sollen unterdessen achtern nachsehen, welche Schäden dort entstanden sind. Womöglich können wir einen Teil der Ladung retten. Simonsen hat gewiss noch Platz an Bord. Der Verlust für unsere Auftraggeber würde dadurch geringer.«

Der Steuermann nickte und verschwand nach vorne, während Nilsen erregt den Kopf schüttelte.

»Das wird nie etwas! Der Anker ist viel zu schwer! Außerdem hat Treemers eben auf der dem Riff abgewandten Seite gelotet. Es geht mindestens zwanzig Faden in die Tiefe. Nicht einmal der Besanmast würde noch aus den Wellen ragen, sollte er noch stehen, wenn die *Schwan* in die Tiefe fährt.«

»Deswegen habe ich dich und die drei anderen hierbehalten«, antwortete Mensing mit rauer Stimme. »Ihr vier werdet das Dingi bis zum Fenster der Kapitänskajüte herablassen, dieses öffnen und das Boot heranziehen. Beladet es mit Wasser und Vorräten für mindestens zwei Wochen. Achtet aber darauf, dass niemand es mitbekommt!«

»Ihr wollt das Schiff verlassen und die anderen zurücklassen?«, fragte Lukas Thadde erschrocken.

Nilsen grinste jedoch zufrieden. »Das gönn ich dem Steuermann! Der Kerl hat noch etwas von der letzten Fahrt bei mir gut.«

»Bei mir auch!«, stimmte ihm sein Freund Mats Küsters zu und griff sich mit der Rechten an den Rücken. »Meinte der Kerl letzte Nacht, ich sollte auf Wache nicht einschlafen, und hat mir eins mit dem Tau übergezogen.«

»Rede nicht so viel, sondern komm mit, das Dingi vorbereiten!«, fuhr Nilsen ihn an und stieg nach unten.

Lukas starrte Mensing entsetzt an und sah aus, als wolle er nach vorne klettern, um mit dem Steuermann zu reden. Bevor er sich jedoch in Bewegung setzen konnte, packte Mensing ihn mit hartem Griff. »Mach keinen Unsinn, Lukas! Es sei denn, du willst zusammen mit den anderen absaufen.«

»Aber wir können doch nicht das Schiff verlassen und zusehen, wie unsere Kameraden vor die Hunde gehen!«

»Das Dingi reicht gerade mal für uns sechs und etwas Proviant. Oder willst du lieber die Plätze unter allen an Bord auslosen und hierbleiben, während ein verlauster Matrose sich mit dem Boot retten kann?«, fragte Mensing schroff.

»Nein, das nicht!«, gab Lukas Thadde zu.

»Dann sind wir uns ja einig!«

»Aber was ist, wenn die *Pelikan* rechtzeitig erscheint und die anderen rettet? Wir würden in Hamburg als Lumpen und Schlimmeres gelten und brächten kein Bein mehr auf die Erde«, brach es aus Lukas heraus.

Damit sprach er Mensings größte Sorge aus. Wenn sie unter sich waren, konnten sie sich eine Geschichte ausdenken, die sie in einem besseren Licht erscheinen ließ. Dafür aber durfte keiner der anderen Matrosen überleben.

»Hilf Nilsen und den anderen, das Dingi zu beladen!«, wies er Lukas an und balancierte zum Vorschiff. Dort versuchten der Steuermann und die noch einsatzfähigen Matrosen, den schweren Anker an Bord zu hieven. Als sie ihren Kapitän kommen sahen, hielten sie inne.

»Wir schaffen es nicht!«, berichtete der Steuermann. »Ein Arm des Ankers liegt unter dem Rumpf.«

»Das ist nicht gut«, antwortete Mensing und wies auf die vordere Luke. »Um den Anker freizubekommen, müssen wir das Vorschiff leichter machen! Werft daher so viel von unserer Ladung über Bord, wie ihr nur könnt!«

Der Steuermann sah aus, als wolle er noch einen Einwand bringen. Da er jedoch gewohnt war, seinem Kapitän zu gehorchen, sagte er sich, dass dieser gewiss wusste, was zu tun war.

»Übernimm hier den Befehl und sorge dafür, dass die Kerle nicht einschlafen!«, forderte Mensing ihn auf. »Ich gehe inzwischen in meine Kajüte, um die Schiffspapiere, das Logbuch und die Kasse an Deck zu holen. Die dürfen auf keinen Fall zum Teufel gehen.«

Während der Steuermann unter Deck stieg, um mitzuhelfen, die Ballen und Fässer nach oben zu bringen, stieg Mensing achtern in den Schiffsrumpf hinab. Das Wasser schwappte bereits in seiner Kajüte, und er musste mit den Händen nach der Truhe mit der Kasse tasten. Als er sie endlich gefunden hatte, reichte er sie an Lukas weiter.

»Als Zahlmeister ist es deine Aufgabe, darauf achtzugeben!«, sagte er mit einem missratenen Grinsen.

Lukas nickte und wuchtete die Truhe in das Boot, das Nilsen und seine Freunde bis zum Fenster herangezogen hatten. Als das Schiff erneut um eine Handbreit absackte, stieß er einen Schrei aus und stieg so rasch ins Dingi, dass Nilsen über ihn lachte.

»Maul halten! Oder wollt ihr, dass die anderen mitbekommen, was wir tun?«, wies Mensing sie scharf zurecht.

»Schon gut!«, antwortete Nilsen und wies auf zwei seiner Freunde, die eben mit einem schweren Fass herankamen. »Es ist noch halb gefüllt und wird, wenn wir es rationieren, für zwei Wochen reichen. Ein volles Wasserfass ist zu schwer, um es ins Dingi zu schaffen!«

»Macht rasch!«, wies Mensing sie an.

Für ein paar Augenblicke erfasste ihn die Ungeheuerlichkeit seines Plans, und er schüttelte sich wie ein nasser Hund. Doch wenn er jetzt weich wurde, war er in kurzer Zeit tot. Er nahm die Schiffspapiere und das Logbuch an sich und steckte sie in eine wasserdichte Hülle, bevor er sie an Lukas weiterreichte. Unterdessen schleppten Nilsen und Küsters eine Kiste mit Schiffszwieback und ein Fass mit Salzfleisch heran. Es war nicht gerade die Mahlzeit, die Mensing sich wünschte. Aber mit diesen Vorräten würden sie überleben, bis sie eine Insel erreicht hatten oder von einem Schiff aufgenommen worden waren.

Als sich die *Schwan* erneut bewegte, fand Mensing es an der Zeit, ins Boot zu steigen. Dabei war er froh, dass der Steuermann und die anderen Matrosen immer noch im Vorschiff arbeiteten. Damit würden sie ihren eigenen Untergang herbeiführen, denn wenn die *Schwan* an Gewicht verlor, würden die Brecher sie vom Riff spülen und niemand mehr zurückbleiben, der ihn einen Feigling und Verräter heißen konnte.

Das Dingi war so aufgehängt worden, dass es leicht herabgelassen werden konnte. Während Nilsen und die drei anderen Matrosen die Halteseile bedienten, drückte Mensing das Boot mit einem Riemen von dem Riff weg.

»Vorsicht, damit das Boot nicht schief auf das Wasser kommt und vollläuft. Damit hätten wir nichts gewonnen«, warnte er, als das Heck des Dingis schneller in die Tiefe sank als der Bug. Die Männer richteten das Boot wieder auf und ließen es ganz hinab.

Endlich schwamm das Dingi. Nilsen und Hajo Treemers lösten die Leinen, die es mit der *Schwan* verbunden hatten, und legten sich dann in die Riemen, um Abstand zum Schiff zu bekommen.

Mensing starrte angespannt auf das Wrack und dachte, dass die im Stich Gelassenen sie gleich entdecken und sie verfluchen würden. Da prasselte erneut ein Regenschauer auf sie nieder und entzog sie wie ein nasser Vorhang allen Blicken. Obwohl sie hartgesottene Männer waren, waren sie froh, nicht von den Verwünschungen der Zurückgebliebenen begleitet ihre Reise ins Ungewisse antreten zu müssen.

7.

Simon Simonsen war ein ausgezeichneter Seemann, aber er konnte keine Wunder bewirken. Während sie gegen den Wind ankreuzten, verloren sie das gescheiterte Schiff durch die niederprasselnden Schauer immer wieder aus den Augen. Die Nacht dämmerte bereits herauf, als der Ausguck meldete, dass sie die *Schwan* fast erreicht hätten. Sie hörten nun auch die Wellen, die sich am Riff brachen.

Oltmanns trat erregt auf Simon zu. »Näher sollten wir nicht kommen!«, warnte er.

Simon nickte. »Lotet die Tiefe aus! Wenn wir einen Anker ausbringen können, tut es. Sonst versucht, die Position so gut zu halten, wie es möglich ist. Zündet aber genug Lampen an, damit wir euch in der Nacht finden können.«

»Ihr wollt selbst zur *Schwan* hinüber? Es wird gleich dunkel sein. Wir sollten bis zum Morgen warten«, gab Oltmanns zu bedenken.

»Bis dorthin werden die armen Kerle tot sein!«, antwortete Simon scharf und winkte mehrere Matrosen heran. »Schwenkt das große Beiboot aus. Die sechs kräftigsten Männer sollen es rudern! Und nun Gott befohlen!«

Während die Matrosen gehorchten, verzog der Steuermann das Gesicht. Für ihn gehörte ein Kapitän auf das Schiff und hatte nichts in einem Beiboot verloren, das in der Dunkelheit an den Riffen scheitern konnte.

Simon ließ sich an einem Tau ins Boot hinab und übernahm das Steuer. Die sechs Männer, die ihn begleiteten, fuhren die Riemen aus und strebten mit stetem Ruderschlag dem Wrack zu, das in der zunehmenden Dunkelheit nur noch schemenhaft zu erkennen war. Zu Simons Bedauern brannte auf der *Schwan* keine Laterne, die ihnen den Weg weisen konnte. Er ließ daher die Stelle nicht aus den Augen und war schließlich froh, als das Wrack im letzten Licht des sterbenden Tages vor ihnen auftauchte.

Beinahe achtete er zu sehr auf das Schiff, aber aufspritzende Gischt warnte ihn gerade noch rechtzeitig vor dem Riff. In einer Reflexbewegung riss er das Ruder herum und befahl den Matrosen, das Boot mit ihren Riemen von den Felsen fernzuhalten. Wenig später erreichten sie den auf dem Riff liegenden Fockmast der *Schwan* und stiegen über diesen auf das Schiff.

Obwohl die Tropennacht mittlerweile hereingebrochen war und Simon nur so viel von dem Schiff sehen konnte, wie ihm seine Laterne zeigte, war deutlich zu erkennen, dass hier nichts mehr zu retten war. Die *Schwan* lag schief im Wasser und wurde bereits vollständig von den Wellen überspült. Trotzdem gab er nicht auf und richtete den Schein seiner Laterne auf das Schiff.

»Ahoi, ist noch jemand an Bord?«, rief er.

Nur das Rollen der Brecher und der in den Resten der Masten heulende Wind antworteten ihm. Sie fanden schließlich sieben Tote, darunter den Steuermann, deren Leichen auf das Riff geschwemmt worden waren.

»Die anderen sind wohl im Meer versunken«, meinte einer der Matrosen bitter.

Simon nickte betroffen. »Gott der Herr sei ihren Seelen gnädig! Wir nehmen sie mit und geben ihnen ein ehrliches Seemannsgrab.« Danach sah er sich noch einmal alle Toten an. »Mensing ist nicht darunter«, sagte er, aber es war mehr für sich selbst gedacht als für die Matrosen.

Obwohl sie seit Jahren miteinander im Wettstreit lagen und um dasselbe Mädchen geworben hatten, bedauerte Simon ihn. Es war für jeden Seemann schlimm, auf eine solche Weise zu enden.

»Ladet die Toten ins Boot! Morgen werden wir sie so dem Meer übergeben, wie es sich für christliche Matrosen gehört«, wies er seine Männer an.

Zu ihrem Glück ging die See nicht mehr so hoch wie noch am Nachmittag, so dass es ihnen ohne eigene Verluste gelang, die sieben Leichen zu bergen. Dennoch waren alle froh, als sie losruderten und sich die *Pelikan* zum Ziel nehmen konnten. Es kostete sie viel Mühe, das Schiff anzusteuern, da die heftigen Regenschauer immer wieder das Licht der Laternen an Bord verdeckten. Schließlich war auch das geschafft, und sie stiegen an Bord.

»Habt ihr noch Überlebende gefunden?«, fragte Oltmanns erregt.

Simon schüttelte bedrückt den Kopf. »Gott hat es nicht gewollt. Wir konnten nur ein paar Tote bergen. Die anderen hat die See mit sich genommen.«

»War es dann wert, hingefahren zu sein und Sie und die guten Seeleute in Gefahr zu bringen?«

»Hätten wir es nicht getan, würden wir uns bis ans Ende unseres Lebens mit dem Vorwurf plagen, Kameraden, die in Not waren, im Stich gelassen zu haben«, antwortete Simon und gab den Befehl, den Kurs wiederaufzunehmen.

8.

Da Jörgen Mensing mit der *Schwan* schmählich gescheitert war, brauchte Simon seinen Konkurrenten nicht mehr zu fürchten und erreichte nach einer weiteren Woche Fahrt Willemstad auf der Insel Sint Maarten.

Kaum war der Anker gefallen, befahl Simon, das kleine Beiboot auszusetzen, und ruderte an Land, um sich bei den Hafenbehörden zu melden. Auch wollte er mit den ihm genannten Geschäftspartnern Kontakt aufnehmen. Es galt, die eigene Fracht bestmöglich an den Mann zu bringen und im Gegenzug Kolonialwaren von den Inseln zu erwerben. In den nächsten Tagen würde er gemeinsam mit dem Zahlmeister Michel Gartz Verhandlungen mit einheimischen Händlern und Pflanzern führen müssen.

Die Matrosen hingegen steuerten nach der langen und gefahrvollen Reise die Schenken der Stadt an, um die Gefahren der See mit Wein, Rum und Frauen zu vergessen. Während Simon mit mehreren Mijnheers zusammensaß und Waren taxierte, beneidete er seine Männer. Sie fuhren zur See, weil es schon ihre Väter getan hatten, und ihr höchster Ehrgeiz war es, einmal die Stellung eines Maats zu erlangen. Er hingegen war acht Hamburger Kaufleuten verantwortlich, und diese Herren mussten bereits die *Schwan* und deren Fracht als Verlust abschreiben. Daher tat Simon alles, um den größtmöglichen Profit zu erzielen. Ihm ging es nicht zuletzt darum, Thadde zufriedenzustellen, damit dieser ihm Mina als Braut überließ.

Nachdem sie zu einem guten Abschluss gekommen waren, konnten sie endlich ihre Ladung löschen. Simon überwachte die Arbeiten abwechselnd mit seinem Steuermann Oltmanns und dem Zahlmeister Gartz.

Oltmanns kämpfte damit, einem so viele Jahre jüngeren Kapitän gehorchen zu müssen. Doch auch er konnte Simon nicht das Verhandlungsgeschick absprechen, denn sie hatten für ihre mitgebrachten Waren weitaus höhere Preise erzielt, als er erwartet hatte. Zur Fracht der *Pelikan* gehörten etliche Fässer mit gutem Hamburger Bier, das bei den hier herrschenden Temperaturen eine willkommene Erfrischung darstellte, aber auch Geschirr, Töpferwaren und Tuche. Beim Ankauf der neuen Ladung erwies Simon sich als ebenso erfolgreich.

»Unsere Herren Kaufleute werden zufrieden sein«, sagte er, als nach ein paar Wochen die letzten Fässer und Ballen verladen wurden.

»Wenn wir gut nach Hause kommen!«, schränkte Oltmanns ein. »Mensings Schicksal hat uns gezeigt, dass die Wege, die uns der allmächtige Gott im Himmel beschreiten lässt, von uns Menschen nicht vorhergesehen werden können.«

»Da haben Sie freilich recht!«, stimmte Simon ihm zu. »Auch wenn ich Mensing nicht mochte, so trauere ich doch um ihn und die gut dreißig Hamburger Fahrensleute, die mit ihm ums Leben gekommen sind. Wir aber sollten das Unsere dafür tun, heil in die Heimat zurückzukehren.«

»Gott erbarme sich ihrer armen Seelen!«, warf Gartz mit trauriger Stimme ein.

Ihr holländischer Gewährsmann, der mit ihnen am Tisch saß, zuckte mit den Schultern. »Die See gibt und die See nimmt! So war es zu aller Zeit. Doch nicht nur das Meer selbst birgt Gefahren. Ihr müsst euch auch vor Piraten hüten. In diesen Gewässern gibt es verdammt viel von diesem Gesindel, und sie bedrohen alle ehrlichen Handelsleute. Wenn euch einer ihrer Kapitäne entdeckt, müssen die Hamburger Kaufleute auch die *Pelikan* als Verlust verbuchen.«

»Wir werden uns vorsehen.«

Da die *Schwan* ausgefallen war, hatte Simon sein Schiff so vollgeladen, wie er gerade noch glaubte, verantworten zu können. Diese wertvolle Fracht wollte er nicht an Piraten verlieren.

»Wir sind nicht wehrlos«, setzte er entschlossen hinzu.

Der Holländer lachte. »Eure Besatzung beträgt etwas mehr als dreißig Mann! Was wollt ihr tun, wenn euch hundert oder mehr Piraten angreifen? Mit euren paar Achtpfündern werdet ihr sie euch kaum vom Hals halten können. Und falls ihr einige Piraten im Kampf verletzt oder gar tötet, wird euch die Rache der anderen treffen. Es sind grausame Kerle, die sich nicht scheuen, euch die Haut bei lebendigem Leib abzuziehen oder euch den Bauch aufzuschneiden, die Gedärme an einen Baum zu nageln und euch so lange um dessen Stamm zu jagen, bis diese aufgewickelt sind!«

Den Steuermann schauderte es bei diesem Bericht, und auch Gartz wurde blass. Simon hingegen ballte die Fäuste. »Man muss diesen Kerlen ihre Grenzen aufzeigen!«

»Die Engländer, die Franzosen, die Spanier und wir aus den Niederlanden versuchen es immer wieder. Doch gibt es hier tausend Inseln mit tausend Buchten, in denen die Piraten sich verstecken können. Sollte es ihnen einmal an den Kragen gehen, genügt oft eine Kiste Gold, um einen Gouverneur davon zu überzeugen, sie nicht zu behelligen.« Der Holländer klang grimmig, doch Simon schätzte, dass auch er bereit sein würde, für gemünztes Gold oder wertvollen Schmuck beide Augen zuzudrücken.

Da er sich nicht mit dem Mann streiten wollte, hob er sein Glas. »Auf eine glückliche Heimfahrt und einen möglichst hohen Gewinn für unsere Schiffseigner!«

»So Gott will, wird es dazu kommen«, sagte sein Steuermann, obwohl Simon ihm erneut zu leichtsinnig vorkam.

Immerhin hatte er dem jungen Kapitän fast zwei Dutzend Jahre an Erfahrung voraus. In einer gerechteren Welt wäre er der Kapitän gewesen und Simonsen sein zweiter Maat. Da es jedoch anders war, musste er auch auf der Rückfahrt befürchten, durch die Schuld dieses Jungspunds in Gefahr zu geraten und vielleicht sogar zu sterben.

9.

Am nächsten Morgen steuerte die *Pelikan* wieder auf die offene See hinaus. Dann sah es fast eine Woche lang so aus, als hätte Gott alle Piraten in eine andere Weltgegend geschickt. Doch gerade, als sie hofften, die gefährlichen Gewässer der Karibischen See hinter sich lassen zu können, meldete der Ausguck ein Segel am Horizont, das beharrlich näher kam.

»Das kann nur ein Pirat sein«, prophezeite Oltmanns sorgenvoll.

Simon überlegte, was er tun sollte. Es war undenkbar, sein Schiff und die Fracht aufzugeben. Für eine Flucht war die schwer beladene *Pelikan* jedoch zu langsam. Oder doch nicht? Mit einem raschen Blick maß er den Sonnenstand.

»Wenn wir uns die Kerle bis zur Nacht vom Hals halten können, müssten wir ihnen in der Dunkelheit entkommen können!«

»Dafür holt das andere Schiff zu schnell auf. Sie hätten die *Pelikan* nicht bis unter die Decksbalken beladen dürfen!« Oltmanns' Stimme klang ebenso ängstlich wie anklagend.

Gartz maß den Steuermann mit einem verächtlichen Blick. »Was sind Sie nur für eine Memme! In Willemstad haben Sie uns gedrängt, so viel Ware an Bord zu nehmen, wie es nur ging, und jetzt halten Sie uns genau das vor.«

»Ich …«, begann Oltmanns, doch da befahl Simon ihm mit einer Geste zu schweigen.

»Wir werden jedes Taschentuch setzen, das am Mast Platz hat.«

»Der Pirat wird uns trotzdem vor dem Abend einholen, und dann ist es mit uns vorbei«, wandte der Steuermann voller Angst ein.

»Je später er das tut, desto besser ist es für uns. Wenn wir ihm dann die Zähne zeigen, könnten wir es bis zur Nacht schaffen«, antwortete Simon mit einem schiefen Grinsen.

»Wollen Sie etwa gegen diese Kerle kämpfen? Die sind uns weit überlegen«, rief Oltmanns entsetzt.

Simon maß ihn mit einem zornigen Blick. »Freiwillig bekommt er unser Schiff nicht! Ich schätze, er wird mit dem Wind kommen, um seinen Vorteil zu wahren. Schafft daher alle sechs Kanonen nach Luv, aber so, dass unsere Verfolger nichts davon mitbekommen.«

»Und was machen wir, wenn er doch von Lee aus angreift, um uns den Weg abzuschneiden?« Oltmanns zitterte vor Angst und gab Simon die Schuld daran, dass sie in diese Lage geraten waren.

Ein paar umstehende Matrosen zogen verächtliche Mienen. Ihnen hatte Simons Stellvertreter mit seiner zögerlichen Art nie gepasst. Ein Seemann musste in der Lage sein, kühlen Herzens in einen Sturm hineinzufahren. Wenn er scheiterte, so war es Gottes Wille, und das war es auch, wenn er den Sturm oder – wie hier – einen Piratenangriff überstand.

Unterdessen maß Simon Oltmanns mit einem spöttischen Blick. »Wenn er wirklich von Lee kommen will, muss er damit rechnen, dass wir ihn mit der Unterstützung des Windes rammen. Unsere *Pelikan* ist fest gebaut und würde es überstehen. Ob er es aushält, muss sich erst erweisen.«

Oltmanns schüttelte den Kopf über diesen Gedanken, wagte aber keinen Widerspruch mehr. Unterdessen wies Simon die Matrosen an, die sechs Achtpfünder nach Steuerbord zu bringen und ebenso schussfertig zu machen wie die beiden Drehbassen auf dem Achterdeck. Währenddessen wies er mehrere Matrosen an, jammernd an Deck herumzulaufen und so zu tun, als wären sie vor Angst kopflos geworden.

»Ihr solltet den Steuermann dafür nehmen! Der muss die Furcht nicht spielen«, schlug Gartz grinsend vor. Er war zwar mehr als einen Kopf kleiner als der hochgewachsene Oltmanns, zeigte aber fünfmal so viel Mut wie dieser. Ebenso wie Simon wollte auch er unter allen Umständen verhindern, dass die Piraten ihnen Schiff und Ladung abnahmen. Nachdem bereits die *Schwan* gescheitert war, durfte nicht auch noch die *Pelikan* verloren gehen. Mindestens zwei, wenn nicht gar drei ihrer Anteilseigner würden dies nicht überstehen.

»Nehmt Nägel und Eisenschrott für die Ladungen! Die richten gegen derlei Gelichter mehr aus als Kugeln«, rief Simon, als ein Matrose mit einem Gestell herankam, das mit sechs Eisenkugeln gefüllt war.

»Lass sie hier! Es kann sein, dass wir sie doch noch brauchen«, setzte er hinzu, als der Mann sie wieder unter Deck schaffen wollte. Dann hieß es warten.

Das fremde Schiff hatte inzwischen weiter aufgeholt und zeigte noch immer keine Flagge. Es war auch nicht besonders groß und wirkte gegen die schwerfällige *Pelikan* wie ein Teichhühnchen gegen eine fette Gans. Allerdings war es voller Männer, die Säbel und Pistolen schwangen und dabei einen Heidenlärm veranstalteten, der schaurig über die See hallte.

»Sie wollen uns Angst einjagen«, spottete Simon.

»Es sind mindestens dreimal so viele wie wir«, stieß Oltmanns hervor.

»Und wennschon!« Simon schnaubte und winkte den ersten Maat zu sich. »Gleich ist gute Seemannschaft gefragt! Wenn ich den Befehl erteile, muss das Großsegel gerefft werden, aber so, dass es auf einen zweiten Befehl hin sofort wieder gesetzt werden kann.«

Der Maat hob kurz die Hand zum Zeichen, dass er verstanden hatte, und eilte los. Beim Hauptmast rief er mehrere Matrosen zu sich und sprach eifrig auf sie ein.

Simon war sicher, dass die Männer so arbeiten würden, wie er es wollte. Eigentlich hätte er dem Steuermann den Befehl dazu erteilen müssen, aber er traute dem Mann nicht den kühlen Kopf zu, der dafür notwendig war.

»Bei dem anderen Schiff wird die Flagge gehisst. Sie ist schwarz und trägt einen roten Totenkopf. Es ist also tatsächlich ein Pirat!« Ein wenig hatte Oltmanns gehofft, es könnte ein englisches oder holländisches Patrouillenschiff sein, das sie nach der Kontrolle der Schiffsbücher weiterfahren lassen würde.

Ein weißes Wölkchen bildete sich am Bug des verfolgenden Schiffes, gefolgt von einem heftigen Knall. Augenblicke später spritzte seitwärts der *Pelikan* eine kleine Wassersäule auf.

»Der übliche Schuss vor den Bug. Er fordert uns zur Aufgabe auf. Dann tun wir ihm auch diesen Gefallen«, sagte Simon grinsend und befahl einem Matrosen, die Flagge niederzuholen. Gleichzeitig gab er dem Maat das Zeichen, das Großsegel zu reffen.

Oltmanns starrte ihn an, als zweifle er sowohl an Simons wie auch seinem eigenen Verstand. Dann aber fuhr ihm durch den Kopf, dass eine freiwillige Übergabe des Schiffes ihr Leben retten konnte, und er atmete erleichtert auf.

Angesichts ihres scheinbar leichten Erfolgs jubelten die Piraten und kamen wie von Simon erhofft auf der Windseite längsseits, um auf die *Pelikan* überzusteigen. So weit aber wollte Simon es nicht kommen lassen.

»Einen Strich backbord«, wies er den Rudergänger an und sah, wie Augenblicke später die Lücke zwischen den Schiffen wieder größer wurde.

»Feuert die Kanonen ab und haltet genau zwischen die Piraten!« Simon musste schreien, um das wütende Gebrüll der Piraten zu übertönen. Einige der Kerle schossen ihre Pistolen ab, ohne jedoch etwas zu treffen. Nun aber krachten ihre eigenen Kanonen und spien Nägel und Eisenstücke aus.

Eng zusammengedrängt auf dem offenen Deck ihres Schiffes, waren die Piraten dem Beschuss hilflos ausgeliefert. Simon sah Blut spritzen, Männer stürzten übereinander, und als die Drehbassen den Steuermann ins Visier nahmen und diesen samt etlichen anderen Kerlen trafen, brach an Bord des Piratenschiffs das Chaos aus.

»Jetzt Kugeln laden und unter die Wasserlinie halten!«, brüllte Simon seinen Männern zu. Von einem schwerer gebauten Schiff wären die Geschosse der Achtpfünder abgeprallt wie Kieselsteine. Die Piratenschaluppe war jedoch auf Schnelligkeit gebaut und ihre Planken entsprechend dünn.

Bis die Kanonen neu geladen waren, hatten die Piraten sich wieder gefangen. Noch lebten genug von ihnen, um den Hamburger Kauffahrer stürmen zu können, und nun richteten sie ihre Kanonen aus. Bevor jedoch die ersten abgeschossen werden konnten, nahmen die Drehbassen der *Pelikan* die Kerle unter Feuer und verschafften Simon wertvolle Minuten.

Kurz darauf krachten ihre Achtpfünder erneut. Die Männer wussten, dass es jetzt um ihr Leben ging, und zielten daher gut. Der erste Schuss traf das Piratenschiff knapp unter der Wasseroberfläche und schlug durch. Noch war das Leck zu klein, um die Verfolger zu beunruhigen. Es folgte jedoch Schuss auf Schuss, und jeder wurde mit hanseatischer Gründlichkeit abgefeuert. Als vier weitere Kugeln eingeschlagen waren, stiegen die ersten Piraten nach unten, um dem einströmenden Wasser Einhalt zu gebieten.

Die Männer an der sechsten Kanone der *Pelikan* zielten jedoch nicht auf den Rumpf des Piratenschiffs, sondern auf dessen Steuerruder. Dieses zersplitterte, und die Schaluppe legte sich quer in den Wind. Eine Drehbasse feuerte noch einen letzten Schuss ab, dann nahm die *Pelikan* wieder Fahrt auf, und die Piraten blieben immer weiter hinter ihnen zurück.

»Das wird diese Schurken lehren, sich mit einem Hamburger Schiff anzulegen«, meinte Simon lächelnd und dankte Gott dafür, sein Schiff, seine Männer und ihn aus dieser Gefahr errettet zu haben.

Während die Matrosen ihn hochleben ließen, trat Oltmanns mit verdrießlicher Miene zu ihm. »Es war nicht ehrenhaft, die Flagge zu streichen und dann doch zu schießen!«

»Gegen Piratengesindel ist jede Kriegslist erlaubt!«, fuhr Simon ihn an. »Oder glauben Sie, Herr Thadde und die anderen Miteigner wüssten uns Dank dafür, wenn wir ihr Schiff und seine Ladung kampflos aufgäben?«

Noch während er es sagte, beschloss Simon, bei Thadde und den anderen Kaufherren darauf zu dringen, dass sie Oltmanns durch einen besseren Steuermann ersetzten.

10.

Während ihre Kameraden ein Opfer der See geworden waren, hatten Jörgen Mensing und seine fünf Begleiter Glück. Bereits am zweiten Tag wurden sie von einem heimwärts fahrenden Holländer entdeckt und an Bord genommen. Sie behaupteten, die einzigen Überlebenden des Hamburger Kauffahrteischiffs *Schwan* zu sein, und boten an, unterwegs als Matrosen zu helfen.

Dem Holländer war dies recht, und er verbarg nur mühsam seine Freude darüber, dass die frechen Hamburger, die sich in das Monopol des Westindienhandels einschleichen wollten, Schiffbruch erlitten hatten.

In Amsterdam verließen Mensing und die Seinen den Holländer und stiegen auf einen unter Thaddes Flagge segelnden Küstenfrachter um. Unterwegs hatten sie Zeit genug gefunden, sich eine Geschichte auszudenken, die sie in einem guten Licht erscheinen ließ.

In Hamburg angelangt, ließen sie sich so, wie sie waren, in mitgenommener Kleidung und mit während der Rückfahrt gewachsenen Bärten bei Cornelius Thadde melden. Verwundert, die

Männer so früh und in so schlechtem Zustand wiederzusehen, musterte Thadde sie streng und forderte sie zu sprechen auf.

»Welchen Grund gibt es für eure überraschende Rückkehr?«

Mensing senkte den Kopf. »Keinen guten, Herr Thadde. Wir hatten nur noch wenige Tage zu fahren, als vor uns ein Riff auftauchte. Wir legten das Steuer um, damit wir es umsegeln konnten. Es wäre uns auch gelungen. In dem Augenblick aber schob sich die *Pelikan* neben uns und raubte uns den Wind. Wir verloren das Ruder und trieben auf das Riff zu. Bevor die Segel wieder den Wind fassen konnten, krachten wir dagegen, und die *Schwan* begann umgehend zu sinken.«

Mensing schwieg einen Augenblick und sah Thadde danach scheinbar verzweifelt an. »Wir riefen zur *Pelikan* hinüber, sie sollen uns doch retten. Simonsen steuerte jedoch unbeirrt weiter und kümmerte sich nicht um unsere Notsignale. Unsere Lage war entsetzlich! Der Mast hatte das große Beiboot zerschmettert, und mehrere Männer waren verletzt. Wir riefen und flehten Simonsen an, beizudrehen. Doch er lachte nur.«

»Das kann ich bestätigen«, rief Lukas Thadde, um Mensing beizuspringen.

Nilsen schlug in dieselbe Kerbe. »Ich hätte niemals für möglich gehalten, dass Simonsen ein solcher Lumpenhund sein könnte!«

»Was ist weiter geschehen? Wie konntet ihr euch retten?«, fragte Thadde, der kreidebleich geworden war.

»Wir hatten nur noch das kleine Dingi, und das reichte für höchstens zehn Mann aus. Wir waren aber über dreißig«, erklärte Mensing mit düsterer Stimme.

»Zunächst hofften wir, Simonsen würde sich besinnen und umkehren. Doch die Stunden vergingen, und der Bug der *Schwan* sank immer tiefer«, fuhr nun Lukas Thadde fort. »Wir versuchten, es den Verletzten so leicht wie möglich zu machen, aber einer nach dem anderen starb uns unter den Händen. Ein paar Männer verzweifelten ob des Verrats durch Simonsen und sprangen ins Wasser. Wir konnten ihnen nicht helfen.

Schließlich wies unser Kapitän uns an, ins Dingi zu steigen. Wir waren noch gut zwanzig Leute, und das Boot lag so tief im Wasser, dass jede Welle es hätte überspülen können. Trotzdem wagten wir es. Unser Kapitän wollte zurückbleiben, um Ihnen nicht als gescheiterter Mann unter die Augen treten zu müssen. Immerhin war er mit dem Vorsatz aufgebrochen, Mina als Ehefrau zu gewinnen!«

Thadde sah Mensing fragend an. »Sie sind aber trotzdem mitgekommen?«

»Nicht ganz freiwillig!«, warf Nilsen ein. »Da der Steuermann beim Schiffbruch umgekommen war, gab es niemanden mehr, der den Kurs bestimmen konnte. Wir brauchten den Kapitän. Daher hat Hinnerk diesen mit einem Belegnagel niedergeschlagen. Es war Meuterei, ich weiß, aber Hinnerk wird vor keinem irdischen Richter mehr stehen. Als er und einige andere ins Dingi übersteigen wollten, sackte die *Schwan* plötzlich ab und riss sie mit in die Tiefe.«

»Wir waren noch fünfzehn Mann und hatten kaum Wasser und Proviant«, spann Lukas Thadde das Märchen weiter. »Als Kapitän Mensing aus seiner Bewusstlosigkeit erwachte, war er äußerst aufgebracht. Ich beschwor ihn jedoch, an uns brave Matrosen zu denken.«

»Bedauerlicherweise starb einer nach dem anderen an Auszehrung. Wir waren noch zu acht, als uns ein englisches Schiff aufgriff und an Bord nahm. Zwei Kameraden blieben auf diesem Schiff, während wir sechs nun als Unglücksboten vor Ihnen stehen.«

Mensing wusste, dass der Einsatz hoch war. Aber es konnte gelingen, da sich die *Schwan* niemals bis zu Simonsens Erscheinen hatte halten können.

Cornelius Thadde brauchte eine Weile, um das Gehörte zu begreifen. Der Verlust des Schiffes war schlimm genug. Die Menschen aber würden mehr an die dreißig Seeleute denken, die beim Untergang der *Schwan* umgekommen waren. Hatte Simonsen das Schiff wirklich im Stich gelassen?, fragte er sich. Immerhin war dieser mit Mensing im Wettstreit um Mina gelegen. Da mochte der Ehrgeiz den jungen Kapitän Ehre und Anstand hatte vergessen lassen.

Unterdessen hatte auch Mina den Raum betreten und den Bericht Mensings noch gehört. Sie konnte kaum glauben, dass ihr Simon so herzlos gehandelt haben sollte. Allerdings bezichtigten ihn sechs Männer, sie und ihre Kameraden im Stich gelassen zu haben. Ihr Herz schlug hart in der Brust, und sie rang verzweifelt die Hände.

Cornelius Thaddes Gedanken griffen weiter. Es mochte verschiedene Gründe haben, weshalb Simonsen mit der *Pelikan* weitergefahren war. Es würde jedoch immer der Vorwurf bleiben, brave Hamburger Seeleute im Stich gelassen zu haben. Mit seinem eigenen Ansehen und seinen Plänen war dies nicht zu vereinbaren. Daher wollte er noch an diesem Abend mit Mina reden und ihr erklären, dass eine Heirat mit Simon Simonsen für sie nicht mehr infrage käme. Er wandte sich Mensing zu.

»Es ist schlimm, dass Sie mit der *Schwan* gescheitert sind, Mensing. Das ist aber auch schon anderen Kapitänen passiert. Unverzeihlich ist jedoch, dass Simonsen die *Schwan* im Stich gelassen hat.«

»Simonsen ging es von Anfang an nur darum, vor uns nach Westindien zu kommen. Er ließ selbst bei starkem Wind alle Segel aufziehen, obwohl wir die unseren gerefft hatten, weil es zu gefährlich war. Die *Pelikan* hätte dadurch leicht eine Rah oder gar einen Mast verlieren können«, erklärte Lukas Thadde eindringlich. Je mehr Mensing und er die Schuld auf Simon lenkten, umso glimpflicher würden sie davonkommen.

»Ich wusste, dass Simonsen ehrgeizig ist, und habe dies sogar begrüßt, doch hätte ich niemals erwartet, dass er so herzlos sein könnte«, sagte Thadde erschüttert.

»Ich auch nicht!« Nils Nilsen blickte nach draußen. »Wenn es Ihnen recht ist, würden meine Kameraden und ich gerne gehen und einen Schluck auf das Andenken unserer toten Freunde trinken.«

»Tut das!«, antwortete Thadde und wartete, bis Nilsen und die drei Matrosen das Zimmer verlassen hatten. Dann wandte er sich seinem Neffen zu. »Lukas, komm mit in mein Kontor und berichte das Geschehene noch einmal von deiner Warte aus! Mensing, Sie warten hier, bis ich Sie rufen lasse. Mina, schenke dem Kapitän einen Becher Rum ein. Er kann ihn gewiss brauchen.«

»Ich danke Ihnen, Herr Thadde!« Mensing spürte, dass die schlimmste Gefahr, für den Verlust der *Schwan* verantwortlich gemacht zu werden, vorbei war, und sah Mina lächelnd an. Das Mädchen holte einen Becher und eine Flasche Rum und goss ein.

»Vorsicht, es läuft gleich über!«, rief Mensing und packte ihren Arm.

Mit einem raschen Blick stellte er fest, dass Thadde und Lukas gegangen waren. Er nahm den Becher, stellte ihn dann aber wieder hin.

»Den haben Sie ja ziemlich vollgemacht, Jungfer Mina«, meinte er kopfschüttelnd. »Ich glaube, es ist besser, wenn Sie mir beim Trinken helfen. Sonst bin ich betrunken, wenn Ihr Vater mich zu sich ruft, und das wäre nicht gut.«

Mina machte sich nichts aus Rum und anderen alkoholischen Getränken und mied im Allgemeinen sogar den Wein. Nun aber war sie bis ins Innerste erschüttert und gehorchte daher ohne Widerspruch. Der scharfe Schnaps brannte in ihrer Kehle und reizte sie zum Husten. Mit einiger Überredung brachte Mensing sie dazu, den ganzen Becher zu leeren. Er füllte den Becher noch einmal und drückte ihn ihr in die Hand.

»Trinken Sie! Es wird Ihnen guttun!«

Mina spürte zu ihrer Verwunderung, dass der Schmerz über Simon und sein ehrloses Handeln zu schwinden begann. Ihre Zuneigung, die bis jetzt vor allem diesem jungen Mann gegolten hatte, verflog, und sie blickte Mensing fragend an. »Sie hätten Simonsen und dessen Männer gewiss nicht im Stich gelassen, nicht wahr?«

»Selbstverständlich nicht! Bei Gott, ich wollte, es wäre so gekommen.« Mensing atmete tief durch und beobachtete die junge Frau mit einem scharfen Blick.

Auch wenn Thadde ihm keinen offenen Vorwurf machte, so musste er damit rechnen, dass dieser ihm Mina verweigerte. Doch es gab eine Möglichkeit, sie ganz sicher zu bekommen, und die wollte er ergreifen. Hoffentlich redet Lukas viel und lange genug, dachte er, als er noch einmal Rum in den Becher goss und Mina nötigte, auch diesen zu trinken.

Ihre Augen wurden bereits glasig und ihre Beine unsicher. Als sie zu stolpern drohte, hielt Mensing sie fest und zog sie dann an sich. »Dieser Tölpel Simonsen ist Ihrer nicht wert!«, flüsterte er erregt, während er mit der Rechten ihre Brüste gerade noch sanft genug knetete, um ihr nicht wehzutun.

»Was tust du da?«, fragte Mina erschrocken. »Das darfst du doch …« Der Rest unterblieb, da er seinen Mund auf den ihren presste. Gleichzeitig schob er sie auf den Tisch zu und legte sie rücklings auf die Tischplatte.

Mina wusste, dass es nicht richtig war, was er tat. Betrunken, wie sie war, spürte sie jedoch den Reiz, den seine Nähe ausübte, und als er ihr mit den Händen unter den Rock griff und die Finger sachte ihre Schenkel hochgleiten ließ, atmete sie schneller. Es war ein Gefühl, wie sie es noch nie erlebt hatte, bittersüß und gleichzeitig erwartungsvoll.

Mensing spürte, dass er keinen Widerstand mehr zu erwarten hatte. Während er mit der einen Hand ihren Rock und ihr Hemd hochschlug, öffnete er seine Hose und holte sein Glied heraus.

»Gleich bist du die Meine für immer und ewig«, sagte er triumphierend und drang mit einem heftigen Ruck in sie ein.

Die Entjungferung tat weniger weh, als Mina erwartet hätte. Das war jedoch weniger der Rücksichtnahme des Mannes als vielmehr dem Rum geschuldet, den sie getrunken hatte. Zwar schämte sie sich, doch ihr Leib entwickelte sein eigenes Leben, und es gefiel ihr, sich nach der niederschmetternden Enttäuschung über Simon als Frau beweisen zu können.

Mensing vernahm ihr erregtes Keuchen und begriff, dass er gewonnen hatte. Nun konnte Thadde es sich nicht mehr leisten, ihm seine Tochter zu verweigern, denn sonst würde er Mina als loses Ding hinstellen, das sich von jedem dahergelaufenen Kerl begatten ließ.

Im Vollgefühl seines Triumphs und seines Sieges über Simon Simonsen bearbeitete er Mina, bis diese zuletzt vor Lust so laut stöhnte, dass es selbst im Nebenzimmer zu hören sein musste.

Gerade als er zur Erfüllung kam, wurde die Tür aufgerissen. Cornelius Thadde stürmte herein, gefolgt von seinem Neffen, und entdeckte das kopulierende Paar. Zwar stieß er Lukas sofort wieder auf den Flur hinaus und schlug ihm die Tür vor der Nase zu. Das Unglück war jedoch geschehen. Es gab einen Zeugen für die offensichtliche Unmoral seiner Tochter, und er kannte Lukas gut genug, um zu wissen, dass sein Neffe Kapital aus dieser Szene schlagen würde. Um der Schande zu entgehen, gab es nur eine Lösung: Mina musste Mensing heiraten, und das so schnell wie möglich. Er trat auf die beiden zu und maß seine Tochter mit einem eisigen Blick.

»Da du nicht geschrien hast, als dieser Mann dich bedrängte, muss ich annehmen, dass es mit deinem Einverständnis geschah!«

»Ich …«, begann Mina, konnte ihre Gedanken jedoch nicht festhalten.

Eben hatte sie erlebt, wie schön es sein konnte, von einem Mann geliebt zu werden. Simon wäre ihr vielleicht noch lieber gewesen als Mensing. Nein, sagte sie sich. Simon war ein Lump, der gute Matrosen im Stich gelassen hatte.

Mensing löste sich von Mina, schlug ihre Röcke wieder nach unten und stellte sich mit dem Rücken zu Thadde, um sein Glied in der Hose zu verstauen.

»Sie haben meine Tochter wohl mit einer Hafenhure verwechselt, Mensing!«, sagte Thadde mühsam beherrscht. »Ich sollte jetzt meine Bediensteten rufen und Sie im nächsten Fleet ersäufen lassen, ohne dass ein Hahn nach Ihnen kräht.«

Das wirst du nicht tun, denn dafür ist dir dein Ansehen zu wichtig, dachte Mensing boshaft. Da sein Freund Lukas gesehen hatte, was Mina und er getan hatten, konnte er von Thadde verlangen, dass dieser ihm seine Tochter als Frau überließ. Er drehte sich um und musterte den Kaufmann mit dem angenehmen Gefühl, nun doch noch über Simon Simonsen gesiegt zu haben.

»Ich bin bereit, die Verantwortung für mein Verhalten zu tragen, und bitte Sie um die Hand Ihrer Tochter!«

Thadde starrte den jungen Mann durchdringend an. Nach dem Scheitern der *Schwan* hätte er ihn normalerweise nicht mehr als Schwiegersohn in Erwägung gezogen. Nun aber blieb ihm keine andere Wahl, wenn er nicht wollte, dass Minas Ruf und damit auch sein Ansehen in den Schmutz gezogen wurden.

Daher nickte er widerwillig. »Dann soll es so sein! Ihr werdet rasch und ohne große Feier den Bund der Ehe eingehen.«

Nach diesen kühlen Worten drehte er sich um und verließ die beiden. Seiner Tochter gönnte er keinen weiteren Blick. Diese hatte sich an Mensing weggeworfen und sollte nun sehen, was sie davon hatte.

Jörgen Mensing nahm Thaddes Missstimmung nicht ernst. Seiner Meinung nach würde der Kaufherr sich mit ihm als Schwiegersohn abfinden und er im nächsten Jahr dessen größtes und bestes Schiff leiten. Von Simon Simonsen hingegen würde hier in Hamburg nicht einmal mehr ein Bettler ein Stück Brot annehmen, und wenn er am Verhungern war.

11.

Nach langen Wochen auf See erreichte die *Pelikan* schließlich die Elbmündung und fuhr bei leichter nördlicher Brise in den Strom hinein. Simon war mit dem Schiff und ihrer Reise hochzufrieden. Er hatte die *Pelikan* heil nach Willemstad und wieder zurückgebracht und musste nun nur noch das letzte Stück auf der Elbe bewältigen. Gefahrlos war auch dieser Teil der Fahrt nicht. Schon so manches Schiff war auf eine Sandbank aufgelaufen oder durch eine plötzliche Drehung des Windes gegen das holsteinische oder das oldenburgische Ufer gedrückt worden. Sollte ihm dies zustoßen, würden die dortigen Amtsleute sein Schiff und dessen Ladung mit Begeisterung beschlagnahmen. Also hieß es, noch einmal sehr aufmerksam zu sein, um solch ein Unglück zu vermeiden.

Er war daher froh um den Lotsen, der bei Cuxhaven an Bord stieg, wunderte sich aber, dass dieser ihn kaum grüßte und sich dann neben den Rudergänger stellte und diesem wortkarg Anweisungen erteilte. Da der Wind ihnen half, kamen sie gut voran und mussten nur eine Nacht im Strom vor Anker gehen, bevor sie spät am folgenden Tag Hamburg erreichten.

Simon ließ in der Nähe des Fleets anhalten, an dem Thaddes Lagerhaus lag, und machte sich bereit, um den Kaufherrn aufzusuchen. Als ihn das Beiboot ans Ufer brachte, lief viel Volk zusammen. Zuerst achtete er nicht darauf, denn immerhin war die *Pelikan* nach monatelanger Abwesenheit wieder zurückgekommen, und das war schon des Aufsehens wert.

Da hörte er zornige Rufe. Leute packten Dreckbatzen und warfen sie auf ihn.

»Was soll das?«, fragte er verdattert.

»Das weißt du schon, du Hund!«, schrie ein Kerl und schleuderte einen Stein.

Simon duckte sich weg und entging dem Geschoss. Dann sah er einen der Gehilfen des Hafenmeisters und eilte zu diesem. Bevor er jedoch etwas sagen konnte, spie der Mann vor ihm aus.

Simon wurde wütend. »Sind denn hier alle verrückt geworden?«, fragte er scharf.

»Sollen wir dir etwa einen Ehrenkranz dafür binden, dass du brave Hamburger Fahrensleute im Stich gelassen hast, so dass sie elend ertrinken mussten?«

»Was soll ich getan haben?«, brach es aus Simon heraus.

»Stimmt es denn nicht, dass du Judas an der *Schwan* einfach vorbeigesegelt bist, als diese auf das Riff aufgelaufen war und ihre Seeleute Sie anflehten, sie zu retten? Du Hund hast sie ihrem Schicksal überlassen!«

Ein Faustschlag hätte Simon nicht schlimmer treffen können. »Wer behauptet das?«, fragte er entgeistert.

»Die überlebenden Matrosen der *Schwan!* Einige konnten durch Gottes Gnade gerettet werden. Die anderen aber hast du auf dem Gewissen!«

»Das ist eine gemeine Lüge!«, brauste Simon auf. »Meine Mannschaft und ich haben alles getan, um die Mannschaft der *Schwan* zu bergen. Doch als wir sie endlich erreichten, fanden wir dort nur noch Tote vor. Wenn jemand überlebt hat, muss er sich vorher abgesetzt haben. Wie viele sind es?«

Der Hafenbeamte zögerte kurz, sagte sich dann, dass Simon von seinem Gewissen getrieben vielleicht doch zur *Schwan* zurückgekehrt sein könnte. Auf jeden Fall aber war er zu spät gekommen, um noch jemanden zu retten.

»Die Überlebenden sind Kapitän Jörgen Mensing, der Zahlmeister Lukas Thadde, der Maat Nils Nilsen und die drei Matrosen Mats Küsters, Jens Schabrock und Hajo Treemers. Sie alle haben ausgesagt, dass du sie im Stich gelassen hast!«, erklärte er.

»Mensing lebt also.«

Mehr musste Simon nicht erfahren, um zu wissen, woher die Verleumdungen kamen. Sein Rivale hatte sich mit seiner Niederlage nicht abgefunden und alles getan, um seinen Ruf in den Schmutz zu ziehen. Gleichzeitig fragte er sich, wie Mensing und die anderen entkommen waren. Sie mussten das Dingi genommen haben. Mehr als zehn Mann konnte so ein Boot nicht fassen. Waren die anderen zu dem Zeitpunkt wirklich schon alle tot gewesen?

Simon übergab dem Hafenbeamten die Schiffspapiere und forderte Gartz auf, sich darum zu kümmern. Ihn drängte es, zu Cornelius Thadde zu eilen und diesem zu erklären, dass an diesen Verleumdungen nicht das Geringste dran war.

12.

Thadde ließ Simon lange im Vorraum warten. Als dieser endlich eintreten durfte, wurde ihm auch nicht wie üblich ein Becher Schnaps oder ein Krug Bier angeboten. Stattdessen las der Handelsherr einige Papiere durch, so dass Simon wie ein Schuljunge vor ihm stand, dessen Lehrer gerade seine letzte Arbeit prüfte.

Erst nach einer geraumen Zeit hob Thadde den Kopf und musterte Simon mit strengem Blick. »Simonsen, du bist von diesem Augenblick an von deinen Aufgaben als Kapitän der *Pelikan* entbunden. Vorerst wird Oltmanns das Kommando über das Schiff übernehmen.«

Es klang so kalt und abweisend, dass Simon die Zornader schwoll. »Aus welchem Grund wollen Sie das tun? Ich habe die *Pelikan* sicher nach Willemstad und zurück nach Hamburg gebracht – und das mit wertvoller Ladung. Ist das der Dank?«

»Sie haben die *Schwan* im Stich gelassen und dadurch den Tod vieler guter Seeleute verschuldet«, antwortete Thadde abweisend.

»Das ist eine Lüge! Jeder aus meiner Mannschaft kann das bezeugen!« Simon wurde laut, konnte Thadde damit aber nicht beeindrucken.

»Mein Neffe Lukas hat berichtet, wie man dich mit Rufen und Signalen um Hilfe gebeten hat. Du aber hast die Notlage der *Schwan* missachtet und sie stattdessen überholt, um als Erster nach Willemstad zu gelangen!«

»Das wäre ich auch, wenn ich die Männer von der *Schwan* gerettet hätte! Warum hätte ich sie daher im Stich lassen sollen?« Simon war über die Unterstellungen so empört, dass er Jörgen Mensing, Lukas Thadde und die anderen Überlebenden der *Schwan* am liebsten gesucht und für ihre Lügen zur Rechenschaft gezogen hätte.

Thadde zog einen Klingelstrang und sah erleichtert, wie zwei handfeste Knechte hereinkamen und sich hinter Simon aufbauten.

»Ich vertraue meinem Neffen mehr als dir!«, erklärte er und sprach Simon weiter wie einen Mann aus der Gosse an und nicht wie jemanden, den er achten musste.

»Sie können den Steuermann Oltmanns befragen, den Zahlmeister Gartz, jeden meiner Matrosen, und alle werden Ihnen bestätigen, dass wir alles getan haben, um das Leben der Männer auf der *Schwan* zu retten.«

Zu Thaddes Überraschung bezwang Simon seine Wut und antwortete ruhig und eindringlich. Der Kaufherr kaute auf seinen Lippen. Da er die See kannte, wusste er, dass es immer wieder Augenblicke gab, in denen ein Schiff und sein Kapitän der Macht des Windes und der Wellen hilflos ausgeliefert waren. Zudem traute er seinem Neffen zu, in Panik auf das Verlassen der *Schwan* gedrängt zu haben. Wenn Simon dieses Schiff erst zwei oder drei Stunden danach erreicht hatte, hatte er nur noch Tote vorfinden können. Für diejenigen, die dann auf dem Boot gestorben waren, konnte man ihn daher nicht mehr verantwortlich machen.

Es war jedoch zu spät, um sich darauf einzulassen. Mensing hatte ihn überlistet, wie Thadde nun zugeben musste, und es blieb ihm nichts anderes übrig, als zu diesem Mann zu stehen. Es war zwar bedauerlich, dass dies den Ruf eines guten Seemanns für immer ruinierte, aber um seines eigenen Ansehens willen war er dazu bereit.

»Ich habe dir noch den Entschluss der Eignerversammlung mitzuteilen«, erklärte er von oben herab. »Die Prämie, die dir bei der glücklichen Rückkehr der *Pelikan* zustehen würde, wird einbehalten und zur Unterstützung der Witwen und Waisen der auf See gebliebenen Seeleute verwendet. Dazu sollst du erfahren, dass keiner der acht Eigner bereit ist, dich noch einmal auf einem seiner Schiffe zu dulden. Viele unserer Freunde haben sich diesem Schritt angeschlossen! Du wirst hier in Hamburg kein Bein mehr auf die Erde bringen.«

Thadde hoffte, Simon würde sich diese Worte zu Herzen nehmen und die Stadt verlassen. Wenn er hierblieb, würde er ihn stets daran erinnern, dass er einmal eine falsche Entscheidung getroffen hatte. Noch aber war er mit dem, was er dem jungen Mann zu sagen hatte, nicht fertig.

»Weiter teile ich dir mit, dass meine Tochter Mina vor einer Woche das ehelich angetraute Weib des Kapitäns Jörgen Mensing geworden ist.«

In seinem Zorn über die Verleumdungen hatte Simon nicht mehr an Mina gedacht. Nun aber war es wie ein Stich ins Herz. Alles, was er je geliebt und sich erträumt hatte, war in diesem Augenblick zu Asche zerstoben.

»Mina hat Mensing geheiratet?«, fragte er mit schwankender Stimme.

»Sie hat es sogar gerne getan!«, antwortete Thadde und sagte sich, dass er nicht einmal log. Immerhin hatte sich seine Tochter von Mensing besteigen lassen wie eine Hure. Er wies zur Tür. »Ich bin mit dir fertig. Du kannst gehen!«

In Simon ballten sich tausend Fragen, auf die er Antwort haben wollte. Da sah er, wie Thadde seinen Knechten einen Wink gab, und wollte ihnen nicht die Genugtuung gönnen, ihn aus dem Haus zu werfen.

»Dann sind wir miteinander fertig«, sagte er, setzte seinen Hut auf und ging.

Cornelius Thadde sah ihm nach und kämpfte gegen die Zweifel an, die in ihm aufsteigen wollten. Es musste alles so gewesen sein, wie sein Neffe und Mensing es berichtet hatten, sagte er sich. Alles andere würde seinen Ruf ruinieren. Mit diesem Gedanken befahl er einem Knecht, ihm einen Becher Rum einzuschenken, und stürzte ihn in einem Zug hinab.

13.

Simons Schritt stockte, als er vor dem Haus stand, in dem er mit seiner Mutter lebte. Die Angst, was sie von ihm denken mochte, packte ihn. Er überlegte schon, ob er nicht in eine Schenke gehen und dort bei Schnaps und Bier vergessen sollte, was geschehen war. Da entdeckte er, dass ein Stück weiter vorne Erna Lüders des Weges kam. Ihr wollte er gewiss nicht begegnen, fuhr es ihm durch den Kopf, und er trat ein.

Er war monatelang fort gewesen und hatte das Meer bis zu den fernen Inseln vor der Küste Amerikas durchmessen. Dies war ihm leichter gefallen als die letzten Schritte in die Küche, in der er seine Mutter vermutete. Schließlich öffnete er doch die Tür und ging über die Schwelle. Lia Simonsen stand am Herd und kochte. Als sie ihn hörte, drehte sie sich um. Bei seinem Anblick ließ sie den Kochlöffel fallen, eilte auf ihn zu und umarmte ihn. Dann sah sie sein Gesicht und begriff, dass er alles wusste, was hier während seiner Abwesenheit geschehen war.

»Du bist wieder zurück«, sagte sie leise und strich ihm über die Wangen, so wie sie es getan hatte, als er noch ein Kind gewesen war und sie ihn hatte trösten wollen.

»Ich hätte mir ein anderes Wiederkommen gewünscht«, antwortete Simon leise.

»Gleichgültig, was Thadde, dessen Neffe Lukas, Mensing und die Leute sagen: Ich glaube es nicht! Du bist nicht der Mann, der andere in der Not ihrem Schicksal überlässt. Du musst ihnen zeigen, wie sehr sie dich verkennen!« Lia Simonsens Stimme klang fest und fordernd, doch Simon hob mutlos die Arme.

»Thadde hat mir angedroht, dass ich hier in Hamburg kein Bein mehr auf die Erde bekommen werde, und du kennst seinen Einfluss in der Stadt. Mir bleibt nichts anderes übrig, als nach Altona zu gehen und in dänische Dienste zu treten – oder auf einem Holländer anzuheuern.«

Lia Simonsen schüttelte zunächst vehement den Kopf, senkte diesen dann aber traurig. »Wenn es nicht anders geht, muss es denn sein. Tut es sehr weh?«

Es dauerte einen Augenblick, bis Simon merkte, dass sie Mina meinte. Er schloss die Augen und sah sie vor sich, so, wie sie ihn im Frühjahr vor seiner Abfahrt verabschiedet hatte. Der Gedanke, dass sie die Ehefrau dieses Lügners und Verleumders Jörgen Mensing geworden war, schmerzte wie eine offene Wunde in seinem Herzen.

»Ja, Mutter, es tut weh! Sie hätte wenigstens warten können, bis ich zurückgekehrt bin.«

»Es ging alles sehr rasch«, berichtete seine Mutter mit einer gewissen Verwunderung. »Dabei glaube ich nicht einmal, dass Thadde mit diesem Eidam wirklich zufrieden ist. Das Hochzeitsmahl fand in einer Schiffertaverne statt und nicht im Ratskeller, in dem Thadde und seinesgleichen im Allgemeinen feiern.«

Das war kein Trost für Simon. Er fühlte sich von Mensing und Thadde betrogen und von Mina verraten. Allerdings wusste er, dass er diesen Schmerz überwinden und eine neue Stellung finden musste, wenn er nicht vor die Hunde gehen wollte.

»Was auch immer geschehen mag – ich werde alles tun, um meinen Ruf wiederherzustellen, und es Mensing zeigen, dass seine Lügen ihm zwar das Weib eingebracht haben, das ich mir wünschte, sein falsches Zeugnis mich aber nicht gebrochen hat«, erklärte er mit fester Stimme.

»Es wird dir gelingen, mein Sohn!«, antwortete seine Mutter und wusste doch selbst, dass dies hier in Hamburg unmöglich sein würde. Dafür hatten Mensing und dessen Spießgesellen, vor allem aber Cornelius Thadde, in den letzten Wochen zu viel getan, um Simons Ansehen zu zerstören.

DRITTER TEIL

•

NEUE
HOFFNUNG

1.

ie ersten Tage in der Heimat waren für Simon eine einzige Qual. Meist saß er zu Hause und grübelte über den Verlust seiner Liebe und über die Wankelmütigkeit der Menschen nach. Selbst von jenen, die ihn einst gemocht und ihn ihrer Freundschaft versichert hatten, kam keiner zu ihm, um seine Version der Geschehnisse zu erfahren. Alle glaubten Cornelius Thaddes Worten, der Simons Ruf in den tiefsten Schmutz trat, um seinen eigenen und den seines frischgebackenen Schwiegersohns zu wahren.

Mehrmals überlegte Simon, Mina zu fragen, weshalb sie nicht auf ihn gewartet, sondern Mensing noch vor seiner Heimkehr die Hand zum Ehebund gereicht hatte. Er erinnerte sich jedoch, wie oft sie in den vergangenen zwei Jahren Mensings Namen genannt und ihm diesen seiner Kleidung und seines Auftretens wegen als Vorbild hingestellt hatte. Wahrscheinlich hatte sie den Mann schon damals geliebt oder zumindest geschwankt, ob sie nun Jörgen Mensing den Vorzug geben sollte oder ihm. Nun war sie Mensings Weib. Auch wenn er sich sagte, dass sie es verdient hatte, mit diesem heuchlerischen Lügner verheiratet zu sein, konnte er die Liebe zu ihr nicht einfach aus seinem Herzen reißen.

Wenn er das Haus verließ, wurde es noch schlimmer, denn die Nachbarn gingen ihm aus dem Weg. Einige spuckten sogar vor ihm aus, andere schienen ihn nicht mehr zu kennen. Als er dem alten einbeinigen Jan, dem er früher den einen oder anderen

Schnaps bezahlt hatte, eine Münze zuwarf, ließ dieser sie auf den Boden fallen, ohne danach zu greifen. Auf dem Markt bediente man ihn entweder nicht oder wollte ihm schlechte Ware zu überteuerten Preisen andrehen.

Mit jedem Tag, der verging, kam Simon mehr zu der Überzeugung, dass er Hamburg verlassen musste, wenn er je wieder die Planken eines Schiffes unter den Füßen spüren wollte. Wahrscheinlich würde er als einfacher Fahrensmann anheuern müssen, aber er hoffte, sich im Lauf der Jahre zum Steuermann und vielleicht sogar wieder zum Kapitän eines Schiffes hocharbeiten zu können.

Als er an diesem Abend mit seiner Mutter in der Küche saß, beriet er sich mit ihr, wohin er sich wenden solle. Altona war verlockend, lag aber so nahe, dass die Verleumdungen auch bis dorthin gedrungen sein konnten.

»Vielleicht gehe ich besser nach Hoorn oder Amsterdam«, meinte er. »Wenn ich auf keinem Handelssegler unterkomme, bleibt mir immer noch die Möglichkeit, auf einem Walfänger anzuheuern.«

»Aber das würde bedeuten, dass du zwei oder drei Jahre in der Ferne bleibst«, rief seine Mutter erschrocken.

»Das ist wahrscheinlich! Ich muss nur sehen, dass du genug Geld hierbehältst, um in dieser Zeit davon leben zu können.«

Simon war klar, dass er dafür seine Taschen bis zum Äußersten würde leeren müssen. Für ihn würde nicht viel bleiben. Da er nicht damit rechnen konnte, dass ihn ein Schiffer bis nach Amsterdam mitnahm, musste er die Strecke vielleicht sogar zu Fuß zurücklegen und unterwegs um Unterkunft und ein Stück Brot betteln.

»Du solltest zumindest in Altona anfragen, wenn sich hier nichts anderes ergibt«, antwortete seine Mutter.

»Was soll sich schon ergeben?«, fragte Simon mit einem traurigen Lächeln.

Da klopfte es an der Haustür.

»Wer mag es um diese Zeit noch sein?«, fragte Lia Simonsen verwundert.

»Ich sehe nach.« Simon nahm einen der beiden Kerzenständer, die in der Küche Licht spendeten, und trat auf den Flur. Als er die Haustür öffnete, sah er Michel Gartz vor sich, den Zahlmeister der *Pelikan*. Der Mann sah schlimm aus. Die Stirn zierten mehrere blaue Flecken, ein Auge war zugeschwollen, und die aufgeschlagenen Lippen bluteten. Trotzdem verzog er das Gesicht zu etwas Ähnlichem wie einem Grinsen.

»Ich hoffe, ich komme nicht ungelegen, aber ich könnte einen Platz brauchen, an dem ich heute Nacht schlafen kann«, meinte er.

»Bei Gott, was ist geschehen? Kommen Sie herein! Mutter soll sich um Ihre Verletzungen kümmern. Sagen Sie, wer hat Sie so zugerichtet, damit ich es dem Kerl heimzahlen kann!« Simon war aufgebracht genug, um loszugehen und eine Schlägerei anzuzetteln.

Da packte Gartz seinen Arm. »Lassen Sie nur! Mats Küsters wäre jetzt kein Gegner für Sie. Ich habe ihm sein verdammtes Maul gestopft, als er in meiner Gegenwart Lügen erzählen wollte.«

»Sie haben sich mit Mats Küsters geprügelt?«, fragte Simon verwundert.

Er kannte diesen Matrosen und wusste, dass er mindestens einen Kopf größer war als Gartz und um einiges schwerer. Daher war es kaum zu glauben, dass Letzterer den Sieg davongetragen haben wollte.

Während Gartz nickte, führte Simon ihn in die Küche. Als seine Mutter den Gast sah, schlug sie die Hände zusammen.

»Bei Gott, Sie sehen schrecklich aus! Wer hat Ihnen das angetan?«

»Ich glaube, dass es Mats Küsters weher tut als mir. Ich habe ihm ein paar Zähne ausgeschlagen, ein Ohr zerschmettert und zuletzt das Knie so in die Klöten gesetzt, dass er Wenders' Schenke vollgekotzt hat!«

Gartz klang zufrieden, war aber dankbar, als Lia Simonsen ihn zu verarzten begann.

»Sie haben aber auch einiges abbekommen«, erklärte sie.

»Das Schwein wollte vor meinen Ohren erzählen, dass wir die armen Hunde der *Schwan* im Stich gelassen hätten. Ich habe ihn gefragt, wieso ausgerechnet so ein Lumpenhund wie er überlebt habe, da viele andere und Bessere es nicht getan haben. Ein Wort gab das andere, und schließlich warf ich ihm vor, mit seinen Kumpanen zusammen mit dem Dingi abgehauen zu sein und die restlichen Kameraden im Stich gelassen zu haben. Halt! Das habe ich erst gesagt, als er sich vor mir am Boden krümmte!«

Gartz grinste schmerzverzerrt und bat um einen Becher Schnaps. »Den kann ich jetzt brauchen.«

Simons Gedanken schlugen unterdessen eine andere Richtung ein. »Sie bräuchten einen Platz zum Schlafen?«

»Meine Herbergswirtin hat mich auf die Straße gesetzt. Ihr Neffe gehört zu den Toten der *Schwan*. Ich sagte ihr, dass sie mit mir den Falschen bestraft, aber sie wollte nicht hören. Ach ja, Thadde hat mich auch zum Teufel gejagt. Ich musste mit Oltmanns zusammen zu ihm, und er wollte wissen, was wirklich geschehen ist. Ich habe es ihm gesagt, auch dass ich seinen Schwiegersohn für einen Lügner halte – und das war es!«

»Was hat Oltmanns gesagt?«, fragte Simon angespannt.

Gartz winkte mit einer verächtlichen Geste ab. »Er redete, so gut es ging, Thadde nach dem Mund, machte diesem aber auch klar, dass es riskant gewesen sei, zwei so jungen Kapitänen das Kommando über die beiden großen Schiffe anzuvertrauen. Mensing und Sie hätten es an der nötigen Vorsicht und Sorgfalt fehlen lassen. Dadurch sei es auch zum Scheitern der *Schwan* gekommen.«

»Sagte er wenigstens, dass wir alles getan haben, um das andere Schiff zu erreichen?«, unterbrach ihn Simon.

»Das tat er, aber auf vergiftete Weise. Er sagte nämlich, er hätte die *Schwan* schneller erreicht als Sie, da er eben die notwendige Erfahrung besäße, sprach Ihnen aber ehrliches Bemühen zu!«

»So ein Lumpenhund!«, stieß Simon ärgerlich aus.

»Oltmanns ging anschließend auch mehr auf Mensing ein und wies diesem die Schuld am Scheitern der *Schwan* zu, weil dieser bei starkem Wind die Segel nicht rechtzeitig gerefft hätte. Er zählte auch sonst noch einige Fehler auf, die dieser gemacht haben soll. Wenn Sie mich fragen, legt Oltmanns es darauf an, Mensing auszubeißen, nachdem Sie bereits aus dem Weg geräumt worden sind, um selbst Kapitän der *Pelikan* zu werden.«

Simon überlegte, was er tun sollte. So, wie er die Menschen kannte, würde auch der Zahlmeister in Hamburg keinen Posten mehr erhalten. Allerdings war Gartz nicht gerade ein Mann für den Walfang. Oder vielleicht doch? Immerhin hatte er mit Mats Küsters einen weitaus größeren und stärkeren Mann besiegt.

Simon beschloss, die Entscheidung, was mit Gartz und ihm geschehen sollte, auf den nächsten Tag zu verschieben, und goss erst einmal zwei Becher Rum ein.

»Trinken wir darauf, dass Sie Küsters die Grenzen aufgezeigt haben, und darauf, dass wir doch noch freies Fahrwasser für uns finden!«

»Darauf trinke ich gerne!«, antwortete Gartz und stieß mit ihm an.

2.

Erna Lüders haderte mit sich selbst. Noch vor einer guten Woche hatte sie in der Sankt-Michaelis-Kirche miterlebt, wie der Pastor die ehrenhafte Jungfrau Mina Thadde mit dem Kapitän Jörgen Mensing zusammengegeben hatte. Damals hatte sie sich gefreut und gedacht, dass es für Simon genau die richtige Strafe war, den Wettstreit um die Tochter des Kaufherrn verloren zu haben.

Nun aber saß sie da und ärgerte sich über die bösen Gerüchte, die Simon verfolgten. Sie konnte das, was da im Umlauf war, nicht glauben. Immerhin kannte sie Simon, seit sie laufen konnte, und er war nicht der Mensch, der andere kaltblütig im Stich ließ. Auch das Verhalten der Matrosen der *Pelikan* sprach für ihn. Diese prügelten sich für ihren abgesetzten Kapitän. Es hieß sogar, der klein gewachsene Zahlmeister Michel Gartz habe sich deshalb mit dem bärenstarken Mats Küsters angelegt und diesen besiegt.

Erna hatte Simon nur einmal kurz aus der Ferne gesehen, und das war an dem Tag gewesen, an dem die *Pelikan* eingelaufen war. Von ihren Mägden hörte sie nun, dass er das Haus seiner Mutter nur selten verließ. Als Nela und Trine dann berichteten, was sie auf der Straße gehört hatten, fuhr sie wütend auf.

»Wart ihr dabei und habt gesehen, was wirklich geschehen ist? Oder plappert ihr nur die Lügen nach, die Mensing und die anderen Überlebenden der *Schwan* erzählen, um von ihrer Schuld am Scheitern des Schiffes abzulenken?«

»Aber es muss so gewesen sein! Immerhin hat Kaufherr Thadde seine einzige Tochter mit Kapitän Mensing verheiratet«, antwortete Nela, die Jüngste der drei Mägde, verwundert über Ernas Heftigkeit.

Trine, die Älteste der Mägde, hatte die Blicke gesehen, mit denen Erna Simon angesehen hatte. Doch auch sie wusste nicht, ob deren Zuneigung zu dem jungen Mann der Grund war, diesen zu verteidigen. Hoffte Erna etwa, Simon würde nun, da er Mina nicht mehr erringen konnte, um sie werben? Das hielt Trine für unwahrscheinlich. Es hieß, Simon Simonsen habe sich im Haus seiner Mutter vergraben und wage sich kaum mehr heraus. Einen Seemann, den die anderen den Judas nannten und ihm vorwarfen, die Besatzung eines anderen Hamburger Schiffes im Stich gelassen zu haben, würde Hauke Lüders niemals als Tochtermann billigen.

»Die Leute reden viel, und keiner weiß, weshalb Mensing Minas Hand erhalten hat«, sagte Erna harsch.

»Er hat schon ein bisschen mehr als nur die Hand bekommen«, spottete Nela und deutete kichernd auf ihren Unterleib. Sie war zwar nicht verheiratet, besaß aber im Gegensatz zu ihrer Herrin bereits Erfahrung mit dem anderen Geschlecht.

»Du solltest solch lose Reden sein lassen!«, wies Trine sie zurecht.

»Vor allem solltest du fleißiger arbeiten! Du bist gerade erst zwanzig Jahre alt, doch die alte Hilke, die vor zwei Jahren gestorben ist, schaffte noch wenige Jahre vor ihrem Tod mehr weg als du!« Erna klang streng, denn Nela ließ gerne alle fünfe gerade sein.

Die Magd Ulla schlug in dieselbe Kerbe. »Jungfer Erna hat recht! Ich sagte dir gestern Abend schon, du solltest den Herd auskehren und die Asche hinausbringen. Aber du hast das nicht getan!«

Nela schnaubte leise, doch als Erna ihr einen mahnenden Blick zuwarf, machte sie sich an die Arbeit und rückte dem Herd in einer Art und Weise zu Leibe, dass die Asche nur so aufstob.

»Du! Sei ja vorsichtig, sonst kannst du dir schneller einen neuen Dienstplatz suchen, als du denkst!«, warnte Erna sie und machte sich wieder an ihre eigene Arbeit.

Ulla half ihr und schüttelte schließlich den Kopf. »Ich weiß nicht … Irgendwie ist es seltsam! Die *Pelikan* soll, wenn ihre Ladung gelöscht ist und neue Fracht an Bord genommen wurde, wieder auslaufen. Nun haben aber mehrere Matrosen erklärt, sie würden nur an Bord bleiben, wenn Simonsen mit der Führung des Schiffes beauftragt wird. Noch mehr Matrosen wollen nicht mitfahren, sollte Jörgen Mensing zum Kapitän ernannt werden.«

»Woher weißt du das?«, fragte Erna.

»Meine Freundin Rike weiß es von ihrer Base, die in Thaddes Haus dient. Es soll derzeit keine gute Stimmung dort herrschen, hat sie gesagt.«

»Irgendetwas an dieser Sache ist faul«, sagte Erna leise.

Ulla nickte nachdenklich. »Den Eindruck habe ich auch! Es heißt, dass Simonsen im Gegensatz zu dem, was Mensing und seine Begleiter behaupten, durchaus versucht haben soll, die Mannschaft der *Schwan* zu retten, aber er musste gegen den Wind ankreuzen und kam dadurch zu spät.«

»Damit müssten Mensing und seine Komplizen schon vorher mit dem Boot losgefahren sein«, schloss Erna aus diesem Bericht.

»So muss es wohl gewesen sein!«, erwiderte Ulla nickend und widmete sich wieder ihrer Arbeit.

Auch Erna tat das, doch ihre Gedanken rasten, und sie wünschte sich, sie könnte erfahren, was damals bei jenem Riff in der Karibischen See wirklich geschehen war.

3.

Während Simon sich in seinem Elend verkroch und Erna grübelte, verlebte Cornelius Thadde unangenehme Stunden. Auf Sölters Antrag hin war eine Versammlung der Eignergruppe zusammengerufen worden, und Thadde sah sich gezwungen, seine Entscheidungen zu rechtfertigen.

»Es ist nun nicht so, dass ich Kritik an Ihnen üben will, Herr Thadde. Nur weiß ich nicht, ob es richtig war, Ihre Tochter als Preis für den erfolgreicheren Kapitän auszusetzen. Sie haben damit die Rivalität zwischen Simonsen und Mensing verstärkt und sie zu unvorsichtigem Handeln verleitet«, erklärte Sölter mit mahnender Stimme.

»So sehe ich es auch!«, sagte Klaas Godehard, der nach Thadde und Sölter den höchsten Anteil an den Schiffen gehalten hatte.

»Ich zumindest hätte alles getan, um meinen Konkurrenten zu übertreffen.«

»So geschah es ja auch!« Sölter sah Zustimmung heischend in die Runde. »Nach allem, was ich gehört habe, hat Kapitän Mensing die Segel nicht gerefft, als der Wind zu stark wurde, und musste dies mit dem Verlust des Teils des Mastes bezahlen. Dadurch wurde die *Schwan* manövrierunfähig und lief auf das Riff.«

Thadde beherrschte sich nur mühsam. Die Absicht seiner Miteigner war deutlich zu erkennen. Sie wollten ihm die Verantwortung für den Untergang der *Schwan* zuschieben, um ihn dadurch zu zwingen, den größten Teil des Verlusts zu übernehmen. Sölter und Godehard hatten alle Besatzungsmitglieder der *Pelikan* befragt und sich aus deren Aussagen ihre Meinung gebildet.

»Es war nicht richtig, Mensings Bericht sofort zu verbreiten. Es ist nun einmal nur eine Seite des Blattes. Sie hätten auf die Rückkehr der *Pelikan* warten und Simonsen mit den Worten seines Konkurrenten konfrontieren müssen«, sagte Godehard mit unverhohlenem Tadel.

Thadde ballte grimmig die Hände. Hätte Mensing deine Tochter gerammelt, hättest du genauso gehandelt wie ich, dachte er. Er wusste jedoch, dass er ruhig bleiben musste. Wenn er aufbrauste, brachte er auch noch die restlichen Miteigner gegen sich auf. Solange drei von ihnen zu ihm hielten, konnte er sich behaupten. Wenn nicht, würde die Eignergemeinschaft Sölter zu ihrem neuen Oberhaupt ernennen und ihm den Verlust der *Schwan* zur Gänze aufhalsen. In Gedanken verfluchte er Mensing. Auch wenn die beiden Kapitäne Minas wegen bereit gewesen waren, viel zu wagen, hätte dies niemals geschehen dürfen.

»Wir sollten uns nicht streiten, sondern überlegen, wie es weitergehen soll«, sagte er mit mühsam beherrschter Stimme. »Diese Sache wird verhandelt, wie es sich gehört. Wir haben die Logbücher beider Schiffe vorliegen sowie die Berichte von Kapitän Mensing und Steuermann Oltmanns.«

»Aber nicht den von Simonsen!«, bellte Sölter dazwischen. »Bei Gott im Himmel, Simonsen hat die *Pelikan* bisher jedes Mal glücklich von großer Fahrt nach Hamburg zurückgebracht, und wir haben an der mitgebrachten Fracht gut verdient. Ist es nicht so?«

»Doch, so war es!«, stimmte Klaas Godehard ihm zu, und auch die übrigen Kaufherren nickten.

»Mensing hingegen ist bei dieser Fahrt gescheitert! Ich frage euch, können wir diesem Mann die *Pelikan* anvertrauen? Schließlich ist sie das letzte große Schiff, das uns verblieben ist.«

Diesmal schüttelten die Miteigner den Kopf.

»Es war ein Fehler, Simonsen ohne Anhörung oder gar Verhandlung abzusetzen. Männer in Not glauben vieles, und selbst Mensing musste zugeben, dass die niederprasselnden Regenschauer die Sicht beeinträchtigt hatten. Die *Pelikan* hätte bereits bis auf hundert Faden an die *Schwan* herangekommen sein können, und weder Mensing noch ein anderer im Boot hätten sie gesehen!«

Sölter genoss es, Thadde in die Enge zu treiben. Jahrelang war er in dessen Schatten gestanden, nun endlich sah er die Gelegenheit, ihn zu übertrumpfen. Ihn ärgerte auch, dass dieser seine Tochter mit Mensing verheiratet und den Antrag, den er im Namen seines Sohnes Dolf gestellt hatte, abgewiesen hatte.

»Ein weiterer Fehler war es, Michel Gartz, den Zahlmeister der *Pelikan*, ohne Verhandlung zu entlassen und ihm die ihm zustehende Prämie zu versagen, nur weil er zugunsten seines Kapitäns gesprochen hat«, setzte Godehard hinzu.

»Er hat meinen Schwiegersohn einen Lügner genannt«, fuhr Thadde auf.

»Das war der Erregung geschuldet und verständlich, wenn die Männer auf der *Pelikan* alles getan haben, um der *Schwan* zu Hilfe zu eilen. Wie bereits vorhin erwähnt, herrschte durch die immer wieder auftretenden Regenfälle keine gute Sicht. Daher nahm

Mensing die *Pelikan* nicht wahr und diese nicht das Boot, mit dem sich die Überlebenden von der *Schwan* entfernt haben.«

Thadde musste es hinnehmen, dass Sölter nur Mensings Namen nannte und ihn nicht mehr als Kapitän bezeichnete. Mittlerweile war ihm bewusst, dass es ihm nicht gelingen würde, Minas Ehemann das Kommando über die *Pelikan* zu verschaffen. Eines aber war für ihn unannehmbar: Er würde niemals zulassen, dass Simonsen zurückgeholt wurde und er sich vielleicht auch noch bei diesem entschuldigen musste.

Auch wenn Sölter danach strebte, Thadde als Oberhaupt der Eignergemeinschaft zu ersetzen, so wussten er und die anderen doch, dass sie auf diesen Mann angewiesen waren. Sobald Thadde beschloss, aus ihrer Gemeinschaft auszuscheiden, und seine Anteile zurückforderte, würden ihre Verluste noch größer sein, als sie es jetzt bereits waren.

Sölter hob die Hand, um die aufgewühlten Gemüter zu beruhigen. »Wir sollten das Vergangene ruhen lassen und nach vorne sehen. Die Ladung der *Pelikan* wird einen guten Preis erzielen. Ich schlage daher vor, den Gewinn dafür zu verwenden, ein neues, großes Schiff zu bauen. Ich bin bereit, ein Fünftel der dafür nötigen Kosten zu erbringen.«

Ein Fünftel war bis jetzt Thaddes Anteil gewesen. Damit forderte Sölter ihn noch weiter heraus. Im Augenblick blieb Thadde jedoch nur, ebenfalls ein Fünftel anzubieten. Kaum hatte er es gesagt, meldete sich Godehard.

»Ich biete ein Sechstel!«

Einer rechnete die Anteile aus und teilte sich den Rest mit den übrigen Anteilseignern.

»Damit ist diese Sache beschlossen«, erklärte Sölter, so als stünde er bereits an der Spitze der Gemeinschaft.

Da meldete sich der Miteigner, der eben noch die Anteile ausgerechnet hatte. »Mir gefällt es nicht, dass Kapitän Simonsen nach einer so erfolgreichen Fahrt ohne Prämie entlassen worden ist. Es mag sein, dass dadurch so mancher gute Kapitän es sich überlegt, ob er überhaupt in unsere Dienste treten soll, da er befürchten muss, wir könnten auch ihn um seinen Anteil prellen.«

»Wir haben dieses Geld für die Witwen und Waisen verschollener Seeleute bestimmt. Mein Vetter, der Senator, sagte letztens, der Magistrat achte sorgfältig darauf, dass diese Summe auch jenen zukommt, für die es gedacht ist.«

Godehards Worte dämpften die Bereitschaft, Simon, wenn sie ihm schon das Kommando über die *Pelikan* nicht zurückgeben konnten, wenigstens mit Geld zu entschädigen. Sie hatten seine Prämie der Armenfürsorge versprochen und konnten nicht mehr zurück, ohne ihr Ansehen zu verlieren. Keiner von ihnen war dazu bereit, Simon etwas aus der eigenen Kasse zukommen zu lassen.

4.

Auch wenn einige besonnenere Hamburger zu der Überzeugung gelangten, dass sich wohl nicht alles so abgespielt haben konnte, wollte niemand glauben, Cornelius Thadde könnte seine einzige Tochter mit Mensing verheiratet haben, wenn er diesen nicht für einen tadellosen Ehrenmann hielt.

Für Simon und Michel Gartz änderte sich daher nicht viel. Wohl flogen keine Steine und Dreckbatzen mehr hinter ihnen her, und sie wurden auf dem Markt und in den Läden wieder bedient. Doch noch immer hatten sie weder Geld noch die Aussicht auf eine Heuer, um sich welches verdienen zu können. Auch flüsterten viele weiterhin, sie wären am Tode guter Hamburger Seeleute schuld, und Nils Nilsen, der sich dieser Tage mehr in der Schenke als zu Hause aufhielt, schwor Stein und Bein, lieber vom Klabautermann geholt zu werden, als irgendwann einmal auf einem Schiff zu fahren, das von Simon Simonsen geführt würde.

Simon machte sich auf den Weg nach Altona, um nachzufragen, ob er und Gartz dort auf einem Schiff anheuern könnten. Ein alter Kapitän, der in jedem Jahr mehrmals die Häfen in London und Bergen anlief, musterte ihn mit schräg gelegtem Kopf und nahm seine Tonpfeife aus dem Mund.

»Ich würde es ja gerne mit Ihnen versuchen, Simonsen. Aber für einen Matrosen sind Sie zu gut, und meinen braven Steuermann kann ich Ihretwegen nicht zurücksetzen.«

»Ich fahre gerne als Matrose!«, rief Simon verzweifelt.

»Das mag sein, aber ich will niemanden an Bord haben, der mich und meine Art, mein Schiff zu führen, jederzeit in Zweifel ziehen kann.«

»Das würde ich niemals tun!«, versprach Simon, doch der Kapitän schüttelte den Kopf.

»Es geht nicht! Kommen Sie im Frühjahr wieder. Vielleicht braucht dann noch einer der anderen Kapitäne einen Matrosen oder Steuermannsmaat und ist bereit, Sie zu nehmen.«

Simon senkte den Kopf. Bis zum Frühjahr zu warten hieß, wenn er keinen Platz auf einem Schiff erhielt, ein ganzes Jahr zu verlieren. Nach Holland brauchte er dann nicht mehr zu gehen, weil die Schiffe dort längst ausgelaufen sein würden. Es gab daher nur eine Lösung: Er musste seiner Mutter so viel Geld wie nur möglich zurücklassen und sich mit Michel Gartz zusammen auf den Weg nach Amsterdam, Hoorn oder in eine der anderen holländischen Hafenstädte machen, um dort eine Heuer zu finden.

Mit dieser betrüblichen Nachricht kehrte er nach Hamburg zurück. Um zum Haus seiner Mutter zu gelangen, musste er an dem Hauke Lüders' vorbei. Dieser war am Vortag mit seiner *Neuwerk* eingelaufen und hatte die Gerüchte gehört, die um seinen einstigen Steuermann kreisten. Bisher hatte er Erna noch nicht darauf angesprochen. Als er Simon nun mit gesenktem Kopf und verzweifelter Miene draußen vorbeigehen sah, hielt er es nicht mehr aus.

»Ich bin zu lange weg gewesen, um zu wissen, was letztens in Hamburg geschehen ist. Du solltest es mir daher berichten«, forderte er seine Tochter auf.

Erna wusste genau, dass er damit die Gerüchte um Simon meinte. Doch das, was sie wirklich bewegte, wollte sie tief im Herzen begraben. Daher begann sie zunächst, nebensächliche Ereignisse zu berichten. Ihr Vater hörte ihr mehrere Minuten lang zu und schlug dann mit der Faust auf den Tisch.

»Rede nicht um den heißen Brei herum! Ich will wissen, was mit Simon ist! Ich habe am Hafen Gerüchte gehört, die ich nicht glauben kann.«

Da sie nicht mehr auskam, begann Erna zu erzählen. »Jörgen Mensing beschuldigt ihn, der *Schwan* mit der *Pelikan* den Wind weggenommen zu haben, so dass sein Schiff nicht mehr steuerbar war und auf ein Riff aufgelaufen ist. Anstatt die Mannschaft der *Schwan* zu retten, sei Simonsen einfach weitergesegelt, so dass nur sechs von über dreißig Seeleuten mit dem Leben davongekommen seien.«

»Mensing behauptet das also? Dem würde ich nicht einmal glauben, wenn er behauptet, draußen würde die Sonne scheinen, selbst wenn es stimmt!« Lüders schnaubte, denn er hatte einiges über Mensing gehört, das diesen nicht gerade in bestem Licht erscheinen ließ.

»Der Kaufherr Thadde scheint Mensing zu glauben, denn er hat seine Mina mit ihm verheiratet«, antwortete Erna gepresst.

»So? Hat er das?« Jetzt wunderte Lüders sich doch, trotzdem war er nicht bereit, Simon aufgrund der Aussage seines Konkurrenten zu verurteilen.

»Und was sagt Simon dazu?«

»Von ihm hört man nichts. Seine Männer sagen jedoch, dass Mensing die Segel bei zu starkem Wind stehen gelassen habe und ihm dabei die Spitze des Großmastes abgerissen sei. Deshalb sei er auf das Riff aufgelaufen. Außerdem behaupten sie, sehr wohl zur *Schwan* zurückgekehrt zu sein, wobei sie gegen den Wind ankreuzen mussten und deshalb zu spät gekommen wären. Es gibt immer wieder Prügeleien zwischen Matrosen der *Pelikan* und Nilsen und seinen Freunden, die gleich Mensing den Schiffbruch überlebt haben.«

»Welche Version hältst du für die Wahrheit?«, wollte Lüders wissen.

Erna zuckte mit den Achseln. »Weiß ich es? Ich war nicht dabei.«

»Aber du kennst die Männer! Glaubst du im Ernst, Simon hätte die Mannschaft der *Schwan* im Stich gelassen?«

»Er wollte vor Mensing in Sint Maarten ankommen«, gab Erna herb zurück.

Lüders schnaubte erneut. »Das wäre er auch, wenn er die Leute der *Schwan* gerettet hätte. Er hätte damit nicht nur Jörgen Mensing im Kampf um Mina geschlagen, sondern auch noch höheres Ansehen errungen.«

»Er hat die Männer aber nicht gerettet«, antwortete Erna stur.

»Ich bin selbst Seemann und musste oft genug gegen den Wind ankreuzen. Nun ist die *Neuwerk* ein kleines Schiff. Um wie viel schwerer muss es erst mit der *Pelikan* sein. Ich bin mir gewiss, dass Simon alles getan hat, was in seiner Macht stand!« Lüders wurde laut.

»Es mag sein, wie du sagst«, antwortete Erna und wollte zurück an die Arbeit.

Da packte ihr Vater sie am Arm. »Es heißt, dass kein Kaufherr bereit sei, Simon ein Schiff anzuvertrauen.«

»So wird es erzählt!« Erna ahnte, worauf ihr Vater hinauswollte, und stellte die Stacheln auf. »Eine Nachbarin sagte, sie hätte von seiner Mutter erfahren, Simonsen wolle nach Holland gehen, um dort anzuheuern.«

»Der beste Seemann, den Hamburg je hatte, soll auf einem Holländer fahren? Das ist doch irrwitzig!«, brach es aus Lüders heraus.

»Gleichgültig, was die Leute behaupten – ich kenne Simon und weiß, dass er das, was man ihm vorwirft, niemals getan haben kann.«

»Du kanntest ihn und hast trotzdem nicht erwartet, dass er dich und die *Neuwerk* verlassen würde.« Erna flüchtete sich in bissigen Zorn, doch ihr Vater gab nicht auf.

»Das war nur wegen Thaddes Tochter! Du und Simon, ihr seid einfach zu sehr wie Geschwister aufgewachsen, als dass er dich als ein Mädchen angesehen hätte, in das er sich verlieben könnte.«

»Warum habe ich ihn dann geliebt?«, rief Erna und brach in Tränen aus.

»Vielleicht, weil ich dir einmal gesagt habe, dass ich ihn mir gut als deinen Ehemann und meinen Nachfolger vorstellen könnte. Irgendwie haben Lia Simonsen und ich die Sache falsch angefangen. Wir hätten gleich mit dem Jungen reden sollen und nicht warten, bis es zu spät war.« Lüders schüttelte verärgert den Kopf, sah dann aber seine Tochter zwingend an.

»Du magst verletzt und zornig sein, weil Simon sich Mina Thadde zugewandt hat, doch ich halte ihn immer noch für den besten Mann, den du bekommen kannst. Mögen sich die Leute heute noch das Maul über ihn zerreißen. Im nächsten Jahr wird das vergessen sein. Er ist der Mann, an dessen Seite ich dich geborgen sehen will, und der Nachfolger, den ich mir wünsche. Daher werde ich ihn aufsuchen und mit ihm reden.«

»Du willst mich ihm anbieten wie ein Stück Fleisch oder eine Zwiebel auf dem Markt?«, fragte Erna mit halb erstickter Stimme. Sie liebte Simon, hatte jedoch Angst davor, dass ihre Liebe zu ihm an seiner Gleichgültigkeit zerbrechen könnte.

»Ich wollte es bereits tun, bevor er zu Thadde gegangen ist. Immerhin seid ihr gut miteinander ausgekommen, und ich hätte ihn gerne als Tochtermann gesehen«, antwortete ihr Vater.

»Seitdem ist etliches Wasser die Elbe hinabgeflossen. Weißt du, ob er mich überhaupt will?«, fragte Erna herb.

»Wenn er hier in Hamburg je noch einmal als Kapitän auf den Planken eines Schiffes stehen will, wird ihm nichts anderes übrig bleiben. Eine Bedingung stelle ich ihm jedoch, und die muss er beschwören!«

»Und welche?«

»Er muss dich in Ehren halten und gut behandeln. Nur wenn er das verspricht, werde ich dich ihm geben!«, erklärte Lüders ebenso bärbeißig wie entschlossen.

Erna war sich der Verantwortung bewusst, die sie als einziges überlebendes Kind ihres Vaters besaß. Es ging nicht nur um sie, sondern auch um die *Neuwerk* und deren Mannschaft. Wohl waren es kaum mehr als ein halbes Dutzend Matrosen, doch jeder von ihnen war auf seinen Platz an Bord angewiesen. Auch wollte sie nicht, dass ihr Vater später einmal das Schiff verkaufte, weil ihn die Kraft verließ, und unzufrieden in einer Stube hockte, während sie als alternde Jungfer am Herd hantierte. Daher nickte sie. »Also gut! Ich bin dazu bereit. Sage aber Simonsen, dass er von mir keine Liebe erwarten kann.«

Hauke Lüders beschloss, den letzten Satz seiner Tochter nicht weiterzugeben. Wohl würde seine Tochter Simon zu Beginn der Ehe noch etwas harsch behandeln, doch er traute dem jungen Mann zu, sie so weit zu bringen, in dieser Ehe ihr Glück zu finden.

5.

Da Lüders keiner war, der vor Problemen zurückscheute, suchte er bereits am nächsten Vormittag Lia Simonsens Haus auf. Simons Mutter stand am Herd und kochte, während ihr Sohn zusammen mit Michel Gartz nach Dingen suchte, die er verkaufen konnte.

»Wir brauchen wenigstens ein paar Groschen, um nach Amsterdam zu kommen«, meinte Simon, während er den alten Rock seines Vaters zu den Habseligkeiten legte, die er für überflüssig hielt. »Die Silberknöpfe hier könnten uns unterwegs ein paar Mahlzeiten einbringen.«

»Es tut mir leid, dass Sie meinetwegen so viele Umstände haben«, sagte Gartz traurig.

»Ich bin sogar froh, dass Sie bei mir sind! Sonst, so fürchte ich, würde ich im Elend versinken.« Simon lachte kurz.

Unterdessen trat Lüders ein und klopfte an die Küchentür. »Ist es erlaubt?«, fragte er Simons Mutter.

Diese wischte sich die feuchten Hände an ihrer Schürze ab und nickte. »Kommen Sie herein, Herr Lüders!«

»Herr Lüders! Wie sich das anhört! So, als wäre ich fast ein so hohes Tier wie Herr Cornelius Thadde. Wie ich hörte, will er nun sogar in den Senat kommen!« Lüders lachte kurz und nahm am Küchentisch Platz.

»Simon ist wohl nicht hier?«

»Der ist mit Michel Gartz auf dem Boden, um nachzusehen, was er von seinen Sachen verkaufen kann. Die beiden brauchen Geld, um heil nach Amsterdam zu kommen. Nicht dass sie unterwegs als Landstreicher eingesperrt werden oder gar Soldatenwerbern in die Fänge geraten.«

Lüders spürte die Sorgen, die Lia Simonsen sich um ihren Sohn machte. Auch wenn derzeit keine großen Kriege geführt wurden, so gab es genug Obristen und Generäle, die junge, kräftige Männer für ihre Regimenter suchten. Deren Werber waren nicht zimperlich, wenn es galt, einen ins Auge gefassten Mann zu pressen.

»Simon will also nach Holland«, sagte er. »Ich dachte, er hätte mehr Mumm in den Knochen und würde versuchen, sich hier in Hamburg durchzusetzen.«

Lia Simonsen schüttelte bedrückt den Kopf. »Was kann er hier noch erreichen? Thadde hat ihn so verleumdet, dass ihn keiner mehr anheuert.«

»Thadde ist zwar ein reicher Mann, aber nicht das Gesetz in Hamburg. Ich wäre bereit, Simon zu nehmen. Er müsste den Rest des Jahres als Steuermann arbeiten und nächstes Jahr meine *Neuwerk* führen. Ich will endlich ein zweites Schiff bauen lassen und würde lieber zu Hause bleiben, um darauf achtzugeben, dass es so wird, wie ich es will.«

»Das würden Sie tun?«, rief Lia Simonsen mit erwachender Hoffnung.

»Unter einer Bedingung!«, schränkte Lüders ein. »Simon muss Erna heiraten und ihr ein guter Mann sein. Sonst wird aus der Sache nichts.«

»Wenn er dazu nicht bereit ist, ist es nicht der Sohn, den ich aufgezogen habe!« Lia Simonsen hörte sich an, als wäre sie bereit, Simon notfalls mit der eisernen Schöpfkelle vor den Traualtar zu treiben.

Lüders lachte leise und blickte zur Tür. »Kann ich mit ihm reden?«

Statt einer Antwort rief Lia Simonsen nach ihrem Sohn. »Simon, komm in die Küche! Es will jemand mit dir sprechen.«

Augenblicke später kam Simon heran, sah Lüders und blieb so abrupt in der Tür stehen, dass Gartz, der ihm folgte, gegen ihn prallte.

»Tag, Simon!«, begann Hauke Lüders bärbeißig.

»Guten Tag, Herr Lüders«, antwortete Simon mit belegter Stimme.

»Herr Lüders hat dir einen Vorschlag zu machen«, mischte sich Lia Simonsen ein, die sich über die abweisende Haltung ihres Sohnes ärgerte.

Simon hob ein wenig den Kopf, sagte aber nichts.

Dies tat dafür Lüders. »Ich bin bereit, dich wieder auf mein Schiff zu nehmen – und auch Gartz«, setzte er hinzu, als er diesen seitlich hinter Simon entdeckte.

»Wirklich?«, stieß Michel Gartz hoffnungsvoll hervor.

»Du musst allerdings eine Bedingung erfüllen.«

Lüders' Stimme klang hart, denn immerhin ging es um das Glück seiner Tochter. Diese liebte Simon, und so hatte dieser sie verdammt noch mal auch zu lieben.

»Und welche Bedingung wäre das?«, fragte Simon, der im Augenblick weder an Erna noch an irgendetwas anderes dachte, sondern nur hoffte, für Michel Gartz und sich einen Platz auf der *Neuwerk* zu bekommen.

»Du wirst, wenn wir von der Herbstfahrt zurückkommen und ich mit dir zufrieden bin, meine Erna heiraten und mir vor der Trauung schwören, sie immer gut zu behandeln und ihr ein guter Ehemann zu sein!«

Simon zuckte zusammen. Erna war ein hübsches Mädchen, und er mochte sie. Gleichzeitig aber erinnerte er sich daran, dass seine Mutter und Lüders bereits vor mehreren Jahren seine Heirat mit Erna ins Auge gefasst hatten. Hatte Erna davon gewusst?, fragte er sich. Wenn ja, musste es sie tief getroffen haben, als er sich Mina Thadde zugewandt hatte. War sie dennoch aus freiem Herzen bereit, ihn zu heiraten, oder beugte sie sich nur dem Willen ihres Vaters?

»Es wäre für uns die Rettung, auch wenn ich als Matrose wohl nicht viel taugen werde«, hörte er Michel Gartz hinter sich sprechen.

»Du sagst nichts?«, fuhr ihn seine Mutter an.

Simon atmete tief durch und sah zuerst sie und dann Lüders an. »In der Lage, in der Michel Gartz und ich uns befinden, wäre uns jede helfende Hand recht. Ich würde notfalls jedes Mädchen in Hamburg heiraten, nur um meiner Mutter ihr Heim und Gartz und mir Arbeit und Brot zu erhalten. Doch wird Erna mich überhaupt noch wollen? Nach alledem?«

Lüders begriff, dass Simon weniger die lügenhaften Gerüchte meinte, die über ihn im Schwange waren, als vielmehr sein Bemühen um Mina Thadde.

»Erna ist eine gescheite Deern«, sagte er lächelnd. »Sie weiß, dass die *Neuwerk* mein Leben ist, und wird alles tun, damit diese in guten Händen bleibt und mein Enkel sie oder ihr Nachfolgerschiff einmal führen kann.«

Für Simon hörte es sich so an, als habe Hauke Lüders so lange auf seine Tochter eingeredet, bis sie nachgegeben hatte. Was würde das für eine Ehe sein, wenn die Braut ihr nur widerwillig zustimmte, um ihren Vater nicht zu enttäuschen? Er wusste jedoch, dass er keine Wahl hatte. Wenn er Lüders' Angebot ausschlug, bliebe ihm wirklich nur, mit Gartz zusammen nach Holland aufzubrechen und dort auf eine Heuer zu hoffen. Dass die Silberknöpfe auf dem Staatsrock seines Vaters für das Reisegeld ausreichen würden, hielt er für unwahrscheinlich.

Er musste auch an seine Mutter denken. Selbst wenn diese bis zu seiner Rückkehr unendlich sparsam lebte, war es ungewiss, ob sie dieses Haus behalten könnte. Auch empfand er eine Verpflichtung Michel Gartz gegenüber. Dieser hatte sich für ihn eingesetzt und war deswegen von Thadde auf die Straße gesetzt worden.

»Thadde! Mensing!« Simon stieß diese beiden Namen wie Flüche aus und trat dann auf Lüders zu. »Ich bin bereit! Der Klabautermann soll mich holen, wenn ich je meine Hand gegen Erna erheben oder ein böses Wort zu ihr sagen werde.«

»Nun, ich will es so hinnehmen!«, antwortete Lüders und streckte ihm die Hand hin. »Ihr beide werdet morgen auf die *Neuwerk* kommen und mithelfen, die Ladung zu löschen und sie neu zu beladen. Sobald dies geschehen ist, brechen wir nach Riga und Reval auf. Ich hoffe, du kannst noch durch das Kattegat steuern, nachdem du in den letzten Jahren die Meere Ost- und Westindiens befahren hast.«

»Wenn ich das nicht mehr kann, könnten Sie einen Belegnagel nehmen und ihn mir über den Schädel ziehen.«

Lüders lachte. »Von dir eingenommen bist du ja gar nicht! Doch ich glaube dir. Es gibt nur wenige, die zwischen den dortigen Küsten besser navigieren können als du. Doch nun sollten wir diese Abmachung mit einem Becher Rum begießen. Oder hast du in deinem Kummer bereits alles ausgetrunken?«

»Mein Simon hat sich nicht dem Schnaps ergeben, wie andere es tun würden«, verteidigte Lia Simonsen ihren Sohn und sorgte dafür, dass drei Becher auf dem Tisch standen.

Simon schenkte ein und stieß mit Lüders und anschließend mit Michel Gartz an. »Gepriesen sei Gott, der Herr, der uns in finsterster Nacht ein Licht schickt, um uns aus unserer Not zu erretten«, sagte er voller Inbrunst.

»Sie hätten Pastor werden sollen, da Sie so gut predigen können«, meinte Michel Gartz mit einem leisen Spott.

»Als Steuermann und Kapitän ist er mir lieber«, erklärte Lüders und klopfte Simon auf die Schulter. »Du wirst deinen Weg schon machen!«

»Das werde ich!«, antwortete Simon und blickte in die Richtung, in der er Cornelius Thaddes großes, prachtvolles Haus wusste. »Ich werde ihn so gehen, dass die Männer, die mir mit ihren Lügen die Ehre abgeschnitten haben, es einmal bereuen werden.«

»Nimm dir nicht zu viel vor, mein Junge!«, rief seine Mutter erschrocken. »Sei damit zufrieden, dass du wieder auf die *Neuwerk* kommst, und werde ein Schiffer, auf den Herr Lüders, aber auch Erna stolz sein können.«

Simon atmete tief durch und nickte. »Du hast recht, Mutter. Ich darf weder Herrn Lüders noch Erna enttäuschen.« Dann wandte er sich Lüders zu. »Ich danke Ihnen, dass Sie mir trotz allem vertrauen. Ich hoffe, Erna ist auch bereit dazu.«

Es klang so kleinlaut, dass Lüders lachen musste. »Das wird sie gewiss, mein Junge. Sie weiß, dass du, nachdem du einmal vom Kurs abgekommen bist, alles tun wirst, um ihn von nun an zu halten!«

6.

Jörgen Mensing war stolz auf seine schöne Frau, auf das Haus, das sein Schwiegervater ihnen als Wohnsitz zur Verfügung gestellt hatte, und auf das Ansehen, das er durch die Ehe mit Mina errungen hatte. Auch wenn einige die Meinung vertraten, Simon Simonsen wäre von Thadde und dessen Miteignern zu hart bestraft worden, so zweifelte doch niemand an seinen Worten, dass er nach dem Tod der meisten seiner Matrosen mit fünfzehn Überlebenden auf dem kleinen Boot aufgebrochen war. Ob Simonsen mit der *Pelikan* nun die *Schwan* erreicht hatte oder nicht, spielte dabei keine Rolle.

Als er an diesem Morgen aufwachte und Mina noch schlafend neben sich sah, fand er, dass das Leben es gut mit ihm meinte. Thadde würde es gewiss durchsetzen, dass er das Kommando über die *Pelikan* erhielt. Mit diesem Schiff konnte er in den nächsten Jahren Reichtümer ansammeln. Da musste er an seinen Konkurrenten Simonsen denken. Er hatte diesem nicht nur Mina weggenommen, sondern ihn auch bei Thadde und den Miteignern ausgestochen. Hier in Hamburg würde Simonsen höchstens noch als Schutenfahrer Arbeit bekommen. Selbst Hauke Lüders, dieser alte Knüddelbock, würde ihn nicht mehr als Ehemann für Erna in Betracht ziehen. Dabei war diese junge Frau von einem solchen Gemüt, dass es hieß, ein möglicher Bräutigam müsse schon einen großen Kamm mitbringen, damit sie die Haare auf ihren Zähnen kämmen konnte.

Mensing dachte mit Schaudern daran, dass er vor einigen Jahren überlegt hatte, sich Lüders als Tochtermann anzudienen. Zum Glück hatte Erna ihn abgeschreckt. Mit Mina war er auf jeden Fall besser dran. Er schlug die Decke zurück, zog ihr Nachthemd hoch und wälzte sich auf sie.

Sie wachte erst auf, als sein bestes Stück bereits tief in ihr steckte. »Was soll das?«, fragte sie schlaftrunken, während er seine Bemühungen verstärkte.

»Weißt du«, sagte Mensing keuchend, »ein Mann will das Feld, das er besitzt, auch bestellen!«

»Darin bist du sehr eifrig!«, erwiderte Mina, bevor sie ebenfalls von der Lust überwältigt wurde und sich ihm voller Leidenschaft hingab.

Einige Zeit später saßen sie nebeneinander auf der Bettkante, und Mina lehnte sich seelenvoll gegen ihn. »Es ist doch sehr schön, verheiratet zu sein«, sagte sie leise.

Mensing lachte. »Das dürfen die Mädchen vor ihrer Heirat aber nicht wissen, sonst würde es hier in Hamburg noch viel mehr Bastarde geben, als bereits herumlaufen.«

Die derbe Sprache ihres Ehemanns missfiel Mina. Doch sie tröstete sich damit, dass er ein Seemann war, und solche waren zugegebenermaßen ein raues Volk.

»Musst du heute nicht zu meinem Vater?«, fragte sie.

»Ja, in zwei Stunden! Bis dorthin haben wir noch viel Zeit.«

Da er so aussah, als wolle er sein Recht als Ehemann gleich wieder ausüben, wies Mina auf die kleine Porzellanuhr, ein Hochzeitsgeschenk eines Geschäftsfreundes ihres Vaters.

»Wir sollten aufstehen, sonst denken die Bediensteten noch Wunder was von uns!«

»Sollen sie doch!«, sagte Mensing lachend, stand aber doch auf und wusch sich kurz. »Ackern macht hungrig! Ich werde nachsehen, ob das Frühstück schon bereitsteht.«

Mit diesen Worten verließ Mensing das Schlafzimmer. Mina ließ sich mit ihrer Körperpflege mehr Zeit und sang leise vor sich hin. Ihr gefiel es, verheiratet zu sein – und das mit einem Mann, von dem ihre Freundinnen nur mit glitzernden Augen sprachen. In der Hinsicht konnte sie sich nicht beklagen. Sie fragte sich, ob sie Jörgen Mensing nicht bereits von Anfang an geliebt und sich die Zuneigung zu Simon nur eingebildet hatte. Natürlich hatte sie den jungen Mann gemocht, und es hatte ihr gefallen, von ihm umworben zu werden. Wenn sie sich vorstellte, sie würde von diesem Verehrer geliebt werden, rauschte ihr Blut jedoch bei Weitem nicht so stark wie bei der Vorstellung, mit Jörgen zusammenzuliegen.

Noch immer trällernd, kleidete sie sich an und setzte sich zu ihrem Mann an den Frühstückstisch. In ihrem Haus waren fünf Bedienstete tätig, und das fand Mensing großartig. Als Maat und später auch als Steuermann hatte er kein eigenes Haus besessen, sondern sich für die Zeit, in der das Schiff in Hamburg lag, irgendwo in der Michaelisvorstadt eine Kammer gemietet. Jetzt lebte er fast wie einer der großen Herren und konnte sich bedienen lassen.

Für Mina hingegen bedeutete dieses Heim eine gewisse Einschränkung. In dem erheblich größeren Haus ihres Vaters hatte es vor Bediensteten gewimmelt, und die Mutter hatte der Beschließerin nur befehlen müssen, was getan werden musste. Hier unter ihrem eigenen Dach musste sie selbst auf die Knechte und Mägde achten. Sie tat es zwar gerne, vermisste aber dennoch eine Frau an ihrer Seite, die ihr einiges abnehmen könnte.

Man kann nicht alles haben, tröstete sie sich. Wichtig war allein, dass sie mit ihrem Mann glücklich war. Mit diesem Gedanken befahl sie der Magd, die sie beim Frühstück bediente, Jörgen noch einen Krug Bier zu bringen. Sie selbst zog Kaffee vor, der sündteuer war. Doch sie war in der glücklichen Lage, sich aus den Vorräten ihres Vaters bedienen zu können.

»Wirst du bald wieder in See stechen?«, fragte sie Mensing.

»Ich hoffe doch! Immerhin soll die *Pelikan* heuer noch einmal auslaufen.«

Obwohl auch ihr Vater auf Handelsreisen ging, so war dies doch etwas anderes, als wenn ein Mann wie Jörgen vom Frühjahr bis tief in den Herbst hinein unterwegs war und nur den Winter zu Hause verbringen konnte. Bei Simon wäre das allerdings nicht anders gewesen.

»Was meinst du, wird Simon Simonsen noch einmal ein Kommando erhalten?«, fragte sie, ohne nachzudenken.

Bei der Erwähnung dieses Namens blieb Mensing fast der Bissen im Hals stecken. Er trank rasch einen Schluck Bier nach und sah Mina verärgert an.

»Wenn es nach mir ginge, könnte er vor die Hunde gehen! Es sind zu viele meiner Schiffskameraden durch seine Schuld gestorben.«

»Aber es heißt, er habe versucht, die *Schwan* zu erreichen«, wandte Mina ein.

Mensing legte sein Messer hart auf die Tischplatte und funkelte Mina strafend an. »Laut Oltmanns' Aussage – und das ist ein Mann, dem man glauben muss! – waren Simonsens Bemühungen, die *Schwan* zu erreichen, allenfalls halbherzig. Oltmanns hat erklärt, er hätte die *Schwan* in der Hälfte der Zeit erreicht. Dann wären die meisten meiner Matrosen noch am Leben und wir noch an Bord gewesen! Es hätte vielleicht fünf oder sechs Tote gegeben, aber keine dreißig.«

Dies war ein schwerer Vorwurf. Mina vermochte Simon trotzdem nicht zu verurteilen. Dieser hatte alles unternommen, um als Erster nach Willemstad zu gelangen. Immerhin war es um sie gegangen. Sie gab daher ihrem Vater die Schuld, die Rivalität zwischen ihren Verehrern geschürt und die beiden dazu gebracht zu haben, Dinge zu tun, die sonst nicht geschehen wären. Deswegen empfand sie die Strafe, die ihr Vater über Simon verhängt hatte, als zu hart. Dies ihrem Mann zu sagen, wagte sie jedoch nicht.

7.

Selten hatte Jörgen Mensing Thaddes Haus in der Catharinenstraße mit besserer Laune aufgesucht als an diesem Tag. Mit einem spöttischen Lächeln dachte er daran, wie er noch vor wenigen Wochen bei seiner Rückkehr den Türklopfer voller Angst betätigt hatte, Cornelius Thadde würde seinen Lügen nicht glauben und ihn für den Verlust der *Schwan* verantwortlich machen. Stattdessen hatte sich sein Schicksal zum Besten gewendet.

Das zeigte sich schon daran, wie sich der Diener verneigte, der ihm die Tür öffnete und seinen Hut entgegennahm. Nicht nur für diesen Mann, sondern auch für die anderen Hausbediensteten war er jemand, seit er Thaddes Tochter vor den Traualtar geführt hatte.

Mensing musste auch nicht wie früher warten, bis der Kaufherr ihn vorließ. In dessen Zimmer wurde ihm sofort ein Stuhl hingestellt. Er setzte sich, schlug die Beine übereinander und musterte Thadde mit einer gewissen Neugier. Sein Schwiegervater war etwas mehr als fünfzig Jahre alt, begann aber bereits zu vergreisen. Ob er noch lange genug lebte, um seine noch kindlichen Söhne anlernen zu können, bezweifelte Mensing. Wenn Thadde innerhalb der nächsten Jahre starb, würde er die Vormundschaft über dessen Erben übernehmen und dabei kräftig an sich denken können.

Auch Thadde betrachtete sein Gegenüber und fühlte sich nicht gerade wohl in seiner Haut. Er hatte den Wettstreit der beiden jungen Kapitäne nutzen wollen, um noch mehr Einfluss in der Eignergesellschaft zu erlangen. Stattdessen hatte Mensings Rivalität mit Simonsen ihn und die anderen Kaufleute die *Schwan* gekostet und ihn selbst den größten Teil seines Einflusses. Dazu kämpfte er mit dem Gefühl, Mina dem schlechteren der beiden Bewerber überlassen zu haben. Nachdem diese sich von Mensing hatte verführen lassen, war ihm jedoch keine andere Wahl geblieben.

»Ich hoffe, Mina und dir geht es gut«, begann er das Gespräch.

»Mina war, als ich sie vorhin verließ, bei bester Gesundheit, und ich fühle den Ruf der See, damit ich sie wieder befahre«, antwortete Mensing, um Thadde daran zu erinnern, dass er nach dem Kommando über die *Pelikan* strebte.

Aber genau das konnte Cornelius Thadde ihm nach der letzten Sitzung der Eignergesellschaft nicht anvertrauen. Er schnaubte und kniff die Augen zusammen. »Vor zwei Tagen habe ich mit Sölter, Godehard und den anderen gesprochen«, sagte er, und Mensing horchte auf.

»Wir sind zu der Überzeugung gelangt, dass das Kommando über die *Pelikan* für die letzten Fahrten des Jahres dem bisherigen Steuermann Oltmanns übertragen werden soll.«

Mensing erhob sich aus seinem Stuhl und stemmte sich mit den Fäusten auf die Tischplatte. »Weshalb das? Ich würde das Schiff besser führen als dieser Zauderer!«

»Gewiss, gewiss! Nur waren die Herren Miteigner der Meinung, dass du nach dem Schiffbruch der *Schwan* erst einmal ein kleineres Schiff kommandieren sollst. Daher übertrage ich dir meinen Handelssegler *Paula,* und zwar nicht nur als Kapitän, sondern als dein Eigentum.«

Cornelius Thadde klang freundlich und zuvorkommend, doch Mensing begriff mit aller Deutlichkeit, dass ihm nicht nur das Kommando über die *Pelikan,* sondern auch über jedes andere große Schiff der Eignergesellschaft versagt bliebe. Damit hatten sich weder das Risiko gelohnt, das er eingegangen war, um Simonsen zu übertreffen, noch all die Lügen, mit denen er sich selbst reingewaschen und diesem die Schuld am Untergang der *Schwan* zugeschrieben hatte.

»Ich habe ein Anrecht darauf, ein großes Schiff zu kommandieren!«, stieß er erregt hervor.

»Es ist der Wille der Eignergesellschaft. Ich bin nur ein Teil davon und kann mich dem Entschluss nicht widersetzen.« In Thaddes Stimme schwang eine unverhohlene Warnung an seinen Schwiegersohn, es nicht zu übertreiben. Ihm kam diese Lösung zugute. Mit dem Haus, der schon etwas älteren *Paula* und ein paar Mark Silber war die Mitgift für Mina abgegolten. Zudem stand

Mensing von nun an auf eigenen Füßen und konnte sich in Zukunft nicht mehr in die Belange seines Handelshauses einmischen und eine Konkurrenz, womöglich sogar eine Gefahr für seine Söhne werden.

»Die Übertragung der *Paula* liegt bereits beim Magistrat. Du wirst die Bestätigung in wenigen Tagen erhalten. Die Mannschaft kannst du behalten. Außerdem verbleiben dir die Verträge für die letzten Fahrten dieses Jahres sowie für die ersten des nächsten. Ich finde, du hast es daher gut getroffen«, setzte Thadde hinzu.

Mensing hätte seinen Schwiegervater am liebsten erwürgt. Als er sich jedoch umschaute, standen die beiden handfesten Knechte neben der Tür, die vor etlichen Tagen bereit gewesen waren, Simon aus dem Haus zu werfen.

»Es wird Ihr Schaden sein, Oltmanns die *Pelikan* anzuvertrauen«, antwortete er mit mühsam unterdrückter Wut.

»Schlechter als du kann er es auch nicht machen!«, brachte Thadde ihm die Havarie der *Schwan* in Erinnerung. »Doch nun bitte ich dich, mich zu verlassen. Ich habe zu tun.«

Es war ein Hinauswurf. Mensing begriff nun, dass Thadde es ihm übel nahm, Mina betrunken gemacht und entjungfert zu haben. Einen Augenblick bereute er es, wusste aber selbst, dass es die einzige Möglichkeit gewesen war, den Handelsherrn zu zwingen, ihm die Tochter zu überlassen. Doch was hatte er nun davon?, fragte er sich, als er sich mit knappen Worten verabschiedete und das Haus wieder verließ.

»Da hätte ich genauso gut Hauke Lüders' Tochter heiraten können«, stieß er heiser hervor, während er mit langen Schritten seinem Heim entgegenstrebte.

Er hatte in die höchsten Kreise Hamburgs aufsteigen wollen und zählte von diesem Tag an nur zu der Gruppe der kleinen Kapitäne, die froh sein mussten, wenn sie für die reichen Kaufherren Waren von Hamburg nach London, Amsterdam, Danzig, Riga oder Stockholm und von dort zurück nach Hamburg bringen durften. Mit diesem Gedanken betrat er voller Wut sein Haus.

»Was hat mein Vater von dir gewollt?«, fragte Mina ihn neugierig.

Sie kam Mensing gerade recht, um seine Enttäuschung loszuwerden. Ehe Mina sichs versah, versetzte er ihr zwei heftige Ohrfeigen und stieß sie zu Boden. »Das wollte dein Vater von mir! Betrogen hat er mich! Die *Pelikan* wird diesem Lumpenhund Oltmanns überlassen. Ich soll die *Paula* fahren, die so alt ist, dass sie bald auseinanderfällt!«

Mina starrte entsetzt zu ihrem Ehemann auf. Ihr Gesicht schmerzte, und sie fühlte es nass über die Lippen rinnen. Augenblicke später breitete sich der Geschmack von Blut in ihrem Mund aus. Auch wenn sie verstand, dass Jörgen enttäuscht war, hätte er sie niemals schlagen dürfen.

»Die *Paula* ist ein gutes Schiff! Wenn du sie erfolgreich führst, wird Vater gewiss dafür sorgen, dass du bald ein neues, großes Schiff kommandieren kannst. Die *Schwan* wird ersetzt werden, und für den Neubau benötigen sie einen Kapitän«, sagte sie beschwörend.

Wäre es so geplant, hätte Thadde dies auch gesagt, dachte Mensing. Stattdessen hatte er ihm die *Paula* übertragen und damit gezeigt, dass er seine Hoffnung, im Schatten seines Schwiegervaters aufzusteigen, begraben konnte.

Mensing rief sich das Schiff ins Gedächtnis. Seine Tonnage entsprach in etwa der von Lüders' *Neuwerk,* und sie war so gut gebaut, dass sie noch viele Jahre die Meere befahren konnte. Thadde mochte glauben, ihn damit abgefunden zu haben, doch er hatte sich nicht umsonst vom Schiffsjungen zum Kapitän hochgearbeitet und würde Minas Vater zeigen, was in ihm steckte.

»Schenk mir einen Becher Rum ein!«, befahl er seiner Frau. Mina gehorchte, wagte sich aber nicht zu nahe an ihn heran.

Sie hat Angst vor mir, fuhr es Mensing durch den Kopf. Das war gut, denn damit würde sie nichts tun, was gegen seine Interessen verstieß. Zu schroff durfte er sie aber auch nicht behandeln, sonst lief er Gefahr, dass sie zu ihrem Vater zurückkehrte und dieser auf einer Scheidung bestand. Damit würde er wahrscheinlich das schöne Haus und auch die *Paula* verlieren.

»Wasch dir das Gesicht und lass dir vom Apotheker eine Salbe für deine aufgeschürfte Wange holen. Sollte ich das nächste Mal gezwungen sein, dich zu bestrafen, so werde ich es so tun, wie es Sitte ist, und dich mit meinem Gürtelriemen aufs Hinterteil schlagen. So habe ich dich mit meinem Ring verletzt.«

»Warum wolltest du mich bestrafen? Ich habe doch überhaupt nichts getan«, flüsterte Mina unter Tränen.

Das stimmte zwar, doch Mensing war nicht bereit, dies zuzugeben. Er nahm den Becher in die Hand, trank einen Schluck Rum und dachte nach. Auch wenn er seine kühnsten Träume vorerst zurückstellen musste, stand er immer noch besser da, als wenn er Erna Lüders geheiratet hätte. Dafür musste er nur das Haus ansehen, das sein Schwiegervater ihm gekauft hatte. Die Hütte in der Nicolaistraße, in der Lüders mit seiner Tochter hauste, passte hier dreimal herein. Zudem besaß er ein eigenes Schiff und musste sich nicht mit einem alten Knüddelbock von Schwiegervater herumschlagen, der alles besser wusste. Es lag nun an ihm, wie er seine neu gewonnenen Möglichkeiten nutzte. Der Refrain eines Spottlieds kam ihm in den Sinn.

»Ein Käpt'n, der nicht schmuggeln kann,
ist kein Mann, ist kein Mann!«

Er würde schmuggeln, bis sich die Deckbalken bogen, und dadurch reich werden, dachte Mensing und konnte es plötzlich kaum erwarten, auf dem Deck der *Paula* zu stehen.

8.

Simon Simonsen betrat die *Neuwerk* mit einer gewissen Beklemmung. Auch wenn Hauke Lüders ihn wieder in Gnaden aufgenommen hatte, wusste er nicht, wie die Matrosen ihn empfangen würden. Immerhin hatte er sie vor fast drei Jahren im Stich gelassen und würde nun den, den Lüders zu seinem Nachfolger als Steuermann ernannt hatte, wieder verdrängen.

Trotz der Vorhaltungen seiner Mutter hatte er es auch nicht gewagt, Lüders' Haus aufzusuchen. Die Scham, Erna gegenübertreten zu müssen, war noch zu groß. Das wollte er erst tun, wenn die Herbstfahrt hinter ihnen lag und ihr Vater mit ihm zufrieden war.

Die Mannschaft war vollzählig an Bord. Simon nahm wahr, dass zwei Männer der alten Besatzung fehlten. Er hatte sie als ehrgeizige Seeleute in Erinnerung und konnte sich denken, dass beide gehofft hatten, Lüders' Schwiegersohn und Nachfolger zu werden. Da er zurückkam, hatten sich ihre Hoffnungen zerschlagen.

»Guten Morgen«, grüßte er, als er auf die Männer zutrat.

»Hat dich der Wind des Schicksals doch wieder auf unsere *Neuwerk* geweht?«, antwortete der alte Hein, der schon mit Lüders' Vater gefahren war.

»Das kann man so sagen.« Simon atmete tief durch und musterte seine Besatzung. Außer Hein waren es noch vier Männer. Selbst Pieter Timmermann, der, als er die *Neuwerk* verlassen hatte, noch Schiffsjunge gewesen war, zählte nun zu den Matrosen.

»Schön, dass du wieder da bist! In den letzten Jahren war die Stimmung auf unserem alten Mädchen doch arg trübe«, erklärte Pieter grinsend.

»Wohl, wohl! Kann man so sagen!«, stimmte Hein ihm zu.

Die anderen schwiegen erst einmal, um abzuwarten, wie sich Simon an Bord einfinden würde. Immerhin war dieser auf einem großen Schiff bis nach Indien und Amerika gesegelt und mochte sich Verhaltensweisen angewöhnt haben, die auf einem kleineren Schiff nur störten.

»Ist Michel Gartz schon hier?«, fragte Simon.

»Was, dieser Zwerg fährt auch mit?«, rief Enno Holten, der die meisten überragte.

»Dir gebe ich gleich einen Zwerg!« Gartz war eben angekommen und hatte den Ausruf des Matrosen vernommen. »Erinnere dich daran: Ich bin mit Mats Küsters fertiggeworden, und der ist kein ehrlicher Matrose, sondern eine gemeine Sau. Der hat bei mir noch etwas gut, ebenso Nilsen, Schabrock und Treemers!«

Simon fügte in Gedanken noch Lukas Thadde und Jörgen Mensing hinzu. Auch wenn die Matrosen in den Schenken Hamburgs gegen ihn gehetzt hatten, hielt er sie nicht für klug genug, um sich diese hinterhältige Intrige auszudenken. Das konnten nur Mensing und Cornelius Thaddes Neffe getan haben, und dafür, so sagte er sich, würden sie einmal bezahlen.

Jetzt verrenne dich nicht in einen Rachewahn, rief er sich zur Ordnung. In erster Linie ging es darum, Hauke Lüders zufriedenzustellen und Erna der Mann zu sein, den ihr Vater sich wünschte.

»So, Leute, wer ist hier der Steuermann?«, fragte er, bereit, sich diesem unterzuordnen, auch wenn Lüders ihm diesen Posten angeboten hatte.

»Als du weg warst, wurde ich es. Ich bin aber froh, wenn du das Amt wieder übernimmst. Ich wäre im letzten Jahr beinahe zweimal auf eine Sandbank gelaufen …« Hein sah zu Boden.

»Und heuer auch einmal!«, rief Pieter dazwischen. »Du hattest Glück, dass die Flut gekommen ist und wir wieder flottgekommen sind. Sonst hätten uns die verdammten Holsteiner als Strandgut angesehen.«

Hein sah Simon treuherzig an. »Ich freue mich wirklich, wenn du mir das wieder abnimmst! Es geht ja auch ums Verhandeln. In Danzig, Riga und Reval versteht man die Leute ja noch, doch in

Sankt Petersburg sprechen sie Russisch, in Schweden Schwedisch, und auch in London muss man deren Sprache kennen.«

»Was du nicht tust!«, meinte Pieter grinsend.

Simon maß ihn mit einem tadelnden Blick. »Du sollest einen braven Schiffskameraden nicht verspotten! Hein hat in seinem Leben als Matrose schon vieles geleistet. Das musst du ihm erst einmal nachmachen.«

»Ich habe es nicht bös gemeint!«, verteidigte sich der junge Mann.

»Pieter ist ein guter Schiffskamerad, das muss ich sagen. Dass er mit dem Mund manchmal ein wenig schneller ist als mit dem Denken, wird er auch noch begreifen«, erklärte Hein und sah Michel Gartz an. »Als was hat Lüders dich denn angeheuert? Für einen richtigen Matrosen bist du zu klein und für einen Schiffsjungen zu alt!«

»Ich bin euer Smutje!« Gartz lachte. »Also stellt euch gut mit mir, sonst tische ich euch Mahlzeiten auf, die ich selbst Schiffsratten wie Nilsen, Küsters und deren Kumpanen nicht zumuten würde.«

»Schlechter als Meino kannst du auch nicht kochen. Bei dem schmeckte alles wie roher Ziegelstein.« Hein schüttelte sich und klopfte Gartz auf die Schulter. »Wenn du Hilfe brauchst, sag es Pieter!« Er unterbrach sich: »Das heißt, wenn du nichts dagegen hast!«

»Warum sollte ich? Und noch etwas, Hein! Ich werde das, was du jetzt weniger an Heuer bekommst, ausgleichen. Du sollst nicht durch meine Rückkehr Geld verlieren.«

»Das ist anständig gedacht von dir, aber nicht nötig. Du hingegen solltest dein Geld zusammenhalten, um der Jungfer ein schönes Geschenk zu kaufen. Immerhin musst du gut Wetter machen bei ihr. Sonst setzt sie dir, wenn du zu Hause bist, Ziegelsteine zum Essen vor.«

Hein zwinkerte Simon zu. Wie es aussah, war dieser auf seinen langen Fahrten nicht verdorben worden, sondern immer noch der gleiche ehrliche Kamerad wie in früheren Jahren.

Bevor die *Neuwerk* auslaufen konnte, war noch einiges zu erledigen. Simon griff beherzt zu und half mit, die letzten Säcke der Fracht im Bauch des Schiffes zu verstauen. Als Steuermann auf einem großen Schiff hätte er es nicht tun müssen, doch hier wollte er die harte Arbeit nicht allein den anderen überlassen.

Lüders sah es mit großer Zufriedenheit, denn auch er hatte früher mit Hand angelegt, wenn es nötig gewesen war. Ein wenig Sorge bereitete es ihm jedoch, dass Simon sein Haus mied.

Am Tag vor dem Auslaufen winkte er alle seine Männer zu sich. »Wir haben bis jetzt jedes Mal vor der Abfahrt in meinem Haus einen Schluck Schnaps zusammen getrunken. Also gehen wir, wenn wir fertig sind, dorthin und tun es auch diesmal!«

»Sollte nicht einer an Bord bleiben und Wache halten?«, schlug Simon vor.

Lüders musterte ihn mit schräg gelegtem Kopf. »Wir gehen alle! Ich habe eine Wache bestellt, die auf die *Neuwerk* achtet, bis jemand von uns zurück ist.«

Simon begriff, dass es keinen Ausweg gab. Er musste sich Erna stellen, so schwer es ihm auch fiel. Du bist ein Narr, dachte er. Wenn du mit ihr verheiratet bist, wirst du sie immer wieder sehen und sogar im selben Bett schlafen.

Anders als seine Matrosen hatte er sich während der Aufenthalte in ihren Zielhäfen vor allem um die Fracht gekümmert und nicht um die dortigen Huren. Nun verspürte er eine gewisse Anspannung und den Wunsch, bald mit einer Frau allein sein zu können. Damit aber würde er warten müssen, bis er verheiratet war. Auch wenn es in den Hafenstädten, die sie auf ihrer Fahrt anliefen, bereitwillige Mädchen gab, so gäbe es ein übles Bild ab, wenn er zu ihnen ging. Immerhin war mit Hauke Lüders der Vater seiner Braut an Bord.

Simon seufzte. Es war ein Geschäft zwischen ihm und Lüders. Von Liebe oder gar Sehnsucht war nicht die Rede. Einen Augenblick lang dachte er an Mina, die nun mit Mensing verheiratet war. Bei ihr hätte er sich darauf gefreut, nach der Hochzeit mit ihr ins Bett zu kommen. Doch auch Erna war beileibe kein hässliches Mädchen. Er hatte sie sogar als hübsch empfunden. Er hätte es weitaus schlechter treffen können. Außerdem konnte er sich nicht ewig vor ihr verstecken.

»Dann gehen wir, Herr Lüders«, sagte er und hoffte, dass keiner seiner Schiffskameraden eine anzügliche Bemerkung machte, wenn sie in Lüders' Haus waren.

Lüders hatte Simon beobachtet und gesehen, wie es in ihm gearbeitet hatte. Hoffentlich habe ich richtig gehandelt, sagte er sich. Ich will nicht, dass meine Erna unglücklich wird, nur weil ich auf diesen Schwiegersohn bestanden habe. Er hatte die Heirat jedoch in die Wege geleitet und konnte nur hoffen, dass sie gut ausging.

9.

Erna hätte sich lieber in ihrer Kammer verkrochen, als Simon gegenüberzutreten. Doch seit alters her war es Brauch im Hause ihres Vaters, dass die Hausfrau den Matrosen vor dem Auslaufen einen Becher Schnaps kredenzte und ihnen Glück für die Fahrt wünschte. Dem konnte und wollte sie sich nicht entziehen.

Als ihr Vater eintrat, begrüßte sie ihn freundlich und wies auf die Becher, die auf dem Tisch bereitstanden. »Es ist alles vorbereitet.«

Lüders zählte die Becher und war erleichtert, als ihre Zahl stimmte. Ein wenig hatte er befürchtet, dass seine Tochter keinen für Simon bereitstellen würde, um ihm zu zeigen, wie sehr sie sich von ihm gekränkt fühlte.

»Du bist eine liebe Deern!«, sagte er und lächelte ihr zu.

Ernas Blicke galten jedoch bereits den Männern, die ihrem Kapitän und Schiffseigner in die gute Stube folgten. Sie kannte jeden von ihnen und wusste, dass sie alles für ihren Vater und sie tun würden. Nur Michel Gartz war neu. Er war sogar noch ein Stück kleiner als sie und mit seinem Mausgesicht nicht gerade eine Schönheit. Sie reichte ihm einen Becher und fragte sich, was für ein Mann er war. Seine Freundschaft zu Simon schien groß zu sein, doch er war bereits Zahlmeister auf einem großen Schiff gewesen und sollte nun als Schiffskoch auf der *Neuwerk* fahren. Dies hieß auch, neben dieser Tätigkeit noch andere Arbeiten zu erledigen. Für einen Mann, der Feder und Kontobuch gewohnt war, musste es eine harte Umstellung sein.

Hein kam auf sie zu und nahm seinen Becher entgegen, danach Pieter. »Was gibt es heute, Rum oder Kornschnaps?«, fragte der junge Bursche.

Erna machte da keinen Unterschied, denn beides stieg den Männern zu Kopf, wenn sie zu viel davon tranken. »Es ist Korn«, antwortete sie. »Rum können sich nur die reichen Leute leisten. Wer ihn trinken will, muss auf einem der großen Schiffe anheuern.«

Es war ein Stich gegen Simon, der als Letzter auf sie zukam und nicht so recht zu wissen schien, wie er sie anreden sollte. Erna musterte ihn und kniff überrascht die Augen zusammen. Als er die *Neuwerk* und ihren Vater verlassen hatte, war er ein schmucker Jüngling mit einem glatten Gesicht und fröhlich blitzenden Augen gewesen. Nun wirkten seine Züge fester und sein Blick abwägend. In den Augen aber las sie die Enttäuschung über all das, was in den letzten Wochen geschehen war. Da sie es der Tatsache zuschrieb, dass Mina Thadde einen anderen Mann und nicht ihn geheiratet hatte, sprach sie ihn harscher an, als sie es vorgehabt hatte.

»Der verlorene Sohn ist also wieder auf die *Neuwerk* zurückgekehrt!« Die Bewegung, mit der sie ihm den Schnapsbecher reichte, war so heftig, dass ein wenig überschwappte und beider Hände nässte.

Simon fühlte, wie schwer es ihm fallen würde, ihr Zutrauen zu erringen. »Ja. Ich bin zurückgekehrt! Du bist mir doch hoffentlich nicht böse deswegen?«

»Warum sollte ich? Mein Vater hält viel von dir, und ich will ihn nicht enttäuschen.«

Das war deutlich. Simon senkte den Kopf, während Hauke Lüders seine Tochter mit einem zornigen Blick bedachte.

Pieter lachte jedoch leise vor sich hin. »Daran musst du dich gewöhnen, Simonsen! Jungfer Erna kann manchmal sehr harsch sein.«

»Und du sehr dumm!«, fuhr Erna ihn an und drehte sich zu ihrem Vater um. »Brauchst du mich noch, oder kann ich wieder in meine Küche zurückkehren?«

»Du solltest uns wenigstens Glück wünschen und Simon und Michel Gartz so willkommen heißen, wie es sich gehört«, tadelte Lüders sie.

Erna schluckte kurz, sah, dass Michel Gartz' Becher leer war, und kam mit der Flasche auf ihn zu. »Ich heiße dich auf der *Neuwerk* meines Vaters willkommen und hoffe, du wirst zu seiner Zufriedenheit arbeiten und auch deine eigene Zufriedenheit finden.«

Michel Gartz ahnte, dass sie ihm nicht zutraute, sich auf dem kleinen Schiff wohlzufühlen, lächelte aber nur, während Erna sich nun Simon zuwandte.

»Sei meinem Vater die Stütze, die er sich wünscht und die er braucht!«

»Ich werde alles tun, um ihn, aber auch Sie nicht zu enttäuschen!« Simon deutete eine Verbeugung vor ihr an und fragte sich, wie es ihm gelingen könnte, ihren Unmut über seine Rückkehr und die von ihrem Vater geforderte Heirat zu überwinden.

Seine Worte machten Erna unsicher. Sie spürte, wie sehr ihn die Verachtung vieler seiner früheren Freunde getroffen hatte.

Wie würde er als ihr Ehemann sein?, fragte sie sich. Würde er im Herzen weiterhin Mina Thadde tragen und einfach neben ihr herleben? Sie zwang die Tränen nieder, die in ihr aufsteigen wollten, und sagte sich, dass er sie niemals schwach und verzweifelt sehen durfte.

»Noch für jeden einen Schnaps, Tochter!«, forderte ihr Vater sie auf und hob sein Glas, als sie dieses nachgefüllt hatte: »Auf eine gute Fahrt und eine glückliche Heimkehr, Männer! Möge unser Herr im Himmel uns stets gewogen sein!«

»Auf Sie, Kapitän, auf die *Neuwerk* und darauf, dass sie noch lange die See befahren wird!«, tat Simon ihm Bescheid.

»Darauf trinke ich gerne!«, rief Michel Gartz und sah dann Erna an. »Ich trinke auch auf Sie, Jungfer Erna, und darauf, dass die Segel Ihres Glücks stets von einer guten Brise gefüllt werden.«

»Dieser Spruch gefällt mir, Gartz!«, rief Lüders lachend. »Genauso wünschen Simon und ich es uns auch.«

Ein mahnender Rippenstoß seines Kapitäns und baldigen Schwiegervaters erinnerte Simon daran, dass auch er etwas sagen sollte.

»Auf Sie, Jungfer Erna! Möge das Glück immer mit Ihnen sein!«

»Es gab Zeiten, da nannten Sie mich du! Doch wenn Sie es nun anders wollen, soll es so sein«, antwortete Erna herb.

»Gott bewahre, ich würde mich freuen, wenn ich wieder Du zu dir sagen dürfte. Dieses Recht aber will ich mir erst verdienen«, antwortete Simon betroffen.

»Habt ihr ihn gehört?«, fragte Lüders. »Wir werden ihn an seinen Worten messen. Doch nun macht, dass ihr nach Hause kommt! Morgen früh will ich euch rechtzeitig und vor allem nüchtern an Bord der *Neuwerk* sehen.«

10.

Am nächsten Morgen lief die *Neuwerk* aus. Lüders hatte Simon ans Ruder gestellt, denn dieser hatte das beste Gefühl für den Strom und erkannte dessen Untiefen sogar noch schneller als er selbst. Hein wirkte erleichtert, weil ihm diese Aufgabe erspart blieb, während die Matrosen Simons knappe, aber präzise Anweisungen befolgten und die Segel so trimmten, dass das Schiff stets steuerbar blieb.

Erna sah dem Schiff vom Fortifikationshaus aus nach und presste sich die Hände gegen die Brust. So wie sie hatte bereits die Mutter der *Neuwerk* nachgeschaut, wenn diese in See gestochen war. Nun fragte sie sich, ob es irgendwann eine Tochter oder eine Enkelin geben würde, die gleich ihr hier stehen würde, um dem Vater oder dem Ehemann ein letztes Mal zu winken? Da sie Simon heiratete, würde es wohl zu Kindern kommen. Nun gut, dachte sie. Wenn sie schon die Liebe ihres Mannes nicht erringen konnte, so würde ihr wenigstens deren Liebe bleiben.

Als sie zurückging, traf sie auf Simons Mutter. Diese trat mit einem erleichterten Lächeln auf sie zu. »Nun sind sie wieder fort, Erna«, sagte Lia Simonsen.

»Ja, das sind sie, und sie kehren hoffentlich alle gesund zurück.«

»Das Meer gibt und es nimmt«, antwortete Simons Mutter mit einer gewissen Bitterkeit, da ihr Ehemann nicht zurückgekehrt war. Umso mehr hoffte sie dies bei ihrem Sohn.

»Möge Gott die, die wir lieben, beschützen«, sagte Erna leise.

Lia Simonsen schloss sie in die Arme. »Es wird nun doch alles gut!«

»Wird es das?«

Überzeugt war Erna davon nicht. Simons Mutter redete jedoch eifrig auf sie ein, was für ein braver Junge ihr Sohn wäre, der sie schon deshalb auf Händen tragen würde, weil ihr Vater ihm in tiefster Not die helfende Hand entgegengestreckt hatte.

Ich will nicht aus Dankbarkeit meinem Vater gegenüber geheiratet werden, sondern weil man mich liebt, dachte Erna traurig und beobachtete, wie ein anderes Schiff den Hafen verließ und elbabwärts fuhr.

»Das ist Thaddes *Paula*«, sagte sie zu Simons Mutter, um das Thema zu wechseln.

»Sie gehört jetzt Jörgen Mensing und soll ein Teil der Mitgift sein, die Thaddes Tochter bei ihrer Heirat erhalten hat«, erklärte Lia Simonsen. Sie hatte dies von einer Nachbarin erfahren, die nun doch wieder mit ihr sprach.

Erna entdeckte tatsächlich Mensing am Steuer. Einen kurzen Moment lang überlegte sie, ob es nicht besser gewesen wäre, wenn Thadde Mina mit Simon und ihr Vater sie mit Jörgen Mensing verheiratet hätte. Ihr erschien es leichter, mit einem Mann verheiratet zu sein, der sie nur als Beiwerk für das Schiff ansah, das er durch diese Ehe erhielt, und den sie selbst nicht liebte, als mit einem, dem ihre Liebe galt und der in seinem Herzen das Bild einer anderen trug.

11.

In diesem Herbst und einen großen Teil des nächsten Jahres über musste Mensing noch die Fracht transportieren, die Cornelius Thadde mit seinen Geschäftspartnern vereinbart hatte. Obwohl es ein sicheres Einkommen war, ärgerte er sich, weil er auf eigene Faust besseren Gewinn erzielt hätte.

Als er jedoch als erstes Ziel London erreichte, begriff er rasch den Vorteil, den diese Vereinbarung mit sich brachte. Wurden andere Kapitäne von kleinen Frachtsegelschiffen wie der *Paula* im Allgemeinen von nachrangigen Kommis abgefertigt, bat man ihn als Schwiegersohn des geachteten Hamburger Geschäftspartners

Cornelius Thadde in das Allerheiligste des Handelsherrn Ebenezer Bartlett.

Schon beim Eintreten in dessen Kontor bewunderte Mensing die wundervolle Wandtäfelung und die Deckenverkleidung aus ihm unbekannten Edelhölzern. Der schwere Schrank, in dem Bartlett seine Geschäftsunterlagen aufbewahrte, war aus einem fast schwarzen Holz gefertigt worden, ebenso die Kommode, auf der ein Schiffsmodell und ein Globus aus Halbedelsteinen standen.

Der Tisch, hinter dem der Handelsherr saß, war aus dem gleichen Holz gemacht und der wuchtige Lehnstuhl mit dunkelblauem Leder bezogen worden. So lässt es sich leben, dachte Mensing neiderfüllt, während er sich vor Ebenezer Bartlett verbeugte.

»Du bist also der Mann, dem mein alter Freund Cornelius Thadde seine einzige Tochter anvertraut hat«, grüßte der Handelsherr freundlich und mit kaum verhohlener Neugier.

»Jörgen Mensing, zu Diensten, mein Herr«, antwortete Mensing und bemerkte jetzt erst, dass sich noch ein Mann in der Kammer befand. Dieser war nicht viel älter als er, groß und breitschultrig und sah ganz so aus, als wäre es kein guter Gedanke, ihn zu verärgern.

»Mein Neffe Samuel Bartlett!«, stellte der Handelsherr ihn vor. »Er hat früher auf eigene Rechnung gehandelt, doch nach dem Tod meines einzigen Sohnes habe ich ihn aus Baltimore zurückgerufen, damit er mir beisteht.«

»Good day!« Samuel Bartlett grüßte kurz und musterte dann Mensing, dessen piratenhaft übertriebene Kleidung nicht gerade den Vorstellungen der Kaufleute in der Londoner City entsprach. Dafür verriet sie, dass dieser Mann sich seines Wertes bewusst war.

»Es freut mich, Sie kennenzulernen!« Mensing deutete eine Verbeugung an, die Samuel ebenso knapp erwiderte.

Unterdessen blätterte Ebenezer Bartlett Mensings Papiere durch und nickte mehrfach. »Mein Freund Thadde hat eine gute Nase dafür, was hier gefragt ist, denn er hat von diesen Handelsgütern mehr geladen. Er wird daher gutes Geld erlösen, und das auch in Hamburg, wenn dein Schiff bis an die Decksbalken beladen zurückkehrt! Doch darum soll sich einer meiner Angestellten kümmern. Ich habe anderes zu tun. Ach ja, wenn es dir genehm ist, bist du heute Abend bei mir zu Gast geladen.«

»Es wird mir eine Ehre sein!« Mensing verbeugte sich erfreut, denn auf diese Weise konnte er Kontakte knüpfen, die ihm gewiss einmal zugutekommen würden.

»Mein Neffe Samuel wird auch dabei sein«, fuhr Bartlett fort. »Damit kennst du wenigstens schon einen Mann am Tisch. Er wird übrigens meine Tochter Harriet heiraten, damit der Name Bartlett auch in der nächsten und übernächsten Generation über meinem Handelshaus stehen wird.«

Mensing wurde erneut von Neid gepackt. Wie es aussah, würde der Mann aus Baltimore einmal der Nachfolger seines Onkels werden. Er hingegen war von Thadde mit einer Hütte von Haus, einem halben Schiffswrack und ein paar Mark Silber abgespeist worden. Seine düsteren Gedanken hinderten ihn jedoch nicht daran, Samuel Bartlett eifrig zu gratulieren und dann noch einmal zu erklären, wie geehrt er sich fühle, von Ebenezer Bartlett zum Abendessen eingeladen worden zu sein.

12.

Kein deutscher Fürst hätte sich genieren müssen, so zu wohnen wie Bartlett. Dessen Haus stand auf einem großen Grundstück abseits der Innenstadt und glich einem Palast. Im Vergleich dazu erschien Mensing das Heim seines Schwiegervaters klein und schlicht. Auch wenn dieser zu den reichsten und angesehensten Handelsherren in Hamburg zählte, konnte er sich mit dem Reichtum der Londoner Kaufmannschaft nicht messen.

Die Gäste, die von einem Zeremonienmeister in uniformartiger Livree vorgestellt wurden, zählten zu den Spitzen der Londoner Handelsherren oder waren höhere Offiziere des Heeres und der Flotte. Auch Adelige, die auf reiche Erbtöchter mit großer Mitgift schielten, waren darunter. Auf die Anwesenheit von Damen hatte man verzichtet, um sich beim Trinken und Reden nicht zu sehr beschränken zu müssen.

Für Mensing war es eine neue, ihm bislang unbekannte Welt. Die Handelsherren sprachen von Geschäften, die weit über jene hinausgingen, die in Hamburg getätigt wurden. Wären die *Schwan* und die *Pelikan* englische Schiffe gewesen, hätten sie aus West- und Ostindien Waren im doppelten und dreifachen Wert nach Hause gebracht. Dann, so dachte Mensing, hätte Thadde ihm auch ein Mehrfaches als Minas Mitgift überlassen müssen.

Aufmerksam lauschte er den Gesprächen und versuchte, sich zu merken, was ihm wichtig erschien.

Da sprach ihn Samuel Bartlett an. »Sie kommen aus Hamburg?«

»Ja, so ist es.«

»Kennen Sie vielleicht einen Hamburger Kapitän mit Namen Simon Simonsen?« Da Sam Bartlett den Namen englisch aussprach, brauchte Mensing einen Augenblick, um zu begreifen, wen er meinte.

»Ich kenne einen Simon Simonsen«, antwortete er und sprach den Namen auf Deutsch aus.

»Genau den meine ich!«, sagte Sam Bartlett in einem Tonfall, der Mensing erkennen ließ, dass Simonsen nicht zu dessen Freunden zählte.

»Was ist mit Simonsen?«

»Ich wollte nur wissen, ob er noch lebt oder ob ihn schon der Teufel geholt hat«, erklärte Samuel Bartlett und ließ sich seinen Hass auf Simon nun deutlich anmerken.

Mensing hatte davon gehört, dass Simon Simonsen einen Kapitän aus den englischen Kolonien in Nordamerika niedergeschlagen hatte, und konnte eins und eins zusammenzählen. Er sagte jedoch nicht viel, sondern meinte nur, dass Simonsen noch lebe, derzeit aber auf einer Pechsträhne saß.

»Das gefällt mir!«, rief Sam Bartlett zufrieden.

»Mir auch!«, gab Mensing zu.

Sam Bartlett musterte ihn nachdenklich. »Sie fahren für Cornelius Thadde?«

Mit verkniffener Miene nickte Mensing. »Ich habe mit ihm einen Vertrag!«

»Der Ihnen aber nicht recht zusagt, weil er Sie daran hindert, auf eigene Faust Geld zu verdienen«, sagte Bartlett augenzwinkernd.

Mensing beugte sich näher zu ihm. »Mir wäre tatsächlich an ein wenig Zusatzfracht gelegen, die nicht über das Kontor meines Schwiegervaters abgerechnet wird.«

Ein in Diensten seines Schwiegervaters stehender Kapitän hätte dies nicht wagen dürfen, da es die Aufforderung zu unlauteren Geschäften oder gar zu Schmuggel darstellte. Als Kapitän und Eigner der *Paula* sah Mensing es jedoch als sein Recht an, auch noch andere Waren an Bord zu nehmen als das, was er in Thaddes Auftrag transportieren sollte.

Samuel Bartlett überlegte kurz und grinste. »Ich hätte noch ein paar Fässer mit gutem Virginia-Tabak auf meinem Schiff, die beim Ausladen vergessen worden sind. Ich wollte sie eigentlich nicht mit nach Baltimore zurücknehmen.«

»Wenn wir sie ungehindert umladen können, wäre mir daran gelegen«, meinte Mensing und rechnete in Gedanken durch, wie viel er in Hamburg an einem Fass Virginia-Tabak verdienen konnte.

Bartlett fasste es so auf, wie es gemeint war, nämlich auf ärgerliche Zollformalitäten zu verzichten, und grinste noch breiter. »Wir sollten die Schiffe morgen nebeneinander vertäuen. In den nächsten Tagen findet sich gewiss die Gelegenheit, die Fässer umzuladen.«

»Sie fahren immer noch selbst zur See?«, fragte Mensing ein wenig verwundert, weil Samuel Bartlett nicht nur der Schwiegersohn, sondern auch der Nachfolger seines Onkels werden sollte.

»Ich suche die einzelnen Häfen auf, in denen wir Handel treiben, um die Geschäftspartner meines Onkels kennenzulernen«, erklärte Bartlett. »Sobald ich die Überseehäfen besucht habe, werde ich auch nach Hamburg kommen, um Ihren Schwiegervater und andere Handelsherren kennenzulernen.«

»Das würde mich freuen!«, antwortete Mensing und überlegte, wie er diese Verbindung zu seinen Gunsten nutzen konnte.

13.

Ein kalter Windstoß fegte die Straße hinunter und ließ Erna frösteln. Der Winter war nahe, und bald würde Eis die Elbe bedecken. Würde ihr Leben auch zu einem Winter werden?, fragte sie sich. An diesem Tag würde sie vor dem Altar der Sankt-Michaelis-Kirche stehen und Simon Simonsen angetraut werden.

»Was kann er schon an mir finden, da er doch eine Schönheit wie Mina Thadde geliebt hat?«, flüsterte sie.

Sie war nur die Zugabe zu dem Schiff, das er bald kommandieren würde, der Beifang, wie die Fischer zu sagen pflegten, und den sie oft genug wieder ins Wasser warfen, da sie ihn weder selbst essen noch verkaufen konnten. Ins Wasser werfen wird Simon mich nicht, meldete sich etwas in ihr spöttisch. Er wird die Mahlzeiten essen, die ich ihm hinstelle, im selben Bett schlafen und immer, wenn es ihm gefällt, sich meiner bedienen, wie es das Vorrecht eines Ehemanns ist.

Erna nahm trotz ihres Grübelns wahr, dass sich ihre Mägde aufgeregt zu ihr gesellten.

»Hast du arges Herzklopfen?«, fragte Ulla. »Ich hätte es, wenn ich heiraten würde.«

»Dafür blieb mir nicht die Zeit, denn es musste alles so rasch vorbereitet werden«, antwortete Erna.

Das stimmte. Die *Neuwerk* war erst vor zwei Tagen eingelaufen, und ihr Vater hatte bereits für den heutigen die Trauung festgesetzt. Er muss mit Simon sehr zufrieden gewesen sein, weil er eine solche Eile an den Tag legt, sagte Erna sich. Sie hatte Simon seit der Rückkehr des Schiffes noch nicht wiedergesehen. Erst in der Kirche wäre es so weit.

»Dein Vater hätte uns mehr Zeit für die Vorbereitungen geben sollen. Hoffentlich haben wir alles richtig zusammengebracht«, fuhr Ulla fort.

»Käpt'n Lüders will wohl bald einen Enkel auf den Knien schaukeln, da es ihm so eilig ist«, meinte Nela kichernd.

»Auf eine Woche wäre es ja wohl kaum angekommen. Wir hätten mehr Zeit gehabt, das Haus zu schmücken. Auch finde ich es ungehörig, vom Wirt der Schenke zu fordern, dass er einen Raum frei hält und das Hochzeitsmahl kocht. Ich fürchte, wir werden nur schlichte Kost vorgesetzt bekommen«, brummelte die alte Trine vor sich hin.

Das Gerede der Mägde zerrte an Ernas Nerven. Sie war angespannt genug und brauchte sich nicht auch noch dumme Bemerkungen anzuhören. Da es ihr Vater so wollte, heiratete sie eben Simon, ob es nun ein Hochzeitsmahl gab oder nicht. Im nächsten Moment schalt sie sich eine Närrin. Natürlich gab es ein Hochzeitsmahl. Ihr Vater hatte es bestellt, und Wenders, der Wirt, zugesagt, es zuzubereiten.

Nun sah sie Lia Simonsen herankommen. Diese blieb vor ihr stehen und betrachtete sie wohlgefällig. »Du siehst hübsch aus, mein Kind! Mein Simon könnte es nicht besser treffen als mit dir.«

Er wird wahrscheinlich anders denken und sich nach Mina Thadde sehnen, dachte Erna, als ihre zukünftige Schwiegermutter sie in die Arme schloss.

»Wir sollten nun aufbrechen, sonst muss Herr Simonsen vor dem Altar auf uns warten und glaubt noch, seine Braut wolle ihn gar nicht heiraten«, sagte Ulla drängend.

Wie recht du hast!, schoss es Erna durch den Kopf. Dabei spürte sie tief in ihrem Inneren, dass ein Teil ihrer selbst sich sogar darauf freute, Simons Frau zu werden.

Was bist du nur für ein dummes Stück, fuhr es ihr durch den Kopf, als sie mit Lia Simonsen und einer ganzen Gruppe von Frauen zur Sankt-Michaelis-Kirche aufbrach.

Als sie das Kirchenschiff betrat, dachte sie daran, wie sie hier vor etlichen Wochen mit einer gewissen Schadenfreude die Heirat von Mina Thadde mit Jörgen Mensing miterlebt hatte. Ein wenig wunderte sie sich jetzt, weshalb der Kaufherr die Trauung seiner Tochter hier und nicht in Sankt Nicolai hatte vollziehen lassen, zu dessen Kirchspiel er selbst gehörte.

Dann aber sah sie ihren Vater vor sich auftauchen. Er stand bereit, sie zum Altar zu führen, und trug zu diesem Anlass seinen Staatsrock mit den silbernen Knöpfen und Schuhe mit silbernen Schnallen. Den Hut hatte er abgesetzt und auf die Kirchenbank gelegt. Das Hutband wurde von einer Agraffe gehalten, die ebenfalls aus Silber geschmiedet worden war.

Simon stand tatsächlich schon am Altar. Er sah bleich aus und hatte die Lippen zusammengekniffen. Bei ihrem Anblick entspannten sich seine Gesichtszüge ein wenig, und zu ihrer Verwunderung meinte Erna, ein wenig Angst in seinen Augen zu lesen. Was fürchtet er?, fragte sie sich. War es vielleicht wegen ihres Rufes, den sie sich eingefangen hatte, nachdem er ihren Vater verlassen hatte? Sie habe Haare auf den Zähnen, war noch der harmloseste Ausdruck. Diese Beschreibung hatte sie vor allem den jungen

Männern zu verdanken, die gehofft hatten, durch sie einmal die Nachfolge ihres Vaters antreten zu können, und die sie oft nur mit harschen Worten hatte abschütteln können.

Ganz in Gedanken versunken, bekam sie kaum mit, dass der Pastor mit der Trauungszeremonie begann. Erst als er die Frage stellte, ob sie bereit sei, Simon Simonsen als ihren Ehemann anzuerkennen und ihm in allem zu gehorchen, hob sie den Kopf und sprach mit fester Stimme: »Ja, ich will!«

Dann steckte Simon ihr einen Ring an den Finger und sah dabei so aus, als wisse er nicht, was er jetzt tun sollte. Michel Gartz, Pieter, Hein und die anderen Matrosen der *Neuwerk* erlösten ihn und auch Erna aus dieser Lage, indem sie hinzukamen und ihnen das Ehrengeleit in Wenders' Schifferschenke gaben.

Dort war bereits alles aufgetragen. Es gab eine dicke Suppe, Rinder- und Schweinebraten sowie zum Nachtisch Schmalzgebäck. Es war ein gutes Mahl, dessen sie sich nicht zu schämen brauchte, sagte sich Erna. Wie auf eine heimliche Abmachung hin hatte der Wirt darauf verzichtet, Fisch anzubieten. Auch wenn der Brautvater Kapitän mit einem eigenen Schiff war, spielte das Meer an diesem Tag nur eine geringe Rolle.

Erst ganz zum Schluss brachte die Wirtsmagd einen frisch aus dem Fass gezogenen Salzhering, den das Brautpaar sich teilen musste. Die Hochzeitsgäste versammelten sich um die beiden und schlossen Wetten ab, wer als Erster seinen halben Hering gegessen haben würde.

Erna mochte Salzhering, am liebsten aber gewaschen und in Essigsud eingelegt. Unbehandelt schmeckte er arg salzig. Sie schlang ihren Part jedoch mit Todesverachtung hinab und war einige Augenblicke eher fertig als Simon.

Nun bekamen sie je ein Glas Schnaps, das nach dem salzigen Hering willkommen war. Ein zweites Glas lehnten beide ab.

»Wollt ihr, dass ich betrunken ins Bett falle?«, fragte Simon, der während des Essens zwei Krüge Bier getrunken hatte.

»Es wäre ja noch schöner, wenn du in der Hochzeitsnacht nicht deinen Mann stehen könntest«, spottete Holten.

Die kommt ja auch noch, dachte Erna. Doch wenn es schon sein musste, wollte sie es rasch hinter sich bringen. »Wir sollten nach Hause gehen«, sagte sie daher.

Simon nickte. »Es wird wohl besser sein!«

Er fühlte sich unsicher. Mittlerweile hatte er erfahren, dass Lüders und seine Mutter ihren Plan, ihn mit Erna zu verheiraten, schon länger gefasst hatten und Erna davon gewusst haben musste.

Wenn dies stimmte, so hatte es sie gewiss schwer gekränkt, als er sich anstatt um sie um Mina Thadde beworben hatte. Nun kehrte er als reuiger Sünder zurück und wusste nicht, ob sie ihn mit offenen Armen oder mit Abscheu empfangen würde.

Während er noch darüber nachsann, klopfte Hauke Lüders ihm auf die Schulter. »Komm jetzt, Simon! Die Weibsleute sind schon vorausgegangen. Du willst Erna doch nicht warten lassen.«

»Nein, das will ich nicht«, antwortete Simon und folgte ihm.

Es ging zu Lüders' Haus, in das seine Mutter und er nun umziehen würden.

14.

Lia Simonsen und die Nachbarinnen hatten Erna nach Hause gebracht, ihr geholfen, das Kleid auszuziehen, und ihr ein neues, noch nie getragenes Nachthemd übergestreift. Das Herz der jungen Frau klopfte hart, als sie vor der Tür Schritte und Stimmen vernahm. Gleich ist es so weit, dachte sie und überhäufte sich selbst mit bitterem Spott. Das, was nun kam, gehörte nun einmal zur Ehe, und es war den Worten des Pastors zufolge ihre Pflicht, ihrem Mann auch in dieser Hinsicht zu Willen zu sein.

Simon trat ein, schloss die Tür hinter sich und sah sie verlegen an. Erna ist schön, fuhr es ihm durch den Kopf. Ihre Haare leuchteten im Schein der Lampe wie rotes Gold, während ihre Augen das Blau des Himmels in sich trugen. Der Mund war ein wenig blass und verriet die Anspannung, die sie wohl vor dem empfand, was nun folgen sollte. Während er Rock, Weste und Hemd ablegte, kam er sich vor wie ein Tölpel, weil ihm nichts einfiel, was er hätte sagen können. Einen Moment dachte er daran, wie sehr er einmal gehofft hatte, die Hochzeitsnacht mit Mina zu verbringen. Diese hatte es jedoch nicht einmal für nötig befunden, abzuwarten, bis er aus Westindien zurückgekehrt war, sondern sich sofort Jörgen Mensing zugewandt.

Da er spürte, dass er bitter wurde, zog er seine restliche Kleidung aus und wollte schon nach seinem Nachthemd greifen. Den Worten des Pastors war es Gott gefällig, es auch beim ehelichen Beischlaf anzubehalten und nur so weit zu raffen, wie es nötig war. In dieser Nacht jedoch wollte er Erna so sehen, wie Gott sie geschaffen hatte.

»Darf ich dich bitten, wenigstens dieses eine Mal das Nachthemd auszuziehen?«, bat er mit belegter Stimme.

Erna wunderte sich, gehorchte aber und stand kurz darauf nackt vor ihm. Sie schämte sich und fragte sich, weshalb er es tat, spürte aber, dass der Anblick seines ebenfalls nackten Körpers sie nicht unberührt ließ. Sie atmete schneller und wagte einen kurzen Blick auf das, was ihn als Mann von ihr unterschied. Er war bereit, ihr beizuwohnen. Sie wollte sich schon dafür bereitlegen, als er ihre Hände ergriff und sie mit einem unsicheren Lächeln ansah.

»Du bist eine sehr schöne Frau, und ich kann mich glücklich schätzen, dass du bereit gewesen bist, mit mir die Ehe einzugehen.«

Eigentlich hatte sie ihm sagen wollen, dass sie sich nur dem Willen ihres Vaters beuge. Dann aber formte ihr Mund andere Worte. »Tut es sehr weh?«

»Was?«, fragte Simon verwundert.

»Dass du in dieser Nacht mich lieben musst und nicht Mina Thadde?«

»Es hat Gott gefallen, uns beide zusammenzuführen. Warum also sollte es mich schmerzen?«, antwortete er leise und streckte die Arme nach ihr aus.

Unwillkürlich rückte Erna auf ihn zu und fand, dass es ihr gefiel, von ihm umarmt zu werden. Ihr Mund suchte den seinen, und sie berührte ihn für einen kurzen Kuss.

»Ja!«, sagte sie. »Es hat Gott gefallen, aus uns ein Ehepaar zu machen. Also sollten wir so zusammenleben, wie es sich gehört.«

»Das werden wir!«, versprach Simon, während seine rechte Hand sanft über ihre Hinterbacken strich.

Seine Erregung stieg, und so hob er Erna auf und legte sie auf das Bett. Sie spreizte bereitwillig die Beine und ließ es zu, dass er sich dazwischenschob. Zuerst wollte sie ihm sagen, er sollte vorsichtig mit ihr umgehen, doch er tat es ohnehin. Als er ihre Wangen und die Spitzen ihrer Brüste küsste, war es um sie geschehen. Sie spürte, wie er in sie eindrang, und vergaß danach für eine gewisse Zeit die Welt.

Später, als sie beide verschwitzt nebeneinanderlagen, fasste sie nach seiner Hand. »Ich will dir eine gute Frau sein, Simon, solange du mir ein guter Mann bist!«

Diesen Worten hatte Simon nichts hinzuzufügen.

·

VIERTER TEIL

UNTERSCHIEDLICHE WEGE

1.

THEMSEMÜNDUNG IM JAHR 1780

*H*eftige Regenschauer überschütteten die *Scharhörn* des Hamburger Kapitäns Simon Simonsen, als sie gegen die Wellen ankämpfend auf die Themsemündung zuhielt. Simon stand selbst am Ruder, um die *Scharhörn* von den Sandbänken fernzuhalten, die dieses Seegebiet so gefährlich machten. Neben ihm schüttelte sein Steuermann Pieter Timmermann den Kopf.

»Man sieht rein gar nichts! Es ist, als würden wir in den Arsch des Teufels hineinfahren.«

»Eher in das Pissrohr des Dreigeschwänzten«, antwortete Michel Gartz, der unterwegs zwar immer noch in der Kombüse stand und kochte, in den Zielhäfen jedoch als Zahlmeister und Einkäufer sein Können bewies. Er schnaubte kurz und sah dann Simon an. »Weißt du überhaupt noch, wo wir sind? Wenn wir Pech haben, sind wir zu weit nördlich abgetrieben worden und halten auf Harwich zu.«

»Sind wir nicht.« Simon legte das Ruder einen Strich nach Backbord. »Wenn mich nicht alles täuscht, müssten wir auf gleicher Länge mit der Isle of Sheppey sein. Heute Abend können wir an einer passenden Stelle ankern und morgen bei gutem Wind bis London kommen.«

»Und wenn uns der Wind entgegensteht?«, fragte Gartz.

»Das wird er nicht.« Simon kannte die Wind- und Wetterverhältnisse vor der englischen Südostküste gut genug, um dies behaupten zu können.

»Was machen wir, wenn uns ein englisches Kriegsschiff auffordert, anzuhalten?«, fragte Michel Gartz weiter.

Simon wusste, worauf sein Freund anspielte. Im Frühjahr hatte eine englische Fregatte seine *Trischen* gezwungen, längsseits zu gehen, und vier Mann der Besatzung mitgenommen. Dabei waren Hamburger Seeleute eigentlich durch einen Erlass von König George III. und dem englischen Parlament vor willkürlicher Rekrutierung befreit. Die englischen Kapitäne hielten sich jedoch nicht immer daran und pressten fremden Handelsschiffen Matrosen ab, um ihre eigenen Mannschaften zu ergänzen. Da er sich das nicht gefallen lassen wollte, war London sein Ziel. Er würde bei der Admiralität in London Beschwerde einlegen und seine Matrosen zurückfordern.

Als der Regen nachließ und die Sicht besser wurde, übergab er das Steuer an Pieter Timmermann und wandte sich Gartz zu. »Wenn ein englisches Schiff dies fordert, ziehen wir unsere Flagge auf und rufen den Leuten zu, dass wir auf dem Weg nach London sind und nicht belästigt werden wollen.«

»Und wenn sie uns doch abfangen?«

Simon schnaubte leise. »Wir sind schneller als ein schwerfälliges Linienschiff!«

»Und wenn sie schießen?«

»Müssen wir darauf vertrauen, dass sie nicht treffen!«

Ganz so einfach war das allerdings nicht, denn ein einziger Treffer aus einem Sechsunddreißigpfünder reichte aus, um die *Scharhörn* zu den Fischen zu schicken. Allerdings glaubte Simon nicht, dass ein englischer Kapitän es so nahe bei London wagen würde, ein Hamburger Schiff zu versenken. Immerhin war Hamburg das Eingangstor für englische Waren in den größten Teil des Heiligen Römischen Reiches Deutscher Nation und darüber hinaus. Auch wenn die Engländer die Meere beherrschten, so waren sie vom Handel abhängig, und da konnte Hamburg ihnen empfindliche Nadelstiche versetzen.

Die Küste kam in Sicht. Sie schimmerte flach und grün zwischen den Regenschleiern hindurch, und nun wurde deutlich, dass Simon den Kurs gehalten hatte. Unweit von ihnen segelten Schiffe, die entweder wie sie in Richtung London unterwegs waren oder der Nordsee entgegenstrebten. Große englische Linienschiffe waren darunter, doch keines von ihnen machte Anstalten, die *Scharhörn* zum Anhalten zu zwingen.

»Wie es aussieht, haben wir Glück«, sagte Michel Gartz, während Simon die Matrosen anwies, die Segel zu trimmen, damit die *Scharhörn* mit gutem Wind auf London zuhalten konnte.

Das einzige Schiff, das ihnen näher kam, war ein Zollkutter, dessen Kapitän sie aufforderte, bei Stanford zu ankern. An Bord kam jedoch niemand. Die Zollkontrolle würde erst in London erfolgen.

Simon war jedoch klar, dass die Beamten des Königs sie bis zu ihrer Ankunft in London nicht mehr aus den Augen lassen würden. Schickten sie ein Boot an Land, um Schmuggelware auszuladen, würde es ebenso bemerkt werden, wie wenn jemand sich ihnen von Land aus näherte.

Da er nicht vorhatte, Schmuggel zu treiben, störte ihn das nicht. Die einzige Gefahr, die ihnen drohen konnte, war, dass eines der Kriegsschiffe eine Barkasse aussandte, um die *Scharhörn* zu entern und einige Besatzungsmitglieder in englische Dienste zu pressen. Da solche Aktionen jedoch wegen ihrer Privilegien illegal waren, würden sie die acht Kanonen der *Scharhörn* mit Nägeln und gehacktem Blei laden. Wenn wirklich ein Navy-Leutnant versuchen sollte, das Schiff zu stürmen, würden er und seine Männer es bereuen.

Mit diesem Gedanken sah Simon zu, wie die *Scharhörn* den Mündungstrichter der Themse verließ und in den Strom einfuhr, so dass sie nun beide Ufer erkennen konnten. Das Land war weiterhin flach und grün, und alles hätte friedlich wirken können, wären nicht so viele englische Kriegsschiffe unterwegs gewesen.

»Die fahren einiges auf!«, rief Michel Gartz staunend.

»England liegt im Krieg mit seinen englischen Kolonien, und diese werden von Frankreich unterstützt. Das sorgt für Unruhe auf See«, antwortete Simon, der weder mit den amerikanischen Rebellen noch mit den Franzosen sympathisierte. Seinen Erfahrungen nach waren amerikanische Seeleute und Kapitäne ruppige Großmäuler, die oft genug auf krummen Wegen reich werden wollten, und was die Franzosen betraf, hielt er sie für ein von sich eingenommenes Volk. Im Betrügen waren sie kaum schlechter als die englischen Siedler aus den amerikanischen Kolonien, die von vielen Yankees genannt wurden.

»Der Zollkutter signalisiert, dass wir Anker werfen sollen«, meldete Pieter Timmermann.

»Dann tun wir ihm den Gefallen«, meinte Simon und suchte eine Stelle auf, die genug freie Sicht bot, um ein sich in der Nacht näherndes Boot entdecken zu können.

2.

Allen Befürchtungen zum Trotz blieb die Nacht ruhig. Die *Scharhörn* konnte am nächsten Tag ankerauf gehen und mit gutem Wind die Themse hochfahren. Bei Tilbury und Gravesend passierten sie die englische Kriegsflotte und waren froh, als sie diese hinter sich gebracht hatten.

Michel Gartz schaute zu den Linienschiffen, Fregatten und Korvetten hinüber und spie ins Wasser. »Im Lauf der Jahre waren wir so oft in London und haben uns nie etwas dabei gedacht. Wie ein einziger Vorfall alles verändern kann!«

»Es geht um vier gute Hamburger Matrosen. Ich würde mein Ansehen verlieren, wenn ich deren Entführung auf sich beruhen lassen würde«, antwortete Simon scharf.

»Werden wir etwas erreichen?«, fragte Gartz skeptisch.

»Ich werde etwas erreichen, und wenn ich notfalls bis zum König gehen muss!«

Es geht nicht anders, dachte Simon. Sein Ruf als Schiffer hing davon ab, dass er sich nicht von einem englischen Leutnant herumschubsen und seine Männer wegnehmen ließ. Jörgen Mensing würde behaupten, er wäre ein Feigling, dem man besser keine wertvolle Ladung anvertraute.

Jörgen Mensing – auch das war eine Rechnung, die noch offenstand, aber in diesem Leben vielleicht nicht mehr beglichen werden konnte. Simon kannte nicht das ganze Ausmaß dessen, was Mensing und die anderen Überlebenden der *Schwan* zu verantworten hatten. Wie die meisten Hamburger glaubte auch er, dass dieser mit einem überladenen Boot losgefahren war und einen Mann nach dem anderen der See hatte überlassen müssen. Die Beschuldigung, der *Schwan* den Wind genommen zu haben, damit diese scheitern musste, und sie danach im Stich gelassen zu haben, stand noch immer im Raum. In Hamburg gab es genügend, die dies weitererzählten, auch wenn mittlerweile bekannt war, dass Mensing seine Mastspitze verloren hatte, weil er die Segel zu lange hatte stehen lassen.

»Wenn ich dich so ansehe, bin ich froh, nicht der englische Admiral zu sein, bei dem du dich beschweren willst. Oder hast du gar an ihn gedacht!« Michel Gartz nannte keinen Namen, doch Simon wusste, dass er Mensing meinte.

»Manchmal kommen eben Erinnerungen hoch«, sagte er und richtete sein Augenmerk auf Pieter Timmermann am Steuer.

»Man sollte sich nicht von ihnen beherrschen lassen«, mahnte Gartz. »Jetzt geht es um unsere Matrosen und nicht um diesen Lumpenhund!«

Offenbar hatte auch er die Sache noch nicht vergessen. Doch ebenso wie Simon sah er derzeit keine Möglichkeit, es Mensing heimzuzahlen. Immerhin war dieser mittlerweile ein in Hamburg angesehener Kapitän und Eigner von fünf Schiffen. Damit übertraf er Simon, der mit der alten *Neuwerk,* der *Trischen* und der *Scharhörn* drei eigene Schiffe besaß. Allerdings wusste Simon, dass er das Geld für sein drittes Schiff rechtschaffen verdient hatte. Auf die Weise wäre Mensing niemals zu vier weiteren Schiffen neben seiner früher *Paula* genannten *Algol* gekommen. Simon war davon überzeugt, dass dieser wertvolle Waren an den Zollstationen vorbeischmuggelte.

Dies nahmen auch andere Hamburger an, doch es gab eine stillschweigende Übereinkunft, einen Hamburger Schiffer nicht an eine fremde Macht zu verraten. Wer dies tat, galt als Nestbeschmutzer und hatte es schwer, sich in der Stadt zu halten. Auch Simon schwieg daher, obwohl ihn die rasche Vermehrung von Mensings Reichtum wurmte. Es diesem gleichtun aber wollte er nicht.

»Ich werde mich nicht von meinem Ärger beherrschen lassen«, erklärte er und blickte auf die Stadt, deren Größe Hamburg zu einem Dorf degradierte. In London gab es alles zu kaufen, was in Hamburg und im übrigen Reich teuer verkauft werden konnte. Auf diese Weise wurde man auch mit ehrlichem Handel reich, dachte Simon und klopfte Gartz auf die Schulter. »Kümmer dich um die Ladung! Ich werde die Admiralität aufsuchen und mich beschweren.«

»Ich wünsche dir Glück! Aber sei vorsichtig. Nicht dass du dort aneckst«, erwiderte Gartz mit hörbarer Besorgnis.

»Mit vor den hohen Herren buckeln und ›Oh, Ihre Exzellenz sollen verzeihen …‹ kommt man dort aber nicht weit.« Simon war fest entschlossen, sein Anliegen zu einem für ihn brauchbaren Ergebnis zu bringen. Während Gartz den Hafenbeamten empfing, der die Ankunft der *Scharhörn* registrieren sollte, winkte er ein Boot herbei und ließ eine Jakobsleiter ausbringen, um übersteigen zu können.

»Zur Admiralität!«, wies er den alten Mann im Boot an. Dieser nickte und legte sich in die Riemen. Er tat sich sichtlich schwer, und Simon fragte sich, weshalb man dafür keine jüngeren und kräftigeren Männer nahm. Die Antwort darauf gab er sich im nächsten Moment selbst: Jeder jüngere Mann, der nicht ausdrücklich vom Dienst in der Flotte befreit war, schwebte in Gefahr, sich auf einem Kriegsschiff Seiner Majestät, King George III., wiederzufinden.

3.

Trotz seines Alters brachte der Bootsführer seinen Passagier sicher bis vor das stattliche Gebäude der Admiralität. Zwei Marineinfanteristen, die starr geradeaus schauten, ließen Simon ungehindert eintreten. Hinter der Tür hatte ein Unteroffizier Posten bezogen, der die hereinströmenden englischen Seeoffiziere passieren ließ. Simon hingegen, den der lange blaue Rock und der Hut als Handelsschiffer auswiesen, vertrat er den Weg.

»Wohin des Weges, mein Guter?«, fragte er in einem Englisch, das er nur in den Gassen der schlechteren Viertel Londons gelernt haben konnte.

»Mein Name ist Simon Simonsen, Seekapitän und Schiffseigner aus Hamburg. Ich habe eine Beschwerde vorzubringen! Vier meiner Matrosen sind von einer englischen Pressmannschaft von einem meiner Schiffe verschleppt worden«, erklärte Simon mit Nachdruck.

Männer mit ähnlichen Anliegen erschienen öfter an diesem Ort. Daher musste der Sergeant sich auch nicht besinnen, wohin er Simon schicken sollte.

»Da gehst du am besten zu Sir Bartholomew Cage: erster Stock links, hinterste Tür ist sein Vorzimmer. Dort melden!«

»Hab Dank!« Simon stieg die Treppe hoch und erreichte kurz darauf das genannte Zimmer. Dort klopfte er und trat ein.

Ein junger Mann, den er auf nicht älter als achtzehn schätzte und der mit der maßgeschneiderten Uniform eines Leutnants der Royal Navy bekleidet war, saß hinter einem Tisch und las in einem Buch. Zunächst ließ er sich nicht stören und missachtete Simons mahnendes Räuspern. Erst nach geraumer Zeit fügte er ein Blatt Papier als Lesezeichen ein und legte das Buch beiseite. Dann blickte er Simon hochmütig an.

»Was willst du hier?«

Simon wiederholte, dass er ein Schiffskapitän aus Hamburg sei und die englische Marine ihm gefälligst seine entführten Matrosen zurückgeben solle.

»Es handelte sich wahrscheinlich um Engländer oder Deserteure von einem unserer Schiffe, die zurückzuholen die Pressgang das Recht hatte«, antwortete der Leutnant gelangweilt.

»Es waren gute Hamburger Seeleute! Hier habe ich die Beweise dafür!« Simon hielt dem Beamten eine Ledermappe vor die Nase.

»Es ist nicht gerade klug, die englische Flotte herauszufordern!«, sagte der Leutnant mit warnendem Unterton.

An dieser Stelle gaben neun von zehn Kapitänen auf, die hier Beschwerde führten. Simon aber war aus einem härteren Holz geschnitzt. »Ich will mit dem Admiral sprechen, nicht mit seinem Türsteher!«

Bei den Worten verfärbte sich das Gesicht des Leutnants, und er griff mit der Rechten an seine linke Seite, an der sonst sein Säbel saß. Den aber hatte er abgelegt und an die Wand gehängt. Da er es auf einen Boxkampf mit dem kräftig gebauten Schiffer nicht ankommen lassen wollte, stand er auf, klopfte gegen die Tür seines Vorgesetzten und rief, ein Hamburger Kapitän sei erschienen, um sich wegen angeblich gepresster Mannschaftsmitglieder zu beschweren.

»Haben Sie ihn nicht abwimmeln können, Smyth?«, kam es verärgert zurück, und nach einer kurzen Pause erscholl die Aufforderung: »Soll eintreten!«

»Du hast es so gewollt!«, meinte der Leutnant spöttisch und öffnete die Tür, damit dieser unverschämte Hamburger passieren konnte.

Simon betrat ein großes Zimmer, das mit seinen dunklen Möbeln, den Landkarten, Schiffsmodellen und nautischen Instrumenten wie das Hauptquartier einer großen Flotte wirkte. Admiral Cage war auf den ersten Blick eine eindrucksvolle Persönlichkeit. Obwohl er genauso groß wie Simon war, wirkte er mindestens doppelt so breit und hatte ein breitflächiges, fleischiges Gesicht mit einem gewaltigen Doppelkinn und einem stattlichen Backenbart. Die wasserhellen Augen ruhten mit einem Ausdruck starken Missfallens auf dem Hamburger Kapitän.

»Du willst dich beschweren?«

»So ist es!«, antwortete Simon mit fester Stimme. »Im Mai dieses Jahres hat ein englisches Kriegsschiff den in meinem Besitz befindlichen Handelssegler *Trischen* abgefangen und vier der zehn Besatzungsmitglieder entführt.«

»Entführt!« Admiral Cage stieß empört die Luft aus den Lungen. »Werden Engländer oder Deserteure gewesen sein!«

»Es waren gute Hamburger, in der Stadt Hamburg geboren und aufgewachsen! Auch sind sie alle stets auf Hamburger Schiffen gefahren. Mit den Kriegen von euch Engländern hatte keiner etwas zu tun.«

Simon klang entschlossen, denn er spürte die Absicht, ihn abzuwimmeln oder ihn mit Drohungen zum Aufgeben zu zwingen. Doch wenn er den Raub seiner Männer hinnahm, musste er damit rechnen, dass weitere Matrosen von seinen Schiffen geholt wurden.

»Das kann jeder behaupten!«, antwortete Admiral Cage.

Es war genau das, was Simon erwartet hatte. Er öffnete seine Mappe und legte dem Mann mehrere Papiere vor. »Dies hier sind die vom Notar des Hamburger Senats beglaubigten Abschriften der Kirchenbücher, in denen die Geburt und die Taufe der vier Matrosen verzeichnet sind. Und dies hier sind die Kopien ihrer Musterrolle – und zwar vollständig von dem Tag an, an dem sie als Schiffsjungen auf einem Hamburger Handelsfahrer angeheuert haben, bis hin zu dem Tag, an dem sie von englischen Seeoffizieren von Bord der *Trischen* geholt worden sind. Das hier ist der Beschwerdebrief des Hamburger Senats, den ich bei Verweigerung der Freigabe meiner Männer Lord North, dem ersten Minister der Regierung Seiner Majestät, König Georg, vorlegen werde.«

Admiral Cage hörte Simon mit wachsender Wut zu. Ihm war klar, dass dieser Mann nicht so leicht aufgeben würde. Die Wachen zu rufen und ihnen zu befehlen, ihn hinauszuwerfen, war auch keine Lösung, da Hamburg sich dann doppelt bei der Regierung und der Krone beschweren würde. Das aber konnte seine letzte, von ihm erwartete Beförderung gefährden.

»Wenn ich nachsehen lassen soll, ob diese Männer tatsächlich zu Unrecht in den Dienst in der Flotte Seiner Majestät genommen sind, brauche ich den Namen des Schiffes, das die Rekrutierungsmannschaft geschickt hat!« Cages letzte Hoffnung war, dass Simon ihm dieses Schiff nicht nennen konnte.

»Es war ein Trupp von der Fregatte *Eurymachos*«, erklärte Simon zu seinem Ärger.

Cage hätte am liebsten behauptet, dass sich die *Eurymachos* in amerikanischen Gewässern aufhielt. Da sie jedoch bei Gravesend vor Anker lag und die Hamburger sie beim Einlaufen gesehen haben konnten, schluckte er diese Ausrede wieder und nahm ein Blatt Papier zur Hand.

»Ich werde den Befehl geben, der Sache nachzugehen«, sagte er mühsam beherrscht.

Simon stemmte die Fäuste auf den Tisch und beugte sich vor. »Ich will meine Männer zurück, Admiral! Wir transportieren Waren von und nach London. Wenn die Hamburger Schiffer zu der Überzeugung kommen sollten, dass es für sie nicht mehr sicher ist, englische Häfen anzulaufen, wird dies England schmerzen!«

Auch wenn Cage nicht glaubte, dass alle Hamburger Kaufleute die Häfen Englands meiden würden, so musste doch mit gewissen Einschränkungen gerechnet werden und mit höheren Preisen für kriegswichtige Güter wie Hanf für Taue, Holz für den Schiffsbau, Pech zum Abdichten der Planken und dergleichen mehr. Daher nickte er mit verkniffener Miene.

»Ich sorge dafür, dass die Männer freikommen und die Gelegenheit erhalten, nach Hamburg zurückzukehren.«

»Ich danke Ihnen!« Simon reichte dem Admiral die Liste mit den Namen der vier, deutete eine Verbeugung an und verließ nach einem höflichen Abschiedsgruß das Zimmer. Draußen ging er an Leutnant Smyth vorbei, ohne diesen auch nur eines Blickes zu würdigen.

Unterdessen saß Admiral Cage mehrere Minuten da und starrte auf das Blatt Papier, ohne die darauf stehenden Namen zu lesen. Seine mächtigen Kiefer mahlten, und er spürte die Wut über diesen aufmüpfigen Hamburger in sich aufsteigen.

»Lieutenant Smyth!«, rief er ziemlich laut.

Augenblicke später schoss der junge Mann herein. »Admiral, zu Diensten!«

Cage schob ihm das Blatt Papier hin, das er von Simon erhalten hatte. »Haben Sie diesen verdammten Hamburger gesehen, der eben hier war?«

Die Frage war überflüssig, da Smyth Simon angemeldet hatte. Der Leutnant nickte trotzdem. »Sehr wohl, Sir! Ein äußerst unangenehmer Mensch, wenn Sie mich fragen.«

»So ein verfluchter deutscher Lumpenhund!«, stieß Cage erregt hervor und musterte seinen Leutnant mit scharfem Blick. »Drohte, bis zu Seiner Majestät zu gehen, wenn ich seine Männer nicht freigebe.«

»Wir sollten uns nicht darum kümmern«, riet Smyth.

Admiral Cage stieß einen Laut aus, der ein Lachen sein sollte, aber wie das Krächzen einer verärgerten Krähe klang. »Wir werden uns darum kümmern müssen! Wenn diese Laffen in der Regierung uns plötzlich mit den Beschwerden solcher Leute überhäufen, haben wir den Schaden. Dabei sind sie es, die die Kriege anzetteln, die unsere gute alte Navy ausfechten muss. Doch um zu siegen, brauchen wir Matrosen und Kanoniere und können diese nicht einfach wieder hergeben.«

Cage fluchte mehrmals. Dann aber zog ein höhnischer Ausdruck über sein Gesicht. »Wo kämen wir hin, wenn wir dem Ansinnen eines solchen Menschen nachgeben würden? Was denken diese Deutschen sich eigentlich? Holen diese Hessen, Ansbacher und Braunschweiger nicht auch jeden Kerl, der nicht rasch genug davonlaufen kann, in die Regimenter, die sie Seiner Majestät, King George, zur Verfügung stellen, damit sie diese lumpigen Rebellen in den amerikanischen Kolonien zu Paaren treiben sollen? Es selbst tun, aber uns Vorhaltungen machen wollen! Wo kämen wir da hin?«

Cage schwieg einen Augenblick und sah Smyth dann fordernd an. »Soviel ich erfahren habe, wird die *Eurymachos* bald in die Karibische See abkommandiert. Der Kapitän ist der Neffe eines guten Freundes von mir. Er hat gewiss nichts dagegen, diese Reise mit ein paar Matrosen mehr an Bord antreten zu können.«

»Das verstehe ich nicht ganz«, antwortete Smyth verwirrt.

»Sie werden herausfinden, wann das Schiff dieses Hamburgers London wieder verlässt, es unterwegs abfangen und die Besatzung der *Eurymachos* übergeben.«

»Und was machen wir mit dem Schiff? Es einfach treiben lassen?«

Cage musterte seinen Leutnant mit einem tadelnden Blick. »Täten wir dies, könnte es gefunden und Fragen gestellt werden. Daher wird es als angebliche amerikanische Prise behandelt und meinem Freund Samuel Bartlett zum Kauf angeboten. Er hat durch Freibeuter aus den rebellischen Kolonien mehrere Schiffe verloren und ist gewiss froh, billig zu einem neuen zu kommen!«

»Ein ausgezeichneter Plan!«, rief Smyth begeistert. Als Prise brachte die *Scharhörn* eine hübsche Summe ein, die zum Teil in seine Taschen wandern würde.

4.

Da Simon dem Admiral zutraute, die Sache zu verschleppen, schrieb er einen Brief an den Premierminister Frederick North und einen an die Krone, damit diese Cage anspornten, in seinem Sinn tätig zu sein. Danach richtete er seine Aufmerksamkeit auf die Fracht, die sein Schiff übernehmen sollte. Er trieb ehrlichen Handel, doch dies schloss auch ein, Dinge an Bord zu nehmen, deren Verkauf sich in Hamburg lohnte. Zu diesem Zweck suchte er mehrere Handelsherren in London auf und lernte auch Ebenezer Bartlett kennen.

»Wie heißen Sie? Simonsen? Ich glaube, mein Neffe Samuel mag Sie nicht. Ist wohl einmal mit Ihnen zusammengerasselt!« Bartlett lachte und zeigte, dass Handel und Geschäft für ihn wichtiger waren als persönliche Befindlichkeiten.

Simon dachte an Frerk Sievers, den damaligen Kapitän der *Pelikan,* den Samuel Bartlett hinterrücks erstochen hatte, und begann fast, an Gottes Gerechtigkeit zu zweifeln, als er vernahm, dass dieser Ebenezer Bartletts Schwiegersohn sei und dessen Nachfolger werde.

»Der gute Samuel unterstützt mich bereits sehr«, fuhr der Handelsherr fort, ohne auf eine Antwort von Simon zu warten. »Hat auch Kontakte nach Hamburg. Wir lassen viel von Captain Mensing dorthin schaffen. Ein guter Mann, der weiß, wo das Brot gebuttert ist!«

Ebenezer Bartlett grinste, während Simon die Kiefer zusammenpresste. Dieser Engländer war ihm etwas zu sehr auf Gewinn aus, um ehrlich sein zu können. Trotzdem war er nicht abgeneigt, auch mit ihm Handel zu treiben. Die Waren, die er nach London brachte, waren zumeist von englischen Kaufleuten, Werften oder der Regierung bestellt worden, und er wurde für den Transport gut bezahlt. Den eigentlichen Gewinn machte er jedoch mit dem, was er von hier nach Hamburg schaffte. Selbst in dieser Zeit, in der in den Kolonien Krieg herrschte, war es immer noch möglich, an guten Virginia-Tabak zu kommen. Auch andere Waren fanden an Bord von Schiffen ihren Weg von New York und den anderen Häfen in den Kolonien ihren Weg hierher.

»Ich kenne Jörgen Mensing«, erwiderte er in einem Tonfall, dem der alte Bartlett nicht entnehmen konnte, ob er mit diesem gut stand oder nicht.

»Bringt uns immer feine Sachen aus dem Baltikum mit«, lobte Ebenezer Bartlett und zwinkerte Simon zu.

Dieser begriff, dass es sich um Schmuggelware handeln musste. Auch wenn es sich lohnte, Waren am Zoll vorbeizuschaffen, wollte er dies nicht tun. Trotzdem gelang es ihm, ein Viertel des Laderaums der *Scharhörn* mit Dingen zu füllen, die der alte Bartlett an den Mann bringen wollte.

Als er sich von diesem verabschiedete, stellte er fest, dass die Zeit, die sein Schiff im Hafen liegen musste, sich durch diesen Abschluss um mindestens eine Woche verkürzen würde. Es war ein gutes Gefühl, denn er wollte nach Hause zu seiner Frau und seinem Sohn. Vielleicht kam er sogar noch vor dessen Geburtstag zurück.

Bei dem Gedanken an den kleinen Jakob wurde Simons Miene weich. Der Junge war ein knappes Jahr nach seiner und Ernas Heirat geboren worden und so gesund, wie es ein sechsjähriges Kind nur sein konnte. Das Geschwisterchen, das zwei Jahre danach zur Welt gekommen war, hatte nur wenige Tage gelebt, um nach einer Nottaufe auf dem Gottesacker begraben zu werden. Dieser Verlust tat auch jetzt noch weh. Umso mehr liebte Simon seinen Sohn und freute sich darauf, ihn bald wiederzusehen. Daher drängte er darauf, dass die *Scharhörn* rasch beladen wurde.

Simon ahnte nicht, dass sein Schiff tagtäglich von einem jungen englischen Marineoffizier mit dem Fernrohr beobachtet wurde. Gervase Smyth sah zufrieden, wie viel auf das Schiff geladen wurde, und rechnete sich aus, dass die Fracht seinen Anteil an der Prise noch um eine hübsche Summe erhöhen würde. Er hatte mittlerweile alles in die Wege geleitet, um der *Scharhörn* habhaft zu werden. Der Kapitän der *Eurymachos* hatte ihn seiner Unterstützung versichert, und in der Themsemündung wollte Samuel Bartlett mit einem eigenen Schiff darauf warten, dass ihm der erbeutete Hamburger übergeben wurde.

Als die *Scharhörn* schließlich ankerauf ging und langsam die Themse stromabwärts fuhr, meldete Smyth sich bei Admiral Cage ab, bestieg einen schnell segelnden Marinekutter und grinste zufrieden, als sie zwei Stunden später die durch ihre Ladung tief im Wasser liegende *Scharhörn* überholten.

Zwei weitere Stunden später erreichten sie die *Eurymachos,* und er stieg über.

»Willkommen an Bord, Lieutenant!«, begrüßte ihn der Kommandant der Fregatte und blickte stromaufwärts, wo die *Scharhörn* zu erwarten war.

»Es ist wohl so weit?«

»Aye, aye, Sir!«, antwortete Smyth. »Ich schätze, dass der Hamburger in der Nacht keinen Anker werfen wird. Es ist Vollmond und der Himmel nur leicht bedeckt.«

»Das nehme ich auch an. Sie werden dem Schiff folgen und es überraschend attackieren, damit niemand über Bord springen und an Land schwimmen kann. Das würde einen Aufruhr verursachen, der uns äußerst ungelegen käme.«

»Keine Sorge, Sir, ich habe alles bedacht! Ich werde mit der Barkasse der *Eurymachos* und genügend Männern losfahren und zur rechten Zeit zuschlagen.« Smyth klang zufrieden, denn wenn diese Aktion klappte, war er reich genug, um eine Beförderung zum Commander anstreben zu können. Als Kommandant eines eigenen Schiffes hatte er endlich die unterste Stufe der Rangleiter bestiegen und konnte damit rechnen, zum Captain und später sogar zum Admiral befördert zu werden.

Da Tagträume im Augenblick nichts brachten, fragte er den Kapitän der *Eurymachos,* welche Männer dieser ihm mitgeben wollte.

»Fünfundzwanzig Mann, alles hartgesottene Kerle!«, antwortete dieser, und seine Stimme klang ebenfalls erwartungsvoll.

»Sehr gut!« Smyth beobachtete, wie mehrere Matrosen die Barkasse fertig machten. Sie war gerade groß genug für die Zahl an Männern, die er anführen sollte, und wenn sie gerudert wurde, war sie auf eine gute Meile schneller als ein Handelsschiff wie die *Scharhörn.* Ihm kam eine Idee.

»Es wäre ein doppelter Spaß, wenn die vier Kerle, die dieser Lumpenhund zurückhaben will, mithelfen würden, ihn und ihre ehemaligen Kameraden einzufangen.«

Der Kapitän überlegte kurz. »Sie können die drei haben, die noch leben. Der vierte ist vor drei Wochen verunglückt und der See übergeben worden. Ein Glas Rum gefällig, bevor es losgeht?«

»Da sage ich nicht Nein!« Smyth folgte dem Kapitän in dessen Kajüte, nahm ein Glas entgegen und stieß mit ihm an. »Auf die reiche Beute, die wir bald machen werden!«

»Darauf, dass Sie Erfolg haben!« Der Kommandant der Fregatte war es leid, mit mehr als dreißig Jahren noch immer so ein kleines Schiff zu führen. Aber nun würde er seinem Ziel, Kapitän auf einem der großen Linienschiffe zu werden, endlich näher kommen.

Die meisten Männer, die Smyth helfen sollten, würden es schon deshalb tun, weil sie ebenfalls zum Dienst in der Flotte gepresst worden waren und es den Handelsschiffern nicht gönnten, davon befreit zu sein. Außerdem spornte das Versprechen sie an, eine oder zwei Guineas als Belohnung zu erhalten. Nach der Meinung ihres Kapitäns würden sie dieses Geld für Schnaps und Huren ausgeben. Aber wenn sie es so wollten, hatte er nichts dagegen.

5.

Bei den fünfundzwanzig Mann, die auf die Barkasse stiegen, waren auch die drei Hamburger Matrosen. Worum es ging, wussten sie ebenso wenig wie ihre Kameraden. Eingeweiht waren lediglich Smyth und der junge Fähnrich, der hinten im Heck saß und die Steuerpinne bediente.

Die Barkasse glitt, von zehn Riemenpaaren angetrieben, rasch die Themse hinab. Der Vollmond schien hell genug, um noch die Bäume am Ufer erkennen zu können. Einen Augenblick überlegte Smyth, ob die Hamburger Seeleute dadurch ihre Annäherung bemerken konnten. Dann aber winkte er ab. Sie würden schräg von vorne kommen und viel zu schnell sein. Außerdem würden sie im Licht des Vollmonds die *Scharhörn* rasch identifizieren können. Damit schied die Gefahr aus, ein anderes, womöglich englisches Schiff zu überfallen.

Er befahl, die Ruder einzuziehen. »Wir warten hier auf ein Schiff, um uns die Leute darauf zu holen. Ihr braucht ja gewiss noch Kameraden«, erklärte er mit fröhlicher Stimme.

Lachen antwortete ihm, und einer der Matrosen sprach aus, was die meisten von ihnen dachten. »Ich werde die Kerle gleich ein wenig mit dem Belegnagel streichen, damit sie wissen, wie es an Bord zugeht.«

»Wenn sich einer zu sehr wehrt: Die Fische haben auch Hunger!«, fuhr Smyth fort.

Erneut lachten ein paar. Aus Angst, der Schall könnte in der Nacht zu weit tragen, gebot Smyth Ruhe.

»Seid jetzt still! Ich will keinen Laut mehr hören. Oder wollt ihr, dass der Handelssegler gewarnt wird?«

»Natürlich nicht!«, antwortete ein junger dunkelhäutiger Matrose bissig. Besonders begeistert von dem Auftrag schien er jedoch nicht zu sein.

Auch die drei von der *Trischen* geholten Hamburger Matrosen steckten die Köpfe zusammen. »Die haben wieder so ein Schurkenstück vor wie damals bei uns«, raunte Enno Holten seinen Kameraden zu.

»Was können wir schon tun? Nichts! Wir werden mithelfen müssen, die armen Kerle vom Schiff zu holen, sonst tanzt die Neunschwänzige auf unserem Rücken«, antwortete Jan Fedders, der ebenfalls zu den von der *Trischen* gepressten Matrosen gehörte.

»Halt's Maul!«, fuhr Smyth ihn an. »Das Schiff kommt! Wer jetzt noch einen Laut von sich gibt, wird gekielholt!«

Dann kannst du gleich bei dir anfangen, dachte Fedders und blickte wie alle anderen Seeleute flussaufwärts, wo die *Scharhörn* nun im Schein des vollen Mondes deutlich zu sehen war.

Fedders traf es wie ein Schlag. »Wenn das mal nicht die *Scharhörn* ist, soll mich der Klabautermann holen«, raunte er Holten ins Ohr.

Dieser nickte. »Ich erkenne sie an ihrem Vorschiff! Hol es der Teufel, die wollen doch nicht schon wieder eines unserer Schiffe überfallen?«

Für einige Augenblicke hofften die drei Hamburger Matrosen, sich geirrt zu haben. Dann aber erteilte Smyth dem Fähnrich am Steuer die Anweisung, auf die *Scharhörn* zuzuhalten. Auf seinen

Befehl hin wurden die Riemen sanft ins Wasser gesetzt, um zu laute Geräusche zu vermeiden. Dennoch glitt die Barkasse rasch auf die *Scharhörn* zu und würde sie in kurzer Zeit erreichen.

In Fedders' Gehirn explodierten förmlich die Gedanken. Simon Simonsens Schiffsmannschaften bildeten eine verschworene Gemeinschaft, und die Vorstellung, weitere Kameraden würden so wie sie zum Dienst in der englischen Flotte gepresst, war kaum zu ertragen. Fedders ließ den Riemen los, stand auf und begann, so laut zu rufen, wie er konnte.

»Vorsicht, eine Pressgang!«

»Verfluchter Hund!«, schrie Smyth und zog seinen Säbel, um Fedders niederzuschlagen. In dem Augenblick hechtete dieser mit einem mächtigen Satz ins Wasser und schwamm, so schnell er konnte, auf die *Scharhörn* zu. Keine drei Herzschläge später folgten ihm seine beiden Kameraden.

Die Ruderer der Barkasse kamen dadurch aus dem Takt, und diese verlor an Geschwindigkeit.

»Rudert, ihr verdammten Hunde!«, schrie Smyth, der nicht gewillt war, sich diese Prise entgehen zu lassen.

Fedders' Warnschrei war auf der *Scharhörn* gehört worden. Nachdem ihr Schiff die Themsemündung erreicht hatte, hatten Simon und fünf Matrosen sich hingelegt. Nun sprangen sie aus ihren Kojen und eilten noch in Hemden und Unterhosen an Deck.

»Was ist los?«, fragte Simon den Steuermann.

Pieter Timmermann wies fluchend auf die näher kommende Barkasse. Unweit davon waren drei Schwimmer zu sehen. »Es sieht aus, als hätten sie es auf uns abgesehen!«, meinte er.

Simon maß die Entfernung zu dem Boot und begriff, dass ihnen nicht die Zeit blieb, die Kanonen schussbereit zu machen. Die Kerle an Bord kommen zu lassen und auf den Nahkampf zu hoffen, erschien ihm anhand der mehr als doppelten Überzahl der anderen zu gefährlich.

»Überlass mir das Steuer!«, forderte er Pieter auf und befahl den Matrosen, das Großsegel zu setzen, auf das sie bei der nächtlichen Fahrt verzichtet hatten.

»Sie sind schneller heran, als wir Fahrt aufnehmen können, und sie haben Enterhaken bei sich«, sagte Pieter besorgt.

Simon änderte den Kurs der *Scharhörn* leicht, so dass die Entfernung zur Barkasse prompt noch mehr schrumpfte. Die ersten Enterhaken flogen und hakten sich in der Reling des Schiffes ein.

»Nehmt Äxte und hackt die Seile durch«, brüllte Pieter.

»Nein, nicht!«, widerrief Simon diesen Befehl.

Er ließ die Barkasse nicht mehr aus den Augen, während sich diese dem Vorderschiff der *Scharhörn* näherte. Kurz bevor sie anlegen konnten, setzte er das Steuerrad in Schwung und lenkte das Schiff gegen die Barkasse. Es krachte, als sie dagegenstießen. Jene englischen Seeleute, die bereitstanden, um rasch auf die *Scharhörn* zu gelangen, verloren den Halt und stürzten ins Wasser. Gleichzeitig schob sich der Rumpf der *Scharhörn* über das Boot und drückte es nach unten. Nun klatschten auch die übrigen Engländer in die See und versuchten verzweifelt, sich über Wasser zu halten.

»Das habt ihr gut gemacht«, rief da einer der drei Matrosen, die stramm auf die *Scharhörn* zuschwammen.

»Wenn das nicht Fedders ist, soll mich der Klabautermann lausen«, stieß Pieter Timmermann erregt hervor.

»Werft ihnen Leinen zu! Rasch!«, befahl Simon und sah zufrieden, wie Fedders, Holten und ihr Kamerad aus dem Wasser geholt wurden.

Holten hatte einiges an Wasser geschluckt und spuckte heftig. Dann hob er den Kopf, sah Simon und grinste. »Melde mich zurück, Kapitän! An Bord eines Ihrer Schiffe gefällt es mir doch besser als auf einem Kriegsschiff von King George.«

»Ihr seid drei? Wo ist Vornfett?«, fragte Simon.

Holten senkte den Kopf. »Der arme Nathan ist vor wenigen Wochen verunglückt. Der Schiffsarzt war ein Stümper, wie er im Buche steht, und konnte ihm nicht mehr helfen.«

»Damit hat England noch etwas gut bei mir«, stieß Simon aus, obwohl er wusste, dass er nicht die geringste Möglichkeit hatte, diese Schuld einzutreiben. Er steuerte die *Scharhörn* wieder auf den alten Kurs und beobachtete, wie sich eine Gruppe Engländer an der kieloben treibenden Barkasse festhielt. Kurz überlegte er, ob er die Leute an Bord nehmen sollte, weil sie, falls sie keine Hilfe erhielten, elend umkommen würden.

Da klang der Ruf seines Ausgucks auf. »Schiff backbord voraus!«

Simon stellte fest, dass dort ein Handelsschiff vor Anker lag, und dessen Entfernung zu der Barkasse war nicht sonderlich groß. Daher beschloss er, weiterzusegeln. Es bestand sonst die Gefahr, von an Bord genommenen Engländern doch noch überwältigt zu werden.

»Ruft das Schiff da drüben an, aber ohne Nennung unseres Namens, und teilt ihnen mit, dass hinter uns ein Boot in Seenot geraten ist und sie ihm helfen sollen, da wir es nicht können«, wies er Pieter an.

»Lassen Sie mich das machen, Kapitän. Ich habe in den Monaten auf der *Eurymachos* die englische Sprache gut genug gelernt, so dass sie uns für einen Engländer halten werden«, bat Fedders.

Einer der Matrosen reichte ihm die Flüstertüte, und so brüllte er seine Nachricht hinüber. Unterdessen musterte Michel Gartz die sechs Enterhaken, die Smyths Männer übergeworfen hatten. Bei fünf hingen die Leinen locker, doch bei einem erschien sie ihm ziemlich straff. Er ging hin, beugte sich über die Reling und sah, dass sich jemand an diese Leine klammerte.

»Es scheint, als hätten wir einen blinden Passagier«, meinte er lachend zu einem der Matrosen und bat ihn, ihm zu helfen, die

Leine einzuholen. Der Mann gehorchte, und kurz darauf plumpste eine nasse Gestalt auf das Deck der *Scharhörn*.

Zwei große, dunkle Augen in einem dunklen Gesicht blickten ängstlich zu ihnen hoch.

»Was machen wir mit dem, Käpt'n? Über Bord werfen?«, fragte Gartz.

Simon überließ das Ruder wieder Pieter Timmermann und trat zu ihm. Auf seinen beiden Fahrten in die Karibik hatte er bereits viele Farbige gesehen.

»Kennt ihr ihn?«, fragte er Fedders und Holten.

»Das ist Masamba, der Afrikaner, einer der Kanoniere der *Eurymachos*. Dem würde ich in der Nacht ungern begegnen. Es heißt, er hätte schon zwei Matrosen erstochen, die ihm frech gekommen waren.«

Michel Gartz musterte ihren Fang und schüttelte den Kopf. »So gefährlich sieht er mir nicht aus.«

»Ein Riese ist er jedenfalls nicht. Ich schätze, dass er Sie höchstens um zwei Zoll überragt«, warf Holten ein.

»Er gehörte zu den Kleinsten auf der *Eurymachos*«, erklärte Fedders.

Da im Osten die Sonne langsam über den Horizont aufstieg, wurde es rasch heller, und Simon stellte nun fest, dass ihr Gefangener zwar von dunkler Hautfarbe war, aber hell genug, um mindestens zur Hälfte weißes Blut in den Adern zu haben. Da er im Wasser seine Jacke verloren hatte, klebte sein Hemd so verräterisch eng an seinem Körper, dass zwei Wölbungen auf der Brust nicht mehr zu übersehen waren.

»Es sieht so aus, als wäre euer fürchterlich gefährlicher Masamba eine Frau«, meinte Simon lächelnd und begriff im nächsten Moment, dass er für die Fremde verantwortlich war, die sich nun an Bord seines Schiffes befand.

6.

Samuel Bartlett hatte sich mit einem seiner kleineren Schiffe auf die Lauer gelegt und wartete angespannt auf Gervase Smyth und die *Scharhörn*. Vor allem freute er sich darüber, dass Simon Simonsen das Opfer dieses Streichs werden sollte. Wenn dieses Schwein auf einem Kriegsschiff Seiner Majestät die neunschwänzige Katze zu kosten bekam, war dies die perfekte Rache für den Faustschlag, den Simonsen ihm vor neun Jahren auf Kuba verpasst hatte.

Mit einem gewissen Spott dachte er daran, dass ein Teil der Fracht, die die *Scharhörn* geladen hatte, aus dem Handelshaus seines Schwiegervaters stammte. Nun würde die Ladung offiziell verloren gehen und Lloyds dafür eine Entschädigung zahlen müssen. Sam Bartlett empfand es als angenehm, dass es diese Versicherung gab. Damit konnte er für die Waren seines Schwiegervaters zwar nicht ganz den doppelten Preis erzielen, aber auch nicht viel weniger.

Noch während Bartlett in Zukunftsplänen schwelgte, wurde ihm die Sichtung eines Schiffes gemeldet.

»Ist es das erwartete?«, fragte er den Matrosen, der zu ihm getreten war.

»Ich glaube eher nicht! Sie fahren unter vollen Segeln.«

»Dann kann es nicht die *Scharhörn* sein, auf die wir warten«, meinte Bartlett. Smyth wusste, dass er die Prise übernehmen und in einen Hafen bringen wollte, in dem ihr Aussehen so verändert würde, dass sie als amerikanisches Schiff ausgegeben werden konnte.

»Sie rufen uns an!«, rief der Mann, als eine laute Stimme ertönte.

Jetzt hörte Bartlett es auch. Ein Mann mit einem entsetzlichen Londoner Gassendialekt forderte sie auf, sich um ein gekentertes Boot zu kümmern.

»Sollen wir das tun?«, fragte ein Maat.

»Warum nicht? Vielleicht gibt es Bergegeld«, antwortete Bartlett und befahl dem Mann, das Beiboot auszusetzen. Danach kümmerte er sich nicht mehr um diese Nachricht, sondern setzte sich auf eine Taurolle und wartete auf das Erscheinen seiner Beute.

Es dauerte nicht lange, dann kehrte das Boot zurück, eine kieloben treibende Barkasse im Schlepptau. Der Erste, der an Bord stieg, war ein triefnasser Leutnant der Royal Navy, den Bartlett erst auf den zweiten Blick als Gervase Smyth erkannte, und diesem folgte eine Reihe ebenso nasser Gestalten. Während die einfachen Matrosen nur dem Geld nachtrauerten, das sie nun doch nicht für Rum und Mädchen ausgeben konnten, tobte Smyth vor Wut.

»Dieses deutsche Schwein hat uns gerammt! Ich wollte, der Kerl würde einmal vor die Kanonen eines unserer Schiffe kommen!«

»Und wenn! Geschossen würde doch nicht«, antwortete Bartlett mit grimmigem Spott und sah in die Richtung, in die die *Scharhörn* verschwunden war. Er überlegte, ob er sie verfolgen und angreifen sollte. Aber das würde nicht ohne Lärm abgehen und damit Aufsehen erregen. Daher erteilte er seinen Männern den Befehl, die Barkasse an Bord zu nehmen und danach in Richtung London zu segeln. Seine Laune war nun denkbar schlecht, und das ließ er Smyth spüren.

Der Leutnant hatte noch ganz andere Probleme. Als der ihm unterstellte Fähnrich seine Männer zählte, fehlten nämlich nicht nur die drei Hamburger Matrosen, die von der *Scharhörn* an Bord genommen worden waren, sondern sechs weitere, von denen er nicht wusste, ob sie nun bei dem Zusammenstoß mit der *Scharhörn* ums Leben gekommen oder geflohen waren, um dem Dienst in King Georges Navy zu entgehen.

Aus Enttäuschung über die entgangene Rache an Simonsen und die verlorene Beute lieferte Samuel Bartlett zwar Smyth und dessen Männer bei der *Eurymachos* ab, unterließ es jedoch, auch die Barkasse zu übergeben. Noch an Bord seines Schiffes wurde diese so verändert, dass sie nicht mehr der *Eurymachos* und der Royal Navy zugeordnet werden konnte. Er sah es als kleine Entschädigung für die Zeit an, die er für Smyths Plan geopfert hatte, vergaß diesen aber fürs Erste wieder und widmete sich seinen Geschäften.

Smyth wurde vom Kapitän der *Eurymachos* persönlich nach London gebracht, und so standen die beiden zwei Tage nach seinem missglückten Überfall auf die *Scharhörn* vor dem Admiral. Bartholomew Cage hatte auf ein gutes Sümmchen als seinen Anteil gerechnet. Doch nun kehrte sein Leutnant mit leeren Händen zurück und hatte damit nicht nur sich, sondern auch ihn blamiert.

»Hol es der Teufel! Warum konnten Sie es nicht richtig machen?«, fuhr er Smyth an.

Dieser schwieg.

Dafür ergriff der Kapitän der *Eurymachos* das Wort. »Sie hätten einen erfahreneren Mann damit beauftragen oder die Sache gleich mir überlassen sollen!«

»Glauben Sie, es wäre Ihnen besser ergangen?«, fragte der Admiral bissig.

»Jawohl, genau das denke ich! Mein Leutnant hätte diesen Deutschen mit der linken Hand gekapert. Da Sie jedoch Smyth damit beauftragt hatten, konnte ich ihn nicht mitschicken, da er dienstälter ist als Smyth und ihm daher nicht unterstellt werden konnte.«

Der Admiral nahm diese Kritik mit versteinerter Miene entgegen. Früher hatte Cage selbst ein Schiff befehligt, war aber in den Jahren an Land auch im Denken bequem geworden und hatte nicht bedacht, dass Gervase Smyth nicht die geringste Erfahrung im Kapern eines Schiffes hatte. Das aber gedachte er nun zu ändern und gleichzeitig dem Kapitän der *Eurymachos* die impertinenten Vorwürfe heimzuzahlen.

Bartholomew Cage verzog das Gesicht zu einem bissigen Grinsen. »Da Ihr Lieutenant erfahren genug dafür scheint, werde ich vorschlagen, dass er zum Commander ernannt wird und ein eigenes Schiff erhält. Als Ersatz dafür wird Ihnen Lieutenant Smyth als neuer erster Offizier zugeteilt.«

Die Gesichter der beiden Männer bei diesen Worten entschädigten Admiral Cage beinahe für den entgangenen Gewinn. Der Kapitän ärgerte sich, weil er einen guten Offizier abgeben musste und ein absolutes Greenhorn dafür erhielt. Smyth hingegen begriff, dass er bei der Besatzung der *Eurymachos* erst einmal als Versager gelten und an Bord einen schweren Stand haben würde. In dem Augenblick hasste er den alten Cage beinahe noch mehr als den Hamburger Schiffer, der ihn hereingelegt hatte.

7.

Mit einer wehmütigen Trauer wegen des Mannes, der die Zeit auf der *Eurymachos* nicht überlebt hatte, aber zufrieden über die Rettung der drei anderen, setzte Simon die Fahrt nach Hamburg fort und war froh, als Cuxhaven zur rechten Hand vor ihnen auftauchte.

»Jetzt sind wir wieder zu Hause«, sagte Michel Gartz zu ihm.

»Noch nicht ganz! Wir müssen noch die Elbe hochfahren.«

»Das werden wir wohl schaffen. Auf dem Meer hätte uns ein englisches Schiff folgen können, hier aber nicht mehr.«

Simon sah den klein gewachsenen Mann lächelnd an. »Ich glaube nicht, dass uns die Engländer verfolgt hätten.«

»Aber sie haben es doch in der Mündung der Themse getan«, wandte Gartz ein.

»Das geschah gewiss nicht im offiziellen Auftrag der englischen Marine! Ich schätze, da steckt dieser alte Knochen von Admiral dahinter, dem ich die Meinung gegeigt habe. Falls ich mich nicht irre, war dessen Vorzimmerleutnant der Anführer des Trupps, der uns überfallen wollte. Auch wäre die englische Marine nicht heimlich des Nachts mit einer Barkasse gekommen, sondern mindestens mit einer Korvette, und die hätte uns einen Schuss vor den Bug gesetzt!« Simon hatte lange über diese Sache nachgedacht und glaubte daher nicht, dass das Geschehene so rasch Folgen haben würde.

»Wollen wir hoffen, dass du dich nicht irrst! Ich würde dir aber raten, die nächsten Fahrten nach London nicht selbst zu unternehmen, sondern abzuwarten, welche Wellen unsere Aktion dort geschlagen hat«, riet Gartz und kam dann auf ein anderes Thema zu sprechen. »Was machen wir mit ihr?«

»Du meinst unseren Gast?«, fragte Simon.

»Unsere Gefangene! Denn das ist sie, und als solche stellt sie sich auch an.«

Gartz klang bedrückt, denn bis jetzt war es weder ihm noch Simon gelungen, auch nur ein vernünftiges Wort aus der braunhäutigen Frau herauszuholen. Sie hockte unten in der Kammer, die man ihr zugewiesen hatte, benützte den Abtritt am Heck des Schiffes und aß, was man ihr vorsetzte. Das war aber auch schon alles.

»Wir sollten es noch einmal versuchen«, entfuhr es ihm.

»Was?«

Gartz sah Simon bittend an. »Mit ihr zu sprechen! Sie ist doch ein Mensch und muss laut unseren Befreiten die englische Sprache verstehen.«

Simon fand, dass er Pieter das Ruder überlassen konnte, und stieg den Niedergang hinab. Gartz folgte ihm so hastig, dass sie beinahe zusammengestoßen wären.

»Was meinst du? Sollten wir sie nicht besser nach oben holen? Vielleicht fühlt sie sich dort besser«, fragte er.

Simon lachte kurz auf. »Oder sie springt gleich über Bord, um ans Ufer zu schwimmen!«

»Das wollen wir nicht hoffen.« Gartz wartete, bis Simon die Tür zu der Kammer geöffnet hatte, und steckte den Kopf hinein.

»Willst du nicht an Deck kommen? Das Wetter ist herrlich«, sagte er auf Englisch.

Die Frau hob den Kopf und musterte ihn misstrauisch.

»Komm schon!«, rief Simon und machte eine entsprechende Geste.

Als die Frau nicht reagierte, wurde seine Stimme schärfer. »Ich kann meine Matrosen rufen, damit sie dich nach oben schleifen!«

Da setzte die Fremde sich in Bewegung und verließ mit müden Schritten die Kammer. In ihren Augen las Simon Angst und fragte sich, wovor sie sich fürchtete. Die Frau stieg nach oben, suchte sich an Deck eine Ecke, setzte sich und schlang die Arme um die Knie.

Simon blieb vor ihr stehen. »Du heißt Masamba?«

Ein fast unmerkliches Kopfschütteln antwortete ihm.

»Nein?«, fragte er. »Wie heißt du dann?«

»Mabel«, kam es leise zurück.

»Woher stammst du?«, fragte Simon weiter.

Diesmal presste sie die Lippen zusammen.

Während Simon kurz davor war, die Geduld mit ihr zu verlieren, hob Michel Gartz beschwichtigend die Rechte. »Du kannst uns vertrauen! Wir wollen dir nichts Böses.«

»Das soll ich euch glauben?«, antwortete sie mit einem Schnauben.

»Wenn du willst, bringen wir dich nach England zurück«, bot Gartz an, obwohl sie als Frau mit Sicherheit nicht mehr in die Royal Navy aufgenommen würde.

Mabel schüttelte eifrig den Kopf. »Dorthin will ich nicht zurück!«

»Wohin dann?«, bohrte Gartz weiter.

»Eigentlich nirgendwohin!«

Mit einer hilflosen Geste wandte Gartz sich an Simon. »Was sollen wir mit ihr nur machen?«

Simon musterte die junge Frau nachdenklich. Bislang hatte er sie nur einmal in der Morgendämmerung und sonst nur unten in ihrer Kammer im Lampenlicht gesehen. Nun stellte er fest, dass sie ein hübsches Ding war. Ihre Haut war etwas heller als Trinkschokolade, und sie hatte ein ebenmäßiges Gesicht.

Wenn er sie mit nach Hause nahm, würde es Aufsehen erregen, aber gab es eine andere Möglichkeit?, fragte er sich. Als Frau konnte sie weder zur englischen Marine zurück noch auf einem Handelsschiff als Matrose anheuern. Sie in Hamburg einfach von Bord zu jagen, damit sie sehen konnte, wo sie blieb, wollte er auch nicht.

»Jetzt höre mir gut zu!«, sagte er mit schärferem Tonfall. »Entweder wirst du jetzt tun, was ich sage, oder ich lasse dich ins Wasser werfen!«

»Ich kann nicht schwimmen!«, rief sie erschrocken.

»Dann solltest du besser gehorchen. Da wir dich aus dem Wasser gezogen haben, fühle ich mich für dich verantwortlich. Also sag, ob es jemanden gibt, zu dem du zurückwillst?«

Diesmal war das Kopfschütteln eindeutig.

»Du willst also nirgends zurück?«, sagte Simon.

Mabel schüttelte erneut den Kopf.

»Was kannst du?«, fragte er.

»Das verstehe ich nicht!«

»Was kannst du arbeiten? Kannst du nähen, putzen, kochen oder so etwas?«

»Ich kann arbeiten«, kam es leise zurück.

»Was willst du mit ihr machen?«, fragte Gartz.

»Ich überlasse sie Erna! Sie soll sie als Magd anlernen.«

»Mabel ist recht hübsch. Nicht dass deiner Frau dies missfällt und sie sie deshalb schlecht behandelt«, wandte Gartz ein.

Doch auch er sah keine andere Möglichkeit. Die junge Frau war nun einmal auf ihr Schiff geraten, und es gebot allein die Christenpflicht, sich um sie zu kümmern.

8.

Während Simon das Interesse an Mabel schnell verlor, setzte sich Michel Gartz in ihre Nähe und betrachtete sie aufmerksam. Im Licht der Sonne bemerkte er, dass ihre Haare einen rötlichen Schimmer aufwiesen. Er wünschte sich, mehr für sie tun zu können.

»Willst du wirklich nicht sagen, woher du stammst?«, fragte er.

Mabel starrte noch einen Augenblick vor sich hin und sah ihn dann an. »Was werdet ihr mit mir tun?«

Es klang so ängstlich, dass Michel Gartz beschwichtigend die Hand hob. »Der Kapitän will dich seiner Frau als Magd zuweisen.«

»Wie ist es dort?«

»Du wirst es dort gut haben. Frau Erna ist zwar streng mit ihren Mägden, aber auch gerecht. Sie greift nicht sofort zum Stock, wenn du einen Fehler machen solltest, sondern belässt es zumeist bei Ermahnungen.«

Michel Gartz lächelte, denn bei vielen galt Erna Simonsen als harsche Frau. Ihre Mägde und die Matrosen der Schiffe ihres Mannes verehrten sie jedoch, weil sie für alle Verständnis aufbrachte.

»Ich will auch arbeiten, wenn man mich in Ruhe lässt«, sagte Mabel leise.

Michel Gartz hob erstaunt den Kopf. »Wie meinst du das?«

Statt Antwort zu geben, senkte Mabel den Kopf.

»Du musst mir schon sagen, was mit dir ist, damit ich dir helfen kann. So könnte ich mit Frau Erna reden, damit sie es dir leichter macht.«

Mabel musterte den nicht mehr ganz jungen Mann. Er war ein wenig kleiner als sie, hatte ein spitzes Gesicht und war gewiss nicht hübsch zu nennen. Sein Blick aber war freundlich, und wenn er lächelte, tat er es ohne Arg. Sie hatte es schon anders erlebt. Bei dem Gedanken schüttelte es sie.

Michel fasste nach ihrer Schulter. »Was ist mit dir?«

»Erinnerungen!«, flüsterte Mabel.

Mühsam streifte sie die Bilder ab, die sich in ihrem Kopf sammelten. Gleichzeitig sagte sie sich, dass sie in der Fremde jemanden brauchte, der ihr beistehen konnte, und fragte sich, ob dieser Mann dazu bereit war.

»Wer bist du?«, fragte sie.

»Ich bin Michel Gartz, Zahlmeister auf der *Scharhörn*, und stehe in Diensten des Kapitäns und Schiffseigners Simon Simonsen. Ihm gehören noch zwei weitere Schiffe, aber das hier ist das größte.«

Die einzelnen Begriffe sagten Mabel wenig, dennoch begriff sie, dass Michel kein einfacher Matrose sein konnte und dessen Herr kein armer Mann. »Wie ist dein Kapitän?«, fragte sie weiter.

»Er ist ein sehr guter Seemann, der beste, den ich kenne!«

»Und sein Weib?«

»Wie ich schon sagte: streng, aber gerecht.«

Mabel nickte nachdenklich. »Das ist besser, als wenn sie freundlich, aber ungerecht wäre.«

»So ist es!«, gab Michel lachend zurück. »Aber nun zu dir: Was hast du gelernt? Ich würde es gerne wissen, um es Frau Erna mitteilen zu können. Sie soll dich nicht für Dinge strafen, die du aus Unwissenheit falsch machst.«

Mabel atmete tief durch und blickte über das Heck des Schiffes hinaus nach Norden, wo die See allmählich hinter ihnen verschwand. Es verriet ihr, dass ihr ein neuer Lebensabschnitt bevorstand und sie sich in eine völlig andere Umgebung würde einfinden müssen. Da war es besser, einen Freund zu haben, der einem helfen konnte.

»Wenn du willst, erzähle ich dir meine Geschichte«, sagte sie leise.

»Gerne.« Michel beugte sich leicht vor und fasste nach ihrer Hand. »Wenn du nicht willst, dass ich sie weitererzähle, ist sie bei mir gut aufgehoben.«

»Ich weiß nicht …« Mabel wiegte den Kopf, zuckte dann aber mit den Achseln. »Vielleicht erzählst du es dem Kapitän oder noch besser seiner Frau!«

»Ich glaube, Letzteres reicht«, antwortete Michel, da er nicht glaubte, dass Simon sich für Mabels Vergangenheit interessieren würde.

Mabel schluckte kurz und begann dann zu erzählen. »Geboren wurde ich in Virginia auf einer Tabakplantage. Meine Mutter ist auch schon dort geboren worden. Wer mein Vater war, sagte sie nie. Da ihre Haut aber dunkler war als die meine, muss es wohl ein Mann aus der Familie des Plantagenbesitzers oder einer seiner weißen Vorarbeiter gewesen sein.«

»Du bist eine Sklavin?«, fragte Michel überrascht und hätte sich im nächsten Augenblick selbst ins Gesicht schlagen können, da Mabel ein so erschrockenes Gesicht machte, als hätte er angedroht, sie ihrem Besitzer zurückzugeben.

»Hier bei uns ist das sowieso belanglos«, beeilte er sich zu versichern.

»Gibt es bei euch keine Sklaven?«

»In einzelnen Fällen mag es sein, dass ein hoher Herr sich eine Sklavin aus dem Orient besorgt hat oder einen Sklaven als Pagen hält. Doch im Allgemeinen gibt es hier keine.«

»Ich werde also frei sein?«, fragte Mabel hoffnungsvoll.

»So frei wie Frau Ernas andere Mägde. Die können, wenn es ihnen nicht mehr passt, den Dienst aufsagen und sich eine neue Stelle suchen.«

»Das meine ich mit Freiheit!«

Zum ersten Mal, seit sie an Bord war, huschte ein Lächeln über Mabels Lippen. »Doch lass mich weitererzählen. Du hast eben von einem schwarzen Pagen gesprochen. Die Ehefrau meines Herrn wollte ebenfalls einen haben. Es gab ziemlich Streit zwischen dem Paar, denn er war sehr eifersüchtig und sagte, er dulde keinen schwarzen Bock in ihrem Schlafzimmer.

Um sie zufriedenzustellen, hat man mir die Haare abgeschnitten und mich in eine Livree gesteckt, so dass es so aussah, als besäße meine Herrin wirklich einen schwarzen Pagen. Ich war damals elf Jahre alt.«

»Das ist ein eigenartiges Schicksal«, rief Michel erstaunt.

»Es ist noch nicht alles«, fuhr Mabel fort. »Es ging einige Jahre so. Dann gab es Streit in der Gegend. Die einen hielten zu King George, andere ergriffen die Waffen, um gegen dessen Soldaten zu kämpfen. Mein Herr gehörte zu Ersteren und kämpfte als Offizier für die Briten. Einige seiner Nachbarn, die es mit den Rebellen hielten, nahmen dies zum Anlass, nachts unsere Plantage zu überfallen. Sie waren betrunken und …«

Mabel verstummte und sah Michel mit einem Blick an, in dem noch das Entsetzen stand, das sie damals erfüllt hatte.

»Was sie mit der Missus und einigen Sklavinnen gemacht haben, will ich lieber verschweigen. Die Sklaven, die fliehen wollten, wurden von ihnen erschossen und die, die sie einfangen konnten, unter ihnen als Beute aufgeteilt. Die Missus wurde zuletzt umgebracht, nachdem sie vieles hatte erdulden müssen.«

»Und was ist mit dir passiert?«, unterbrach Michel sie.

»Ich habe mich zusammen mit dem alten Harry, der für die Kampfhahnzucht des Herrn verantwortlich war, in einem Erdloch versteckt. Am Tag hätten sie uns wahrscheinlich gefunden, doch die Männer sind, nachdem sie alle Gebäude angezündet hatten, noch vor dem Morgengrauen wieder verschwunden. Der alte Harry und ich haben die Missus und die anderen Toten begraben und sind davongelaufen.«

Mabel lächelte schmerzhaft und erklärte, dass sie schließlich an eine Bande von entflohenen Schwarzen und weißen Deserteuren geraten seien.

»Uns blieb nichts anderes übrig, als bei diesen Kerlen zu bleiben. Da Harry Angst hatte, es könne mir übel ergehen, wenn ich als Mädchen erkannt werden würde, machte er den anderen weis, dass ich ein frisch aus Afrika geholter Häuptlingssohn wäre, der bereits mehrere Männer mit dem Messer abgestochen hätte.«

Mabel lachte hart auf. »Sie glaubten es sogar und haben es später weitererzählt, als wir von einer britischen Patrouille aufgestöbert und gefangen genommen wurden. Sie haben uns eingesperrt, brauchten aber Matrosen für ihre Schiffe, und so kam ich auf die *Eurymachos*. Mein Ruf brachte es mit sich, dass man mich dort in Ruhe ließ. Wenig später kehrte die *Eurymachos* nach England zurück und überfiel das Schiff mit euren Männern, um mit den Gepressten die während der Überfahrt aufgetretenen Verluste auszugleichen. Und jetzt bin ich hier.«

»Das ist eine wilde Geschichte!«, sagte Michel. »Frau Erna wird sie gewiss gerne hören wollen.«

»Solange sie mich nicht schlägt, ist es gut. Meine Herrin war nämlich der Ansicht, dass ein Sklave einmal im Monat die Peitsche braucht, um seinen Gehorsam zu erhalten. Auch wenn sie nie so hart zugeschlagen hat, dass Narben geblieben wären, so war es doch jedes Mal beschämend, mich vor ihr ausziehen und ihr den Hintern entgegenstrecken zu müssen, damit sie ihn, wie sie es nannte, mit der Peitsche streicheln konnte.«

»Das wird dir bei Frau Erna nicht passieren«, versprach Michel und sah für einen Augenblick auf das noch in einer Hose steckende Gesäß der jungen Frau. Er begriff, dass Mabel auf der *Eurymachos* ihr Geschlecht nicht mehr lange hätte verbergen können. Mit einem Mal war er froh, dass sie sie an Bord hatten nehmen können, und streckte ihr die Rechte hin.

»Ich verspreche dir, alles zu tun, damit du in Zukunft ein besseres Leben führen kannst.«

9.

Jörgen Mensing, Kapitän und Schiffseigner aus Hamburg, bemühte sich, eine unbeteiligte Miene beizubehalten, während der englische Zollbeamte den vollen Laderaum seiner *Antares* musterte und seinen Helfern befahl, hier und dort Fässer oder Säcke zu öffnen.

Es war ein Spiel, welches er seit Jahren trieb, und das mit gutem Erfolg. Mit einem gewissen Spott dachte er an seinen Rivalen Simon Simonsen, der es mit Mühe und Not zu drei Schiffen gebracht hatte, von denen alle kleiner waren als seine *Antares* und seine *Aldebaran.* Nur ein einziges seiner Schiffe wies eine geringere Traglast als Simonsens *Scharhörn* und die *Trischen* auf, und das war die *Algol,* die er als *Paula* von seinem Schwiegervater übernommen hatte.

Auch wenn Simonsen mittlerweile eine gewisse Rolle in Hamburg spielte, so war er doch der Reichere und galt bei den Bewohnern mehr. Um diesen Vorsprung zu halten, schmuggelte er wertvolle Waren an den Nasen der Zollbeamten vorbei in die einzelnen Häfen. Bis jetzt war es ihm gut gelungen, und auch an diesem Tag fand der Beamte, seiner miesepetrigen Miene nach zu urteilen, gar nichts.

»Sie haben Kuhhäute, Talg, Flachs, Getreide und Bier geladen?« Es klang wie eine Frage, auf die es für Mensing nur eine Antwort gab.

»Sie haben die Ladung Leder vergessen und die beiden kleinen Fässer spanischen Branntweins.«

»Branntwein? Wo?«, fragte der Zöllner.

Mensing wies auf zwei Fässer. »Dort stehen sie! Ich musste sie in Bilbao als Restzahlung übernehmen und habe unterwegs vergessen, dass ich sie an Bord hatte. Jetzt will ich sie endlich loswerden!«

Noch während er es sagte, wies der Beamte einen seiner Helfer an, das Fass anzustechen und eine Probe von dem Branntwein zu nehmen.

»Ich muss nachsehen, ob es wirklich spanischer Branntwein ist oder doch echter Cognac«, sagte er zu Mensing.

Dieser verkniff sich ein Grinsen. Natürlich hatte er auch Cognac an Bord. Das war aber nichts, das den Zöllner etwas anging, ebenso wenig die Pelze, die unter den Kuhhäuten versteckt lagen, oder der Bernstein unter dem Doppelboden im Vorschiff.

Mensing sah zu, wie der Beamte sich den Becher reichen ließ, kurz daran schnupperte und einen Schluck trank. Sofort verzog er angewidert das Gesicht. »Bei Gott, was ist das für ein elendes Zeug!«

»Was die Spanier halt so trinken«, antwortete Mensing entspannt.

Der Zolloffizier ließ auch das zweite Fass öffnen. Diesmal bestimmte er, dass einer seiner Männer den Schnaps probierte. Dessen Gaumen war weniger empfindlich als der seines Vorgesetzten, und er leerte den Becher mit Genuss.

»Und? Ist es Cognac?«, fragte der Zöllner.

»Weiß nicht! Schmeckt nicht übel«, antwortete sein Untergebener.

Ärgerlich befahl der Offizier diesem, ihm den Becher zu reichen, und roch daran. »Bäh, es ist dasselbe grässliche Gesöff wie in dem anderen Fass«, urteilte er und wies seine Männer an, wieder nach oben zu steigen.

»Ich werde mir jetzt die Schiffspapiere ansehen«, sagte er zu Mensing.

»Gerne! In meiner Kajüte habe ich übrigens einen guten Cognac. Nur ein kleines Fässchen für mich und die Herren bestimmt, denen ich ein Glas davon gönne.«

Damit war das Eis gebrochen. Der Zöllner folgte Mensing nach oben, zeichnete in dessen Kajüte die Frachtpapiere ab und ließ sich mehr als ein Glas guten Cognacs schmecken.

10.

Kaum waren die Zöllner von Bord und das Schiff freigegeben, erschienen auch schon die ersten Fuhrwerke, um die Fracht abzu-
transportieren. Mensing war froh, dass Ebenezer Bartlett einen
eigenen Anleger an der Themse besaß. Daher musste die *Antares*
nicht im Fluss ankern und umständlich mit Schuten entladen werden. Da die Zollkontrolle vorbei war, achtete niemand mehr auf
die Fracht. Dennoch war Mensing vorsichtig genug, zu Beginn nur
Waren abtransportieren zu lassen, die auch in den Schiffspapieren
standen. Die wertvollen Güter würden später folgen.

Am späten Nachmittag zog Mensing seinen besten Rock an,
steckte zwei mit Edelsteinen besetzte Ringe an die Finger und ließ
eine Sänfte holen, deren Träger ihn zu Ebenezer Bartletts Haus
brachten. Bartlett House, wie der Besitzer es stolz nannte, stachelte
auch diesmal wieder seinen Neid an. So, sagte er sich, wollte er
auch einmal wohnen. Doch bis dahin war es noch ein weiter Weg.

Seit seinem letzten Besuch hatte Ebenezer Bartlett die Ein-
gangshalle umbauen lassen. Eine neue, gewundene Treppe führte
nach oben, getragen von einer riesigen Statue, die wohl Atlas dar-
stellen sollte. Mensing beschloss, sich den Namen zu merken und
sein sechstes Schiff, welches er in spätestens einem Jahr bei der
Werft in Auftrag geben wollte, so zu nennen.

Bartletts Haushofmeister empfing ihn höflich, wirkte aber verändert. Fast hatte Mensing den Eindruck, der Mann würde ihn am
liebsten abwimmeln.

»Guten Tag!«, grüßte er. »Ist Mister Ebenezer Bartlett zu sprechen?«

»Bedauere, Mister Bartlett fühlt sich nicht wohl und hat sich für
die Nacht zurückgezogen«, antwortete der Haushofmeister.

»Wie ist es mit Mister Samuel Bartlett? Kann er mich empfangen?«

»Ich werde nachfragen!« Mit diesen Worten drehte sich der Haushofmeister um und verschwand.

Mensing trat an eines der Fenster und blickte hinaus. Was für eine Stadt!, dachte er angesichts der stolzen Patrizierhäuser, die die Straße säumten. Dagegen war Hamburg trotz aller Betriebsamkeit ein kleiner Provinzhafen. Nun, so klein auch wieder nicht, schränkte er für sich ein. Im gesamten Heiligen Römischen Reich Deutscher Nation gab es keine Hafenstadt, die Hamburg nur annähernd gleichkam. Auch Altona nicht, das sich in Sichtweite Hamburgs der Privilegien der dänischen Könige erfreute. Der Versuch, Hamburg als Haupthafen für das Reich zu übertreffen, scheiterte jedoch schon daran, dass Hamburg ebenfalls Privilegien besaß, die ihm von früheren Kaisern und Königen verliehen worden waren. Dazu trieben die Fürsten der umliegenden Länder lieber mit Hamburg Handel, weil es als Reichsstadt keine territorialen Ansprüche stellte, während man Christian VII. von Dänemark zutraute, als Ersatz für die an Schweden verlorenen Gebiete östlich des Öresunds nach weiteren Ländereien im Reich zu schielen.

Mensing hinderte dies nicht daran, auch für dänische Kaufleute zu fahren. Allerdings unterließ er es, in Altona Waren an Bord zu nehmen. Das hätten ihm die hohen Herrschaften in Hamburg arg übel nehmen können.

Samuel Bartletts Erscheinen beendete Mensings Gedanken, und er ging lächelnd auf seinen Gesprächspartner zu.

»Es freut mich, Sie zu sehen!«

»Ich freue mich auch, Sie zu sehen!«, antwortete Bartlett, behielt jedoch seine ernste Miene bei.

»Kommen Sie mit!«, forderte er seinen Gast auf und ging ihm voraus.

Zu Mensings Verwunderung führte er ihn nicht in Bartletts Kontor, sondern in einen nicht allzu großen Raum, der mit Schiffsmodellen, Seekarten und einigen Bildern ausgestattet war. Dazu gab es einen Tisch mit dunkel gebeizter Holzplatte, vier Stühle mit Lederpolstern und eine Anrichte, aus der Bartlett zwei Gläser und eine bauchige Flasche holte.

»Einen Schluck Whiskey gefällig? Er stammt aus meiner Heimat. Aber wenn unsere Truppen dieses Rebellengesindel nicht bald zur Räson bringen, werde ich doch noch auf Cognac umsteigen müssen.«

»Gern!« Mensing wartete, bis sein Gastgeber die Gläser gefüllt hatte, nahm eines entgegen und musterte Sam Bartlett fragend.

»Geschieht hier etwas Besonderes? Sie wirken so ernst, und der Haushofmeister sah aus, als wäre ihm sein geliebtes Eheweib gestorben.«

»Was nicht sein kann, da er unverheiratet ist«, antwortete Bartlett mit leichtem Spott und sah Mensing sichtlich zufrieden an.

»Mein Schwiegervater ist gerade dabei, diese Welt zu verlassen! Es kann sein, dass ich bereits morgen der Herr dieses Handelshauses und der dazugehörigen Schiffsflotte bin.«

»Meinen Glückwunsch! Dann haben Sie alles erreicht, was Sie wollten«, sagte Mensing mit mühsam verborgenem Neid.

»Alles noch nicht!«, wehrte Bartlett ab. »Ich brauche noch eine Verbindung zum Adel. Aber das hat noch Zeit, da mein Sohn gerade erst fünf Jahre alt ist.«

»Sie wollen ihn mit einer Dame von Adel verheiraten?«, fragte Mensing verwundert.

»Es wird nicht leicht werden und auch nicht billig, aber es könnte sich lohnen.«

Wieso das?, wollte Mensing schon fragen, dachte dann aber, dass er England nicht mit Hamburg vergleichen durfte. Hatten dort die reichen Kaufleute und Schiffseigner das Sagen, so waren es hier immer noch die Dukes, Marquess und Earls. Für einen Handelsherrn war die Verwandtschaft mit einem adeligen Haus ein Segen, denn er konnte dadurch Geschäfte abschließen, die ihm sonst unmöglich gewesen wären.

»Nun, dann wünsche ich das Beste für Sie!«, sagte Mensing und kämpfte gegen einen weiteren Neidanfall.

Dann aber winkte er innerlich ab. Samuel Bartlett entstammte einer Sippe wohlhabender Kaufleute und hatte zudem die Tochter seines Onkels heiraten können, während er sich selbst aus kleinsten Verhältnissen hochgearbeitet hatte. Außerdem würde auch er noch höher aufsteigen.

»Wie war die Fahrt?«, fragte Bartlett, den der Ertrag, den er mit Mensings Waren erzielen konnte, weitaus mehr interessierte als eine mögliche Heirat seines Sohnes, die frühestens in knapp zwanzig Jahren stattfinden konnte.

»Das Schiff wurde heute Mittag vom Zoll freigegeben. Die ersten Wagen mit Teilen der Fracht sind bereits unterwegs«, erklärte Mensing.

»Sehr gut! Und was ist mit den speziellen Waren?«

Mensing lächelte süffisant. »Der Zoll hat alles kontrolliert und nichts Illegales gefunden.«

»Was haben Sie dabei?«, wollte Bartlett wissen.

»Bernstein, Pelze und Cognac.«

»Sehr gut! Diese Fracht sollte morgen früh ausgeladen werden. Ich schicke meine besten Männer.«

Bartlett war zufrieden, da Mensing seinen Schmuggel nicht mit einer Handvoll Bernstein, ein paar Pelzen und zwei oder drei kleinen Fässchen Cognac betrieb, sondern in einer Menge, die sich auch für ihn lohnte.

»Die Männer sollen aber vorsichtig sein! Nicht dass Stichproben gemacht werden«, mahnte Mensing.

Samuel Bartlett lächelte. Er kannte die höheren Chargen beim Zoll und war mit den meisten von ihnen befreundet. Ein Wagen, der das Bartlett-Zeichen trug, wurde niemals durchsucht.

11.

Erna Simonsen blickte etwas verwundert auf die junge Frau, die ihr Ehemann förmlich vor sich herschob. Es war ein hübsches Ding, braunhäutig und mit Haaren, die im Licht, das durch die Fenster hereinfiel, leicht rötlich schimmerten. Im Augenblick aber wirkte sie ängstlich und sah sich zu Michel Gartz um, der den beiden folgte.

»Seid ihr gut zurückgekommen?«, fragte Erna und legte die Hand auf den Arm ihres Mannes. Ihn umarmen wollte sie erst dann, wenn sie allein waren und ihre Herzen sprechen lassen konnten.

»Es gab ein paar Schwierigkeiten! Ich werde dir später davon berichten«, antwortete Simon und wies auf Mabel. »Wir haben sie aus dem Wasser gezogen und mussten sie mitnehmen. Was es mit ihr auf sich hat, soll dir Michel Gartz erzählen. Er hat sich um sie gekümmert.«

»Der Kapitän meinte, ich solle es tun.« Michel lächelte etwas verkrampft, als er seinen Bericht begann. »Also, das ist Mabel. Sie kommt aus Virginia. Ich habe vorgeschlagen, sie könnte als Magd bei Ihnen bleiben, Frau Simonsen.«

Erna musterte die exotische Schönheit und warf ihrem Mann einen Blick zu. Dieser kümmerte sich jedoch nicht um seinen Fund, sondern äugte zur Tür, als erwarte er jemanden.

Mit einem Lächeln nickte sie schließlich. »Wenn sie anstellig ist, kann sie bleiben.«

»Sie muss erst unsere Sprache lernen. Sprechen Sie Englisch?«, fragte Michel, da dies eine Kunst war, die nicht viele Frauen beherrschten.

»Ich kann es besser schreiben als sprechen«, sagte Erna. »Schon zu der Zeit, in der mein Vater noch selbst zur See gefahren ist, musste ich für ihn Geschäftsbriefe beantworten, und deswegen eignete ich mir diese Sprache an.« Einfach war es nicht gewesen, denn sie hatte bei unterschiedlichen Lehrerinnen und Lehrern Unterricht genommen. Am meisten hatte sie jedoch von einer ehemaligen Hure gelernt, die ihr Geld zusammengehalten und sich einen Ausschank nahe am Hafen gekauft hatte, sowie von einem Freund ihres Großvaters, bei dem sie sich das geschäftliche Rüstzeug angeeignet hatte.

»Schreiben und lesen wird Mabel wohl nicht können«, sagte Michel bedauernd.

»Dann muss sie es lernen!«, antwortete Erna kühl. »Allerdings sollten Sie dafür sorgen, dass sie so rasch wie möglich unsere Sprache lernt. Ihr bleibt doch gewiss ein paar Wochen hier?«

»In zwei Wochen hoffe ich wieder auf See zu gehen«, warf Simon ein, der der Unterhaltung mit halbem Ohr gefolgt war. Nun wurde seine Aufmerksamkeit von einem kleinen Bürschchen eingefordert, das mit einem großen Schiffsmodell in den Händen hereinschoss.

»Na, Jakob, mein Kleiner, was hast du da Schönes?«, fragte Simon, während er den Jungen samt Schiff hochhob.

»Das ist die *Mellum*«, erklärte der Kleine stolz.

Simon lächelte. »Ist es nicht ein bisschen zu groß dafür? Immerhin hat sie drei Masten und unsere Schiffe nur zwei!«

Mit seinem Schwiegervater zusammen hatte er sich bereits überlegt, ein viertes Schiff zu kaufen oder bauen zu lassen. Dieses Schiff sollte jedoch so werden wie die *Scharhörn,* die sich ausgezeichnet für die Handelsfahrt in Ost- und Nordsee eignete. Ein Schiff, das nach diesem Modell erbaut würde, fasste die doppelte Ladung und war nur für den Transport zwischen den ganz großen Hafenstädten geeignet.

Unterdessen kam Hauke Lüders herein. Er war in der letzten Zeit ein wenig krumm geworden und ging auch seit drei Jahren nicht mehr auf Fahrt, war aber als Ratgeber für Simon immer noch unverzichtbar.

»Da seid ihr ja wieder!«, meinte der Alte bärbeißig, sah dann Mabel und schüttelte den Kopf. »Wo habt ihr denn die her?«

»Aus dem Meer geangelt, auch wenn es keine Seejungfrau ist«, antwortete Michel Gartz fröhlich.

»Ihr werdet schon erzählen, wie ihr zu diesem Wesen gekommen seid. War die Fahrt erfolgreich?«

»Es gab ein paar Probleme. Aber wir haben Holten, Fedders und Glick mitgebracht. Vornfett ist leider zuvor bei einem Unfall ums Leben gekommen.«

Sowohl Erna wie auch ihr Vater begriffen, dass mehr vorgefallen sein musste, als sie diesen paar Sätzen entnehmen konnten.

»Darüber reden wir heute Abend bei einem Glas Bier. Sie sind ebenfalls dazu eingeladen, Gartz«, sagte Hauke Lüders.

»Gartz wird in den nächsten Tagen noch öfter hier sein, um der neuen Magd beizubringen, was sie hier zu tun hat«, setzte Erna hinzu und wies auf ein Gestell an der Wand, an dem mehrere Bierkrüge hingen.

»Sagen Sie ihr, sie soll drei davon holen und auf den Tisch stellen!«, forderte sie Gartz auf und hörte genau zu, wie er die englischen Worte betonte, als er Mabel den Befehl übersetzte.

Diese eilte sofort zu dem Gestell und kehrte mit drei Krügen zurück.

»Sie scheint recht anstellig zu sein! Das Bier aber werde besser ich einschenken. Sie soll zusehen, damit sie es lernt.«

Erneut übersetzte Michel, und so gab Mabel ganz genau acht, als Erna mit den Krügen zu einem kleinen Fass ging, das in der Ecke stand, und den Zapfhahn drehte. Da sie als Page ihre Herrin hatte bedienen müssen, glaubte sie, auch Erna zufriedenstellen zu können. Natürlich würde sie das eine oder andere Mal Fehler machen und dafür Schläge bekommen. Doch wenigstens musste sie hier nicht wie auf der *Eurymachos* Angst davor haben, von unangenehmen Kerlen als Frau erkannt und in eine Ecke gezerrt zu werden.

Der erste Schluck Bier nach der langen Reise schmeckte gut, und Simon sagte sich, dass er sich einen zufriedenen und sogar glücklichen Menschen nennen konnte. Er war wohlhabend, hatte eine hübsche Frau, die nicht nur das Herz am richtigen Fleck trug, sondern auch eine wertvolle Hilfe bei seinen Geschäften war. Mit Jakob hatte er einen munteren Sohn, in dessen Adern bereits jetzt Seemannsblut floss. Ein wenig bedauerte er, dass nach Jakob keine weiteren Kinder gekommen waren. Er hätte gerne noch einen zweiten Sohn gehabt oder auch eine Tochter, die zu einem Ebenbild ihrer Mutter hätte heranwachsen können. Doch noch war alles möglich, dachte er, während er Frau und Schwiegervater fragte, was während seiner Abwesenheit in Hamburg alles geschehen wäre.

»Das Übliche!«, antwortete Hauke Lüders. »Im Grunde ist es nicht der Rede wert. Schiffe kommen und gehen, nun ja, manche gehen auch und kommen nicht wieder. Doch so ist das Leben. Die See gibt und die See nimmt. Uns bleibt nur, uns Gottes Ratschluss zu beugen.« So, als wären ihm seine eigenen Worte zu düster, lächelte er. »Ich freue mich, dass ihr gut zurückgekommen seid und wenigstens drei unserer Matrosen mitgebracht habt. Die Engländer werden jetzt wissen, dass sie mit uns Hamburgern nicht so umspringen können wie die Sau mit dem Bettelsack.«

»Ich glaube, das haben einige von denen gelernt«, antwortete Simon und dachte an Admiral Cage, Lieutenant Smyth und den Kapitän der *Eurymachos*.

Hauke Lüders wies auf das Schiffsmodell, das er seinem Enkel abgenommen und auf den Tisch gestellt hatte. »Was sagst du dazu?«

»Es ist ein außerordentlich schönes Schiff, aber zu groß für uns«, antwortete Simon mit einem bewundernden Blick auf das Modell. »Ich möchte die *Mellum* im Herbst nach dem Vorbild der *Scharhörn* in Auftrag geben. Die Größe passt, und wir können damit alle Häfen anfahren, zu denen wir Fracht hinbringen oder abholen sollen.«

»Weißt du, Simon«, begann sein Schwiegervater etwas zögerlich. »Ich bin vor knapp zwei Wochen aufgewacht und habe mich gefragt, was sein wird, wenn es den Engländern nicht gelingt, die Rebellion in ihren amerikanischen Kolonien niederzuschlagen. Was ist, wenn die Gebiete dort einen eigenen Staat bilden? Bis jetzt bestehen die Engländer darauf, dass nur ihre Handelsschiffe Waren von dort nach Europa bringen und wir und andere Handelsleute auf dem Kontinent sie nur in englischen Häfen an Bord nehmen dürfen. Sind Virginia, Pennsylvanien und die anderen Kolonien jedoch unabhängig, wird sich das ändern. Dann können auch wir Schiffe nach Boston, New York, Baltimore und Norfolk entsenden und dadurch das Geld verdienen, welches die Engländer jetzt noch als Zwischenhändler einsacken.«

Hauke Lüders hatte sich in eine Begeisterung hineingeredet, die Simon ihm ungern verderben wollte. Trotzdem brachte er einen Einwand. »England ist viel zu stark! Es hat Tausende Soldaten aus Hessen-Kassel, Braunschweig, Brandenburg-Ansbach und anderen deutschen Ländern angemietet und verfügt über die mächtigste Kriegsflotte der Welt. Wie sollen sich ein paar schlecht bewaffnete und ausgerüstete Freischaren aus den Kolonien dagegen behaupten?«

»Wer weiß! Der Krieg, von dem alle angenommen haben, er wäre in wenigen Wochen vorbei, hält nun schon seit Jahren an. Wäre es so leicht gewesen, die Kolonisten niederzuringen, müssten die Engländer nicht Fässer voller Goldmünzen nach Kassel, Braunschweig und Ansbach schicken, damit diese ihnen weitere Soldaten zur Verfügung stellen.«

Hauke Lüders hatte in seinem Leben schon etliches erlebt, was zuvor als unmöglich erachtet worden war, so dass er sich einen Sieg der Kolonisten, die von dem ehemaligen Milizoffizier Washington angeführt wurden, über die Truppen König Georgs von England vorstellen konnte.

»Auf jeden Fall«, sagte er, »habe ich Anfang der Woche die *Mellum* nach diesen Plänen in Auftrag gegeben.«

Auch wenn Hauke Lüders noch immer ein gewichtiges Wort mitzusprechen hatte, hätte er eine solche Entscheidung nicht ohne Rücksprache mit Simon treffen dürfen. Dieser kämpfte mit seinem Ärger und spürte auf einmal die Hand seiner Frau auf der Schulter.

»Mögen sich die amerikanischen Kolonien befreien oder nicht. Du hast dann wenigstens ein Schiff, das selbst Jörgen Mensings *Antares* in den Schatten stellt.«

Ernas Worte brachten Simon gegen seinen Willen zum Lachen. »Bei Gott, du hast recht! Wer weiß, vielleicht überquert die *Mellum* doch den Atlantik und dringt vielleicht sogar bis in den Stillen Ozean und das Indische Meer vor.«

»Darauf sollten wir trinken!«, rief Hauke Lüders und forderte Mabel auf, ihm seinen Krug neu zu füllen.

Froh, dass es in diesem Haushalt doch jemanden gab, der ihre Sprache verstand, gehorchte die junge Frau, während Simon seinem Sohn, der eben seinen Bierkrug zu sich hingezogen hatte und daran nippte, mit dem Finger drohte.

»Bis man auch dir einen Bierkrug hinstellt, werden noch einige Jahre vergehen. Erst einmal musst du in der Schule Lesen, Schreiben und Rechnen lernen!«

»Ich will Matrose werden!«, antwortete der Kleine, der wenig Sinn darin sah, eine Schule zu besuchen und sich von einem Lehrer mit dem Rohrstock auf die Finger hauen zu lassen.

»Du wirst Matrose werden, aber erst, wenn du dir das nötige Rüstzeug angeeignet hast, um später auch deine Aufgaben als Steuermann und Kapitän erfüllen zu können. Dafür musst du in die Schule gehen. Und ich rate dir, lerne gut!«

Auch wenn Simon lächelte, begriff Jakob, dass er sich Mühe würde geben müssen. Doch um ein richtiger Seemann und Kapitän zu werden, war er dazu bereit.

FÜNFTER TEIL

SCHARFE WINDE

1.

LONDON IM JAHR 1793

Jörgen Mensing warf einen Blick durch den Saal und war zufrieden. Obwohl das Fest nur als kleine Familienfeier gedacht war, hatte sein Freund Samuel Bartlett fast fünfzig Gäste hier versammelt. Mit einigen davon trieb er bereits Handel, andere zählten zur englischen Aristokratie und verliehen dem Fest besonderen Glanz. Sein spezielles Interesse galt dem Mann, der zur rechten Seite des Gastgebers saß und von diesem besonders geehrt wurde.

Humphrey Hutton of Huttonsfield war Earl und zählte zu den Hochadligen, die sich im Allgemeinen über Kaufleute weit erhaben fühlten. Allerdings hatte Lord Humphrey in seinen jungen Jahren zu gut gelebt. Er nagte zwar nicht direkt am Hungertuch, war aber auch nicht in der Lage, seine Tochter Ellinor mit der Mitgift auszustatten, die einen Herrn aus höchsten Gesellschaftsschichten dazu bewegen würde, sich um sie zu bewerben. Samuel Bartlett hatte daher beschlossen, das Mädchen für seinen Sohn Zechariah zu erringen. Seine Chancen standen gut, denn er konnte Lord Humphrey mit viel Gold ködern, mit dem dieser seinen Besitz wieder in die Höhe bringen konnte.

Für eine genügend große Summe also war ein Lord bereit, seine Tochter mit einem Krämer zu verheiraten, dachte Mensing. Samuel Bartlett und er waren Männer der Tat und hatten seit zwanzig Jahren alles unternommen, um reich und noch reicher zu werden. Für Menschen wie Lord Hutton, die es nicht einmal schafften, ihr Vermögen auf gleichbleibender Höhe zu halten, hatte er nur Verachtung übrig. Allerdings galt ein Earl of Huttonsfield in diesem Land dennoch weitaus mehr als ein Samuel Bartlett, auch wenn dieser ein mindestens fünfmal so großes Vermögen besaß.

Lord Hutton schien durchaus bereit, seine Tochter an Bartlett zu verschachern. Da die Festlichkeit als familiär bezeichnet worden war, hatte er das Mädchen mitgebracht, obwohl es erst siebzehn Jahre zählte und noch nicht in die Gesellschaft eingeführt worden war. Nun saß Ellinor – mit ihrem länglichen Gesicht und den vorstehenden Zähnen nicht gerade eine Schönheit – neben dem ein Jahr älteren Zechariah und bemühte sich, ihren hohen Rang zu betonen.

Einer eigenen Tochter hätte Mensing bei einem solchen Betragen vor allen Leuten eine Ohrfeige versetzt, doch Lord Humphrey saß nur blöde glotzend dabei und lobte gerade die Güte des Weines, den Bartlett auftischen ließ.

Da Ellinor Hutton an dem Fest teilnehmen durfte, hatte Bartlett seiner Tochter Heather dies ebenfalls erlaubt. Das Mädchen war im gleichen Alter wie die junge Lady, saß aber schüchtern auf seinem Stuhl und brachte kaum ein Wort heraus.

So soll ein junges Mädchen sein, fand Mensing und schmiedete seine eigenen Pläne. Ein wenig bedauerte er, seinen Sohn Derek nicht mitgebracht zu haben. Obwohl dieser erst neunzehn Jahre zählte, hatte er ihm bereits ein eigenes Schiff anvertraut. Um zu verhindern, dass Derek einen Fehler beging, stand ihm Nils Nilsen als Steuermann zur Seite.

Einen Augenblick galten Mensings Gedanken dem Schiffbruch der *Schwan* vor etwas mehr als zwanzig Jahren. Er war trotzdem reich geworden. Allerdings hatte sein Rivale Simon Simonsen dies ebenfalls geschafft. Er ärgerte sich, weil der Mann die Zeichen der

Zeit eher erkannt hatte als er und bereits große Handelsschiffe hatte bauen lassen, als er noch gezögert hatte. Nun besaß Simonsen fast genauso viele Schiffe wie er, und sein Wort galt etwas in der Stadt.

Mit einer gewissen Schadenfreude dachte er an seinen Schwiegervater. Cornelius Thadde hatte ihn mit einem Bettel abgespeist und von seinem Handelshaus ferngehalten. Nun war Thadde seit drei Jahren tot, und seine beiden Söhne hatten sich wegen des Erbes derart zerstritten, dass ihre Handelsgesellschaft niedergegangen war. Es hieß, sie müssten sogar das große Haus verkaufen, um das er Thadde immer beneidet hatte.

Mensing beschloss, es zu kaufen, wenn es so weit war. Mit einer Adresse in der Catharinenstraße würde er Simonsen erneut übertreffen. Der lebte zwar nicht mehr in dem kleinen Haus in der Nicolaistraße, das er von seinem Schwiegervater geerbt hatte, sondern hatte sich in der Eichholzstraße am Rand der Neustadt ein größeres Domizil errichten lassen. Ihre alte Rivalität bestand jedoch fort, und er wollte Simonsen, nachdem dieser ihn mit der *Mellum* hatte übertrumpfen können, erneut hinter sich lassen.

Einer seiner Geschäftspartner forderte Mensings Aufmerksamkeit und beendete damit dessen Gedankengang. Als eine Stunde später alle anderen Gäste das Haus verlassen hatten und er mit Bartlett in dessen Lieblingszimmer zusammensaß, wollte er Nägel mit Köpfen machen.

»Haben Sie sich schon überlegt, mit wem Sie Ihre Heather einmal verheiraten wollen?«, fragte er Bartlett.

Dieser wirkte einen Augenblick irritiert. »Nein, wieso?«

»Ich dachte, weil Sie bereits die Hochzeit Ihres Sohnes planen.«

»Die Heirat meines Sohnes ist etwas anderes«, antwortete Bartlett lachend. »Dabei geht es um Ansehen und Einfluss für meine Nachkommen. Eine Tochter verheiratet man nach Gutdünken, wobei ich aber in der Angelegenheit dem Beispiel Ihres Schwiegervaters folgen werde.«

»In welcher Art?«, wollte Mensing wissen.

»Ich erinnere mich, dass Sie einmal sagten, der alte Thadde hätte Ihnen im betrunkenen Kopf erklärt, er habe seine Tochter unter seinem Stand verheiraten wollen, um ihr weniger Mitgift zukommen lassen zu müssen, anstatt einen Konkurrenten durch ihre Mitgift zu stärken. Genauso werde ich es halten«, erklärte Bartlett. »Jetzt, da ich Lord Hutton an der Angel weiß, will ich keinen anderen füttern, damit er mir mit Heathers Mitgift Konkurrenz macht. Sie haben doch einen Sohn?«

»Ja! Er heißt Derek.« Mensing sah seinen Gastgeber mit erwachender Hoffnung an. Auch wenn es ihn kränkte, von Samuel Bartlett als jemand angesehen zu werden, der unter ihm stand, so würde eine Heirat seines Sohnes mit der Tochter eines reichen Londoner Kaufherrn sein Ansehen in Hamburg gewaltig steigern.

»Ich glaube nicht, dass er etwas dagegen hätte, mit Heather verheiratet zu werden. Zum einen ist er ein gehorsamer Junge, und zum anderen ist Ihre Tochter ausnehmend hübsch. Bei Gott, wäre ich zwanzig Jahre jünger und noch ledig, würde ich selbst mein Glück bei ihr versuchen«, erwiderte Mensing mit einem Lachen.

Bartlett fiel in sein Gelächter ein. »Ich will verdammt sein, wenn ich Sie zum Eidam haben wollte! Dafür sind Sie mir zu gerissen. Bei Ihrem Sohn aber mag es angehen.«

Mensing hörte aus diesen Worten heraus, was auch ihn bewegte. Nachdem der Reichtum erst einmal geschaffen war, galt es, die eigene Reputation zu mehren. Auch er würde eine Tochter ungern mit einem Mann verheiraten, von dem die Spatzen von den Dächern pfiffen, er habe Vermögen durch Schmuggel und andere dubiose Geschäfte errungen, so wie es bei ihm selbst wie auch bei Samuel Bartlett der Fall war.

2.

Etwa zur selben Zeit, in der Jörgen Mensing und Samuel Bartlett Zukunftspläne schmiedeten, lenkte Jakob Simonsen ein Ruderboot auf die bretonische Küste zu.

»Vorsicht, Männer!«, rief er so laut, wie er es gerade noch vertreten konnte. »Gebt auf die Riemen an Steuerbord acht. Nicht dass ihr gegen die Felsen stoßt und sie brechen!« Gleichzeitig betete er, dass er selbst keinen Fehler machte, der für ihn und die vier Matrosen seiner Mannschaft verhängnisvoll enden konnte. Dies hier war eine der elendsten Stellen, an der man mit einem Boot anlanden konnte. Nur wenige der in der Bucht verstreuten Felsen ragten über die Wasseroberfläche hinaus. Mindestens die doppelte Zahl lag darunter und wartete nur darauf, den Boden des Bootes aufreißen zu können, wenn sie zu heftig dagegenprallten.

Dabei brannte ihnen die Zeit unter den Nägeln. Sie mussten den winzigen Sandstrand am Ende der Bucht mit der Flut erreichen, ihre Passagiere aufnehmen und wieder verschwinden, bevor die Ebbe einsetzte und sie von den jetzt noch überspülten Felsen eingeschlossen werden konnten.

Jakob spürte, wie seine Handflächen feucht wurden, und wischte sie nacheinander an seinen Hosenbeinen trocken, um die Steuerpinne wieder fest packen zu können. »Ruder Backbord hoch«, befahl er, da sie jetzt sehr nahe an einen Felsen kamen.

Es knirschte, und Jakob zuckte zusammen, stellte dann aber fest, dass sie die letzte Barriere vor der Bucht erreicht hatten. Kein Steinwurf vor ihnen verliefen sich die Wellen auf einem sandigen, kaum dreißig Schritte langen Ufer, die einzige Stelle, an der man hier an Land kommen konnte.

Die Stelle bei Tag anzusteuern war gefährlich genug, umso schlimmer war es bei Nacht. Jakob war froh um das Licht des Halbmonds, das ihn die Umgebung zumindest erahnen ließ. Nun entdeckte er die Menschen am Ufer. Diese hatten das Boot bemerkt und schwenkten eine Laterne. Jakob hielt das für gefährlich, denn einer der Schnüffler der neuen Regierung konnte es bemerken und weitermelden.

»Es sind verdammt viele! Ich glaube nicht, dass wir die alle ins Boot bringen.« Einer seiner Matrosen hatte kurz über die Schulter geschaut und klang besorgt.

Während das Boot langsam auf dem Sand auflief, zählte Jakob die Menschen am Ufer. Zehn konnten sie unbesorgt mitnehmen, auch ein Dutzend ging noch. Es waren jedoch sechzehn Erwachsene und ein halbes Dutzend Kinder.

»Das schaffen wir niemals«, flüsterte Jakob verzweifelt. Sie konnten in dieser Nacht nur einmal in die Bucht kommen und Leute abholen. Bis sie wieder beim Schiff waren, würde es bereits Tag und die Ebbe in vollem Gange sein. Hierbleiben und auf den nächsten Morgen warten konnten sie noch viel weniger.

»Was machen wir, Herr Simonsen?«, fragte Jan Fedders, der als erfahrenster Matrose auf der *Neuwerk* galt.

Jakob sah die Menschen auf das Boot zuströmen und hob die Hand. »Halt! So geht es nicht. Es hieß, wir sollten zehn Leute abholen, und nicht die doppelte Zahl! Wo ist Monsieur Bertran?«

Ein Mann trat einen Schritt vor. »Sie müssen uns mitnehmen, Monsieur!«, sagte er drängend. »Jeder, der zurückbleibt, schwebt in höchster Gefahr, von diesen elenden Sansculotten guillotiniert zu werden.«

»Wenn wir euch alle mitnehmen, saufen wir ab«, erklärte Fedders in schwerfälligem Französisch.

Jakob zählte noch einmal die Wartenden und stellte sich vor, wie man sie gefangen nehmen und hinrichten würde. Berichten zufolge kannte die neue Regierung in Frankreich keine Gnade. Selbst Frauen und Kinder mussten damit rechnen, eingesperrt und zum Tode verurteilt zu werden. Er würde zeit seines Lebens nicht mehr froh werden, sollte er auch nur einen der Menschen hier diesem Schicksal ausliefern.

»Reißt die Bänke heraus, bis auf die beiden, die zum Rudern gebraucht werden, und ebenso alles, was nicht benötigt wird«, befahl er seinen Männern.

»Ihr werdet doch nicht alle mitnehmen wollen?«, rief Fedders erschrocken.

»Von wollen ist keine Rede! Ich liefere jedoch keinen dem Tod aus, bei dem ich es verhindern kann«, antwortete Jakob und winkte Bertran zu sich. »Ich werde alles tun, um euch und die Euren zu retten. Dafür müsst ihr mir jedoch aufs Wort gehorchen. Wir gehen sonst unter, und damit ist weder mir noch euch geholfen.«

Bertran nickte erschreckt, während eine Frau Jakob die Arme entgegenstreckte und ihn anflehte, wenigstens ihre beiden Kinder in Sicherheit zu bringen.

»Seid ruhig! Sonst alarmiert ihr noch die Schergen der Revolution«, herrschte Jakob die Gruppe an, da nun einige recht laut wurden.

»Weil wir wenig Zeit haben, werdet ihr jetzt tun, was ich euch sage. Das Boot ist nicht groß genug, dass sich alle setzen könnten. Also steigen erst einmal sechs Männer ein und legen sich flach auf den Boden. Die anderen setzen sich auf diese. Habt ihr verstanden?«

Bertran nickte mit einem Gesicht, dem trotz des schlechten Lichts anzusehen war, wie blass es geworden war.

»Beeilt euch!«, sagte Jakob und winkte die ersten beiden Männer heran.

Obwohl Jakob Simonsen drängte, dauerte es, bis alle ins Boot gestiegen waren. Als einer der Männer murrte, weil eine Frau auf seinem Rücken und eine weitere auf seinen Beinen Platz nahm, wies Jakob mit eisiger Miene auf das Ufer.

»Du kannst gerne hierbleiben!«

Sofort verstummte der Mann.

Zuletzt stand nur noch ein Mädchen am Ufer. Jakob warf ihm einen empörten Blick zu. »Brauchst du eine schriftliche Einladung, um an Bord zu kommen?«

»Verzeihung, ich war in Gedanken«, flüsterte sie und kam näher.

Um die Sache abzukürzen, fasste Jakob sie unter den Armen und hob sie ins Boot. Da es durch die vielen Menschen zu schwer geworden wäre, um vom Ufer aus ins Wasser geschoben zu werden, hatten Jakobs vier Matrosen es bereits so weit nach vorne gezogen, dass es schwamm. Nun schwang sich auch Jakob an Bord, sah, dass das Mädchen noch immer stand, und wies auf den Platz vor seinen Füßen.

»Setz dich hin! Und noch etwas – und das gilt für alle: Das Boot ist so überladen, dass wir kaum mehr Freibord haben. Wenn sich auch nur einer bewegt, fängt es zu schaukeln an, und wir nehmen Wasser auf. Dann ersaufen wir wie die Schiffsratten!«

»Wir hätten eben nicht alle mitnehmen sollen«, brummte Fedders, packte aber ebenso wie seine drei Kameraden die Riemen.

Jakob starrte besorgt in die vom Mondlicht nur mäßig erhellte Bucht hinein. Bereits bei der Herfahrt waren sie mehrmals nur knapp über Felsen hinweggeschrammt. Nun lag das Boot noch sehr viel tiefer im Wasser.

»Vorsicht, Männer!«, mahnte er seine Matrosen, da steuerbord ein Felsen auftauchte.

Es knirschte leicht, als sie über eine Untiefe schrammten. Mehrere Frauen fingen zu kreischen an, und ein paar machten Anstalten, aufzustehen.

»Sitzen bleiben, ihr Hühner! Oder wollt ihr, dass wir hier kentern?«, herrschte Jakob sie an und legte die Steuerpinne leicht nach Steuerbord.

Es wurde ein Kriechen auf dem Wasser. Fedders und die anderen Matrosen mussten vorsichtig rudern, damit das Boot nicht ins

Schaukeln geriet. Dazu wurde es für Jakob immer schwieriger, im Zwielicht des Mondes den richtigen Kurs zu finden.

»Wenn wir so weitermachen, wird es bald hell«, mahnte Fedders.

»Ich glaube, wir haben es gleich geschafft«, gab Jakob zurück.

»Sobald wir die Bucht hinter uns gelassen haben, kommen die hohen Wellen«, erwiderte Fedders besorgt.

»Alte Unke!«, schimpfte Jakob. Er wusste jedoch selbst, dass sie noch längst nicht in Sicherheit waren. Um die geretteten Franzosen zu beruhigen, sprach er sie noch einmal an: »Es ist ganz wichtig, dass ihr absolut ruhig bleibt und euch nicht bewegt. Sonst holt uns wirklich der Teufel!«

»Was ist, wenn Wasser ins Boot läuft? So, wie wir liegen, kann keiner schöpfen.«

»Wenn Wasser ins Boot kommt, müsst ihr es halt saufen«, meinte Fedders spöttisch.

»Seid versichert, wenn es so weit kommen sollte, finden wir schon eine Möglichkeit, ein paar von euch schöpfen zu lassen«, erklärte Jakob und spürte ein Zupfen an seinem Hosenbein.

»Ich könnte hier schöpfen«, sagte das Mädchen, das er ins Boot gehoben hatte, in einwandfreiem Deutsch und wies auf die Stelle zu seinen Füßen.

»Sollte Wasser ins Boot kommen, wirst du es tun!« Jakob nickte und starrte wieder auf das Wasser. Der Eingang zur Bucht kam nahe und damit noch einmal eine gefährliche Stelle.

»Es wird gleich knirschen. Aber seid versichert, unser Boot hält das aus«, versuchte er, seine Passagiere zu beruhigen, und gab seinen Matrosen den Befehl, langsamer zu rudern.

»Kann vorne jemand schauen, ob er unter Wasser etwas sieht?«, fragte er.

Die Frau, die ihn angefleht hatte, wenigstens ihre Kinder mitzunehmen, beugte sich vorsichtig vor und starrte ins Wasser.

»Etwas links vor uns sehe ich etwas Dunkles, um das sich das Wasser kräuselt«, meldete sie.

Jakob zog die Ruderpinne leicht nach Backbord und sah aufatmend, dass ein großer Unterwasserfelsen zur linken Hand zurückblieb. Kurz darauf war es geschafft, und er sah gegen den etwas helleren Horizont den Umriss der *Neuwerk* auftauchen.

Auf dem letzten Stück schaukelte das Boot im Takt der Wellen, doch Jakob steuerte es so geschickt, dass es kaum Wasser aufnahm. Schließlich erreichten sie die *Neuwerk* und legten an. Die Geretteten waren durch die erzwungene Bewegungslosigkeit so steif, dass sie sich kaum rühren konnten. Jan Fedders hob mehrere Kinder nach oben, die von den Männern auf der *Neuwerk* entgegengenommen wurden, und half dann den Frauen hinauf.

Kaum war genug Platz dafür, standen auch die ersten Männer auf und drängten an Bord. Einigen der Geretteten war schlecht geworden, doch darauf hatte bislang niemand Rücksicht nehmen können. Nun kümmerten sich die Matrosen der *Neuwerk* um sie.

Als auch Fedders und die Matrosen an Bord geklettert waren, wollte Jakob ihnen folgen. Da sah er, dass das junge Mädchen etwas verloren im Heck des Bootes stand.

»Verdammt noch mal, du brauchst wirklich jedes Mal eine schriftliche Einladung!«, rief er zornig.

Mit den Worten packte er sie, warf sie sich über die Schulter und stieg auf die *Neuwerk*.

Michel Gartz empfing ihn grinsend. »Um ein Kavalier zu werden, musst du noch einiges lernen! Aber sag mal, wie habt ihr all diese Leute in das kleine Boot gebracht?«

»Der Herr hier hat uns sehr drastisch klargemacht, dass wir alle absaufen werden, wenn wir auch nur den kleinen Finger rühren. Und jetzt wäre ich ihm sehr dankbar, wenn er mich wieder auf die eigenen Beine stellen könnte.«

Jakob stellte lachend das Mädchen ab und kniff überrascht die Augen zusammen. So jung und klein, wie er gedacht hatte, war sie nicht. Im Schein der Bordlaterne konnte er sehen, dass sie mindestens sechzehn Jahre alt sein musste. Außerdem fand er sie äußerst ansehnlich.

»Verzeihen Sie mir, wenn ich etwas harsch geworden bin, aber wir befanden uns in einer sehr gefährlichen Lage«, sagte er lächelnd.

»In der wir uns immer noch befinden, wenn uns eine der französischen Fregatten erwischt«, erklärte Michel Gartz und befahl, die Segel zu setzen, sobald das Boot an Bord geholt und vertäut war. Danach wandte er sich an Jakob.

»Du kannst das Steuer übernehmen! Gib aber acht, dass uns immer ein Schlupfloch bleibt, wenn es gefährlich werden sollte.«

»Ich werde mich bemühen!« Jakob löste den Mann am Ruder ab. Während er den Horizont absuchte, um den besten Kurs zu bestimmen, trat das fremde Mädchen zu ihm.

»Es tut mir leid! Ich wollte Sie nicht kränken. Ich muss Ihnen vielmehr dankbar sein, weil Sie uns alle gerettet haben. Das hätte nicht jeder getan! Mir ist förmlich das Herz stehen geblieben, als ich das kleine Boot sah und die vielen Leute, die mitgenommen werden wollten.«

»Schon gut!«, meinte Jakob abweisend. »Ich habe nur getan, was ich musste. Ein größeres Boot wäre nicht in die Bucht hineingekommen. Sie ist der denkbar ungeeignetste Ort, um Menschen an Bord zu nehmen.«

»Deshalb hat die Revolutionsregierung sie auch nicht überwachen lassen. Bei leichter zugänglichen Buchten und vor allem den kleinen Häfen an der Küste tut sie das.«

»Komische Leute, diese Franzosen. Schlagen dem eigenen König den Kopf ab, und da ihnen das noch nicht genug ist, machen sie bei einigen Hundert gleich weiter«, antwortete Jakob kopfschüttelnd.

Das Mädchen senkte den Kopf. »Mein Vater wurde auch hingerichtet.«

»Verzeihen Sie mir, dass ich Sie so rau behandelt habe! Sie müssen mich für einen argen Tölpel halten.«

Jakob wirkte so betroffen, dass sie beschwichtigend die Hand hob. »Sie sind gewiss kein Tölpel, sondern für uns alle ein Engel, der uns aus höchster Not gerettet hat. Ein etwas grober Engel zwar«, schränkte sie mit einem schmerzlichen Lächeln ein. »Aber immerhin ein Engel! Auch heißt es, dass Seeleute ein raues Volk seien. Wie käme ich dazu, Sie deswegen zu schelten?«

»Wie ist Ihr Name?«

»Ich bin Frieda Nauer. Mein Vater war Kaufmann in Frankfurt und meine Mutter Französin. Sie ist bereits vor mehreren Jahren gestorben. Ihr Vater besaß ein kleines Handelshaus in Paris. Als es nach dem Sturz des Königs in Frankreich unruhig wurde, bat er meinen Vater, zu ihm zu kommen und ihm beizustehen. Auch wollte er mich noch einmal sehen.«

Frieda verstummte für einen Augenblick, und Jakob sah, wie ihr Tränen über die Wangen liefen.

»Zuerst ging alles gut«, fuhr sie nach einer Weile fort. »Dann aber wurde mein Vater verhaftet und beschuldigt, ein Spion zu sein. Zwei Wochen später verlor er sein Leben auf der Guillotine. Am selben Tag wurde auch mein Großvater verhaftet und eine Woche später hingerichtet. Ich fand Unterschlupf bei Nachbarn, die mich zu Verwandten von Monsieur Bertran in die Provinz brachten, da es ihnen zu gefährlich war, mich in Paris zu behalten. Als Monsieur Bertrans Verwandte mit ihm zusammen das Land verlassen wollten, haben sie mich mitgenommen, und nun bin ich hier.«

»Ja, das sind Sie«, antwortete Jakob leise und starrte unverwandt in die Ferne.

Frieda tat ihm leid, und da war noch eine Empfindung, die er nicht einzuordnen vermochte. Auf jeden Fall fühlte er sich gut, weil es ihm gelungen war, sie zu retten.

3.

Jakob hielt die *Neuwerk* auf nördlichem Kurs, um von der Küste freizukommen. Mittlerweile war es heller Tag, und die Sonne strahlte von einem blauen Himmel herab, wie es ihn in dieser Gegend nur selten gab. Wolken und sogar Regen wären Jakob lieber gewesen. So aber war das Schiff auf weite Entfernungen hin auszumachen, und wenn eine französische Fregatte sie entdeckte, war es ihr Ende.

Michel Gartz trat an seine Seite. »Du bist genauso verrückt wie dein Vater! Ich glaube nicht, dass ein anderer als du oder er das vollkommen überladene Boot über Wasser hätte halten können.«

»Was hätte ich tun sollen?«, fragte Jakob. »Ich konnte den armen Leuten nicht sagen, du und du kommst mit, und der Rest muss zusehen, wo er bleibt!«

»Du bist ein sehr großes Risiko eingegangen! Dein Vater wird dir dafür die Leviten lesen, dass dir die Ohren klingeln, aber auch stolz auf dich sein.« Michel Gartz klopfte Jakob auf die Schulter und blickte übers Meer. »Bis jetzt hatten wir Glück. Wenn es uns erhalten bleibt, sind wir bei gutem Wind in Gewässern, die Franzosen im Allgemeinen meiden, weil sich dort zu viele englische Kriegsschiffe herumtreiben.«

»Ganz so feige, wie du behauptest, sind die Franzosen nicht. Sie sollen teilweise bis an die englische Südküste vorstoßen«, antwortete Jakob.

»Ja, des Nachts, um Spione an Land zu setzen, aber nicht bei einem solchen Wetter! Nicht nur die Franzosen können Mastspitzen über der Kimm erkennen, sondern auch die Engländer.«

Obwohl er sich gelassen gab, empfand Michel Gartz eine gewisse Beklommenheit. Die nächtliche Aktion hatte lange gedauert, und sie befanden sich daher näher an der französischen Küste, als er es sich gewünscht hätte.

»Es sieht aus, als wolle doch ein Franzose mit uns Katz und Maus spielen«, sagte da Jakob und wies nach vorne.

Über der Kimm ragten Masten auf, die rasch in die Höhe wuchsen. Noch war die Flagge nicht zu erkennen, doch hätte er die *Neuwerk* dafür verwettet, dass das fremde Schiff auf französische Art getakelt war.

»Gut, dann spielen wir eben mit«, setzte er mit einem verkniffenen Lächeln hinzu und hielt zu Michel Gartz' Überraschung genau auf das Schiff zu.

»Wenn du es auf einen Kampf ankommen lassen willst, muss ich dir das Ruder entziehen«, rief Gartz. »Der dort drüben hat sechsunddreißig Kanonen, wir aber nur sechs, und das sind nur Achtpfünder, während da gewiss Achtzehnpfünder stehen!«

»Das nehme ich auch an«, meinte Jakob mit gespielter Gelassenheit und winkte Fedders zu sich. »Ein Mann in den Ausguck! Wo eine französische Fregatte segelt, ist eine englische meistens nicht weit.«

Fedders wirkte nicht überzeugt, schickte aber einen Mann auf den Hauptmast, um von dort oben die Umgebung unter Beobachtung zu halten. Unterdessen begriffen die aus der Bucht herausgeholten Franzosen, dass sie noch nicht endgültig gerettet waren. Mehrere Frauen fingen zu wehklagen an, ein paar Männer fluchten, und Bertran eilte mit langen Schritten zu Michel Gartz hin.

»Wie sollen wir diesem Schiff entkommen?«, fragte er voller Angst und wies auf die Fregatte, die mittlerweile nah genug war, um die an einem Mast flatternde Trikolore erkennen zu können.

»Das wüsste ich auch gerne!« Michel Gartz fühlte sich von dieser Situation überfordert.

»Die Passagiere unter Deck!«, rief Jakob.

Gartz musste Bertran mit einem gewissen Nachdruck auffordern, seine Landsleute zu bitten, nach unten zu gehen. Die Frauen folgten Friedas sanfter Überredung und waren sichtlich froh, das Deck verlassen zu können.

»Die denken, sie wären unten sicherer als hier heroben«, meinte Jan Fedders zu Gartz.

»Ich wollte, es wäre so!« Michel Gartz sah zu Jakob hin.

Dieser umklammerte das Steuerrad so fest, dass die Fingerknöchel weiß hervortraten. Eben maß er die Entfernung zu dem Franzosen und blickte dann zum Ausguck hoch. »Kannst du etwas entdecken?«

»Nein, Herr Simonsen«, erwiderte dieser zu Jakobs Enttäuschung.

Drüben bei dem Franzosen war für einen Augenblick ein kleines, weißes Wölkchen zu sehen, dem Sekunden später der Knall des Schusses folgte. Die Kugel klatschte ein ganzes Stück seitwärts der *Neuwerk* ins Wasser.

»Zielen haben sie anscheinend noch nicht so richtig gelernt«, murmelte Jakob und steuerte das Schiff auf den Bug der Fregatte zu.

»Willst du sie rammen?«, fragte Michel Gartz erschrocken, da die Segelpyramide des anderen Schiffes immer größer vor ihnen aufragte.

»Nein, nur ausprobieren, wer die besseren Nerven hat«, entgegnete Jakob und rief den Matrosen zu, sich zum Trimmen der Segel bereit zu machen.

»Er dreht ab!«, rief Michel Gartz erleichtert.

»Und kann gleich eine volle Breitseite auf uns abfeuern«, unkte Fedders.

In dem Augenblick setzte Jakob das Steuerrad in Schwung und lenkte die *Neuwerk* voll in den Wind. Sofort zogen die Segel stärker, und sie entfernten sich von dem Franzosen.

Die Besatzung der Fregatte wurde von diesem Manöver überrascht. Anstatt die volle Länge der *Neuwerk* im Visier zu haben, sahen sie nur noch deren rasch entschwindendes Heck. Ein paar Schüsse wurden abgefeuert, klatschten aber weit neben der *Neuwerk* ins Wasser. Durch die eigene Bewegung der Fregatte drehten die beiden Schiffe nun einander das Heck zu. Während das Hamburger Frachtschiff mit gutem Wind segelte, musste der Franzose erst wenden und die Segel neu ausrichten. Bis dies gelang, hatte die *Neuwerk* einen hübschen Vorsprung herausgeholt.

»Er wird uns trotzdem einholen. Ich glaube nicht, dass er noch einmal auf die gleiche List hereinfällt«, meinte Gartz skeptisch.

»Dann versuchen wir eine andere«, antwortete Jakob und legte die *Neuwerk* stärker in den Wind.

Zwei Stunden später hatte der Franzose wieder bis auf Schussweite aufgeholt. Die Fregatte flog förmlich über die Wogen. Es war ein Bild, das jeden Seemann entzücken musste. Auf der *Neuwerk* sah man es jedoch mit Schrecken.

»Was machen wir jetzt?«, fragte Michel Gartz mit verkniffener Miene.

Jakob blickte sich zu der Fregatte um und korrigierte seinen Kurs so, dass er genau vor deren Bug blieb.

»Er versucht, uns den Wind zu nehmen«, rief Fedders, da der Franzose nun leicht nach Luv auswanderte und alles daransetzte, zur *Neuwerk* aufzuschließen.

»Das gefällt mir«, meinte Jakob in den Knall des Schusses hinein, den der Franzose ihnen vor den Bug setzte.

»Bist du verrückt geworden?«, stieß Gartz erregt hervor.

»Ich werde seine Geschwindigkeit ausnützen. Achtung, auf den ersten Befehl refft ihr das Großsegel, lasst es aber beim zweiten Befehl sofort wieder fallen!«

Die Matrosen wunderten sich über Jakobs Anweisung, stellten sich aber bereit, ihn zu befolgen.

Jakob wartete, bis sich der Bug des Franzosen am Heck der *Neuwerk* vorbeischob, und brüllte: »Jetzt!«

Seine Männer lösten das Großsegel und begannen, es zu reffen. Gleichzeitig zwang er das alte Frachtschiff in eine Wende. Die Fregatte schoss förmlich an ihnen vorbei. Diesmal gaben die Franzosen eine volle Breitseite ab, die jedoch nur das Wasser traf. Die

Neuwerk hingegen setzte die Segel um und kreuzte gegen den Wind an.

»Damit haben wir höchstens eine Stunde gewonnen«, schätzte Gartz. »Bis zum Einbruch der Nacht dauert es länger, solltest du darauf hoffen, so lange durchzuhalten und in der Dunkelheit zu entkommen.«

In dem Augenblick erklang der Ruf, auf den Jakob sehnsüchtig gewartet hatte. »Segel in Sicht!«

»Wo?«, fragte er.

»Dort!« Der Ausguck zeigte in eine Richtung leicht seitlich jener, in die er die *Neuwerk* steuerte.

Jakob korrigierte den Kurs und hielt auf das unbekannte Schiff zu. Dann sah er Michel Gartz mit einem Grinsen an, das seine Zweifel verriet. »Wenn wir Glück haben, ist es der Engländer, den ich erhoffe. Haben wir keines, und es ist doch ein Franzose, würde mir das gar nicht gefallen!«

4.

Es wurde ein Rennen auf Messers Schneide. Jakob tat alles, um die *Neuwerk* in der Sichtlinie zwischen dem Franzosen und dem fremden Schiff zu halten, damit ihre Verfolger dieses so spät wie möglich entdeckten. Mittlerweile war er sicher, dass es sich um eine englische Fregatte handelte. Sie mussten nur lange genug durchhalten, bis diese in der Nähe war, um zu ihren Gunsten eingreifen zu können.

Michel Gartz benützte sein Fernrohr und maß immer wieder die Entfernung, die sie von den beiden Schiffen trennte. »Ich glaube nicht, dass wir es schaffen«, meinte er düster.

Über Jakobs Gesicht huschte ein Lächeln. »Vielleicht doch. Wenn ich es richtig bemerkt habe, hat der Engländer Segel gesetzt und kommt auf uns zu. Da er den besseren Wind hat, ist er schneller als der Franzose. Wenn er ihn überraschen kann, sind wir diesen los.«

»Wollen wir es hoffen! Ich will nämlich wieder heim zu Weib und Kind.«

»Klein Molly wäre zu Recht zornig auf mich, würde ich ihren Papa in die Hände der Franzosen fallen lassen«, antwortete Jakob und sah Augenblicke später, wie das fremde Schiff noch mehr Geschwindigkeit aufnahm. Es handelte sich tatsächlich um eine Fregatte, und sie war auf englische Art getakelt.

Kurz darauf war sie bereits näher als der Franzose. Noch knapp außerhalb der Feuerreichweite gab sie einen Schuss ab, der ein Stück vor dem Bug der *Neuwerk* einschlug.

»Fedders, du hast die lauteste Stimme. Nimm die Flüstertüte und teile ihnen mit, dass uns ein Franzose im Nacken sitzt!« Noch während er es sagte, änderte Jakob den Kurs, so dass sein Schiff den beiden Fregatten nicht mehr die Sicht auf die jeweils andere nahm.

Die Überraschung auf beiden Seiten war groß. Jakob hörte, wie auf dem Engländer Alarm geschlagen wurde. Hatten sie bisher nur ein paar Kanonen geladen, um dem kleinen Hamburger Handelsschiff einen Schuss vor den Bug zu setzen und es notfalls zu stoppen, wurden nun in fieberhafter Eile alle Geschütze feuerbereit gemacht. Auf der französischen Fregatte herrschte für Augenblicke Chaos. Sie hatten die schlechtere Position. Der Engländer segelte mit gutem Wind auf sie zu, und sie mussten erst wenden, wenn sie von ihm ablaufen wollten. Auf die *Neuwerk,* die sie aufeinander zu gelockt hatte, achtete keiner der beiden mehr.

Jakob las den Namen des Engländers durch sein Fernrohr. »Es ist die *Eurymachos!*«, rief er Michel Gartz und Fedders zu, die in seiner Nähe standen.

»Meinetwegen kann sie heißen, wie sie will! Sie ist mir auf jeden Fall höchst willkommen«, antwortete Gartz lachend und klopfte Jakob begeistert auf die Schulter.

»Dein Vater hätte es nicht besser gekonnt!«, lobte Fedders, während hinter ihnen die beiden Kriegsschiffe die ersten Breitseiten wechselten.

»Übernimm das Steuer, Fedders, und bring uns von hier weg!«, befahl Jakob. Er trat beiseite und atmete tief durch. Bis jetzt hatte die Anspannung ihn beherrscht und zu höchsten Leistungen getrieben. Nun aber fühlte er sich erschöpft und leer.

Die geretteten Franzosen drängten an Deck und konnten kaum glauben, dass sie dem Verhängnis entgangen waren. Bertran versicherte Jakob voller Erleichterung, dass sie nie an ihm und seinem Schiff gezweifelt hätten.

»Schon gut!«, wehrte Jakob ab und sah sich im nächsten Augenblick Frieda Nauer gegenüber.

»Danke!«, sagte sie lächelnd. »Sie hat Gott uns wirklich wie einen Engel geschickt.«

»Mit dem Mundwerk und den Manieren eines Matrosen«, antwortete Jakob mit einem verlegenen Lächeln.

»Mit besseren Manieren hätten Sie uns wahrscheinlich mit einer höflichen Verbeugung dem französischen Kapitän ausgeliefert. Da ist es mir so schon lieber!« Frieda lächelte und sah Jakob dabei so bewundernd an, dass dieser um fast einen Zoll wuchs.

»Sie sollten dem Burschen nicht so viel Honig um den Mund schmieren, Jungfer!«, mischte sich da Michel Gartz ein. »Es war ein verdammtes Wagnis, in das er uns hineingeritten hat.«

»Wenn, dann gesegelt! Außerdem haben Sie zugestimmt, als man uns in Plymouth bat, Monsieur Bertran und seine Begleiter abzuholen«, rief Jakob übermütig.

»Die Summe, die uns dafür geboten wurde, war auch zu verlockend!«

»Spricht der Zahlmeister!«, spottete Jakob.

»Sie erhöht unseren Gewinn um ein ganz schönes Maß!«, konterte Michel Gartz gelassen.

»Es sind noch viele in Frankreich, die ein Vielfaches davon opfern würden, wenn sie des Nachts auf ein Schiff steigen und den Schatten der Guillotine dafür hinter sich lassen könnten«, sagte Frieda bedrückt.

»Wir können nicht alle retten«, antwortete Gartz mit schonungsloser Offenheit. »Selbst diese Aktion war höchst verwegen. Hätte ich länger nachgedacht, wäre ich nicht darauf eingegangen. Wir haben damit das Schiff und die Mannschaft in Gefahr gebracht.«

»Wir haben es geschafft!«, sagte Jakob lächelnd und wies nach vorne. »Dort liegt unsere Zukunft! Nicht hinter uns.«

»Was haben Sie jetzt vor?«, wollte Frieda wissen.

»Wir kehren nach Plymouth zurück, nehmen dort die Ladung an Bord, die uns zugesichert worden ist, und segeln anschließend nach Hamburg«, erklärte Jakob.

»Was ist mit Monsieur Bertran und den anderen Flüchtlingen?«

»Die werden in Plymouth das Schiff verlassen und von dort aus nach London reisen. Soviel wir gehört haben, haben sie in England Verwandte oder Freunde, die sich ihrer annehmen werden.«

Frieda senkte den Kopf. »Ich habe in England weder Freunde noch Verwandte. Wäre es unverschämt zu bitten, mich nach Hamburg mitzunehmen? Von dort aus kann ich einem meiner Verwandten schreiben und um Hilfe bitten.«

Michel Gartz sah zu Jakob hin und erkannte an dessen leuchtenden Augen, dass die Entscheidung darüber bereits gefallen war.

5.

Fern jedes Kanonendonners und dem Wüten der Guillotine führte Mina Mensing in Hamburg ein beschauliches Leben. Während ihr Mann und ihr Sohn die meiste Zeit auf See waren, überwachte sie den Haushalt, besuchte Freundinnen und übernahm kleine Pflichten in der Kirchengemeinde. Seit dem Tod ihres Vaters führten ihre Schritte sie auch immer wieder an dessen Grab. Sie wusste, dass ihr Mann mit ihrem Vater bereits kurz nach ihrer Heirat nicht mehr gut gestanden hatte, ohne den Grund dafür zu kennen. Es hatte ihr leidgetan, doch auf ihre Versuche, ausgleichend auf ihren Mann einzuwirken, hatte dieser mit Ohrfeigen geantwortet. Daher hatte sie es aufgegeben.

Nun aber wollte sie ihrem Vater wenigstens als Totem die Ehre erweisen, die sie ihm als Lebendem auf Jörgens Befehl hin hatte verweigern müssen. Sie bedauerte auch den Niedergang des Handelshauses Thadde und war froh, dass ihr Vater den letzten Akt dieses Dramas nicht mehr miterlebt hatte. Ihre Brüder Thaddäus und Matthäus hatten sich die Herrschaft über das Handelshaus nicht brüderlich geteilt, wie der Vater es vorgesehen hatte, sondern gegeneinander intrigiert und gekämpft und dabei alles ruiniert. Nun kam auch noch das Haus ihres Vaters, in dem sie aufgewachsen war, unter den Hammer. Es bedrückte sie, und so schwankte sie zwischen der Hoffnung, ihr Mann würde es ersteigern, wie er es angedeutet hatte, und der Abneigung, dort wieder einzuziehen. In diesem Haus würde es niemals mehr so sein wie früher.

Sie rief sich zur Ordnung. Sie war an das Grab ihres Vaters gekommen, um zu beten, und nicht, um in ihren Gedanken zu versinken. Sie faltete die Hände, und während ihr Mund ein Gebet sprach, musste sie sich zwingen, sich nicht erneut in ihre Überlegungen einzuspinnen.

Als sie sich zum Gehen wandte, sah sie ein Stück entfernt eine Frau vor einem anderen Grab stehen. Erst auf den zweiten Blick erkannte sie Erna Lüders, wie sie Simons Frau immer noch für sich nannte, obwohl diese seit zwanzig Jahren seinen Namen trug. Bitterkeit stieg in ihr auf. Einst hatte sie Simon geliebt, sich aber von Jörgen blenden lassen.

In den zwei Jahrzehnten ihrer Ehe waren ihre Träume wie Seifenblasen geplatzt. Zwar führte sie das Haus, öffnete gehorsam die Schenkel, wenn ihr Mann daheim war und sein Recht einforderte, doch sonst wurde sie von seinen Plänen ausgeschlossen. Jörgen bestimmte, was geschah, und war weder für Kritik noch für Widerworte empfänglich. Wagte sie es doch, setzte es Ohrfeigen und gelegentlich auch Schläge mit einem Stock.

Plötzlich empfand sie Neid auf Erna. Auch wenn es hieß, Simon habe Lüders' Tochter geheiratet, weil er nur so in Hamburg hatte bleiben können, so kümmerte Erna sich doch mit aller Energie um seine Schiffe und deren Besatzung. Sie sollte sogar ohne Rücksprache mit Simon Geschäfte abschließen, hieß es. So weit wollte Mina nicht gehen, doch sie hätte sich gewünscht, Jörgen würde sein Leben mehr mit ihr teilen. Schläge, dachte sie, würde Erna in der Ehe gewiss nicht erleiden, denn Simon war nicht der Mann dafür.

Zwanzig Jahre waren ihre Familie und die von Simon einander aus dem Weg gegangen. Das erschien ihr nun fast wie ein Wunder, denn so groß war Hamburg nicht, dass man sich nicht ab und an begegnete. War es geschehen, hatte Jörgen über Simon und dessen Familie hinweggesehen, als existierten sie nicht, und sie hatte den Kopf abgewandt.

Nun schämte sie sich dafür. Weder Simon noch Erna hatten ihnen je etwas getan. Anders war es bei Jörgen. Dieser hatte Simon schlimmer Handlungen beschuldigt, doch hinterher hatte sich das, was damals vorgefallen war, als ganz anders herausgestellt. Dazu aber wollte er nicht stehen und wurde zornig, wenn jemand den Namen Simonsen in den Mund nahm. Sie durfte es gleich gar nicht wagen, wenn sie nicht Schläge erhalten wollte.

Erneut musterte sie Erna und fand, dass diese vom Schicksal den besseren Part zugeteilt bekommen hatte. Mit diesem Gedanken wandte sie sich ab und ging. Als sie wenig später ihr Haus betrat, sah sie, dass ihr Mann zurückgekehrt war.

»Da bist du ja!«, sagte er und maß sie mit einem fragenden Blick. »Wo bist du gewesen?«

»Auf dem Gottesacker, um am Grab meines Vaters zu beten.«

»Das ist vergeudete Zeit, denn es hilft dem alten Gauner auch nicht mehr«, erklärte er kalt.

»Mein Vater war kein Gauner!«, antwortete sie und setzte in Gedanken »im Gegensatz zu dir« hinzu.

Sie wusste, dass man ihrem Mann hinter vorgehaltener Hand nachsagte, seinen Reichtum durch Schmuggel und noch anrüchigere Geschäfte erworben zu haben. Dass es auch auf ehrliche Weise ging, zeigte Simon Simonsen. Dieser war vielleicht nicht ganz so reich wie ihr Ehemann, hatte aber genug, um die Herren Senatoren dazu zu bringen, den Hut vor ihm zu ziehen und ihn zu sich an den Tisch zu laden.

»Jeder Geschäftsmann ist ein Gauner«, erwiderte Mensing und blickte auf den Hafen hinaus. Dort lag seine *Antares* und wurde gerade vom Zoll abgenommen. Von morgen an würde ihre Fracht ausgeladen werden und deren Verkauf ihn noch ein Stück reicher machen.

»Wenn du es sagst.« Es war eine mühselige Unterhaltung, da beider Gedanken in eine jeweils andere Richtung drängten. Mina sah, wie ein weiteres Schiff in den Hafen einlief, und erkannte die *Trischen* von Simon Simonsen.

»Wäre es nicht an der Zeit, den Streit mit Simonsen zu beenden und auf ihn zuzutreten?«, entfuhr es ihr.

»Was sagst du da?« Das Gesicht ihres Mannes wurde rot wie Burgunderwein. »Simonsen ist ein Hundsfott, ein elender Schurke, den längst der Teufel hätte holen müssen!«

In seinen Lügen von damals gefangen, konnte Mensing keinen Frieden mit seinem einstigen Rivalen schließen, ohne zugeben zu müssen, dass seine Anschuldigungen falsch gewesen waren. Ein weiterer Gedanke schoss ihm durch den Kopf. Mina hatte damals vor zwanzig Jahren Simon geliebt und ihn selbst nur geheiratet, weil es ihm gelungen war, sie im Hause ihres Vaters so betrunken zu machen, dass er sie hatte besteigen können. Zunächst hatte ihre Ehe sich trotzdem gut angelassen, doch im Lauf der Zeit war eine Entfremdung zwischen ihnen eingetreten, die ihm jetzt so richtig zu Bewusstsein kam.

Hing Mina etwa immer noch an diesem verfluchten Simonsen und trauerte ihm nach?, fragte er sich und spürte, wie ihn die Wut übermannte. Ehe Mina sichs versah, hielt er einen Stock in der Hand und versetzte ihr heftige Hiebe.

Die Schläge kamen so überraschend, dass Mina sich nicht zu schützen vermochte. Der erste traf sie mit voller Wucht auf den Bauch. Ein heißer Schmerz wallte in ihr auf, und ihre Schreie füllten das Haus. Die nächsten Hiebe spürte sie kaum mehr, sondern krümmte sich am Boden, presste sich die Hände gegen den Leib und erbrach im nächsten Moment.

Erst in diesem Moment ließ Mensing von ihr ab. Wuterfüllt, weil sie ihn zu diesen Schlägen gereizt hatte, warf er seinen Stock in eine Ecke und tippte Mina mit der Fußspitze an.

»Lass dir das eine Lehre sein und erwähne nie mehr den Namen Simonsen in meiner Gegenwart!« Mit den Worten drehte er sich um und ging.

Mina blieb vor Schmerz halb betäubt liegen. Erst nach einer Weile wagte sich eine der Mägde herein und schlug die Hände vor dem Gesicht zusammen. »Herrin, was ist mit Ihnen?«, fragte sie und beugte sich über Mina.

»Es tut so weh!«, stöhnte diese.

»Können Sie aufstehen?«, fragte die Magd und wollte sie hochziehen. Da sah sie, dass Minas Kleid nass war, und glaubte zunächst, diese hätte aus Angst ihre Blase entleert. Dann aber tropfte es rot aufs Parkett, und sie stieß einen schrillen Schrei aus. »Zu Hilfe!«

Eine weitere Magd und ein Diener eilten herbei und starrten ihre Herrin erschrocken an.

»Was ist geschehen?«, fragte der Mann.

»Ich weiß es nicht! Ich war nicht dabei«, antwortete die Magd. Sie zeigte in die Ecke, in der der Stock am Boden lag. »Wie es aussieht, hat der Herr sie geschlagen. Aber weshalb blutet die Herrin so?«

»Wir müssen sie in ihre Kammer bringen und aufs Bett legen! Henk soll zum Doktor eilen und dafür sorgen, dass dieser rasch kommt.«

Vorsichtig hoben sie Mina auf. Wenig später war der Diener unterwegs, um den Arzt zu rufen, während die beiden Mägde ihre Herrin entkleideten und ihr eine Decke unterlegten, weil sie aus der Scheide blutete.

»So jähzornig hätte Herr Mensing nicht sein dürfen«, tadelte eine der Mägde, obwohl in diesem Haus Kritik am Hausherrn absolut verboten war.

»Da haben die Leute ein schönes Leben und sind doch nicht zufrieden damit. Ich würde mich schon über weitaus weniger freuen, solange ich keinen Mann habe, der mich mit dem Stock schlägt.«

»Die Welt ist ungerecht!«

Die Mägde versanken in Schweigen, bis der Arzt kam. Diesem blieb nichts anderes übrig, als nach der Hebamme zu rufen, die mit eisiger Miene zusah, wie Mina ihr Kind verlor. Der Arzt überließ es ihr, Mina danach zu versorgen, und gesellte sich zu Mensing. Dieser hatte zwar gehört, dass seine Frau in ihrem Bett liege, bisher aber gedacht, sie hätte es nur aus Trotz getan. Jetzt den Arzt zu sehen, überraschte ihn.

»Was gibt es?«, fragte er und holte eine Cognacflasche aus dem Schrank. »Wollen Sie auch einen?«

Der Arzt schüttelte den Kopf. »Nein danke, Herr Mensing! Ich habe die traurige Pflicht, Ihnen mitteilen zu müssen, dass Ihre

Ehefrau heute mit einem tot geborenen Kind niedergekommen ist. Sie ist sehr krank, und ich befürchte das Schlimmste.«

Die Nachricht traf Mensing wie ein Schlag. Mina war schwanger gewesen! Er hätte nach zwanzig Jahren noch einmal Vater werden und vielleicht sogar einen zweiten Sohn haben können. In seinen Gedanken sah er noch einmal den üblen Schlag, den er Mina auf den Bauch versetzt hatte. Sollte das die Ursache gewesen sein? Ich bin nicht schuld!, fuhr es ihm durch den Kopf. Hätte sie gesagt, dass sie ein Kind erwartet, hätte er es bei ein paar Ohrfeigen belassen. Warum hatte sie auch Simonsens Namen aussprechen müssen! Sie wusste doch, dass er diesen Kerl mehr als alles andere hasste.

»Simonsen!« Er stieß diesen Namen wie einen Fluch aus. Jetzt hatte sein Rivale ihn auch noch ein Kind gekostet.

»Was sagten Sie?«, fragte der Arzt verwundert.

»Ich hoffe, meine Frau wird überleben«, würgte Mensing mühsam hervor.

»Ich werde mein Möglichstes tun«, versprach der Arzt und verabschiedete sich.

Jörgen Mensing sah ihm nach und fragte sich, ob er sich wirklich Minas Genesung wünschen sollte, denn es erschien ihm fraglich, dass sie noch einmal schwanger würde. Zudem reizte sie ihn schon lange nicht mehr. Vielleicht war es sogar besser, wenn sie starb und er ein anderes Weib heiraten konnte, eines, das jünger war und ihm Kinder schenken konnte.

6.

Die Stimmung im Hause Mensing war schlecht. Die Mägde nahmen es dem Hausherrn übel, seine Frau so geschlagen zu haben, dass sie vom Kind gekommen war. Nur die Angst vor ihm verhinderte, dass sie ihm sein Rasierwasser zu kalt hinstellten oder ihm schlechte Mahlzeiten auftischten. Dafür aber gingen sie ihm aus dem Weg, wo es nur ging, und wenn er nach einer rief, kam diese eher zögerlich und verschwand schnell wieder.

Auch den Knechten lag die Herrin mehr am Herzen als er. Sie gehorchten ihm, erfüllten ihre Pflichten, aber ebenso wie die Mägde sprachen sie nicht mehr mit ihm, als unbedingt nötig war. Nach drei Tagen beschloss Mensing, die ersten Mägde zum Teufel zu jagen, nach einer Woche hätte er am liebsten alle entlassen, wagte es dann aber doch nicht, weil er verhindern wollte, dass Gerüchte in der Stadt auftauchten, die ihn in ein schlechtes Licht setzen konnten. Aus diesem Grund war er dann doch froh, als der Arzt verkündete, Mina sei auf dem Weg der Besserung. So konnte ihm wenigstens keiner vorwerfen, an ihrem Tod schuld zu sein.

Nach zwei Wochen verließ seine Frau ihr Krankenlager und nahm wieder ihren Platz im Haushalt ein. Sie setzte sich zu den Mahlzeiten an den Tisch, doch als Mensing sie ansah, wirkte ihr Gesicht starr und kalt wie Eis.

»Geht es dir besser?«, fragte er.

»So, wie es einmal war, wird es niemals mehr sein!« Mina sah nicht einmal auf, als sie es sagte.

Mensing presste verärgert die Lippen zusammen. Sich dies an den Kopf werfen lassen zu müssen, war fast zu viel für ihn. Aber schlagen durfte er seine Frau nicht, denn dann würde es draußen die Runde machen, und das wollte er nicht riskieren.

Er war daher froh, als die Tür aufging und ihr Sohn eintrat. Derek war ein mittelgroßer, schlaksiger junger Mann mit einem hübschen Gesicht. Als er auf seine Eltern zutrat, grinste er fröhlich und setzte sich.

»Ein Gedeck! Aber rasch, ich habe Hunger!«, rief er der Magd zu, die seinen Eltern die Speisen vorlegte.

»Ich würde erst einmal Guten Tag sagen«, tadelte ihn Mina.

Diesmal hatte Mensing nichts an ihrer Bemerkung auszusetzen. »Du hast deine Mutter gehört! Also grüße so, wie es sich gehört«, sagte er streng und musterte Derek mit einem fragenden Blick. »Weshalb bist du schon hier? Ich dachte, ihr schwimmt noch in der Ostsee?«

»Das tut die *Alania* auch noch. Ich bin in Lübeck von Bord gegangen und auf dem kürzesten Weg hierhergekommen. Die Strecke um Jütland herum schafft Nilsen auch allein«, antwortete Derek munter und angelte sich einen Löffel, da ihm eben die Suppe vorgesetzt wurde.

»Was sind das für Sitten, sein Schiff zu verlassen? Du bist der Kapitän und als solcher für die *Alania* verantwortlich. Du hättest sie selbst zurückbringen müssen!«

Jörgen Mensing kochte vor Wut. Wenn er sich schon über seine Frau ärgern musste, hatte wenigstens sein Sohn zu spuren und durfte keiner Verantwortung aus dem Weg gehen.

»Mein Gott, Herr Vater! Sie tun direkt so, als hätte ich ein Verbrechen begangen. Dabei ist die gesamte Ladung, die nach Hamburg gebracht werden soll, an Bord, und es geht nur noch darum, das Schiff heil durch das Kattegat und das Skagerrak zu steuern. Soll ich mich deshalb ans Steuerrad stellen, wenn Nilsen das genauso gut kann?«

Derek klang gekränkt, denn er hatte durch seine Handlung mindestens zwei Wochen, wahrscheinlich sogar mehr gewonnen, die er zu Hause verbringen konnte.

Mensing maß ihn mit einem verächtlichen Blick. »Ich weiß nicht, woher du das hast, aber ein Seemann bist du nicht. An deiner Stelle würde ich jede Minute genießen, die ich am Steuer der *Alania* stehen dürfte.«

»Sie sind ja auch als einfacher Seemann zur Welt gekommen und nicht als der Sohn eines reichen Reeders wie ich«, antwortete Derek leichthin zwischen zwei Löffeln Suppe. Er war der einzige

Sohn und musste auch nicht mit dem Ehemann einer Schwester rechnen. Daher sah er es als sein Vorrecht an, sein Leben so zu führen, wie es ihm gefiel. Irgendwann würde er alles erben, seine Schiffe unter zuverlässigen Kapitänen in die Welt schicken und dabei ausgezeichnet verdienen. Selbst auf einem Schiff zu fahren, wie sein Vater es noch tat, käme ihm gewiss nicht in den Sinn.

»Ich mag ein einfacher Seemann gewesen sein, doch ich bin meinen Weg gegangen. Sorge du dafür, dass auch du deinen Weg gehst, und zwar so, dass er wie der meine aufwärtsführt«, antwortete Mensing, um dann das Thema zu wechseln: »Ich habe mit dem Handelsherrn Samuel Bartlett aus London vereinbart, dass du seine Tochter heiraten wirst.«

»Heiraten? Aber …« Derek brach ab, als er den strengen Blick seines Vaters bemerkte. »Nun denn, wenn Sie meinen«, fuhr er nach kurzer Pause fort.

»Ja, ich meine!« Mensing wusste, dass Bartlett nur deshalb auf diese Verbindung eingegangen war, weil er damit seiner Tochter weniger Mitgift zukommen lassen konnte, als wenn er Heather an einen der Londoner Kaufherren verheiratet hätte. Dies bekümmerte ihn jedoch wenig, denn die Summe würde immer noch höher sein, als wenn sein Sohn eine Hamburger Kaufherrentochter heiratete.

Mina hörte ihm schweigend zu. Zwar sprach ihr Mann auch sonst nie mit ihr über seine Pläne. In diesem Fall aber ärgerte sie sich gewaltig, weil Derek auch ihr Sohn war. Sie kannte Bartlett nicht persönlich, sondern nur aus Erzählungen ihres Mannes. Nun fragte sie sich, wie dessen Tochter sein würde. Musste sie damit rechnen, dass die junge Frau darauf aus war, sie als Hausfrau zu verdrängen? Bis vor Kurzem hätte ihr das Sorge bereitet. Seit sie jedoch ihr Kind durch die Schuld ihres Mannes verloren hatte, schien ihr dies nicht mehr von Belang. Sie war sogar bereit, sich in eine der hinteren Kammern zurückzuziehen und nur noch mit den nötigsten Verbindungen zur Familie für sich zu leben.

Während seine Mutter sich mit allem abgefunden hatte, passte Derek die Aussicht auf eine baldige Heirat wenig. Eine Ehefrau hieß, bei seinen Besuchen in fremden Häfen scheel angesehen zu werden, wenn er dort eine Hafenkneipe mit wohlfeilen Mädchen betrat. Auf ihren bisherigen Fahrten hatte Nils Nilsen ihn in jene Häuser eingeführt, in denen es die hübschesten Mädchen gab. Das sollte er aufgeben, um ein treu sorgender Ehemann zu werden? Er hätte sich jedoch gegen seinen Vater durchsetzen müssen, um das zu verhindern, und das wagte er nicht. Er aß daher mit langem Gesicht seine Suppe und schnitt dann das Fleisch an, das ihm vorgesetzt wurde. Doch irgendwie schmeckte es ihm an diesem Tag nicht.

»Du hast übrigens mehr Glück als dein baldiger Schwager Zechariah. Dessen Braut hat ein Gesicht, bei dem jedes Pferd vor Neid erblassen würde. Heather hingegen ist ein hübsches Ding, noch etwas schüchtern und daher genau die Frau, die ein Mann braucht.«

So hast du es gerne!, dachte Mina verbittert. Du willst eine Frau, die vor dir oder in diesem Fall vor unserem Sohn kuscht und keine Widerrede wagt, weil sie sonst Schläge erhalten würde. Sie hatte dieses Schicksal zwanzig Jahre lang ertragen und war mit der Zeit müde geworden. Bei dem Gedanken erinnerte sie sich an Erna, die sie erst vor wenigen Wochen auf dem Gottesacker gesehen hatte. Sie waren beide gleich alt, und obwohl man sie immer noch eine schöne Frau nannte, erschien ihr Erna in der Erinnerung voller Lebensfreude. Sie würde es gewiss nicht zulassen, dass Simon eine Braut für ihren Sohn aussuchte, ohne sie zu fragen. Dann aber zuckte sie mit den Achseln. Das Leben war nun einmal, wie es war. Zu klagen half nicht, sondern verstärkte nur die eigene Bitterkeit.

»Sobald du verheiratet bist, wirst du zwei oder drei Jahre zu Hause bleiben und die Korrespondenz für mich führen«, sagte

Mensing zu seinem Sohn, ohne zu ahnen, dass er damit dessen größten Wunsch erfüllte.

Dieser Gedanke söhnte Derek ein wenig mit der geplanten Heirat aus. Wenn Heather tatsächlich ein scheues Mädchen war, das sich jeder seiner Launen fügte, konnte es sogar recht erfreulich werden.

»Ich werde tun, was Sie von mir wünschen, Vater«, sagte er mit einem Grinsen.

»Bis dorthin wirst du aber deinen Posten als Kapitän der *Alania* ausfüllen! Solltest du sie ein zweites Mal vor dem Zielhafen verlassen, wird es dir leidtun.« Jörgen Mensing sah seinen Sohn streng an. Noch war Derek nicht so, wie er es sich wünschte. Bevor Heather nach Hamburg kam, würde er den Jungen schleifen müssen, bis er mit ihm zufrieden war.

7.

»Endlich Hamburg!«

Jakob Simonsen drehte sich lächelnd zu Frieda um, die neben ihm am Bug der *Neuwerk* stand und auf die Stadt mit ihren Wällen und Mauern blickte, über die nur die Türme der großen Kirchen wie Sankt Michaelis, Sankt Nicolai und Sankt Petri hinausragten. Erst als sie sich dem Hafen näherten, waren hinter dem Wall, der diesen gegen die Stadt abschloss, die ersten hohen Patrizierhäuser zu erkennen.

»Das ist aber eine große Stadt!«, rief Frieda begeistert.

»Es ist ja auch meine Heimatstadt!« Jakob freute sich, wieder nach Hause zu kommen und einige Tage, vielleicht sogar ein paar Wochen bei seiner Mutter sein zu können. Zudem hatte sich die Fahrt gelohnt. Sie hatten ihre Fracht gut nach Plymouth gebracht und dort nach ihrem kurzen Ausflug an die bretonische Küste eine rentable Gegenfracht erhalten. Zudem war Frieda mit an Bord, und das zählte für Jakob mehr als die Summe, die Bertran für seine Rettung und die seiner Begleiter bezahlt hatte.

»Du solltest besser selbst am Steuer stehen!«, mahnte ihn Michel Gartz. »Das letzte Mal, als du Fedders ans Ruder gelassen hast, hätte er beinahe eine Schute über den Haufen gefahren!«

»He, das habe ich gehört!«, rief ihm Jan Fedders grinsend zu. Auch er war zufrieden, ebenso die restliche Mannschaft. Bei der Verfolgung durch die französische Fregatte hatte jeder von ihnen ein gewisses Jucken an jener Stelle im Nacken verspürt, an der das Fallbeil der Guillotine bei einer Hinrichtung auftreffen würde. Nun fragte Fedders sich, wie es den Franzosen nach ihrer Begegnung mit der *Eurymachos* erging. Hatten sie sich absetzen und in ihren Hafen zurückkehren können, oder mussten sie gezwungenermaßen die englische Gastfreundschaft ertragen?

Eine Schute, die ihnen in die Quere kam, beendete Fedders' Gedankengang, und er plärrte los: »He, ihr verdammten Süßwassermatrosen, könnt ihr nicht aufpassen!« Danach korrigierte er das Steuer leicht, um die Kollision zu vermeiden, während Frieda vorne am Bug zu kichern begann.

»Ihr Matrosen seid wirklich ein höfliches Volk!«

»Wenn es hart auf hart geht, bleibt keine Zeit für Komplimente«, antwortete Jakob und wies nach vorne auf ein an einem Anleger festgemachtes Schiff.

»Die *Wangerooge* ist bereits eingelaufen. Vater ist zurück!«

Obwohl er sich freute, diesem von der erfolgreichen Fahrt zu berichten, fühlte er sich beklommen. Immerhin hatten Michel Gartz und er einiges riskiert, indem sie auf Bertrans Bitte eingegangen waren. Zwar wusste er, dass Gartz die Verantwortung dafür auf sich nehmen würde. Aber er hatte diesem zugeredet, und das war vermutlich der Grund gewesen, warum Gartz zugestimmt hatte.

»Wir legen an die *Wangerooge* an!«, rief er Jan Fedders zu.

Der Platz an den Anlegestegen war knapp, und nicht wenige Schiffe mussten weiter draußen ankern und wurden mit Schuten entleert. Da galt es, die Gelegenheit zu nutzen, die ihm das Schiff seines Vaters bot.

»Machen wir!« Fedders erteilte Befehle, und sogleich eilten zwei Matrosen an die Reling und packten die Leinen, mit denen die *Neuwerk* festgemacht werden sollte.

Auf dem anderen Schiff war man auf sie aufmerksam geworden. »Jetzt waren wir doch schneller als ihr!«, rief Enno Holten, der Steuermann der *Wangerooge,* ihnen zu.

»Dem einen bläst der Wind von vorne, dem anderen von hinten«, gab Fedders fröhlich zurück.

Wenig später berührten sich die beiden Bordwände mit einem leichten Ruck, und die Leinen wurden festgemacht.

Michel Gartz wandte sich nun an Jakob. »Du kannst das Schiff ruhig verlassen und die Jungfer zu deinen Eltern bringen. Mit den Männern des Hafenmeisters kann ich mich auch alleine streiten.« Er grinste, denn so schlimm waren die Gespräche mit den Beamten nicht. Simon Simonsens Schiffer galten als zuverlässig, und – wie einer der höheren Chargen erklärt hatte – ihr Schmuggel beschränkte sich auf eine Extraration Tabak in ihrem Beutel.

Jakob lachte über die Worte seines Lehrmeisters und Freundes. »Nichts da, Herr Gartz! Ich will meine Aufgaben so erledigen, wie mein Vater es von mir wünscht. Außerdem haben Sie nicht weniger Sehnsucht nach Mabel und Molly als ich nach meinen Eltern.«

Michel Gartz' Gesicht wurde weich, als er an seine Frau und seine Tochter dachte. Er empfand es als ein Geschenk des Himmels, dass die ehemalige Sklavin Mabel bereit gewesen war, ihn zu heiraten. In seiner Jugend war er wegen seiner geringen Größe und seines spitzen Gesichts von den anderen jungen Männern wie auch von den Mädchen verspottet worden und hatte sich lange

Jahre nicht mehr mit dem weiblichen Geschlecht befasst. Dann war Mabel in sein Leben getreten und hatte ihm schließlich klargemacht, dass er mehr für sie war als nur der Freund des Mannes, dessen Matrosen sie aus dem Wasser gezogen hatten, und auch mehr als jene Lümmel, die hinter ihr herpfiffen und dabei doch nur an Unanständigkeiten dachten.

Unterdessen schwang sich Enno Holten auf die *Neuwerk* und klopfte Gartz und Jakob auf die Schultern. »Ihr habt dem alten Mädchen doch hoffentlich keinen Kratzer zugefügt?«, fragte er breit grinsend. Wie viele aus der alten Mannschaft der *Neuwerk,* die noch unter Hauke Lüders gefahren waren und sich nun auf einem von Simons anderen Schiffen befanden, fühlte er eine tiefe Verbundenheit mit diesem Schiff.

»Keinen einzigen!«, gab Jakob zur Antwort.

»Wir mussten uns unterwegs zwar mit einer französischen Fregatte herumschlagen, aber die haben so schlecht geschossen, dass unsere *Neuwerk* nicht einmal einen Spritzer Wasser abbekommen hat«, berichtete Fedders grinsend.

»Eine französische Fregatte? Und der seid ihr entkommen?«

»Wären wir sonst hier?«

»Ich glaube, ihr habt zu viel Rum getrunken, oder ihr wollt mir einen Bären aufbinden!« Enno Holten schnaubte kurz, sah dann Frieda bei Jakob stehen und riss die Augen auf.

»Wo habt ihr denn die schöne Seejungfrau her?«

»Jungfer Frieda ist einer der Gründe, weshalb die Franzosen auf uns geschossen haben«, sagte Fedders.

Bevor er noch mehr erzählen konnte, griff Jakob ein. »Kommt, Leute! Darüber können wir am Abend bei einem Krug Bier reden. Jetzt gilt es, die Papiere vorzuzeigen, damit wir von Bord können. Molly wäre sicher traurig, wenn wir ihr sagen müssten, dass ihr Vater wegen dir nicht vom Schiff heruntergekommen wäre.«

Ein mahnender Blick traf Holten, der beiseitetrat und den Männern des Hafenmeisters den Vortritt ließ. Die Begebenheit, die Fedders erwähnt hatte, war so interessant, dass er mehr davon hören wollte. In einem, dachte er, hatte Jakob aber recht. Mit einem Krug Bier lauschte es sich am besten.

8.

Es dauerte nicht lange, dann war das Schiff freigegeben, und sie konnten von Bord gehen. Nun bekam es Frieda mit der Angst zu tun. Was würden Jakobs Eltern dazu sagen, dass er sie zu ihnen ins Haus brachte – und das für so lange, bis einer der wenigen Verwandten ihres Vaters für sie die Vormundschaft übernehmen würde?

Jakob musste sie daher mehrmals auffordern, rascher zu gehen. Seufzend wurde Frieda schneller und folgte ihm mit klopfendem Herzen zu dem Haus, das sein Vater vor mehreren Jahren in der Eichholzstraße hatte errichten lassen.

Im alten Lüders-Haus in der Nicolaistraße wohnte nun Michel Gartz mit seiner Familie. Da er sein Geld stets zusammengehalten hatte, verfügte er über einen gewissen Wohlstand und war zudem Simon Simonsens bester Freund und engster Berater. Obwohl es ihn drängte, zu Mabel und Molly zu kommen, führte ihn sein erster Weg zu Simon. Er überließ es aber Jakob, den Türklopfer zu betätigen.

Das Einlaufen der *Neuwerk* war bereits gemeldet worden, und Simon und Erna freuten sich, dass ihr Sohn gut nach Hause gekommen war. Trotzdem saßen sie in der Küche und taten so, als wäre alles so wie jeden Tag.

»Habt ihr euch auch die Schuhe abgeputzt? Nicht dass ihr mir Dreck ins Haus tragt!«, rief Erna, als ihr Sohn eintrat.

Dieser grinste übers ganze Gesicht. »Natürlich haben wir das getan, Mama, denn wir wissen doch, dass du uns sonst mit dem Besen küsst.«

»So ein Lümmel!«, rief Erna scheinbar empört und musste sich das Lachen verkneifen. Dann sah sie Frieda, die scheu hinter Jakob hervorlugte, und zog die Augenbrauen hoch.

»Wie ich sehe, hast du einen Gast mitgebracht. Wäre es nicht an der Zeit, ihn uns vorzustellen?«

Jakob schluckte kurz, fasste nach Friedas Schulter und schob sie nach vorne. »Das hier ist Frieda Nauer. Sie ist Waise, und ich habe sie eingeladen, hier bei uns zu bleiben, bis sich einer ihrer Verwandten meldet.«

»Das hört sich nach einer längeren Geschichte an! Ich schätze, du wirst sie uns bald erzählen.« Simon stand nun doch auf, um den Sohn zu umarmen.

Erna tat es ihm gleich und bemerkte, dass bei dieser Fahrt in Jakob eine Veränderung vorgegangen war. Er wirkte erwachsener, und er bedachte Frieda mit Blicken, die sie aufmerksam werden ließen. Dennoch begrüßte sie erst einmal Michel Gartz.

»Guten Tag, Herr Gartz! Ich hoffe, unser Sohn hat sich bei dieser Fahrt anständig benommen.«

Gartz begriff, dass diese Bemerkung durchaus zweideutig gemeint war, und hob beschwichtigend die Hand. »Jakob hat sich äußerst manierlich benommen, Frau Simonsen. Ich hatte keinen Anlass zur Klage und kann Ihnen versichern, auch für Sie gibt es keinen Anlass dazu.«

»Dann ist es gut! Komm her, mein Kind! Du wirst müde sein nach der Reise. Wir beide werden nun eine schöne Tasse Kaffee trinken. Die Männer werden gewiss Bier bevorzugen. Vorher aber will ich Mabel und Molly erlösen. Sie können hereinkommen!«

Den letzten Satz sprach Erna lauter. Augenblicke später trippelte ein etwa dreijähriges Mädchen herein und schlang die Arme um

Michel Gartz. Mabel folgte ihrer Tochter wenige Sekunden später. Auch sie umarmte ihren Mann und setzte sich dann zu Erna und Frieda. Molly hingegen wartete, bis ihr Vater Platz genommen hatte, und kletterte dann auf dessen Schoß.

Während eine Magd Kaffee für die Frauen und Bier für die Männer brachte sowie einen leichten Kräuteraufguss für die kleine Molly, musterte Simon seinen Sohn. Auch er bemerkte die Veränderung, die in Jakob vorgegangen war.

»War die Fahrt erfolgreich?«, fragte er.

»Das war sie durchaus«, antwortete Gartz und reichte Simon die Schiffspapiere. »Hier sind die Listen der Waren, die wir in Plymouth gelöscht haben. Sie brachten guten Gewinn. England rüstet seine Flotte aus, um für den Kampf gegen die Jakobiner in Frankreich gerüstet zu sein.«

»Und was ist mit der versprochenen Gegenfracht?«, wollte Simon wissen.

»Die haben wir erhalten und können morgen damit beginnen, sie zu löschen. Meiner Berechnung nach müssten wir damit über ein Viertel mehr Gewinn machen, als wir erwartet hatten.«

»Das ist eine Menge!«, fand Simon. »Vor allem kommt es mir gelegen. Ich wollte bereits drei meiner alten Schiffe abstoßen, um ein größeres bauen lassen zu können. Jetzt werden es vielleicht nur zwei sein.«

»Wir haben noch mehr mitgebracht«, fuhr Gartz fort und legte einen Beutel auf den Tisch, der die Größe einer Faust besaß. »Das sind französische Louisdor! Wir haben sie bekommen, weil wir eine Gruppe von Flüchtlingen an der bretonischen Küste aufgenommen und nach England gebracht haben. Jungfer Frieda zählte zu ihnen, ist aber mit uns gekommen, weil sie in England keine Verwandten hat und auch niemanden, bei dem sie hätte bleiben können.«

Frieda senkte den Kopf. »Ich wusste mir keinen anderen Rat, denn in Frankreich konnte ich nicht bleiben. Die Jakobiner haben meinen Vater als Spion hingerichtet, obwohl er nur ein Kaufmann aus Frankfurt am Main war. Ich muss jetzt in jener Stadt nachfragen lassen, welche Verwandten ich dort habe, die mir helfen können, die Geschäfte meines Vaters fortzuführen.«

»Wir gewähren dir gerne Gastfreundschaft, und ich bin auch bereit, deine Belange zu vertreten, wenn du dies wünschst«, bot Simon Frieda sofort an.

»Das würden Sie tun? Oh, Gott, ich wäre überglücklich darüber! Außer einem alten Großonkel weiß ich nur von einem entfernten Vetter meines Vaters, dem ich mein Schicksal ungern anvertrauen würde. Mein Vater stand nicht sehr gut mit ihm.«

»Es mag sein, dass er trotzdem zu deinem Vormund ernannt wird. Ich verspreche dir aber, ihm auf die Finger zu sehen!« Mehr, sagte Simon sich, konnte er im Augenblick nicht für Frieda tun.

Jakob beschloss, alles zu unternehmen, damit das hübsche Mädchen nicht in die Gewalt eines Mannes geriet, dem sie misstraute. Eine Möglichkeit gab es, aber darüber wollte er mit ihr unter vier Augen sprechen. Nun stieß er mit Michel Gartz und seinem Vater auf die glückliche Rückkehr an und wollte dann das Gespräch auf den von seinem Vater geplanten Neubau eines großen Kauffahrteischiffs lenken. Doch so leicht ließ sich die Neugier seiner Eltern nicht beiseiteschieben, denn beide verlangten nun einen genauen Bericht über die Rettung der französischen Flüchtlinge.

»Wenn Jakob nichts dagegen hat, werde ich erzählen«, warf Michel Gartz ein.

Ihm war es lieber, wenn Simon und Erna die Geschichte von ihm und nicht von Jan Fedders hören würden, denn der würde die ganze Sache auf eine Weise aufbauschen, dass sich die Balken bogen.

9.

Simon Simonsens Vorhaben, ein größeres Schiff bauen zu lassen, drang bis zu seinem alten Rivalen Mensing durch. Dieser besaß mehr Schiffe als Simon und erwirtschaftete mit diesen auch größeren Gewinn. Und doch würde dieses neue Schiff Simons Ansehen höher steigen lassen als seines. Nun ärgerte er sich, weil er zu viel Geld aufgewendet hatte, das große Haus seines Schwiegervaters zu ersteigern und neu einzurichten. In seinem alten Haus hätte er nicht schlichter gewohnt als Simon, und nun fehlte ihm das Geld, um ein ähnlich großes Schiff wie dieser auf Kiel legen zu lassen.

Während Jörgen Mensing darüber nachsann, wie er seinen Vorsprung vor Simon halten konnte, genoss sein Sohn Derek die freie Zeit, die er sich dadurch verschafft hatte, dass er die *Alania* in Lübeck verlassen hatte, anstatt auf ihr um Jütland herumzusegeln. Dem kleinen Sturm, der in Hamburg die Flut um ein paar Ellen höher aufsteigen ließ als gewöhnlich, schenkte er keine Beachtung.

An diesem Tag fand auf dem Zeughausmarkt ein kleines Fest statt, bei dem für die Witwen und Waisen der auf See gebliebenen Matrosen gesammelt werden sollte. Derek reizte der Rum, der dort billig ausgeschenkt wurde, und so machte er sich auf den Weg. Drei Freunde kamen in der Hoffnung mit, er werde ihnen den einen oder anderen Trunk spendieren.

Der Rumverkäufer war ihr erstes Ziel, und man schenkte ihnen gerne ein. Nach einer Weile sah Derek sich um und entdeckte in der Nähe ein Karussell. Es bestand aus einem Gestell mit sechs Sitzen, auf denen Kinder und junge Mädchen Platz nehmen konnten, während die Väter oder andere Begleiter nebenherliefen und das Karussell drehten.

Eben war das Karussell mit fünf Mädchen zwischen zwölf und siebzehn Jahren belegt, und ein paar der Älteren waren recht hübsch. Derek wollte hingehen, um sich als Anschieber zu empfehlen. Da sah er Jakob Simonsen herankommen, und der hatte an seinem Arm eines der schönsten Mädchen, die er je gesehen hatte.

»Weiß jemand, wer das ist?«, fragte er seine Freunde.

Zwei von ihnen schüttelten den Kopf, während der Dritte kurz überlegte. »Wenn mich nicht alles täuscht, handelt es sich um eine Französin, die vor den Jakobinern geflohen ist, weil man ihr sonst die Rübe abgeschnitten hätte.« Er war schon ein wenig betrunken und lachte über seine Bemerkung wie über einen Witz.

Derek Mensing musterte Frieda und Jakob und grinste. »Ich glaube, diese Kleine braucht einen anderen Begleiter als diesen Trottel!«

Noch während er es sagte, sah er, wie Frieda auf dem Karussell Platz nahm und Jakob den Griff packte, mit dem er es schieben konnte.

Erna hatte die beiden losgeschickt, damit das Mädchen nicht nur an den hingerichteten Vater denken musste, sondern auch ein wenig Freude haben sollte. Zwar war Frieda noch immer etwas bedrückt, fühlte sich aber in Jakobs Gegenwart wohl. Auch jetzt ging er neben ihr her, schob das Karussell mit an und lachte fröhlich.

»Gefällt es dir?«

»Ja, doch! Es ist schön zu sehen, wie sich die Welt um einen dreht.«

»Wenn du magst, können wir noch ein paar Runden machen. Dann aber muss ich mich mit einem Bratfisch und einem Schluck Bier stärken.«

Da tauchte Derek Mensing neben ihm auf. »Den Bratfisch und das Bier kannst du gleich haben, denn nun werde ich mich um die Deern kümmern!« Derek packte Jakob und wollte ihn von Frieda wegzerren.

Verärgert versetzte Jakob ihm einen Stoß, und da Derek angetrunken war, taumelte er gegen seine Freunde. Ein paar der Umstehenden lachten, während Jakob weiter neben Frieda das Karussell anschob.

»Verflucht, Simonsen, das hast du nicht umsonst getan!«, brüllte Derek und stürmte auf Jakob los.

Er traf ihn mit zwei harten Hieben, dann aber schlug Jakob zurück. Schon nach wenigen Augenblicken war zu erkennen, dass Derek ihm nicht gewachsen war.

»Warum helft ihr mir nicht, ihr Narren?«, rief dieser seinen Begleitern zu.

Die drei sahen sich kurz an. Ihnen war klar, dass sie, falls sie Derek jetzt im Stich ließen, nicht mehr mit seiner Großzügigkeit rechnen konnten.

»Also dann!«, meinte der Erste, krempelte die Ärmel hoch und eilte los, um seinem Freund beizustehen.

Nur Augenblicke später stand Jakob vier Gegnern gegenüber und begriff, dass er die Wahl hatte, davonzurennen oder die schlimmsten Prügel seines Lebens einzustecken. Sein Verstand riet ihm zu Ersterem, doch er wollte sich vor Frieda nicht als Feigling zeigen und verteidigte sich mit aller Verbissenheit. Ihm kam zugute, dass er noch nüchtern war, während die anderen den Rum spürten.

Frieda sprang von dem noch fahrenden Karussell und sah sich Hilfe suchend um. Es waren nur Frauen, Kinder und ältere Männer zu sehen, aber niemand, der Jakob hätte beistehen können. Kurz entschlossen eilte sie zum Bierstand, packte einen Krug und schleuderte ihn auf einen von Dereks Kumpanen. Sie traf gut, und der Betrunkene wankte zurück, was Jakob ein wenig Raum verschaffte, so dass er einen der Kerle mit einem gut gezielten Kinnhaken niederschlagen konnte.

Frieda warf den nächsten Bierkrug – und dann noch einen. Einer von Dereks Freunden sah es und wollte auf sie losgehen. Frieda ergriff einen weiteren Krug, nahm Maß und schleuderte ihn mit aller Kraft. Es knirschte laut, als der Krug das Gesicht des Kerls traf. Sofort schoss ihm das Blut aus den Nasenlöchern, und er wich wimmernd zurück.

Da bemerkte Frieda, dass Derek Mensing sein Messer zog und versuchte, hinter Jakob zu gelangen. Sie packte einen Krug mit beiden Händen, rannte los und hämmerte ihn Derek auf den Schädel. Dieser stöhnte auf und stürzte haltlos zu Boden.

Mittlerweile waren Matrosen auf die Schlägerei aufmerksam geworden und eilten herbei, doch ihre Hilfe war nicht vonnöten. Dereks Freunde trollten sich, während dieser sich eben wieder regte.

Jakob leerte einen Krug Bier über seinem Kopf aus und blickte mit einer Mischung aus Spott und Wut auf ihn hinab. »Wenn du dich das nächste Mal mit jemandem anlegst, solltest du darauf achten, dass er nicht stärker ist als du. Und jetzt verschwinde, sonst erinnere ich mich daran, dass du ein Messer gegen mich gezogen hast. Versuche das nie wieder, oder du erlebst den nächsten Tag nicht mehr!«

»So ein Lumpenhund! Kommt einfach her, um die Mädchen auf meinem Karussell zu belästigen«, rief dessen Betreiber zornig.

»Die Jungfer hat es ihm und seinen Gesellen aber gezeigt«, sagte der Bierschenk, während er die Krüge, die Frieda geworfen hatte, einsammelte. »Einer ist übrigens zerbrochen. Den hat der Kerl mir zu ersetzen!«

Derek war übel, und er hatte das Gefühl, als platzte ihm gleich der Schädel. Mühsam stand er auf und funkelte den Bierschenk wütend an. »Ich bin kein Kerl, sondern Derek Mensing, Sohn des Kaufherrn und Reeders Jörgen Mensing. Merk dir das!«

»Ich werde es mir merken! Aber jetzt will ich das Geld für meinen Krug«, antwortete der Wirt gelassen und streckte ihm die Hand hin.

Derek bedachte ihn mit einem unanständigen Ausdruck und ging mit noch immer weichen Knien los. Als der Bierschenk ihm folgen wollte, hielt Jakob ihn auf.

»Lass den Kerl! Hier hast du dein Geld.« Er reichte dem Mann ein paar Münzen und drehte sich zu Frieda um. »Du warst wundervoll!« Ehe sie sichs versah, umarmte er sie und berührte ihre Lippen mit den seinen.

Frieda sträubte sich einen Augenblick dagegen, gab sich dann aber ganz dem wonnigen Gefühl hin und erwiderte den Kuss.

»So haben wir aber nicht gewettet«, meinte der Bierschenk bärbeißig. »Wer eine ehrbare Jungfer in der Öffentlichkeit küsst, sollte auch die entsprechenden Konsequenzen ziehen und sich mit ihr vom Pastor zusammengeben lassen.«

Zuerst wollte Jakob darüber lachen, sah aber dann Friedas liebliches Gesicht an und fand, dass er mit keinem Mädchen lieber verheiratet sein wollte als mit ihr.

Frieda fragte sich, wie es sein würde, mit Jakob verheiratet zu sein. Sie stand ganz allein in der Welt, und bei dem Verwandten, an den sie sich wenden konnte, musste sie damit rechnen, dass er sie um ihr Erbe betrog. Zudem war Jakob ein gut aussehender junger Mann, bei dem ihr Herz schneller schlug. Sie verdankte ihm ihr Leben, denn sie war sicher, dass die Jakobiner auch sie auf die Guillotine geschickt hätten. Als sie sich daran erinnerte, wie er den Kapitän der französischen Fregatte überlistet hatte, wusste sie, dass es keinen besseren Mann auf der Welt geben konnte als ihn.

»Hab Dank für deine mahnenden Worte! Und jetzt gibst du uns zwei Krüge Bier und du dort zwei Portionen Fisch. Von so einem kleinen Zwischenfall lassen wir uns doch das Fest nicht vermiesen«, meinte Jakob grinsend und legte, da der Pastor herankam, um zu schauen, was es hier gegeben hatte, mehrere Münzen auf den Tisch.

»Das hier ist für die Witwen und Waisen der armen Seeleute, die Gott auf dem Ozean oder in fernen Ländern zu sich gerufen hat. Sie, Herr Pastor, bitte ich, am Sonntag das Aufgebot verkünden zu lassen, dass die ehrenhafte Jungfer Frieda Nauer aus Frankfurt und

Jakob Simonsen, Sohn des Simon Simonsen, Kaufmann und Schiffseigner von hier, den Bund der Ehe einzugehen gedenken.«

»Wie soll das zugehen? Du bist noch nicht volljährig und das Mädchen uns vollkommen unbekannt«, wandte der Pfarrer ein.

»Mein Vater wird noch heute kommen und meine Worte bestätigen. Frieda ist Waise, denn ihr Vater wurde von den Franzosen geköpft. Nahe Verwandte gibt es keine. Damit steht einer Heirat mit mir nichts im Wege.«

Jakob klang so entschlossen, dass der Pastor nickte. »Dann soll es so sein! Aber ihr kommt beide mit, und ich werde die Jungfer eingehend examinieren.«

Danach bestellte auch er einen Krug Bier und ließ sich von dem Bierschenk und der Frau, die den Rum verkaufte, berichten, was hier geschehen war.

10.

Derek Mensing kam in einem unbeschreiblichen Zustand nach Hause. Die Schmach, dass er wie ein geprügelter Hund hatte abziehen müssen, mischte sich mit seinen Schmerzen und der Wut auf seine Freunde, die sich von einem mit Krügen werfenden Mädchen hatten vertreiben lassen. Zwar war seine Nase heil geblieben, dennoch sah er schrecklich aus. Sein rechtes Auge schloss sich, außerdem hatte er einen Zahn durch einen harten Schlag verloren, und das Kinn zierten mehrere kräftige Beulen. Eine weitere große Beule wuchs ihm an der Stelle des Kopfes, an der ihn Friedas Krug mit voller Wucht getroffen hatte.

Da er seinem Vater so nicht unter die Augen treten wollte, schlich er den Flur entlang zur Treppe, um in sein Zimmer zu gelangen. Dort wollte er eine Magd rufen, die seine Mutter holen sollte.

So als hätte er gespürt, dass sein Sohn zurückgekommen war, öffnete Jörgen Mensing die Tür seines Zimmers und blickte hinaus. Beim Anblick seines ramponierten Sprösslings kniff er die Augen zusammen.

»Du bist wohl an jemanden geraten, der härter zuschlagen konnte als du. Oder muss der andere von seinen Leuten betrauert werden?«

Derek senkte betroffen den Kopf. »Es haben sich andere eingemischt und mir einen Bierkrug über den Kopf gezogen!«

»Dann hoffe ich, dass du die Sache nicht vergisst und es diesen Kerlen heimzahlen wirst«, erklärte Mensing und machte seinem Sohn mit einer heftigen Geste klar, dass dieser zu ihm ins Zimmer kommen solle.

»Ich will mich erst …«

Zu mehr kam Derek nicht, denn sein Vater unterbrach ihn sofort. »Du kommst zu mir, und zwar auf der Stelle!«

Missmutig schlurfte Derek hinein und wollte sich setzen.

»Du bleibst stehen!«, sagte sein Vater und drehte sich mit eisiger Miene zu ihm um. »Während du weg warst, kam die Meldung, dass auf Rømø und Sylt Wrackstücke angetrieben worden sind, die unzweifelhaft zur *Alania* gehören. Dein Schiff, das du in Lübeck im Stich gelassen hast, ist im Sturm untergegangen.«

»Die *Alania* ist gesunken? Dann war es gut, dass ich in Lübeck von Bord gegangen bin!«, rief Derek.

»Es wird Fragen geben, weshalb ausgerechnet der Kapitän den Untergang seines Schiffes überlebt hat, und seine Mannschaft nicht! Man wird dir Feigheit vorwerfen, wenn nicht noch Schlimmeres. Mein Gott, ich wollte fast, du wärst auf der *Alania* geblieben, anstatt mir diese Schande zu bereiten!«

Jörgen Mensing war kurz davor, seinen Sohn zu ohrfeigen, weil dieser die Verantwortung für sein Schiff Nils Nilsen übertragen hatte. Der war zwar ein guter Matrose gewesen und auch ein brauchbarer Steuermann. Ein Schiff heil durch einen schweren Sturm zu steuern, war jedoch eine zu große Aufgabe für ihn gewesen.

Dann begriff er, dass nach Jens Schabrock, der vor gut zehn Jahren verstorben war, und dem vor zwei Jahren auf der See gebliebenen Hajo Treemers nun mit Nils Nilsen ein weiterer Mann ums Leben gekommen war, der vor fast zwanzig Jahren mit ihm zusammen die übrige Mannschaft der *Schwan* im Stich gelassen hatte. Nun wussten nur noch Mats Küsters und Lukas Thadde, was damals tatsächlich geschehen war. Küsters hatte auf einem holländischen Walfänger angeheuert, und Thadde lebte als Handelsagent im Baltikum. Auf die Verschwiegenheit der beiden glaubte er, vertrauen zu können.

Die Erinnerung an die eigene Schuld brachte ihn jedoch nicht dazu, seinen Sohn nachsichtiger zu behandeln. Er hatte damals die *Schwan* verlassen, ohne dass es sein Ansehen beschädigt hatte. Derek hingegen würden die Leute es noch lange nachtragen, dass er sein Schiff im Stich gelassen hatte und es danach gesunken war. Dazu kamen die Prügel, die er sich an diesem Tag eingefangen hatte. Irgendwann musste Derek es seinen Gegnern heimzahlen, und es musste auf eine Weise geschehen, die den Menschen Respekt einflößte. Ein simpler Mord in der Dunkelheit der Nacht zählte nicht dazu.

11.

Jakob Simonsen kehrte in einer Stimmung nach Hause zurück, in der er jeden, der ihm begegnete, hätte küssen können. Frieda hingegen war nicht so wohl dabei, denn sie wusste nicht, was Jakobs Eltern dazu sagen würden, dass er das Aufgebot für die Hochzeit bestellt hatte.

»Vielleicht sollten wir es Herrn und Frau Simonsen nicht gleich sagen, sondern es ihnen vorsichtig beibringen«, schlug sie vor.

Jakob nickte, ohne jedoch daran zu denken, diesen Rat zu befolgen. Kaum stand er in der Stube, in der sich seine Eltern bei einer Tasse Tee unterhielten, platzte er auch schon heraus.

»Ich weiß jetzt, wie wir Frieda vor den Begehrlichkeiten ihrer Verwandten retten können!«

»So? Und wie?«, fragte Simon, ohne zu begreifen, worauf sein Sohn aus war.

»Da Frieda Waise ist und es keinen nahen Verwandten gibt, der für sie sorgen könnte, sehe ich es als meine Pflicht an, ihr meinen Schutz in Form einer Ehe anzutragen.«

Die Worte saßen. Erna verschüttete sogar ein wenig Tee und blickte ärgerlich auf das gute Tischtuch.

»Siehst du, was du angestellt hast!«, schalt sie ihn, während Simon das junge Paar nachdenklich betrachtete.

Sein Sohn war neunzehn und Frieda siebzehn. Zwar gab es Ehen, bei denen die Paare noch jünger waren, doch meistens heirateten die jungen Männer und Frauen erst, wenn sie die zwanzig überschritten hatten. Er erinnerte sich, wie er sich im selben Alter wie sein Sohn in die damals siebzehnjährige Mina Thadde verliebt hatte. Wären nicht Jörgen Mensings Intrigen und Verleumdungen gewesen, hätte er sie wohl auch geheiratet. Daher widerstand er dem Wunsch, Jakob zurechtzuweisen.

»Ich habe mit dem Herrn Pastor gesprochen. Er besteht darauf, dass Vater heute noch zu ihm kommt und ihm seine Zustimmung mitteilt«, fuhr Jakob in dem Bestreben fort, sich um nichts auf der Welt von seinem Entschluss, Frieda zu heiraten, abbringen zu lassen.

»So? Hast du das?« Simon überlegte, ob er die Sache dadurch beenden sollte, indem er eben nicht den Pastor aufsuchte. Doch dann bestand die Gefahr, sich Jakob zu entfremden. Während er darüber nachsann, musterte er die Schrammen, die sich Jakob bei seiner Schlägerei mit Derek Mensing und dessen Kumpanen zugezogen hatte.

Auch Erna bemerkte nun die Verletzungen und stand besorgt auf. »Was ist mit dir, mein Junge?«

»Derek Mensing ist Frieda gegenüber aufdringlich geworden. Als ich ihn zurechtweisen musste, wollten seine Freunde ihm helfen. Es ist ihnen nicht gut bekommen, denn Frieda hat sie mit Bierkrügen beworfen. Ich glaube, sie hat einem sogar die Nase gebrochen. Als der junge Mensing mich hinterrücks niederstechen wollte, hat sie ihm einen Krug solcherart auf den Kopf gehauen, dass er sich schlafen legte. Ihr hättet sie sehen sollen! Sie war einfach wunderbar!«

Jakob sah Frieda mit derart leuchtenden Augen an, dass Erna und Simon begriffen, jeder Versuch, die beiden zu trennen, wäre vergebens.

»Was meinst du?«, fragte Erna schließlich.

Simon zupfte nervös an dem Backenbart, den er sich seit einiger Zeit stehen ließ, und antwortete mit einer Gegenfrage. »Kann die Liebe eines siebzehnjährigen Mädchens von Dauer sein?«

Erna erinnerte sich, wie sehr sie Simon bereits als Sechzehnjährige geliebt hatte und wie verzweifelt sie gewesen war, als dieser sich Mina Thadde zugewandt hatte. Daher nickte sie. »Doch, das kann sie!«, sagte sie und fasste nach der Hand ihres Mannes.

»Dann soll es so sein!« Während Simon trotz dieser Worte noch ein wenig abwehrend klang, stand Erna auf und schloss Frieda in die Arme.

»Sei mir nun endgültig willkommen, mein Kind!«

•

SECHSTER TEIL

ZEITENWENDE

1.

Frieda Simonsen stöhnte gequält, als eine neue Wehe ihren Leib durchlief. »Da haben wir über zehn Jahre auf ein Kind gewartet, und jetzt kommt das zweite nur wenig mehr als ein Jahr nach dem ersten!«

»Wenigstens kommen sie jetzt!« Aus Erna Simonsen sprach die ganze Sehnsucht nach den Enkeln, die sich so lange nicht erfüllt hatte.

»Es wird alles gut werden«, meldete sich die Hebamme zu Wort. Sie hatte Frieda bereits bei der Geburt des kleinen Jeremias betreut und hoffte, dass auch an diesem Tag alles gut gehen würde.

»Was wünschen Sie sich? Wieder einen Sohn?«, fragte sie Frieda.

»Jakob würde es freuen! Dann hätte er zu Derek Mensing aufgeschlossen.«

Obwohl sie in den Wehen lag, musste Frieda an die Feindschaft zwischen ihnen und der Familie Mensing denken. Vor allem Derek Mensing tat alles, um ihre Familie zu verleumden, und bezahlte sogar Leute, damit sie seine Lügen weitererzählten.

»Geholfen hat es ihm nichts«, setzte sie für sich hinzu.

»Was meinst du?«, fragte Erna.

»Nichts! Meine Gedanken sind gehüpft«, antwortete Frieda und spürte, wie die nächste Wehe kam.

»Jetzt dürfte es bald so weit sein«, rief sie schmerzerfüllt und krallte die Finger in die Bettdecke.

Die Hebamme wollte sich vorbeugen, um besser sehen zu können. In dem Augenblick drang von der Straße her der Klang von Trommeln und Querpfeifen zuerst leise und dann immer lauter in den Raum.

»Was ist denn das?«, fragte Frieda verwundert.

Erna Simonsen trat ans Fenster. »Es sind die Franzosen des Marschalls Mortier. Es hieß ja, sie würden heute in Hamburg einrücken. Die hätten sich auch einen anderen Tag aussuchen können! Hoffentlich machen sie nicht so viel Krach, dass es uns stört.«

»Das Kind kommt!«, erklärte die Hebamme und forderte die werdende Mutter auf, noch einmal kräftig zu pressen.

»Viel kräftiger kann ich nicht mehr«, keuchte Frieda und sank zurück, als das Kind nach einer letzten Anstrengung ihren Leib verlassen hatte.

»Was ist es? Ein Sohn?«, fragte sie, als sie wieder zu Atem gekommen war.

»Es ist ein Mädchen«, antwortete ihre Schwiegermutter, »so gesund und kräftig, wie man es sich nur wünschen kann.«

Wie um Erna Simonsens Worte zu bekräftigen, stieß die Kleine einen zornigen Schrei aus. Sie beruhigte sich aber rasch wieder und konnte abgenabelt, gewaschen und gewickelt werden.

Wenig später lag das Kind in der Wiege, in der schon seine Großmutter und der Vater die ersten Wochen ihres Lebens verbracht hatten. Es lag ganz still und ließ die Augen von einer Person zur anderen wandern.

»Irgendjemand sollte den beiden Herren Simonsen mitteilen, dass sie ihr Heim von nun an mit einem kleinen Mädchen teilen müssen«, sagte die Hebamme zu Erna.

»Das mache ich! Die zwei sitzen im Erdgeschoss in der Küche und sind wahrscheinlich angespannter als wir. Sicher fragen sie sich schon, ob alles gut gegangen ist. Brauchst du noch etwas, meine Liebe?« Ernas letzter Satz galt Frieda, doch die schüttelte den Kopf.

»Geh ruhig zu Jakob und Simon und beruhige sie. Nicht, dass sie ihren Trost in der Rumflasche suchen.«

»Und Jeremias gleich mittrinken lassen!« Erna lachte auf und verließ das Zimmer, während die Hebamme zurückblieb, um die Wöchnerin zu versorgen.

Sie fand ihren Mann und ihren Sohn tatsächlich mit einem Becher in der Hand in der Küche vor. Michel Gartz hatte sich zu ihnen gesellt, während dessen Tochter Molly in der Ecke saß und sich um den kleinen Jeremias kümmerte.

Als Jakob seine Mutter eintreten sah, schoss er von seinem Stuhl hoch. »Wie geht es Frieda? Hat sie es gut überstanden?«

Es freute Erna, dass die ersten Gedanken ihres Sohnes seiner Frau galten und nicht dem Kind, das er sich von ihr erhoffte.

»Frieda geht es gut. Es war natürlich nicht leicht, das neue Leben zur Welt zu bringen, doch nun ist es geschafft. Hast du dir überhaupt schon einen Namen für deine Tochter ausgesucht?«

»Es ist also eine Deern!«, rief Simon aus.

»Du hast ein Schwesterchen bekommen, mein Kleiner«, sagte Molly Gartz zu Jeremias, während sie ihn wiegte.

»Ist sie gesund?«, wollte Jakob wissen.

Erna nickte lächelnd. »Sie sieht so aus, und sie hat auch eine kräftige Stimme, die du noch oft hören wirst!«

»Ich kenne eine gute Schenke. Die ist weit genug weg, so dass man das Geschrei des Kindes nicht vernimmt«, meinte Simon grinsend.

»Ich nehme an, dass es dort in nächster Zeit von Franzosen wimmeln wird!« Jakob klang bissig, denn er sah durch das Fenster, dass Männer in blauen Uniformen die Straße entlangkamen. Immer wieder hielt eine Gruppe vor einer Haustür an und klopfte dagegen.

Plötzlich pochte auch jemand gebieterisch an die eigene Tür. Simon wollte aufstehen und nachsehen, doch Erna kam ihm zuvor. Mit verärgerter Miene trat sie an die Haustür und öffnete selbst.

Zwei junge Offiziere standen draußen und sprachen auf Französisch auf sie ein.

»Das könnt ihr euch sparen, denn ich verstehe kein Wort«, fuhr Erna ihnen in die Parade.

Mittlerweile war auch Simon herangekommen. »Was ist denn los?«

Einer der Offiziere hielt ihm ein Blatt Papier vor die Nase. Der Text war in Französisch und Deutsch aufgedruckt und besagte, dass die beiden Männer, deren Namen handschriftlich nachgetragen worden waren, hier einzuquartieren und mit allem zu versorgen seien, was sie brauchten.

»Nun, wenn es denn sein muss«, sagte Simon und zog Erna beiseite, damit die Offiziere eintreten konnten.

Die Hausherrin musterte die jungen Männer und hob mahnend die Hand. »Hier ist eben eine Frau mit einem Kind niedergekommen. Also benehmt euch gebührlich!«

Die beiden Franzosen sahen zuerst einander an und dann Simon. Dieser begriff, dass es ihnen nicht passte, wie seine Frau mit ihnen sprach, auch wenn sie das meiste davon nicht verstanden. Sie waren die Sieger, und ihre Armee hatte Hamburg eingenommen. Daher glaubten sie, Forderungen stellen zu können, die gefälligst sofort erfüllt werden mussten.

Noch bevor Simon in holprigem Französisch erklären konnte, was seine Frau meinte, erklang von oben das protestierende Geschrei der Kleinen. Jetzt verstanden die jungen Männer, was er meinte, und lachten.

»Wir brauchen ein Quartier, Wein und etwas zu essen«, erklärte der Höherrangige von ihnen.

»Das bekommt ihr alles«, antwortete Simon und sah seine Frau an. »Wo sollen wir die Herren unterbringen?«

Erna lag auf der Zunge, dass eine Abstellkammer gut genug für das Soldatengesindel sei. Sie beherrschte sich jedoch und winkte den beiden, ihr zu folgen. Obwohl es ihr in der Seele wehtat, brachte sie die Franzosen in eines der beiden Zimmer, die sie für Gäste bereithielten, und wies ihre älteste Magd an, den Männern Wein und eine Mahlzeit aufzutischen. Als sie das Zimmer verlassen hatte, sahen die Offiziere sich zufrieden um.

»Das ist zwar kein Palast, aber nicht übel«, meinte der eine.

»Wir haben auf unseren Feldzügen wahrlich schon schlechter geschlafen«, antwortete sein Kamerad. »Wenn der Wein und das Mahl ebenso gut sind, können wir meinetwegen lange hierbleiben.«

»Hoffentlich nicht zu lange! Ich hoffe auf einen baldigen Feldzug, so wie der gegen die Preußen, die wir bei Jena und Auerstedt zu Paaren getrieben haben. Ich will Capitaine werden und du gewiss Major.«

»Jetzt will ich mich erst einmal ausruhen«, antwortete sein Freund und legte sich in voller Uniform mit Stiefeln aufs Bett.

So traf die alte Magd die beiden an, die mit einem Krug Wein sowie einem Korb mit Wurst, Fisch und Brot hereinkam. Mit einem missbilligenden Blick musterte sie den Offizier auf dem Bett und stellte dann das Vesper auf eine Anrichte.

»Wohl bekomme es!«, sagte sie und meinte insgeheim, es solle ihnen im Hals stecken bleiben.

2.

Der Einmarsch der Franzosen stellte eine Zeitenwende in Hamburg dar. Die alten Autoritäten wurden von einem auf den anderen Tag abgesetzt und die Kontrolle über Handel und Verwaltung der Stadt von den Besatzern übernommen. Da der Krieg Geld kostete, sahen die Franzosen sich als Sieger im Recht, von der Stadt und den reichen Bürgern der Stadt Kontributionen zu verlangen.

Simon und Jakob zahlten zähneknirschend die Summe, die von ihnen verlangt wurde. Auch Jörgen Mensing musste tief in die Kasse greifen und verfluchte die Franzosen, die ihn wegen seiner Verbindungen zu England besonders im Auge behielten.

In diesen Tagen wurde Friedas und Jakobs neugeborene Tochter in der Sankt-Michaelis-Kirche auf den Namen Ruth getauft. Ohne dass es ihr bewusst wurde, war sie der Grund, aus dem ihre Großeltern und Eltern sich weniger über die einquartierten Franzosen ärgern mussten als andere. Die beiden jungen Offiziere mochten übermütig sein, doch sie nahmen Rücksicht auf die Kleine und schimpften auch nicht über das Essen und den Wein, wie es in anderen Häusern geschah.

Erna hatte ihren Ärger über die Einquartierung zwar nicht verwunden, sagte sich aber, dass es wenig sinnvoll war, den Unmut der beiden Franzosen zu erregen. Sie lud sie daher an den Familientisch ein, so dass diese dasselbe aufgetischt bekamen wie sie selbst. Auch der Wein war von brauchbarer Qualität. Da die Besatzungssoldaten allgemein den Wein lieber tranken als Bier, wurden in den Weinkellern der Stadt die Fässer immer leerer.

An einem frühen Vormittag wurde Simon zu einem der Untergebenen des neuen Gouverneurs gerufen und nach einer Stunde Wartezeit vorgelassen.

»Sprichst du Französisch?«, fragte der Mann.

Simon hatte in den vielen Jahren, die er zur See gefahren war, etliche französische Häfen angelaufen und sich dabei die Grundzüge der französischen Sprache angeeignet.

Trotzdem schüttelte er den Kopf. »Nein! Außer einem halben Dutzend Worte weiß ich davon nichts.«

»Sobald es möglich ist, wirst du zwei Schiffe nach Bordeaux schicken, damit sie dort Wein holen. Die Kosten dafür wird die Stadt übernehmen«, erklärte der Franzose.

Für Simon hieß dies, dass er die Fahrten umsonst oder für einen symbolischen Betrag würde übernehmen müssen, und hätte am liebsten abgelehnt. Das aber hätte die Franzosen verärgert, und er musste damit rechnen, dass sie es ihm heimzahlten.

»Wenn das Frühjahr kommt, können meine Schiffe in See stechen«, sagte er daher.

»Zwei weitere Schiffe werden mitsamt ihren Mannschaften requiriert, um Nachschub für unsere Armee zu transportieren.«

Das ging Simon nun doch zu weit. »Ich bin bereit, meine Schiffe für die französische Armee fahren zu lassen, will dafür aber bezahlt werden! Der Transport von Gütern ist mein Gewerbe. Ich muss Geld verdienen, um mit meiner Familie leben zu können.«

»Du wirst das tun, was im Namen des Kaisers angeordnet wird!«

Simon begriff, dass er nichts erreichen konnte, und hörte schweigend zu, als der Offizier ihm weitere Anweisungen erteilte. Eines wurde ihm rasch klar: Die Franzosen waren nicht bereit, auf ihn oder einen anderen in Hamburg Rücksicht zu nehmen. Sie waren die Sieger und würden ihre Forderungen stellen, mochten sie nun erfüllbar sein oder nicht.

Nachdem der Franzose ihn arrogant verabschiedet hatte, kehrte Simon zornbebend nach Hause zurück. Erna, Jakob und Frieda, die Ruth auf dem Arm hielt, saßen in der Küche zusammen und sahen ihn angespannt an.

»Was wollte man von dir, Vater?«, fragte Jakob.

»Die Franzosen soll der Teufel holen!«, stieß Simon wütend aus und sah sich dann doch erschrocken um. »Wo sind …«

»Wenn du Capitaine Fossé und Lieutenant Prochain meinst – die sind mit Kameraden ausgegangen. Sie können dich also nicht hören«, unterbrach ihn seine Frau.

»Gott sei Dank! Dann kann ich es noch einmal sagen. Die Franzosen soll der Teufel holen!«

»War es so schlimm, Vater?«, fragte Jakob besorgt.

»Noch schlimmer! Die Franzosen wollen zwei unserer Schiffe beschlagnahmen, um ihren Nachschub transportieren zu können, und zwei weitere sollen wir nach Bordeaux schicken, um Wein zu holen. Bezahlen soll die Stadt!«

Für einige Augenblicke spürte Simon die Last der Jahre, die sich nun nicht mehr verleugnen ließen, dann aber funkelte er seinen Sohn auffordernd an. »Es trifft sich gut, dass Fossé und Prochain außer Haus sind. Komm, wir werden einen Teil unseres Geldes im Keller einmauern, ebenso einen Teil unserer Geschäftsbücher und dafür ein paar andere mit geringeren Zahlen erstellen. Die Franzosen brauchen nicht zu wissen, wie viel Geld wir besitzen.«

»Du meinst, sie könnten versucht sein, uns noch mehr wegzunehmen?«, fragte Frieda erschrocken.

»Wenn es dem Herrn Napoleon passt, einen neuen Krieg anzufangen, braucht er Geld. Von mir aber kriegt er das nicht!« Simon klang kämpferisch. Dennoch musste er daran denken, dass er zeit seines Lebens ehrlich gewesen war. Nun aber zwangen ihn die Umstände, Dinge zu tun, die ihm zuwider waren.

Jakob überlegte, ob das wirklich nötig war, und nickte dann. »Wir machen es so, wie du es gesagt hast, Vater!«

»Also gehen wir ans Werk!«

Simon verzog das Gesicht zu einem bösen Grinsen. Das Wohl der Familie ging vor. Auch wenn die Franzosen weiter Krieg führten und Hamburg jahre-, vielleicht sogar jahrzehntelang besetzt hielten, musste gewährleistet sein, dass er und Erna, Jakob und Frieda sowie deren Kinder Jeremias und Ruth ihr Auskommen hatten.

3.

Frieda hatte das Haus bisher nur einmal bei Ruths Taufe verlassen. An diesem Tag ging sie selbst zum Gemüsemarkt, denn die Mägde hatten berichtet, die Preise seien stark gestiegen. Sie hatte es zunächst nicht geglaubt, aber angesichts des kleinen Angebots, das von den Bauern des Umlands in die Stadt gebracht worden war, schüttelte sie sich innerlich.

»Habt ihr denn nicht mehr anzubieten?«, fragte sie die Bäuerin, bei der sie oft kauften, weil deren Waren immer frisch und gut waren.

Die Frau schnaubte in Richtung eines französischen Marktaufsehers. »Die besten Waren nehmen sich die da«, sagte sie leise. »Bezahlen tun sie allerdings nicht. Es sei für den Kaiser, sagen sie. Ich wollte, ihr Napoleon würde an einer meiner Rüben ersticken! Laut sagen darf man das natürlich nicht, sonst sperren sie einen ein oder erschießen einen gleich.«

Eine Freundin der Franzosen war die Frau gewiss nicht, dachte Frieda. Sie selbst allerdings auch nicht, setzte sie für sich hinzu. Dafür hatte sich in Hamburg zu viel verschlechtert. Es hieß zwar, der Kaiser wolle seine eigenen Gesetze auch in Hamburg durchsetzen, doch das waren Dinge, von denen sie nichts verstand. Sie musste sich damit herumschlagen, dass Lebensmittel und viele andere Waren teurer wurden und die Steuern stiegen, weil Napoleon seine Soldaten damit bezahlen wollte.

Frieda feilschte noch eine Weile, ohne viel zu erreichen, zahlte die Summe, die ihre Einkäufe kosteten, und übergab die Körbe der Magd, die sie begleitete. Diese ächzte so stark unter der Last, dass Frieda ihr einen Teil wieder abnahm, obwohl sie von Ruths Geburt noch geschwächt war. Früher hatte man die Einkäufe unbesorgt einem Lastenträger übergeben können, und der hatte sie nach Hause gebracht. Doch seit alles teurer wurde, lief man Gefahr, dass Teile des Einkaufs unterwegs verschwanden. Zwar hatte Frieda Mitleid mit den Armen, spendete für diese aber lieber in der Kirche, als sich bestehlen zu lassen.

Als sie nach Hause kam, machten sich die beiden bei ihnen einquartierten Offiziere gerade zum Ausgehen bereit. Simon und Jakob waren zum Hafen gegangen, um bei den Schiffen, die sie den

Franzosen überlassen mussten, alles herauszuholen, was noch zu retten war. Da Frieda sich bislang von Capitaine Fossé und Lieutenant Prochain ferngehalten und sich auch bei Tisch nur der deutschen Sprache bedient hatte, nahmen die beiden an, sie wäre des Französischen unkundig, und unterhielten sich ungeniert.

Zunächst achtete Frieda nicht darauf. Als Fossé jedoch von England sprach, wurde sie hellhörig.

»Seine Majestät, der Kaiser, will den Handel mit England unterbinden. Daher müssen alle Häfen genau überwacht und die einlaufenden Schiffe durchsucht werden. Alle Waren, die aus England stammen, sind zu konfiszieren und jene, die sie bringen, als Schmuggler festzunehmen. So habe ich es heute vom Gouverneur gehört. Der Erlass soll in wenigen Tagen verkündet werden.«

Frieda spürte, wie sich ihr ein schmerzhafter Ring um die Brust legte. Der Handel mit England war für ihren Mann und ihren Schwiegervater lebenswichtig. Nur mit den Waren, die ihre Schiffe in den englischen Häfen an Bord nahmen, vermochten sie hier in Hamburg und andernorts Gewinne zu machen. Ohne diese Güter würde es sich nicht mehr lohnen, ein Schiff auf See zu schicken.

Kaum hatten die beiden Offiziere das Haus verlassen, lief sie zum Hafen. Dort wurde sie von französischen Wachen aufgehalten.

»Ich muss zu meinem Mann auf die *Neuwerk*«, erklärte sie angespannt.

»Was willst du dort machen?«, fragte einer der Soldaten, der genug Deutsch gelernt hatte.

»Ich muss mit ihm sprechen! Es ist wichtig, und ich kann nicht warten, bis er am Abend zurückkommt.« Frieda klang drängend, und so ließen die Wachen sie passieren.

»Nicht übel, die Frau. Bei der könnte ich mir auch vorstellen, sie in mein Quartier mitzunehmen«, meinte einer, während er hinter Frieda herschaute.

»Die kenne ich! Sie hat erst vor Kurzem ein Kind geboren. Halte dich daher besser an Weiber, die unten enger sind, sonst hast du das Gefühl, als wäre dein Schwänzlein letztens arg geschrumpft«, spottete sein Kamerad und hielt einen Zimmermann auf, der eines der Schiffe reparieren sollte.

Unterdessen hatte Frieda die *Neuwerk* erreicht und stieg über. Jakob kam eben den Niedergang hoch und wandte sich gerade zu seinem Vater um. »Viel mehr können wir nicht mehr von Bord holen, wenn wir nicht mit den Planken weitermachen wollen.« Dann sah er seine Frau und erschrak.

»Ist den Kindern etwas passiert?«, fragte er und wurde bleich.

Frieda schüttelte sofort den Kopf. »Bei Gott, nein! Ich muss aber sofort mit dir und deinem Vater sprechen.«

Es klang so drängend, dass Jakob glaubte, die Franzosen wollten ihn nicht nur um die beiden geforderten Schiffe, sondern noch um vieles mehr bringen.

»Gehen wir in die Kajüte! Auch wenn sie ausgeräumt wurde, ist es dort gemütlicher als an Deck.«

Da eben eine Regenwolke ihre nasse Fracht fallen ließ, war diese Bemerkung berechtigt. Jakob stieg wieder nach unten. Frieda folgte ihm und rieb sich, als sie in der Kajüte der *Neuwerk* angelangt war, die klammen Hände.

»Hier hast du einen Schnaps zum Aufwärmen!«, sagte ihr Schwiegervater und reichte ihr eine Flasche, die gerade noch zu zwei Fingerbreit gefüllt war.

»Es ist besser, du trinkst, als wenn wir das Zeug für die Franzosen übrig lassen würden«, setzte Simon hinzu.

Frieda nahm mit Todesverachtung einen Schluck und reichte die Flasche zurück. »Ich habe vorhin Capitaine Fossé und Lieutenant Prochain belauschen können. Hätten sie gewusst, dass ich ihre Sprache verstehe, wären sie gewiss vorsichtiger gewesen.«

»Worum ging es?«, fragte ihr Mann.

»Kaiser Napoleon will uns Hamburgern den Handel mit den Engländern verbieten lassen.«

»Unmöglich!«, entfuhr es Jakob.

»Es ist aber so! Ich habe nicht alles verstanden, aber so viel doch«, antwortete Frieda energisch.

»Du könntest recht haben!«, mischte sich da Simon ein. »Napoleon sieht England als Feind an. Nun verdient das Inselreich durch den Handel mit uns und anderen Hafenstädten auf dem Kontinent gewaltige Summen, die es in seine Flotte und sein Heer stecken kann. Außerdem erhält es von uns eine Menge an Gütern, die es zum Bau seiner Schiffe und zur Ausrüstung seiner Soldaten dringend benötigt. Da kann der Korse durchaus meinen, er müsste nur den Handel unterbinden, um England in die Knie zu zwingen.«

»Aber wir sind die Leidtragenden!«, rief Jakob empört. »Ohne den Handel mit England können wir unsere Schiffe anzünden und verbrennen!«

»Jetzt fahre nicht gleich auf!«, wies ihn sein Vater zurecht. »Wir sollten lieber beratschlagen, wie wir mit dieser Situation fertigwerden können!«

»Und wie?«, fragte Jakob entmutigt.

»Dieser Napoleon mag sich für schlau halten, aber wir Hamburger haben die Köpfe schließlich nicht nur, damit es uns nicht in den Hals hineinregnet«, antwortete Simon mit klirrender Stimme. »Du wirst daher so früh wie möglich mit der *Wangerooge* aufbrechen, angeblich, um Wein aus Bordeaux zu holen. Stattdessen aber wirst du England anlaufen und von dort aus deine Geschäfte tätigen. Michel Gartz soll mit dir kommen und nach Helgoland gehen.«

»Was soll er auf der Insel?«

»Die Engländer haben den Dänen die Insel abgenommen und werden sie gewiss so lange behalten, bis sie mit Napoleon zu einem endgültigen Frieden kommen – woran ich nicht glaube –, ihn besiegt haben oder in London ein französischer Gouverneur das Sagen hat. Daher ist Helgoland ein ausgezeichneter Stützpunkt, um von dort aus Handel mit England zu treiben.«

»Das heißt Schmuggel«, schloss Jakob aus diesen Worten.

»So ist es!«, antwortete sein Vater grimmig. »Ich hätte nie gedacht, dass ich mich einmal damit befassen muss. Es geht jedoch nicht anders. Du wirst die Waren in England besorgen und sie auf Helgoland Michel Gartz übergeben. Ich hole sie dort bei passender Gelegenheit ab.«

»Ich würde damit aber dich, Mutter, Frieda und die Kinder allein zurücklassen«, wandte Jakob ein.

»Allein sind wir gewiss nicht, denn wir haben ja uns«, antwortete sein Vater. »Sei versichert, wir geben schon auf uns acht. Wichtig ist, dass wenigstens eines unserer Schiffe gerettet ist, mit dem wir neu anfangen können, wenn diese Franzosen hoffentlich dorthin gejagt worden sind, wo der Pfeffer wächst«, drängte Simon seinen Sohn.

Auch Frieda schlug in diese Kerbe. »Du musst es tun, und zwar so schnell wie möglich! Sonst sitzt auch du hier fest, und wir werden noch alles verlieren.«

»Sollte nicht besser Vater mit der *Wangerooge* lossegeln?«, fragte Jakob zögernd.

»Ich bleibe hier, denn ich kenne die Elbe besser als du. Auch würden die Franzosen dir mehr misstrauen als mir. Immerhin habe ich das siebenundfünfzigste Jahr erreicht und gelte als alter Mann.«

»Jetzt übertreibe es nicht! Du tust ja direkt so, als wenn du alt und klapprig wärst«, tadelte Frieda ihren Schwiegervater.

»Alt vielleicht, aber klapprig noch nicht!« Simon begann leise zu lachen. »Wenn der Franzose mit uns ein Spiel spielt, spielen wir eines mit ihm.«

»Das werden wir!« Jakob hatte sich mit der Entscheidung abgefunden, sah dann aber seine Frau an. »Ich würde dich und die Kinder gerne mitnehmen.«

Frieda schüttelte den Kopf. »Das wird nicht gehen! Die Franzosen sind misstrauisch. Wenn ich mit an Bord ginge, würden sie sofort glauben, wir wollten uns absetzen, und ließen uns nicht einmal bis zur Elbmündung kommen.«

»Frieda hat recht!«, stimmte Simon ihr zu. »Wenn du auf dem Weg nach Bordeaux verloren gehst, sie und die Kinder aber hierbleiben, kann man immer noch sagen, die Engländer hätten die *Wangerooge* abgefangen.«

»Sie dürften ihre Spione auch in London haben«, wandte Jakob ein.

»Dann nimm einen anderen Namen an, lass dir einen Bart stehen und taufe die *Wangerooge* um. Das wird wohl reichen, um einen französischen Spion an der Nase herumzuführen, zumal die weniger auf ein Handelsschiff achten werden als vielmehr auf die englische Kriegsflotte. Und nun trinken wir die Flasche leer. Der Schnaps ist wahrlich zu schade, um ihn den Franzosen zu überlassen.«

4.

Nicht nur Simon und Jakob Simonsen hatten mit den Franzosen ihre Probleme. Jörgen Mensing und dessen Sohn Derek wünschten diese ebenfalls dorthin, wo der Pfeffer wächst. Wie viele andere Kaufleute und Reeder lebten sie vor allem vom Handel mit England. Als dieser plötzlich per Dekret verboten wurde, war es für alle wie ein Schlag ins Gesicht.

Jörgen Mensing tobte zunächst, wurde dann aber ruhig und sah seinen Sohn streng an. »Wenn Napoleon glaubt, so mit uns verfahren zu können, werden wir ihn eines Besseren belehren!«

»Und wie willst du das tun?«

»Schmuggeln – so wie in alter Zeit! Wenn wir nach Amsterdam, Le Havre, Bordeaux, La Coruña oder Lissabon fahren, können wir auch einen Abstecher nach England machen, dort ein paar Sachen laden und hierherbringen.«

Derek schüttelte den Kopf. »Und was ist, wenn die Franzosen uns erwischen?«

»Wir müssen eben schlauer sein als deren Zöllner!«, beschied ihn sein Vater ätzend. Er schwieg eine Zeit lang nachdenklich und grinste dann. »Du wirst so bald wie möglich nach England fahren und mit Samuel Bartlett sprechen. Der Schwiegervater seines Sohnes, Lord Hutton, hat gute Kontakte zur Navy und wird dafür Sorge tragen, dass man unsere Schiffe in Ruhe lässt. Sollen sie ruhig die Schiffe anderer Reeder aufbringen. Das schafft uns die Konkurrenz vom Hals.«

»Aber wir sollen doch zwei Schiffe nach Bordeaux schicken und drei weitere den Franzosen überlassen. Da können wir nicht mehr viel transportieren«, sagte Derek Mensing.

»Die drei, die wir ihnen überlassen müssen, schmerzen mich. Wir könnten sie gut zum Schmuggeln brauchen. Die aber, die nach Bordeaux fahren, werden einiges aus England mitbringen.« Jörgen Mensing lachte leise und klopfte seinem Sohn auf die Schulter. »Du wirst sehen: Wenn diese Sache hinter uns liegt, sind wir reicher denn je!«

Sein Optimismus steckte Derek an. Jörgen Mensing entschied unterdessen, dass er den größten Teil seines Geldes besser nach England in Sicherheit bringen sollte, und überlegte anschließend, wie der Schmuggel englischer Waren am besten zu bewerkstelligen wäre. Dann aber hob er die Hand.

»Kein Wort davon zu deiner Mutter oder deiner Frau! Nicht dass die Weiber schwatzen. Bei Heather wäre es doppelt gefährlich. Da sie englischer Abkunft ist, könnten die Franzosen sie für eine Agentin halten.«

»Ich verrate schon nichts!«, versprach Derek.

»Vergiss es nicht!« Es klang wie eine Drohung.

Zwar hatte Derek sich seit dem Untergang der *Alania* bemüht, den Vorstellungen seines Vaters zu entsprechen. Aber in dessen Augen war er mehr ein Krämer wie sein Großvater Cornelius Thadde und kein Seemann, der bereit war, dem Klabautermann ins Maul zu spucken. Auf eines konnte Mensing sich bei Derek jedoch verlassen: Wo es auch immer eine Möglichkeit gab, ein paar Mark oder Taler zu verdienen, sein Sohn fand sie.

Dieser Gedanke dämpfte Mensings Wut ein wenig, und er verzog die Lippen zu einem schiefen Grinsen. »Kopf hoch, mein Sohn! Wir steuern unser Schiff auch durch diese stürmischen Zeiten.«

»Das werden wir, Vater!« Derek Mensing dachte bereits darüber nach, wie sie englische Waren am besten in die Stadt schmuggeln konnten. Wenn diese knapp waren, wurden sie auch entsprechend teuer, und sie konnten gut daran verdienen. Daher grinste auch er. »Wir werden schon dafür Sorge tragen, dass uns die Besetzung durch die Franzosen nicht zum Schaden gereicht!«

Jörgen Mensing nickte und verließ den Raum. Sein Weg führte ihn in die Kammer, in der sich seine Schwiegertochter mit ihren Söhnen aufhielt. Vor allem auf den Älteren der beiden war er stolz. Mit seinen zehn Jahren war Mathias bereits ein kluger Junge und geschickt darin, Vorteile zu erkennen. Später, wenn er einmal der Herr des Unternehmens war, würde ihm dies zugutekommen. Der vierjährige Hinrich hingegen war ein verträumtes Kind, das mehr an der Großmutter als an seiner Mutter hing und sichtlich Angst vor dem älteren Bruder hatte. Das war wenig verwunderlich, denn dieser zeigte bereits jetzt, wie gut er es verstand, sich durchzusetzen.

Als Mensing eintrat, fand er dort auch seine Frau vor. Sie saß auf einem Stuhl, hatte den kleinen Hinrich auf den Schoß genommen und hielt Mathias eine Strafpredigt.

»… noch einmal sehe, dass du deinen Bruder schlägst, bekommst du die Rute zu spüren, damit du weißt, was es heißt, geschlagen zu werden!«

Mathias wirkte weniger schuldbewusst als empört. »Ich bin der Ältere! Hinrich hat sich mir unterzuordnen.«

»Und ich bin deine Großmutter, und du hast dich mir unterzuordnen«, antwortete Mina scharf. »Ich habe jedem von euch ein Stück Zuckerwerk gegeben. Eines gehörte dir und eines Hinrich. Es war unrecht von dir, ihm das seine wegzunehmen und zu essen.«

Jörgen Mensing amüsierte sich, sagte sich dann aber, dass sein ältester Enkel nicht zu gierig werden durfte, wenn er sich nicht zu viele Feinde schaffen wollte.

»Deine Großmutter hat recht! Wenn sie Hinrich etwas gibt, so gehört es ihm. So, wie dir das gehört, was sie dir gibt.«

Mina bemerkte nun erst, dass ihr Mann gekommen war, und musterte ihn mit einem kalten Blick. Seit sie vor mehr als zehn Jahren durch seine Schuld ihr Kind verloren hatte, gab es keine Gemeinsamkeit mehr zwischen ihnen. Ihr Leben drehte sich nun ganz um ihre Enkel, und dabei zog sie den sanften Hinrich seinem robusteren Bruder vor.

»Zur Strafe werde ich beim nächsten Mal nur Hinrich etwas mitbringen«, drohte sie Mathias an.

Dieser schob beleidigt die Unterlippe vor. »Großvater und Vater sagen immer, dass ich den Vorrang vor Hinrich habe. Du darfst ihm nichts geben, wenn ich nicht auch etwas erhalte.«

»So sehe ich das auch!«, pflichtete sein Großvater ihm bei. »Hinrich soll ruhig das seine bekommen, doch Mathias darf nicht zurückgesetzt werden.«

»Wenn es drei Dinge gibt, die zwischen Hinrich und mir geteilt werden sollen, so hat Vater gesagt, dass ich zwei zu bekommen habe und Hinrich eines!«, trumpfte Mathias auf.

Mina stellte Hinrich auf den Boden, stand auf und blickte streng auf ihren Enkel nieder. »Das mag für deinen Vater und deinen Großvater gelten, vielleicht auch noch für deine Mutter. Doch wer was von mir erhält, das bestimme noch immer ich!«

Nicht nur Mathias, auch Mensing begriff, wie ernst es ihr damit war. Wenn Mathias nicht die Zuneigung seiner Großmutter verspielen wollte, würde er sich ihr und auch seinem Bruder gegenüber anders benehmen müssen. Mensing nahm sich vor, mit dem Jungen ein paar ernste Worte zu sprechen. Ein oder zwei Stücke Zuckerwerk lohnten nicht, sich dafür Streit und Hader ins Haus zu holen.

»Lass es jetzt gut sein!«, sagte er zu seiner Frau und kniff Mathias leicht in die Wange. »Und du solltest lernen, mehr Rücksicht auf deinen Bruder zu nehmen. Es mag die Zeit kommen, in der du seine Unterstützung nötig hast.«

»Hinrich und mich unterstützen können?« Der Junge sah den Kleineren mit einem leichten Schnauben an, begriff aber, dass er vorsichtiger sein musste. Zwar hatte die Großmutter nicht viel im Haus zu melden, dennoch wollte er nicht danebenstehen müssen, wenn sie Hinrich etwas schenkte und ihm nichts.

Unterdessen wandte Mensing sich seiner Schwiegertochter zu, die auf ihrem Stuhl saß und zum Fenster hinausstarrte.

»Verfluchte Franzosen!«, flüsterte sie. »Elende Froschfresser. Man sollte sie in der Elbe ersäufen!«

»Meine Liebe, es wäre besser, auf solche Äußerungen zu verzichten. Wenn es den Franzosen zu Ohren kommt, könnte es dir und auch uns schlecht ergehen«, tadelte Mensing sie.

»Verzeih!«, sagte Heather. »Mir ist nicht wohl, und ich wollte mich eben hinlegen.«

»Das wird das Beste sein!« Mensings Stimme klang gepresst. Seit zwei Jahren kränkelte Heather – oder tat wenigstens so, um den ehelichen Pflichten zu entgehen. Er nahm an, dass sie keine weitere Schwangerschaft mehr durchstehen wollte. Dies ärgerte ihn, denn er hätte sich weitere Enkel gewünscht.

Derek müsste sie dazu zwingen, wieder das Bett mit ihm zu teilen, dachte er erbost. Doch seinem Sohn lag mehr an seinem Geschäftsbuch als an seiner Frau. Das war etwas, was er nicht begreifen konnte. Er selbst forderte Mina mindestens einmal in der Woche auf, für ihn bereit zu sein, obwohl er ahnte, dass sie es mittlerweile hasste. Ich muss mit Heather sprechen, damit sie Derek gehorcht, und mit ihm, dass er diesen Gehorsam auch einfordert, dachte er, und verließ den Raum, nicht ohne Mathias noch mal die Schulter getätschelt zu haben.

Der Junge sah sich durch seinen Großvater in seiner Rolle als der wichtigere Enkel bestätigt und grinste, während Hinrich mit den Tränen kämpfte. Sein Großvater und sein Vater ließen Mathias Zuwendung und Lob zukommen, doch er wurde kaum beachtet. Da sich auch die Mutter nur selten um ihn kümmerte, blieb ihm nur die Großmutter und deren Liebe. Doch selbst die gönnte ihm Mathias nicht.

Als Mensing sein Kontor betrat, beschloss er, die Erziehung seines ältesten Enkels selbst in die Hand zu nehmen. Mathias war ein kluges Kind, doch er musste lernen, wo seine Grenzen lagen. Diese zu überschreiten, war nur sinnvoll, wenn der Gewinn dieses Risiko auch lohnte. Vor allem war es falsch, sich den eigenen Bruder zum Feind zu machen. Noch mochte Hinrich ein verträumtes Bürschchen sein. Aber in zwanzig Jahren war er erwachsen und sollte dann zugunsten des Bruders wirken und nicht zu dessen Schaden.

Angesichts dieser Überlegung fragte Mensing sich, ob er Derek wirklich nach England schicken sollte. Anders als sein Sohn, der im letzten Jahrzehnt nur ein paarmal seinen Schwiegervater Samuel Bartlett und seinen Schwager Zechariah aufgesucht hatte, hatte er seine Kontakte in England gepflegt. Er kannte daher die Männer, an die er sich wenden musste. Derek hingegen würde die Vermittlung der dortigen Verwandten benötigen, und so wie Mensing die Bartletts kannte, würde ihn dies teuer zu stehen kommen.

»Ich fahre selbst!«, beschloss er.

Bis es so weit war, würden noch zwei bis drei Monate ins Land gehen, und das war wohl genug Zeit, um Mathias einige Dinge zu lehren, die dieser zu berücksichtigen hatte.

5.

In anderen Jahren hatte man den Winter über am Hafen und in den Werften den Klang der Hämmer und Beile vernommen, mit denen die Schiffe für die Ausfahrt im Frühjahr instand gesetzt worden waren. Diesmal aber wurden nur wenige Schiffe repariert und die auf Kiel gelegten Schiffe nicht weitergebaut. Das Verbot, mit England Handel zu treiben, hatte die Hamburger Kaufleute und Schiffseigner bis ins Mark getroffen.

Simon Simonsen ließ nur die beiden Schiffe, die er nach Bordeaux schicken sollte, für die Fahrt vorbereiten, sowie zwei kleinere Schiffe, von denen er hoffte, dass sie zumindest in der Ostsee Fracht transportieren konnten. Die beiden Schiffe, die an die Franzosen gehen sollten, darunter die alte *Neuwerk,* blieben so, wie sie waren. Weder Simon noch Jakob waren bereit, auch nur einen einzigen Groschen für das Schiff auszugeben.

Die Franzosen würden sich zudem neue Mannschaften suchen müssen, denn die bisherigen Matrosen waren nach Altona übergesiedelt in der Hoffnung, dort werde es besser sein. Denn auch wenn der König von Dänemark, der gleichzeitig Herzog von Holstein war, zu Napoleons Verbündeten zählte, so überwachten in Altona holsteinische Beamte den Hafen, nicht wie hier die Franzosen.

Unterdessen hatte Simonsen erfahren, dass auch etliche andere Schiffseigner ihre Schiffe nach England schaffen wollten, um sie Napoleons Zugriff zu entziehen. Es würde geschmuggelt werden. Das störte ihn nicht, war doch ein Fisch in einem Schwarm schlechter auszumachen, als wenn er ganz allein im Meer schwimmen würde, dachte er, während er mit Jakob die Pläne ausarbeitete.

Ein paar Steinwürfe weiter im Hause Mensing wurden ebenfalls Gedanken über die Zukunft gewälzt. Angesichts der Situation konnte Jörgen Mensing mit seinem Sohn zufrieden sein. Auch wenn Derek ein Pfeffersack war und kein Seemann, so besaß er einen messerscharfen Verstand und erkannte jede passende Gelegenheit, die ihnen Gewinn versprach.

»Ich bin mit einem der höheren Beamten des Gouverneurs bekannt geworden«, erklärte Derek. »Mein Eindruck ist, dass er nichts gegen einen kleinen Zuschuss einzuwenden hat. Ich könnte mir vorstellen, dass er uns dafür mit Informationen versorgt, die uns nützen werden.«

»Und welche?«, fragte sein Vater zweifelnd.

»Er kann uns zum Beispiel mitteilen, wann die Franzosen Patrouillen auf der Elbe durchführen, und vielleicht sogar dafür sorgen, dass unsere Schiffe nicht so streng kontrolliert werden wie andere.«

Sein Vater schüttelte den Kopf. »Wenn ich in meinem Leben eines gelernt habe, so ist es, mich nicht zu sehr auf andere zu verlassen. Sei also vorsichtig und gib diesem Mann nicht zu viel preis. Sonst wird er dich in dem Augenblick verraten, in dem es ihm Gewinn bringt oder er erkennen muss, dass ihn die Partnerschaft mit dir in Schwierigkeiten bringen könnte.«

Derek Mensing lächelte überlegen. Für sein Gefühl war sein Vater zu sehr Seemann und zu wenig Kaufmann. Als solcher musste man die Möglichkeit für ein gutes Geschäft erkennen, während ein Matrose nur darauf hoffen konnte, dass der Wind für ihn günstig blies.

Jörgen Mensing war jedoch weit davon entfernt, nur zu hoffen, sondern behielt sein Ziel fest im Auge. Er fuhr auch nicht gleich als einer der Ersten los, sondern sah zunächst zu, wie ein Teil der Hamburger Schiffe die Elbe hinabsegelte. Es waren weitaus weniger als in den letzten Jahren, und viele Kaufleute und Schiffer jammerten über die Einschränkungen, die die Herrschaft der Franzosen mit sich brachte.

Nachdem er sich von seinem Sohn verabschiedet hatte, setzte Jörgen Mensing sich in die Stube, von der aus er den Hafen beobachten konnte. Der Befestigungswall verhinderte zwar den Blick auf die

Rümpfe, doch die Masten ragten wie ein Wald dahinter empor. Während er seine Pfeife stopfte und sie anschließend genüsslich rauchte, überlegte er, wie er den meisten Profit aus der Lage schlagen konnte.

»Nur wer jetzt zugreift und etwas wagt, kann gewinnen«, murmelte er vor sich hin. Da klopfte es an die Tür, und ein Diener trat ein.

»Verzeihen Sie, Herr Mensing! Es ist eben ein Mann gekommen, der Sie sprechen will. Er hat seinen Namen nicht genannt. Soll ich ihn wegschicken?«

Mensing überlegte, dass ein Mann, der seinen Namen verschwieg, gewiss einen Grund dafür besaß, und entschied: »Führe ihn herein!«

Während er auf den Besucher wartete, kehrte der Diener zu dem Fremden zurück und forderte ihn auf, mitzukommen. Im selben Augenblick trat Mina auf den Flur und sah den Besucher. Auch wenn dieser seinen Hut in die Stirn gezogen hatte, kam er ihr bekannt vor. Es dauerte jedoch einen Moment, bis sie sich erinnern konnte.

»Kann das wirklich Lukas sein?« Mina hatte ihren Vetter seit fast zwanzig Jahren nicht mehr gesehen und wollte wissen, wie es ihm ergangen war. Daher folgte sie ihm bis zu der Tür ihres Mannes und blieb dort stehen, um zu hören, ob es sich um ihren Verwandten handelte oder ob sie sich geirrt hatte.

6.

Im Gegensatz zu seiner Frau erkannte Mensing Lukas Thadde sofort. Auf Fahrten in die Ostsee hatte er ihn mehrmals getroffen und auch Geschäfte mit ihm getätigt. Zu jener Zeit war Lukas Thadde wie ein reicher Handelsherr aufgetreten, obwohl er nur ein simpler Handelsagent war. In letzter Zeit schien es ihm schlechter gegangen zu sein, denn sein Mantel war abgetragen, und sein Wams wies Flicken auf.

»Guten Tag, Thadde! Was verschafft mir das Vergnügen?«, fragte Mensing mit einer gewissen Neugier.

Lukas Thadde sah sich in der Kammer um. Die Möbel waren gediegen, die Schiffsmodelle kunstvoll gestaltet, und der Tabakrauch, der das Zimmer erfüllte, wies darauf hin, dass Mensing seine Pfeife mit einem guten Virginia-Tabak gestopft hatte. Auch Mensings Kleidung ließ, obschon er sich nicht mehr so auffällig kleidete wie früher, seinen Reichtum erkennen. Mit einem Mal packte Lukas der Neid, und er sagte sich, dass Gott die Güter der Welt anders hätte verteilen müssen.

»Du musst mir helfen!«, platzte er heraus. »Die Sperre, mit der Kaiser Napoleon die aus England stammenden Waren belegt hat, hat mich ruiniert. Ich hatte Geschäfte abgeschlossen und Vorschüsse auf Waren erhalten, die ich nicht mehr liefern konnte. Anstatt sich mit meinem Wort zu begnügen, dass sie alles erhalten würden, sobald die englischen Häfen wieder angelaufen werden können, haben die Schurken mich verklagt und mir mein Haus und meinen gesamten Besitz abgenommen. Für den Rest wollte man mich ins Schuldgefängnis werfen, doch zum Glück konnte ich entkommen. Jetzt bin ich hier und rechne mit deiner Großzügigkeit!«

Rechnen kannst du damit, aber erhalten wirst du sie nicht, dachte Mensing und schüttelte den Kopf. »Die Sperre von England hat auch mich schwer getroffen. Zudem musste ich den Franzosen Schiffe überlassen. Meine Kassen sind so gut wie leer. Wie soll ich dir da unter die Arme greifen können?«

»Du kannst es, und du musst es!«, rief Lukas Thadde erregt. »Ich sehe nicht ein, weshalb du hier in diesem prachtvollen Haus leben kannst, während ich nicht einmal weiß, woher ich die nächste Mahlzeit erhalte und wo ich mein Haupt betten soll.«

»Ich kann dir Gastfreundschaft anbieten!«, antwortete Mensing nach kurzem Zögern, setzte für sich aber hinzu, dass dies nur so lange galt, wie Lukas Thadde sich für ihn als nützlich erwies.

Lukas Thadde musterte Mensing mit einem höhnischen Blick. »Du willst mich mit einem Bettel abspeisen! Aber so haben wir nicht gewettet! Ich will meinen gerechten Anteil an dem, was du auf die Seite geschafft hast. Gib ihn mir, oder ich werde allen hier in Hamburg berichten, was damals auf der *Schwan* wirklich vorgefallen ist.«

Die an der Tür lauschende Mina zuckte bei der Nennung dieses Schiffes zusammen. Sprich, flehte sie in Gedanken Lukas an.

»Treib es nicht zu weit!«, rief Mensing. Er dachte an die geladene Pistole, die er aus Vorsicht in ein Schubfach seines Tisches gelegt hatte. Wenn es notwendig sein sollte, würde er Lukas erschießen und behaupten, dieser hätte ihn angegriffen.

Lukas missachtete die Warnung jedoch und lachte unfroh. »Was meinst du, was die Leute sagen werden, wenn sie erfahren, dass Sie, ich und die vier Matrosen, die uns begleitet haben, die *Schwan* heimlich mit dem Dingi verlassen haben, während unsere Kameraden zurückbleiben und elend ersaufen mussten?«

Es traf Mina wie ein Schlag. Nicht Simon hatte die Mannschaft der *Schwan* im Stich gelassen, wie ihr Ehemann es immer behauptet hatte, sondern dieser selbst. Ihr ganzes Leben war auf diese Lüge gegründet. Hätte die Nachricht von Simons angeblichem Verrat sie nicht so sehr getroffen, hätte Jörgen Mensing sie niemals betrunken machen und wie eine Hure beschlafen können. Hätte sie statt seiner Simon heiraten können, wäre sie in dieser Ehe gewiss tausendmal glücklicher geworden als mit ihm.

Minas Wut und Enttäuschung waren so groß, dass sie in das Zimmer platzen und ihren Mann zur Rede stellen wollte. Doch was außer Ohrfeigen und vielleicht sogar Stockschlägen würde es ihr einbringen?, fragte etwas in ihr.

Sie traute ihm sogar zu, sie in ein abgelegenes Zimmer einzusperren, aus dem sie bis zu ihrem Tod nie mehr herauskommen würde. Es war schlimm, dies alles von dem eigenen Ehemann befürchten zu müssen. Doch was konnte sie tun?, fragte sie sich. Das Haus verlassen? Dafür besaß sie weder genug Geld, noch wusste sie jemanden, der sie aufnehmen würde. Ihre Brüder hatten die Stadt bereits vor Jahren verlassen, und selbst wenn sie noch hier wären, würden sie in ihr nur die Ehefrau des Mannes sehen, der sie zuletzt auch noch um ihr Heim gebracht hatte. Doch konnte sie hierbleiben und so tun, als wäre nichts geschehen?

Ich muss bleiben, dachte sie, schon Hinrichs wegen. Mathias würde sie wohl nicht dem Einfluss ihres Mannes entziehen können, doch für ihren Liebling wollte sie da sein, damit er nicht wie sein Großvater und sein Vater wurde.

»Für Hinrich!«, flüsterte sie und verließ ihren Lauschposten, ohne dass jemand sie bemerkte.

Im Zimmer wurde unterdessen das Gespräch fortgeführt. Thadde begriff, dass er die Sache nicht ausreizen durfte, und hob beschwichtigend die Rechte. »Ich brauche ein Dach über dem Kopf, etwas zu essen und ein wenig Geld, um davon leben zu können.«

Mensing, dessen Hand sich bereits der Schublade mit der Pistole genähert hatte, hielt inne. Warum sollte er den Mann erschießen, dachte er. Es würde nur unliebsames Aufsehen erregen. Er musste eine andere Lösung finden.

»Ich habe dir bereits Gastfreundschaft angeboten. Außerdem könnte ich dich brauchen.«

»Wofür?«, fragte Lukas Thadde hoffnungsvoll.

»Als Einkäufer in England. Ich will englische Waren nach Hamburg schmuggeln und brauche jemanden, der sie in London für mich besorgt.«

Natürlich würden das wie gewohnt Samuel und Zechariah Bartlett übernehmen, aber das brauchte Thadde nicht zu wissen. Wichtig war zunächst einmal, dass dieser stillhielt und das Schiff betrat, mit dem er selbst nach England segeln wollte.

»Das mache ich gerne! Sofern es sich für mich lohnt, heißt das«, antwortete Lukas Thadde erwartungsvoll.

»Es wird sich lohnen!« – und zwar für mich!, dachte Mensing und griff nach dem Klingelzug, um einen Diener zu rufen.

»Ich lasse dir eine Kammer zuweisen, in der du schlafen kannst, und danach eine Mahlzeit. Du siehst ausgehungert aus!« Es schwang ein wenig Spott in Mensings Worten mit. Er hatte Lukas Thadde da, wo er ihn wollte, und würde bald für immer vor ihm sicher sein.

7.

Jakob Simonsen sah seine Tochter an, die friedlich in ihrer Wiege schlief, und spürte einen Ring um den Hals. Wie lange würde es dauern, bis er Ruth, den kleinen Jeremias, seine Frau und seine Mutter wiedersah?, fragte er sich.

Seinen Vater würde er auf Helgoland treffen. Dort wehte nun die britische Fahne, und die Engländer erweckten nicht den Eindruck, als würden sie die Insel so rasch wieder hergeben.

»Es fällt mir schwer, euch zu verlassen«, sagte er mit belegter Stimme.

»Die Umstände zwingen uns dazu«, erklärte sein Vater.

Mit Mühe löste Jakob seinen Blick von Ruth, nahm dann seinen Sohn auf die Arme und gab ihm einen Kuss. Anschließend umarmte er seine Frau. »Ich wollte, ich könnte euch mitnehmen!«

»Da dies bedauerlicherweise nicht möglich ist, sollten wir uns auf das Wiedersehen freuen«, antwortete Frieda, obwohl auch sie der Abschied wie eine Wunde schmerzte.

»Komm jetzt! Sonst versäumst du das Ablaufen der Flut und musst vielleicht noch ein zweites Mal in der Elbe ankern.« Simon versetzte seinem Sohn einen aufmunternden Stoß, ließ aber zu, dass dieser auch seine Mutter in die Arme schloss.

»Fahr mit Gott!«, flüsterte Erna und kämpfte wie ihre Schwiegertochter gegen die Tränen an, die in ihr aufsteigen wollten.

Jakob atmete mehrfach kräftig durch, sah dann seinen Vater an und nickte. »Ich bin so weit.«

Als sie die Kammer verließen, trafen sie draußen auf Capitaine Fossé und Lieutenant Prochain. Die beiden Franzosen befanden sich nun bereits seit mehreren Monaten in Hamburg. Mehr als ein paar deutsche Worte hatten sie in der Zeit nicht gelernt, sondern verlangten, dass ihren auf Französisch erteilten Forderungen Folge geleistet wurde.

»Geht es heute aufs Schiff?«, fragte Fossé.

»Oui!«, antwortete Jakob.

Obwohl die beiden Offiziere sich ordentlich benahmen, mochte er sie nicht. Das lag weniger an ihnen persönlich, sondern an der Tatsache, dass er gezwungen worden war, sie in sein Haus aufzunehmen. Er wusste, dass sich einquartierte Offiziere und Soldaten in anderen Häusern weitaus übler aufführten. Aber auch das söhnte ihn nicht mit dem Zwang aus, dem sie durch den Einmarsch der Franzosen unterworfen waren.

»Mein Sohn fährt los, um Wein zu holen. Aus Bordeaux!«, erklärte Simon, da Jakob nicht bereit schien, sich mit den beiden Offizieren zu unterhalten.

»Wein? Das ist gut!«, rief Prochain lachend und klopfte Jakob leutselig auf die Schulter.

Für einen Augenblick überlegte dieser, ob er nicht tatsächlich Wein holen und diesen in England mit einem starken Gift versetzen sollte, um auf die Weise die Besatzer loszuwerden. Der Gedanken, was Napoleon danach mit Hamburg anstellen würde, ließ ihn diese Überlegung rasch verwerfen.

»Ich weiß nicht, wie lange es dauert, bis ich zurückkomme«, sagte er zu seinem Vater und brachte es dann doch fertig, sich von den beiden Franzosen zu verabschieden.

Im Vorraum angekommen, nahm Jakob seinen Beutel an sich. Die Seekiste war bereits am Vortag auf die *Wangerooge* geschafft worden. Von den Matrosen an Bord wusste keiner, dass ihr Ziel nicht Bordeaux, sondern England war. Als Einzigen hatten sein Vater und er Michel Gartz eingeweiht. Dieser war auch bereit, mitzukommen, hatte aber gebeten, dass seine Frau und seine Tochter während seiner Abwesenheit bei Simon und Erna bleiben dürften. Die beiden allein mit zwei älteren Mägden in einem Haus zu lassen, in dem französische Soldaten einquartiert waren, erschien ihm zu gefährlich.

Gartz hatte Mabel und Molly selbst ins Haus gebracht und nahm die Gelegenheit wahr, sich von Simon und den beiden Frauen zu verabschieden.

»Mögen wir unter einem besseren Zeichen zurückkehren, als wir aufbrechen«, sagte er und folgte Jakob auf die Straße.

»Es ist anders als sonst, wenn wir im Frühjahr Segel gesetzt haben«, meinte er draußen. »Zu jener Zeit konnten wir uns bereits auf das Heimkommen freuen. Jetzt aber stehen dunkle Wolken am Horizont! Wollen wir hoffen, dass sie nicht den Orkan mit sich bringen, vor dem wir uns alle fürchten.«

»Das hoffe ich auch.« Jakob drehte sich noch einmal um, um seiner Frau und seiner Mutter zuzuwinken.

Früher waren die beiden mit zum Hafen gegangen, aber diesmal blieben sie zurück, denn sie wussten, sie würden ihre Tränen nicht zurückhalten können. Simon hingegen begleitete seinen Sohn und Gartz bis zum Hafen, stieg auch noch einmal auf die *Wangerooge* und strich mit den Fingern über die Vertäfelung der Kapitänskajüte. Dann stieß er ein kurzes, gepresstes Lachen aus.

»Da dränge ich dich, rasch zu machen, damit du die einsetzende Ebbe nicht versäumst, und halte euch jetzt selbst auf. Fahrt mit Gott!«

Simon schloss seinen Sohn kurz in die Arme, klopfte Gartz auf die Schulter und verließ das Schiff mit dem Gefühl, dass die Welt endgültig aus den Fugen geraten war. Er, der immer ehrlich gelebt und gehandelt hatte, sah sich auf seine alten Tage gezwungen, zum Schmuggler zu werden und die Behörden zu betrügen. Bisher hatte er Männer wie Jörgen und Derek Mensing verachtet. Nun musste er von seinem hohen Ross herabsteigen und so werden wie sie.

8.

Elbabwärts sah Jakob mehrmals die Wachboote der Franzosen. Auf die Dänen allein, die vom holsteinischen Ufer aus den Strom überwachten, schienen die Herren sich nicht verlassen zu wollen. Das war ärgerlich, denn mit den Holsteinern und auch den Dänen konnte man reden. Die Franzosen hingegen würden die Befehle ihres Kaisers rigoros durchsetzen.

Als die *Wangerooge* für die Nacht ankerte, um nicht bei Dunkelheit auf eine Sandbank aufzulaufen, näherte sich ihr ein Boot, das im Heck die Trikolore gesetzt hatte. Ein Offizier rief herüber, dass er an Bord gehen und das Schiff kontrollieren wolle.

»Legt die Jakobsleiter aus!«, befahl Jakob den Matrosen und sah dann Gartz an. »Hättest du gedacht, dass die uns bereits beim Auslaufen aufhalten würden?«

»Dein Vater warnte uns davor, wenn du dich erinnerst«, antwortete Gartz mit einem angespannten Lächeln.

»Er hatte recht – wie immer!« Jakob verzog das Gesicht ebenfalls zu etwas, das einem Lächeln nahekommen sollte, und trat vor, um den französischen Offizier zu begrüßen.

»Du heißen?«, fragte dieser schroff, ohne den Gruß zu erwidern.

»Jakob Simonsen, Kapitän der *Wangerooge,* unterwegs nach Bordeaux, um Wein zu holen«, antwortete Jakob mit erzwungener Gelassenheit.

»Die Schiffspapiere!«, forderte der Franzose.

»Die befinden sich in meiner Kajüte. Wenn Sie mir folgen wollen?«

Der Offizier winkte zwei Soldaten, die mit an Bord gestiegen waren, und folgte Jakob. Dieser hatte schon etliche Kontrollen mitgemacht, doch so bedrückend wie an diesem Tag war ihm noch keine erschienen. In seiner Kajüte angekommen, reichte er dem Offizier die Schiffspapiere und die Frachtliste. Der Franzose sah sich alles genau an.

»Ihr habt zwanzig Fässer Bier, fünfzig Säcke Korn sowie eine Menge leerer Fässer geladen. Warum sind diese Fässer leer?«

Wie es aussah, gehörte der Mann zu jenen, die Deutsch nicht nur sprechen, sondern auch lesen konnten. Trotzdem sprach er sie auf Französisch an.

»Wir müssen im Auftrag des Gouverneurs Wein holen. Da Fässer nur bis zu einer gewissen Größe auf ein Schiff geladen werden können, wurde bestimmt, dass wir leere Fässer mitnehmen sollen, um den Wein umfüllen zu können«, erklärte Jakob.

»Päh! Wein umfüllen! Danach kann man ihn nur noch den Schweinen vorschütten«, stieß der Offizier hervor.

Dann sind eure Soldaten eben Schweine, schoss es Jakob durch den Kopf. Für einen Augenblick befürchtete er sogar, es laut gesagt zu haben. Da der Offizier aber nicht reagierte, hatte er sich wohl beherrscht.

»Ich will den Frachtraum sehen!«, forderte der Franzose und reichte die Schiffspapiere zurück.

»Dann kommen Sie mit!« Erneut ging Jakob voraus. Gartz folgte ihnen und wies auf die aufgestapelten Säcke.

»Das ist das Getreide. Es ist für die französische Flotte bestimmt.« Damit, so sagte Gartz sich, gab es keine Fragen, wohin die Fracht gehen sollte.

Jakob trat unterdessen zu einem Fass. »Diese Reihe Fässer ist mit Bier gefüllt.«

»Das ist sicher nicht für die Matrosen unserer Flotte bestimmt, denn die trinken diese deutsche Jauche nicht«, spottete der Franzose.

»Es ist für die deutschen Truppen, die in Spanien für Seine Majestät, Kaiser Napoleon, kämpfen«, erklärte Gartz.

»Und das hier sind die leeren Weinfässer«, fuhr Jakob fort und klopfte nacheinander gegen vier davon. Es klang hohl.

Während der ganzen Zeit waren Michel Gartz und er innerlich angespannt und fragten sich, welche Forderungen der Offizier noch stellen würde. Dieser hielt es wohl für unter seiner Würde, selbst gegen ein Fass zu klopfen, und erteilte auch seinen Männern nicht den Befehl, genauer nachzusehen. Stattdessen stieg er wieder nach oben und kehrte auf sein Boot zurück. Die beiden Soldaten folgten ihm etwas zögerlich und hielten Jakob die offenen Hände hin.

Um sie nicht zu verärgern, steckte er jedem von ihnen ein paar Sous zu und sah dann erleichtert hinter dem in der aufziehenden Nacht entschwindenden Boot her.

»Dein Vater ist ein verdammt kluger und vorausschauender Mann!«, erklärte Gartz grinsend. »Er muss gespürt haben, dass die Franzosen sich auch die auslaufenden Schiffe ansehen werden.«

»Auf jeden Fall konnten wir sie überlisten.«

Jakob atmete auf, denn er hatte tatsächlich nicht erwartet, kontrolliert zu werden. Nun aber war er froh, jene Vorsichtsmaßnahmen ergriffen zu haben, zu denen ihm Simon geraten hatte. Ihre Ladung bestand nämlich aus weitaus mehr als nur aus den vollen Bierfässern, die in den Papieren angegeben waren, aber die lag hinter den leeren Weinfässern verborgen.

»Wenn wir heil nach England kommen, haben wir zumindest einen gewissen Erlös und können davon Waren kaufen, die in Hamburg begehrt, aber derzeit kaum zu kriegen sind«, sagte Michel Gartz zufrieden.

»Da ich nicht glaube, dass in London derzeit hohe Preise für diese Dinge verlangt werden, könnte es sich für uns lohnen, vorausgesetzt, Vater gelingt es, diese Fracht von Helgoland nach Hamburg zu schaffen.«

Jakob klang besorgt, denn wenn die Franzosen bereits von Hamburg auslaufende Schiffe überwachten, wie würde es erst bei Schiffen sein, die dorthin unterwegs waren?

»Wir haben die erste Hürde überwunden und werden es auch bei der nächsten tun«, antwortete Michel Gartz zuversichtlich. Doch auch er atmete auf, als sie am nächsten Morgen den Anker lichteten und kurz darauf die offene See vor sich sahen.

9.

Die Nordsee war erstaunlich ruhig, und da der Wind günstig stand, kam die *Wangerooge* gut voran. Eigentlich hätten sie sich den Anweisungen der Franzosen zufolge nahe an der Küste halten sollen. Da Simon dort sowohl französische wie auch englische Schiffe vermutete und er beiden nicht auf offener See begegnen wollte, steuerte er erst einmal einen Nordwestkurs, der die *Wangerooge* nach mehreren Tagen bis auf die Breite von Newcastle brachte. Ihr Hauptziel war zwar London, doch Jakob hatte beschlossen, es nicht auf direktem Weg anzufahren. Wenn sie dort erschienen, sollte die *Wangerooge* einen anderen Namen tragen – und er ebenfalls. Auch Michel Gartz würde einen Tarnnamen wählen müssen, damit die Franzosen nicht von ihnen erfuhren und ihre Frauen und Kinder in Hamburg es ausbaden mussten.

»Hast du dich schon für einen Namen entschieden?«, fragte er Gartz, als weit im Westen bereits die englische Küste schemenhaft zu erkennen war.

»Mabel erzählte etwas von einem alten Schwarzen, der sie bei dem Überfall auf ihre Plantage gerettet hat. Er hieß Harry. Ich werde mich daher Mike Harrison nennen. Und du?«, antwortete Gartz.

»Ich habe mich für James Seaman entschieden.«

»Ein passender Name! Es erinnert irgendwie ein wenig an Jakob Simonsen.« Gartz lachte kurz und wies dann seitlich nach vorne.

»Das sieht mir ganz nach einem Wachtkutter aus. Das gefällt mir besser, als wenn wir einer Fregatte oder gar einem Linienschiff begegnen würden. Deren Kapitäne könnten versucht sein, unsere *Wangerooge* als Prise zu nehmen.«

»Ich glaube nicht, dass sie das tun. Sie würden damit nur die ausländischen Schiffer von den englischen Häfen fernhalten, und das werden sie nicht wollen. Auch wenn ihre Earls und Lords in prunkvollen Roben auftreten, so sind die Engländer doch eine Nation von Kaufleuten. Sie brauchen den Handel – und damit auch uns, die wir bereit sind, ihre Waren auf den Kontinent zu schmuggeln.«

Jakob hatte sich dies alles bereits in Hamburg überlegt und sah daher dem entgegenkommenden Schiff halbwegs ruhig entgegen.

Wenig später wurden sie durch das Sprachrohr angerufen. »Welches Schiff und welches Ziel?«

»Schiff *Wangerooge* aus Hamburg auf dem Weg nach Newcastle. Wir haben die Schnauze voll von den Franzosen und ihrer Handelssperre«, rief Jakob zurück.

»Hoffentlich reicht das«, warf Michel Gartz ein.

»Ich denke schon!«, antwortete Jakob und erhielt Augenblicke später die Anweisung, auf den Kutter zu kommen.

»Lasst das kleine Beiboot zu Wasser und legt die Jakobsleiter aus. Ich hole unterdessen die Schiffspapiere«, befahl Jakob den Matrosen. Diese waren bei seiner Antwort an den Engländer ziemlich zusammengezuckt, konnten jetzt aber schon wieder grinsen.

Wenig später wurde er von drei Matrosen zu dem Kutter gerudert und stieg dort an Bord. Der Kapitän, ein Leutnant mittleren Alters mit länglichem, melancholischem Gesicht, erwartete ihn an Deck. »Ich hatte schon gehofft, euer Schiff wäre eine schöne, fette Prise. Es hätte mir sehr geholfen, Captain oder wenigstens Commander zu werden«, meinte er in bedauerndem Tonfall. »Vielleicht seid ihr ja auch Spione«, fuhr er hoffnungsvoller fort. »Was wollt ihr eigentlich in Newcastle? Das ist ja doch ein wenig abgelegen!«

»Genau aus diesem Grund habe ich diesen Hafen ausgewählt«, antwortete Jakob. »Ich will nämlich das Aussehen des Schiffes verändern und unter anderem Namen fahren, und zwar unter englischer Flagge.«

Der Leutnant kaute nachdenklich auf den Lippen herum. »Ich werde euch nach Newcastle eskortieren.« Damit, so sagte er sich, bewies er seinen Vorgesetzten Diensteifer, ohne sich etwas zu vergeben. Sollte das Hamburger Schiff dann doch zu einer Prise erklärt werden, hatte er damit auch seinen Anspruch auf einen Anteil sicher.

»Ich freue mich darüber, Kapitän, und wäre Ihnen sehr verbunden, wenn Sie einen Lotsen für mich hätten. Ich bin in all den Jahren, die ich zur See gefahren bin, erst dreimal in Newcastle eingelaufen und habe dabei jedes Mal um einen Lotsen gebeten«, antwortete Jakob, um dem Mann ein wenig zu schmeicheln.

»Ich überlasse Ihnen meinen Steuermannsmaat. Der kennt die Einfahrt in den Tyne wie seine Westentasche!«

Der Leutnant winkte einen Mann heran und sprach in einem englischen Dialekt auf ihn ein, dem Jakob nur mit Mühe zu folgen vermochte. Eines aber begriff er. Der Maat sollte ihm helfen, die *Wangerooge* sicher in den Hafen zu bringen. Welches Vertrauen der Kapitän des Kutters bereits zu ihm gefasst hatte, begriff Jakob, als der Maat ohne zusätzliche Wache mit ihm kam.

10.

Im Hafen von Newcastle war deutlich zu erkennen, dass England sich in einem Krieg befand, bei dem es um Sein oder Nichtsein ging. Handels- und Kriegsschiffe lagen in den Werften auf Kiel.

Ballen mit Wolle, Fässer mit Salzfleisch und andere Waren wurden verladen, um nach Süden geschafft zu werden und die größte Kriegsflotte der Welt damit zu versorgen.

Der *Wangerooge* wurde ein Liegeplatz etwas abseits der anderen Schiffe zugewiesen. Dann kam der Leutnant des Wachtkutters an Bord und forderte Jakob auf, mit ihm zu kommen. Es ging auf ein altes Linienschiff, das hierherbeordert worden war, um neu getakelt zu werden. Da dies sonst meist in den südenglischen Häfen geschah, zeigte das Jakob, wie sehr die Flotte strapaziert wurde, um Napoleon und dessen Soldaten von England fernzuhalten.

Ein betagter Kapitän, der recht füllig und mit einer zu eng sitzenden Uniform bekleidet war, empfing sie in seiner Kabine. Auch er war ein Zeichen dafür, dass in England alles und jeder für den Krieg gebraucht wurde, denn in anderen Zeiten hätte man ihn längst in den Ruhestand geschickt.

Der Mann lauschte dem Bericht des Kutterkapitäns und blickte dann Jakob durchdringend an. »Ich könnte dein Schiff als Prise behalten!«

Und dir damit ein paar Guineas für dein Alter verdienen, dachte Jakob und schüttelte den Kopf. »Wenn Sie das tun, wird kein Kapitän vom Kontinent mehr England anlaufen, sondern sich gezwungen sehen, den Franzosen zu helfen.«

»Ich werde es nach London weiterleiten!«, gab der Kapitän knurrig zurück.

»Ich würde ungern sehen, dass mein Name in London genannt wird. Napoleon kann auch dort Spione haben, und ich will nicht, dass meine Familie in Schwierigkeiten gerät.«

Jakob hätte sich einen geistig flexibleren Mann als Gesprächspartner gewünscht als diesen verwitterten und bereits vom Altersstarrsinn angegriffenen Kapitän.

Dieser musterte ihn erneut und wandte sich dann dem Schiffer des Wachtkutters zu. »Gute Arbeit, Hines! Sie können jetzt gehen.«

»Danke, Sir!« Der Leutnant setzte seinen Zweispitz auf, tippte mit zwei Fingern dagegen und verließ die Kajüte.

»Ein guter Mann, aber ohne Verbindungen, die ihm helfen würden, vorwärtszukommen, genau wie ich.«

Es war mehr ein Selbstgespräch des alten Mannes als für Jakob gedacht. Dann sah er Jakob direkt an: »Sie sind vor Napoleon ausgerissen?«

»Ich habe den Auftrag des Gouverneurs in Hamburg, nach Bordeaux zu segeln und dort Wein für die französischen Truppen an Bord zu nehmen, auf meine Weise aufgefasst und bin hierhergekommen. Englische Waren werden in Hamburg knapp, und es könnte sich lohnen, sie dorthin zu bringen.«

Jakob zwinkerte dem alten Kapitän zu. Dieser schien für einen Augenblick verwirrt zu sein, grinste dann aber.

»Ich mache Ihnen einen Vorschlag! Sie beteiligen mich zu, sagen wir, zehn Prozent am Gewinn Ihrer Schmuggelaktionen. Dafür unterstütze ich Sie und sorge dafür, dass Ihr Schiff maskiert wird und Sie neue Papiere erhalten.«

Es war Erpressung, doch Jakob wusste, dass ihm keine andere Wahl blieb. Daher nickte er und streckte dem alten Kapitän die Hand hin. »Ich bin einverstanden!«

»Sehr gut! Was brauchen Sie? Ich melde es weiter, damit Sie es erhalten«, fragte der andere.

»Einen neuen Namen für das Schiff sowie die Erlaubnis, Helgoland anzulaufen. Ich bringe mit meinem Schiff die Waren dorthin, und sie werden dann mit kleinen Schiffen nach Hamburg gebracht, und zwar unter den Augen der Franzosen!«

Jakob beschloss, das Beste aus dieser Situation zu machen, und besprach sich noch geraume Zeit mit dem Linienschiffkapitän. Zuletzt ließ er sich ein Blatt Papier, Tinte und Feder reichen und erstellte eine Liste von Dingen, die er gerne erhalten würde.

»Das ist alles nicht so schwer«, meinte der Engländer, nachdem er die Liste studiert hatte. »Ich brauche es nur für meine *Perseus* anzufordern. Nun aber zum neuen Namen für Ihr Schiff. Ich würde gerne sehen, wenn ein Schiff mit meinem Namen die Meere befährt. Sind Sie mit *John Jones* einverstanden?«

»Aber gewiss doch!«, rief Jakob, der dem neuen Namen der *Wangerooge* die geringste Bedeutung beimaß.

»Dann machen wir es so.« Kapitän Jones füllte ein Formular aus, setzte seinen Namen darunter und rief nach seinem ersten Offizier. »Diese Sachen sind umgehend zu besorgen, Bowers!«, erklärte er und reichte ihm den Zettel.

Der Offizier nahm ihn entgegen, grüßte und ging. Sein Kapitän sah ihm nach und schüttelte dann den Kopf. »Bowers ist ein fähiger Mann und könnte leicht eine Fregatte kommandieren. Aber ohne Verbindungen ist der Aufstieg in der Royal Navy ein langer und sehr steiniger Weg. Dafür werden Narren zu Kapitänen gemacht, die gerade einmal in der Lage sind, den Polarstern vom Vollmond zu unterscheiden. Nun ja, wenn sie es in London nicht anders wollen …« Er zuckte mit den Schultern, bot Jakob nun doch einen Stuhl an und holte eine bauchige Flasche aus dem Schrank in der Ecke.

»Guter französischer Cognac! Als es vor drei Jahren hieß, es wäre Frieden geschlossen worden, habe ich ihn selbst in Le Havre gekauft. Ich war aber nicht mit der *Perseus* dort, sondern mit einem Handelssegler. Jetzt geht mein Vorrat zu Ende, und so hoffe ich, dass Sie ihn bald aufstocken können.«

»Ich werde mein Bestes tun!«, versprach Jakob und verabschiedete sich von Captain John Jones.

Während er zu seinem Schiff zurückkehrte, fragte er sich, ob er nicht doch besser nach London gefahren wäre. Newcastle war arg abgelegen, und wenn er eine wertvolle Ladung aufnehmen wollte, würde er sie in der Hauptstadt am leichtesten bekommen.

11.

Jakob begriff jedoch rasch, dass er dem alten John Jones unrecht getan hatte. Schon am nächsten Tag kamen die Werftarbeiter, um sich der *Wangerooge* anzunehmen. Innerhalb einer Woche waren Rigg und Vorschiff verändert, und am Bug prangte der Name *John Jones*. Als Jakob und Gartz das Schiff aus entsprechender Entfernung musterten, musste der Zahlmeister lachen.

»So, wie unsere *Wangerooge* jetzt aussieht, würde sie nicht einmal jemand erkennen, der bereits auf ihr gefahren ist.«

»Das Ergebnis ist besser, als ich erwartet habe«, gab Jakob zu. »Captain Jones hat uns für heute Abend auf sein Schiff geladen. In seiner Nachricht stand etwas von interessanten Gästen.«

»Wer soll das sein? Ein Baronet, der hier in der Gegend Land besitzt, ein Squire, der als Autorität gilt, und zwei Schiffseigner, die uns wahrscheinlich als unerwünschte Konkurrenz ansehen?«, spottete Gartz.

Jakob zuckte mit den Achseln. »Wir werden es sehen. Vielleicht hilft es uns, den Rest der Ladung, die wir noch von Hamburg her an Bord haben, zu verkaufen.«

»Vor allem die leeren Weinfässer!« Gartz lachte erneut. Das meiste hatten sie zwar an Händler vor Ort abgeben können, aber die Fässer störten, weil sie Platz wegnahmen. Als langjährigem Zahlmeister hätte es ihm jedoch in der Seele wehgetan, sie einfach in den Tyne werfen zu lassen.

»Wir sollten zum Schiff zurückkehren und uns umziehen. Auch wenn Captain Jones nur ein paar Provinzler um sich versammeln wird, sollten wir passend gekleidet sein!« Auch Jakob lachte nun, dachte dann aber an seine Familie und wurde ernst. »Ich will so bald wie möglich nach Helgoland segeln. Vielleicht ist es möglich, von dort aus meinem Vater eine Nachricht zu schicken.«

»Wie mag es ihnen allen ergehen?« Gartz seufzte und fühlte Hass auf Napoleon und dessen Franzosen, die ihn gezwungen hatten, seine Frau und seine Tochter zu verlassen.

»Irgendwann jagen wir sie zum Teufel und nehmen unseren Rang als freie Reichsstadt im Heiligen Römischen Reich Deutscher Nation wieder ein«, sagte er entschlossen und folgte Jakob zur *Wangerooge* alias *John Jones*.

Kurz darauf ließen sie sich in dem kleineren der beiden Beiboote zur *Perseus* rudern.

Sie waren nicht die ersten Gäste. Mehrere Herren in schlichten, aber aus besten Tuchen gefertigten Röcken und ernsten Gesichtern saßen bereits in der als Festsaal eingerichteten Offiziersmesse. John Jones thronte auf seinem Stuhl wie ein König und grüßte Jakob und Michel leutselig.

»Seien Sie uns willkommen! Darf ich Sie den Herren hier vorstellen. Kapitän James Seaman und sein Handelsagent Mike Harrison!«

Es war für die beiden ungewohnt, mit diesen Namen angeredet zu werden. Da sie ihre Rolle jedoch glaubhaft spielen wollten, mussten sie sich daran gewöhnen. Jakob deutete eine Verbeugung vor dem Captain an.

»Besten Dank für die Einladung, Sir! Wir freuen uns sehr, hier sein zu dürfen.«

»Setzen Sie sich!«, forderte Jones sie auf und deutete auf zwei freie Stühle.

»Nach den langen Wochen auf See mit nichts anderem als Schiffszwieback und Pökelfleisch ist es angenehm, wieder einmal richtig schlemmen zu können«, erklärte Jones, um seinen Gästen das Opfer nahezubringen, das er im Auftrag Seiner Majestät bringen musste, um England gegen die Begehrlichkeiten Napoleons zu verteidigen.

»Hier bei uns isst man noch ländlich gut!«, erklärte ein recht stattlich gebauter Herr. »Ich war letztens bei meinem Vetter Lord

Wallmer in London. Was in dessen Haus aufgetischt wurde, war zum Weinen. Ich sage, daran sind nur diese Franzosen schuld, die vor Napoleon geflüchtet sind und nun als Köche und Schneider unsere guten englischen Sitten verderben.«

»So ist es!«, stimmte ihm sein Sitznachbar zu. »Zum Glück sind wir hier weit genug von London weg, als dass die Flüchtlinge auch hierherkommen würden.«

»Sagen Sie das nicht, Preston! Halesburys Frau hat letztens eine französische Gouvernante für ihre Tochter eingestellt. Ich hätte zu viel Angst um die Moral meiner Elizabeth, als dass ich meiner Catherine das erlauben würde!«

Jakob schloss daraus, dass Catherine seine Frau war und Elizabeth seine Tochter. Ihn interessierten diese Klatschgeschichten jedoch wenig, und so richtete er sich bereits auf einen langweiligen Abend ein, als sich einer der Gäste ihm zuwandte.

»Ich habe von Captain Jones gehört, dass Sie Waren nach Helgoland bringen wollen, damit diese von dort aus nach Hamburg verschifft werden können.«

Plötzlich wurden alle aufmerksam und richteten ihre Blicke auf Jakob und Michel Gartz.

»Das haben wir vor«, antwortete Jakob mit einer gewissen Anspannung.

Der Mann nickte, als müsse er sich selbst bestätigen. »Das ist gut! Meine Lagerhallen sind voll, und ich wäre froh, etwas davon loszuwerden.«

Jakob war zunächst skeptisch, was der Mann überhaupt verkaufen wollte, wurde aber positiv überrascht, als dieser seine Handelswaren aufzählte. Es waren genau die Kolonialgüter, die er in London hatte besorgen wollen, sowie ausgezeichnete Tuche, die in dieser Gegend gefertigt wurden. Laut dem Handelsherrn hätte dies alles nach Dänemark geschafft werden sollen, doch die Häfen dieses Landes waren auf Napoleons Befehl ebenfalls für englische Schiffe gesperrt worden.

Da auch der Preis stimmte, kamen Jakob und Michel Gartz mit dem Mann ins Geschäft. Als sie einige Zeit später nach mehreren Gläsern Rum zur Bekräftigung ihres Abkommens auf die *John Jones* zurückkehrten, waren sie hochzufrieden. Wenn es ihnen nun noch gelang, auf Helgoland Fuß zu fassen, konnte Simon mit einem der kleinen Schiffe kommen und die Waren nach Hamburg schaffen.

Mit diesem Gedanken ließ Jakob zwei Wochen später die Anker der *John Jones* lichten, die in Newcastle ordentlich als Eigentum der James Seaman Shipping Company gemeldet war, und fuhr den Tyne abwärts der Nordsee entgegen.

12.

Nicht nur Jakob Simonsen, sondern auch Jörgen Mensing hatte sich England zum Ziel genommen. Anders als Jakob segelte er mit seiner *Atlas* jedoch direkt nach London und wurde dort wegen seiner Verbindungen zu Samuel Bartlett wohlwollend empfangen. Auch er wollte englische Waren nach Hamburg schmuggeln, allerdings auf Schiffen, die unterwegs kontinentale Häfen anliefen, so dass es so aussah, als wären sie in Napoleons Auftrag unterwegs.

Samuel Bartlett empfing ihn mit offenkundiger Erleichterung und ließ ihm ein großes Glas Whiskey vorsetzen. »Ich kann mich weder an Rum noch an Gin gewöhnen, auch wenn ich dafür mit den verdammten Rebellen Handel treiben muss«, sagte er und machte mit diesen Worten deutlich, dass er sich mit der Unabhängigkeit der Vereinigten Amerikanischen Staaten noch nicht abgefunden hatte. »Wer weiß! Wenn Boney besiegt ist, bereinigen wir auch diese Sache«, setzte er hoffnungsvoll hinzu, kam dann aber auf die Gegenwart zu sprechen. »Wie sieht es bei euch in Hamburg aus?«

»Dort laufen auf jeden Fall zu viele Franzosen herum und mischen sich in Dinge ein, die sie nichts angehen«, antwortete Mensing.

»Es ist ein Unding des Korsen, den Handel zu verbieten!«, schimpfte Bartlett. »Meine Geschäfte leiden, und ich weiß nicht, wie lange es so gehen kann.«

»Wir in Hamburg leiden auch! Daher will ich, dass meine Schiffe zwar in Spanien und Frankreich das eine oder andere an Bord nehmen, aber so, dass genug Platz in den Laderäumen bleibt, um auch in England Ware einladen zu können.«

Bartlett grinste. »Soso … Glauben Sie, dass es funktionieren wird?«

»Das will ich hoffen! Wenn die Waren gut gestaut sind, findet kein Zöllner etwas, das er nicht finden soll.« Mensing lächelte, denn wenn es in Hamburg jemanden gab, der wusste, wie man schmuggelte, dann war er es.

Bartlett zog die Klingelschnur und befahl dem herbeieilenden Diener, seinen Sohn zu holen. Bis Zechariah erschien, unterhielten er und Mensing sich über die Familie. Doch kaum hatte Bartlett junior Platz genommen, bat sein Vater Mensing, seine Pläne noch einmal darzulegen.

Zechariah hörte aufmerksam zu und nickte mehrmals. »Der Handel innerhalb Englands ist zu gering, um damit Gewinn machen zu können. Wir müssen schon jetzt Waren aus den Kolonien in Lagerhallen stapeln. Wenn wir einen Teil davon auf den Kontinent bringen und dort verkaufen können, wird es uns einen Vorteil gegenüber anderen Handelshäusern verschaffen«, sagte er schließlich.

»Vor allem können wir durchhalten, bis die elende Sache mit Napoleon erledigt ist«, setzte sein Vater hinzu und sah Mensing an. »Wir machen es so: Sie segeln zu einem der französischen Häfen und laden ein wenig ein, dann holen Sie sich das Übrige hier!«

Mensing schüttelte lächelnd den Kopf. »Genau das werde ich nicht tun! Meine Schiffe segeln zuerst nach England, werden hier so geladen, wie es möglich ist, und segeln dann nach Frankreich und Spanien weiter, um dort Fracht an Bord zu nehmen. Wenn sie dann nach

Hamburg kommen, sind die englischen Waren hinter denen aus Frankreich verborgen, und die Zöllner sehen nur die Letzteren.«

»Sie möchte ich ungern zum Feind haben!«, rief Bartlett anerkennend. »Zechariah wird mit Ihnen zusammen diese Angelegenheit planen. Für heute Abend lade ich Sie zu mir ein. Auch wenn die Aussichten derzeit trübe sind, sollten wir uns von Boney nicht ins Bockshorn jagen lassen. Um zu uns nach England zu gelangen, müsste er an der Royal Navy vorbei, und das lässt diese niemals zu.«

»Darauf wollen wir trinken!«, sagte Mensing lachend.

Anders als sein Gastgeber war er nicht heikel, was seine Getränke betraf, und ließ sich einen Rum ebenso schmecken wie Gin, den Korn, der um Hamburg herum gebrannt wurde, und auch Whiskey, den Bartlett aus dem Tennessee genannten Gebiet in den abgefallenen Kolonien bezog.

»Wie geht es Heather?«, fragte Zechariah.

»Seit Hinrichs Geburt kränkelt sie ein wenig«, berichtete Mensing. »Derek hat bereits überlegt, sie in ein Kurbad zu schicken, doch wegen dieser verfluchten Kriege ist das nicht möglich. Ich konnte sie auch nicht nach England mitbringen, damit sie in Bath oder Tunbridge Wells zu Kräften kommt. Bei den französischen Kontrollen hätte ich sie in einem Fass versteckt aus Hamburg herausschmuggeln müssen.«

Es war eine Lüge, denn Mensing hatte weder daran gedacht, sie mit an Bord zu nehmen, noch, sie in einen Kurort bringen zu lassen. Er brachte es aber so glaubhaft vor, dass Samuel Bartlett nickte. »Wenn die Angelegenheit mit Napoleon vorbei ist, werde ich Heather besuchen und meine Enkel sehen.«

»Du hast einen Enkel hier in London!«, erinnerte Zechariah ihn an den eigenen Sohn, den ihm seine Frau Elinor, geborene Lady Hutton, geboren hatte.

»Ich würde mir aber auch gerne einmal Heathers Jungen ansehen«, sagte sein Vater.

»Zu gegebener Zeit kannst du das tun. Ich glaube, du wirst dich freuen, wieder einmal auf einem Schiffsdeck stehen zu können, Vater!« Zechariah lächelte, denn ebenso wie Derek Mensing sah er sich nicht als Seemann, sondern als Handelsherr, der nicht selbst auf große Fahrt ging, sondern seine Kapitäne losschickte.

»Es gibt noch etwas!«, fiel Mensing ein. »An Bord meines Schiffes ist ein Mann, der nach Möglichkeit nie mehr nach Hamburg zurückkehren sollte. Kennen Sie eine Möglichkeit, wie das heimlich geschehen kann?« Er hatte sich überlegt, Lukas Thadde bereits auf der Fahrt nach London aus dem Weg zu räumen, aber wegen seiner Mannschaft darauf verzichtet, denn das wäre kaum ohne Zeugen möglich gewesen. Wenn Thadde umkam, dann durfte er keinesfalls damit in Verbindung gebracht werden können. Sonst würden sich einige vielleicht an ganz alte Dinge erinnern, und das wollte er nicht.

»Ich bin sicher, dass sich das machen lässt!«, antwortete Zechariah Bartlett. »Allerdings halte ich es für falsch, jemanden hier in London zu ermorden. Selbst wenn man die Leiche in die Themse wirft, könnte sie gefunden werden. Dann wäre der Mord nicht mehr heimlich geschehen!«

Sein Vater lächelte überlegen. »Ich wüsste einen besseren Weg, jemanden aus dem Weg zu räumen! Unser alter Freund Captain Smyth hat immer Bedarf an Matrosen. Für ein paar Guineas hält er ein ganz besonderes Auge auf den Kerl und sorgt dafür, dass er nicht mehr lebend von seinem Schiff herunterkommt. Smyth ist heute Abend übrigens auch bei mir zu Gast.«

»Könnte er den Mann nicht gleich mitnehmen? Ich werde diesem sagen, Ihre Einladung gelte auch ihm. Er wird geschmeichelt sein und sich sehr wundern, wenn er morgen auf Smyths Schiff aufwacht.«

Mensing lachte darüber wie über einen guten Witz. Die beiden Bartletts stimmten ein, und der Vater schenkte noch einmal jedem einen Whiskey ein. »Ich sagte bereits, ich will nicht Ihr Feind sein,

Mensing! Wenn ich mich schon für einen mittelgroßen Teufel halte, so sind Sie ein ganz großer.«

Über diesen Ausspruch lachten die drei noch mehr. Als er sich wieder beruhigt hatte, nickte Samuel Bartlett Mensing zu. »Bis heute Abend also! Da werden Sie auch Huttonsfields neuen Erben kennenlernen.«

»Einen neuen Erben? Er hatte doch einen Sohn!«, fragte Mensing verwundert.

»Sir Anthony starb eines frühen Todes. Nicht als Offizier auf einem Schiff oder auf einem Schlachtfeld, sondern als er betrunken gewettet hat, einen als besonders schwierig geltenden Hengst bändigen zu können. Da seine Ehefrau nur mit zwei tot geborenen Mädchen niedergekommen ist, steht das Erbe jetzt seinem Vetter Henry Hutton zu.« Zechariah Bartlett klang verärgert. Zwar hatte er Lord Huttons Tochter geheiratet, aber diese konnte nach englischem Recht den Titel und den Familienbesitz nicht erben.

Auch Samuel Bartlett verzog das Gesicht. »Henry Hutton hat allerdings ein Schweineglück. Nur zwei Generationen später, und er wäre außen vor gewesen. So steht es in den von King Edward III. unterzeichneten Erbregeln der Huttons. Der erste Titelträger war bereits alt und hatte nur eine Tochter. Sonst gab es nur einen Vetter zweiten Grades, dem er weder seinen Besitz noch seinen Titel gegönnt hat. Daher wurde bestimmt, dass bei einem Aussterben im Sohnesstamm nur Vettern ersten Grades und deren Söhne erbberechtigt sein sollen. Damit seine Tochter ihm einmal aus eigenem Recht nachfolgen konnte, wurde zudem beschlossen, dass der Titel, so kein männlicher Erbe nach diesen Regeln existiert, der jeweils ältesten Tochter vererbt werden kann. Da Lord Hutton keine andere Tochter als Ellinor hat, wäre sie in diesem Fall die Erbin, und mein ältester Enkel würde der nächste Earl werden.«

13.

Lukas Thadde fühlte sich geschmeichelt, als Mensing ihm mitteilte, sie seien beide bei Samuel Bartlett eingeladen. Er kannte diesen als reichen Kaufherrn und nahm an, dass Mensing ihn in die Gesellschaft der reichen Londoner Händler einführen wollte.

»Werden auch bedeutende Personen anwesend sein?«, fragte er Mensing, als sie auf die Sänftenträger zugingen, die sie zu Bartletts Haus bringen sollten.

»Soviel ich weiß, wird Lord Hutton of Huttonsfield erwartet«, antwortete Mensing und war froh, in seine Sänfte einsteigen zu können.

War Lukas Thadde schon immer ein solcher Schwätzer gewesen?, fragte er sich, als die Sänftenträger die Griffe packten und mit gut aufeinander abgestimmten Schritten ihrem Ziel zueilten. In Hamburg und zuletzt während der Schiffsreise war es ihm kaum möglich gewesen, Thaddes rund um die Uhr laufendem Mundwerk zu entkommen.

Als sie Bartletts Haus erreichten und dort aus ihren Sänften stiegen, blieb Thadde jedoch überraschend stumm. Mensing sah den Neid in seinen Augen. Für Lukas verkörperte Samuel Bartlett alles, was er sich je gewünscht hatte.

Mit einem verächtlichen Lächeln forderte Mensing seinen Begleiter auf, ihm zu folgen. Im Vorraum übergab er seinen Hut und seinen Stock, der in Wirklichkeit ein Stockdegen war, einem Diener, stieg die Treppe hoch und wurde von einem zum Zeremonienmeister ernannten Lakaien angemeldet.

»Captain Jörgen Mensing, Mister Lukas Thadde!«

Mensing trat in den Raum, sah, dass die meisten Gäste bereits erschienen waren, und lächelte. In einem Hafen wollte er immer der Erste sein, doch bei solchen Veranstaltungen ließ er anderen den Vortritt. Ein Diener führte ihn an seinen Platz. Zu seiner Zufriedenheit war für Thadde ein Stuhl schräg gegenüber bereitgestellt worden, und neben Thadde saß ein Captain der Royal Navy. Es dauerte einige Augenblicke, bis Mensing in ihm Gervase Smyth erkannte, den er schon mehrmals als Gast bei Bartlett gesehen hatte.

Als letzter Gast erschien Humphrey Hutton of Huttonsfield, der weitaus älter und verbrauchter aussah als die fünfundfünfzig Jahre, die er zählte. Zechariah Bartlett hatte gespottet, dass der Lord daran dachte, sich wieder zu verheiraten, um doch noch zu einem Leibeserben zu kommen. So, wie Mensing ihn jetzt einschätzte, würde er dabei die tätige Mithilfe eines Lakaien oder Stallknechts benötigen.

Der Lord warf dem ihm direkt gegenübersitzenden Mann einen Blick äußersten Abscheus zu. Das kann nur Henry Hutton sein, der Neffe, der als sein Erbe galt, dachte Mensing. Auch Hutton war nicht mehr jung, hatte sich aber, nachdem Humphrey Huttons Schwiegertochter keinen Erben zur Welt gebracht hatte, noch einmal verheiratet und war seit zwei Jahren Vater eines Sohnes. Die Erbfolge war damit gesichert, doch der Titel eines Viscounts Broulie, den Anthony Hutton getragen hatte, blieb ihm verwehrt. Den durfte dem englischen Erbrecht zufolge nur der Sohn des Earls tragen.

Jörgen Mensing fand die englischen Erbregelungen viel zu kompliziert und war froh, Hamburger Bürger zu sein und selbst entscheiden zu können, wem er einmal sein Vermögen hinterlassen würde. Bei dem Gedanken hätte er beinahe gelacht. Da er mit Derek nur einen Sohn und keine Tochter hatte, war die Auswahl arg eingeschränkt.

Samuel Bartlett hob nun sein Glas. »Meine Herren, ich freue mich, dass ihr meiner Einladung so zahlreich gefolgt seid. Ganz besonders willkommen heiße ich Sir Humphrey, mit dem mich ein familiäres Band verbindet, sowie Captain Smyth, der mit seinem Schiff, der *Eurymachos,* zusammen mit den anderen Schiffen unserer glorreichen Royal Navy den schrecklichen Korsen von unseren Küsten fernhält.«

Er trank seinen Gästen zu. Diese taten es ihm gleich und ließen sich dann das Mahl schmecken. Selbst Mensing hätte nicht zu sagen vermocht, ob er je so ausgesuchte Spezialitäten aufgetischt bekommen hatte. So, als wollte man Napoleon ärgern, gab es Austern aus der Normandie, französischen Käse und französische Weine. Auch wenn Samuel Bartlett im Allgemeinen Whiskey aus den ehemaligen amerikanischen Kolonien vorzog, so ließ er es sich nicht nehmen, echten Cognac einschenken zu lassen.

Da zu viele Gäste anwesend waren, um ein intensives Gespräch führen zu können, kam es während des Essens und danach nur zu etlichen kleineren Unterhaltungen. Mensing hielt sich zurück und studierte die Anwesenden. Unweit von ihm tat Henry Hutton alles, um seinem Onkel, dem Earl, zu schmeicheln. Wahrscheinlich will er ihn davon abbringen, noch einmal zu heiraten, dachte Mensing belustigt und warf Lukas Thadde einen Blick zu. Dieser sprach sichtlich dem Wein zu und verfluchte im Gespräch mit seinem Tischnachbarn Napoleon Bonaparte, der ihn mit seiner Kontinentalsperre um seinen Erwerb als Handelsagent gebracht habe.

Als es auf das Ende des Festes zuging, fragte Mensing sich, auf welche Weise Bartlett ihn von Lukas Thadde befreien wollte.

Der Erste, der ging, war der Earl of Huttonsfield. Er zeigte damit, wie wenig er mit der Familie zu tun haben wollte, in die seine Tochter eingeheiratet hatte. Ihm folgten bald weitere Herren, und zuletzt blieben nur noch Bartlett und dessen Sohn, Mensing, Thadde und Smyth übrig.

»Trinken wir noch einen letzten Schluck und beenden dann dieses Treffen«, erklärte Samuel Bartlett mit einem Lächeln.

Sofort kamen mehrere Lakaien heran und kredenzten ihnen je ein Glas. Mensing wollte sich eines aufs Geratewohl nehmen, doch da drehte der Diener das Tablett, so dass er es nicht mehr fassen konnte, und zeigte verstohlen auf ein anderes.

Mensing nahm es und sah, dass das andere Glas zuletzt für Lukas Thadde übrig blieb. Dieser nahm es unbefangen und trank es auf einen Zug aus. Unterdessen trat Captain Smyth auf Mensing zu. »Sie sollten sich in der Nacht keinem Sänftenträger mehr anvertrauen! Die Kerle sind unzuverlässig und tragen Sie höchstens noch zu ihren Kumpanen, damit diese Sie ausrauben. Erlauben Sie mir daher, Sie mit meinem Dingi zu Ihrem Schiff zu bringen.«

»Gerne!«, antwortete Mensing und fasste Thadde, der bereits bedenklich schwankte, am Ärmel. »Der Captain hat die Güte, uns zu unserem Schiff zu bringen.«

»Sehr gut! Ich mag es nicht, wenn die Sänften so schaukeln!« Lukas Thadde hatte etliches getrunken und fühlte sich rundherum zufrieden. Zusammen mit Mensing folgte er Smyth nach draußen und stieg unbeholfen in dessen Boot. Die sechs Matrosen, die es ruderten, standen bereit, und so konnte es losgehen.

Es war eine stimmungsvolle Nacht mit einem fast vollen Mond und einem für London überraschend klaren Himmel. Keiner sprach, und so war nur das Klatschen der Riemen im Wasser zu hören. Nach einer Weile klangen jedoch leise Schnarchgeräusche auf. Als Mensing zu Lukas Thadde hinsah, war dieser eingeschlafen.

Kurz bevor sie die *Atlas* erreichten, deutete Smyth spöttisch auf Lukas Thadde. »Ich werde den Kerl mit auf mein Schiff nehmen. Mal sehen, was er als Matrose taugt!«

»Sorgen Sie dafür, dass er Ihr Schiff nie mehr verlässt«, mahnte Mensing ihn.

»Das wird er nicht!«, antwortete Smyth.

Augenblicke später erreichten sie die *Atlas*. Mensing verabschiedete sich und stieg an Bord, während das Boot weiterfuhr und einige Zeit später bei der *Eurymachos* anlegte.

14.

Lukas Thaddes Erwachen war elend. Sein Schädel schien zu platzen, und er hatte einen Geschmack im Mund, als hätte er den After eines alten Ziegenbocks geküsst. Vergeblich versuchte er zu begreifen, was geschehen war. Auf jeden Fall lag er nicht in seinem Bett auf der *Atlas,* sondern war in irgendetwas gewickelt. Erst nach einer Weile erkannte er, dass es sich um eine Hängematte handelte. Verwundert kämpfte er sich heraus und schüttelte den Kopf. Er bereute es sofort, denn der Schmerz raste ihm durch den Schädel und entriss ihm einen gequälten Schrei.

»Na, endlich aufgewacht?«, hörte er jemanden in einem gequetscht klingenden Englisch fragen.

»Wo bin ich?«, fragte Thadde verwirrt.

»Auf Seiner Majestäts Schiff *Eurymachos* unter Captain Gervase Smyth. Du bist meiner Division zugeteilt worden«, kam die Antwort.

»Aber wie … Ich begreife das nicht!«, stöhnte Thadde und sah an sich herab.

Die gute Kleidung, die er bei dem Fest getragen hatte, war verschwunden. Stattdessen steckte er in bis zu den Waden reichenden gestreiften Hosen und einem Hemd, bei dem schon mehr als eine Wäscherin alt geworden sein musste. Seine Füße waren nackt, und er befand sich in einer großen, niedrigen Kammer, wo er den Kopf einziehen musste, um sich nicht am Deckenbalken zu stoßen.

»Willkommen an Bord!«

»Ich muss mit dem Kapitän sprechen. Das ist ein Irrtum!«, rief Thadde entsetzt.

»In der englischen Navy gibt es keine Irrtümer«, antwortete sein Gegenüber grinsend. »Was den Captain betrifft, so hat dieser dich selbst mitgebracht. Er wird schon wissen, warum.«

»Mensing!«

Obwohl ihm übel war und sein Kopf dröhnte, begriff Lukas Thadde nun mit entsetzlicher Klarheit, was geschehen war. Mensing hatte seine Trunkenheit ausgenützt und ihn Captain Smyth überlassen. Auf Bartletts Fest war ihm bereits aufgefallen, dass die beiden einander kannten. Vielleicht war auch Bartlett mit darin verwickelt. Immerhin hatte Mensings Sohn dessen Tochter geheiratet. Er erinnerte sich nun auch an das letzte Glas, das er in Bartletts Haus getrunken hatte. Es musste mit einem starken Schlafmittel versetzt gewesen sein, denn sonst wäre er niemals so rasch im Boot weggedämmert.

All diese Gedanken halfen ihm jedoch nicht, seiner üblen Lage zu entkommen. Er wusste genug über die englische Marine, um den Gedanken an Ungehorsam und Flucht fürs Erste aufzugeben. Wenn man ihn zu Tode peitschte oder er beim Kielholen das Leben verlor, hatte nur Mensing etwas zu lachen. Der aber hatte bei ihm nun einiges im Salz liegen.

»Für was sind wir eingeteilt?«, fragte er.

»Wir bedienen einen der Achtzehnpfünder. Gib dir Mühe, sonst lasse ich dich das Tauende spüren!«

Es war eine deutliche Warnung, die Thadde berücksichtigen wollte. Um eines bat er Gott jedoch: Irgendwann sollte dieser es ihm ermöglichen, seine Schulden bei Jörgen Mensing mit Zins und Zinseszinsen einzutreiben.

•

SIEBTER TEIL

WENN NICHTS ALS ASCHE BLEIBT

1.

HAMBURG IM JAHR 1810

*S*imon Simonsen sah lächelnd auf seine Enkelin hinab, die auf strammen Beinen auf ihn zueilte. Ruth war nun vier Jahre alt, und wie in ganz Hamburg waren es vier Jahre unter der Herrschaft der Trikolore gewesen. Nichts hatte Napoleon Bonaparte aufhalten können, weder Österreich noch Preußen, noch Russland, von England ganz zu schweigen. Das Inselreich versteckte sich hinter seiner Flotte wie hinter einem Wall aus Holz. Simon wurde bitter, als er daran dachte. Es waren harte Jahre für Hamburg geworden. Das Elend hatte nicht nur die Armenviertel in der Neustadt erfasst, sondern auch viele Menschen in den besseren Vierteln, die kaum noch wussten, wie sie ihren Lebensunterhalt bestreiten sollten.

Wie auch?, dachte Simon, während er auf Ruths Betteln einging und die Kleine auf den Arm nahm. Ein Reepschläger musste die Taue verkaufen, die er fertigte, ein Segelmacher seine Segel und die Arbeiter in den Werften Schiffe bauen. In Hamburg wurden in dieser Zeit jedoch keine Schiffe mehr auf Kiel gelegt. Mit Ruth auf dem Arm trat Simon ans Fenster und blickte zum Hafen hinüber. Dort reckten etliche Schiffe ihre Masten in die Höhe. Es waren jedoch keine Segel angeschlagen, und die Rümpfe vieler hatte bereits seit Jahren kein Salzwasser mehr umspült. Die stolze Hamburger Handelsflotte, die vor einem guten halben Jahrzehnt noch viele Herrschaften des Kontinents mit Waren aus England versorgt hatte, gab es nicht mehr.

»Du wälzt wieder trübe Gedanken, mein Lieber!« Erna war an seine Seite getreten und legte ihm die Hand auf die Schulter.

»Es ist doch wahr!«, gab Simon zurück. »Du musst nur auf den Hafen schauen, um zu sehen, was die Franzosen uns gebracht haben. Nur Not und Elend! Niemand kann noch auf ehrliche Weise sein Brot verdienen, und wenn er es doch versucht, muss er Preise verlangen, die keiner mehr bezahlen kann. Wie sollen die Schauerleute das Brot für sich und ihre Familien kaufen, wenn es keine Arbeit mehr für sie gibt? Napoleon, so sagen die Franzosen, will den Engländern den Hals abwürgen. Er würgt stattdessen den unseren ab!«

»Wir tun, was wir können, um den Menschen zu helfen«, wandte Erna leise ein.

»Was nützt es, fünf oder zehn Arme zu speisen, wenn Hunderte hungern müssen?«

Ruth gefiel der mutlose Tonfall ihres Großvaters nicht, und so zupfte sie ihn am Bart, um ihn auf sich aufmerksam zu machen.

Erna lächelte ihre Enkelin an. »So ist es richtig, Kleine! Zerre ruhig am Bart dieses alten Knüddelbocks, damit er wieder vernünftig wird.«

»Ich bin vernünftig!«, antwortete Simon nicht mehr ganz so niedergeschlagen wie noch eben. »Ich werde heuer auf jeden Fall noch einmal auf Fischfang gehen.«

Damit umschrieben er, seine Frau und seine Schwiegertochter seine Schmuggelfahrten nach Helgoland. Im Lauf der Jahre war es immer schwerer geworden, die französischen Zöllner und ihre hiesigen Handlanger zu täuschen. Hatte er zu Beginn noch das halbe Schiff mit jenen Waren beladen können, die sein Sohn Jakob auf die Insel gebracht hatte und über die Michel Gartz wachte wie ein Drache über seinen Schatz, blieben ihnen jetzt nur noch die Verstecke, die sie heimlich an Bord angebracht hatten. Um nicht aufzufallen, kauften sie den Helgoländer Fischern Teile ihres Fangs ab und brachten diesen gesalzen und ausgenommen nach Hamburg. Sie verachteten auch Seehunde nicht und pökelten deren Fleisch.

Der Winter war an und für sich nicht die Zeit, um ein Schiff durch die stürmische Nordsee zu steuern. Die Not aber zwang viele Schiffer dennoch dazu. Auch Simon wollte in diesem Jahr noch mindestens einmal ankerauf gehen. Dabei waren die Fische, das Seehundfleisch und die haltbaren Lebensmittel, die Jakob aus England mitbrachte, mittlerweile wichtiger geworden als englischer Kattun, indische Seide oder Zucker aus der Karibik. Aber es gab immer noch Bewohner, die für diese Waren viel Geld bezahlten. Auch Tabak war heiß begehrt, während der Rum fast vollständig von dem Apfel- und Kornschnaps aus den umliegenden Gegenden verdrängt worden war.

Simon schüttelte den Gedanken ab und lächelte seine Frau an. »Es wird Zeit, dass ich wieder hinausfahre, sonst überfallen mich so viele Grillen, dass ich ihrer nicht mehr Herr werden kann.«

»Ich sehe aber keine Grillen!«, sagte Ruth.

»Da hörst du es! Ruth sieht keine, also gibt es sie auch nicht.« Erna versetzte ihrem Mann einen Nasenstüber und nahm ihm die Enkelin ab.

»Komm, wir beide gehen jetzt zur Mama!«, sagte sie und küsste das Kind.

»Wo ist eigentlich Jeremias?«, fragte Simon.

»Den hat Fedders mit an Bord der *Mellum* genommen, damit er weiß, was es heißt, die Planken eines Schiffes unter den Füßen zu spüren«, antwortete Erna lächelnd.

»Ein Schiff, das im Hafen vor Anker liegt wie ein angeketteter Hund«, stieß Simon hervor, beruhigte sich aber und strich ihr über die Wange. »Habe ich dir schon gesagt, wie glücklich ich bin, dass der Herrgott uns zwei zusammengeführt hat?«

»Schon ein paarmal, aber ich höre es immer wieder gerne! Allerdings hat mein Vater dabei kräftig mitgeholfen, wenn du dich erinnern kannst!«

»Das kann ich, und ich bin froh, dass er es getan hat!«, sagte Simon und küsste sie auf die Wange.

»Ich auch!« Erna lachte leise und verließ die Kammer.

Während Simon ihr nachschaute, dachte er, dass sie wahrlich die beste Frau war, die er hatte finden können. Sie war ihm immer eine Stütze gewesen, hatte sich in guten Zeiten mit ihm gefreut und in schlechten geholfen, diese zu überwinden. Aber die schlechte Zeit, in der sie jetzt lebten, zog sich nun schon arg lange hin.

Da Simon den Entschluss gefasst hatte, nach Helgoland zu fahren, machte er sich mit allem Nachdruck daran, ihn auszuführen. Trotz der schlechten Zeiten befand sich die *Mellum* in einem guten Zustand. Schwieriger war es, sie zu beladen. Die Zöllner sahen genau hin, und es verging kaum eine Woche, in der sie nicht ein Schmuggelschiff entdeckten. So mancher gute Schiffer saß bereits im Gefängnis und wusste, dass er weder die Geldstrafe würde bezahlen können, zu der ihn die in französischem Sold stehenden Richter verurteilt hatten, noch in Zukunft seine Familie ernähren konnte. Simon hatte man bisher nicht ertappt, und er konnte nur hoffen, dass es dabei bliebe.

2.

Während Simon Simonsen mit der französischen Besetzung Hamburgs haderte, hatte sein Konkurrent Derek Mensing sich damit abgefunden. Aufgrund der endlosen Siege, die Kaiser Napoleon einheimste, war er überzeugt, die Herrschaft des Korsen werde niemals enden. Er suchte daher den Kontakt mit den hohen französischen Offizieren und Beamten und war ein häufiger Gast am Tisch des Gouverneurs.

Von seinem Vater hatte er seit einem guten Jahr keine Nachricht mehr erhalten. Die letzte lautete, dass diesem der Schmuggel zwischen England und Hamburg zu gefährlich geworden sei und er mit der *Atlas* für England fahre, da auf diese Weise mehr Geld zu verdienen sei als mit dem Schmuggel von ein paar Sack Kaffee oder einigen Ballen Baumwollstoff.

Derek war klar, dass andere Kapitäne dieses Risiko nicht scheuten. Einige wurden sogar von Franzosen in der entsprechenden Position gedeckt, da diese nicht auf Seide aus Indien und andere wertvolle Waren verzichten wollten. Frankreich besaß ebenfalls Kolonien, und trotz der erdrückenden englischen Herrschaft auf See fuhren immer noch Schiffe nach Santo Domingo und zu anderen Häfen. Aber die Güter, die sie mitbrachten, reichten noch nicht einmal für Frankreich aus. Selbst die hohen Herren um den Gouverneur konnten von Glück sagen, wenn sie gelegentlich etwas erhielten. Auch um sich diese Männer zu verpflichten, hätte Derek Mensing ihnen gerne die begehrten Waren geliefert und nahm es seinem Vater daher übel, dass dieser ihn im Stich ließ.

An diesem Abend war er wieder bei einem französischen Beamten zu Gast und hob sein Glas auf das Wohl Kaiser Napoleons. Nun trank er auf dessen Gemahlin Marie Louise, die Napoleon als Tochter des österreichischen Kaisers Franz in ein Verwandtschaftsverhältnis zu den höchsten und ältesten Adelsgeschlechtern Europas gebracht hatte.

Zwei der geladenen Offiziere jedoch ließen ihre Gläser unberührt.

»Auf die Österreicherin trinke ich nicht!«, sagte einer. »Die letzte Ehe eines unserer Herrscher mit einer Habsburgerin führte zur Revolution.«

»Dafür führt diese Ehe zur Glorie und zur Gründung der Dynastie der Bonapartes«, antwortete der Gastgeber mit einer gewissen Schärfe.

»Es war trotzdem nicht recht, wie der Kaiser mit der Kaiserin verfahren ist!«, konterte der Offizier mit Nachdruck.

»Ihr meint die ehemalige Kaiserin.« Derek Mensing lächelte bei diesen Worten. Da Josefine de Beauharnais in ihrer Ehe mit Napoleon keine Kinder geboren hatte, hielt er dessen Entscheidung für richtig. Es ging um das Imperium, und nur ein Sohn Napoleons würde die Autorität aufbringen, es zusammenzuhalten. Dem Sohn eines seiner Brüder, wie es sich die Anhänger Josefines als Napoleons Nachfolger wünschten, würde diese fehlen.

»Für euch mag sie die ehemalige Kaiserin sein. Doch ich sage, was Gott geeint hat, darf der Mensch nicht trennen.« Der Offizier war nicht bereit, seine Meinung auch nur um einen Deut zu ändern.

Derek amüsierte sich darüber. Wenn der Mann so weitermachte, würde seine Karriere ein abruptes Ende nehmen. Für ihn hatte das keine Bedeutung, denn dieser Offizier gehörte nicht zu jenen, die ihm nützlich waren. Bei seinem Gastgeber war dies schon anders. Der Beamte befahl gerade seinen Dienern, die Gläser seiner Gäste neu zu füllen, und hob sein Glas Derek entgegen.

»Noch ist es nicht offiziell, doch ich habe die große Freude, Ihnen mitteilen zu können, dass Sie sich in wenigen Wochen einen Untertanen Seiner Majestät, des Kaisers, und Bürger des Kaiserreichs Frankreich nennen können. Seine Majestät haben nämlich beschlossen, Hamburg und sein Umland als neues Departement ›des Bouches de l'Elbe‹ dem Kaiserreich anzugliedern! Damit werden auch Sie ein Franzose sein!«

»Vive la France! Vive l'Empereur!«, rief Derek begeistert. Ihm waren die Herren des Hamburger Senats, über die bereits sein Vater gespottet hatte, stets ein Dorn im Auge gewesen. Eifersüchtig darauf bedacht, ihre Vorrechte und Privilegien aus alter Zeit zu erhalten, hatten sie Männer, die es wert waren, daran gehindert, in ihre Kreise aufzusteigen. Seit die Franzosen diese Männer zum Teufel gejagt und eine eigene Verwaltung errichtet hatten, sah es anders aus. Jetzt zählte er zu denjenigen, auf deren Wort hin sich in Hamburg etwas ändern konnte, und er war bereit, diesen Einfluss zu seinen Gunsten zu nutzen.

Bei dem Gedanken erinnerte er sich daran, dass er Jakob Simonsen niemals die Prügel hatte heimzahlen können, die dieser ihm vor fast zwanzig Jahren verabreicht hatte. Zunächst hatte sein Vater ihn daran gehindert, weil dieser eine Rache ohne zählbares Ergebnis als sinnlose Zeitverschwendung ansah, und in den letzten Jahren hatte er kaum mehr daran gedacht. Nun aber, da die Herrschaft der Franzosen über Hamburg wie in Erz gegossen schien, konnte er es Simonsen heimzahlen. Allerdings galt Jakob seit vier Jahren als auf See vermisst, und Gerüchte besagten, ein englisches Kriegsschiff habe sein Schiff, als er zu fliehen versuchte, versenkt. Doch es gab immer noch dessen Vater. Mit einem zufriedenen Lächeln wandte er sich wieder seinem Gastgeber zu.

»Wie wird Seine Majestät bezüglich der Handelsblockade mit England entscheiden?«

»Sie wird so lange aufrechterhalten, bis England der Atem abgeschnürt ist und es sich ergibt«, antwortete einer der Offiziere anstelle des Beamten.

»Genauso ist es!«, stimmte dieser ihm zu. »England muss sich ergeben, oder es wird untergehen.«

»Haben Sie nicht Verwandtschaft dort?«, fragte der Offizier Derek. Misstrauen schwang in seinen Worten mit.

»Meine Ehefrau stammte von dort. Sie ist im letzten Jahr gestorben, und mit ihren Verwandten habe ich seit Jahren keinen Kontakt mehr. Es gab Streit um die Mitgift. Sie wissen, die Engländer sind ein geiziges Volk. Schon aus diesem Grund hätte ich nichts dagegen, wenn über dem Tower in London die Trikolore wehen würde.«

Derek war froh, dass Heather ihm nach mehrjähriger Krankheit den Gefallen getan hatte, das Zeitliche zu segnen. Nun konnte er behaupten, er sei der verwandtschaftlichen Bande nach England ledig, und vermochte überdies eine zweite Ehe einzugehen. Er überlegte, ob er diesmal eine Französin wählen sollte. Eine solche Ehe würde seine Rolle im neuen Departement verstärken.

»Auf jeden Fall ist England eine Eiterbeule, die aufgestochen gehört«, antwortete der Offizier. »Wir sollten auch diejenigen einen Kopf kürzer machen, die in dieser Stadt zum perfiden Albion halten.«

»Das gilt wohl besonders für die Schmuggler, die immer noch englische Waren in die Stadt bringen, ohne dass die Zollbeamten sie entlarven können«, sagte Derek nicht ohne Hintergedanken.

»Es entkommt uns kaum einer dieser Schurken«, erklärte sein Gastgeber selbstgefällig. »Erst letztens haben meine Männer wieder zwei Schiffe aufgebracht, die Konterbande geladen hatten. Seine Exzellenz, der Gouverneur, hat beschlossen, ein Exempel zu statuieren. Daher werden wir in wenigen Tagen die beschlagnahmten englischen Waren auf dem großen Grasbrook verbrennen. Jeder Hamburger, der dazu in der Lage ist, hat dabei zu sein! Seine Exzellenz wird dabei verkünden lassen, dass jeder, der englische Waren in die Stadt zu schmuggeln versucht, von nun an mit der Todesstrafe zu rechnen hat.«

Als Derek das hörte, beschloss er, noch ein wenig zu warten. Von Gewährsleuten am Hafen wusste er, dass Simon Simonsen im Lauf der nächsten Tage auslaufen wollte. Vor der Verbrennung der englischen Waren würden die Behörden es ihm nicht erlauben. Danach, sagte er sich, würden die Franzosen ihre Vorschriften noch rigoroser durchsetzen.

»Wäre es nicht besser, das beschlagnahmte Schmuggelgut zugunsten der Staatskasse zu verkaufen?«, wandte er ein, da er als Händler kein Interesse daran hatte, wertvolle Dinge sinnlos zu zerstören.

Sein Gastgeber verzog das Gesicht zu einem spöttischen Grinsen. »Täten wir dies, würde es die Schmuggler darin bestärken,

Konterbande ins Land zu bringen, da sie sich schlau genug glauben, unsere Zöllner und Wachen überlisten zu können. Dies aber käme England zugute, und das darf es nicht. Werden die Waren jedoch verbrannt und die ertappten Schmuggler erschossen, weiß jeder, was er zu erwarten hat, wenn er die Befehle Seiner Majestät und die Autorität unserer Beamten missachtet.«

Derek sah die Sache anders, denn auch so drakonische Maßnahmen würden den Schmuggel nicht eindämmen können. Die Not zwang die Menschen dazu, alles zu versuchen, um zu überleben. Davon schreckten sie auch ein paar Hinrichtungen nicht ab. Er sagte jedoch nichts, sondern lobte überschwänglich seinen Gastgeber, als dieser die Tafel aufhob. Auch wenn sein Reichtum im Augenblick eher abnahm, als sich zu vermehren, so hatte er es im Vergleich zu anderen Handelsherren in Hamburg doch gut getroffen.

3.

Zu Hause reichte Derek Mensing einem Diener Hut und Mantel und suchte sein Kontor auf. Aus einem angrenzenden Zimmer vernahm er die Stimme seines Ältesten, der eben seinen Bruder schalt.

»Ich habe dein Buch nicht versteckt!«, rief Hinrich empört.

Ein Klatschen zeigte, dass Mathias diese Antwort nicht gelten ließ.

Sofort klang die Stimme der Großmutter auf. »Du wirst umgehend Hinrich wegen dieser Ohrfeige um Verzeihung bitten. Sonst lernst du mich kennen!«

»Was hast du alte Frau schon zu sagen?«, spottete Mathias.

Jetzt erklang ein doppeltes Klatschen, und diesmal war es gewiss nicht Hinrich, der die Maulschellen erhielt.

Derek begriff, dass er eingreifen musste, wenn die Situation nicht eskalieren sollte, und eilte ins Nebenzimmer. Sein Ältester stand mit kalkweißem Gesicht vor der Großmutter. Mathias war mit seinen vierzehn Jahren bereits etwas größer als Mina, doch die alte Frau war nicht bereit, seine Launen durchgehen zu lassen.

»Was ist hier los?«, fragte Derek streng.

»Hinrich hat mein Buch versteckt und die Großmutter mich geschlagen, als ich ihn zur Rede stellen wollte«, antwortete Mathias als Erster.

Hinrich, der sechs Jahre jünger war als sein Bruder, schüttelte empört den Kopf. »Ich habe das Buch nicht einmal angerührt, geschweige denn versteckt!«

»Wer hätte es sonst tun sollen?«, fragte Mathias höhnisch.

»Ich bin nicht in deinem Zimmer gewesen!«

Anders als noch vor ein paar Jahren verteidigte Hinrich seinen Standpunkt mit einer gewissen Festigkeit. Auch wenn der Junge dadurch immer wieder in Konflikte mit seinem älteren Bruder geriet, war Derek Mensing mit der Entwicklung zufrieden. Auf diese Weise würde auch der Jüngere seinen Weg im Leben gehen. Nun aber galt es, die Situation zu entwirren.

»Du sagst, du hättest Mathias' Buch nicht angerührt?«, fragte er Hinrich.

Der Junge nickte. »Ich habe es nicht angerührt!«

»Hinrich lügt nicht!«, erklärte Mina mit Nachdruck und bedachte Mathias mit einem zornigen Blick.

Dieser nahm es mit der Wahrheit nicht immer genau, und das wusste auch sein Vater. Für einen Händler, der auf seinen Vorteil bedacht sein musste, war das kein Schaden, nur musste man sich davor hüten, dadurch in einen schlechten Ruf zu geraten. Dies aber wollte er Mathias unter vier Augen erklären.

»Wo ist das Buch?«, fragte er.

Mathias reichte es ihm. Es war eines der englischen Bücher, die noch von seiner Frau stammten. Derek hatte es seinem Ältesten gegeben, damit dieser die englische Sprache so gut wie möglich erlernen sollte. Nun fragte er sich, ob Englisch wirklich so wichtig war, wie man noch vor wenigen Jahren gedacht hatte. Napoleons Reich wuchs, und bald würde auch Hamburg dazugehören. Dann aber dachte er an die ehemaligen englischen Kolonien jenseits des Atlantiks. Um mit diesen Leuten Handel zu treiben, war es von Vorteil, deren Sprache zu beherrschen. Da dies aber nichts mit dem jetzigen Problem zu tun hatte, schüttelte Derek Mensing diesen Gedanken ab und fragte Mathias, wo er das Buch schließlich gefunden habe.

»Es lag hinter meinen Hemden im Schrank.«

»Wann hattest du es zuletzt in der Hand?«

»Vor zwei oder drei Monaten!« Mathias erinnerte sich in diesem Moment daran, dass er es damals rasch in den Schrank gelegt hatte, damit der gleichaltrige Sohn eines französischen Beamten, der ihn besucht hatte, es nicht sah.

»Wenn es Hinrich nicht war, muss es jemand aus der Dienerschaft dorthin gelegt haben«, erklärte er, um nicht zugeben zu müssen, dass er es selbst gewesen war. Er klopfte Hinrich auf die Schulter. »Es tut mir leid, dass ich dich geschlagen habe. Aber da die Großmutter mir zwei Ohrfeigen versetzt hat, hätte ich bei dir eigentlich noch eine gut.«

»Wenn Hinrich dir alle Ohrfeigen zurückgeben wollte, die er zu Unrecht von dir erhalten hat, würdest du zwei Wochen lang mit geschwollenen Wangen herumlaufen!« Mina machte wenig Hehl daraus, welchem Enkel ihre Zuneigung gehörte. Schon seit Jahren wachte sie darüber, dass Mathias Hinrich nicht zu sehr quälte, und war bereit, es auch weiterhin zu tun.

Mathias spürte es und ärgerte sich darüber. Immerhin war er der Erstgeborene und zudem der Liebling des Vaters. Daher gefiel es ihm gar nicht, bei der Großmutter hinter seinem kleinen Bruder zurückstehen zu müssen. Auch fühlte er sich bereits zu erwachsen, um weiter Ohrfeigen von der alten Frau zu erhalten.

»Ein weiteres Mal schlägst du mich nicht, sonst ...«

»Was sonst?« Mina trat so nahe auf ihn zu, dass sich ihre Nasen beinahe berührten.

»Wage es nicht, mir zu drohen, Knabe!«, sagte sie leise, aber mit einem Unterton, der wie eine Raspel über Mathias' Nerven fuhr.

»Gebt jetzt Ruhe, und zwar alle!«, befahl Derek. »Du« – sein rechter Zeigefinger stach auf Mathias zu – »kommst mit mir!«

Der Junge begriff, dass auch sein Vater zornig war, und wappnete sich mit Trotz. Als Derek zur Tür ging und bemerkte, dass sein Sohn ihm nicht sofort folgte, drehte er sich um und versetzte diesem eine Ohrfeige, gegen die jene der Großmutter ein Streicheln gewesen war.

Mathias flog gegen die Wand und starrte seinen Vater verdattert an. Bislang hatte dieser ihn nur selten geschlagen, und dann auch eher leicht und symbolhaft. Nun aber entdeckte er einen Zug auf dessen Gesicht, den er noch nie bemerkt hatte.

»Ich dachte, du wärst langsam alt genug, um zu erkennen, was deine Pflichten sind!«, sagte Derek Mensing eisig. »Du kommst jetzt mit mir und hörst mir ganz genau zu, verstanden?«

Diesmal gab der Junge sofort nach und nickte. »Ja, Vater, ich habe verstanden.«

»Und du nimmst jetzt ein Buch und lernst, damit du ein ebenso guter Schüler wirst wie dein Bruder«, sagte Derek zu Hinrich, um Mathias ein wenig zu besänftigen, erntete jedoch sofort Widerspruch von seiner Mutter.

»Hinrich ist ein besserer Schüler, als Mathias es in seinem Alter gewesen ist.«

Mathias bedachte seinen Bruder mit einem zornigen Blick, spürte dann die Hand des Vaters schwer auf den Schultern und begriff, dass er besser daran tat, nichts darauf zu sagen. Stattdessen folgte er Derek in dessen Kontor und wollte sich auf einen der Stühle setzen, die dort für Gäste vorgesehen waren.

»Du bleibst stehen und hörst mir jetzt zu!«, sagte sein Vater streng.

»Ja, Vater.« Mathias ärgerte sich über seinen Bruder und seine Großmutter, weil er nun ihretwegen von seinem Vater abgekanzelt wurde.

»Du wirst von nun an deinen Bruder besser behandeln! Sonst machst du ihn dir noch zum Feind«, erklärte Derek.

»Ja, Vater!«, antwortete Mathias, dem klar war, dass es die einzige Antwort war, die sein Vater zu hören wünschte.

»Du bist der Ältere und damit der, dessen Wort am meisten gilt. Ich will aber, dass Hinrich dir zur Seite steht und ihr gemeinsam den Handel und die Schifffahrtslinie betreibt.«

Nachdem der Schmerz der Ohrfeige gewichen war, erwachte in Mathias der Widerspruchsgeist. »Soll er mir so zur Seite stehen, wie es einst Ihre Oheime Thaddäus und Matthäus einander taten? Ich kann mich noch gut daran erinnern, was Großvater über die beiden gesagt hat.«

»Das war der Fehler meines Großvaters, seine Söhne nicht zur gedeihlichen Zusammenarbeit zu erziehen. Ich aber werde es bei dir und Hinrich tun!«

Derek Mensings Tonfall warnte Mathias, dagegen zu sprechen. Daher senkte er den Kopf. In seinem Ohr klang noch der Satz der Großmutter, dass Hinrich ein besserer Schüler wäre, als er es gewesen sei. Es gefiel ihm gar nicht, dass Hinrich klüger sein sollte als er. Jetzt war er noch der Stärkere und konnte mit einer Ohrfeige die Entscheidung herbeiführen. Später würde dies nicht mehr möglich sein.

»Hast du verstanden?«, fragte Derek.

»Ja, Herr Vater!«, antwortete Mathias mit dem Wunsch, es gäbe eine Hexe, die Hinrich durch einen Hexenspruch für alle Zeiten verschwinden lassen könnte. Da dies nicht ging, würde er seinen Bruder in nächster Zeit tatsächlich besser behandeln müssen. Doch was würde später kommen?, fragte er sich.

4.

Die Anweisung, am sechzehnten November auf dem Grasbrook zu erscheinen, erreichte auch Simon Simonsen. Er ärgerte sich darüber, denn damit verschob sich das Auslaufen der *Mellum* um zwei Tage. Offiziell hatte er angegeben, dänische Häfen anlaufen und dort Handel treiben zu wollen. Auch wenn die englische Flotte die Nordsee und den Atlantik beherrschte, so war der Handel mit Skandinavien und in der Ostsee in kleinerem Rahmen noch möglich. In die Ostsee wollte Simon diesmal nicht einfahren, aber zur Tarnung seines eigentlichen Ziels Helgoland plante er, einen Hafen in Schleswig aufzusuchen.

Da die Franzosen darauf bestanden, dass er bis zum sechzehnten November in Hamburg blieb, musste er zähneknirschend gehorchen. Als es so weit war, patrouillierten französische Soldaten durch die Stadt und trieben die Menschen teilweise sogar mit Gewalt zum großen Grasbrook.

Auch Simon, Erna und Frieda strebten dorthin, die beiden Frauen mit Ruth und Jeremias auf den Armen. Unterwegs sahen sie Mabel und Molly Gartz in diese Richtung gehen. Da die Franzosenzeit bereits so lange andauerte, war Michel Gartz' Frau bereits vor zwei Jahren samt Tochter wieder in ihr eigenes Haus zurückgekehrt, damit es bewohnt wurde und sich keine anderen Leute darin einnisten konnten.

Während Simons Gedanken wanderten, erreichten sie den Grasbrook. Französische Soldaten sperrten dort ein Karree ab, in dem wahllos Säcke, Fässer und Ballen aufgeschichtet worden waren. Soldaten standen mit aufgepflanztem Bajonett bereit, um jederzeit eingreifen zu können.

»Weißt du, was das soll?«, fragte Erna ihren Mann.

Simon schüttelte den Kopf. »Nein, das weiß ich nicht.«

»Schaut hier! Da steht es drauf!« Ein neben ihm stehender Mann reichte ihm ein bedrucktes Blatt Papier.

Simon nahm es entgegen und kniff die Augen zusammen, um besser lesen zu können. Mit einem Mal schüttelte er den Kopf. »Das können die doch nicht machen!«

»Was?«, fragte Frieda, die Jeremias auf den Boden stellte, um eines der Blätter, die nun ausgeteilt wurden, an sich zu nehmen.

»Die Franzosen wollen die im letzten Jahr beschlagnahmten Waren, die aus England stammen, verbrennen!«, erklärte Simon.

»Hier steht, dass es sich um einen Wert von mehr als einer halben Million Francs handeln soll«, setzte seine Schwiegertochter hinzu.

»Das kann man doch nicht einfach verbrennen! Mein Gott, mit diesem Geld könnte man viel Leid in unserer Stadt lindern«, rief Erna schockiert.

Simon wollte ihr schon zustimmen, schüttelte dann aber den Kopf. »Mir ist es so immer noch lieber, als wenn diese halbe Million in Napoleons Kriegskasse fließen würde.« Er sagte es so leise, dass nur seine Frau und seine Schwiegertochter es verstehen konnten.

Unterdessen trieb ein Trupp französischer Soldaten mehrere Männer in das Geviert. Die Kleidung der Gefangenen war abgetragen und teilweise zerrissen, und sie wirkten nicht gerade gut genährt.

In Simons Nähe brach eine Frau in Tränen aus.

»Einer von ihnen ist ihr Mann«, flüsterte Erna Simon zu.

»Ich kenne die meisten, die man arretiert hat. Einst waren sie brave Schiffer und Fischer, bis die Not sie dazu zwang, Schmuggel zu betreiben«, antwortete Simon ebenso leise.

»Sie haben ihre Schmuggelware nicht von Helgoland oder gar aus England geholt, sondern aus dänischen Häfen, in die die Waren von dort aus hingebracht worden waren«, berichtete Jan Fedders, der sich zu ihnen gesellt hatte. Er nahm Frieda den Jungen ab und setzte ihn sich auf die Schulter.

»Sieh gut hin, Jeremias, damit du begreifst, was Ungerechtigkeit ist«, sagte er zu dem Sechsjährigen.

»Will auch sehen!«, rief Ruth und streckte die Arme aus.

»Willst du wohl ruhig sein? So kann ich dich nicht halten«, tadelte Erna ihre Enkelin.

Simon nahm das Kind an sich. »Es ist schon gut, Kleine. Du darfst auf meinen Schultern sitzen!«

»Du gibst dem Mädchen zu viel nach!«, warf Frieda ein.

»Und du Jeremias! Damit haben wir einen Ausgleich geschaffen«, antwortete Simon lächelnd.

»Es sind beides sehr brave Kinder«, sagte Erna mit einem liebevollen Blick auf ihren Enkel und ihre Enkelin.

»Meistens!«, schränkte Frieda ein und richtete ihre Aufmerksamkeit wieder auf das Geschehen im Innern des Kordons. Dort standen nun einige Soldaten mit brennenden Fackeln in der Hand sowie ein Vertreter des Gouverneurs und mehrere Herren in Zivil. Einer davon hob die Hand. Sofort machten sich die Trommler ans Werk.

»Es ist wie bei einer Hinrichtung!«, sagte Frieda schaudernd.

»Wenn ein Schurke gehängt wird, ist dies kein Schaden. Aber hier werden gleich Güter im Wert von über einer halben Million Francs in Flammen aufgehen«, erklärte ein neben ihr stehender Mann, dessen verschossener Rock anzeigte, dass auch er schon bessere Zeiten gesehen hatte.

»Der Franzose spricht gleich!« Erna mahnte zur Ruhe, doch der Mann schnaubte verächtlich.

»Das ist kein Franzose, sondern einer aus Hamburg, der denen in den Arsch kriecht, so wie es auch Mensing macht. Wenn man auf dessen Schiffen verbotene Waren fände, würde kein Franzose auch nur ein Wort darüber verlieren, sondern das Geld, das Mensing ihnen reicht, in die eigene Tasche stecken.«

Simon fand etwas einzuwenden. »Ich glaube nicht, das Derek Mensing Schmuggel betreibt. Dafür ist er viel zu feige. Seinem Vater würde ich es zutrauen, doch der hat sich schon lange nicht mehr in Hamburg blicken lassen.«

Von Jakob, den er gelegentlich auf Helgoland traf, wusste Simon, dass Jörgen Mensing für Dereks Schwiegervater Bartlett fuhr. Dies war ungefährlicher, als zu schmuggeln, und brachte sicheres Geld. Als Schmuggler lief man stets Gefahr, von den Franzosen und ihren Handlangern erwischt zu werden. Damit verlor man nicht nur die Ware und das dafür bezahlte Geld, sondern wurde auch noch bestraft.

Der Ausrufer begann zu sprechen, und die Leute verstummten. »Seine Exzellenz, der Gouverneur, bedauert außerordentlich, dass es immer wieder Subjekte gibt, die dem Willen Seiner Majestät, des Kaisers, zuwiderhandeln, indem sie Waren aus England ins Land bringen, deren Einfuhr bei strengster Strafe verboten ist. Aus diesem Grund hat Seine Exzellenz beschlossen, ein Exempel zu statuieren. Die in diesem Jahr beschlagnahmten Waren werden hier auf dem Grasbrook verbrannt und über die gefassten Verbrecher eine schwere Strafe verhängt! Fangt an!«

Erneut klangen die Trommeln auf. Die mit Fackeln ausgerüsteten Soldaten traten auf den aufgeschichteten Hügel zu und setzten diesen in Brand.

»Der Teufel soll diese Schufte holen!«, murmelte ein Mann in Simons Nähe.

Das soll er wirklich!, dachte Simon. Er war Kaufmann genug, um diesen sinnlosen Akt der Zerstörung zu verurteilen. Was brachte es den Franzosen, diese Waren zu vernichten?, fragte er sich. Sie hatten sie doch den Schmugglern abgenommen und hätten sie selbst verwenden können. Nicht einmal der Gedanke, dass die Summe, die sie dafür hätten erlösen können, nicht in Napoleon Bonapartes Kriegskasse wanderte, vermochte ihn nun noch zu trösten.

Auch die beiden Kinder starrten auf den brennenden Haufen, dessen Flammen immer höher aufstiegen. Beißender Rauch breitete sich über dem Grasbrook aus, und Ruth verzog den Mund.

»Das sind böse Leute!«, sagte sie, da sie begriff, wie sehr es ihren Großeltern und ihrer Mutter missfiel, dass diese Waren vom Feuer verzehrt wurden.

»Sag das nicht zu laut, meine Kleine!«, mahnte eine Frauenstimme. Als Erna sich umsah, stand dort Mabel Gartz, Michel Gartz' Ehefrau. In letzter Zeit hatte diese sie eher gemieden. Nun aber gesellte sie sich samt ihrer Tochter Molly zu ihnen.

»Es freut mich, dich zu sehen, auch wenn ich mir eine bessere Gelegenheit dafür gewünscht hätte«, begrüßte Erna sie.

»Ich mir auch, Frau Simonsen, ich mir auch!« Mabel wirkte so niedergeschlagen, dass es sich Erna nicht mit ein paar Ballen und Säcken verbrannter englischer Waren erklären konnte.

»Kann ich später mit Ihnen mitkommen und mit Ihnen sprechen, Frau Simonsen?«, fragte Mabel.

»Jederzeit, das weißt du doch!« Erna fragte sich, was Mabel auf dem Herzen haben konnte, wandte dann aber ihre Aufmerksamkeit dem qualmenden Haufen zu.

Dieser brannte nun lichterloh. Es knisterte und knackte, und als der Wind auffrischte, riss er die Asche mit sich und ließ sie auf die umstehende Menge herabregnen. Wie schwarz-grauer Schnee legte er sich auf Schultern und Köpfe. Es war ein Symbol der Vernichtung. Obwohl französische Soldaten mit geladenen Musketen bereitstanden, um jeden Aufruhr niederzuschlagen, klangen in der Menge Flüche und Verwünschungen auf. In der Stadt litten die Menschen Hunger, die vor dem Einmarsch der Franzosen das

Wort Not nicht gekannt hatten. Nun zusehen zu müssen, wie wertvolles Gut den Flammen übergeben wurde, mit dessen Erlös sie sich viele Tage lang hätten satt essen können, erbitterte die Menschen. Selbst jene, vor deren Haustüren der Hunger haltgemacht hatte, konnten ihre Wut kaum beherrschen.

Die armen Kerle, die von den Franzosen als Schmuggler gefangen genommen worden waren, sahen mit den Waren auch das erhoffte Brot für ihre hungernden Familien in Flammen aufgehen. Doch das war noch längst nicht das Schlimmste. Als das Feuer langsam niederbrannte, klang noch einmal das Rasseln der Trommel auf, und ein in den Diensten der Besatzer stehender Richter verkündete ihr Urteil.

»Diese Subjekte«, rief er und wies auf die Männer, »haben dem Willen Seiner Majestät, des Kaisers, zuwidergehandelt und mit England Handel getrieben. Aus diesem Grund werden sie zu sechs Jahren auf den Galeeren verurteilt. Zu diesem Zweck werden sie ab morgen nach Toulon verbracht, wo sie ihre Strafe antreten werden!«

»Gnade!«, rief eine alte Frau, deren Sohn bei der Gruppe war, und wollte durch den Kordon der Soldaten zu ihm hin. Ein Kolbenhieb schleuderte sie zu Boden. Andere Verwandte, die den Verurteilten folgen wollten, wurden mit gefällten Bajonetten rüde zurückgedrängt.

Wütendes Gemurmel klang auf, erlosch aber, als eine Kompanie Soldaten vortrat und ihre Musketen anlegte. Weitere Soldaten eskortierten die Verurteilten zu ihrem Gefängnis, und eine weitere Truppe wartete darauf, einzugreifen, sollte der Tumult größer werden.

Der Funke, der hier zur Explosion hätte führen können, erlosch angesichts der militärischen Demonstration der Franzosen. Simon senkte den Kopf und setzte Ruth ab, während den Frauen die Tränen über die Wangen liefen.

»Der Teufel soll die Franzosen holen, mitsamt ihrem Napoleon«, sagte ein Mann neben ihnen. Es war ein Wunsch, den an diesem Tag die meisten Hamburger teilten.

5.

Seite an Seite mit den französischen Notabeln sah Derek Mensing dem Feuer zu und schüttelte den Kopf über die Borniertheit der Besatzer. Diese Waren zu verbrennen, war in seinen Augen vollkommener Unsinn, denn man hätte sie mit großem Gewinn weiterverkaufen können. Den Franzosen fehlte jedoch der Geschäftssinn, der einen wahren Hanseaten auszeichnete. Ihnen ging es um Ruhm und Ehre. Dafür ließen sie hier Rum und Seide in Flammen aufgehen.

Als ein Fass explodierte und die Flammen schier gen Himmel schossen, wandte er sich an den neben ihm stehenden Mathias: »Sieh dir das gut an, mein Sohn. So etwas zetteln Menschen an, die sich von Stolz und Dünkel beherrschen lassen. Ein Mann, der Geschäfte machen will, sollte dies vermeiden.«

»Die Franzosen sind dumm!«, erwiderte Mathias, verstummte aber unter Derek Mensings scharfem Blick.

Vater hat ja recht, dachte der Junge. Immerhin standen sie inmitten von Franzosen und solchen Männern, die sie als deren Zuträger ansehen mussten. Um auf andere Gedanken zu kommen, suchte er in der versammelten Menge nach Simon Simonsen. Sein Großvater hatte ihm berichtet, wie sehr er mit diesem verfeindet war, und sein Vater hasste diese Familie ebenfalls. Bisher hatten sie nichts gegen sie unternehmen können. Nun aber war Simonsen, der früher mehrere große Schiffe besessen hatte, die bis nach Amerika gefahren waren, nur noch der Eigner zweier Schiffe, während sein Vater sich sein Vermögen im Schatten der Franzosen halbwegs hatte bewahren können.

Noch ein paar Monate, vielleicht ein Jahr, dachte Mathias, dann würden auch die Simonsens zu der Masse hungriger Leute zählen, die jeden Franzosen um einen Bissen Brot anbettelten und hinterrücks über diese schimpften. Dann konnten sein Großvater und sein Vater endlich ihre Vergeltung erhalten. An die Männer, die von den Franzosen verschleppt wurden, um im fernen Mittelmeer als Galeerensträflinge zu dienen, verschwendeten weder sein Vater noch er einen Gedanken.

6.

Simon Simonsen und seine Familie kehrten, von hilfloser Wut erfüllt, nach Hause zurück. Dabei durften sie ihre Gefühle nicht zeigen, denn es gab einfach zu viele, die das, was sie von anderen hörten, sofort an die Besatzer weitertrugen. Das Exempel der Besatzer bewies ihnen auch, dass es immer gefährlicher wurde, Waren in die Stadt zu schmuggeln. Englische Güter an die dänische Küste oder nach Holstein zu bringen, war leichter. Nur musste man die Waren von dort in die Stadt holen, und das an französischen Wachen und Zöllnern vorbei. Trotzdem hatte Simonsen das Gefühl, dass es besser war, auf der bevorstehenden Fahrt diesen Weg zu wählen. Wenn er des Nachts nahe genug an der holsteinischen Küste ankerte, konnte die verfängliche Ware mit Booten an Land gebracht und dort versteckt werden. Um das alles vorzubereiten, würde er mehrere Tage benötigen und damit noch später losfahren können.

Während Simon sich seine Pläne zurechtlegte, führte Erna Mabel und Molly in ihre Nähstube, ließ von einer Magd Tee aufschütten und stellte eine Schale mit schlichtem Gebäck hin. »Besseres haben wir nicht, weil uns die Gewürze und etliche andere Zutaten fehlen«, sagte sie bedauernd.

Mabel nickte seufzend. Auch sie musste mit solchen Einschränkungen leben. Zwar ließ Michel Gartz ihr immer wieder über Simon Geld zukommen, doch angesichts der Preise, die mittlerweile auf den Märkten verlangt wurden, kam sie damit nicht weit.

»Ich möchte gerne mit Ihnen und Frau Frieda sprechen. Molly kann sich in der Zeit um Jeremias und Ruth kümmern«, sagte sie.

»Gut, dann soll es so sein. Molly, wärst du so gut, meiner Schwiegertochter zu sagen, dass sie kommen soll. Nimm dich danach bitte der Kinder an.«

»Gerne!« Molly wirkte verwirrt, denn sie war nicht gewohnt, dass ihre Mutter Geheimnisse vor ihr hatte. Dennoch gehorchte sie und ging.

Wenig später trat Frieda ein.

»Mach die Tür hinter dir zu!«, forderte Erna sie auf.

Frieda tat es und setzte sich zu ihr und Mabel. Ihre Schwiegermutter goss ihr eine Tasse Tee ein und sah Mabel forschend an. »Ich habe bereits auf dem Grasbrook bemerkt, dass du etwas auf dem Herzen hast. Was ist es? Wenn wir dir helfen können, tun wir es gerne.«

»Das weiß ich!«, antwortete Mabel. »Ihr seid immer so gut zu mir gewesen, und ich hätte euer Haus nicht verlassen sollen. So aber bin ich zurück in das Haus meines Mannes. Es war dumm von mir, doch ich dachte nicht, dass die Franzosen so lange bleiben würden.«

»Hat man dich bedrängt, bist du vergewaltigt worden?«, fragte Erna erschrocken.

Mabel senkte bedrückt den Kopf. »Ich wünschte, ich könnte dies zu meiner Entschuldigung anführen. Es war jedoch anders. Meine Tochter hatte bereits geschlafen, und zwei von den drei französischen Offizieren, die bei uns einquartiert waren, befanden sich in der Schenke. Nur Capitaine Le Clerc war im Haus geblieben. Er ist nicht einmal gut aussehend, aber sympathisch, und er hatte irgendwoher mehrere Flaschen Wein erhalten. Wir tranken, und irgendwann …«

Mabel brach ab und sah die beiden Frauen verzweifelt an. »Nun bin ich schwanger!«

»Bei Gott!«, entfuhr es Frieda, während Erna Mabels Hand ergriff.

»Beruhige dich! Es wird gewiss alles gut! Michel ist ein ehrenhafter Mann. Er wird dir verzeihen und dein Kind wie sein eigenes aufziehen.«

Mabel schüttelte weinend den Kopf. »Diese Schande kann ich ihm nicht antun – und ebenso wenig meiner Molly!«

»Es haben sich etliche Frauen mit Franzosen eingelassen«, brach es aus Frieda heraus. »Es wurden auch schon Kinder geboren. Warum sollen diese Weiber besser sein als du?«

Mabel lächelte schmerzhaft. »Ihr wisst, wie die Leute sind. Sie werden Michel meine Herkunft vorhalten und ihm sagen, sie hätten doch gleich gewusst, dass man so etwas wie mich nicht heiraten sollte.«

»Was willst du tun?«, fragte Erna angespannt. »Du wirst dich doch hoffentlich nicht umbringen wollen?«

»Nein, gewiss nicht!«, antwortete Mabel. »Capitaine Le Clerc hat mir eine französische Marketenderin genannt, und die hat mir etwas gegeben, mit dem ich mich von dieser Last befreien kann.«

»Das kannst du nicht tun! Du verstößt damit gegen Gottes Gebot«, rief Frieda erschrocken.

Erna legte ihr die Hand auf die Schulter. »Auch wenn es mir in der Seele wehtut, so ist es vielleicht doch besser. Gib aber acht!«, mahnte sie Mabel.

Diese wischte sich die Tränen aus dem Gesicht und nickte. »Das werde ich ganz gewiss! Ich bitte euch nur um eines. Behaltet Molly diese Nacht bei euch. Ich will nicht, dass sie es mitbekommt.«

»Mutter, das können wir doch nicht zulassen!«, rief Frieda unter Tränen.

»Gott hat zugelassen, dass die Franzosen in unsere Stadt gekommen sind. Nun muss er auch die Folgen dulden«, antwortete Erna düster.

Sie verstand Mabel. Frauen, die sich mit Franzosen einließen und Kinder von ihnen gebaren, wurden verachtet. Bei Molly würde es noch schlimmer sein. Man würde auf ihre dunklere Hautfarbe verweisen und ihr alles Schlimme nachreden. Dies hatte Mabel wahrlich nicht verdient, nur weil sie einmal schwach geworden war.

»Möge Gott mit dir und mit uns allen sein«, sagte sie und umarmte Mabel.

Diese versuchte zu lächeln. »Es wird gewiss alles gut!« Sie löste sich aus Ernas Armen und wandte sich zur Tür.

»Haben Sie Dank für alles!«, sagte sie und ging.

»Ich wollte, du hättest sie daran gehindert, das zu tun, was sie vorhat«, sagte Frieda mit vorwurfsvoller Miene.

Erna schüttelte den Kopf. »Sie ist fest entschlossen, ihren Weg zu gehen. Es wäre unmöglich gewesen, sie aufzuhalten.«

»Dieser verfluchte Krieg! Er zerstört alles, was uns einst lieb und teuer war!«, rief Frieda aus und schlang die Arme um Erna.

Diese streichelte ihr sanft übers Haar. »Jeder von uns muss sich seinem eigenen Schicksal stellen, mein Kind. Möge das von Mabel gnädig mit ihr verfahren!«

7.

Mabel kehrte nach Hause zurück und sah sich so um, als sähe sie alles zum ersten Mal. Nachdem sie wieder hier eingezogen war, hatte sie eine neue Mauer und eine feste Tür einbauen lassen, um den Teil, den sie mit ihrer Tochter bewohnte, von den Kammern zu trennen, die sie auf Geheiß der französischen Besatzer deren Soldaten hatte überlassen müssen. Und doch hatte diese Mauer nichts geholfen, dachte sie traurig. Sie hatte sich von Capitaine Le Clerc zu einem Glas Wein einladen und schließlich verführen lassen.

Von den Franzosen war keiner zu Hause. Le Clerc hatte in ihrem letzten Gespräch angedeutet, sich ein anderes Quartier zu suchen. Mabel lachte bitter auf. Er hatte offenbar geglaubt, sie wäre wirklich in ihn verliebt. Warum müssen Männer nur so von sich eingenommen sein?, dachte sie, drängte dann aber den Offizier aus ihren Gedanken.

Wie die verbrannten englischen Waren drohte nun auch ihr Eheglück in Rauch aufzugehen. Für einen Augenblick presste sie die rechte Hand gegen den Bauch. Durfte sie das, was sie vorhatte, überhaupt durchführen? Es war gegen Gottes Gebot, und sie konnte nicht einmal die Entschuldigung vorbringen, mit Gewalt geschwängert worden zu sein. Sollte sie nicht besser der Natur ihren Lauf lassen und darauf vertrauen, dass Michel ihr verzieh?

»Er würde es tun, aber diese Schandmäuler nicht!«, stieß sie erregt aus. Auch würde die Sache an Molly hängen bleiben, die man dann die Tochter einer Hure nennen würde. Gedanken fluteten ihren Kopf, bekämpften einander und verschwanden wieder.

»Es muss sein!«, sagte sie sich, verließ die Küche und ging in ihr Schlafzimmer hinüber. In den letzten zwei Jahren hatte sie es sich mit Molly geteilt. Molly hatte auch hier geschlafen, als sie sich drüben in Le Clercs Kammer …

Sie brach diesen Gedanken ab, kniete nieder und betete. »O Herr, verzeih mir! Ich vermag die Schande nicht zu tragen«, flüsterte sie.

Danach öffnete sie ihren Schrank und holte das hinter einem Stapel Wäsche verborgene Fläschchen hervor. Der Erklärung der

Marketenderin zufolge würde sein Inhalt sie von der unerwünschten Frucht in ihrem Leib befreien.

»Wie viel, sagte die Frau, soll ich nehmen?«, fragte sie sich, während sie die Flasche entstöpselte. Sie füllte ein Glas mit der Menge, die sie für richtig hielt, zögerte einen Augenblick und trank das Mittel in einem Zug aus.

Zunächst spürte sie nichts. Nach einer Weile litt sie unter einem starken Harndrang und holte den Nachttopf unter dem Bett hervor. Es kamen jedoch nur ein paar Tropfen. Sie stand wieder auf und sah, dass das Innere des Nachttopfs rot gesprenkelt war.

Die Schmerzen wurden stärker. Als Schwäche sie zu überwältigen drohte, legte sie sich hin. Kurz darauf war ihr, als würde ihr Innerstes in zwei Teile gerissen. Sie stöhnte und biss dann in das Federkissen, um nicht laut zu schreien. Wenn jemand sie hören und hereinkommen würde, war alles, was sie sich von diesem Mittel erhoffte, verloren.

Wie viel Zeit verging, wusste Mabel nicht. In ihr waren nur noch Schmerz und Verzweiflung. Irgendwann bäumte sie sich gepeinigt auf, spürte, wie etwas aus ihr herausglitt, war aber nicht mehr in der Lage, es anzuschauen. Um sie herum stand plötzlich eine undurchdringbare schwarze Wand, und sie begriff, dass sie nie mehr Licht sehen würde.

»O mein Herr und Gott, erbarme dich meiner Tochter und meines Mannes!«, schrie sie auf und versank Augenblicke später in ewiger Dunkelheit.

8.

Die Sorge um Mabel hatte Erna und Frieda nicht im Haus gehalten. Sie eilten zur Nicolaistraße und betraten Mabels Heim mit einem unguten Gefühl. Die einquartierten Soldaten waren noch immer fort und die Tür zu Mabels kleinem Reich nicht von innen versperrt.

»Mabel! Wir sind es, Erna und Frieda!«, rief Frieda, aber es kam keine Antwort.

»Wo mag sie sein? Vielleicht ist sie nicht zu Hause?«, mutmaßte sie.

»Dann hätte sie die Tür verschlossen«, antwortete Erna mit belegter Stimme und trat ein.

Die Küche war leer und sauber aufgeräumt. Mit einem Knoten im Magen öffnete Erna die Tür zum Schlafzimmer und vermied nur mit Mühe einen Entsetzensschrei.

Mabel lag bleich und starr auf dem Bett, das zwischen ihren Beinen mit Blut durchtränkt war. Mit zwei Schritten war Erna bei ihr und fasste nach ihrer Hand. Es dauerte nur wenige Herzschläge, bis sie begriff, dass eine Tote vor ihr lag.

»O Herr und Gott! Warum hast du das zugelassen?«, rief Frieda unter Tränen.

Ihre Schwiegermutter atmete tief durch. »Wir dürfen uns nicht der Verzweiflung hingeben! Niemand darf Mabel so sehen, am wenigsten Molly. Komm, hilf mir! Wir müssen das Blut beseitigen und sie waschen, damit wir den Arzt rufen können, der offiziell die Leichenbeschau machen darf.«

»Aber …« Frieda wollte etwas einwenden, nickte dann jedoch. »Du hast recht! Wir sind es Mabel schuldig, dass niemand erfährt, was hier geschehen ist. Bei Gott, warum musste das geschehen?«

Die beiden Frauen machten sich ans Werk und schürten den Ofen an, um das blutige Bett und das blutbeschmierte Kleid zu verbrennen. Die Matratze drehten sie um, damit der nasse, rote Fleck unten lag. Dabei entdeckte Erna ein winziges, blutiges Etwas und wickelte es in ein Tuch.

Eine Stunde später lag Mabel gewaschen und in einem sauberen Nachthemd auf dem frisch überzogenen Bett, und nichts mehr wies auf die Katastrophe hin, die sich hier ereignet hatte.

Erna kontrollierte noch einmal alles und sah dann ihre Schwiegertochter auffordernd an. »Es ist an der Zeit, den Arzt zu rufen.«

»Ich gehe!«, antwortete Frieda, über deren Wangen Tränen liefen. »Ich habe sie sehr gerngehabt und hätte ihr noch viele schöne Jahre vergönnt!«

»Es war Gottes Wille, dass es nicht dazu gekommen ist! Tun wir das Unsere, damit Michel seine Frau und Molly ihre Mutter in gutem Gedächtnis behalten können.«

Erna liefen nun ebenfalls die Tränen über die Wangen, und sie strich der Toten sanft übers Gesicht. »Lebe wohl, Mabel, bis wir uns im anderen Leben wiedersehen!«

Während Frieda zu dem amtlich bestellten Leichenbeschauer eilte, sah Erna sich noch einmal in der Wohnung um. Dabei entdeckte sie die Flasche, deren Inhalt zu Mabels Abgang und Tod geführt hatte, und ließ sie verschwinden. Niemand, so sagte sie sich, sollte wissen, wie und aus welchem Grund Mabel gestorben war.

Der Arzt kam, musterte kurz die Tote und sah dann Erna an. »War Frau Gartz krank?«

»Sie klagte über ein schwaches Herz«, log Erna.

»Das hat sie wohl auch dahingerafft. Jedenfalls sind an ihr weder Anzeichen von Pocken, Fleckfieber oder Cholera zu erkennen.« Mit einer gewissen Erleichterung schrieb er den Totenschein aus. Danach kassierte er seine Gebühr und verschwand wieder.

Kopfschüttelnd sah Frieda ihm nach. »Wenn er seine Patienten ebenso nachlässig behandelt, wie er Mabel untersucht hat, will ich nicht weiter zu ihm gehen!«

»Da ist er sorgfältiger«, antwortete Erna. Ihr war es recht gewesen, dass der Mann nur wenig Interesse an Mabels Ende gezeigt hatte. Hätte er die Tote genauer angesehen, hätte ihm etwas auffallen können. So aber waren sie in der Lage, Mabel für die Grablege vorzubereiten.

»Wir werden alles selbst machen. Keine fremde Hand soll Mabel mehr berühren«, erklärte Erna entschlossen.

Frieda nickte zuerst, zog dann aber die Stirn in nachdenkliche Falten. »Wir sollten Mabel zu uns bringen lassen. Es wäre mir nicht recht, sie allein hier liegen zu lassen!«

»Du hast recht«, stimmte ihre Schwiegermutter ihr zu. »Geh du zu Simon, damit er es veranlasst. Ich bleibe hier und halte Totenwache.«

»Ich werde es Molly sagen müssen.« Frieda brach die Stimme. Das Mädchen hatte die Mutter heiß und innig geliebt, doch von nun an würde Molly sehr allein sein.

»Nein, wird sie nicht!«, entfuhr es Frieda.

»Was sagst du da?«, fragte Erna verwundert.

»Ich dachte an Molly und daran, dass sie auch jetzt nicht allein sein wird. Wir werden für sie sorgen, bis ihr Vater und Jakob wieder zurück sind.«

»Das werden wir!«, sagte Erna – und es klang wie ein Schwur.

9.

Als Simon Simonsen seine Schwiegertochter ins Zimmer treten sah, erkannte er sofort, dass etwas Schlimmes geschehen sein musste.

Frieda atmete tief durch und rieb sich dann die Augen, die sich wieder mit Tränen füllten. »Ich komme aus Mabels Haus«, begann sie stockend. »Mabel ist tot! Erna ist bei ihr geblieben, um zu wachen. Wir sollten sie hierherholen!«

»Mabel ist tot?«

Für einige Augenblicke empfand Simon eine entsetzliche Leere in sich. Michel Gartz war all die Jahre wie ein Bruder für ihn gewesen, und er hatte auch Mabel gemocht. Es dauerte, bis er sich gefasst hatte. »Das arme Ding! Michel ist auf Helgoland und wird nicht an ihrem Grab stehen können. Bei Gott, wie wird dies ihn schmerzen!«

»Ihm bleibt Molly als Mabels liebstes Vermächtnis. Daran sollte er immer denken«, sagte Frieda.

Simon nickte zu diesen Worten. »Michel hat immer noch Molly. Wenn die Franzosen nur endlich abziehen würden, damit Hamburg wieder die Stadt wird, die sie einmal war, und er zurückkehren kann!«

»Ich wünsche mir so sehr, Jakob und er könnten bald wieder bei uns sein.«

Frieda vermisste ihren Mann und hatte schon so manche Nacht vor Sehnsucht nach ihm in ihr Kissen geweint. Doch noch schien Napoleons Macht unerschütterlich, und Hamburg musste es mit dem Verlust seines Handels und der wachsenden Armut seiner Bevölkerung ausbaden.

»Ich werde dafür sorgen, dass Mabels Leichnam zu uns gebracht wird. Vorher aber muss Molly von ihrem Tod erfahren.«

Simon sah Frieda bittend an. Ihm graute davor, derjenige sein zu müssen, der dem jungen Mädchen diese schreckliche Nachricht überbringen sollte.

»Ich werde es tun«, sagte Frieda und verließ mit hängendem Kopf das Zimmer.

Sie fand Molly bei ihren Kindern. Gerade flocht sie Ruths rotblondes Haar, das diese von ihrer Großmutter geerbt hatte, zu Zöpfen. Als sie Frieda kommen sah, ließ sie die Hände sinken.

»Was ist geschehen?«, fragte sie. »Die Kleinen sagen, Sie hätten geweint, als Sie zu Herrn Simonsen gekommen sind.«

Frieda atmete noch einmal tief durch, zog Molly an sich und schloss sie in die Arme. »Ich wünschte, ich könnte dir eine bessere Nachricht bringen.«

»Ist etwas mit meiner Mutter? Sie ist seit ein paar Tagen so seltsam!«

»Unser Herr im Himmel hat deine Mutter zu sich gerufen.« Frieda hatte es Molly schonender beibringen wollen, doch deren Frage war zu direkt gewesen, um darauf ausweichend antworten zu können.

Es dauerte, bis Molly begriff, was sie meinte, dann stieß sie einen Laut aus, der Frieda durch Mark und Bein ging.

»Mein armes Kind!«, sagte sie, während Molly die Tränen über die Wangen liefen.

»Mama! Aber warum?«, stöhnte das Mädchen.

»Es war Gottes Wille! Wir Menschen haben uns ihm zu beugen.« Frieda streichelte Molly über das dunkle, leicht gekräuselte Haar und weinte nun selbst zum Herzzerreißen.

Die kleine Ruth und Jeremias standen daneben. Warum die Mutter und Molly weinten, verstanden sie nicht recht, doch sie begriffen, dass etwas Schreckliches geschehen war. Während der Junge versuchte, seine Tränen zurückzuhalten, begann Ruth zu weinen und klammerte sich an die Mutter. Diese blickte traurig auf sie hinab.

»Es ist schon gut, meine Kleine. Weine nicht!« Worte jedoch konnten die Tränen nicht aufhalten, und sie linderten auch nicht den Schmerz.

10.

Mabels Tod bedingte, dass Simon seine Pläne weiter hinausschieben musste. Er wollte nicht in See stechen, wenn daheim die Frau seines besten Freundes der Erde übergeben wurde. Daher sorgte er für einen würdigen Sarg, in den die Tote gebettet wurde, und ließ sie von seinen Matrosen zu Grabe tragen. Bevor der Sarg geschlossen wurde, legte Erna noch ein kleines Stoffbündel neben die Tote. Sie wollte, dass das Kind, das nicht zur Welt hatte kommen dürfen, wenigstens im Jenseits mit der Mutter vereint war.

Armut und Hunger hatten in den letzten Jahren bereits das eine oder andere Grab in Hamburg gefüllt. Daher fand die Beisetzung Mabels über den Kreis der Beteiligten hinaus nur wenig Beachtung. Ihr Mann hatte Hamburg vor Jahren verlassen. Ob er noch lebte, wusste außer Simon und dessen engsten Vertrauten keiner. Einige, die Michel Gartz gekannt hatten, besuchten den Trauergottesdienst, andere blieben fern, da es hieß, Gartz habe Hamburg aus Abneigung gegen die Franzosen verlassen, und sie wollten nicht mit ihm in Verbindung gebracht werden.

Allerdings gaben die Franzosen wenig auf den Tod einer Frau, deren Mann keiner der großen und reichen Kaufherren gewesen war, sondern nur ein angenehmes Auskommen gehabt hatte. Einer der französischen Offiziere zuckte jedoch zusammen, als die Glocken von Sankt Michaelis Mabels letzten Weg einläuteten, und er war froh, bereits am Vortag die Nachricht von seiner Versetzung erhalten zu haben.

Die wenigen, die sich um Mabels Grab versammelten, trauerten aus aufrichtigem Herzen um sie und lobten sie als freundliche und hilfsbereite Frau.

»Das war Mabel durchaus!«, sagte eine Nachbarin, deren Mann durch den Niedergang des Handels seinen Broterwerb verloren hatte. Mabel hatte ihr immer wieder etwas zugesteckt, so dass der Hunger vor der Tür hatte stehen bleiben müssen. Nun fühlte die Frau bei aller Trauer um Mabel nagende Angst, was nun werden würde, wenn diese milden Gaben ausblieben.

Nach ihrer ersten verzweifelten Trauer hatte Molly sich ein wenig beruhigt. Tränen flossen zwar reichlich, doch sie verkraftete den Tod der Mutter besser, als Erna und Frieda befürchtet hatten.

Ein Stück entfernt und von der Trauergemeinde unbemerkt, stand Mina mit ihrem Enkel Hinrich am Grab ihrer Schwiegertochter. Zwar hatte sie sich mit Heather nie besonders verstanden, doch sie brachte ihr als Tote die Achtung entgegen, die ihr Sohn und ihr ältester Enkel vermissen ließen. Tief im Herzen fühlte sie, dass die Gleichgültigkeit, mit der Derek seine Frau während ihrer langen Krankheit behandelt hatte, wohl auch zu deren frühem Tod beigetragen hatte.

An diesem Tag galten Minas Gedanken jedoch weniger ihrer Schwiegertochter als dem Geschehen an dem anderen Grab. Sie hatte Mabel gelegentlich in der Stadt gesehen, hatte sie aber nie kennengelernt. Nun sah sie die Trauer auf dem Gesicht der Tochter wie auch die Gefühle, die sich in den Mienen von Simon, Erna und deren Schwiegertochter spiegelten. Obwohl Mabel kein Mitglied ihrer Familie gewesen war, so trauerten sie um sie tiefer und ehrlicher, als Derek und Mathias es um Heather getan hatten.

Minas Blick glitt weiter zu Simons Enkeln. Für einen Augenblick dachte sie daran, dass es die ihren hätten sein können, hätte Jörgen sie nicht mit Lügen und einer List dazu gebracht, ihn zu heiraten. Sie verscheuchte diesen Gedanken wieder, denn sie liebte Hinrich und hätte auf diesen Enkel niemals verzichten wollen. Sie strich dem Achtjährigen liebevoll über den Schopf und sah dann wieder zu Simons Enkeln hin. Diese waren jünger als die ihren, und es war ein Mädchen dabei. Auch sie hätte sich sehr eine Enkelin oder gar eine Tochter gewünscht.

Bei diesem Gedanken verdüsterte sich ihre Miene. Als es möglich gewesen wäre, hatte Jörgen es durch seine unbeherrschten Schläge verhindert. Seitdem hasste sie ihren Mann und war froh, dass dieser Hamburg vor vier Jahren verlassen hatte und die Stadt mittlerweile nicht einmal mehr anlief, um Schmuggel zu treiben.

Dafür diente ihr Sohn sich in einer Weise den Franzosen an, dass sein Ruf bei vielen Hamburgern litt. Dieses Problem hatte Simon nicht. Er galt den meisten als ehrlicher Seemann, der alles tat, um trotz der drückenden Situation, in der ihre Heimatstadt steckte, sein Brot so zu verdienen, dass er in den Spiegel schauen und einen aufrechten Mann darin erkennen konnte. Mina hatte erfahren, dass er bereitwillig seinen Matrosen half und auch andere arme Hamburger darauf rechnen konnten, einen Laib Brot oder eine milde Gabe von ihm zu erhalten.

Von den Verleumdungen, mit denen ihr Mann vor gut drei Jahrzehnten Simons Ruf hatte zerstören wollen, war nichts mehr geblieben. Niemand, der sich noch an den Schiffbruch der *Schwan* in der Karibik erinnerte, glaubte ernsthaft, Simon habe deren Mannschaft tatsächlich im Stich gelassen, so wie Jörgen es behauptet hatte.

Mina stellte fest, dass ihre Gedanken sich wieder verirrten, und musterte Simons Enkelin erneut. Soweit sie gehört hatte, hieß die Kleine Ruth. Es war ein hübsches Kind mit leuchtenden Kupferhaaren, und es verfolgte Mabels Beisetzung mit einem Ernst, den andere Kinder oft erst in späteren Jahren zeigten. Ihr etwas älterer Bruder trat hingegen mehrmals von einem Bein auf das andere. Das konnte aber auch ganz spezielle Gründe haben, dachte Mina nachsichtig. An Hinrichs Beispiel hatte sie erfahren, wie plötzlich der Harndrang bei einem Knaben einsetzen konnte und wie schwer er zu ertragen war.

Bei dem Gedanken an Hinrich lächelte sie und wies nach drüben. »Siehst du diese Leute dort, mein Liebling?«

Der Junge nickte. »Ja, Großmutter! Das ist doch der Schiffer Simonsen, den Vater so sehr hasst.«

»Es ist falsch, zu hassen!«, antwortete Mina streng. Sie wollte verhindern, dass Hinrich sich von der Feindschaft seines Vaters gegen die Simonsens anstecken ließ. Mittlerweile glaubte sie, den Grund zu kennen, weshalb ihr Mann Simon hasste. Jörgen hatte immer gewusst, dass dieser der bessere Mann war und er ihm nie das Wasser würde reichen können. Den Grund für Dereks Zorn auf Simons Sohn Jakob kannte sie ebenfalls. Ihr Sohn hatte sich gegenüber dessen Braut ungebührlich verhalten und dabei den Kürzeren gezogen, obwohl er von dreien seiner damaligen Freunde unterstützt worden war.

»Wie viel Dereks Freundschaft wert ist, haben die drei in den letzten Jahren kennenlernen dürfen«, murmelte sie vor sich hin.

»Was sagst du, Großmutter?«, fragte Hinrich.

»Nichts, mein Junge! Nur eine alte Erinnerung, die dich nicht kümmern sollte.«

Mina seufzte und dachte an Dereks einstige Helfer und Freunde, die nach der Besetzung Hamburgs durch die Franzosen und dem dadurch bedingten Niedergang des Handels der Not gehorchend an seine Tür geklopft hatten und harsch abgewiesen worden waren.

Mina fing erneut ihre flatternden Gedanken ein und sah zu Ruth hin. Die Sehnsucht, das Mädchen einmal von Nahem zu sehen und es auf den Arm nehmen zu können, packte sie mit schmerzhafter Kraft. Es war jedoch unmöglich, und sie spürte, wie ihr vor Bedauern die Tränen in die Augen stiegen.

»Großmutter, du weinst ja!«, rief Hinrich erschrocken.

»Ein Gottesacker ist nun einmal eine traurige Sache«, antwortete sie lächelnd, während sie erst ihren Enkel anschaute, dann Ruth und anschließend wieder Hinrich. In ihrem Kopf formte sich ein Gedanke, der ihr im Augenblick noch zu fantastisch erschien. Sie nahm sich jedoch vor, alles zu tun, damit er in Erfüllung ging.

11.

Einen Tag nach Mabels Beisetzung stach Simon mit der *Mellum* in See. Der Wind blies scharf, und es war nicht die beste Zeit, das Meer zu befahren. Simon wollte jedoch auf Gott vertrauen und der See und dem Sturm trotzen. Sein Ziel lag nicht allzu fern. Sobald er die Elbmündung passiert hatte, würde er Kurs auf Tönning setzen. Dort, so hatten ihm seine Gewährsleute in Holstein erklärt, würden sie die Waren hinschaffen, die er an Bord nehmen wollte.

Alle Matrosen aus Simons Mannschaft hatten bereits auf seinen Schiffen gedient, und er wusste, dass er jedem von ihnen vertrauen konnte. Wie er und seine Familie waren auch sie auf das Geld angewiesen, das sie verdienten. Mit dem auszukommen, was der erlaubte Handel noch brachte, war unmöglich. Sie mussten schmuggeln, um dem Winter halbwegs mit Zuversicht entgegensehen zu können.

Pieter Timmermann trat neben Simon. Er war Kapitän auf der *Nordstrand* gewesen, die sie den Franzosen hatten überlassen müssen.

»Muss dieser verfluchte Nebel wirklich sein? Wie soll man hier die Sandbänke und Untiefen früh genug erkennen?«

»Wenn wir auflaufen, wissen wir, dass wir sie nicht früh genug erkannt haben«, gab Simon mit einem verkniffenen Lächeln zurück. »Außerdem stört er mich beim Auslaufen weniger, als wenn er bei unserer Rückkehr herrschen würde. Im Augenblick haben wir nur erlaubte Ware an Bord.«

Timmermann lachte kurz auf. »Das stimmt! Doch wenn wir nicht selbst mit der nächsten Flut freikämen, müssten wir Bergegeld zahlen.«

»Aus diesem Grund habe ich auch nicht vor, irgendwo aufzulaufen.« Simon legte das Ruder um eine Winzigkeit nach steuerbord.

Ein im Nebel nur undeutlich zu erkennender dunkler Fleck zog an ihnen vorbei. Es hätte eine Wassertrübung sein können, wären nicht zwei Büsche gewesen, die fast bis in Höhe des Decks aufragten.

Pieter Timmermann starrte die Sandbank mit großen Augen an. »Wenn Sie nicht eben den Kurs geändert hätten, wären wir dort aufgelaufen. Wie haben Sie die Untiefe gesehen?«

»Nicht gesehen«, sagte Simon lächelnd. »Ich habe sie gespürt. Es war, als hätte mir unsere gute, alte *Mellum* gesagt, dass da etwas sein muss. Aber ich glaube, wir haben es bald geschafft.«

»Ich hoffe nur, dass es auf See nicht auch so neblig ist. Sonst weiß ich nicht, wie wir den Weg nach Tönning finden sollen.«

»Wir finden ihn schon!«, beruhigte Simon seinen langjährigen Freund und drehte erneut ein wenig am Steuerrad. Die *Mellum* legte sich leicht zur Seite, und sie sahen eine weitere Sandbank an dem Schiff vorüberziehen.

»Es ist fast so, als könnten Sie die Elbe bei Nacht oder mit verbundenen Augen befahren«, entfuhr es Timmermann.

»Nach über vierzig Jahren auf See kenne ich die Elbe, und sie kennt mich«, gab Simon lächelnd zurück.

»Ich befahre sie kaum weniger lang als Sie, und doch würde ich es mir nicht zutrauen, dies bei einem solchen Nebel zu tun, sondern würde Anker werfen lassen.«

Timmermann war schon mit Simons Schwiegervater Hauke Lüders in der Nord- und Ostsee gesegelt und hielt sich für einen guten Seemann. Aber er musste neidlos anerkennen, dass Simon der bessere war.

»Wir werden auch bald Anker werfen. Nur will ich damit warten, bis die Dämmerung heraufzieht. Bei Nacht wage ich es dann doch nicht, weiterzufahren«, erklärte Simon und nahm die nächste Kurskorrektur vor.

Ungeachtet der Befürchtungen, die der eine oder andere an Bord gehabt haben mochte, erreichten sie glücklich die Elbemündung und steuerten nach Norden. Von einem Wachtboot aus wurde ihnen zugerufen, vorsichtig zu sein, da die Engländer die Nordsee auch bei solchem Wetter befuhren.

»Das sind Kriegsschiffe mit schweren Verbänden und dicken Bordwänden. Unser Schiff ist für den Handel gebaut und nicht so sturmfest wie eine englische Fregatte oder ein Linienschiff«, sagte Timmermann zu Simon, nachdem dieser sich für die Warnung bedankt hatte.

»Einen Sturm halten wir schon aus«, antwortete Simon und sah nach vorne. »Der Nebel löst sich auf, und die Sonne kommt durch. Nun werden wir den Kurs nach Tönning abstecken können.«

»Verspotten Sie mich nur! Ich habe es verdient«, meinte Timmermann brummend und atmete gierig die kühle und salzige Luft. »Wenigstens riecht es hier nicht nach Franzosen!«

Simon kommentierte es mit einem Lachen und wies auf das Steuerrad. »Übernimm es und halte Kurs nach Norden. So sollten wir die Eidermündung erreichen und in den Fluss einfahren können. Wenn der Wind gut steht, werden wir Tönning mit der übernächsten Flut erreichen.«

12.

Tönning war kein bedeutender Hafen und hatte ebenfalls durch die Kontinentalsperre gelitten. Trotzdem lag dort eine lange Reihe Schiffe vor Anker. Etliche Hamburger Eigner hatten die ihren hierhergeschickt, um sie vor dem Zugriff der Franzosen in Sicherheit zu bringen. Zwar zählte die Stadt zum Besitz des Königs von Dänemark, und dieser war ein Verbündeter Napoleons. Dennoch hatten hier noch einheimische Beamte das Sagen, und die drückten das eine oder andere Auge zu, wenn sie dafür guten Tabak für sich und ein schönes Stück Kattun für ihre Frauen erhielten. Übertreiben durften sie es dennoch nicht, denn Napoleon hatte König Friedrich VI. schon mehrfach gedroht, die Verwaltung der Häfen in französische Hände zu legen, um dem Schmuggel mit englischen Waren ein Ende zu setzen.

Dänemark musste in letzter Zeit eine neue Rüge erhalten haben, denn der Beamte, der nach dem Einlaufen der *Mellum* in den Hafen von Tönning an Bord kam, untersuchte die geladene Fracht und schien enttäuscht zu sein, keine verfänglichen Waren entdeckt zu haben.

»Es war doch ganz gut, dass Sie Ihre Pläne geändert haben und zuerst hierhergekommen sind«, meinte Timmermann, nachdem der Zöllner verschwunden war.

»Es sieht so aus! Nun aber wollen wir unsere Fracht löschen und die neue an Bord nehmen«, antwortete Simon zufrieden, dass ihn sein Gespür auch diesmal nicht getrogen hatte.

Er ging an Land, um sich mit seinen Geschäftspartnern zu treffen. Die eigene Fracht konnte er mit einem geringen Gewinn losschlagen und dafür jene Waren laden, die von den Engländern heiß begehrt waren. Dazu zählten Hanf, Leder, Pech und andere Waren, die zum Bau und Unterhalt von Schiffen benötigt wurden. In diesem Hafen fragte keiner, weshalb er Sachen ankaufte, die in Hamburg wohl kaum gebraucht wurden. Die hiesigen Kaufleute wollten auch leben und waren bereit, den Zöllnern und vor allem dem Kaiser der Franzosen, dessen Schatten fast ganz Europa überdeckte, einen Streich zu spielen.

Kaum war der letzte Ballen an Bord, lichtete Simon den Anker. Als er die Eidermündung erreichte, richtete er den Bug der *Mellum* nicht nach Süden in Richtung Hamburg, sondern hielt Kurs nach Westen auf Helgoland zu. Die See war rau, und sie mussten mehrmals kreuzen, bis sie den roten, hoch aufragenden Sandsteinfelsen der Hauptinsel in der Ferne ausmachen konnten. Für die letzten Seemeilen bis Helgoland brauchten sie wegen des ungünstigen Windes die vierfache Strecke und mussten mehrmals Segel streichen, um nicht Wasser zu nehmen. Schließlich konnten sie doch Anker werfen, fanden sich aber auf der offenen Reede vor Helgoland wieder.

»Bei diesen Bedingungen wird es nicht einfach sein, unsere Fracht zu löschen und neue zu laden«, meinte Timmermann skeptisch.

»Die Helgoländer sind an die raue See gewöhnt«, gab Simon zurück und sah sich bestätigt, als drei große, schwerfällige Boote auf sie zuhielten, die jeweils von einem Dutzend Männer gerudert wurden. Vom ersten Boot wurden Leinen herübergeworfen, und Simon sah, dass Michel Gartz am Bug stand. Sein Freund winkte ihm zu, und es kostete ihn Kraft, den Gruß zu erwidern.

»Ihr kommt spät!«, rief Michel zu ihnen herauf, während er die Gelegenheit abpasste, auf die Jakobsleiter zu kommen.

»Es gibt Gründe dafür«, antwortete Simon und streckte ihm den Arm entgegen, um ihm an Bord zu helfen. Danach umarmte er den Freund und wies anschließend in Richtung Heck. »Kommen Sie mit in meine Kajüte!«

Michel Gartz spürte, dass sich etwas Schlimmes zugetragen haben musste, und folgte ihm besorgt. In der Kajüte schenkte Simon zwei kleine Zinnbecher mit Schnaps voll und reichte eines davon seinem Freund. Er sah dabei so ernst aus, dass Michels Anspannung wuchs.

»Ist irgendetwas passiert?«

Simon nickte beklommen. »Sie müssen stark sein, Gartz! Es hat Gott, unserem Herrn, gefallen, Ihre Frau Mabel zu sich zu rufen.«

»Nein!«, schrie Michel aus. »Sagen Sie, dass das nicht wahr ist!«

Er war einige Jahre älter als Mabel gewesen, in seiner Ehe mit ihr aber so glücklich, wie er es sich niemals hatte vorstellen können. Nun zu hören, dass sie tot sein sollte, war mehr, als er glaubte, ertragen zu können.

»Wissen Sie, woran sie gestorben ist?«, fragte er leise.

»Erna meint, sie hätte ein schwaches Herz gehabt!« So hatte Erna es Simon erzählt, um alle Gerüchte zu ersticken. Er sah keinen Grund, daran zu zweifeln, und so glaubte es auch sein Freund.

»Ich hätte sie so gerne wiedergesehen«, sagte Michel unter Tränen. Dann legte er Simon die Hand auf die Schulter. »Ich muss nach Hamburg zu Molly!«

Simon schüttelte den Kopf. »Das sollten Sie nicht tun. Die Franzosen haben auf Ihren Kopf einen Preis ausgesetzt, und ich traue vielen zu, ihn sich verdienen zu wollen.«

»Aber Molly …?«

»Wir haben Molly zu uns genommen. Sie werden bald einen Ehemann für sie aussuchen müssen. Sie ist eine blitzsaubere Deern geworden, die Ihnen Ehre macht.«

»Molly!« Der Gedanke an die Tochter verminderte zwar nicht den Schmerz, den Michel empfand, verriet ihm aber, dass es für ihn Pflichten gab, die nicht mit Mabels Tod endeten.

»Wir haben Mabel vor ein paar Tagen mit allen Ehren begraben«, setzte Simon seinen Bericht fort. »Ich habe mir auch aufgeschrieben, wer zur Beisetzung gekommen ist, damit Sie Ihre wahren Freunde kennen.«

Es klang ein wenig Bitterkeit in seiner Stimme wegen jener Leute, mit denen sowohl Michel und Mabel wie auch er selbst und seine Familie immer gut ausgekommen waren, von denen aber niemand an der Trauerzeremonie teilgenommen hatte.

»Ich will so etwas nicht wissen!«, sagte Michel abwehrend.

»Aber ich, Erna und Frieda! Mabel hat genau wie wir etlichen Leuten immer wieder geholfen, wenn sie in Not waren. Wer von ihnen es nicht der Mühe für wert gehalten hat, hinter Mabels Sarg zu gehen, wird in Zukunft vergeblich an unsere Tür klopfen.«

Michel spürte Simons tief verwurzelten Zorn und fasste nach seinem Arm. »Mabel würde nicht wollen, dass Sie jene bestrafen, die nicht kommen konnten.«

»Wer konnte, ist gekommen, wer nicht gekommen ist, wollte es nicht!« Simons Stimme klang hart, und sein Freund begriff, dass er diesen Leuten so schnell nicht vergeben würde.

Michel zwang sich nun zur Ruhe und verlangte zu wissen, was die *Mellum* geladen hatte.

Als Simon ihm die Liste reichte, las er sie aufmerksam durch und nickte. »All diese Dinge sind in England heiß begehrt. Daher werden wir gut daran verdienen. Was wollen Sie für die Rückfahrt an Bord nehmen?«

»Das Dreifache von dem, was ich letztens mitgenommen habe. Dazu Fische, sowohl getrocknet wie auch gesalzen, Seehundfleisch und dergleichen mehr. Das will ich so stauen, dass es aussieht, als bestände die gesamte Fracht daraus. Wir müssen sie allerdings umladen können, um die Sachen aus England auf Boote laden zu können.«

Michel nickte. »Sie wollen die Waren in Holstein an Land bringen.«

»So ist es, mein Freund! Und nun trinken Sie mit mir zum Gedenken an Mabel und darauf, dass wieder bessere Tage kommen werden!«

Simon nahm sein Glas, stieß mit Michel an und trank. Danach fragte er nach seinem Sohn und vernahm zu seiner Erleichterung, dass es Jakob wohlerging und er in England gute Geschäfte tätigte.

13.

Vier Jahre waren eine lange Zeit, vor allem, wenn man sie an Bord eines englischen Kriegsschiffs verbringen musste, fuhr es Lukas Thadde durch den Kopf, während er die Kanone auf das Fass ausrichten ließ, das beim Übungsschießen als Ziel diente. Während dieser vier Jahre hatte er das Schiff kein einziges Mal verlassen dürfen. Zuerst hatte Captain Smyth ihn sogar im Kielraum anketten lassen, um zu verhindern, dass er den Aufenthalt im Hafen ausnützte, um zu verschwinden. Doch was hätte er damit erreicht?, fragte Lukas sich. Ohne Geld und in Kleidern, die ihn als Matrosen Seiner Majestät Flotte auswiesen, wäre er umgehend der nächsten Pressgang zum Opfer gefallen.

Vielleicht hätte sich der Dienst auf einem anderen Schiff besser angelassen als auf diesem hier. Es gab jedoch einen sehr gewichtigen Grund, der ihn auf der *Eurymachos* hielt, und der hieß Jörgen Mensing. Dieser traf sich immer wieder mit Gervase Smyth, und so hoffte Lukas auf eine Gelegenheit, diesem elenden Schurken all das heimzahlen zu können, was der ihm angetan hatte. Es begann mit der feigen Flucht von der *Schwan* und den Lügen, zu denen Mensing ihn gezwungen hatte. In seiner Erinnerung sah Lukas sich als jemanden, der sich verzweifelt dagegen gestemmt hatte, die Kameraden im Stich zu lassen, und den Nilsen und die anderen mit Mensing geflohenen Matrosen mit Gewalt auf das Boot geschleppt hatten.

»He, du Schwein, du sollst feuern!« Die quäkende Stimme des Midshipmans Longley riss Lukas Thadde aus seinen Gedanken.

»Aye, aye, Sir! Feuern!«, antwortete er in schmeichlerischem Ton und kontrollierte noch einmal die Schussrichtung. Danach wartete er, bis sich der Rumpf an der Seite leicht hob, und betätigte den Abzug. Ein leichtes Fauchen ertönte, schon knallte der Schuss. Augenblicke später flog das Fass auseinander.

»Gut gemacht! Damit haben wir die Extraportion Rum gewonnen, die der Captain für einen Treffer ausgelobt hat!«, rief einer von Lukas' Kameraden begeistert. Auch die anderen jubelten und klopften ihm auf die Schulter.

Lukas lächelte. Da er kein Mann war, der sich mit der Faust durchzusetzen vermochte, hatte er sich durch Freundlichkeit und die Bereitschaft, für seine des Schreibens unkundigen Kameraden Briefe an die Lieben zu Hause zu verfassen und deren Antworten vorzulesen, eine gute Stellung an Bord geschaffen. Ich habe auch mehr Grütze im Kopf als die meisten, dachte er, während seine Mannschaft die Kanone auswischte und neu lud.

»Wir schießen noch einmal!«, erklärte der Midshipman großspurig.

Als wenn du mehr tun würdest, als das Maul aufzureißen, dachte Lukas angewidert. Wenn Longley die Kanone laden und ausrichten müsste, würden die Franzosen an Bord kommen, ohne auch nur einen Schuss befürchten zu müssen. Doch wenn die Engländer ein pickliges Bürschlein von fünfzehn Jahren für fähig ansahen, zwei Dutzend erwachsene Männer zu befehligen, war dies ihre Sache.

»Du wartest, bis die anderen geschossen haben«, sagte Longley.

Da hallte von oben eine Stimme herab. »Die Schießübungen einstellen! Schiff längsseits!«

»Ihr habt es gehört! Wir schießen die Kanone nicht ab.« Longley ging neugierig zur Stückpforte und steckte den Kopf hinaus. »Es ist die *Albion* von Captain Mensing!«

»Mensing!« Lukas flüsterte diesen Namen voller Hass.

Für ihn war dieser Mann der Schuldige an allem, was in seinem Leben nicht so gelaufen war, wie er es erhofft hatte. Er blickte durch die Stückpforte und entdeckte Mensings neues Schiff eine gute Kabellänge entfernt. Eben wurde ein Boot zu Wasser gelassen. Jörgen Mensing und zwei Matrosen stiegen ein. Während Mensing die Steuerpinne packte, legten sich die Matrosen in die Riemen.

In Lukas' Kopf schwirrte es, als er sah, dass das Boot auf ihn zukam. In wenigen Augenblicken würde es in der Schussrichtung seiner Kanone sein. Wenn er die Bewegung des Schiffes berücksichtigte, musste er das Rohr nicht einmal ausrichten lassen.

»Stückpforten schließen«, befahl weiter vorne der Leutnant, dem die Aufsicht über die Geschützmannschaften anvertraut war. Eine der Mannschaften befolgte den Befehl. Auch Lukas' Kameraden schickten sich an, dem Folge zu leisten.

»Halt!«, rief Lukas. »Ich will erst die Lunte entfernen. Das Geschütz ist geladen. Nicht dass es aus Versehen abgefeuert wird!«

»Tu das!«, wies Longley ihn an.

Lukas trat neben die Kanone, richtete sein Augenmerk auf das Boot und nahm die Schnur in die Hand, mit der er den Abzug betätigen konnte. Niemand begriff, was er vorhatte, und so wartete er unbehelligt auf den Augenblick, in dem Mensing genau in der Schusslinie war. Dann feuerte er.

Die Männer um ihn herum zuckten bei dem Krachen des Schusses zusammen, und der Midshipman begann, erregt zu schreien. Lukas achtete nicht darauf, sondern sah zufrieden, wie seine Kugel seinen Feind förmlich in Stücke riss. Danach wandte er sich mit einem irren Lachen zu Midshipman Longley um.

»Der Treffer ist mehr wert als nur eine Lage Rum, viel mehr!«

»Du verfluchter Hund!«, brüllte Longley und hieb mit einem Stock auf Lukas Thadde ein. Dieser lachte noch immer. Der Teil seines Verstands, der klar geblieben war, begriff jedoch, welche Strafe ihn ereilen würde. Da sah er die Pistole im Gürtel des Jungen, entriss ihm die Waffe und presste sich die Mündung gegen den Kopf.

»Bis gleich beim Satanas, Jörgen Mensing!«, rief Lukas mit schriller Stimme und drückte ab.

14.

Obwohl die Kontrollen in der Elbemündung weniger streng waren als die in Hamburg, atmete Simon Simonsen auf, als die Zollbeamten wieder von Bord gingen und sie weitersegeln konnten. Nun galt es, zur rechten Zeit am rechten Ort zu sein. Ein Schiff, das bei guten Bedingungen zu früh in Ufernähe ankerte, fiel ebenso auf wie eines, das noch in die Nacht hineinfuhr, um die letzten ein, zwei Seemeilen zurückzulegen.

Pieter Timmermann trat an Simons Seite. »Es ist schön, wieder einmal unter Ihnen zu segeln, Kapitän.«

»Du fährst schon seit mehr als drei Jahren wieder mit mir«, antwortete Simon etwas verwundert.

»Ich sage es mir jedes Mal. Diesmal wollte ich, dass auch Sie es hören. Bis die Franzosen kamen, haben wir immer auf anderen Schiffen gearbeitet. Ich glaube, das letzte Mal sind wir noch zusammen unter dem alten Lüders gefahren.«

»Es waren schon noch ein paar Jahre mehr! Aber dann sind Sie Steuermann und schließlich Kapitän gewesen und haben mir dabei gut gedient.«

»Es war ein schönes Leben, bis die Franzosen gekommen sind. Deren Napoleon hätte auch etwas anderes einfallen können, als Hamburg zu besetzen.«

»Mit hätte und wenn schafft man sich keine Zukunft, Timmermann! Man muss anpacken, und das tun wir. Irgendwann wird das Leben wieder anders sein und Sie erneut auf einem meiner Schiffe oder denen meines Sohnes als Kapitän fahren.«

Noch während er es sagte, schauderte es Simon. Er schüttelte sich und kämpfte gegen die trübe Stimmung an, die ihn zu überwältigen drohte. Er wies auf das östliche Ufer. »Refft das Hauptsegel noch ein wenig mehr, sonst sind wir zu schnell«, rief er seinen Matrosen zu.

Diese gehorchten sogleich. Es waren die Besten, die unter Simons Flagge gefahren waren, und Männer, die ihm selbst um die ganze Welt gefolgt wären. Das Geld, das sie mit dieser Fahrt verdienten, würde im bevorstehenden Winter die Not von den Türen ihrer Häuser fernhalten – und auch von denen anderer, ehrlicher Seeleute, die mit Simon Simonsen verbunden waren.

Eine gute Stunde später entdeckte Simon die Landmarke, auf die er gewartet hatte, und lenkte sein Schiff auf das holsteinische Ufer zu. »Wir wollen ja nicht, dass uns ein Kurierboot rammt, das auch in der Nacht fahren muss«, sagte er augenzwinkernd zu Timmermann und befahl, den Anker zu werfen.

»Wir sind früh genug dran, dass unsere Freunde uns sehen können, aber nicht so früh, um aufzufallen«, setzte Simon zufrieden hinzu und wandte sich an seine Mannschaft. »Ihr wisst, es muss alles schnell gehen! Daher sollten wir das Unsere dafür tun.«

Die Männer machten sich ans Werk. Einige Zeit später stapelten sich Säcke mit Kaffee, Fässer mit Tabak, Ballen mit englischer Baumwolle und andere Waren an Deck, die man vor der Besetzung durch die Franzosen überall hatte kaufen können. Nun aber stellten sie ein rares Gut dar und waren sehr begehrt bei denen, die sich diese Güter noch leisten konnten.

Simon behielt das Ufer im Auge. Die Dunkelheit hatte längst ihren Schleier über die Welt gedeckt, da sah er ein kurz aufflackerndes Licht. Rasch nahm er eine Blendlaterne, hielt sie in die Richtung und gab mit einem Lichtsignal Antwort.

»Es sieht aus, als würden unsere Freunde gleich kommen«, meinte er zu Timmermann.

»Sollten es doch Franzosen sein, so werfen wir ihnen die Fässer, Säcke und Ballen auf den Kopf. Es liegt ja alles bereit«, antwortete Timmermann grinsend.

Simon blickte nach vorne und bemerkte in der Dunkelheit drei Schatten, die sich mit leisem Ruderschlag näherten. Erneut wurde eine Laterne kurz aufgeblendet. Er erwiderte das Signal und hörte kurz darauf den Ruf.

»Sind Sie es, Magnusson?«

»Nicht ganz, ich bin Danielson«, gab Simon zufrieden zurück, denn die falschen Namen waren das Erkennungssignal.

Die drei Boote kamen längsseits, und die Männer an Bord warfen ihnen Leinen zu. Ein paar Matrosen vertäuten sie an der Reling, und dann stiegen die ersten Holsteiner hoch. Trotz der Dunkelheit war zu erkennen, dass es sich um einheimische Fischer handelte.

»Wir haben wie gewünscht mehrere Fässer frisch gefangenen Fisch für euch dabei, sowie Ochsenhälften, Butter und gepökeltes Schweinefleisch«, meldete ihr Anführer.

»Sehr gut! Sollen die Franzosen ruhig denken, wir hätten uns für den Winter mit Lebensmitteln eingedeckt. Das hier ist für euch. Ihr werdet eure Boote ganz schön vollladen müssen, wenn ihr nicht zweimal fahren wollt«, antwortete Simon.

»Zweimal zu fahren ist zu gefährlich, da wir die Waren noch zum Kirchturm bringen und dort verstecken müssen. Was wir nicht mitnehmen können, müssen Sie entweder selbst nach Hamburg bringen oder in der Elbe versenken!«

Simon spürte die Sorge des anderen und überlegte, ob er nicht doch einen Teil der Ladung an Bord behalten sollte. Sein Gefühl warnte ihn jedoch. Sie waren vor Einbruch des Winters eines der letzten Schiffe, das in Hamburg einlaufen würde, und da mochten die Kontrollen noch strenger sein als gewöhnlich.

»Seht zu, was ihr auf eure Boote schaffen könnt. Der Rest fliegt über Bord«, sagte er und half mit, die Ladung der Boote auf die *Mellum* und die englischen Waren auf die Boote zu schaffen.

Der Gedanke an das Geld, das sie für diese Waren erlösen konnten, brachte die Holsteiner dazu, ihre drei Boote so vollzuladen, dass kaum mehr ein Daumenbreit Freibord blieb. Timmermann spottete, dass die Welle, die ein Entenküken beim Schwimmen erzeugt, ausreichen würde, um sie absaufen zu lassen.

»Dann sollten wir uns darüber freuen, dass es erst im Frühjahr wieder Entenküken gibt«, antwortete Simon und befahl den Matrosen bis auf einen Mann, der Wache halten sollte, sich hinzulegen und zu schlafen.

»Wenn der Wind günstig bläst, werden wir morgen Abend in Hamburg sein«, setzte er hinzu und stieg nach unten, um selbst ein wenig Schlaf zu finden.

15.

Die *Mellum* hatte in Hamburg noch nicht richtig angelegt, da stürmten französische Soldaten mit vorgehaltenen Musketen an Bord und bedrohten Simon und seine Mannschaft.

»Was soll das?«, rief Simon empört, als ihn ein Stoß mit einem Gewehrkolben traf.

Der Franzose schrie ihm etwas in seiner Muttersprache ins Gesicht, das er als »Maul halten« übersetzte. Einer der Hamburger Beamten, die für die Besatzer arbeiteten, baute sich vor ihm auf.

»Du bist Simonsen?«

»Für dich immer noch Herr Simonsen«, antwortete Simon zornig und erntete dafür den nächsten Kolbenhieb.

»Du wirst beschuldigt, Schmuggel mit englischen Waren zu betreiben und damit gegen die Gesetze Seiner Majestät zu verstoßen!«, erklärte der Beamte von oben herab und erteilte seinen Männern den Befehl, das Schiff zu durchsuchen.

Simon, Timmermann und den anderen blieb nur, hilflos zuzusehen, wie sich die Soldaten ins Schiff ergossen und dem Lärm nach, den sie erzeugten, wie Wildscheine hausten. Sie hörten, wie die Wände abgeklopft und Fässer aufgebrochen wurden. Zudem klangen immer wieder mehr und mehr enttäuscht klingende Rufe zu ihnen hoch.

Nach geraumer Zeit stieg der Zollbeamte wieder an Deck. Seine Miene wirkte so missmutig, dass Simon sich bei anderer Gelegenheit darüber amüsiert hätte. Nun aber erfüllte ihn kalte Wut.

Der Zöllner winkte den Soldaten, ihm zu folgen, und verließ das Schiff ohne ein Wort. Kurz darauf standen Simon und die Seinen wieder allein an Deck. Während Timmermann zusammen mit ein paar anderen Matrosen nach unten stieg, um nachzusehen, was die Franzosen angerichtet hatten, blickte Simon zum Wall hoch. Ein Mann stand dort oben. Trotz der Entfernung erkannte er ihn als Derek Mensing. Dieser sprach kurz mit dem Zolloffizier, blickte verärgert zu ihnen her und ballte für einen Augenblick die Faust in seine Richtung. Danach drehte Mensing sich um und ging mit raschen Schritten davon.

»Wie der Vater, so der Sohn!«, murmelte Simon und war sich sicher, dass der junge Mensing hinter diesem Empfang stecken musste. Dies hieß, in Zukunft noch vorsichtiger zu sein als bisher.

Nun war er froh, alle englischen Waren an die Holsteiner übergeben zu haben. Sonst hätte es ihm, seiner Familie und seiner Mannschaft schlecht ergehen können.

Höchst verärgert, weil Derek Mensing die Feindschaft zu ihm und seinem Sohn noch stärker betrieb als sein Vater, stieg nun auch Simon nach unten und traf dort das Chaos an.

»Diese Schweine haben die Fässer mit den Fischen ausgeleert und alles durcheinandergeworfen. Einiges ist auch zertrampelt worden, und das, obwohl es jetzt schon kaum genug zu essen gibt.« Pieter Timmermann war nicht weniger zornig als Simon, beruhigte sich dann aber und sah seinen Kapitän an. »Das konnte nicht aus heiterem Himmel kommen. Irgendein Schwein muss uns verraten haben. Wenn ich den erwische …«

»Ich glaube, ich weiß, wer uns an die Franzosen verkaufen wollte. Seien wir zufrieden, dass es ihm misslungen ist. Wir räumen jetzt hier auf und versuchen, an Lebensmitteln zu retten, was noch zu retten ist.«

»An wen denken Sie?«, fragte Timmermann und klopfte gegen die Scheide seines Schiffermessers.

»Auf die Weise können wir es nicht lösen. Vergessen aber werden wir es nicht! Und nun an die Arbeit!« In Simons Worten lag eine Warnung an Timmermann und die Matrosen, nicht auf eigene Faust zu handeln.

»Es würde mich nicht wundern, wenn der Kaufherr Mensing dahintersteckt«, meinte Pieter Timmermann, nachdem er über Simons Worte nachgedacht hatte, und stellte ein umgestürztes Fass gerade.

»Los, Männer, fangt die Fische, die hier herumliegen, wieder ein, damit wir sie waschen und einsalzen können.«

»Lasst auch das Rindfleisch und die Schinken nicht liegen. Ich glaube, von Letzterem fehlen zwei Stücke. Die haben wohl die Franzmänner von Bord geschmuggelt!«

Zum ersten Mal verwendete Simon den abschätzigen Begriff für die Franzosen, der in den letzten Jahren in den deutschen Landen aufgekommen war.

»Freunde machen sich Napoleons Männer damit nicht«, antwortete Timmermann und meinte nicht nur die beiden verschwundenen Schinken und das Durcheinander an Bord, sondern auch die Art und Weise, wie die Franzosen auftraten und die Menschen in den besetzten Ländern gegen sich aufbrachten.

•

ACHTER TEIL

DER
PREIS DER
FREIHEIT

1.

HAMBURG IM JAHR 1813

*D*ie Begeisterung der Menge war überschwänglich. Jubelrufe erklangen, Hüte flogen in die Luft, und die Frauen und Mädchen winkten den einrückenden russischen Soldaten zu. Auch Simon Simonsen hatte sich mit seiner Familie eingefunden. Während Erna, Frieda und Molly Gartz winkten, sog Simon an seiner Tabakspfeife, die er mit geschmuggeltem Tabak gestopft hatte. Obwohl auch er sich freute, dass die Franzosen hatten abziehen müssen, empfand er eine gewisse Unruhe wie vor einem starken Gewitter.

»Was für ein schöner Tag!«, rief Timmermann.

»Wollen wir hoffen, dass auf Sonnenschein nicht Regen folgt und es den Russen nicht einfällt, bleiben zu wollen, wie es die Franzosen über sechs Jahre lang getan haben«, wandte Simon ein.

Timmermann lachte. »Wenn die Russen dafür sorgen, dass unser Handel wieder blüht, kann meinetwegen die Fahne des Zaren über dem Rathaus wehen.«

»Dort kommt der General!«, rief da ein Mann neben ihm und stieß ein gellendes »Hoch! Hoch! Hoch!« aus.

»Es ist nur ein Oberst«, brummte Simon.

Doch auch er musste zugeben, dass Friedrich Karl von Tettenborn im Glanz seiner Uniform einen beeindruckenden Anblick bot. Der Offizier ließ seinen Hengst Schritt gehen und winkte leutselig. Von seinen Männern trugen allerdings nur die aus dem engsten Kreis eine richtige Uniform. Die meisten Soldaten waren Kosaken, die in weiten, schlabbrigen Hosen und unterschiedlichsten Mänteln steckten. Trotz der kühlen Märztemperaturen trugen sie ihre Mäntel offen, so dass die dunkelblauen Feldblusen zu sehen waren. Auf den Köpfen saßen bei den meisten Fellmützen, bei anderen erbeutete französische Tschakos, und einige hatten einfache Tuchmützen aufgesetzt. Als Gürtel diente ihnen eine breite Schärpe, in der Dolche und teilweise auch Pistolen steckten. Zudem trugen sie gebogene Säbel an der Hüfte und Speere in der Hand.

Die Schar war zum schnellen Vorstoß hinter die feindlichen Linien geeignet, um den Gegner vom Nachschub abzuschneiden oder ihn auf dem Rückzug zu behelligen. Um jedoch eine Stadt gegen einen entschlossenen Feind zu verteidigen, erschien sie Simon denkbar unbrauchbar.

»Wollen wir hoffen, dass Napoleon genug hat und der Krieg bald zu Ende ist«, sagte er besorgt.

»Ich habe gehört, dass Derek Mensing nach dem Abzug der Franzosen die Stadt verlassen hat. Eines seiner Schiffe ist gestern mit ihm an Bord ausgelaufen«, berichtete Timmermann.

»Seine Mutter ist aber noch da und ebenso seine Söhne!« Erna deutete auf Mina, die mit Mathias und Hinrich zusammen unweit von ihnen stand. Während Hinrich und seine Großmutter winkten, wirkte Mathias bedrückt.

»Was kümmern uns die Mensings!«, erwiderte Simon verächtlich. Er hatte die Durchsuchung der *Mellum* vor gut zwei Jahren nicht vergessen. Damals wie heute war er sicher, dass Derek Mensing ihn bei den Franzosen denunziert hatte. Da Mensing in der Stadt als Franzosenfreund galt, würde er es in einem freien Hamburg in Zukunft schwer haben. Seine Flucht – anders konnte man seine Abfahrt nicht nennen – war mit Gewissheit der Furcht geschuldet, für einige seiner Handlungen während der Besatzungszeit zur Rechenschaft gezogen zu werden. Da half es ihm wenig, dass sein Vater Jörgen für England gefahren war.

Bei dem Gedanken an seinen einstigen Rivalen erinnerte Simon sich daran, wie Jakob ihm bei einem ihrer seltenen Zusammentreffen auf Helgoland berichtet hatte, dass Jörgen Mensing durch eine versehentlich abgefeuerte Kanonenkugel ums Leben gekommen sei. Obwohl Simon den Mann, der ihm einst Mina weggenommen und ihn verleumdet hatte, jahrzehntelang gehasst und verachtet hatte, machte ihn dieser Tod betroffen. Ein Seemann – und Jörgen Mensing war einer gewesen – sollte auch wie ein Seemann sterben und nicht, weil eine Kanone nachlässig bedient worden war.

»Sind das alle?«, hörte Simon seine Frau fragen.

Nun sah er es selbst. Die Schar, mit der Oberst von Tettenborn in Hamburg eingerückt war, zählte nur wenig über tausend Mann.

»Ein Oberst führt ein Regiment!«, erwiderte Simon. »Bei mehr Soldaten hätte es schon ein General sein müssen.«

»Ich bin ganz froh, dass es nicht mehr sind«, mischte sich ein neben ihm stehender Mann ins Gespräch. »So sind die Russen auf jeden Fall leichter unterzubringen als die Franzosen. Von denen hatte ich vier im Haus, und alle drei Dienstmädchen sind in der Zeit schwanger geworden. Der Teufel soll sie holen!«

»Wen? Die Dienstmädchen oder die Franzosen?«, fragte Timmermann spöttisch.

»Von mir aus beide!«, antwortete der Mann und wandte sich ab.

Auch die Simonsens kehrten nach Hause zurück. Obwohl Simon sich von der herrschenden Begeisterung nicht vollständig hatte anstecken lassen, war er erleichtert. Da der Hafen nun wieder für Englandfahrten offen war, konnten Jakob und Michel Gartz endlich zurückkehren, so dass er mit ihnen neue Pläne schmieden konnte.

2.

Freiherr von Tettenborn ging auch gleich daran, die Stadt vom französischen Ballast, wie er es nannte, zu befreien. Der alte Rat der Stadt wurde wieder eingesetzt und die meisten Beamten, die unter den Franzosen gedient hatten, entlassen. Viele hatten ohnehin bereits das Weite gesucht und warteten in der Ferne darauf, ob der Wind sich wieder zu ihren Gunsten wenden würde.

Tagtäglich gab es neue Erlasse und Anweisungen. Simon zählte nicht zu der Schicht, die in Hamburg nach alter Sitte die Ratsherren stellte. Obwohl er der Franzosenzeit wenig hatte abgewinnen können, ärgerte er sich nun doch, weil das von diesen eingeführte Recht der freien Bürger, den Rat in einer geheimen Wahl zu bestimmen, durch die neuen Gesetze abgeschafft worden war. Als er sich darüber im kleinen Kreis beschwerte, zuckte Timmermann mit den Achseln.

»Solange der Rat das Richtige beschließt, sollte uns das ebenso wenig kümmern, wie es uns vor den Franzosen gekümmert hat.«

»Ich weiß nicht, ob es sinnvoll ist, Dinge, die sich als gut erwiesen haben, nur deshalb wieder umzustoßen, weil die Franzosen sie eingeführt haben«, antwortete Simon. »Denkt nur, welche Möglichkeiten wir in einem freien Hamburg hätten.«

»Du solltest vorsichtiger sein mit dem, was du sagst, mein Lieber. Man könnte dich sonst für einen Franzosenfreund halten, und das warst du beileibe nicht«, mahnte Erna ihn.

Als sie die verärgerte Miene ihres Mannes bemerkte, hob sie beschwichtigend die Hand. »Es geht mir um die Kinder! Die könnten etwas aufschnappen und aus Versehen ausplaudern.«

Widerwillig nickte Simon. »Du hast ja recht! Früher mussten wir wegen der Franzosen das Maul halten, und jetzt eben wegen Tettenborn und seinen Kosaken.«

»Ich würde eher sagen, wegen der Großköpfe, die jetzt wieder an der Macht sind und alles tun werden, um diese auch zu behalten«, sagte Frieda und stand auf. »Ich habe Ruth versprochen, ihr beim Sticken zu helfen. Ihr müsst mich daher jetzt entschuldigen.«

»Wieso muss die Deern sticken lernen? Das ist doch nur etwas für adelige Fräuleins«, sagte Simon, der noch immer schlechter Laune war, weil es in Hamburg doch nicht so lief, wie er es gerne gesehen hätte.

»Ich glaube, auch du hast nichts gegen ein hübsch besticktes Platzdeckchen, zumal Ruth heute unbedingt einen Anker sticken will«, antwortete seine Schwiegertochter lächelnd und verschwand.

Kaum hatte Frieda das Zimmer verlassen, da schoss Jeremias herein und schwenkte ein bedrucktes Blatt Papier. »Oberst Tettenborn und der Rat der Stadt haben beschlossen, eine Hamburger Bürgergarde aufzustellen, um den Versuchen versprengter französischer Truppen, sich unserer Stadt erneut zu bemächtigen, einen Riegel vorzuschieben.«

»Was sagst du da?«

»Schau! Hier steht es schwarz auf weiß!« Jeremias reichte ihm den Zettel und äugte nach der Schale mit den Keksen. Während der französischen Besatzung hatte diese öfter leer stehen müssen. Nun aber brachten die Bauern wieder ihre Erzeugnisse auf die Märkte und führten, ohne dass der Zoll darauf achtete, Gewürze und andere Waren mit, die noch aus den Schmuggelfahrten des letzten Jahres stammten.

Erna bemerkte den sehnsüchtigen Blick des Jungen und schob ihm die Schale hin. »Hier, nimm dir eines und bringe auch eines zu Ruth, damit sie nicht schlechtergestellt ist als du.«

»Das mache ich, Großmutter!« Jeremias griff in die Schale und hielt plötzlich drei Kekse in der Hand. Er wollte sie schon an sich nehmen, legte aber dann einen wieder zurück.

»So ist es richtig, mein Junge! Ein Simonsen muss ehrlich sein und bleiben«, lobte Simon ihn und steckte ihm nun selbst zwei Kekse zu.

»Ich danke dir, Großvater«, antwortete der Junge und überlegte, ob die beiden Kekse nun für ihn gedacht waren oder ob er doch zwei der vier an seine Schwester weitergeben sollte.

»Eine Bürgergarde wird ausgehoben! Und die soll sich im Notfall gegen die kampferprobten Regimenter Napoleons behaupten. Ha!«

Trotz Simons abwertender Worte spürte Erna, dass ihr Mann sich mit dem Gedanken trug, sich in die Liste der Bürgergarde einzutragen.

»Dafür bist du zu alt und du zu jung«, sagte sie und wandte sich Jeremias zu, der auch so aussah, als würde er seine Heimatstadt am liebsten heldenhaft verteidigen.

»Wir sollten es auf uns zukommen lassen. Was anderes bleibt uns sowieso nicht übrig«, erklärte Pieter Timmermann und fragte sich, ob er mit den sechsundfünfzig Jahren, die er zählte, noch jung genug war, der Bürgerwehr beitreten zu können. Doch wenn er es tat, würde er auch Simon nicht davon abhalten können, und der war mit seinen vierundsechzig Jahren wirklich zu alt dafür.

3.

Nicht nur bei Simonsens, sondern auch in dem stattlichen Haus der Familie Mensing wurde über die Aufstellung der Bürgergarde gesprochen. Mina hielt wenig davon, Bäckern und Schneidern Waffen in die Hand zu drücken und zu hoffen, dass sie einer Armee gut ausgebildeter Soldaten widerstehen könnten.

Während Hinrich mit seinen elf Jahren in jedem Fall zu jung dafür war, machte sich der sechs Jahre ältere Mathias seine Gedanken. »Mir wird nichts anderes übrig bleiben, als mich für die Bürgerwehr zu melden«, sagte er zu seiner Großmutter.

»Wie kommst du denn darauf?«, fragte Mina ihn scharf.

»Es ist wegen Vater! Wäre er nicht geflohen, säße er jetzt als Franzosenfreund im Gefängnis. Selbst wenn die Lage ruhiger wird, dürfte er es hier in Hamburg schwer haben. Da ist es für uns gewiss von Vorteil, wenn ich mich der Bürgerwehr anschließe, zeige ich damit doch, dass ich kein Freund der Franzosen bin.«

»Und was tust du, wenn die Franzosen den Krieg doch gewinnen?«, fragte Hinrich besorgt.

»Dann kann ich immer noch behaupten, man hätte mich dazu gezwungen, da man unsere Familie sonst als Anhänger der Franzosen bezeichnet und um ihren Besitz gebracht hätte.«

Für einen Siebzehnjährigen besaß Mathias einen scharfen Verstand, fand Mina und war stolz auf den Jungen. Ihr passte zwar nicht alles an ihm, doch da ihr Mann irgendwo auf See verunglückt und ihr Sohn geflohen war, glaubte sie, ihn noch zurechtbiegen zu können.

»Es wird wohl das Beste sein, wenn du das tust«, stimmte sie ihm zu.

Hinrich hingegen war nicht überzeugt. »Warum? Großvater ist doch jahrelang in englischem Auftrag zur See gefahren. Außerdem haben wir Verwandte in England. Das müsste doch genügen.«

Mina kam ins Grübeln. Auch wenn sie zuletzt nichts mehr mit ihrem Mann verbunden hatte, hatte sie der Sitte entsprechend um ihn getrauert, nachdem die Nachricht von seinem Tod über Umwege nach Hamburg gelangt war. Ein Mensing, der für England und damit quasi im Kampf gegen Napoleon gefallen war, schien nun auch ihr ausreichend zu sein, um sich gegen den Vorwurf, Franzosenfreunde zu sein, zur Wehr setzen zu können.

Als sie dies zu Mathias sagte, schüttelte dieser lächelnd den Kopf. »Du vergisst die Leute, Großmutter! Für die zählt das, was Vater getan hat, mehr als die Taten meines Großvaters in der Ferne, eben weil es hier in Hamburg geschehen ist.«

Diesem Argument konnte Mina sich nicht entziehen, und so nickte sie. »Also gut, dann wirst du dich in die Liste der Bürgerwehr eintragen lassen. Gib aber acht, dass dir nichts zustößt.«

»Das werde ich, Großmutter!« Mathias lächelte, dachte sich dabei aber, wie leicht es ihm fiel, sowohl die alte Frau wie auch seinen Bruder dazu zu bringen, das zu tun, was für ihn am besten war. Mit einem gewissen Spott betrachtete er Hinrich. Obwohl er den Bruder früher schlecht behandelt hatte, hing dieser an ihm. Allerdings war Hinrich ein hehrer Tropf, der nie ein Handelshaus wie das ihre würde führen können. Ihm war es recht so, denn auf die Weise erwuchs ihm im Bruder keine Konkurrenz.

Damit dies auch weiterhin so blieb, nahm er die Launen seiner Großmutter hin, die Hinrich als begabtem Schüler ein Studium ermöglichen wollte. Er selbst wusste um den Wert einer guten Bildung, doch diese musste zielgerichtet erworben werden. Nur um mit ein paar anderen Narren, die Latein gelernt hatten, in dieser Sprache parlieren zu können, erschien es ihm sinnlos, sich so etwas anzueignen.

Wichtig war, was ihm Gewinn brachte. Dies hatten ihm sowohl sein Großvater wie auch sein Vater beigebracht. Er wollte nicht zur Bürgerwehr, um sich wie ein Narr totschießen zu lassen, sondern klug handeln und den Kopf einziehen, wenn es um ihn herum krachte. Mit dem Eintritt in die Bürgergarde war es jedoch nicht getan.

»Wir müssen Verbindung zu meinem Londoner Großvater und meinem Oheim aufnehmen und dafür sorgen, dass der Handel wieder in Schwung kommt. Da Vater nicht hier ist, werde ich dies übernehmen.«

»Bist du dafür nicht noch zu jung?«, fragte Mina, obwohl sie keine bessere Lösung wusste.

»Da kein anderer da ist, muss ich es tun«, antwortete Mathias selbstbewusst.

»Vielleicht solltest du die Hilfe eines erfahrenen Handelsmanns und Seekapitäns einholen«, schlug Mina vor. »Wenn du Simon Simonsen darum bittest, wird er dir seine Unterstützung nicht versagen. Es würde zudem den alten Streit beenden, der sowohl deinem Vater wie auch deinem Großvater das Leben verbittert hat.«

Obwohl ihm der Hass auf Simon Simonsen und dessen Familie bereits von Kindesbeinen an eingepflanzt worden war, gelang es Mathias, eine freundliche Miene beizubehalten. Durch Simon Simonsens Intrigen war seinem Großvater die reiche Mitgift versagt geblieben, die seine Großmutter hätte erhalten sollen. Auch hatte man dem Großvater das Kommando über das größte und schnellste Hamburger Handelsschiff verweigert, und das, obwohl es Simon Simonsens Schuld gewesen war, dass die *Schwan* seines Großvaters Schiffbruch erlitten hatte.

Jakob Simonsen war nicht besser als sein Vater, denn er hatte seinen Vater übel beleidigt und ihn mithilfe von ein paar bezahlten Schurken bis zur Bewusstlosigkeit zusammengeschlagen. Einen der Simonsens um Hilfe zu bitten, hieße, das Andenken seines Großvaters zu schmähen und die Ehre des Vaters für einen Kupferling zu verkaufen. Direkt Nein sagen durfte er nicht, da seine Großmutter seit Jahren einem Frieden mit den Simonsens das Wort redete. Frauen hatten nun einmal seltsame Ansichten und alte Frauen wie seine Großmutter gleich gar.

»Ich werde selbstverständlich Rat einholen«, antwortete Mathias nach einer Pause, ohne jedoch zu sagen, bei wem. Simon Simonsen würde es jedenfalls nicht sein, schwor er sich und stand dann auf.

»Ich habe zu arbeiten«, erklärte er, so als wäre er bereits das Oberhaupt des Handelshauses.

Mina sah ihm mit einer gewissen Nachsicht hinterher und wandte sich dann Hinrich zu. »Mathias ist ein kluger Junge und weiß, was er will!«

Hinrich nickte. »Er wird ein guter Handelsherr sein! Aber mich zieht nichts dazu, auch einer werden zu wollen.«

»Das sollst du auch nicht, mein Lieber. Du wirst weiterhin die Schule besuchen und danach studieren. Was würdest du gerne werden wollen, Arzt oder Jurist?«

Hinrich dachte über beides nach und schüttelte den Kopf. »Beide sind wichtig, doch fühle ich mich nicht dazu berufen. Ich wäre lieber so wie unser Herr Pastor und würde gerne den Menschen das Evangelium beibringen.«

Für einen Elfjährigen war dies ein recht früher Wunsch, doch Mina beschloss, ihn im Gedächtnis zu behalten. »Es würde unserer Familie gut anstehen, einen Geistlichen in unserer Mitte zu haben. Wer weiß, vielleicht wirst du einmal mehr als schlichter Pastor!«

Während seine Großmutter in solchen Überlegungen versank, dachte Hinrich an eine Schrift, die er letztens hatte lesen können. Dort war aufgeführt worden, wie viele Landstriche es auf anderen Kontinenten noch gab, in denen die Einheimischen nichts von Gott und Jesus Christus wussten, und wie verdienstvoll es sei, diesen Menschen den Glauben und das Evangelium zu bringen.

4.

Oberst von Tettenborn machte zwar viele Versprechungen, doch knapp dreizehnhundert Kosaken waren kein Heer, das eine Stadt gegen einen mit überlegener Macht anrückenden Feind halten konnte. Und tatsächlich: Als eine französische Armee auf Hamburg zumarschierte, zeigte es sich, dass er weder einen Plan zur Verteidigung der Stadt hatte noch den Willen, einer Belagerung durch die Franzosen standzuhalten.

Im Mai eröffneten die französischen Batterien von Harburg und Wilhelmsburg aus das Feuer, und prompt ließ so manches Mitglied der Hamburger Bürgergarde die erst vor wenigen Wochen genähte Uniform samt Muskete verschwinden. Auch Karl Friedrich von Tettenborn beschloss, der Auseinandersetzung mit einem so hartnäckigen Feind aus dem Weg zu gehen, und befal seinem Regiment, sich nach Holstein abzusetzen. Für das Flehen der Bürger, die auf ihn vertraut hatten, war er taub.

Die Hamburger selbst waren es nicht und sahen sich dem Pfeifen und Trommeln ausgesetzt, mit dem die Truppen Napoleons in die Stadt einrückten.

Simon Simonsen sah vom Wall aus zu und schüttelte bedrückt den Kopf. »Das sind keine dreizehnhundert Mann wie bei Tettenborn, auch keine fünf- oder zehntausend. Das ist eine ganze Armee, und wenn die hierbleibt, wird sie wie Heuschrecken über die in der Stadt gelagerten Vorräte herfallen, und wer weiß, was sonst noch vorfallen mag!«

»Du befürchtest Schlimmes?«, fragte seine Schwiegertochter.

»Für diese Soldaten ist Hamburg eine eroberte Stadt! Da kann so manche Untat ungestraft bleiben, für die ein Mann sonst an den Galgen kommt. Wir sollten nach Hause gehen.« Simon legte den Arm um Erna und wandte sich ab.

Frieda, Molly und die beiden Kinder folgten ihnen. Ruth war nun sieben Jahre alt und hatte Hamburg bis auf die letzten zweieinhalb Monate stets unter französischer Besatzung erlebt. Die Worte ihres Großvaters flößten ihr Angst ein, und sie war froh, als sie die Haustür hinter sich schließen konnten.

»Sie werden gewiss wieder Soldaten hier einquartieren. Wir sollten dafür sorgen, dass sie nur wenig finden, bei dem sich das Mitnehmen lohnt«, erklärte Simon und machte sich daran, sein Geld und seine Papiere wieder hinter der vor sieben Jahren hochgezogenen Scheinmauer im Keller zu verstecken. Erna, Frieda und Molly kümmerten sich um die Vorräte sowie um Bettwäsche und anderes, was Soldaten brauchen konnten.

Wie gut sie daran getan hatten, erkannten sie, als es kurz vor Einbruch der Dunkelheit heftig an die Haustür pochte.

»Aufmachen!«, rief jemand auf Französisch.

»Frieda und Molly, ihr bleibt mit den Kindern in der Küche, während Simon und ich nachsehen gehen.« Obwohl die Franzosen jahrelang Hamburg besetzt gehalten hatten, empfand Erna zum ersten Mal richtig Angst. Sie scheuchte die beiden Frauen, Ruth und Jeremias in die Küche und schlurfte zur Tür.

»Jaja, wir kommen doch schon!«, rief sie, als das Klopfen lauter wurde.

Simon trat an ihre Seite und zog den Riegel zurück. Acht Soldaten drängten sofort herein.

»Wir nehmen hier Quartier!«, sagte der Sergeant, der die Männer anführte, auf Französisch.

»Wir haben zwei Kammern übrig, in denen in den letzten Jahren mehrere Offiziere eurer Armee gewohnt haben«, antwortete Simon auf Deutsch.

»Ansehen wollen!«, rief einer der Franzosen ebenfalls auf Deutsch.

»Wenn ihr mitkommen wollt!« Simon ging ihnen voraus und öffnete die Türen der beiden Zimmer. Sie waren groß, luftig und mit je zwei Betten versehen.

»Ich habe schon schlechter geschlafen«, sagte einer der Soldaten zufrieden.

»Gut! Wir brauchen jetzt noch Wein und Cognac!« Der Sergeant sah Simon auffordernd an.

Dieser hob mit einer bedauernden Geste die Hände. »Wir haben keinen Wein und keinen Cognac im Haus, nur Bier.«

»Diese Pferdepisse könnt ihr selbst saufen. Besorge Wein!«, rief der Soldat drohend.

»Wenn ich wüsste, wo ich welchen bekommen kann, würde ich es gerne tun. Aber durch den Krieg ist der Handel zum Erliegen gekommen. Wir können nur noch das Nötigste einkaufen, um nicht zu verhungern.« Simon hatte im Keller ein paar Fässchen und etliche Flaschen eingemauert, denn er war nicht bereit, sie dem Feind zu überlassen.

»Hast du Geld?«, fragte der Sergeant.

Simon hatte dies geahnt und ein paar Francs beiseitegelegt. Er übergab einen Teil davon dem Sergeanten, der sie grinsend einsteckte. Wie die meisten seiner Kameraden schien er sich damit zufriedenzugeben. Nur der Soldat, der Wein gefordert hatte, war damit nicht einverstanden.

»Gib das andere Geld auch her!«, forderte er Simon auf.

»Wir können nicht alles hergeben, sondern brauchen selbst Geld, um auf dem Markt einkaufen zu können«, widersprach Erna.

Der Soldat richtete seine Muskete auf Simon und begann zu zählen.

»Cinq, quatre, trois …«

Als er bei deux angekommen war, reichte Simon ihm den Beutel mit den restlichen Münzen.

»Na also! Vielleicht kannst du jetzt auch Wein besorgen?«

»Da ich zum einen nicht weiß, wo ich ihn herbekomme, und zudem kein Geld mehr besitze, um ihn zu bezahlen, ist dies unmöglich.«

Der Soldat richtete erneut die Waffe auf ihn, doch diesmal schüttelte Simon den Kopf. »Wenn du mich erschießt, bekommst du auch keinen Wein!«

»Lass gut sein, Maurice!«, mischte sich der Sergeant ein. »Mit dem Geld, das wir bekommen haben, erhalten wir von den Marketenderinnen unseres Regiments genug Wein für mehrere Tage.«

Nun erst ließ der Soldat von Simon ab. Allerdings forderte der Sergeant jetzt, das gesamte Haus zu sehen. Es blieb Simon nichts anderes übrig, als es zähneknirschend zuzulassen. Die Soldaten griffen in die Schränke, um sicherzugehen, ob nicht doch eine Geldbörse unter den Leinentüchern und Hemden versteckt war. Am schlimmsten war Maurice, der den Inhalt der von ihm durchsuchten Schränke einfach herausriss und zu Boden warf. Während seine Kameraden nur grinsten, war er sichtlich enttäuscht, nichts zu finden.

Zuletzt kamen sie in die Küche. Frieda und Molly standen am Herd und drehten sich, als die Tür ging, langsam um. Beide hatten sich mit etwas Asche und Ruß hässlicher gemacht und auch ihre Kleider damit beschmutzt. Die Kinder saßen am Tisch und sahen den Franzosen mit großen Augen zu.

Maurice riss auch hier jedes Schrankfach auf und wühlte mit seinem Bajonett in den Gefäßen herum.

»Was soll das? Damit machst du nur die Sachen kaputt«, schalt Erna ihn.

Statt einer Antwort nahm Maurice den Topf mit den getrockneten Erbsen und schüttete diese auf den Boden. Mit keiner anderen Geste hätte er deutlicher machen können, wer jetzt in Hamburg das Sagen hatte.

5.

Marschall Louis-Nicolas Davout war mit seinen Truppen nach Hamburg gekommen, um die Stadt für seinen Kaiser zu halten. Daher erklärte er sie zur Festung und befahl, sie für eine mögliche Verteidigung instand zu setzen. An die Hamburger Bevölkerung erging die Anordnung, sich zu den dafür notwendigen Arbeiten einzufinden.

Niemand konnte sich dem entziehen. So arbeiteten auch Simonsen und Mathias Mensing von früh bis spät mit, um Schanzgräben auszuheben und die Wälle aufzuschütten. Damit es schneller ging, mussten auch Frauen mithelfen. Frieda und Molly wechselten sich ab, während Erna wegen ihres Alters verschont blieb.

Gleichzeitig wurden die Vorstädte niedergerissen, um freies Schussfeld zu erhalten. Die Bewohner drängten in die Stadt und versuchten, irgendwo unterzukommen. Andere wagten die Flucht, auch wenn sie wussten, dass die Franzosen danach ihren gesamten Besitz beschlagnahmen würden.

Während der Sommer verging, erreichten widersprüchliche Nachrichten die Stadt. Mal hatte Napoleon Bonaparte eine gewaltige Schlacht gewonnen, dann einer seiner Generäle eine verloren. Wie es in Wirklichkeit aussah, konnte keiner in Hamburg sagen.

In Simons Haus wurde die Ruhe immer wieder durch Maurice gestört. Dieser benahm sich unverschämt, verlangte häufig Geld oder Wein und wurde ausfällig, wenn er nichts erhielt.

An diesem Tag kam er früher ins Haus als sonst und war sichtlich angetrunken. »Ich will Wein!«, schrie er, kaum dass er die Tür hinter sich geschlossen hatte.

»Wie oft soll ich es noch sagen? Wir haben keinen! Den haben nur eure französischen Marketenderinnen, und um deren Preise zu bezahlen, haben wir nicht genug Geld.« Die Unverschämtheit des Mannes ließ Frieda harscher antworten, als es klug war.

Maurice war mit vier Schritten bei ihr und schlug ihr ins Gesicht. »Wenn du mir nicht sofort Wein bringst, bekommst du noch mehr Schläge!«

»Aber wenn wir doch keinen haben!«, rief Molly nicht weniger zornig als er.

Der Soldat sah sie an und kniff die Augen zusammen. Zwar hatte Molly sich ebenso wie Frieda schlampig angezogen und alles getan, um hässlich auszusehen. Betrunken, wie er war, störte Maurice das jedoch nicht.

»Komm her!«, befahl er. »Dann vergnüge ich mich eben anders. Du siehst jung genug aus, um an der wichtigsten Stelle nicht schrumpelig zu sein!«

Molly wich an den Herd zurück, während Frieda nach einem Messer griff und sich vor die junge Frau stellte.

»Lass sie in Ruhe!«, sagte sie leise, aber mit Nachdruck.

Maurice starrte auf das Messer und lachte. »Damit machst du mir keine Angst!«

»Fordere es nicht heraus!«, warnte Frieda ihn.

Maurice wollte auf sie los, sah, wie sie den Arm schwang, und wich zurück. »Du machst mich wütend!«, stieß er hervor. »Aber du kannst es auch anders haben. Dann wird eben ein Leichnam mehr in die Elbe geworfen!«

Als Molly das hörte, wollte sie Frieda beiseiteschieben. »Es ist besser, wenn ich gehorche. Der Kerl bringt Sie sonst noch um.«

»Nicht, wenn ich es verhindern kann!« Frieda war bereit, den Mann zu töten, gleichgültig, welche Konsequenzen es für sie haben mochte.

Für einige Augenblicke herrschte ein Patt. Maurice spürte seine Trunkenheit und begriff, dass ein voreiliger Angriff mit einem Messerstich enden konnte. Daher legte er es darauf an, Frieda und Molly mit Drohungen zum Aufgeben zu bringen. Weder er noch die beiden Frauen achteten dabei auf Ruth, die das Ganze starr vor Entsetzen beobachtet hatte. Nun aber sah sie durch das Fenster einen französischen Offizier vorbeigehen. Sofort schoss sie zur Tür hinaus, war Augenblicke später auf der Straße und rannte hinter dem Offizier her.

»Monsieur, Monsieur! Bitte halten Sie an!«, rief sie und klammerte sich an seinen Uniformrock.

Der Offizier blieb stehen und drehte sich zu ihr um. »Was sein los?«, fragte er in holprigem Deutsch.

»Soldat fou, menacer femmes!«, sprudelte es aus Ruth heraus.

Der Offizier verstand, was sie meinte, und fluchte leise. Dann nickte er. »Bringen hin mich!«

»Oui!« Ruth fasste nach seiner Hand und zerrte ihn hinter sich her. Kurz darauf erreichten sie die Küche. Dort hatte Maurice die beiden Frauen in eine Ecke gedrängt und machte ihnen mit höhnischen Worten klar, was mit ihnen geschehen würde, wenn sie sich noch länger widersetzten.

»Soldat, warum bist du nicht draußen bei der Arbeit?«, klang da die Stimme des Offiziers ruhig und gelassen auf.

Maurice fuhr herum, verlor das Gleichgewicht und fiel dem Offizier vor die Füße. Dieser blickte mit Verachtung auf ihn hinab. »Du bist so besoffen, dass du nicht auf den eigenen Beinen stehen kannst, und das im Dienst. Dafür wirst du geradestehen!«

Für Maurice war es wie ein Schlag ins Gesicht. Er hatte sich vor der Arbeit gedrückt und sein letztes Geld in Wein umgesetzt. Doch anstatt den Tag gemütlich verbringen zu können, hatte ihn der Major erwischt. Auch wenn dieser einem anderen Regiment angehörte, konnte er dafür sorgen, dass er bestraft wurde.

»Ich gehe gleich wieder an die Arbeit. Wollte hier nur was holen«, versuchte er, sich herauszureden.

»Was hast du hier zu holen?«, fragte der Major bissig.

»Der Soldat ist mit sieben anderen bei uns einquartiert«, berichtete Frieda.

»Ich würde sagen, er war einquartiert«, antwortete dieser und stieß den noch immer am Boden liegenden Maurice mit der Stiefelspitze an. »Du wirst dir ein anderes Quartier suchen und dich hier nicht mehr blicken lassen! Habe ich mich deutlich ausgedrückt?«

Maurice erhob sich schwerfällig und nickte. »Ich habe verstanden, Major!«

»Dann ist es gut. Und jetzt nimm deine Sachen und verschwinde. Sollte ich hören, dass du dich weiterhin nicht anständig aufführst, werde ich mich wieder mit dir befassen.«

Der Major hatte noch nicht fertig gesprochen, da taumelte Maurice auch schon zur Küchentür hinaus. Er war so wütend, dass er am liebsten das Haus in Brand gesteckt hätte. Doch dann würde ihn der Offizier zur Rechenschaft ziehen, und dies hieß, vor ein Erschießungskommando gestellt zu werden. In der Hinsicht konnte er sogar froh sein, dass er so billig davongekommen war. Mit dem Gedanken, dass es in Hamburg noch andere Weiber gab, von denen etliche nichts dagegen hatten, einem aufrechten Soldaten das Bett zu wärmen, packte er seine Sachen und verließ das Haus.

Unterdessen wandte der Offizier sich an Frieda und Molly. »Ich bedauere Unannehmlichkeiten, die bereitet wurden euch, und hoffe, in Zukunft Ruhe sein wird!«

»Haben Sie Dank!«, rief Frieda erleichtert.

Der Major lachte leise auf. »Dankt Mädchen hier! Hat mich gerufen.« Damit tätschelte er Ruth die Wange und ging pfeifend von dannen.

Molly umarmte unterdessen Ruth und küsste sie. »Du bist eben sehr mutig gewesen, weißt du das?«

»Ich habe das getan, was getan werden musste«, antwortete das Mädchen. Es klang sehr erleichtert, weil alles gut ausgegangen war.

6.

Die Zwangsarbeit im Auftrag der Franzosen blieb den Hamburgern den gesamten Sommer über erhalten. Die Vorstädte und vorgelagerten Ortschaften wurden rigoros niedergerissen und die Bewohner, die in Hamburg kein Unterkommen fanden, ins Umland getrieben. So manche Nacht erhellte der Schein der brennenden Häuser die Dunkelheit und erinnerte die Bewohner daran, wer hier das Sagen hatte. Selbst vor Kirchen machten die Besatzer nicht halt. Da die Sankt-Pauli-Kirche auf dem Hamburger Berg die Sicht auf das dahinter liegende Gebiet versperrte, befahl Marschall Davout, auch sie niederzubrennen.

Als Anfang November gemeldet wurde, dass Kaiser Napoleon bei Leipzig eine schwere Niederlage erlitten hätte, befahl Davout, dies in der Stadt zu verschweigen. Das Gerücht sickerte dennoch durch, und so mancher Hamburger hoffte, die Franzosen sähen ein, dass der Stern ihres Herrschers erloschen war. Davout dachte jedoch nicht ans Aufgeben, sondern zwang die Bewohner zu noch größeren Anstrengungen, um die Verteidigungsanlagen der Stadt zu verstärken.

Während Simon Simonsen, Pieter Timmermann und auch Frieda und Molly immer wieder zu Hilfsdiensten herangezogen wurden, wurde Mathias Mensing nach der Rückkehr seines Vaters von dieser Arbeit erlöst. Als bekennender und bekannter Freund der Franzosen fasste Derek Mensing in Hamburg rasch wieder Fuß und befreite seinen Sohn aus der Masse der Zwangsarbeiter. Niemand wusste, dass er das letzte halbe Jahr bei seinem Schwiegervater in London verbracht hatte. Anders als Samuel Bartlett war er jedoch nicht der Meinung, dass sich Napoleons Zeit dem Ende zuneigte, sondern rechnete damit, dass es diesem gelang, das Blatt zu wenden. Er arbeitete Gouverneur Davout zu, um sich bei diesem und damit auch bei dessen Kaiser beliebt zu machen. Ein besonderes Vergnügen fand er darin, unter der Masse der zur Arbeit gezwungenen Hamburger nach Simon Simonsen zu suchen und zuzusehen, wie dieser für den Feind schuften musste.

Seine Stellung war so gefestigt, dass es ihn nur ein Wort gekostet hätte, Davout und dessen Offiziere zu überzeugen, dass Simon vor ein Erschießungskommando gestellt wurde. Doch gerade aus diesem Grund zögerte er. Derek Mensing fand es weitaus amüsanter, mitanzusehen, wie Simon und dessen Familie immer mehr ins Elend abrutschten.

Viele andere, halbwegs wohlhabende Hamburger waren ins Umland geflohen, doch Simon war geblieben. Zwar ärgerte er sich, zu den Schanz- und Räumarbeiten gezwungen zu werden, doch ihm ging es vor allem um seine Seeleute und deren Familien, für die er sich verantwortlich fühlte. Männer wie Pieter Timmermann, Enno Holten, Jan Fedders und wie sie alle hießen, hatten ihm in besseren Zeiten gute Dienste geleistet. Sie nun im Stich zu lassen, wäre ihm wie Verrat vorgekommen. Seefahrt war in dieser für eine Belagerung gerüsteten Stadt zwar nicht mehr möglich, doch auch die Franzosen konnten oder wollten nicht verhindern, dass größere Boote, Schuten und kleine Handelsschiffe die Elbe hinabfuhren, um Lebensmittel zu holen.

Nachdem die Befestigungsanlagen weitestgehend fertiggestellt waren, wurden die Männer ab einem gewissen Alter von der Zwangsarbeit befreit. Zu diesen zählte auch Simon, so dass er sich ebenfalls an den Lebensmitteltransporten beteiligen konnte. Obwohl die *Mellum* für Fahrten auf hoher See gebaut worden war, erfüllte sie ihren Zweck auch in diesen Gewässern, denn sie fasste viel Ladung. Zwar vereinnahmten die Franzosen gut die Hälfte dessen, was Simon erstand, entschädigungslos für sich, doch es blieb noch einiges für ihn und seine Schutzbefohlenen übrig. Da der Winter bevorstand, versorgte er sich und seine Leute auch mit Brennholz und Torf.

Eines Abends im beginnenden Dezember stand er wieder einmal am Hafen und schaute auf das traurige Bild, das die kahlen Masten der Schiffe boten, deren Rümpfe schon lange kein Salzwasser mehr umspült hatte. Er konnte es kaum glauben, dass er vor einem knappen Dreivierteljahr noch gehofft hatte, bald wieder in See stechen zu können. Stattdessen war alles noch schlimmer gekommen.

Eine Bewegung in seiner Nähe ließ ihn aufmerksam werden. Es war eine Frau etwa in seinem Alter, die nicht so recht zu wissen schien, ob sie näher kommen sollte oder nicht. Erst auf den zweiten Blick erkannte Simon in ihr Mina Mensing. Er wollte sich abwenden, aber der besorgte Ausdruck auf ihrem Gesicht ließ ihn verharren.

Mina trat nun doch auf ihn zu und blieb vor ihm stehen. »Guten Tag, Simon!«, begann sie unsicher.

»Frau Mensing …«, antwortete er mit einer gewissen Abwehr.

»Es ist viel Zeit vergangen, seit wir das letzte Mal miteinander gesprochen haben«, fuhr Mina fort.

»Es war an dem Abend, bevor ich mit der *Pelikan* nach Willemstad auf Sint Maarten ausgelaufen bin.«

»Du hast es dir gemerkt?« Mina seufzte.

»Was heißt gemerkt? Danach gab es kein Gespräch mehr. Also musste dieses das letzte gewesen sein.« Simon überlegte, ob er nicht doch besser gehen sollte. Mehr als vierzig Jahre war es nun her, seit er sich Hoffnungen gemacht hatte, Mina Thadde heimführen zu können. Es war nicht geschehen, aber er war mit Erna glücklich geworden. Er musterte Mina nun genauer und entdeckte, dass sich einige Falten tief um ihre Mundwinkel eingegraben hatten. Für ihn sah sie nicht so aus, als hätte sie ein glückliches Leben führen können. Wie auch, da sie an Jörgen Mensing gekettet gewesen war, fuhr es ihm durch den Kopf, und er fühlte unwillkürlich Mitleid mit ihr.

»Seitdem ist eine lange Zeit vergangen!«, sagte Mina leise. »Wir haben beide das Schicksal getragen, das Gott uns auferlegt hat.«

Erneut glaubte Simon, Bitterkeit in ihr zu spüren. »Es war Gottes Wille!«, sagte er. »Er hat uns auch die Franzosen geschickt.«

»Wie ich sie hasse!«, stieß Mina leise hervor. »So viel ist zerstört worden, und viele werden in diesem Winter Hunger erdulden müssen, nur weil Napoleon es so will!«

Sie schüttelte sich kurz und sah Simon dann zwingend an. »Mein Sohn geht bei Marschall Davout und dessen Vertrauten aus und ein! Von ihm weiß ich, dass die Franzosen alle unnützen Fresser, wie sie sie nennen, aus der Stadt treiben wollen.«

Die Mitteilung traf. Simon hatte die gnadenlose Konsequenz, mit der Davout seine Pläne durchzog, am eigenen Leib erfahren.

Daher traute er dem Franzosen zu, einen Teil der Hamburger zu vertreiben, um seine Armee länger mit den vorhandenen Vorräten versorgen zu können. Doch wenn es dazu kam, würde es für viele Menschen in einer Katastrophe enden.

»Ich sehe, du begreifst, was ich meine«, sagte Mina bedrückt. »Wenn ich meinen Sohn richtig verstanden habe, muss jeder, um in der Stadt bleiben zu dürfen, Vorräte an Nahrung sowie an Holz und Torf zum Kochen und Heizen bis über den Winter hinaus vorrätig haben. Die Franzosen wollen Kontrollen machen, und wer nicht genug besitzt, muss Hamburg verlassen.«

Simon dachte an jene aus den zerstörten Vorstädten, die teilweise in Löchern hausten. Diese hatten gewiss nicht genug, um die Franzosen zufriedenstellen zu können. Für sich und seine Familie würde es wohl keine Probleme geben, doch für einige seiner ehemaligen Matrosen sah dies anders aus. Er atmete tief durch und brachte dann die Andeutung eines Lächelns zustande.

»Ich danke dir für deine Warnung, Mina. Möge Gott es dir vergelten!«

»Viel Glück, Simon, für dich und die Deinen! Möge der Tag kommen, an dem keine Bitterkeit mehr zwischen deiner Familie und der meinen herrscht.«

Simon dachte an die Durchsuchung seines Schiffes, die er Derek Mensing verdankte, sagte sich dann aber, dass er bereit war, Vergangenes zu vergessen, wenn es sich für die Zukunft auszahlte, und nickte.

»Es würde mich freuen, Mina! Ich wünsche auch dir und den Deinen Glück.«

»Mögen wir uns an einem schöneren Tag wiedersehen und den Frieden zwischen unseren Familien besiegeln!«, sagte Mina inbrünstig.

Sie wusste, dass es nicht einfach sein würde, ihren Sohn zum Einlenken zu bewegen. Doch wenn die Franzosen, wie es viele in der Stadt hofften, endlich besiegt wurden und Hamburg wieder eine freie Stadt war, würde Derek einen Fürsprecher wie Simon Simonsen dringend brauchen, um nicht als Franzosenfreund sein Bürgerrecht und sein Vermögen zu verlieren.

7.

Simon kehrte mit großer Sorge nach Hause zurück und winkte Jeremias und Ruth zu sich. »Ihr beide könnt etwas für mich tun«, sagte er.

»Gerne, Großvater!«, antwortete Ruth, während ihr Bruder nickte.

»Lauft zu Timmermann, Fedders und Holten und sagt ihnen, sie sollen heute noch zu mir kommen. Beeilt euch! Es wird bald Nacht, und ich will nicht, dass ihr in der Dunkelheit noch draußen seid.«

»Ja, Großvater.« Jeremias sah seine Schwester auffordernd an. »Ich laufe zu Timmermann und Holten, die wohnen fast nebeneinander, während du Fedders rufen kannst.«

»Aber dann hast du einen weitaus längeren Weg als ich«, wandte Ruth ein.

»Du kannst auch Burschied und Hendricks Bescheid geben. Die liegen auf deinem Weg«, erklärte Simon, da ihm die beiden jungen, aber vielversprechenden Matrosen nicht weniger am Herzen lagen als jene, die bereits seit Jahrzehnten für ihn gefahren waren.

Während die Kinder losliefen, trat Simon in die Küche. Seine Frau stand am Herd. Auch wenn sie mehrere Dienstmädchen hatten, von denen zumindest eines gut kochen konnte, so war Erna es von Jugend auf so gewohnt und wollte es auf ihre alten Tage nicht ändern.

Frieda saß am Tisch und zählte das Geld, das ihr für diese Woche noch zum Einkaufen blieb. Beide sahen auf, als Simon hereinkam. Seine Miene verhieß nichts Gutes.

»Was ist geschehen?«, fragte seine Schwiegertochter besorgt.

»Ich bin eben Mina Mensing begegnet.« Simon atmete tief durch. »Sie wünscht Frieden zwischen unseren Familien.«

»Wir haben nie etwas getan, was Feindschaft zwischen uns und Jörgen und Derek Mensing hätte schaffen können. Die beiden hingegen sehr viel«, antwortete Erna herb.

»Das bestreite ich nicht«, sagte Simon. »Ich habe es nur erwähnt, weil Mina es gesagt hat. Es geht jedoch um etwas anderes. Ich habe die Kinder losgeschickt, um Timmermann und die anderen zu holen. Laut der Nachricht, die Mina von ihrem Sohn erhalten hat, wollen die Franzosen alle, die nicht genügend Lebensmittel und Holzvorräte für den Winter besitzen, aus der Stadt weisen lassen.«

»Das darf doch nicht wahr sein!«, entfuhr es Frieda. »Ausgerechnet jetzt, da der Winter hereinbricht und das Umland bereits von Flüchtlingen überschwemmt ist? Wer soll diese armen Leute da noch aufnehmen können?«

»Ich weiß es nicht«, antwortete Simon bedrückt. »Ich weiß nur, dass wir nicht allen helfen können. Da, wo es möglich ist, sollten wir es tun.«

»Da wir zurzeit keine einquartierten Franzosen im Haus haben, können wir endlich die Wand abbrechen, hinter der Frieda und ich haltbare Lebensmittel verborgen haben«, sagte Erna nachdenklich.

Friedas Gedanken gingen in eine ähnliche Richtung. »Es sind doch noch etliche Fässer mit gesäuertem Kohl und dergleichen auf der *Mellum*. Wir werden sie hierherholen müssen. Wenn die Nachricht bekannt wird, kann niemand die Leute daran hindern, das Schiff zu stürmen und es auszuräumen.«

»Es wird sein müssen!« Simon klang nicht glücklich, denn er hatte gehofft, die Lebensmittel auf dem Schiff vor den Franzosen verbergen und an Bedürftige weitergeben zu können. Nun aber waren seine Familie und deren Freunde dringend auf diese Vorräte angewiesen.

»Sobald Timmermann und die anderen da sind, werde ich alles in die Wege leiten«, versprach er und trat an den kleinen Wandschrank. Dort hatte früher eine Schnapsflasche gestanden. Erst als er das Schränkchen öffnete, erinnerte er sich daran, dass sie es seit der erneuten Besetzung durch die Franzosen leer gelassen hatten, weil die einquartierten Soldaten sich sonst ungeniert daran bedient hätten.

Die beiden Frauen wechselten einen beredten Blick. Schließlich erhob sich Frieda und holte eine Flasche hinter dem Mehlfass hervor.

»Hier, Simon! Du sollst deinen Schnaps trotz der Franzosen bekommen«, sagte sie, während sie ein Glas eingoss. Dann überlegte sie kurz, nahm ein gutes halbes Dutzend weiterer Gläser aus dem Schrank und füllte diese ebenfalls.

»So war es immer, wenn die Matrosen gekommen sind, und von diesem Brauch sollten wir nicht abgehen«, erklärte sie.

Tatsächlich freuten sich Timmermann und die anderen Seeleute mehr über den Schnaps als früher. Die acht Männer waren Simon Simonsen in Treue verbunden und wären ihm bis ans Ende der Welt gefolgt. Nun hörten sie ihm zu, als er von dem Vorhaben der Franzosen berichtete, und bedachten diese mit so manchem Fluch.

»Das ist unchristlich gedacht!«, rief Burschied, der mit fünfundzwanzig der Jüngste in der Runde war.

»Was kümmert die Franzosen Gott? Sie haben ja ihren Napoleon«, erwiderte Timmermann in bitterem Spott.

»Da es nun einmal so ist, müssen wir beraten, wie wir weiter verfahren sollen«, erklärte Simon.

»Wichtig ist, dass Sie, Herr Simonsen, genug zu essen und zum Heizen haben, und nach Möglichkeit auch jene von uns, die Weib und Kind zu versorgen haben«, sagte Burschied. »Wir anderen kommen schon irgendwie durch.«

»Das ist ein wahres Christenwort!« Sonst hatte Fedders immer ein wenig über die Bibelfestigkeit des Jüngeren gespottet. Nun aber bewunderte er Burschied, da dieser, ohne zu zögern, bereit war, zugunsten anderer zurückzustehen.

»Wir werden die auf der *Mellum* gehorteten Vorräte hierherholen und so aufteilen, wie es benötigt wird«, erklärte Simon und sah die anderen zwingend an. »Ich will es vielen von uns ermöglichen, hier in Hamburg zu bleiben! Wer um die Jahreszeit in die Kälte und den Schnee hinausmuss, ohne dass er weiß, wo er sein müdes Haupt betten kann …«

»… ist ein armes Schwein!«, fiel ihm Holten ins Wort.

»Wer soll sie aufnehmen? Sie werden draußen erfrieren und verhungern! Sollte ich am Leben bleiben, werde ich mich daran erinnern, wenn ein Franzose mich später um etwas bittet.« Timmermann klang hart. Zwar wusste er, dass Simon alles tun würde, was in seiner Macht stand. Doch auch er konnte höchstens einem Dutzend Menschen helfen. Dabei war es sicher, dass tausend und noch mehr Hamburger es nicht schaffen würden, Gouverneur Davouts Bedingungen auch nur halbwegs zu erfüllen.

8.

Simon und seine Getreuen machten sich bereits am nächsten Morgen an die Arbeit. Wenn Derek Mensing von Davouts Plänen wusste, so waren diese auch anderen bekannt, daher wollten sie die Nahrungsvorräte auf der *Mellum* rasch in Sicherheit bringen. In dem Augenblick, in dem die Franzosen den Befehl verlesen ließen, würde Panik ausbrechen und die Angst die Menschen zu Taten treiben, die sie sonst niemals begangen hätten.

In der Stadt liefen bereits Gerüchte herum, doch keiner wusste bisher, was wirklich folgen würde. Etliche, die in den umliegenden Ortschaften Verwandtschaft hatten, nützten die Zeit, das Wichtigste zusammenzupacken und Hamburg zu verlassen. Die französischen Wachen hinderten sie nicht daran, sondern schienen froh zu sein, überflüssige Esser loszuwerden.

Kurz vor Weihnachten wurde Marschall Davouts Erlass verkündet, und noch am selben Tag schwärmten die Franzosen und deren einheimische Helfer aus, um zu überprüfen, wer nach ihrer Ansicht genug Vorräte gehortet hatte, um in der Stadt bleiben zu können.

Um zu verhindern, dass die Bewohner auf den Gedanken kamen, ihre Lebensmittel nach der Kontrolle an andere weiterzugeben, damit es so aussah, als besäßen auch diese genug, wurden die Häuser mehrfach hintereinander durchsucht, und wer dabei auch nur eine Erbse zu wenig aufzuweisen hatte, verlor nicht nur seine Vorräte, sondern wurde unmissverständlich aufgefordert, die Stadt zu verlassen.

Davouts Forderungen waren horrend. Jeder, der in der Stadt bleiben durfte, musste in der Lage sein, sich und die Seinen für ein halbes Jahr zu ernähren.

Da Simon so vielen seiner Leute wie möglich helfen wollte, erfüllten er und seine Vertrauten diese Vorgabe nur knapp. Viele andere hingegen wurden von Davouts Erlass mit aller Härte getroffen. Da sich eine große Zahl der Betroffenen weigerte, zu gehen, schwärmten am Weihnachtstag französische Soldaten aus und trieben die Verzweifelten zusammen. Zuerst ging es in Richtung der Sankt-Petri-Kirche, und die Ersten hofften bereits, man werde sie dortlassen, damit sie wenigstens ein Dach über dem Kopf hatten.

Ein Vertreter des Gouverneurs las ihnen jedoch nur den Ausweisungsbescheid vor, daraufhin rückten die Soldaten mit gefälltem Bajonett vor. Zwar stachen sie nicht ernsthaft zu, doch selbst kleine Wunden schmerzten, und so verließen die Gefangenen voller Angst die Kirche. Draußen hatten unterdessen die französischen Soldaten ein Spalier gebildet, durch das die Menschen bis zu den Stadttoren gejagt wurden. Kaum befanden sich die Vertriebenen außerhalb der Stadt, wurden die Tore geschlossen, und auf den Wällen zogen Soldaten auf, um zu verhindern, dass die Vertriebenen versuchten, wieder nach Hamburg hineinzugelangen.

Simon und die Seinen hatten dem Geschehen mit wachsender Verzweiflung zugesehen. So manchen kannten sie und hätten ihm gerne geholfen. Ihre Möglichkeiten waren jedoch bis an die Grenzen ausgeschöpft, und sie konnten nur hoffen, dass sich in Altona und anderenorts fürsorgliche Menschen fanden, die sich der armen Leute annehmen würden.

Auch Derek Mensing hatte sich den Auszug der Vertriebenen nicht entgehen lassen. Anders als Simon und dessen Familie empfand er kein Mitleid mit den Vertriebenen, sondern hielt es für einen klugen Schachzug von Davout, sie zum Teufel zu jagen. Da diese nicht genug Vorräte besaßen, wären etliche von ihnen ohnehin verhungert. Da erschien es ihm klüger, wenn die bescheidenen Vorräte, die sie zurücklassen mussten, besseren Zwecken dienten. Mit den requirierten Vorräten konnten die französischen Soldaten ein paar Monate länger verpflegt werden, und er besaß dadurch, dass er den Transport der beschlagnahmten Lebensmittel in die Sammelstellen leitete, die Möglichkeit, etliches in seine eigenen Keller schaffen zu lassen.

Eines allerdings ärgerte Derek Mensing gewaltig. Er hatte gehofft, der für seine Großherzigkeit bekannte Simon Simonsen hätte in den letzten Wochen genug von seinen Vorräten verteilt, um Davouts Bedingungen nicht erfüllen zu können. Als er jedoch im

Rathaus die Listen durchsah, die die Franzosen erstellt hatten, fand er bei dem Eintrag »Simon Simonsen et famille« ordnungsgemäß vermerkt, dass dieser in der Stadt bleiben könne.

Während Mina und Hinrich an diesem Abend längst im Bett waren, saß Derek mit seinem ältesten Sohn zusammen in seinem Kontor. Die Geschäftsbücher lagen vor ihm, doch er starrte nur verkniffen gegen die Wand.

»Ich muss Simonsen vernichten«, sagte er wie aus dem Nichts. »Nur dann ist die Schande, die er und sein Sohn uns zugefügt haben, getilgt!«

»Simonsen hat Großvater schwer beleidigt und Jakob Simonsen Sie«, antwortete Mathias kühl.

Derek Mensing verzog angeekelt das Gesicht. »Simonsen ist eine Ratte! Er hat meinem Vater alles zum Tort getan und wollte sogar meine Mutter mit Gewalt dazu zwingen, ihn zu heiraten. Wäre Vater nicht dazwischengekommen, wäre es ihm sogar gelungen!«

Es war genau die Verkehrung der Umstände, denn nicht Simon, sondern Jörgen Mensing hatte versucht, Mina Thadde bei einem Fest in eine dunkle Ecke zu zerren, um es ihr unmöglich zu machen, ihn als Bräutigam abzulehnen. Simon hatte sie damals gerettet, doch drei Jahre später war sie einer weiteren Intrige von Jörgen Mensing zum Opfer gefallen. Davon aber wurde in diesem Haus nicht gesprochen.

»Simonsen hat meinen Großvater gegen meinen Vater aufgehetzt und dafür gesorgt, dass meine Mutter nur einen Bruchteil der ihr zugesagten Mitgift erhalten hat«, fuhr Derek Mensing fort. »Wir würden heute zu den reichsten Hamburger Kaufherren zählen, wäre dies nicht geschehen.«

»Die meisten reichen Kaufleute sind nicht mehr ganz so reich, wie sie noch vor etlichen Jahren waren«, warf Mathias spöttisch ein. »Wir hingegen haben unseren Besitz im Gegensatz zu Simonsen und vielen anderen gehalten. Simonsen hat, wenn ich die Anmerkung auf der Liste richtig deute, die Bedingungen des Gouverneurs nur knapp erfüllen können.«

»Ich frage mich, wie er sie überhaupt erfüllen konnte«, stieß sein Vater erbost aus. »Er hat die meisten seiner Schiffe verloren, verdient nichts am Handel und teilt das, was er besitzt, auch noch mit dem Pöbel.«

Das war etwas, was weder Vater noch Sohn Mensing verstanden. Zuerst kam immer die Familie und irgendwann danach erst die Menschen, die ihr nützlich waren. Dazu zählten nicht einmal die eigenen Matrosen. Wenn von denen einer ausfiel, gab es genügend andere, die seine Stelle einnehmen wollten. Zudem brauchten sie im Augenblick keine Seeleute. Der Winter stand bevor und damit die Zeit der großen Stürme, die man besser im Hafen verbringen sollte anstatt auf dem offenen Meer.

»Wir sollten ihn zappeln lassen wie eine Ratte, die man auf dem Schiff erwischt und aufspießt«, schlug Mathias vor.

»Wie meinst du das?«

»Da seine Vorräte gering bemessen sind und er gewiss noch etwas mit Witwen und Waisen teilen wird, die ihn im Grunde nichts angehen, muss er bald den Gürtel enger schnallen. Es wird lustig werden, zuzusehen, wie der Hunger in seinem Haus Einzug hält.«

»Das genügt mir nicht! Ich will ihn krepieren sehen!«, stieß Derek Mensing erregt aus.

Mathias lächelte sanft. »Rache nur um der Rache willen ist Dummheit, Herr Vater! In unserem Fall hätten Sie zwar das gute Gefühl, dass Simon Simonsen für seine Untaten bestraft wurde. Gleichzeitig aber müssten Sie mit ansehen, wie sich die Franzosen seinen Besitz aneignen. Für Sie bliebe höchstens ein Almosen übrig. Zudem vergessen Sie Jakob Simonsen. Zwar hält der sich schon seit Jahren in England auf, wie Sie feststellen konnten ...«

»Er besitzt dort mittlerweile zwei Schiffe!«, warf Derek Mensing grollend ein. »Zwar nennt er sich derzeit James Seaman, aber ich habe ihn in London erkannt und nach ihm gefragt. Selbst mein Schwiegervater macht Geschäfte mit ihm.«

»Gehen Sie gegen seinen Vater vor, würden Sie sich in Jakob Simonsen einen Feind schaffen, der Sie mit Inbrunst hasst. Um gegen die Simonsens zu siegen, muss auch er fallen, und am besten auch seine gesamte Nachkommenschaft. Sein Sohn Jeremias ist zwar noch jung, wird aber in ein paar Jahren in der Lage sein, ein Messer oder eine Pistole zu gebrauchen. Was nützt ein Sieg gegen den alten Simonsen, wenn zwei Generationen bereitstehen, Ihnen die Rechnung dafür zu präsentieren?« Mathias klang so, als müsse er seinen Vater belehren.

Dieser starrte ihn mit großen Augen an und fluchte. »Ich will nicht ewig warten!«

»Wer zu ungeduldig ist, kann leicht stolpern, Herr Vater«, mahnte ihn sein Sohn. »Außerdem dürfen Sie bei all Ihren Rachegedanken nicht die allgemeine Lage außer Acht lassen. Napoleon tut sich derzeit schwer, sich gegen Österreich, Russland, Preußen und all die anderen Staaten zu behaupten, die ihm den Krieg erklärt haben. Sie sollten daher ins Auge fassen, dass er besiegt werden könnte.«

»Er hat letztens wieder einige Schlachten gewonnen, und es heißt, Österreich habe ihm ein Friedensangebot gemacht, das er in Ehren annehmen kann!«

Derek hatte dies von einem der Untergebenen des Gouverneurs erfahren, ohne zu ahnen, dass Davout alle Nachrichten, die er erhielt, so formulieren ließ, dass kleine Siege Napoleons überhöht und Niederlagen geschönt oder ganz unterschlagen wurden.

Anders als sein Vater hatte Mathias gelernt, zwischen den Zeilen zu lesen. Das, was der Gouverneur verlauten ließ, passte nicht mit der Wirklichkeit zusammen. Daher erschien es ihm klüger, erst einmal abzuwarten, als sich auf eine Sache einzulassen, deren Folgen sein Vater im Augenblick nicht überschauen konnte.

»Wir sollten nichts übereilen, Herr Vater! Viel wichtiger ist es, zu überlegen, was wir nach dem Ende des Krieges unternehmen können. Irgendwann muss Frieden geschlossen werden, sei es zugunsten Napoleons oder zu seinen Ungunsten. Wenn der Handel wieder in Gang kommt, müssen wir darauf vorbereitet sein, und das nicht nur mit ein paar alten und zu kleinen Schiffen.«

Derek Mensing lachte freudlos auf. »Wie soll ich ein neues, großes Schiff bauen lassen? Zum einen wird sich derzeit kein Schiffsbaumeister ans Werk machen, und zum anderen habe ich zu wenig Geld, um das Schiff bezahlen und gleichzeitig Waren für den Handel erwerben zu können.«

»Ihr vergesst die nicht unbeträchtliche Summe, die Großvater in England verdient hat und die derzeit noch bei Großvater Bartlett in London liegt.«

»Und wie komme ich daran?«, fragte Derek Mensing seinen Sohn scharf.

»Im Augenblick gar nicht! Es reicht jedoch, dass wir von diesem Geld wissen und es in unsere Pläne mit einfließen lassen können.«

Mensing sah seinen Sohn mit wachsendem Erstaunen an. Mathias war noch nicht ganz achtzehn Jahre alt, ging aber in geschäftlichen Angelegenheiten vor wie jemand, der jahrelange Erfahrung besaß. Selbst er, der im nächsten Jahr sein vierzigstes Jahr vollendete, hatte einiges von dem, was Mathias ihm vorgetragen hatte, nicht bedacht.

»Also gut, ich warte noch ein wenig, bevor ich mich mit Simon Simonsen befasse«, sagte er und sah auf die von zwei unter vollen Segeln stehenden Schiffen flanierte Uhr. »Es ist spät geworden. Wir sollten zu Bett gehen und unser Gespräch morgen fortsetzen.«

Gleichzeitig beschloss er, seinem Sohn zu zeigen, dass noch immer er derjenige war, der hier bestimmte. Ein paar Gedanken des Jungen wollte er umsetzen, doch was die Simonsens betraf, seinen eigenen Weg gehen. Es musste nicht morgen sein und auch nicht übermorgen, doch wenn er eine günstige Gelegenheit sah, würde der alte Simonsen daran glauben.

9.

Ein Teil der aus Hamburg vertriebenen Menschen kam in Altona unter, andere in den kleineren Orten des Umlands. Ein großer Teil aber irrte verzweifelt umher, ohne Hilfe zu finden. Viele von ihnen versammelten sich vor den Toren der Stadt Hamburg und flehten verzweifelt, wieder eingelassen zu werden. Männer boten an, Soldaten oder Knechte der Franzosen zu werden, Frauen waren bereit, sich jedem hinzugeben, der ihnen ein Dach über dem Kopf und einen Bissen Brot bot, andere hielten den Soldaten auf den Wällen ihre Kinder hin, damit wenigstens diese gerettet würden. Louis-Nicolas Davouts Befehle waren jedoch eindeutig. Jeder der Vertriebenen, der versuchte, in die Stadt zurückzukommen, sah sich den Bajonetten der französischen Soldaten gegenüber.

Nie hatte Simon Simonsen seine Hilflosigkeit mehr gespürt als in diesen Tagen. Er verfluchte den Krieg und Napoleon und hätte wohl die ganze Welt verflucht, hätten nicht Ruth und Jeremias ihm gezeigt, dass er nicht nur an jene denken durfte, die draußen vor der Stadt durch Hunger und Kälte umkamen. Er musste für seine Familie sorgen, und so blieb er still, obwohl alles in ihm danach drängte, den französischen Soldaten ins Gesicht zu sagen, was er von ihnen und ihrem Gouverneur hielt.

Es gab auch noch andere Dinge zu bedenken. Maurice, den sie vor etlichen Monaten durch Ruths Beherztheit losgeworden waren, strich nun, da der Druck der Franzosen auf die Bevölkerung erneut stärker geworden war, immer wieder um das Haus herum. Molly wagte sich nicht mehr vor die Tür, und auch Frieda verließ das Haus nur noch dann, wenn es gar nicht zu verhindern war.

»Der Teufel soll die Franzosen holen, samt ihrem Kaiser und seinen Soldaten!«, fluchte Simon leise, als ihm wieder einmal Maurice vor dem Haus begegnete. Der Franzose grinste und klopfte an sein Bajonett.

»Kennst du mich noch?«, fragte er herausfordernd.

Simon zuckte mit den Schultern. »Du bist ein Soldat des Kaisers der Franzosen. Das reicht für mich.«

»Tu nicht so! Ich weiß, dass du Angst vor mir hast, alter Mann, und die Weiber in deinem Haus nicht minder. Ich habe sie nicht vergessen. Das kannst du ihnen sagen!« Er grinste höhnisch und bewegte das Becken aufreizend vor und zurück.

Mit dem Wunsch, dem Kerl den Schädel einschlagen zu dürfen, ging Simon an ihm vorbei, trat ins Haus und schob den Riegel vor. In der Küche sahen ihm Erna, Frieda und Molly besorgt entgegen.

»Ich habe gesehen, dass dieser Ungut dich angesprochen hat. Was wollte er?«, fragte Erna.

Statt einer Antwort machte Simon kehrt und stieg auf den Speicher hinauf. Die Waffen der Hamburger hatte Marschall Davout einsammeln lassen, um einen Aufstand in der Stadt zu unterbinden. Wie die meisten hatte jedoch auch Simon ein paar Pistolen versteckt. Jetzt schichtete er mehrere Truhen um, bis er ganz hinten in der Ecke eine schäbige Kiste fand. Als er sie öffnete, lagen zuoberst mehrere alte Rechnungsbücher. Er legte diese beiseite, zog den scheinbaren Boden der Kiste heraus und blickte in einen Hohlraum. Diesem entnahm er eine kleine Pistole. Er lud sie mit dem Pulver und einer der Bleikugeln, die sich ebenfalls in dem Geheimfach befanden, schloss dieses danach wieder und legte die Geschäftsbücher zurück. Danach kehrte er in die Küche zurück und reichte Frieda die Pistole. »Verstecke sie gut!«, forderte er sie auf. »Sollte Maurice es wagen, hereinzukommen und euch zu bedrohen, dann schießt ihn nieder. Ich nehme es auf mich.«

»Aber dann werden sie dich hinrichten! Ich bin eher bereit ...«, begann Molly, doch Simon unterbrach sie sofort.

»Irgendwann einmal muss jeder die Entscheidung treffen, ob er sich endgültig in den Staub treten lässt oder bereit ist, sich zur Wehr zu setzen. Die Schwelle dazu ist nahe, und ich werde nicht zulassen, dass ich in Zukunft in den Spiegel blicke und darin das Gesicht eines elenden Feiglings sehe, der nicht einmal den Versuch unternommen hat, die Frauen seiner Familie vor diesem Gesindel zu schützen.«

»Es wäre dein Tod, und es würde Molly, aber auch Frieda und mir wenig helfen«, wandte Erna ein und legte weinend die Arme um ihn.

In dem Augenblick sauste Ruth zur Tür herein. »Jeremias und ich haben Soldaten vor der Stadt gesehen. Jeremias hat mich geschickt, damit ich es euch mitteile!«

Die Kleine deutete aufgeregt nach draußen.

»Wahrscheinlich sind es Franzosen. Möge Gott es geben, dass Napoleon die Truppen Davouts andernorts braucht«, stieß Simon hervor.

»Jeremias meint, es wären Russen. Wir haben Reiter entdeckt, die wie die Kosaken aussehen, die im letzten Frühling hier waren«, berichtete das Mädchen weiter.

»Russen? Dann wollen wir hoffen, dass die Sache bald vorbei ist«, rief Erna von neuer Hoffnung erfüllt.

»So, wie ich Davout einschätze, wird er erst kapitulieren, wenn Napoleon ihm persönlich den Befehl dazu erteilt!«, rief Simon. Er befürchtete, dass zu all dem Leid, das Hamburg und die Hamburger bereits erlitten hatten, nun auch noch der Schrecken einer längeren Belagerung kommen würde.

Da erklang das Krachen eines Kanonenschusses, dem weitere folgten. Außerdem hörten sie die französischen Signaltrompeten und sahen, wie die Soldaten zu den Sammelpunkten eilten.

»Eines, so glaube ich, kann man sagen: Es sind keine Freunde von Napoleon, die vor unseren Mauern aufgetaucht sind«, meinte Erna mit einem Anflug von Galgenhumor.

»Ich hab doch gesagt, dass es Russen sind. Jeremias und ich haben die Kosaken genau gesehen«, meldete sich Ruth wieder zu Wort.

»Der Junge! Wo ist er? Wenn geschossen wird, hat er nicht draußen zu sein«, rief Simon und sah Ruth fragend an.

»Er wird beim Wall sein. Ich hole ihn!« Schon eilte Frieda los, ehe ihr Schwiegervater sie aufhalten konnte.

»Hoffentlich stößt ihr nichts zu – und auch dem Jungen nicht«, rief Erna besorgt.

Simon überlegte, ob er ihr folgen sollte, sah dann durch das Fenster Pieter Timmermann auf das Haus zukommen. Frieda sprach ihn an, und dann folgte er ihr in Richtung Wall.

»Timmermann begleitet sie!«, sagte Simon aufatmend.

»Dem Himmel sei Dank!« Erna kannte Timmermann, seit dieser auf der *Neuwerk* ihres Vaters als Schiffsjunge angeheuert hatte, und wusste, dass er sich auch von Maurice nicht ins Bockshorn jagen lassen würde.

Sie wandte sich an ihren Mann. »Was meinst du? Werden die Franzosen jetzt endlich aus der Stadt getrieben werden?«

Simon wiegte unschlüssig den Kopf. »Marschall Davout verfügt über fast vierzigtausend Soldaten, und er hat die Stadt stark befestigen lassen. Es wird nicht leicht sein, sie einzunehmen, zumal wir nicht wissen, was Napoleon vorhat. Es hieß schon mehrfach, sein Stern wäre im Sinken, um dann in noch größere Höhen zu steigen. Wir sollten Gott im Gebet bitten, diesen Sturm an uns vorüberziehen zu lassen, und wenn er doch ausbricht, seine schützende Hand über uns zu halten.«

10.

Nicht nur im Hause Simonsen wurde die Frage gestellt, ob Napoleons Herrschaft nun bald beendet sein werde oder nicht. Auch Derek und Mathias Mensing trieb das um. Während der Sohn seine Bürgergarde-Uniform aus ihrem Versteck holte, um im Falle eines Falles bereit zu sein, sich den Befreiern anzuschließen, betete der Vater, Davout könne Hamburg halten und Napoleon ein Heer schicken, um die Russen, Preußen und Schweden, die auf Eppendorf, Ochsenwerder und die anderen Vorstädte zurückten, zum Teufel zu jagen.

Es folgten erbitterte und verlustreiche Kämpfe, bei denen jeder in Hamburg den Kopf einzog. Selbst die hartnäckigsten Sünder, die seit ihrer Konfirmation nicht mehr an Gott gedacht hatten, beteten nun in inbrünstiger Angst, ihnen in ihrer Not beizustehen.

Bald war abzusehen, dass es Napoleon nicht mehr gelang, die schweren Verluste zu ersetzen, die seine Armee im Oktober des Vorjahrs bei Leipzig erlitten hatte. Die Nachricht, Russen und Preußen hätten Frankreichs alte Grenzen überschritten und würden auf Paris zurücken, machte die Runde. Marschall Davout ließ sich davon nicht beeindrucken, doch seine Umgebung begriff, dass Frankreichs Kraft von Tag zu Tag schwand und es nicht in der Lage war, sich gegen eine Welt von Feinden zu behaupten.

In diesen Tagen dachte Derek Mensing immer öfter an Simonsen. Zwar hasste er den Sohn noch mehr als den Vater, doch Jakob Simonsen weilte in England, und dem konnte er im Augenblick nicht schaden. Bei Simon Simonsen war dies möglich, und so begab er sich an einem der ersten Maitage zu einem seiner französischen Freunde. Der Mann zählte zu Marschall Davouts engerem Stab und kannte die Lage, in der sich ihre Truppen befanden, besser als die meisten. Nichtsdestotrotz empfing er Derek freundlich, bot ihm einen Cognac und eine Zigarre an und tat so, als wären die Kanonenschüsse, die zu hören waren, nur ein fernes Donnergrollen.

»Willkommen, Monsieur Mensing«, grüßte er und musterte seinen Gast erwartungsvoll. Derek Mensing zählte zu seinen besten Zuträgern und hatte ihm schon wertvolle Informationen geliefert.

»Ich danke Ihnen.« Mensing trank einen Schluck und sah dann den Offizier durchdringend an. »Sie kennen Simon Simonsen?«

Der Franzose nickte. »Das ist einer der Schiffseigner, die derzeit wie ein gestrandeter Fisch an Land liegen.«

»Er wurde in den letzten Jahren mehrmals des Schmuggels verdächtigt, war aber zu vorsichtig, als dass man ihn auf frischer Tat hätte ertappen können«, begann Mensing.

»Ich habe entsprechende Protokolleinträge gelesen.«

»Simonsen hat nicht nur Konterbande geschmuggelt, sondern auch Nachrichten«, behauptete Mensing und spielte damit seinen nächsten Trumpf aus. »Sein Sohn lebt seit Jahren in England und ist dort ein hochgeachteter Mann. Meine Ehefrau stammt aus England, und ihre Verwandten lassen mir von Zeit zu Zeit Informationen zukommen. Von diesen habe ich erfahren, dass Jakob Simonsen und sein Vater sich öfter auf Helgoland getroffen und Botschaften ausgetauscht haben. Nicht wenige der Gerüchte, die in Hamburg umgingen und Seine Majestät, den Kaiser, desavouierten, stammen aus dieser Quelle.«

Der Franzose beugte sich interessiert vor. Er wusste, dass die Stadt nicht mehr lange zu halten sein würde, und fühlte neben tiefer Enttäuschung auch Hass auf jene, die gegen Napoleon standen. »Wie es aussieht, hätten wir uns Simonsen schon früher vornehmen sollen«, stieß er gepresst hervor.

»Jetzt sein Haus zu durchsuchen, dürfte nichts bringen, denn er wird das belastende Material beseitigt haben«, fuhr Mensing fort.

»Das nehme ich auch an«, antwortete der Franzose und dachte kurz nach. »Es ist an der Zeit, ein Exempel zu statuieren! Der Schurke gehört vor ein Peloton gestellt. Eine Gerichtsverhandlung ist überflüssig.«

Damit war das Urteil gesprochen. Derek Mensing triumphierte. Endlich konnte er Simonsen all die Verleumdungen und Gemeinheiten heimzahlen, die dieser seinem Vater und ihm zugefügt hatte. Um Simons Sohn Jakob würde er sich kümmern, sobald dieser nach Hamburg zurückgekehrt war.

»Ich danke Euch, mon Colonel«, sagte er und trank den Cognac aus. Selten hatte es ihm besser geschmeckt als an diesem Tag.

Nachdem sein Gast gegangen war, nahm der Offizier ein Blatt Papier zur Hand und machte sich ans Schreiben. »Durch die Aussagen des ehrenwerten Monsieurs Derek Mensing wurde der Schiffer Simon Simonsen als Schmuggler und englischer Spion entlarvt und wird mit sofortiger Wirkung zum Tode verurteilt. Gez. Gaston Mener, Colonel.«

11.

Es war noch nicht ganz dunkel, als es vor dem Haus der Simonsens laut wurde. Barsche Stimmen erklangen, dann wurde die Tür eingeschlagen, und sechs französische Soldaten drangen mit aufgepflanztem Bajonett ein. Unter ihnen war Maurice, der Molly, Frieda und Erna hämisch grinsend musterte, während seine Kameraden ihre Läufe auf Simon richteten.

»Jetzt ist es aus mit dir, Engländerfreund!«, meinte einer von ihnen.

»Was soll das?«, fragte Simon mehr empört als besorgt.

Ein Leutnant trat auf ihn zu. »Du bist Simon Simonsen?«

»Bis eben war ich es noch«, antwortete Simon gereizt.

»Du bist verhaftet! Abführen!«

Das letzte Wort galt den Soldaten, die Simon nach draußen drängten.

»Aber was geht hier vor?«, fragte Erna erschrocken. »Sie können doch meinen Mann nicht einfach festnehmen. Er hat nichts getan!«

Der Leutnant drehte sich zu ihr um. »Unser Gesetz ruht auf den Spitzen unserer Bajonette. Wenn wir wollen, können wir jeden in Hamburg festnehmen und seiner Bestrafung zuführen – und zwar nicht nur Männer!«

Es war eine deutliche Warnung, Ruhe zu geben. Trotzdem folgten die Frauen der Gruppe, die Simon abführte. Schon bald merkten sie, dass es zum Grasbrook ging und nicht zu einem der Gefängnisse, die die Franzosen eingerichtet hatten.

Ihre Angst stieg, als sie den auf dem Grasbrook eingelassenen Pfahl entdeckten und zehn Soldaten, die nur wenige Schritte davor in einer Reihe Aufstellung genommen hatten.

»Die können meinen Simon doch nicht einfach erschießen!«, rief Erna entsetzt.

Bis jetzt hatte Simon das Ganze innerlich erstarrt über sich ergehen lassen und keinen klaren Gedanken fassen können. Nun aber begriff er, was geschehen sein musste. Glühender Zorn überschwemmte ihn. Derek Mensing! Der Sohn seines Feindes hatte ihn noch mehr gehasst als Jörgen. Nur er konnte dies eingefädelt haben. Dann aber schüttelte ihn innerlich die Angst. Was wurde mit seiner Familie, wenn er tot war? Sie alle wären der Willkür der Soldaten und Mensings Intrigen hilflos ausgeliefert.

»Mein Gott, stehe Erna, Frieda und den Kindern bei!«, flehte er, während raue Hände ihn zu dem Pfahl stießen, ihn dort festbanden und ihm eine Binde um die Augen legten. Wie durch einen dichten Nebel vernahm er die französischen Befehle »Anlegen, Zielen, Feuer!«.

Zehn Schüsse krachten, und der letzte Gedanke, der Simon durchfuhr, war, dass man ihm nicht einmal die Zeit gelassen hatte, sich von seiner Frau und seiner Familie zu verabschieden.

Erna schrie kurz auf, als ihr Mann getroffen wurde und zusammensackte, dann stürzte sie ohnmächtig zu Boden. Sofort beugte Frieda sich nieder und versuchte, sie aufzuheben. Warum nur?, durchfuhr es sie. Weshalb hatte Gott das zugelassen? Eine Antwort darauf fand sie nicht. Dafür spürte sie Mollys Hand am Arm.

»Wir sollten Frau Erna nach Hause bringen«, sagte die junge Frau traurig.

Frieda sah noch einmal zu ihrem Schwiegervater hin, dessen Leichnam nun losgebunden wurde. Ein paar Männer warteten mit einer Bahre darauf, ihn wegzuschaffen. In dem Augenblick begriff sie, dass man ihnen nicht einmal die Möglichkeit gewähren wollte, Simon so zu Grabe zu tragen, wie er es verdient hatte.

Trotz ihrer Angst sprach sie einen der Franzosen an. »Was geschieht mit meinem Schwiegervater?«

»Wir werden ihn im nächsten Loch verscharren«, antwortete dieser verächtlich.

»Wenn es erlaubt ist, würde ich euch diese Arbeit abnehmen.« Pieter Timmermann hatte von Simons Verhaftung erfahren und war mit einigen Matrosen gekommen. Nun hoffte er, seinem alten Freund und Schiffseigner wenigstens diesen letzten Dienst erweisen zu können.

Der Franzose überlegte kurz und nickte dann. »Gut, du kannst den Kadaver haben! Er muss aber ohne das übliche Brimborium unter die Erde kommen. Kein Pfaffe und kein Grabkreuz! Hast du verstanden?«

»Das habe ich«, antwortete Timmermann und wusste, dass er von nun an die Stunden zählen würde, bis die Franzosen endlich zum Teufel gejagt würden.

Er trat zu Frieda, die verzweifelt versuchte, ihre Schwiegermutter aus ihrer Ohnmacht zu wecken. »Haben Sie keine Sorge! Allen Franzosen zum Trotz werden wir Herrn Simonsen so zu Grabe tragen, wie es sich gehört. Wie und wann es geschieht, werde ich mit dem Pastor besprechen. Doch was ist mit Ihnen? Können Sie Frau Erna nach Hause bringen? Ich würde Ihnen gerne beistehen, doch ich habe Angst, dass die Franzmänner unseren guten Patron sonst doch wie ein verrecktes Stück Vieh verscharren!«

»Kümmere dich um meinen Mann, Pieter!« Erna war in diesem Moment zu sich gekommen und sah den alten Freund traurig an. »Warum musste es so enden?«, fragte sie müde. »Mein Simon war ein alter Mann und hätte den Franzosen nicht mehr schaden können.«

»Ihnen war eben danach, jemanden hinzurichten. Morgen kann ein anderer an der Reihe sein, möglicherweise auch ich. Wir können nicht mehr tun als auf Gott vertrauen.«

»Mein Gottvertrauen habe ich heute zu einem großen Teil verloren«, antwortete Erna leise und trat trotz der drohenden Blicke einiger Franzosen an die Bahre, auf der ihr Mann lag, und schloss ihm die Augen.

»Wir hatten ein gutes Leben miteinander. Ich wünschte, Gott hätte uns noch ein paar gemeinsame Jahre gegönnt«, sagte sie unter Tränen. Sie wandte sich an Frieda und Molly. »Ihr werdet mir helfen müssen, nach Hause zu kommen. Meine Beine wollen mich kaum tragen.«

Als die drei Frauen den Grasbrook verließen, sahen sie plötzlich Jeremias und Ruth vor sich. Die beiden Kinder klammerten sich verschreckt an ihre Mutter.

»Dass ihr das mit ansehen musstet, werde ich den Franzosen niemals verzeihen«, sagte Frieda mit einem Hass, der sie wünschen ließ, alle Franzosen, die in der Stadt waren, würden dasselbe Schicksal erleiden wie ihr Schwiegervater.

12.

Simon Simonsens Hinrichtung war ein Racheakt, der den Franzosen nichts brachte. Schon ein paar Tage später machte das Gerücht die Runde, dass Louis-Nicolas Davout, Marschall von Frankreich und Gouverneur von Hamburg, all seinen Ankündigungen zum Trotz, Hamburg bis zum Letzten zu verteidigen, Verhandlungen über den Abzug seiner Armee zugestimmt haben sollte.

Obwohl die Offiziere alles taten, um die Disziplin ihrer Untergebenen zu erhalten, gab es etliche Soldaten, die sich noch rasch die Taschen füllen wollten. Zu diesen gehörte auch Maurice. Zunächst drang er zusammen mit einigen Kameraden in Häuser ein, deren Besitzer sie für wohlhabend hielten, und zwangen diese mit vorgehaltenen Waffen, ihnen ihr Geld auszuliefern.

Dann wanderten seine Gedanken zu Molly und den anderen Frauen im Simonsen-Haus. Zuerst erwog er, seine Kameraden mitzunehmen, sagte sich dann aber, dass diese ihm niemals Molly als Erstem überlassen würden. Daher verdrückte er sich in eine Seitengasse und strebte der Eichholzstraße zu.

Die vor einigen Tagen aufgebrochene Tür des Hauses war ausgebessert worden, hielt aber einigen festen Kolbenstößen nicht stand. Maurice stieß die Tür ganz auf und drang in den Flur ein.

Nachdem er das Haus vergeblich abgesucht hatte, wollte er verärgert abziehen, da entdeckte er unterhalb der Kellertreppe einen Lichtstreifen zwischen Fußboden und dem Türblatt und stieg leise hinab. Als er sachte gegen die Tür drückte, war diese von innen verriegelt. Einige harte Kolbenstöße beseitigten auch dieses Hindernis. Augenblicke später stand er im Keller und sah die drei Frauen, die beiden Kinder und mehrere Mägde vor sich.

Maurice grinste übers ganze Gesicht. »So gefallen mir Sache schon guter«, rief er in einem grauenhaften Deutsch und wies auf

Molly. »Du kommen her und ausziehen! Die anderen legen bei Rückwand auf Buckel.«

Er wusste, dass jemand, der auf dem Rücken lag, länger brauchte, um aufzustehen, als wenn er auf dem Bauch liegen würde. Es mochten nur Sekunden sein, doch sie konnten ausreichen, um die Weiber in Schach zu halten. Die Kinder hingegen beachtete er nicht. Beide erschienen ihm zu jung, um ihm gefährlich werden zu können.

Molly sah sich Hilfe suchend zu Erna um. »Was können wir tun?«, fragte sie und gab sich selbst die Antwort – gar nichts.

Wenn sie den Mann angriffen, würde dieser sie mit seinem Bajonett schwer verletzen oder gar töten. Außerdem mussten sie Jeremias und Ruth schützen.

»Wenn du die anderen gehen lässt, werde ich dir gehorchen«, sagte sie voller Abscheu.

»Die femmes bleiben, alle!«, fuhr Maurice sie an.

»Dann lass wenigstens die Kinder gehen. Sie sollen nicht sehen, was geschieht«, flehte Molly.

»Tu's nicht!«, stieß Frieda hervor. »Eher soll er uns umbringen!«

»Ich erschießen zuerst *vieille femme* an«, drohte Maurice und richtete den Lauf seiner Muskete auf Erna.

»Soll er mich doch umbringen! Dann bin ich wenigstens mit meinem Simon vereint«, rief diese voller Hass.

»Nein, nicht!«, bat Molly. Sie trat vor und knöpfte mit zitternden Händen ihr Kleid auf. Als sie es fallen ließ und schließlich auch Leibchen und Hemd auszog, saugten sich Maurice' Augen förmlich an ihren vollen Brüsten mit den dunklen Brustwarzen und dem schwarzen Dreieck zwischen den Schenkeln fest.

»Hinlegen!«, befahl er ihr bebend vor Gier.

Molly gehorchte zögernd. Weder sie noch der Soldat achteten auf die beiden Kinder, die sich hinter ihrem Rücken zur Tür schlichen und hinausschlüpften.

Es war für Maurice nicht einfach, die anderen Frauen in Schach zu halten und gleichzeitig den Gürtel zu lösen. Dann aber war es geschafft, und er schob Mollys zusammengepresste Beine mit seinem Bajonett auseinander. Keuchend stieg Maurice zwischen ihre Schenkel und ließ sich langsam nieder. Die Muskete legte er so, dass er sie jederzeit ergreifen und auf die am Boden liegenden Frauen richten konnte.

Voller Vorfreude brachte er sein Glied in Stellung. Bevor er jedoch in Molly eindringen konnte, krachte ein Schuss, und er fiel schlaff über ihr zusammen.

Molly, Frieda, Erna und die Mägde zuckten erschrocken zusammen. Dann sahen sie zur Tür und entdeckten dort Ruth mit der noch rauchenden Waffe in der Hand. Das Mädchen zitterte, und Tränen liefen ihr über die Wangen.

»Ich musste es tun! Großvater hat doch die Pistole versteckt, damit wir uns gegen die bösen Männer verteidigen können!«, sagte sie leise.

Frieda eilte auf ihre Tochter zu und schloss sie in die Arme. »Es ist schon gut, Ruthchen! Es ist alles gut!«

»Kann irgendjemand diesen Unflat von mir herabziehen«, rief Molly giftig.

Maurice lag wie ein Felsblock auf ihr und drückte sie zu Boden, und sie glaubte immer noch, sein Glied an ihrer empfindlichsten Stelle zu spüren.

Auf Ernas Wink eilten ihr die drei Mägde zu Hilfe und schleiften Maurice' Leichnam beiseite. Molly stand auf und spuckte ihn an.

»Du hast wie ein reißendes Tier gelebt und bist wie eines gestorben. Der Satan wird seine Freude an dir haben!« Sie raffte ihr Hemd an sich, zog es sich über und umarmte Ruth. »Ich danke dir! Das war Rettung in höchster Not.«

»Der Kerl hätte dich geschändet und uns danach alle umgebracht«, warf Erna ein und winkte eine Magd zu sich. »Lauf zu

Pieter Timmermann und sage ihm, dass wir erneut seine Hilfe benötigen. Es gilt, den Kadaver dieses Schurken so zu beseitigen, dass wir nicht mit seinem Tod in Verbindung gebracht werden können.«

Während die Magd loseilte, wandte Erna sich Ruth zu und legte ihr die Hand auf die Schulter. »Du bist heute sehr mutig gewesen, meine Kleine. Möge es auf deinem weiteren Lebensweg das Schlimmste gewesen sein, das dir zugestoßen ist.«

Ruth nickte unter Tränen. Nun begriff sie erst so richtig, dass sie einen Menschen getötet hatte, und das war eine sehr schlimme Sünde. Andererseits hatte der böse Mann sie alle bedroht. Auch wenn sie nicht alles verstand, was er mit Molly hatte machen wollen, so war das ganz gewiss gegen Gottes Gebot gewesen. Daher hoffte sie, dass ihre Sünde durch die von Maurice aufgewogen und Gott ihr deshalb nicht gram sein würde.

13.

Zwei Tage später zogen die Franzosen mit klingendem Spiel und trotzigen Mienen ab. Kurz darauf marschierten die verbündeten Truppen in Hamburg ein. Der Jubel der Hamburger war nach dem quälenden letzten Jahr der französischen Besetzung grenzenlos.

Mathias Mensing zog sich rasch die Uniform der Bürgergarde an und mischte sich unter die paradierenden Truppen. Junge Mädchen küssten ihn und die anderen Gardisten, Männer des gehobenen Bürgertums riefen »Vivat« und ließen sie hochleben. Im Überschwang der Jugend glaubte Mathias, damit vergessen machen zu können, wie stark sein Vater die Nähe der Franzosen gesucht hatte.

Daher fiel er aus allen Wolken, als wenige Tage nach der Befreiung der Handelsherr Dolf Sölter in ihrem Haus erschien und erregt verlangte, mit seinem Vater zu sprechen. Verwundert führte er Sölter in das Kontor des Vaters. Seine Großmutter, um die Dolf Sölter einst vor vielen Jahren geworben hatte, folgte ihnen angespannt.

Derek Mensing überlegte gerade, welche Schiffe er als Erstes für Handelsfahrten ausrüsten sollte. Da die Franzosen nun besiegt und die unsägliche Sperrung der Häfen für englische Waren aufgehoben war, würde der Handel aufleben. Gegenüber den anderen Hamburger Schiffseignern und Kaufleuten verfügte er über einen großen Vorteil, nämlich seinen englischen Schwager. Mit Zechariah Bartletts Unterstützung würde er innerhalb kürzester Zeit reicher sein, als sein Vater es jemals gewesen war.

»Was soll das?«, fragte er ungehalten, als Dolf Sölter die Tür so heftig aufriss, dass sie gegen die Wand knallte.

»Was das soll, kann ich Ihnen sagen!«, rief Sölter schnaubend. »Das hier wurde in den von Colonel Mener zurückgelassenen Unterlagen gefunden!«

Mit diesen Worten warf er Derek Mensing ein beschriebenes Blatt Papier hin.

Dieser ergriff es und begann zu lesen. Mit jedem Wort wurde seine Miene bleicher.

Durch die Aussagen des ehrenwerten Monsieur Derek Mensing wurde der Schiffer Simon Simonsen als Schmuggler und englischer Spion entlarvt und wird mit sofortiger Wirkung zum Tode verurteilt. Gez. Gaston Mener, Colonel.

»Sie haben sich damit ein Schurkenstück geleistet, wie es schlimmer nicht sein kann!«, fuhr Sölter voller Verachtung fort. »Simonsen war ein wackerer Seekapitän, Reeder und Hamburger Patriot. Sie haben dafür gesorgt, dass er noch kurz vor der Befreiung von den Franzosen hingerichtet worden ist! Etliche Hamburger Kaufherren, darunter auch ich, werden mit Ihnen keine Geschäfte mehr tätigen und auch nicht zulassen, dass Sie hier in unserer Stadt noch irgendetwas zu sagen haben werden.«

Danach nahm er das verhängnisvolle Papier wieder an sich und verließ ohne Gruß das Zimmer.

Derek Mensing hätte den französischen Oberst erwürgen können, weil dieser nicht nur diesen Schrieb verfasst, sondern ihn auch noch zurückgelassen hatte, anstatt ihn mitzunehmen oder wenigstens zu vernichten.

Für Mathias waren Sölters Worte eine Katastrophe. »Vater, wie konnten Sie nur?«, rief er aufgebracht. »Wir hätten jetzt neu anfangen können, doch wenn Sölter und die anderen Herren uns aus ihren Kreisen ausschließen, müssen wir froh sein, wenn uns die Kleintransporte in die Ostsee bleiben. Ich hätte wirklich mehr Verstand von Ihnen erwartet!«

Damit drehte auch er sich um und ging.

Sein Vater sah ihm nach und bemerkte dann, dass seine Mutter unter der Tür stand. Mina musterte ihn mit einem Blick, bei dem ein Basilisk vor Neid erstarrt wäre.

»Gott im Himmel, verzeih!«, flüsterte sie. »Ich habe einen Judas geboren!«

Obwohl Derek Mensing seine Mutter lange Jahre nicht ernst genommen hatte, tat ihm ihre Verachtung weh.

NEUNTER TEIL

•

FRIEDENSZEICHEN

1.

LONDON IM JAHR 1818

*M*athias Mensing musterte den Knaben, der verschüchtert vor dem Schwiegervater seines Onkels stand, mit spöttischem Blick. James Edward Hutton war ein hübscher Junge, ein wenig klein für seine vierzehn Jahre und seit einigen Tagen Waise. Vor allem aber war er Lord Humphreys nächster männlicher Erbe. Sollte er noch leben, wenn dieser starb, würde er einmal dessen Nachfolger auf dem feudalen Schloss Huttonsfield sein. Viel Liebe schien der alte Herr für James nicht zu empfinden, denn sein greisenhaftes Gesicht wirkte hart, und seine Blicke stachen wie Dolche auf den Knaben ein.

Von seinem Onkel Zechariah hatte Mathias gehört, dass der alte Lord in den letzten Jahren mehrmals versucht hatte, noch einmal zu heiraten, um zu einem Leibeserben zu kommen. Zweimal hatten die Väter der erkorenen Braut kurz vor der Hochzeit abgesagt, und beim letzten Versuch war das Mädchen vor der Kirchentür zusammen mit einem Verehrer geflohen. Die beiden sollten sich Gerüchten zufolge in den ehemaligen Kolonien, den jetzigen Vereinigten Staaten von Amerika, aufhalten.

Da Mathias seinen Onkel kannte, hätte er tausend Taler darauf gewettet, dass dieser an dem Scheitern der Hochzeitspläne seines Schwiegervaters nicht ganz unschuldig war. Immerhin war Zechariahs Ehefrau dessen einzige Tochter und würde, falls James Edward Hutton starb, ohne Nachkommen zu hinterlassen, aufgrund einer Besonderheit des Hutton'schen Erbrechts selbst den Besitz erben und den Titel auf ihren Sohn übertragen können. Dieser war auf den Namen seines verstorbenen Onkels Anthony getauft worden.

James Edward Huttons Aussichten standen daher Mathias' Meinung zufolge sehr schlecht. Er musste an seinen Vater denken. Nach der Befreiung Hamburgs von der Herrschaft der Franzosen war dieser als Geschäftsmann so gut wie erledigt gewesen und hatte mit ansehen müssen, wie andere, darunter auch der aus England zurückgekehrte Jakob Simonsen, an ihm vorbeigezogen waren.

Bevor alles hatte zugrunde gehen können, war sein Vater im betrunkenen Zustand die Treppe hinabgestürzt und hatte sich das Genick gebrochen. Ihn hingegen hatten die Hamburger Geschäftsleute, da er Mitglied der Bürgergarde und damit gegen Napoleon gewesen war, mit offenen Armen aufgenommen, und seitdem ging es mit seiner Reederei wieder aufwärts. Mathias verkniff sich ein Grinsen. Tatsächlich hatte es nur eines raschen Stoßes bedurft, um diesen Umschwung herbeizuführen. Viel mehr, dachte er, würde bei diesem Knaben ebenfalls nicht nötig sein.

Unterdessen sprach Lord Humphrey mit scheinbar unbeteiligter Stimme den Jungen an. »Es hat Gott gefallen, deinen Vater Henry von dieser Welt zu nehmen. Daher bin ich vor dem Gesetz dein Vormund.«

»Ja, Sir!«, antwortete der Junge.

»Es heißt: Sehr wohl, Euer Lordschaft!«, warf Ellinor Bartlett ein, die als Lord Humphreys einziges überlebendes Kind dessen Besitz nur erben konnte, wenn der Knabe unter der Erde lag. Ihr war die Ablehnung gegenüber James noch deutlicher anzumerken als ihrem Vater.

»Sehr wohl, Euer Lordschaft!«, beeilte der Junge sich zu sagen.

»Als dein Vormund bin ich für deine Erziehung verantwortlich«, fuhr der Earl of Huttonsfield fort. »Ich könnte dich nun nach Eton und später nach Cambridge schicken. Allerdings bin ich der Ansicht, dass nichts den Charakter eines Mannes besser formt als Dienst in der Armee oder der Flotte Seiner Majestät, King George III. Ich habe daher Captain Gervase Smyth von Seiner Majestät Fregatte *Hesione* hierhergebeten. Da nach dem Sieg über diesen unsäglichen Napoleon Bonaparte Frieden herrscht, wird der Dienst auf seinem Schiff für dich leicht sein, und du wirst einiges von der Welt sehen. Daher wirst du morgen mit Captain Smyth abreisen.«

»Sehr wohl, Euer Lordschaft!«, antwortete James mit bebenden Lippen.

Am liebsten hätte er geweint, weil er nach der Mutter vor mehreren Jahren nun auch den Vater verloren hatte. Obwohl dieser nach dem Tod von Lord Humphreys Sohn als dessen Erbe gegolten hatte, waren sie nie nach Huttonsfield eingeladen worden. James spürte, dass der alte Mann ihn nicht mochte, und wünschte sich, jemand anderes wäre sein Vormund. Wünschen allein brachte jedoch nichts. Er musste sich dem Leben so stellen, wie es war, und versuchen, das Beste daraus zu machen. Sein Blick suchte Captain Smyth, einen älteren Marineoffizier mit hageren Zügen und kalten Augen, und er begriff, dass der Dienst auf dessen Schiff kein Zuckerschlecken werden würde.

Erneut wollte ihn die Verzweiflung überwältigen. Er stemmte sich jedoch dagegen und sagte sich, dass er auch dann, wenn er nicht mit Lord Humphrey verwandt gewesen wäre, nach dem Tod seines Vaters hätte froh sein müssen, als Midshipman auf einem Schiff der Navy aufgenommen zu werden. Nach dem Sieg über Napoleon waren die meisten großen Schiffe außer Dienst gestellt worden und die entsprechenden Posten daher rar. Die Schule in Eton oder gar ein Studium in Cambridge hätte er sich mit der kleinen Summe, die ihm sein Vater hinterlassen hatte, niemals leisten können.

Mathias Mensing hatte erwartet, der Junge werde in Tränen ausbrechen und bitten, an Land bleiben zu dürfen. Doch wie es aussah, hatte James eine für sein Alter erstaunliche Selbstbeherrschung. Vielleicht war er auch einfach nur dumm und nahm alles so hin, wie es kam.

»Du kannst jetzt gehen und deine Sachen packen«, sagte Ellinor Bartlett hochmütig zu dem Knaben.

James verbeugte sich und verließ, von einem Diener geführt, den Raum. Kaum hatte sich die Tür hinter ihm geschlossen, stieß der alte Lord einen gotteslästerlichen Fluch aus.

»Der Teufel soll ihn holen!«, setzte er grimmig hinzu. »Ich sehe nicht ein, weshalb ich mein Hab und Gut nicht meinem eigenen Blut vererben darf, sondern es diesem Bengel überlassen muss, der mir im Grunde fremd ist.«

»So sind nun einmal die Gesetze«, erklärte Mathias' Großvater Samuel Bartlett mit einem hämischen Grinsen. »Danach ist James der einzige überlebende Erbanwärter in rein männlicher Abstammung von der Tochter des ersten Earls of Huttonsfield. Sollte er ohne eigene Nachkommen versterben, kann Ihre Tochter Ellinor aufgrund einer von König Edward II. gewährten Sonderregel Besitz und Titel erben.«

Die Art, in der Samuel Bartlett dies erklärte, ließ nichts Gutes für James erwarten. Mathias amüsierte sich darüber, empfand aber auch Bewunderung für seinen Großvater. Er kannte den alten Handelsherrn gut genug, um zu ahnen, dass er Lord Humphrey den Gedanken eingegeben hatte, dessen Tochter könne die Earlswürde an ihren Sohn weitergeben. Der Earl war zu sehr Engländer und mit den Traditionen seiner Heimat verhaftet, um selbst auf eine solche Idee zu kommen.

Die Absicht wurde natürlich nicht offen ausgesprochen, doch Mathias war sicher, dass Captain Smyth nicht ohne Grund als Kommandant des Schiffes ausgesucht worden war, auf dem James seinen Dienst antreten sollte.

Eben ließ Smyth sich nachschenken und hob sein Glas. »Auf die Navy Seiner Majestät, King George!«

»Auf Seine Majestät!«, tat Samuel Bartlett ihm Bescheid, während sein Sohn Zechariah zufrieden grinste. Die Aussicht, der Ehemann einer Countess und Vater eines Earls zu werden, schien ihm zu gefallen.

Gervase Smyth trank sein Glas aus, stellte es so hin, dass der Diener es rasch wieder füllen konnte, und ergriff das Wort. »Der Dienst in der Flotte Seiner Majestät ist auch nach dem Ende des Krieges gegen Napoleon nicht ohne Gefahren. Damals starben die jungen Herren an Bord wie die Fliegen. Nun aber raffen Gelbfieber, Unfälle und dergleichen immer noch viele junge Herren dahin.«

Es klang wie ein Versprechen, und Mathias hoffte, dass es diskret genug eingelöst wurde, um kein unliebsames Aufsehen zu erregen. Dann aber sah er seinen Großvater an und spottete über sich selbst. Was Samuel Bartlett anpackte, hatte stets Hand und Fuß. Dieser hatte auch ihm unter die Arme gegriffen, damit die Reederei Mensing wieder auf einem festen Fundament stand.

Während Mathias' Gedanken ein wenig abschweiften, setzte Captain Smyth seinen Vortrag fort, wie unliebsame Erben und Miterben zugunsten ihrer überlebenden Verwandten aus dem Weg geräumt werden konnten. »Während des Krieges war es die Marine oder das Heer. So hat der Duke of Wellington in Waterloo mehr Lords und Edelleute ins Jenseits geschickt als je ein General vor ihm. Jetzt im Frieden geht das nicht mehr. Ich kenne aber einen Fall, da wurde einem jungen Adeligen weisgemacht, es wäre verdienstvoll, als Missionar zu den Heiden in der Südsee zu gehen. Ich war im letzten Jahr dort und habe miterlebt, wie er von den Eingeborenen erschlagen und aufgefressen worden ist.«

Mathias horchte auf und fragte sich, ob das, was er da vernahm, Seemannsgarn war oder der Wahrheit entsprach.

»Ich habe auch gehört, dass es dort Kannibalen geben soll«, warf Samuel Bartlett ein.

»Und ob es die gibt! Als ich das erste Mal mit meiner *Hesione* dort war, sind zwei Matrosen eines Handelsschiffs mit einem Boot abgehauen. Die hatten zu viel von Captain Cook und Captain Bligh gehört und träumten von hübschen braunen Mädchen. Auf Bitten ihres Kapitäns haben wir die Kerle gesucht. Das Boot bekamen wir dann auch wieder, aber von den Matrosen waren gerade noch genug Knochen übrig, um sie der See übergeben zu können!«

Gervase Smyth lachte wie über einen guten Scherz, während es Ellinor Bartlett schauderte. »Ich wäre den Herren dankbar, wenn sie über ein angenehmeres Thema reden würden. Sonst sähe ich mich gezwungen, mich zurückzuziehen.«

»Keine Sorge, Mylady, ich weiß auch anderes zu erzählen«, antwortete Smyth und redete sie dabei schmeichlerisch als Adelige an, obwohl sie ihren Titel bei ihrer Heirat mit einem schlichten Zechariah Bartlett hatte ablegen müssen.

Mathias hingegen dachte an seinen Bruder Hinrich, der den Wünschen der Großmutter zufolge Pastor werden sollte. Nun fragte er sich, ob er Hinrich nicht raten sollte, sein Glück als Missionar zu versuchen.

2.

HAMBURG IM JAHR 1822

Gut vier Jahre nach Mathias Mensings denkwürdigem Besuch in London stand Mina Mensing zusammen mit ihren beiden Enkeln auf dem Kirchhof und sah zu der Trauergemeinde hin, die Erna Simonsen das letzte Geleit gab. Nun war sie die letzte Überlebende ihrer Generation. Auch ihr Sohn und ihre Schwiegertochter hatten bereits ihre letzte Ruhe auf dem Gottesacker gefunden. Simons Sohn Jakob und dessen Frau lebten jedoch noch. Minas Blick streifte die beiden kurz. Jakob ging auf die fünfzig zu, und seine Frau war sechsundvierzig Jahre alt, erschien aber jünger. Dies mochte an den drei Kindern liegen, die sie ihrem Mann nach dem Ende des schrecklichen Krieges geboren hatte und die sich nun an ihren Rock klammerten. Der kleine David war sieben und die Zwillinge Esther und Anna zwei Jahre jünger.

Minas Aufmerksamkeit galt jedoch weniger den drei Kindern, auch nicht deren älterem Bruder Jeremias, sondern Ruth. Mit ihren sechzehn Jahren war sie ein hübsches Mädchen und versprach, eine schöne Frau zu werden. Die Sehnsucht nach der Tochter, die sie nicht hatte haben können, stieg erneut in ihr auf. Nach allem, was sie gehört hatte, ließ nicht nur Ruths Aussehen, sondern auch ihr Charakter nichts zu wünschen übrig.

Minas Blick wanderte zu ihrem ältesten Enkel. Mathias war nun sechsundzwanzig und noch immer unverheiratet. Vielleicht gelang es ihr auf diese Weise, endlich Frieden zwischen ihrer Familie und den Simonsens zu schaffen. Der alte Hass brachte nur Kummer, und er hatte sowohl ihrem Mann wie auch ihrem Sohn das Leben verbittert.

»Sieh dir Ruth Simonsen an, Mathias. Wäre sie nicht die richtige Braut für dich?«, fragte sie.

Mathias war nicht überrascht. Seine Großmutter hatte schon mehrfach Andeutungen in dieser Art gemacht, wenn auch nie so eindeutig wie jetzt. Daher war ihm genug Zeit geblieben, um sich eine Antwort auszudenken, die sie verstehen und akzeptieren musste.

»Fräulein Simonsen bietet bei Gott einen angenehmen Anblick und wird eine Zierde für jedes Haus sein, in das sie einheiratet«, begann er, hob dann aber wie zweifelnd die Hand. »Ich würde dir gerne den Gefallen tun, um sie anzuhalten, Großmutter. Vielleicht täte ich es sogar, hätte sie nicht noch drei jüngere Geschwister.«

»Was hat das damit zu tun?«, fragte sein Bruder Hinrich verwundert.

Mina wandte sich nun ihrem jüngeren Enkel zu. Hinrich war zwanzig Jahre alt, schlank wie eine Gerte und hatte ein angenehmes Gesicht, das sie ein wenig an ihren Ehemann in jungen Jahren erinnerte. Sein Haar war jedoch heller als das seines Großvaters, und er blickte mehr träumerisch als entschlossen in die Welt. Er wird nie ein Kaufmann werden, dachte sie. Das musste er auch nicht, weil Mathias die Reederei führte. Hinrich studierte Theologie und strebte das Amt eines Pastors an. In ihren Gedanken sah Mina ihn bereits in Sankt Michaelis predigen. Sie schüttelte diesen Gedanken ab und drehte sich zu Mathias um.

Dieser hatte gewartet, bis ihre Aufmerksamkeit wieder auf ihn gerichtet war. »Es geht mir um Fräulein Simonsens Mitgift und ihr Erbe, Großmutter, das sie nun mit vier Geschwistern teilen muss. Da nun, Gott sei es geklagt, mein Vater in der Stadt durch seine Kollaboration mit den Franzosen und die Denunziation Simon Simonsens viel Renommee verloren hat, stehe ich in einem ständigen Kampf um das Überleben unserer Reederei.«

Das war gelogen, in Wahrheit stand die Mensing-Reederei besser da denn je. Seine Großmutter war jedoch ebenso wenig in die Geschäfte eingeweiht wie Hinrich, denn er hatte dafür gesorgt, dass sein Bruder sich vor allem mit geistigen und geistlichen Dingen beschäftigte. Bei dem Gedanken kam ihm eine Idee. Er betrachtete seinen Bruder, den alle als hübschen jungen Mann bezeichneten und der verwegener aussah, als er in Wirklichkeit war, und empfand Neid. Der Schnitt seines eigenen Gesichts war gröber, seine Haare gingen ins Brünette über, und seine Augen hatten die Farbe des Wassers. Obwohl er gewiss nicht als unansehnlich galt, konnte er mit Hinrichs ebenmäßigem Antlitz, dessen Augen, in denen sich der Sommerhimmel widerspiegelte, sowie den feinen, weißblonden Haaren nicht konkurrieren.

Nun wanderte sein Blick zu Ruth Simonsen. Sie war gewiss ein hübsches Mädchen, doch wenn er einmal heiratete, würden andere Gründe ausschlaggebend sein als ein schönes Gesicht und eine gute Figur. Noch war er auf der Suche, und dabei war ihm der Glanz des Goldes, das seine Braut einmal als Mitgift erhalten würde, wichtiger als der ihrer Augen.

»Ich hoffe, Sie sind mir nicht böse, wenn ich es sage, Großmama, doch erscheint mir Fräulein Simonsen zum Heiraten noch ein wenig jung. In zwei oder drei Jahren würde sie jedoch eine ausgezeichnete Braut für Hinrich abgeben.«

Während Mina erfreut nickte, schüttelte sein Bruder den Kopf. »Ich studiere Theologie und will meine Gedanken vorerst nicht mit weltlichen Dingen belasten.«

»Das sollst du auch nicht, mein Guter«, beruhigte ihn Mathias. »Ich sagte doch: in drei Jahren! Lass es auch vier sein. Du würdest mit dieser Heirat unserer lieben Großmutter einen Herzenswunsch erfüllen. Auch könnte dir ein angetrautes Weib auf deinem weiteren Lebensweg als Seelsorger eine große Stütze sein. Ich habe mich gefragt, ob du wirklich Pastor in dieser Stadt oder deren Umland werden sollst. Hier kannst du niemandem mehr den Geist Gottes einhämmern, denn die Leute sind alle getauft. Wäre es da nicht verdienstvoller und vor allem gottgefälliger, wenn du als Missionar arme Heiden zum Licht des wahren Glaubens führtest?«

Weder Mina noch Hinrich hatten je von getöteten oder gar verspeisten Missionaren gehört. Während die Großmutter ein wenig im Zweifel war, weil Hinrich in dem Fall viele Jahre fern von ihr leben würde, übten Mathias' Worte eine große Verlockung auf seinen Bruder aus.

»Es wäre wahrlich verdienstvoller, den Heiden das Wort Gottes zu predigen, als hier ungewaschenen Knechten und Arbeitern das

Evangelium beibringen zu wollen«, antwortete er. Dieser Gedanke war wie ein verheißungsvolles Licht in der Ferne, da ihn sowohl seine sich an ihn klammernde Großmutter wie auch sein alles beherrschender Bruder immer mehr einengten.

»Vielleicht muss es sein«, sagte Mina nachdenklich. Für ihren Mann und ihren Sohn war es gewiss besser, wenn Hinrich viele Heiden zu Gott bekehrte und er den Herrn im Himmel damit versöhnlich stimmen konnte. Dann würden sie vielleicht doch noch ins Himmelreich gelangen.

»Ich halte es für einen guten Gedanken! In den vergangenen Jahren hat Hinrich mehrfach erwähnt, dass er sich zum Missionar berufen fühlt.«

Für Hinrichs Knabenzeit mochte dies stimmen, doch in den letzten vier Jahren hatte Mathias seinem Bruder diese Worte in den Mund gelegt. Es erschien ihm jedoch besser, sowohl seine Großmutter wie auch Hinrich glauben zu machen, dass dieser von selbst auf den Gedanken gekommen wäre.

3.

Ohne zu ahnen, welche Rolle sie in den Plänen der Mensings spielte, stand Ruth am Grab der Großmutter und schämte sich der Tränen nicht, die ihr über die Wangen liefen. Zwar wusste sie, dass Erna über siebzig Jahre alt geworden war und die meisten Menschen früher starben. Dies minderte jedoch nicht die Trauer, die sie um die alte Frau empfand.

Sie hörte aufmerksam zu, als der Pastor tröstende Worte am Grab sprach, und trat nach ihren Eltern und Jeremias vor, um eine Handvoll Erde auf den Sarg zu werfen. Die Geste kam ihr vor, als würde sie die Großmutter selbst damit treffen, und ihr Herz zog sich zusammen.

»Kümmere du dich um Anna!«, forderte die Mutter sie auf, während sie selbst Esthers Hand ergriff und die Kleine zum Rand des Grabes führte.

Dort ergriff das Mädchen ein wenig Erde und ließ sie ins Grab rieseln. Esthers Gesicht war dabei ernst. So jung sie noch war, so begriff sie doch, dass sie ihre Großmutter für immer verloren hatte.

Ruth brachte Anna ans Grab. Diese warf weinend etwas Erde ins Grab. Im Gegensatz zu ihr versuchte David, die Tränen zu unterdrücken. Er nahm sich ein Beispiel an Jeremias, ohne zu ahnen, dass dessen Schmerz am größten war. Jeremias war immer der Liebling der Großmutter gewesen, auch wenn diese alles getan hatte, um auch Ruth und den drei Kleinen ihre Liebe zu zeigen. Mehr als einmal hatte Erna verhindert, dass Jakob seinen Ältesten bestrafte. Die Jahre, die Jakob fern von Hamburg hatte verbringen müssen, waren nicht ohne Folgen geblieben. Für Jeremias, aber auch für Ruth war er zu Beginn ein Fremder gewesen, der plötzlich aufgetaucht war und die erste Stelle in der Familie eingefordert hatte.

Ruth hatte sich bald damit abgefunden. Für Jeremias, der bei Jakobs Rückkehr neun Jahre alt gewesen war und seinen Vater nie bewusst erlebt hatte, war die Veränderung problematischer gewesen. Nun, acht Jahre später, verstanden Vater und Sohn sich besser, dennoch breitete sich in Jeremias' Brust ein schmerzhaftes Gefühl aus, wenn Jakob den kleinen David auf die Schultern hob oder die Zwillinge herzte. Es war, als würden diese etwas bekommen, was man ihm vorenthalten hatte. Weder sein Vater noch seine Mutter begriffen, was er fühlte, aber die Großmutter hatte es erkannt. Außer mit ihr hatte er seine Gedanken nur mit Ruth teilen können, und dabei hatte seine kaum mehr als ein Jahr jüngere Schwester ihm so manchen guten Ratschlag erteilt.

Frieda bemerkte, dass ihren Sohn etwas bedrückte, und wünschte sich, ihm helfen zu können. Mit einem Seufzen wandte sie sich an ihren Mann. »Ich mache mir Sorgen um Jeremias! Er ist in letzter Zeit so verschlossen.«

Jakob Simonsen hatte in den letzten Wochen mit ansehen müssen, wie der Lebensfunke seiner Mutter immer mehr geschwunden war, und sich daher wenig um die anderen Familienmitglieder gekümmert. Nun warf er einen Blick auf seinen Sohn und schüttelte verärgert den Kopf. »Ich weiß nicht, was der Junge hat! In seinem Alter war ich gewiss nicht so verstockt wie er.«

»Du hattest damals auch deine Aufgabe an Bord eines der Schiffe deines Vaters und musstest dich darin einfinden«, gab Frieda zu bedenken.

»Jeremias hat auch seine Aufgabe. Er soll seinen Schulabschluss schaffen. Ich fordere nicht einmal, dass er einer der Besten ist. In Mathematik und Geografie muss er sich jedoch mehr anstrengen. Seine letzten Zensuren in diesen Fächern waren beklagenswert!« Jakob hatte seinem Sohn aus Enttäuschung ein paar heftige Ohrfeigen verpasst und damit die Kluft zwischen ihnen wieder vertieft.

Nachdenklich sah er seine drei jüngeren Kinder an. Ihnen gegenüber war er nachsichtiger und wurde deshalb immer wieder von seiner Frau gescholten. Ihre Geburt hatte Frieda und ihn nach der langen Trennung wieder zusammengeführt und das Leid, das sie beide erlebt hatten, vergessen lassen. Unbewusst streichelte er über die blonden Schöpfe der Zwillinge und sah dann den Blick seiner Frau auf sich gerichtet.

»Es ist gut, dass du unsere Kleinen liebst, doch du solltest auch Jeremias mehr Liebe als Strenge entgegenbringen«, sagte sie leise, während die Trauergemeinde sich langsam auflöste.

»Esther, Anna und David sind das Glück meiner späten Tage!«, antwortete Jakob ebenso leise. »Sie lassen mich vergessen, worauf ich bei Jeremias und Ruth durch Napoleons Schuld verzichten musste.«

»Du solltest nicht vergessen, dass auch deine beiden Ältesten auf ihren Vater verzichten mussten!« In Friedas Stimme schwang eine Mahnung mit.

»Du hast ja recht«, erwiderte Jakob und wandte sich vom Grab seiner Mutter ab. Auch auf sie hatte er während des Krieges lange verzichten müssen, und er war dankbar, dass ihnen wenigstens noch acht gemeinsame Jahre vergönnt gewesen waren.

Als sie sich dem Ausgang des Friedhofs näherten, sah er Mina und ihre beiden Enkel am Weg stehen und verzog das Gesicht. »Die Mensings hätten mir heute wirklich nicht über den Weg laufen müssen!« Er wollte an den dreien vorbeigehen, doch da kam Mina auf ihn zu.

»Lassen Sie mich Ihnen meine Anteilnahme am Tod Ihrer Mutter aussprechen, Herr Simonsen! Ich habe sie gut gekannt und bewundert. In der schweren Zeit der französischen Besetzung hat sie so viel Gutes getan und wird zu Recht von vielen verehrt.«

Um nicht als unhöflich zu gelten, blieb Jakob stehen. »Ich danke Ihnen für Ihre warmen Worte, Frau Mensing«, antwortete er knapp.

»Ich spreche auch im Namen meiner Enkel«, fuhr sie fort. »Es ist unser sehnlichster Wunsch, dem unseligen Zwist zwischen unseren Familien ein für alle Mal ein Ende zu bereiten. Daher würde es mich freuen, wenn Sie einer Verbindung Ihrer Tochter Ruth mit meinem Enkel Hinrich die Zustimmung erteilen könnten.«

Dieser Vorschlag kam so überraschend, dass Jakob sich fragte, ob seine Ohren ihn narrten. Er sah die alte Frau an, las den Ernst auf ihrem Gesicht und wandte sich langsam zu seiner Tochter um. Bisher hatte er Ruth immer noch als das achtjährige Mädchen im Gedächtnis, das sie bei seiner Rückkehr gewesen war. Erst in diesem Moment begriff er, dass die Zeit seitdem nicht stehen geblieben und seine Tochter drauf und dran war, sich zu einer hübschen Jungfer zu entwickeln.

Als Kaufmann dachte er auch über die Konsequenzen einer solchen Heirat nach. Mathias Mensing war zwar ein Konkurrent, aber nur einer von vielen hier in Hamburg. Als er den jungen Mann musterte, konnte er nicht erkennen, ob dieser über den Vorschlag seiner Großmutter erfreut war oder nicht. Der jüngere Bruder gefiel ihm zwar besser, doch dieser wirkte so verwirrt, als wäre der Wunsch der alten Frau für ihn aus heiterem Himmel gekommen.

»Ruth ist mir noch etwas zu jung zum Heiraten«, sagte er ausweichend.

Mina antwortete mit einem Lächeln. »Auch wenn ich die beiden gerne noch vor den Traualtar treten sehen würde, besteht keine Eile. Hinrich soll zuerst sein Studium vollenden und Pastor werden.«

Ihren Worten zum Trotz begriff Jakob, dass sie die Heirat rasch wünschte. Er verstand es auch, denn Mina Mensing war im gleichen Jahr geboren wie seine Mutter, und diese hatte er heute begraben.

»Lassen Sie mich Ihren Enkel erst einmal kennenlernen«, antwortete er etwas freundlicher.

»Auch Ruth soll ihn kennenlernen. Sie erlauben doch gewiss, dass die beiden sich gelegentlich treffen?« Mina atmete erleichtert auf und bedachte Ruth, die einige Schritte entfernt stehen geblieben war, mit einem so liebevollen Blick, dass das Mädchen ganz verwundert war.

»Ich wäre ein schlechter Vater, würde ich zulassen, dass meine Tochter in ihrem Alter bereits mit einem jungen Mann ausgeht! Er kann uns jedoch in Ihrer Begleitung besuchen.« Dieses Eingeständnis machte Jakob, weil er die alte Frau nicht verletzen wollte.

»Ich würde mich freuen, wenn diese Verbindung zustande käme«, mischte sich nun Mathias ins Gespräch. »Wir Reeder sollten zusammenstehen und dafür sorgen, dass unser Einfluss im Rat der Stadt wächst. Immerhin sind wir es, die hier in Hamburg das Geld verdienen. Daher sollten wir auch bestimmen, wozu es verwendet wird.«

»Dieser Gedanke ist richtig«, meinte Jakob und beschloss, seine Abneigung gegen den Großvater und den Vater des jungen Mannes nicht auch auf diesen zu übertragen.

4.

Jakob Simonsen hätte das Totenmahl für seine Mutter in den besten Gasthöfen Hamburgs halten können. Dennoch führte er die Freunde und Nachbarn, die dazu eingeladen worden waren, in die alte Schifferschenke, in der schon sein Großvater Hauke Lüders und sein Vater Simon ihr Bier und ihren Schnaps getrunken hatten. An einem Tag wie diesem ist es gut, sich seiner Wurzeln zu erinnern, dachte er, als er durch die Tür trat. Der Wirt kam auf ihn zu und streckte ihm die Hand entgegen. »Es tut mir leid um Ihre Mutter, Simonsen! Sie war eine großartige Frau und hat in der schlimmen Zeit sehr vielen geholfen.«

»Es war ihr Wunsch, dass wir ihrer hier gedenken sollen, und bei Gott, ich erfülle ihn gerne«, antwortete Jakob und ergriff die dargebotene Hand.

Anschließend führte der Wirt ihn und die Trauergäste in den Nebenraum, in dem bereits eine große Tafel gedeckt war. Durch die kleinen Fenster sahen sie auf die schmale Straße und das gegenüberliegende Haus. Dies war die Welt seiner Jugend, und hier hatte er sich immer wohlgefühlt, durchfuhr es Jakob. In einigen der neueren Gasthöfe, die in der Franzosenzeit entstanden waren und sich vornehm Restaurant nannten, begann ein Mensch erst mit einem Ratsmitglied oder einem Mann von Adel. Männer wie er, die in ihrer Jugendzeit noch mit teerbeschmierten Händen die Wanten hochgeklettert waren, fühlten sich dort nicht wohl.

Mit diesem Gedanken setzte Jakob sich. Die Tafel war groß und die Stühle so eng gesetzt, dass der Raum die Zahl der Gäste aufnehmen konnte. Doch als er in die Runde blickte, begriff er, wie der Zahn der Zeit am Leben genagt hatte. Etliche derer, die früher unverzichtbar gewesen waren, fehlten. So war es Michel Gartz nicht mehr vergönnt gewesen, die Heimat wiederzusehen. Wenige Wochen vor der endgültigen Befreiung Hamburgs war er auf Helgoland verstorben und seinem Wunsch gemäß einige Zeit später hier in seiner Heimatstadt neben Mabel beigesetzt worden.

Auch Pieter Timmermann lebte nicht mehr. Mit ihm war einer der Letzten gestorben, die noch mit Hauke Lüders auf große Fahrt gegangen waren. Bei dem Gedanken musste Jakob schmunzeln. Hauke Lüders' große Fahrten waren nach Danzig, Königsberg, Reval, Sankt Petersburg, Stockholm und gelegentlich nach London und am weitesten bis Lissabon gegangen. Dennoch war sein Großvater mit seinem Leben zufrieden gewesen.

Das sollte ich auch sein, dachte er, während sein Blick auf Ruth fiel. Dabei erinnerte er sich an Mina Mensings Vorschlag, das Mädchen mit ihrem Enkel zu verheiraten. Vielleicht war es wirklich das Beste, mit dieser Verbindung alles auszuwischen, was einst geschehen war. Zwingen dazu aber wollte er seine Tochter nicht. So sehr lag ihm der Friede mit den Mensings doch nicht am Herzen.

Ruth entging nicht, dass ihr Vater schwere Gedanken wälzte, sie konnte aber nicht erkennen, worum es ging. Doch ohnehin sorgte sie sich mehr um ihren Bruder. Irgendetwas war mit Jeremias, und das hatte nicht nur mit dem Tod der Großmutter zu tun. Sie würde unter vier Augen mit ihm sprechen müssen. Wenn ihre Geschwister mithörten, bestand die Gefahr, dass sie es der Mutter weitertrugen oder gar an den Vater verrieten. Für einen Augenblick empfand sie Bitterkeit, weil dieser den Kleinen seine Zuneigung so offen zeigte, während er sie und Jeremias mit einer gewissen Strenge behandelte.

Sie schob den Gedanken beiseite. An dieser Tafel ging es nicht um sie, sondern um die Großmutter, die zu Gott eingegangen war. Einundsiebzig Jahre war diese alt geworden. Nicht vielen war diese Zeit auf Erden vergönnt, und doch hinterließ ihr Tod eine Lücke, die nicht zu füllen sein würde. Die Mutter war zu sehr mit den Kleinen beschäftigt, um sich um ihre Sorgen und Nöte kümmern zu können, und mit ihren Freundinnen konnte sie über vieles reden, nur nicht über das, was ihr Herz wirklich bewegte. Nun vermisste sie Molly Gartz – oder Molly Steeden, wie sie seit ihrer Verheiratung hieß. Molly hatte nur wenige Monate nach der Befreiung und der Nachricht vom Tod ihres Vaters den Antrag des Handelsagenten Geert Steeden angenommen. Ein paar Jahre hatten die beiden noch in Hamburg gelebt, dann aber hatte Steeden ein gutes Angebot aus Sankt Petersburg erhalten und war mit Molly und ihren beiden Kindern dorthin gezogen.

Einige Männer, die Erna gut gekannt hatten, hielten Ansprachen und lobten dabei ihr Wirken in der Familie und besonders während der französischen Besatzung. Detlef Klemme, der Kapitän der *Pellworm,* eines ihrer neuen Schiffe, hob sein Glas mit feuchten Augen. »Erlauben Sie mir, dies zu sagen, Herr Simonsen! Ohne Ihre Frau Mutter wären meine Mutter und meine Schwester während der Franzosenzeit verhungert. Als die beiden an jenem unsäglichen Weihnachtstag anno 1813 von den Franzosen aus der Stadt getrieben wurden, hat Frau Erna ihnen noch einen Beutel mit Lebensmitteln zugesteckt, so dass sie bis nach Elmshorn zu ihren Verwandten hatten gehen können und nicht sterben mussten wie so viele andere.«

»So war Frau Erna!«, stimmte Jan Fedders ihm zu. Dieser war noch mit Simon zusammen auf Schmuggelfahrt nach Helgoland gegangen und mittlerweile ein alter Mann.

»Ja, so war meine Mutter!« Jakob spürte das Ziehen im Herzen und kämpfte nun selbst gegen die Tränen an. Er schüttelte sich und befahl dem Wirt, eine Runde Schnaps zu bringen. »Mutter würde nicht wollen, dass wir hier wie Trauerklöße zusammensitzen und jammern«, rief er mit einem missglückten Lächeln.

»Hochleben können wir sie ja nicht mehr lassen, aber trinken können wir auf sie«, meinte Klemme und erhob das Schnapsglas, kaum dass der Schankkellner es ihm hingestellt hatte. »Auf Frau Erna Simonsen! Jeder von uns könnte sich glücklich schätzen, eine Frau wie sie als Mutter zu haben.«

»Ja, das könnte er wohl!«, stimmte ihm Fedders zu.

Während die Männer Schnaps und Rum bekamen, wurde den Frauen Likör serviert. Auch Jeremias erhielt so ein Glas. Sonst hatte er sich immer darüber beschwert, weil er sich seit seinem sechzehnten Geburtstag erwachsen genug fühlte, um als Mann zu gelten. Diesmal aber trank er den süßlichen Likör und verzog keine Miene.

Ruth sorgte sich so um ihn, dass sie sich ein Ende des Totenmahls wünschte, um mit ihm in Ruhe über seine Probleme reden zu können.

5.

Es dauerte jedoch bis zum nächsten Morgen, bis Ruth die Gelegenheit zu einem Gespräch mit ihrem Bruder fand. Die Mutter weilte in ihrem Ankleidezimmer, der Vater hatte sich noch vor dem Frühstück in sein Kontor zurückgezogen, um einen Brief zu schreiben, und die drei Kleinen wurden von ihrer Kinderfrau angezogen. Ruth schlüpfte daher rasch in Jeremias' Zimmer und sah diesen wie einen Haufen Elend auf dem Bett sitzen.

»Was ist mit dir?«, fragte sie drängend. »Das kann nicht allein die Trauer um Großmutter sein.«

Jeremias blickte nicht einmal auf. »Wir haben heute wieder eine Mathematikklausur. Bei mir kommt es darauf an, ob ich weiterhin im Gymnasium bleiben kann oder es verlassen muss. Du hast gesehen, wie zornig Vater bei den letzten schlechten Zensuren geworden ist.«

»Er hat dir zwei kräftige Ohrfeigen versetzt«, sagte Ruth mitfühlend.

»Es wird diesmal noch viel schlimmer werden! Damals ist es Großmutter gelungen, ihn zu beruhigen. Mutter wird das nicht tun, denn für sie zählen allein die drei Kleinen.«

»Jetzt sei nicht ungerecht! Mutter hat Vater ebenfalls gut zugeredet, dich nicht härter zu bestrafen. Das wird sie wieder tun.«

»Nicht, wenn ich das Gymnasium verlassen muss«, antwortete Jeremias mutlos.

»Das wirst du nicht! Du bist doch ein kluger Junge. Warum solltest du diese Klausur nicht mit Erfolg hinter dich bringen?«

Ruths Versuch, ihrem Bruder Mut zuzusprechen, zeigte wenig Wirkung, denn Jeremias hatte zu viel Angst vor dem, was kommen würde, wenn er versagte. Die möglichen Schläge schreckten ihn dabei weniger, aber den Vater und die Mutter zu enttäuschen, drückte ihn nieder. Er fragte sich, ob er mehr hätte lernen sollen. Dabei hatte er fast jeden Nachmittag mehrere Stunden über seinen Büchern gesessen und gerechnet und aufgeschrieben, bis ihm die Finger wehgetan hatten. Doch als er jetzt in sich hineinhorchte, war dort, wo das gelernte Wissen hätte sein sollen, nur eine schier endlos tiefe Schwärze.

»Komm jetzt, wir müssen ins Frühstückszimmer! Ich habe bereits die Glocke gehört«, drängte Ruth. »Wenn du dann in die Schule gehst, sage dir, dass du es schaffen wirst.«

Jeremias lächelte schwächlich, denn am liebsten hätte er diese Klausur geschwänzt. Das aber würde sein Versagen nur noch schlimmer machen. Er würde daher nach dem Frühstück seine

Schulmappe nehmen, so tun, als wäre er voller Zuversicht, und das unabwendbare Schicksal auf sich nehmen.

Dieser Vorsatz hielt während des Frühstücks und sogar bis in den Vormittag hinein an. Als er jedoch auf seiner Schulbank saß und Buchstaben und Ziffern auf das Prüfungsblatt schrieb, dachte er an Freunde aus seiner Kinderzeit. Kaum einer von ihnen hatte je ein Gymnasium von innen gesehen. Einige waren mittlerweile Lehrlinge, andere fuhren als Schiffsjungen zur See und …

Bei dem Gedanken brach er ab. Warum sollte er mit einer so schlechten Klausurnote, wie er sie erwartete, nach Hause zurückkehren?, fragte er sich. Er war der Enkel eines Schiffers, und sein Vater hatte bis vor wenigen Jahren selbst Schiffe befehligt. Warum also nicht ebenfalls zur See fahren und erst wieder nach Hause kommen, wenn er Steuermann oder wenigstens Maat auf einem großen Handelssegler geworden war?

Das war die Rettung, dachte er. Wenn am nächsten Tag die Zensuren ausgegeben wurden, wäre er bereits an Bord eines Schiffes und entginge der Demütigung durch den Vater und der Enttäuschung der Mutter. Von dem Augenblick an erschien ihm die Klausur nur noch zweitrangig. Er löste die weiteren Aufgaben, ohne sich etwas dabei zu denken, entdeckte weiter vorne zwei offensichtliche Fehler, die er mit rascher Hand korrigierte, und gab die beschriebenen Blätter in dem Augenblick ab, in dem sein Lehrer mit der flachen Hand leicht auf den Tisch schlug.

»Die Zeit ist um!«, erklärte der Mann und winkte dem Klassenprimus, die Aufgabenblätter einzusammeln. Der junge Bursche, der dem reichen Kaufherrengeschlecht Godehard entstammte, beeilte sich, diese Aufgabe zu erfüllen. Als er zu Jeremias kam, sah er mit einem gewissen Spott auf diesen hinab.

»Wie steht es? Glaubst du, bestanden zu haben?«

Jeremias kümmerte es nicht mehr. Er reichte ihm wortlos die Blätter und schnürte dann wie die anderen seine Mappe.

»Kommst du mit? Wir wollen an die Alster und dort ein Glas Limonade trinken«, fragte ihn einer seiner Freunde.

Jeremias schüttelte den Kopf. »Es tut mir leid, aber ich muss heute gleich heim.«

»Schade! Dann bis morgen«, antwortete der Junge.

Jeremias dachte, dass sie ihn morgen nicht mehr sehen würden, da er bereits heute auf einem Segelschiff anheuern wollte. Das aber durfte er niemandem sagen, nicht einmal Ruth.

6.

Jeremias kehrte nach Hause zurück, nahm dort, da die Familie bereits gegessen hatte, allein ein spätes Mittagsmahl zu sich und zog sich anschließend in sein Zimmer zurück. Dort blieb er allerdings nicht lange, sondern vertauschte seinen Gymnasiastenanzug mit normaler Kleidung und steckte sein erspartes Geld ein. Eigentlich war es für Weihnachtsgeschenke für die Eltern und die Geschwister gedacht, doch nun erschien es ihm wichtiger, es mitzunehmen.

Ohne jemandem zu begegnen, verließ er das Haus durch den Hintereingang und überlegte, wie er es anstellen konnte, an Bord eines Schiffes aufgenommen zu werden. Zum Hafen zu laufen und dort zu fragen, erschien ihm zu unsicher, weil ihn einige Leute kannten, hatte er doch seinen Vater schon etliche Male zu einem der eigenen Schiffe begleitet.

»Ich muss es geschickter anfangen«, murmelte er vor sich hin und wandte sich in Richtung Sankt Pauli. In den dortigen Schifferkneipen würde er gewiss einen Kapitän finden, der einen Schiffsjungen brauchen konnte – oder wenigstens einen Matrosen, der ihn seinem Kapitän empfehlen würde.

Unter den Franzosen war die alte Vorstadt abgerissen worden, nun hatten sich dort etliche Kneipen und Hurenhäuser angesiedelt. Dazwischen gab es Wohnhäuser, doch waren diese weitaus schlichter als die Gebäude in jenem Stadtteil, in dem Jeremias mit seiner Familie wohnte.

Auf jeden Fall war es eine rauere Gegend. Matrosen aller Herren Länder trieben sich herum, während abgehärmte Frauen Körbe und Taschen durch die Gassen schleppten. Andere Frauen musterten in aufreizenden Kleidern die männlichen Passanten mit abschätzenden Blicken. Eine blieb vor Jeremias stehen und verzog die zu rot angemalten Lippen zu einem anzüglichen Lächeln.

»Du willst wohl erproben, wie es ist, ein Mann zu sein, was? Komm mit mir, und du wirst es nicht bereuen!«

Jeremias wusste zwar, was Huren waren, denn einige seiner Freunde hatten bereits damit geprahlt, bei einer gewesen zu sein. Ob es stimmte, wusste er nicht, doch manchmal hatte er sich vorgestellt, wie es wäre, sich von zu Hause wegzuschleichen und es den Matrosen gleichzutun, die nach langer Fahrt als Erstes eine Frau im Bett haben wollten. Jetzt aber war ihm nicht danach zumute.

»Nein danke!«, sagte er und schüttelte abwehrend den Kopf. »Du kannst mir aber einen Rat geben.«

»So? Der ist jedoch nicht kostenlos!«, gab die Hure enttäuscht zurück. Einem Jungen wie Jeremias zu einem amourösen Abenteuer zu verhelfen, wäre sehr viel angenehmer gewesen, als von einem voll im Saft stehenden Matrosen beackert zu werden.

»Ich suche ein Schiff, auf dem ich anheuern kann«, sagte Jeremias, bereit, ein paar Groschen für eine Auskunft springen zu lassen.

»Du bist wohl von zu Hause ausgerissen, was?«, fragte die Frau spöttisch und deutete auf ein schäbiges Haus. »Vielleicht findest du dort einen Schiffer, der einen wie dich brauchen kann!« Fordernd streckte sie die Hand aus.

Jeremias drückte ihr eine Münze hinein und ging weiter. Ein Matrose rempelte ihn an und grinste. Noch bevor er etwas sagen konnte, klatschte ihm die Hand eines Kameraden auf die Schulter.

»Wenn du dich prügeln willst, suche dir einen deines eigenen Kalibers! Du fickst doch auch nicht kleine Mädchen, sondern Weiber, die ein entsprechendes Vorschiff und ein ansehnliches Achterkastell aufzuweisen haben.«

Der Mann brummte etwas, und die Gruppe ging weiter. Zu Jeremias' Erleichterung traten sie nicht auf die Schenke zu, die ihm die Frau empfohlen hatte, sondern ließen diese links liegen.

Jeremias näherte sich dem Haus, vernahm herausdringenden Lärm und zögerte. Irgendwie hatte er sich diese Sache einfacher vorgestellt. Zurück aber kann ich nicht mehr, dachte er. Wenn morgen die Klausurnote verkündet wurde, durfte er nicht mehr hier sein. Mit diesem Gedanken griff er zur Klinke, öffnete die Tür und trat ein.

Obwohl draußen noch helllichter Tag herrschte, war es innen so dämmrig, dass er kaum das andere Ende des Raumes erkennen konnte. Der Geruch nach Bier, Schnaps und Tabakrauch raubte ihm schier den Atem. Er beherrschte sich jedoch und ging weiter. Die meisten Tische waren voll, und er wagte nicht, jemanden anzusprechen. Da entdeckte er weiter hinten einen Tisch, an dem noch zwei Stühle frei waren.

»Ist es erlaubt, Platz zu nehmen?«, fragte er zaghaft.

Die drei Matrosen am Tisch blickten auf. Es handelte sich um wettergegerbte Männer, von denen der Jüngste um die dreißig war, während der Älteste so aussah, als könnte er Methusalems Großvater sein.

»Haben die Stühle weder gekauft noch gepachtet«, meinte dieser. »Lass ruhig deinen Anker fallen. Wirst aber was trinken müssen, sonst packt dich der Wirt beim Kragen und dem Hosenboden und setzt dich mit Karacho an die frische Luft!«

»Ich trinke schon etwas«, antwortete Jeremias und wies, da der Schankknecht herankam, auf die Krüge und Gläser, die vor den drei Matrosen standen. »Dasselbe wie die Herren hier!«

443

»Wohl, wohl«, brummte der Kellner und schlurfte davon.

»Na, denn zum Wohlsein!«, meinte der jüngste Matrose, als die Getränke vor Jeremias auf dem Tisch standen. Seine Kameraden und er stießen mit dem Jungen an und sahen grinsend zu, wie sich dessen Augen beim ersten Schluck weiteten und er das Gebräu mühsam hinunterwürgte.

Zu Hause hatte Jeremias zu verschiedenen Gelegenheiten Bier oder Wein trinken dürfen. Dieses Bier aber war so bitter, dass es ihm förmlich die Magenwände zusammenzog. Rasch ergriff er das kleinere Glas, das mit einer klaren Flüssigkeit gefüllt war, und trank davon. Das war fast noch schlimmer, denn er hatte das Gefühl, flüssiges Feuer in den Mund zu bekommen. Am liebsten hätte er das Gesöff wieder ausgespuckt, wollte sich aber vor den drei Fahrensleuten nicht blamieren. Er schluckte daher den Schnaps und atmete danach tief durch.

»Das war nicht übel!«, meinte er, als ihm seine Stimmbänder wieder gehorchten.

»Das ist genau das, was ein Seemann braucht, wenn er in einen Hafen kommt«, erklärte der Alte.

»Da weiß ich noch etwas!«, warf sein junger Kamerad lachend ein und wies auf eine nicht mehr ganz junge Frau, die in einem Kleid mit weitem Ausschnitt herumlief und verschiedene Männer ansprach.

Er klopfte Jeremias auf die Schulter. »Wenn du solche Titten siehst, muss dir auch was in der Hose schwellen!«

»Die ist nicht übel«, antwortete Jeremias und hoffte, dass die Hure nicht zu ihnen trat. Er hatte Angst, seine drei neuen Freunde würden ihn auffordern, sich auch hier als echter Matrose zu bewähren.

»Könnt ihr mir helfen?«, fragte er.

»Das kommt darauf an, um was es geht«, sagte der Alte.

»Ich suche ein Schiff, auf dem ich anheuern kann!«

»Du willst wohl Seemann werden und was von der Welt sehen, was?«, fragte der jüngste Matrose lachend.

»Ja, das will ich!«

Der junge Seemann sah seine Kameraden an. »Was meint ihr, können wir auf unserem Kahn noch einen Schiffsjungen oder Leichtmatrosen brauchen?«

»Weiß nicht«, brummte der, während der Alte eifrig nickte.

»Warum nicht? Jüngelchen, du wirst aber nicht viel Heuer bekommen. Unser Schiffer ist geizig. Es kann sein, dass du die erste und vielleicht auch die zweite Fahrt umsonst machen musst.«

»Das stört mich nicht!«, beteuerte Jeremias, der einfach nur aus Hamburg fortwollte.

»Ein Fahrensmann muss trinken können. Also dann prost«, rief der junge Matrose.

»Und seinen Kameraden auch einmal eine Lage spendieren«, setzte der Alte feixend hinzu.

»Aber klar!«, erklärte Jeremias, der bereit war, ein paar Taler dafür zu opfern, an Bord des Schiffes zu gelangen.

Die drei hielten Jeremias für ein Bürschchen, das etwas ausgefressen hatte und aus Angst vor Strafe davonlaufen wollte. Solche gab es immer wieder, doch die wenigsten davon eigneten sich für den harten Dienst an Bord eines Schiffes. Die drei zwinkerten einander zu und ermunterten Jeremias immer wieder, zu trinken. Hatten ihm das Bier und der Schnaps zunächst widerstanden, so stumpften sein Gaumen und sein Magen mit jedem Glas, das ihm hingestellt wurde, immer mehr ab. Zunächst fühlte er sich gut, und seine Ängste und Sorgen erschienen ihm auf einmal fern. Er lachte über die Witze, die die Matrosen erzählten, bestellte immer wieder eine Tischrunde und fand, dass das Leben eines Seemanns seine schönen Seiten hatte.

Mit einem Mal aber wurde ihm fürchterlich übel. Er stieß heftig auf, versuchte noch, sich zu erheben, doch dann explodierte sein Magen mit Wucht. Er erbrach auf den Tisch, hörte irgendwie noch den Wirt schimpfen und den jungen Matrosen ruhig auf diesen einreden, dann dämmerte er weg.

»Die Sauerei macht ihr weg, und dann seht zu, dass ihr diesen spuckenden Säugling nach draußen bringt!«, fuhr der Wirt die drei Matrosen an.

»Hab keine Sorge! Das ist uns der Spaß wert. Ich brauche nur einen Lumpen und ein wenig Wasser«, antwortete der jüngste Seemann fröhlich.

Die Hure, die in der Zwischenzeit mehrmals mit einem Matrosen durch die Hintertür verschwunden und wiedergekommen war, schob sich auf die Gruppe zu.

»Für ein paar Groschen übernehme ich das«, bot sie an und musterte den bewusstlos vom Stuhl gesunkenen Jeremias mit nachdenklicher Miene. »Ich glaube, das Kerlchen kenne ich. Das ist der Sohn des Reeders Simonsen. Ich habe ihn mit seinem Vater zusammen am Hafen gesehen. Dieser wird euch Dank wissen, wenn ihr den Jungen nach Hause bringt. Oder wollt ihr ihn draußen auf der Straße liegen lassen?«

»Das wäre ein schlechter Dank für den Spaß, den wir uns mit ihm gemacht haben«, gab der junge Matrose zu.

Auch der Alte nickte. »Er ist eigentlich ein recht angenehmes Jüngelchen und keiner der Prahlhälse, die man gelegentlich in der Schenke trifft und die so tun, als hätten sie in den Häfen aller sieben Meere bereits sämtliche Huren erprobt, obwohl sie noch kein einziges Mal in Weiberfleisch hineingestochen haben.«

Die beiden reichten der Frau ein paar Münzen, dann hob der Jüngere Jeremias auf und trug ihn zur Tür. Dort blieb er noch einmal stehen und wandte sich um. »Wo wohnt der Reeder Simonsen eigentlich? Ich will nicht mit dem Jungen auf den Armen durch die gesamte Stadt laufen und fragen müssen!«

Einer der Gäste erklärte ihm, wie er am besten zur Eichholzstraße gelangte.

»Hab Dank!«, antwortete der Matrose und wollte gehen. Da klang scharf die Stimme des Wirtes auf.

»Habt ihr nicht etwas vergessen?«

»Ach ja, das Bezahlen!«, rief der alte Seebär lachend. »Selbstverständlich wollen wir unsere Zeche nicht prellen!«

Er griff in Jeremias' Tasche, holte dessen Geldbeutel heraus und bediente sich darin. Der Wirt erhielt seinen Teil, der Schankknecht ein gutes Trinkgeld, und auch die Hure wurde mit einer weiteren Münze bedacht.

»So seid ihr mir immer willkommen!«, rief der Wirt den drei Matrosen noch nach, dann schloss sich die Tür hinter den Männern.

7.

Im Hause Simonsen war Jeremias' Fehlen zwar aufgefallen, doch alle glaubten, er hätte sich mit Freunden verabredet und würde sich bei diesen aufhalten. Umso überraschter waren alle, als es klopfte und drei Seeleute mit dem bis zur Bewusstlosigkeit betrunkenen Jungen draußen standen.

»Halten zu Gnaden, aber wir glauben, das Bürschchen gehört hierher«, meinte der Jüngste der drei mit einem verlegenen Grinsen.

Die Magd, die geöffnet hatte, starrte Jeremias an und schlug die Hände über dem Kopf zusammen. »Bei Gott, was ist geschehen? Er rührt sich ja gar nicht mehr. Gab es einen Unfall?«

»Einen Unfall nicht direkt«, antwortete der Matrose und trug den Jungen an der Frau vorbei ins Haus.

»Ich würde mich freuen, ihn irgendwo absetzen zu können. Auf die Dauer ist er mir doch arg schwer zu tragen.«

Die Magd eilte zur Treppe. »Frau Simonsen, kommen Sie rasch! Jeremias ist etwas zugestoßen!«

Auf diese Worte hin erschien nicht nur Frieda. Auch Ruth eilte die Treppe herab, und selbst Jakob kam aus seinem Kontor, um nachzusehen, weshalb die Frau so geschrien hatte. Er nahm seinen Sohn in die Arme und erkannte als Erster, dass Jeremias nicht an den Folgen eines Unfalls litt, sondern an einem gewaltigen Rausch.

Unwillig krauste er die Stirn und sah die Matrosen durchdringend an. »Sie können mir gewiss Auskunft geben, wie mein Sohn in diesen Zustand gekommen ist.«

»Nun ja!«, meinte der junge Matrose. »Es war so, dass das Jüngelchen uns fragte, ob er nicht auf unserem Schiff anheuern könne. Wir wollten ihn nicht wegschicken, weil wir dachten, er werde sonst andere fragen und dabei womöglich an die Falschen geraten. Daher haben wir ihn an unseren Tisch eingeladen und dazu gebracht, mit uns zu trinken. Wir dachten, wenn er seinen Rausch ausgeschlafen hat, würde seine Lust, Hamburg zu verlassen, geschwunden sein.«

Jakob musterte seinen Sohn, der so bleich und elend aussah, dass die Mutter verzweifelt die Hände rang, und nickte. »Es war das Beste, was ihr tun konntet. Habt Dank! Jetzt aber sollte Jeremias ins Bett gebracht werden und seinen Rausch ausschlafen.«

»Wir sollten den Arzt holen lassen«, wandte seine Frau ein.

Zwar war Jakob der Ansicht, dass dies nicht nötig sei, doch um Frieda zu beruhigen, stimmte er zu. Während die Mutter eine Magd losschickte, näherte Ruth sich ihrem Bruder.

»Was ist mit dir? Sag doch etwas, bitte«, flehte sie und fasste nach seiner Hand.

Sie erhielt nur ein leises Stöhnen zur Antwort. Erschrocken sah sie die Matrosen an. »Hat er sich wehgetan? Ist er verletzt?«

Der junge Mann, der ihn getragen hatte, grinste erneut. »Nicht äußerlich, Fräulein! Drinnen im Bauch wird es ihm wehtun, und morgen wird ihm der Kopf platzen.«

»Das ist etwas, das die meisten jungen Männer einmal durch-machen müssen, der eine früher und der andere später«, erklärte Jakob und winkte einen Diener zu sich. »Bring meinen Sohn auf sein Zimmer und zieh ihm diese Kleider aus. Sie stinken zum Gotterbarmen!«

»Jeremias scheint erbrochen zu haben«, rief Ruth.

»Und das nicht zu knapp!«, meinte der Älteste. »In dem Alter vertragen die Kerle noch nichts.«

Frieda verzog das Gesicht, weil der Mann ihren Sohn despek-tierlich als Kerl bezeichnet hatte. Bevor sie jedoch etwas darauf sagen konnte, schob ihr Mann sie in Richtung Treppe.

»Kümmere dich bitte um den Jungen, Frieda. Und du siehst nach deinen kleinen Geschwistern!« Das Letzte galt Ruth, die der Mutter folgte. Danach reichte Jakob den Matrosen die Hand.

»Ich danke euch von Herzen, dass ihr euch meines Sohnes an-genommen habt. Es hätte sonst was passieren können!«

»Darum haben wir ihn zum Trinken verleitet. Wenn er betrun-ken ist, haben wir uns gedacht, macht er keinen Unsinn mehr! Doch nun nichts für ungut. Wir müssen weiter. Der Weg hierher und das Tragen des Jungen hat uns Durst gemacht!«

Es war ein leichtes Anklopfen, ob für diesen Dienst nicht ein kleines Trinkgeld herausspringen könnte. Sie kam nicht umsonst, denn Jakob reichte jedem der drei ein paar Taler.

»Oh, haben Sie Dank! Sie sind wirklich großzügig!« Der junge Matrose wollte schon gehen, hielt aber noch einmal an und drehte sich zu Jakob um. »Verzeihen Sie, wenn ich Sie noch einmal störe. Aber ich hatte mir eigentlich gedacht, hier in Hamburg bei mei-nem alten Schiff abzumustern. Haben Sie nicht ein Schiff, auf dem ich anheuern könnte?«

»Melde dich im Hafen auf der *Pellworm* und sage Kapitän Klemme, ich hätte dich geschickt!«

Jakob hatte den Mann kurz gemustert und an den mit einer kräftigen Hornhaut überzogenen Händen gesehen, dass er gewohnt war, zuzugreifen. Solche Seeleute konnte er brauchen. Immerhin wollte er im nächsten Jahr ein weiteres Schiff auf Kiel legen lassen, und da mochte es sein, dass dieser Matrose bei guter Führung bereits als Maat auf den Neubau überwechseln konnte.

8.

Jeremias war an diesem Tag nicht mehr ansprechbar, und als er am nächsten Morgen erwachte, war ihm noch immer fürchterlich übel. Er krümmte sich und spürte, wie sein Magen heiße Luft und gelbe Galle hochwürgte. Bevor er jedoch sein Bett beschmutzen konnte, schob ihm jemand eine Schüssel unters Kinn. Er drehte den Kopf leicht und erkannte seine Schwester.

»Ruth, was ist geschehen?«, fragte er mit jämmerlicher Stimme.

»Das sollte besser ich dich fragen. Du hast uns gestern Abend einen Heidenschreck eingejagt«, antwortete seine Schwester. Es schwang ein gewisser Vorwurf mit, den Jeremias sich zunächst nicht erklären konnte.

Er versuchte nachzudenken, doch in seinem Kopf war nichts als ein Schmerz, der von Augenblick zu Augenblick schlimmer wurde. Es war so qualvoll, dass er sich wünschte, zu sterben. Selbst als Ruth ihm ein mit wohlriechenden Essenzen getränktes Tuch auf die Stirn legte, wurde es kaum besser.

»Was ist eigentlich geschehen? Es hieß, du wärst gestern nach der Mathematikklausur nach Hause gekommen, hättest das Haus aber bald darauf wieder verlassen. Am Abend haben dich dann drei Matrosen in einem entsetzlichen Zustand gebracht«, erklärte Ruth, während sie ihm den Mund mit einem sauberen Tuch abwischte.

Mathematikklausur? Matrosen? Zunächst begriff Jeremias überhaupt nichts. Erst nach einer geraumen Weile dämmerte es ihm. Aus Angst, erneut in der Schule versagt zu haben, hatte er auf einem Schiff anheuern wollen und war dabei an drei Matrosen geraten. Sie hatten ihm versprochen, ihn auf ihr Schiff mitzunehmen. Stattdessen lag er wieder in seinem eigenen Bett.

»Das ist so gemein!«, jammerte er.

»Was?«, fragte Ruth.

Jeremias war durch seinen Kater zu zermürbt, um noch Ausreden finden zu können. Daher berichtete er stockend und mit kurzen Sätzen, dass er Hamburg hatte verlassen wollen.

»Du wolltest fort? Aber wieso?«, fragte Ruth fassungslos.

»Wegen der Klausur! Ich wollte nicht als Versager vor Vater treten.«

»Du hattest Angst, er würde dich wieder schlagen?« Dies verstand Ruth, doch Jeremias schüttelte den Kopf.

»Die Ohrfeigen hätte ich überstanden. Ich hatte Angst davor, mich vor euch schämen zu müssen. Du warst die Beste in deiner Schule, und ich bin so schlecht.«

Tränen liefen ihm über die Wangen, und er wünschte sich, die Matrosen hätten ihn auf ihr Schiff gebracht. Dort wäre ihm zwar auch fürchterlich übel geworden, doch er hätte nicht seiner Schwester Rede und Antwort stehen müssen. Bei seiner Mutter und vor allem seinem Vater stand ihm dies noch bevor.

»Du wolltest heimlich fortlaufen und uns voller Angst und Sorgen zurücklassen?« Ruth war außer sich. Doch ihr war klar, dass ihr Bruder am Ende seiner Kraft war, und daher half sie ihm, sich wieder hinzulegen. Nun taten die beruhigenden Gerüche des Tuches auf seiner Stirn ihre Wirkung, und er schlief ungeachtet seiner Kopfschmerzen ein.

Als er wieder erwachte, hatte seine Mutter Ruth abgelöst und sah ihn traurig an. »Du wolltest uns wirklich verlassen! Aber warum?«, fragte sie.

Jeremias nickte, bezahlte es aber mit einer Schmerzwelle durch seinen Kopf. »Ich habe mich so geschämt«, sagte er leise.

»Dabei war gar kein Grund dafür vorhanden!« Jakob war eben eingetreten und hatte seine Worte vernommen.

»Es gab wirklich keinen Grund für dich, auszubüxen«, wiederholte er. »Ich habe vorhin mit deinem Mathematiklehrer gesprochen. Deine Klausurarbeit zählte zwar nicht zu den besten, lag aber über dem Durchschnitt der ganzen Klasse. Deine Versetzung ist nicht mehr gefährdet. Außerdem«, fuhr er eindringlich fort, »ist eine misslungene Klausur kein Grund, um deine Familie verlassen zu müssen. Wir würden dich auch lieben, wenn du auf dem Gymnasium gescheitert wärst!«

Jeremias sah ihn an, als könne er es nicht glauben. »Ich habe die Klausur bestanden?«

Sein Vater nickte. »So ist es! Zunächst war dein Lehrer misstrauisch und meinte, du hättest von deinem Banknachbarn abgeschrieben. Er kam jedoch davon ab, als er sah, dass jener zwei Aufgaben fehlerhaft gelöst hat, die bei dir richtig waren.« Jakob ließ einen gewissen Stolz auf seinen Sohn erkennen, den Jeremias auch spürte.

»Aber ich hatte solche Angst vor der Klausur und dachte nicht, dass ich sie bewältigen könnte.«

Jakob legte ihm lächelnd die Hand auf die Schulter. »Angst hat wohl jeder Mensch, doch es kommt darauf an, sie zu bezwingen. Dies ist dir gelungen!«

Jeremias schwirrte der Kopf. Er hatte während der Klausur kaum mehr an die Aufgaben gedacht, sondern nur daran, ein Schiff zu finden, mit dem er Hamburg verlassen konnte. Trotzdem war es ihm gelungen, die Aufgaben zur Zufriedenheit seines Lehrers zu lösen.

»Das begreife ich nicht«, sagte er leise.

»Dein Lehrer meinte, dir fehle das Zutrauen in deine Fähigkeiten. Das hindere dich daran, deinen wahren Wert zu beweisen. Dafür bin wohl auch ich verantwortlich zu machen, denn ich habe dich wenig gelobt und oft gescholten. Ich hoffe, du kannst mir verzeihen! Heute sage ich mit Fug und Recht, dass ich stolz auf dich bin.« Jakob tätschelte die Schulter seines Sohnes und lächelte. »Ich würde dich bitten, in Zukunft mehr Vertrauen in dich zu haben, und auch in mich. Ich werde dir helfen, wo immer es geht, selbst wenn du die Schule hättest verlassen müssen. Du bist mein Sohn, und das allein zählt!«

»Ja, Vater!« So ganz überzeugt klang Jeremias nicht. »Du bist mir also nicht böse, weil ich heimlich fortgehen wollte?«, fragte er daher.

»Ich hätte mir große Vorwürfe gemacht, dich dazu getrieben zu haben«, antwortete Jakob mit ernster Miene. »Deine Mutter und deine Geschwister wären sehr traurig darüber gewesen und hätten mich deswegen für einen argen Tyrannen gehalten.«

»Mutter gewiss nicht, aber Ruth vielleicht.«

»Auch deine Mutter! Wie oft hat sie mich beschworen, nicht so streng mit dir zu sein. Ich wollte, ich hätte auf sie gehört. Stattdessen habe ich mich manchmal wirklich wie ein Tyrann aufgeführt!« Jakob beugte sich über seinen Sohn und schloss ihn in die Arme. »Ich habe dich lieb und hätte es dir öfter zeigen müssen.«

»Aber auch Ruth!«, erinnerte Jeremias seinen Vater an die Schwester, die gleich ihm unter der Entfremdung gelitten hatte.

»Ja, auch Ruth«, stimmte Jakob ihm zu und erinnerte sich an den seltsamen Vorschlag, den Mina Mensing ihm gemacht hatte. Er schob diesen Gedanken vorerst beiseite und sah seinen Sohn an. »Lass uns über deine Zukunft reden. Immerhin wirst du im nächsten Jahr von der Schule abgehen. Studieren wirst du wohl kaum wollen?«

Jeremias schüttelte ungeachtet der Schmerzen hinter der Stirn den Kopf. »Nein, ganz gewiss nicht!«

»Vielleicht wird David es einmal tun. Er ist der Jüngere und wird mit der Reederei nicht so verbunden sein, wie ich es mir von dir als meinem Nachfolger erhoffe. Als Reeder solltest du jedoch wissen, wie es auf den Schiffen zugeht. Daher wirst du ein paar Jahre auf einem unserer Schiffe Dienst tun. Es würde mich freuen, wenn du schließlich dein Patent als Steuermann oder gar Kapitän machen könntest. Das ist aber keine Bedingung. Eine gewisse Zeit solltest du auch als Gehilfe bei einem Handelsagenten arbeiten. Ich bin mir gewiss, dass Mollys Ehemann Geert Steeden uns diesen Gefallen tun wird, ebenso, wie Kapitän Klemme dich auf seiner *Pellworm* unter seine Fittiche nehmen wird.«

Jakob begriff, dass er seinen Sohn wieder vor vollendete Tatsachen stellte, und hob entschuldigend die Hand. »Wenn es dir recht ist, heißt das! Wenn nicht, werden wir etwas anderes finden.«

»Es ist mir sehr recht!«, sagte Jeremias eifrig. »Ich habe immer davon geträumt, einmal zur See fahren zu können. Daher hat mich das Gymnasium so gestört. Aber jetzt, da ich weiß, dass es möglich sein wird, werde ich mir Mühe geben, dich nicht zu enttäuschen.«

»Das wirst du auch nicht, mein Sohn!«

Jakob lächelte erleichtert. Auch wenn Frieda nie etwas gegen seine Entscheidungen eingewendet hatte, so wusste er doch, dass sie ihm die Schuld an Jeremias' Flucht gegeben hätte. Daher dankte er Gott, dass sein Sohn an ein paar brave Seeleute geraten war, die ihn zurückgebracht hatten. Im anderen Fall hätte er Jeremias verloren und sich selbst die Schuld daran geben müssen. Seine Frau hätte ihm deswegen Vorwürfe gemacht, und Ruth wäre ihm von da an wohl mit offener Feindschaft begegnet.

Erneut musste er an Mina Mensing denken und beschloss, mit seiner Frau über den verrückten Vorschlag der alten Frau zu reden. Daher tätschelte er erneut Jeremias' Schulter. »Schlaf jetzt, mein Sohn! Morgen ist dein Kater vorbei, und du kannst das Leben wieder mit klaren Augen sehen. Lass es dir aber eine Mahnung sein! Nun weißt du, dass Schnaps und Bier in großen Mengen nicht zuträglich sind.«

»Ich werde mich gewiss nicht mehr betrinken«, versprach Jeremias, dem bei dem Gedanken, wie schlecht es ihm gestern und heute Morgen gegangen war, erneut übel wurde.

9.

Jakob fand seine Frau in der Wäschekammer, wo sie die Bettbezüge und die Tischtücher kontrollierte.

»Wir werden ein paar der alten Bezüge und Tischtücher aussortieren und dafür neue kaufen müssen. Sie sind doch schon zu schäbig geworden, um sie Gästen zumuten oder bei Festen verwenden zu können.«

»Dann tu das, meine Liebe!«, antwortete Jakob lächelnd.

Frieda drehte sich zu ihm um. »Ach, du bist das? Ich dachte, es wäre Lene.«

»Das hört sich ja fast so an, als wäre es dir lästig, weil ich anstelle von Lene gekommen bin.« Jakob lachte leise und umarmte seine Frau.

»Natürlich nicht! Es ist nur so, dass du diese Kammer noch nie betreten hast.«

»Einmal ist immer das erste Mal!« Jakob wurde ernst und atmete mehrmals tief durch.

»Es sieht so aus, als hättest du was auf dem Herzen. Ist etwas mit dem Jungen?«

Jakob hob beschwichtigend die Hand. »Es geht ihm schon um einiges besser, und er wird morgen wieder ganz der Alte sein.«

»Wollte er uns wirklich heimlich verlassen?«

»Es ist ein Zustand, der viele junge Männer in diesem Alter überkommt. Sie fühlen sich nicht mehr als Kinder, werden von den Eltern aber immer noch als solche behandelt. Auch ich war davor nicht gefeit, nur hatte ich Jeremias gegenüber den Vorteil, in seinem Alter bereits zur See fahren zu können. Er hingegen war hier eingesperrt, und die Schule war ihm arg.«

»Wie können wir verhindern, dass er es noch einmal versucht?«

Jakob strich sanft über Friedas Hand. »Ich glaube nicht, dass er es noch einmal tun wird. Ich habe mit ihm gesprochen und ihm erklärt, dass er, wenn er Probleme sieht, immer zu mir kommen kann.«

»Wenn er das nur macht!«, antwortete Frieda, die nicht so recht an eine Änderung im Verhalten ihres Sohnes glauben wollte.

»Das wird er! Er ist ein kluger Junge, auf den wir einmal stolz sein werden. Doch ich muss dir noch was anderes erzählen. Du hast nach der Beisetzung meiner Mutter gewiss gesehen, dass Mina Mensing zu mir getreten ist.«

Frieda nickte. »Gesehen habe ich es! Was ihr aber gesprochen habt, konnte ich nicht hören, da mich die Frau Pastor in Beschlag genommen hatte. Ich wollte dich später fragen, kam aber in der ganzen Aufregung nicht dazu.«

»Sie schlägt vor, die Zwistigkeiten, die zwischen unserer und ihrer Familie bestehen, aus der Welt zu schaffen.«

»Ihr Sohn hat deinen Vater bei den Franzosen als Spion verleumdet und damit dessen Tod verschuldet!«, rief Frieda empört.

»Ich weiß! Und es fällt mir auch nicht leicht, diesen Gedanken in Betracht zu ziehen. Aber Derek Mensing ist tot, ebenso dessen Vater, mit dem mein Vater mehrfach aneinandergeraten ist. Wir sind hier in Hamburg und nicht in Italien, wo noch die Blutrache herrscht. Der junge Mensing ist Reeder wie ich, und gemeinsam könnten wir hier in der Stadt mehr erreichen als jeder für sich allein.«

»Du musst es wissen«, erwiderte Frieda herb. Im Gegensatz zu Jakob hatte sie dessen Vater während der französischen Besatzung erlebt und nahm an, dass Jakobs Zuneigung zu Simon durch die Trennung gelitten hatte.

»Es geht uns alle an!«, antwortete ihr Mann. »Wir würden einen Schlussstrich unter eine alte Angelegenheit ziehen und uns der Zukunft zuwenden. Auch soll es nach Mina Mensings Meinung nicht bei einem Handschlag ihres Sohnes mit mir bleiben. Sie schlägt vor, unsere Ruth mit ihrem jüngeren Enkel zu verheiraten, damit beide Familien verwandtschaftlich miteinander verbunden sind.«

»Die Frau ist vollkommen verrückt!«, stieß Frieda hervor. »Ruth ist doch noch ein Kind.«

»Sie ist im letzten Monat sechzehn geworden. Manches Mädchen wird in diesem Alter bereits verheiratet. Dies ist jedoch nicht Mina Mensings Absicht. Sie will noch ein paar Jahre damit warten, bis ihr Enkel sein Studium abgeschlossen hat und Pastor geworden ist.«

Bei seinem Gespräch mit Hinrichs Großmutter hatte Jakob sich gegen deren Vorschlag gestellt. Nun wurde ihm bewusst, dass er anderen Sinnes geworden war. In der Stadt war ihr Zerwürfnis mit den Mensings bekannt, und der eine oder andere hatte bereits versucht, daraus Kapital zu schlagen.

»Minas Enkel können nichts für die Untaten ihres Vaters und ihres Großvaters«, sagte er eindringlich. »Ich glaube, dass Mathias Mensing sehr froh sein wird, wenn sein Bruder unsere Ruth heiratet. Er ist noch jung und hat wenig Erfahrung. Da mag ihm der eine oder andere Rat von mir willkommen sein.«

»Das mag alles wahr sein! Dennoch kann ich Derek Mensing nicht vergeben, dass dein Vater durch seine Verleumdung ums Leben gekommen ist«, antwortete Frieda.

»Das sollst du auch nicht! Doch sollte die Erinnerung daran nicht unseren gesunden Menschenverstand trüben. Unser Stand im Hamburg wäre in jedem Fall besser, wenn wir mit den Mensings durch eine Heirat verbunden sind, als wenn wir weiterhin Feindschaft mit ihnen pflegen.«

Jakob sah, wie es in Frieda arbeitete, und hoffte, dass sie seinen Überlegungen folgen würde. Es dauerte eine Weile, bis sie Antwort gab.

»Ich verstehe, was du meinst, doch ich will meine Tochter nicht für einen Frieden mit den Mensings opfern. Wenn sie zu einer solchen Heirat bereit ist, muss es aus freiem Willen geschehen und ohne Zwang!«

»Das ist selbstverständlich!«, sagte Jakob. »Auch will ich Hinrich Mensing vorher kennenlernen und werde einer Heirat nur zustimmen, wenn er dir und mir gefällt und Ruth keine Einwände dagegen hat.«

»Dann ist es gut.« Frieda passte die Sache immer noch nicht, doch sie begriff die Gründe, die ihren Mann dazu bewogen, eine solche Heirat ins Auge zu fassen. Für ihre Reederei war es gut, wenn sie Frieden mit den Mensings schlossen. Aber zulassen, dass ihre Tochter dafür eine unglückliche Ehe eingehen musste, wollte sie auf keinen Fall.

»Du solltest diese Angelegenheit auch nicht selbst betreiben. Wenn, dann muss es von Mensings Seite aus geschehen«, fuhr sie fort.

Jakob nickte lächelnd. »Ich habe nicht vor, Ruth wie eine Ware anzupreisen, die sonst liegen bleiben würde. Der Vorschlag kam von Mina Mensing. Daher wird sie auf uns zukommen müssen. Tut sie es nicht, ist die Angelegenheit erledigt. Es gibt in Hamburg genügend junge Männer, die in ein paar Jahren um unsere Ruth werben können. Wenn Gott es will, können wir dabei eine andere Allianz schließen, die einer mit den Mensings in nichts nachsteht.«

»Dann ist es gut!«, erklärte Frieda erneut und zog ein Tischtuch aus einem Stapel heraus. »Ich muss mit Lene ein ernstes Wort sprechen. Sie hätte diesem Fleck energischer zu Leibe rücken müssen. So ist das Tischtuch nur noch zu verwenden, wenn wir unter uns sind. Würde ein Gast es sehen, könnte er sich fragen, ob wir nicht einmal mehr das Geld haben, uns saubere Tischtücher zu leisten.«

»Oder aber er wird uns für ungeheuer geizig halten«, rief Jakob lachend und küsste sie auf die Wange. »Du bist das Beste, was mir passieren konnte!«, sagte er und verließ die Kammer, bevor sie Antwort geben konnte.

10.

Anders, als Frieda Simonsen hoffen mochte, trieb Mina Mensing ihren Plan mit aller Energie weiter. Sie wusste, dass vor allem die Zeit ihr Feind war. Immerhin hatte sie das zweiundsiebzigste Lebensjahr vollendet und konnte nicht damit rechnen, noch lange auf dieser Erde zu weilen. Sie begriff allerdings auch, dass sie nicht zu plump vorgehen durfte, denn sonst würde sie Jakob Simonsen, dessen Frau und vor allem Ruth abschrecken.

Mathias war zu ihrer Erleichterung auf ihrer Seite. Er tat dies nicht ganz uneigennützig. Auch wenn er mittlerweile sechsundzwanzig Jahre zählte, glaubten ältere Geschäftspartner immer noch, ihm fehlte es an Erfahrung, und versuchten, ihn über den Tisch zu ziehen. In London musste er seine Geschäfte vor allem über seinen Onkel Zechariah Bartlett tätigen, der nach dem Tod seines Vaters Samuel das neue Oberhaupt der Familie war. Hier in Hamburg und vor allem in der Ostsee erhoffte er sich einen Vorteil, wenn er in Gesprächen erwähnen konnte, sein Bruder sei Jakob Simonsens Tochter versprochen.

Seine Pläne, die gesamte Familie Simonsen zu vernichten, gab er deswegen nicht auf. Dies musste warten, bis sich die entsprechende Gelegenheit bot. Erst einmal ging es darum, seinen Bruder aus der Reederei herauszuhalten, bevor dieser auf den Gedanken kam, seinen Anteil oder wenigstens den Erlös daraus zu verlangen, um damit fromme Werke tun zu können.

»Ich muss Großmutter zustimmen«, sagte er an diesem Abend, als er mit dieser und Hinrich in einem Salon zusammensaß. »Ruth Simonsen ist wirklich ein hübsches Mädchen und wird einmal eine wunderschöne Frau sein. Würden die Umstände es gestatten, wäre ich der Erste, mich um sie zu bewerben.«

Während Mina zustimmend nickte, wiegte Hinrich unschlüssig den Kopf. »Sie erscheint mir noch sehr jung, um die ernsthafte Ehefrau eines Pastors werden zu können! Außerdem weisen ihre roten Haare auf ein hitziges Gemüt hin.«

»Die hatte ihre Großmutter auch, doch Erna Simonsen galt zeit ihres Lebens als sehr beherrscht«, erklärte Mina bestimmt.

Sein Bruder lächelte über Hinrichs Einwand. »Zum einen soll die Hochzeit ja nicht schon morgen sein, und zum anderen solltest du das Mädchen erst einmal kennenlernen. Dann siehst du auch, ob die Farbe ihrer Haare auf ihr Gemüt abgefärbt hat.«

»Aber wie soll ich sie kennenlernen? Ich kann doch nicht zu Simonsen gehen und sagen, ich will mit seiner Tochter sprechen«, wandte Hinrich ein.

Wie schon so manches andere Mal hielt Mathias seinen Bruder für einen Narren, der sich in seine Bücher vertiefte und darüber das wirkliche Leben vergaß.

»Das kannst du natürlich nicht, und es wäre auch ungehörig, Fräulein Ruth in der Stadt abzupassen wie eine Magd, von der du etwas willst«, meinte er freundlich.

»Ich will auch nichts von einer Magd!«, rief Hinrich empört über die Unterstellung, er könnte ein solches Mädchen verführen wollen.

»Es kommt die Zeit, in der ein Mann mit einem Weib vor den Altar treten sollte. Auch mir wird das in absehbarer Zeit nicht erspart bleiben«, sagte Mathias in einem Tonfall, als wolle er einem Kind etwas erklären.

»Gott hat es so gefügt!«, warf die Großmutter ein. »Er gab Adam Eva zum Weib. Wenn du einmal Pastor wirst, ist es deine Pflicht, zu heiraten, auf dass du eine Gefährtin gewinnst, die dich bei deiner Aufgabe unterstützt, den Menschen das Evangelium zu predigen.«

»Sehr wahr!«, rief Mathias inbrünstig aus. »Noch wichtiger ist es jedoch, zu heiraten, wenn du in fremde Länder ziehen und die Menschen dort zum Christentum bekehren willst. Gehst du allein dorthin und empfindest dort den Wunsch, dich als Mann zu beweisen, bleiben dir dafür nur die eingeborenen Weiber. Eine solche zu heiraten, empfiehlt sich für einen Mensing aus Hamburg nicht, und ohne Ehe mit einem solchen Weib zusammenzuleben, wäre nicht nur eine Sünde vor dem Herrn, sondern würde denen, die du bekehren willst, ein schlechtes Beispiel geben.«

Hinrich senkte schuldbewusst den Kopf. Auch wenn er eifrig Theologie studierte, war er doch ein junger Mann mit all den Wünschen und Nöten, die man in seinem Alter haben konnte. Er hatte noch keine Erfahrung mit dem anderen Geschlecht, doch in seinen Gedanken stellte er sich vor, wie es sein würde, mit einer Frau das Bett zu teilen. Natürlich war dies nur in einer von Gott gesegneten Ehe möglich, und bis dorthin musste er sich im Zaum halten.

Nun fragte er sich, ob eine Ehe mit Ruth Simonsen vielleicht doch die beste Lösung war. Zwar hatte er sich überlegt, sich in absehbarer Zeit um die Tochter eines Pastors zu bewerben, da diese am besten wusste, was sich für die Frau eines Seelsorgers geziemte. Die einzige Pastorentochter, die er kannte, war nicht gerade eine Schönheit, aber das wäre natürlich durch innere Werte aufgewogen worden. Doch solche hatte er bei dem Mädchen bislang nicht entdeckt. Ihr Mundwerk stand kaum einen Augenblick still, und ihr Verstand schien so eingeschränkt, dass es jeden intelligenten Mann anöden musste.

Der Vater des Mädchens hatte ihm bereits angedeutet, dass er ihm als Bewerber für seine Tochter willkommen sei, sobald er sein Studium abgeschlossen und eine entsprechende Stellung als Pastor erhalten habe.

»Lieber jede andere als sie«, murmelte er und verwirrte damit Großmutter und Bruder.

»Was meinst du?«, fragte Hinrich.

»Ich habe nur laut gedacht. Verzeiht es mir!« Hinrich atmete durch und versuchte, sich an Ruth Simonsen zu erinnern. Bewusst hatte er sie nur bei der Beerdigung ihrer Großmutter wahrgenommen, dennoch stieg ihr Bild sofort in seinen Gedanken auf. Sie sah wirklich hübsch aus und war mit ihren sechzehn Jahren weiblich genug, um seine Sehnsucht nach intimer Zweisamkeit anzusprechen.

»Es kommt auf ihr Wesen an! Wenn das Mädchen von edler Gesinnung ist, so wäre ich bereit, sie mir genauer anzusehen«, sagte er zögernd. Insgeheim wunderte er sich, dass Ruth einen so starken Eindruck bei ihm hinterlassen hatte.

Trottel!, dachte Mathias. Du tust so, als wolltest du die Krone aller Weiber für dich gewinnen. Dabei sind sie alle gleich, zwar von unterschiedlichem Aussehen, doch immer von mäßigem Verstand. Die Hauptsache bei einer Ehefrau war, dass sie wusste, wann sie den Mund zu halten hatte, und ihrem Gatten aufs Wort gehorchte.

»Ich werde morgen Simonsen aufsuchen und mit dem Mädchen sprechen«, erklärte Mina halbwegs zufrieden mit Hinrichs Bereitschaft, Ruth als mögliche Ehefrau in Betracht zu ziehen.

»Tun Sie das, Großmutter!«, forderte Mathias sie auf und hoffte, dass sich die Angelegenheit rasch genug klären ließ, um seinen Bruder samt Ehefrau so bald wie möglich in die Ferne zu schicken.

Wenn die beiden dort den Kannibalen zum Opfer gefallen waren, würde er für die Umwelt bittere Tränen vergießen, sich aber klammheimlich die Hände reiben, denn danach wäre er der unumschränkte Herr der Reederei und müsste nicht mehr befürchten, dass Hinrich sich irgendwann gegen ihn wandte.

11.

Für einen jungen Mann in Hinrichs Alter wäre es ungehörig gewesen, ein Haus wie das der Simonsens ohne Einladung zu betreten. Mina rechnete jedoch damit, dass man es ihr als alter Frau nachsehen würde, wenn sie sich von ihrem Enkel begleiten ließ. Unterwegs schärfte sie Hinrich ein, alles zu tun, um sowohl bei Ruth wie auch bei deren Eltern einen guten Eindruck zu hinterlassen.

»Du weißt, es ist mein Herzenswunsch, dich mit einer Enkelin von Simon Simonsen vereint zu sehen«, erklärte sie ihm mit Nachdruck.

Hinrich nickte. Von seiner Großmutter wusste er, dass diese mit Simon Simonsen einmal so gut wie verlobt gewesen war. Sein Großvater sollte diesem jedoch übel mitgespielt und die Großmutter auf krummen Wegen für sich gewonnen haben. Seine Erinnerungen an Jörgen Mensing stammten aus seiner frühen Kindheit, und da war dieser ein älterer, strenger Mann gewesen, der sich Mathias zugewandt und ihn kaum beachtet hatte.

Trotzdem war die Schuld des Großvaters auch die seine, da diese bis ins siebte Glied oder die siebte Generation einer Familie Bestand hatte. Er war erst der Zweite nach Jörgen Mensing und hoffte, das Seine tun zu können, damit diese Schuld abgetragen wurde. Bei dem Gedanken erinnerte er sich an das Gerücht, dass sein Vater Derek Simon Simonsen an die Franzosen verraten und dadurch dessen Tod verschuldet habe. Wenn das stimmte, so hatte er allen Grund, Jakob Simonsens Vergebung und die seiner Familie zu erlangen.

In dem Augenblick hätte Hinrich sich selbst um die eitle und schwatzhafte Pastorentochter beworben, wenn er dadurch diese Schuld hätte tilgen können. Im Gegensatz zu dieser war Ruth Simonsen ein wunderschönes Mädchen, und wenn ihr Wesen auch diesem Bild entsprach, fühlte er sich beinahe nicht wert, sie als Gefährtin für sein weiteres Leben zu gewinnen.

Sie erreichten das Haus Simonsen, klopften und wurden eingelassen. Während sie der Magd folgten, die ihnen geöffnet hatte, sah Hinrich sich um. Das Haus war etwas kleiner als das, in dem er mit Großmutter und Bruder lebte, und auch schlichter eingerichtet. Gerade deswegen gefiel es ihm besser. Sein Vater hatte gerne geprotzt und sein Heim mit Stuckarbeiten und prunkvollen Möbeln überfrachtet. Dagegen wirkte dieses Haus wie eine Einheit, und vieles wies darauf hin, dass hier Menschen wohnten, die ihren Lebensunterhalt seit Generationen der See abrangen.

Die gute Stube war mit Schiffsmodellen sowie den Bildern von Hauke Lüders, Simon Simonsen und dessen Sohn Jakob in Schiffertracht geschmückt. Auch Simons Mutter Lia wie auch seine Frau Erna und seine Schwiegertochter Frieda waren porträtiert worden, aber nicht als Damen, wie seine Großmutter und Mutter, sondern als Schifferfrauen in der überlieferten Tracht, die mittlerweile nur noch selten getragen wurde.

Der Hausherr trug Hose, Weste und Rock in dunklem Blau, während seine Frau ein weit fallendes Kleid aus dunkelbraunem Kattun gewählt hatte. Als Zeichen der Trauer hatte sie auf Schmuck verzichtet. Beiden war nicht anzusehen, ob sie über den Besuch erfreut waren. Sie grüßten höflich und baten Mina und Hinrich, Platz zu nehmen.

»Ich danke Ihnen!«, sagte Mina, nachdem sie sich gesetzt hatte. »Sie verzeihen mir hoffentlich, dass ich Hinrich gebeten habe, mich zu begleiten. Ich fühle mich nicht mehr ganz so sicher auf den Beinen und bin froh um seinen Arm, der mich stützt. Er wird Ihre Gastfreundschaft jedoch nicht länger bemühen, sondern gehen und mich später abholen.«

»Sie sind gewiss froh um diesen Enkel!«, sagte Frieda, während sie Hinrich durchdringend musterte. Was sie sah, gefiel ihr besser, als sie erwartet hatte. Er war noch etwas größer als ihr Mann und gut, aber nicht auffällig gekleidet. Dazu hatte er ein angenehmes Gesicht und einen offenen Blick. Er stand noch und sah ganz so aus, als wolle er die Worte seiner Großmutter befolgen und wieder gehen.

»Oh ja, das bin ich!«, bekannte Mina. »Hinrich ist der Halt meines Alters. Obwohl er fleißig ist und hofft, sein Theologiestudium in kürzestmöglicher Zeit abzuschließen, zeigt er sich stets bereit, auf die Launen einer alten Frau wie mich einzugehen.«

»Sie wollen Pastor werden?«, wandte Frieda sich nun direkt an Hinrich.

Dieser nickte. »Das will ich, Frau Simonsen! Das heißt, ich will mein Studium abschließen und dann zwei oder drei Jahre in der Fremde als Missionar wirken.«

Mathias hatte Hinrich geraten, den Simonsens diese Tatsache zu verschweigen, doch seine Aufrichtigkeit zwang ihn, es zuzugeben.

Frieda und Jakob wirkten erstaunt, dann aber wies Jakob auf den freien Stuhl. »Setzen Sie sich doch, Herr Mensing! Es wäre unhöflich, Sie wegzuschicken und wiederkommen zu lassen, um Ihre Frau Großmutter abzuholen, so als wären Sie ein Lakai.«

»Haben Sie Dank!«

Mina lächelte. Da ihre Gastgeber nun gewiss ihre Tochter rufen lassen würden, konnten die jungen Leute sich kennenlernen. Sie war gespannt, welchen Eindruck Hinrich auf das junge Mädchen machen würde, und welchen diese auf ihren Enkel.

Jakob musterte Hinrich nicht weniger durchdringend als seine Frau. Auch auf ihn machte der junge Mann einen guten Eindruck.

Allerdings wirkte er ein wenig weltfremd, doch das war eine Krankheit, unter der auch andere Theologen litten. Ein energisches Mädchen, wie Ruth es war, würde schon für den nötigen Ausgleich sorgen. Verwundert, wie leicht er bereit war, Minas Enkel als möglichen Schwiegersohn ins Auge zu fassen, ergriff er die Klingel und befahl dem Dienstmädchen, seine Tochter zu rufen.

»Fräulein Ruth? Jawohl«, antwortete die Frau mit der Andeutung eines Knickses und verschwand wieder.

»Sie besitzen ein schönes Haus!«, erklärte Mina lächelnd. Dabei dachte sie, dass sie hier glücklicher geworden wäre als in ihrem Elternhaus, das ihr Mann zu einem Palais hatte umbauen lassen. Sie schob diesen Gedanken sofort wieder von sich. Es hatte wenig Sinn, Dingen nachzutrauern, die nicht mehr zu ändern waren. Stattdessen galt es, den Grundstein für die Zukunft zu legen. Aus diesem Grund war sie sehr gespannt auf Ruth.

Mina musste nicht lange warten, denn das Mädchen trat bald ein. Als sie die Gäste sah, knickste sie mit erstaunter Miene vor der alten Dame.

»Ich weiß nicht, ob du Frau Mensing kennst?«, sagte Frieda.

»Ich habe Frau Mensing das eine oder andere Mal von Weitem gesehen, doch nie von Nahem, und ich habe auch nie mit ihr gesprochen.« Ruth klang spröde, denn sie hatte den Tod ihres Großvaters durch ein französisches Erschießungskommando nicht vergessen.

Mina begriff, was das junge Mädchen bewegte, und wies auf den Stuhl neben sich. »Komm, setz dich, mein Kind, und lass dir sagen, wie sehr ich alles bedaure, was in der Vergangenheit geschehen ist.«

Ruth zögerte einen Augenblick, nahm dann aber auf einen scharfen Blick ihrer Mutter hin Platz. Den jungen Mann, der auf Minas anderer Seite saß, beachtete sie zunächst nicht. Damit aber gab sie Hinrich viel Zeit, sie eingehend zu betrachten.

Von Nahem erschien Ruth ihm noch schöner als der Eindruck, den er vor ein paar Tagen auf dem Friedhof gewonnen hatte. Hinrich konnte sich an kein Mädchen erinnern, das ihr auch nur annähernd das Wasser reichen konnte. Ihre Augen leuchteten in einem Blau, das den Sommerhimmel beschämte, die Nase war gerade und die Lippen sanft geschwungen. Dazu war sie schlank, wies aber recht angenehme Formen auf, welche eine Sehnsucht in ihm entfachten, die er vorerst noch beherrschen musste. Dem Vorschlag seines Bruders zufolge sollte er zuerst sein Studium beenden und seine Ordination als Seelsorger erhalten, bevor er an den Traualtar trat. Der einzige Grund, eine Heirat vorzuziehen, wäre, wenn das Ableben seiner Großmutter unmittelbar zu erwarten war. Das aber wollte Hinrich nicht hoffen.

Unterdessen begann Mina ein Gespräch mit ihren Gastgebern. Da sie nicht wusste, wie sie beginnen sollte, lobte sie noch einmal das Haus und stellte rasch fest, dass dies Frieda gefiel. Damit die Unterhaltung nicht stockte, berichtete Jakob, wie er das eine oder andere Möbelstück erworben hatte, und versuchte, auch seine Tochter und Hinrich miteinzubeziehen. Die beiden hatten, wie es sich für junge Leute geziemte, zunächst schweigend zugehört. Nun waren sie gezwungen, sich zu äußern. Beide taten es höflich und ohne sich in den Vordergrund zu drängen.

Hinrich nahm wahr, dass Ruth eine angenehme Stimme hatte. Vor allem war sie nicht so dumm, wie Frauen und Mädchen es der Ansicht seines Bruders nach sein sollten. Dabei erinnerte er sich, dass er sich über Mathias' Sprüche stets geärgert hatte, weil sie auch ihrer Großmutter gegenüber despektierlich waren, und die war wahrlich eine kluge Frau.

Auch wenn die Konversation noch etwas gezwungen wirkte, so sorgte sie doch dafür, dass Ruth auf Hinrich aufmerksam wurde. Bislang hatte sie geglaubt, ihn als Mensing und damit als Feind ansehen zu müssen. Nun aber entdeckte sie, dass er ein gut aussehender junger Mann mit ausgezeichneten Manieren war, der sich sehr um seine Großmutter sorgte.

Ruth hatte sich bisher noch keine Gedanken über ihre Zukunft gemacht, rief sich aber bei Hinrich Mensings Anblick unwillkürlich die jungen Männer in Erinnerung, die für eine Simonsen als mögliche Ehemänner infrage kamen. Sie stellte fest, dass es keinen gab, der ihr auch nur ansatzweise so gut gefiel wie ausgerechnet Hinrich Mensing. Das verwirrte sie, und sie wünschte sich, den Raum verlassen und in ihr Zimmer zurückkehren zu können. Aber dies wäre unhöflich gewesen, und so blieb sie sitzen. Sie nahm nicht wahr, dass Mina immer mehr das Gespräch mit ihr suchte, sondern antwortete freundlich, wenn auch mit leichter Zurückhaltung. Hinrich warf gelegentlich eine Bemerkung ein, die ihr sehr passend vorkam, und er schien sich nicht im Geringsten zu langweilen.

Das tat auch sie nicht. Als Mina schließlich zum Aufbruch drängte, empfand Ruth sogar ein gewisses Bedauern. Zu fragen, ob die alte Dame sie bald wieder besuchen würde, wagte sie jedoch nicht.

»Sie erlauben doch gewiss, dass ich Ihr Haus weiterhin aufsuche«, sagte da Mina Mensing. »Ich habe mir so sehr eine Tochter oder wenigstens eine Enkelin gewünscht, so dass ich mich freuen würde, die Bekanntschaft mit Fräulein Ruth vertiefen zu können.«

»Sie sind uns stets willkommen«, antwortete Frieda.

»Und Sie, mein Fräulein?«, wandte Mina sich direkt an Ruth.

»Ich würde mich freuen«, antwortete diese und sah an der alten Frau vorbei auf Hinrich. Würde er auch weiterhin seine Großmutter begleiten?, fragte sie sich und ahnte, dass sie im Begriff war, sich in den jungen Mann zu verlieben.

12.

Nachdem Mina und Hinrich Mensing gegangen waren, schickte Frieda ihre Tochter in deren Zimmer und sah dann ihren Mann mit ernster Miene an. »Ich muss sagen, der junge Mensing hat einen guten Eindruck auf mich gemacht. Es stört mich jedoch, dass er als Missionar tätig sein will.«

»Es ist ein gottgefälliges Werk, armen Heiden das Heil des christlichen Glaubens zu bringen«, antwortete Jakob.

»Aber das ist gewiss nicht ohne Gefahren!«, wandte Frieda ein. »Wenn ich an die Kannibalen denke, die es geben soll, oder an die Krankheiten, die man sich in der Fremde zuziehen kann. Erinnere dich, dass mehrere unserer Matrosen auf den Inseln im Karibischen Meer vom Gelbfieber dahingerafft worden sind.«

Jakob verstand die Ängste seiner Frau, sah es aber anders. »Es liegt alles in Gottes Hand, meine Liebe. Auch glaube ich nicht, dass Hinrich Mensing mit einer jungen Frau zusammen zu solch üblen Wilden gehen würde. Er wird ein, zwei Jahre lang in einem fernen Landstrich das Christentum predigen und danach zurückkehren, um eine Stelle als Pastor einzunehmen. Ich finde es sogar ganz gut, wenn er etwas von der Welt sieht. Er wird daran wachsen und danach genau der Mann sein, den wir uns für unsere Tochter wünschen können.«

»Ich hoffe, du hast recht«, antwortete Frieda nicht ganz überzeugt. Auch ihr hatte Hinrich gefallen, und so hoffte sie, dass ihre Sorgen sich nicht erfüllen würden.

»Es kommt darauf an, ob Ruth überhaupt bereit ist, an eine Ehe mit Hinrich Mensing zu denken. Wie du weißt, habe ich deutlich gemacht, dass ich keinen Zwang auf sie ausüben will.«

»So, wie Ruth den jungen Mann zuletzt angesehen hat, wird sie wohl kaum Nein sagen, wenn er zu dir kommt und die Frage stellt, ob du sie ihm als Gattin überlassen würdest.« Frieda schüttelte den Kopf. »Du hast wirklich recht! Es liegt alles in Gottes Hand. Beten wir, dass er diese weiterhin schützend über uns hält!«

»Das ist ein wahres Wort!«, antwortete Jakob und schloss sie in die Arme.

ZEHNTER TEIL

DEM SCHICKSAL ENTGEGEN

1.

*M*athias Mensing sah zu, wie sein Bruder den neuen schwarzen Rock anzog und nach Hut und Gehstock griff. Neid packte ihn, sowohl auf Hinrichs gutes Aussehen wie auch auf die Würde, die diesem der neue Status als Geistlicher verlieh. All die Jahre hatte er sich ihm überlegen gefühlt. Schon sein Großvater hatte ihm dies eingepflanzt, und noch mehr sein Vater, dem es nicht gepasst hatte, wie Hinrich sich an die Großmutter geklammert hatte. Nun aber war sein Bruder ein erwachsener Mann, fast drei Zoll größer als er, breiter in den Schultern und mit schmalen Hüften, schlanken Beinen und einem Gesicht, das jedes Frauenauge entzücken musste. Mehr denn je ähnelte er dem Bild, das Großvater Jörgen in seinem dreißigsten Jahr von sich hatte malen lassen. Würde dieser heute noch leben, wäre gewiss Hinrich sein Liebling. Oder auch nicht, fuhr es ihm durch den Kopf. Schließlich war Hinrich dabei, um eine Enkelin Simon Simonsens zu werben, also jenes Mannes, den Jörgen Mensing mehr gehasst hatte als selbst den Satan.

»Es ist also so weit! Du wirst vor den Traualtar treten.« Mathias konnte auch jetzt seinen Neid kaum verbergen. Da seine Großmutter den Kontakt zu den Simonsens gefördert hatte, hatte er Ruth von einem sehr hübschen Mädchen zu einer wunderschönen Frau heranwachsen sehen. Nun war sie neunzehn Jahre alt und der Traum jedes Mannes. Er bedauerte, dass er damals den Vorschlag seiner Großmutter abgelehnt hatte, selbst um Jakob Simonsens Tochter zu werben. Damit wäre ihm in Zukunft, wenn er es genau überdachte, sogar einiges leichter gefallen.

Leider war es zu spät, denn mittlerweile pfiffen es bereits die Spatzen von den Dächern, wie gut Ruth und Hinrich zusammenpassten. Der Teufel soll ihn holen!, dachte er, während sein Bruder sich zur Tür wandte.

»Wünsche mir Glück!«, sagte er.

»Von ganzem Herzen!«, antwortete Mathias heuchlerisch, schlug sich gegen die Stirn und stieß ein gepresstes Lachen aus. »Warte noch einen Augenblick! Ich habe noch etwas für dich. Eigentlich wollte ich es dir erst bei deiner Hochzeit überreichen, aber dir ist es gewiss lieber, es gleich zu sehen.«

»Was ist es?«, fragte Hinrich freundlich, obwohl ihn die Verzögerung störte.

»Ich hole es.« Mathias verließ den Raum und kehrte kurz darauf mit einem gesiegelten Umschlag zurück.

»Hier! Ich habe es von Onkel Zechariah in London erhalten. Es ist deine offizielle Bestallung als Missionar im Dienste der Society for the Propagation of the Gospel in Foreign Parts einschließlich der Erlaubnis, gemeinsam mit deiner Gattin auf Seiner Majestät Schiff *Hesione* in die Südsee zu reisen. Ihr werdet euch beeilen müssen, denn Captain Smyth will England Anfang nächsten Monats verlassen.«

Hinrich starrte auf das Kuvert, zog die innen liegenden Blätter heraus und las sie durch, während sein Bruder weitersprach. »Damit musst du nicht aufs Geratewohl aufbrechen, sondern kennst bereits jetzt dein Ziel. Es wird Federal Island oder La Dominica sein. Zudem steht dir eine jährliche Dotation in Höhe von zweihundert Pfund zu sowie das Recht auf eine kostenlose Rückreise auf einem Schiff Seiner Majestät, König Georgs IV., was allerdings frühestens drei Jahre nach deiner Ankunft in der Südsee möglich sein wird.«

Mathias schwitzte bei diesen Worten, und er betete, dass weder Hinrich noch dessen zukünftiger Schwiegervater wussten, welche Völker auf diesen Inseln lebten. Laut Gervase Smyth, der seit dem Sieg über Napoleon bereits zweimal den Pazifik befahren hatte, sollten die Bewohner der Marquesas genannten Inseln die schlimmsten Menschenfresser sein, die es auf Gottes Erdboden gab.

Wohl hatte Hinrich sich mit dem Gedanken befasst, eine gewisse Zeit als Missionar zu wirken, sich dabei aber eine Weltgegend vorgestellt, von der aus Ruth und er von Zeit zu Zeit nach Hamburg hätten zurückkehren können. Die Südsee war auf der anderen Seite der Erdkugel, und er wusste rein gar nichts über diese Gegend.

»Diese Society ist doch eine englische Missionsgesellschaft«, wandte er zögernd ein.

»Das sollte dich nicht daran hindern, die Eingeborenen dieser Inseln zu guten Protestanten zu erziehen«, erklärte Mathias mit einem verkrampften Lächeln. »Als ich Onkel Zechariah von deinem Vorhaben berichtete, Missionar zu werden, wandte er sich an diese Gesellschaft und schlug ein recht gutes Salär und die freie Reise heraus. Ich kenne Captain Smyth persönlich. Er ist ein Seebär von altem Schrot und Korn und hat in all den Jahren, die er auf See ist, noch kein einziges Schiff verloren.«

»Es geht alles arg schnell! Was werden Jakob Simonsen und seine Frau dazu sagen? Und was Fräulein Ruth?«

Hinrich fand, dass es etwas anderes war, daran zu denken, in ein paar Jahren auf Missionsreise gehen zu wollen, als kurz nach der Heirat aufbrechen zu müssen. »Dann ist da ja auch noch Großmutter«, setzte er etwas entschlossener hinzu.

Mathias ärgerte sich über seinen Bruder, beherrschte sich aber und gab seiner Stimme einen beleidigten Klang. »Großmutter ist sehr krank! Deshalb drängt sie ja darauf, dass du Ruth Simonsen noch vor ihrem Ableben ehelichst.«

Hinrich atmete tief durch und nickte. »Das ist richtig! Ich würde aber ungern abreisen, während sie so krank darniederliegt.«

»Es wird wohl nicht anders gehen«, sagte Mathias. »Du würdest ansonsten diese ausgezeichnete Gelegenheit verpassen, als Missionar zu wirken. Wer weiß, ob so eine je wiederkommt.«

Hinrich ging zur Tür. »Ich werde es Jakob Simonsen und Ruth sagen müssen«, meinte er leise.

Mathias trat zu ihm hin und nahm ihm das Schreiben aus der Hand. »Das hat Zeit, bis die Ehe geschlossen ist. Oder willst du riskieren, dass Simonsen einen Rückzieher macht und du damit den sehnlichsten Wunsch unserer Großmutter zerstörst?«

Der Hinweis darauf, wie sehr diese seine Ehe mit Ruth herbeisehnte, brachte Hinrich dazu, nachzugeben. »Also gut, ich schweige. Dafür aber werden wir so tun, als hätte uns das Schreiben dieser Society erst nach meiner Trauung erreicht.«

»Dazu bin ich gerne bereit«, antwortete Mathias und fand es an der Zeit, dass sein Bruder das Land verließ. Sonst kamen bei Hinrich doch noch Wesenszüge zum Vorschein, die ihm gefährlich werden konnten.

2.

Ruth sah Hinrich auf das Haus zukommen und fühlte, dass dies der Tag war, den ihre Eltern und auch sie hatten kommen sehen. Der lange schwarze Rock, die ebenfalls schwarze Weste und der passende Hut hätten anderen Männern etwas Düsteres verliehen. An Hinrich sahen sie jedoch gut aus, auch wenn seine Miene ungewohnt ernst und entschlossen wirkte. Um Ruths Lippen spielte ein Lächeln. Hinrich musste doch wissen, dass er hier willkommen war und sein Antrag auf offene Ohren stoßen würde.

Immerhin machte Hinrich ihr seit fast drei Jahren den Hof. Hatte er zunächst nur seine Großmutter begleitet, wenn diese bei ihnen zu Besuch gewesen war, war er im zweiten Jahr bereits allein erschienen und hatte unter den Augen der Mutter mit ihr sprechen dürfen. Im letzten Jahr hatte diese sie manchmal sogar für ein paar Minuten allein gelassen. Andere junge Männer hätten die Gelegenheit genutzt, um so etwas Ungehöriges wie einen Kuss von ihr zu verlangen, oder gar ihren Körper berührt. Nicht so Hinrich. Er war freundlich lächelnd neben ihr gesessen und hatte sich mit ihr über das letzte Buch unterhalten, das er ihr als Lektüre empfohlen hatte.

Ruth wusste nicht, ob sie ihm etwas mehr Kühnheit hätte wünschen sollen. Das aber hätte nicht zu der von ihm erstrebten Würde als Seelsorger gepasst. Bei diesem Gedanken erinnerte sie sich an die kleine Feier, zu der sie vor mehreren Tagen im Hause Mensing eingeladen gewesen waren. Hinrich hatte seine Ordination als Geistlicher erhalten, und das schneller als die meisten seiner Mitstudenten. Sie wusste, dass diese ihn einen Streber nannten, kannte aber auch den Grund, weshalb er so hart auf sein Ziel hingearbeitet hatte. Seine Großmutter hatte diesen erhabenen Augenblick noch erleben sollen. Mina Mensing würde in Kürze ihr sechsundsiebzigstes Jahr vollenden und war schon längere Zeit leidend. Seit zwei Monaten konnte sie das Haus nicht mehr verlassen und hatte zu ihrem Leidwesen nicht an Hinrichs Ordination teilnehmen können. Auch bei der kleinen Feier war sie nur kurz gewesen, aber sie hatte ihn und auch sie liebevoll umarmt.

Mittlerweile hatte Ruth erfahren, dass Mina sich ihre Heirat mit Hinrich von Herzen wünschte. Die alte Frau hatte ihr berichtet, dass Mina beinahe ihren Großvater geheiratet hätte. Ihr späterer Ehemann Jörgen hatte durch Intrigen dafür gesorgt, dass es nicht dazu gekommen war. Auch wenn Mina nicht ins Detail gegangen war, hatte Ruth begriffen, dass jener Mann sich Dinge erlaubt hatte, bei denen ihm von einem anderen Vater als dem von Mina ein Duell mit Pistolen aufgezwungen worden wäre.

Der Enkel hingegen hatte viel von der Sanftmut seiner Großmutter geerbt. Ruth lächelte, als sie den Türklopfer hörte, und stellte sich vor, wie eine Magd zur Tür eilen und Hinrich einlassen würde. Da blickte sie an sich hinunter und fand, dass sie Hinrich unmöglich in diesem Kleid empfangen konnte. Doch blieb ihr noch die Zeit, sich umzuziehen?, fragte sie sich.

Gewiss würde Hinrich zuerst mit dem Vater sprechen und dieser die Mutter hinzuholen. Dies würde ein wenig dauern. So rasch sie konnte, eilte sie zu ihrem Kleiderschrank und sah ihre Kleider durch. Das eine erschien ihr zu schlicht, das andere zu festlich. Schließlich entschied sie sich für das schlichte Kleid, weil es besser zur Braut und Ehefrau eines Mannes passte, der bald Pastor eines Kirchspiels sein würde. Ein Dienstmädchen half ihr, die Knöpfe zu schließen. Danach richtete sie das Haar, kniff sich leicht in die Wangen, da ihr diese zu blass erschienen, und wartete wie auf glühenden Kohlen sitzend darauf, dass ihre Eltern sie holen ließen.

3.

Jakob Simonsen wusste ebenfalls, was die Uhr geschlagen hatte, als Hinrich mit feierlicher Miene auf ihn zutrat. Ein wenig lächelte er über die steife Art, mit der der junge Mann es tat. Als gern gesehener Gast in diesem Haus hätte Hinrich es nicht nötig gehabt. Er war jedoch ein ordentlicher junger Mann, der wusste, was sich geziemte. Jakob mochte ihn jedenfalls um vieles mehr als seinen Bruder. Auch wenn Mathias in den letzten Jahren das eine oder andere Mal seinen Rat gesucht hatte, blieb er für ihn undurchschaubar. Hinrich war offener und zudem keiner, der einem älteren Mann die ihm zukommende Achtung verweigerte. Daher würde er Ruth ein ausgezeichneter Gatte werden.

Bei dem Gedanken seufzte Jakob, denn seine Tochter war für ihn fast ebenso wenig durchschaubar wie Mathias Mensing. Obwohl sie höflich und beherrscht auftrat, spürte er, dass sie hinter der Stirn Gedanken hegte, die sie vor ihm und seiner Frau verbarg. Im Grunde hielt er sie für mutiger als Hinrich. Diesem hätte er nicht zugetraut, als Siebenjähriger einen französischen Soldaten zu erschießen, um seine Familie zu retten.

Zum Glück würden weder Ruth noch Hinrich in die Lage geraten, irgendwann auf andere Menschen schießen zu müssen, dachte er. Der junge Mann hatte auch schon seit einigen Monaten nicht mehr davon gesprochen, als Missionar in die Welt hinauszugehen zu wollen. Daher nahm Jakob an, er habe diesen Gedanken aufgegeben und würde sich um eine Stelle als Pastor bewerben. Nun aber wollte er ihn erst einmal begrüßen.

»Guten Tag, Herr Mensing! Oder muss ich seit Neuestem Herr Pastor zu Ihnen sagen?«

»Aber natürlich nicht!«, antwortete Hinrich hastig und erinnerte sich dann daran, dass er ja den Gruß erwidern musste. »Gott zum Gruße, Herr Simonsen! Selbstverständlich brauchen Sie mich nicht als Pastor anzusprechen. Zum einen bin ich nicht der Seelsorger Ihrer Kirchengemeinde, und zum anderen hoffe ich, bald anders von Ihnen genannt zu werden.«

Jakob hob die Augenbrauen. »Dies hört sich so an, als wären Sie heute aus einem ganz besonderen Grund hier erschienen?«

»Das bin ich in der Tat.« Obwohl Hinrich wusste, dass er hier offene Türen vorfinden würde, musste er sein Herz in die Hand nehmen, um weitersprechen zu können. »Herr Simonsen, ich weiß, dass Sie meiner Familie gegenüber lange Zeit Vorbehalte empfunden haben, und ich danke Ihnen sehr, dass Sie trotzdem auf den Wunsch meiner verehrten Großmutter eingegangen sind und unsere Friedenshand ergriffen haben. Nun bitte ich Sie um noch mehr. Ich wäre überglücklich, wenn Sie mir erlauben würden, Ihre Tochter Ruth vor Gott und der Welt als mein mir angetrautes Weib heimführen zu dürfen.«

Jakob fand den Antrag arg gestelzt, doch das musste man einem Doktor der Theologie nachsehen. Er nickte daher freundlich und streckte dem jungen Mann die Hand hin. »Meine Erlaubnis haben Sie! Nun aber kommt es auf Ruth an. Ich habe mir geschworen, ihr die Wahl zu lassen, ob sie einem Brautwerber das Jawort geben oder ihn ablehnen will.«

»Dies ist vor Gott gut getan, Herr Simonsen! Ich halte nichts davon, ein Mädchen dazu zu zwingen, einen Mann zu ehelichen, den es von Herzen verabscheut. Dies kann keine von Gott gewünschte Ehe werden.«

Auch jetzt hörte Hinrich sich predigerhaft an, doch Jakob war mit seiner Aussage zufrieden. »Es freut mich, dass wir hier einer Meinung sind«, sagte er und griff nach dem Klingelzug. »Es ist jetzt wohl an der Zeit, meine Gattin hinzuzurufen, damit auch sie erfährt, aus welchem Grund Sie heute gestiefelt und gespornt erschienen sind.«

Hinrich lag schon auf der Zunge, er trage weder Stiefel noch Sporen, begriff dann aber, dass diese Bemerkung als Metapher gemeint gewesen war, und deutete eine Verneigung an. »Ich wäre Ihnen sehr verbunden, wenn Sie mir die Ehre erweisen würden, meine Bitte auch Frau Frieda übermitteln zu dürfen.«

»Das ist doch selbstverständlich!« Jakob lächelte freundlich und wies das Dienstmädchen an, seine Frau zu bitten, ins Wohnzimmer zu kommen.

Frieda hatte bereits erfahren, wer erschienen war, und ahnte wie die meisten im Haushalt auch, weshalb.

Sie betrat lächelnd den Raum. »Guten Tag, Herr Pastor Mensing! Es ist mir eine Freude, Sie zu sehen«, grüßte sie freundlich.

»Ich danke Ihnen, Frau Simonsen, und beschwöre Sie, mich nicht so überaus höflich anzusprechen. Wie ich Ihrem Herrn Gemahl bereits sagte, bin ich noch nicht in Amt und Würden als Pfarrer und hoffe zudem, von Ihnen bald anders angesprochen zu werden.«

»Als was denn?«

Ein kleines Teufelchen zwang Frieda, diese Frage zu stellen. Zwar mochte sie den jungen Mann, hätte ihm aber etwas weniger Ernst gewünscht. Damit passte er natürlich ausgezeichnet zu ihrer Tochter, die selbst in turbulentesten Situationen ruhig und beherrscht blieb. Allerdings sagte sie sich, dass ein Mensch auch einmal aus vollem Herzen lachen können musste, und das hatte sie bislang weder bei Hinrich noch bei Ruth erlebt.

»Herr Mensing ist erschienen, um uns um Ruths Hand zu bitten«, sagte Jakob, um die Sache abzukürzen.

»Ach, wirklich?«

Mit dieser Bemerkung brachte Frieda Hinrich aus dem Konzept. »Ja, so ist es! Es wäre mein Herzenswunsch«, brachte er mühsam hervor.

»Dann sollten wir Ruth fragen, ob sie auch will«, antwortete Frieda lächelnd.

Jakob zog ein weiteres Mal am Klingelzug.

4.

Ruth trat in das Zimmer und deutete sowohl vor ihren Eltern wie auch vor Hinrich einen Knicks an. Ihre Mutter schien ein wenig überrascht zu sein, weil die Tochter zu diesem Anlass ein schlichtes Kleid trug. Es passte jedoch weitaus besser zu der pastoralen Strenge, die Hinrich ausstrahlte, dachte Frieda und lächelte Ruth zu.

Zwei Drittel seines Weges zum Ziel hatte Hinrich bereits hinter sich gebracht. Nun kam es auf Ruths Antwort an. Als er sie jedoch ansprechen wollte, verließ ihn beinahe der Mut. Sie war ein wunderschönes Mädchen, und er kam sich wie ein Tölpel vor, in den sie sich wohl kaum verliebt haben konnte. Andererseits hatte sie seine Aufmerksamkeiten stets mit großer Artigkeit angenommen und ihn nie fühlen lassen, dass er ihr nicht sympathisch war. Er nahm daher allen Mut zusammen, trat vor sie und verneigte sich.

»Sehr geehrtes Fräulein Ruth! Ihr Vater hat mir die Erlaubnis erteilt, Sie zu fragen, ob Sie meine angetraute Gattin werden wollen.«

Seine Worte kamen ihm arg spröde vor, und er ärgerte sich, weil ihm keine besseren eingefallen waren. Umso angespannter wartete er auf ihre Antwort. Sagte sie Nein, würde es seine Großmutter schwer enttäuschen und ihr wohl auch den letzten Lebensmut rauben. Er stand jedoch nicht nur wegen der Großmutter hier, sondern auch, weil sein Herz ihm sagte, niemals würde er eine besser zu ihm passende Braut finden als Ruth. Sie erschien ihm vollkommen.

Ruth überlegte, ob sie ihn necken und ein wenig hinhalten wollte, sagte sich dann aber, dass Hinrich dies nicht verdient hatte. Von allen jungen Herren, die in den letzten Jahren ein gewisses Interesse für sie gezeigt hatten, war er der Angenehmste und Liebevollste. Daher versank sie in einen tiefen Knicks und senkte den Kopf. »Ich fühle mich durch Ihren Antrag sehr geehrt, Herr Mensing, und stimme ihm aus ganzem Herzen zu!«

Hinrich atmete sichtlich auf, und Jakob zwinkerte Frieda zufrieden zu. Dann wies er das Dienstmädchen an, eine Flasche von dem Champagner zu öffnen, der im Keller lag.

»Ich mag die Franzosen zwar nicht, aber ihren Wein, ihren Champagner und ihren Käse weiß ich zu schätzen«, sagte er, um alle ein wenig aufzumuntern. Ruth und Hinrich wirkten ihm doch ein wenig zu ruhig für ein junges Paar, das eben beschlossen hatte, seinen weiteren Lebensweg gemeinsam zu gehen.

Hinrich wandte sich mit besorgter Miene an Ruths Vater. »Ich hoffe, Sie nicht durch übertriebene Eile zu erzürnen, doch meine Frau Großmutter wünscht, dass die Ehe noch zu ihren Lebzeiten geschlossen wird, und sie liegt schwer krank darnieder. Es wird daher eine bescheidenere Feier werden, als ich es mir vorgestellt hätte.«

Jakob nickte. »Frau Mensings Wunsch soll erfüllt werden. Ruth wird gewiss nicht so ungefällig sein, auf eine lange Brautzeit und ein großes Fest zu dringen.«

Alle wandten sich nun Ruth zu.

»Selbstverständlich werde ich alles tun, damit Frau Mensing unserer Trauung beiwohnen kann. Sie soll daher auch nicht in der Kirche stattfinden, sondern in ihrem Beisein und damit in ihrem eigenen Haus.«

»Sie sind wundervoll!«, rief Hinrich erleichtert.

Andere Frauen hätten sich geweigert, auf den Glanz einer Trauung in der Kirche zu verzichten. Dorthin aber hätte seine Großmutter sie niemals begleiten können.

Obwohl es ihnen anders lieber gewesen wäre, stimmten auch Jakob und Frieda zu. Hinrichs Liebe zu seiner Großmutter war allgemein bekannt, und da machte es sich gut, wenn sich seine Braut bereitfand, die Trauung in deren Zimmer durchführen zu lassen.

»Wir können ja später ein großes Fest feiern. Das sagen Sie doch gewiss auch«, meinte Jakob und legte Hinrich den Arm um die Schulter.

Dieser nickte beklommen. Bevor er antworten konnte, kam auch schon Jakobs nächste Frage. »Wissen Sie schon, was Sie in nächster Zeit tun werden?«

»Es wäre mir eine große Freude, wenn Sie mich wie einen Sohn und nicht wie einen Ihnen fremden Herrn ansprechen würden«, antwortete Hinrich ausweichend.

Wenn er beichten würde, dass Ruth und er nur einen oder zwei Tage nach der Trauung nach London aufbrechen mussten, um die *Hesione* zu erreichen, mochte es sein, dass Jakob Simonsen die Ehe doch noch verbot.

»Hast du immer noch die Absicht, Missionar zu werden?«, fragte Jakob weiter und verwendete dabei das familiäre Du.

Hinrich rieb sich die Stirn und sann über eine Antwort nach. Er kam sich dabei so schlecht vor, als wäre er Ruths nicht würdig.

»Nun …«, begann er zögernd. »Ich habe diese Absicht noch nicht aufgegeben, bislang aber noch keine Schritte in diese Richtung unternommen.«

Dies war wenigstens keine Lüge, dachte er. Immerhin hatte Onkel Zechariah ihm die Missionsreise nach – wie hießen die Inseln gleich wieder? – ohne sein Zutun besorgt.

Jakob gab sich mit dieser Antwort zufrieden. Als der Champagner gebracht wurde, entkorkte er eigenhändig die Flasche und goss das schäumende Getränk in vier Gläser.

»Auf euer Glück, Kinder! Möge der Himmel euch stets gewogen sein«, sagte er und stieß mit den anderen an.

Seine Augen fühlten sich ein wenig feucht an. Ihm kam es so vor, als wäre Ruth erst vor Kurzem geboren worden, und doch war sie kurz davor, die Ehe einzugehen. Das liegt wohl daran, dass ich sie erst wiedergesehen habe, als sie fast acht Jahre alt gewesen war, dachte er und zwang sich ein Lächeln auf. »Ihr dürft euch küssen, Kinder!«

Ruth trat lächelnd auf Hinrich zu. Es dauerte einen Augenblick, bis er die Arme ausstreckte und sanft um sie schloss. Dann näherte sein Mund sich dem ihren, und ihre Lippen berührten sich. Es war ein seltsames Gefühl, süß und voller Verlangen nach mehr.

Ruth wagte nicht zu atmen und wünschte sich, der Kuss würde ewig dauern. Auf jeden Fall erschien ihr Hinrich leidenschaftlicher, als sie ihn eingeschätzt hatte, und das gefiel ihr. Immerhin war eine Ehe mehr als nur das schlichte Zusammenleben zweier Menschen. Da gab es Dinge, die ihre Mutter allerdings nur umschrieben hatte. Ruth wusste jedoch, worum es ging. Eines der Dienstmädchen hatte angegeben, dass es bei ihrer vorherigen Herrschaft dem Sohn der Familie für gewisse Dinge zur Verfügung hatte stehen müssen. Auch mehrere ihrer Freundinnen waren bereits verheiratet und hatten, was das Zusammensein im Ehebett betraf, kein Blatt vor den Mund genommen.

Nun fragte Ruth sich, wie es bei ihr sein würde, und war beinahe erleichtert, weil es durch die rasche Heirat nicht mehr lange dauern würde, bis auch sie es erfuhr.

5.

Für jene, die die Familien Simonsen und Mensing kannten, stellte die Ankündigung der Hochzeit keine Überraschung dar. Man akzeptierte auch, dass die eigentliche Trauung im Hause Mensing in Anwesenheit der Großmutter stattfinden sollte. Anschließend sollte in Sankt Michaelis ein Gottesdienst zu Ehren des jungen Paares stattfinden.

Obwohl die Zeit bis zur Heirat knapp war, gelang es Jakob Simonsen und seiner Frau, alles rechtzeitig vorzubereiten. Frieda hatte auch überlegt, welches Kleid ihre Tochter anziehen sollte. Doch Ruth bestand darauf, die Festtracht einer Schifferfrau anzuziehen, wie sie ihre Urgroßmutter Lia, ihre Großmutter Erna und ihre Mutter Frieda bei ihrer Trauung getragen hatten.

»Ich bin die Tochter und Enkelin von Schiffskapitänen und will nicht als mehr gelten«, erklärte sie mit Nachdruck, als ihre Mutter meinte, sie solle doch mit der Mode gehen, die ein eleganteres Kleid forderte.

»Manchmal kannst du ganz schön eigensinnig sein«, seufzte Frieda. »Dabei ist dein Vater kein einfacher Schiffer mehr, sondern ein Reeder mit mehreren Schiffen, die in alle Ecken und Enden der Welt fahren – und dein Bräutigam ist ein geistlicher Herr!«

»Aber der Sohn und Enkel von Männern, die zur See gefahren sind«, konterte Ruth mit einem Lächeln, dass es ihrer Mutter geraten erschien, dieses Thema fallen zu lassen.

»Also gut! Du sollst deinen Willen haben. Aber zu deinem Kleid wirst du Schmuck tragen, damit die Leute sehen, dass kein armes Mädchen heiratet, sondern eines, das sich ein teures Hochzeitskleid leisten könnte.«

»Wenn es dein Wunsch ist.« Ruth lächelte. Als Farbe für ihr Kleid wählte sie das Blau des Meeres, zu dem die Brautkrone aus filigranem Gold und Perlen, die ihre Mutter ausgesucht hatte, wunderbar passte. Auf weiteren Schmuck verzichtete Ruth mit dem Hinweis, dass es sich für die Braut eines Geistlichen nicht gezieme, zu prunkvoll aufzutreten.

Schön und gleichzeitig zurückhaltend wollte sie vor Mina Mensing treten, um deren Segen zu erhalten. Von diesem Gedanken erfüllt, stieg Ruth am Tag ihrer Heirat in die Sänfte, die sie zum Haus Mensing bringen sollte. Sonst hatte sie diesen Weg in Begleitung ihrer Mutter zu Fuß zurückgelegt, doch diesmal wurde sie hingebracht.

Als sie ausstieg, sah sie Mathias Mensing hinter einem Fenster stehen. Dessen Gesicht verzog sich für einen Augenblick zu einer Fratze aus Hass und Wut. Ruth zuckte zusammen und blickte noch einmal hin. Da hatte er sich bereits wieder in der Gewalt und zeigte seine übliche hochmütige Miene, hinter die man nicht schauen konnte.

Ruth war sich nicht mehr sicher, ob sie die Veränderung seines Gesichts wirklich wahrgenommen hatte oder ob dieser Eindruck durch eine Spiegelung im Fenster entstanden war. Da Mathias mit seinem Bruder gut auskam und auch zu ihr immer höflich gewesen war, nahm sie schließlich Letzteres an. Auch hatte sie an anderes zu denken als an Hinrichs Bruder, denn ihr Vater kam auf sie zu und reichte ihr den Arm, um sie ins Haus zu führen.

Die Eingangstür wurde geöffnet, dann ging es durch den prachtvoll ausgestatteten Empfangsraum zur Treppe und über diese nach oben. Der Pastor, die Trauzeugen und mehrere geladene Gäste erwarteten sie vor Minas Zimmer. Zu ihnen gesellte sich nun auch Mathias Mensing. Ruth musterte ihn scharf, doch sein Gesicht ließ keine Regung erkennen.

»Es ist alles bereit«, sagte er.

»Wir sollten die alte Dame nicht zu lange aufhalten. Sie ist sehr schwach«, mahnte der Arzt, der geholt worden war, um Mina im Notfall beizustehen.

Ruth nickte. »Das ist wohl besser.«

»Da wir anschließend die Andacht in der Kirche feiern, werde ich mich auf das Nötigste beschränken«, versprach der Pastor und sah Ruth lächelnd an. »Es ist seltsam! Da glaubt man, ein Kind eben erst getauft und konfirmiert zu haben, da steht es auch schon vor einem am Traualtar, und übers Jahr muss man dann auch schon etwas Kleines taufen.«

»Ich hätte nichts dagegen, bald ein Enkelkind zu haben«, antwortete Jakob und wies auf die Tür. »Ist Frau Mensing bereit?«

»Das ist sie«, sagte Mathias und gab einem Diener den Wink, die Tür zu öffnen.

Der Pastor trat als Erster ein und grüßte die alte Frau freundlich. Mina antwortete mit matter Stimme und sah an ihm vorbei auf Ruth. Eben kam auch Hinrich heran, der mit seinem hellblonden Haar und den blitzenden, blauen Augen trotz seines schwarzen Rocks alles andere als düster wirkte. Er gleicht seinem Großvater, dachte Mina, verneinte es dann aber für sich. Eine gewisse

Ähnlichkeit war da, doch während Hinrichs Miene offen und frei war, hatte sie auf der von Jörgen Mensing immer eine gewisse Verschlagenheit wahrgenommen, dachte sie und hob lächelnd die Hand. Für diesen Tag hatte sie darauf gedrungen, das Bett verlassen und sich noch einmal zurechtmachen zu können. Nun saß sie in ihrem geliebten Ohrensessel, den Hinrich aus ihrem Salon in dieses Zimmer hatte schaffen lassen, und fühlte sich trotz ihrer Schwäche so glücklich wie selten im Leben. Als Hinrich und Ruth vor sie hintraten und niederknieten, war es für sie, als würden Simon Simonsen und sie durch ihre Enkel zusammenfinden.

Wie angekündigt, beschränkte sich der Pfarrer darauf, eine Nottrauung vorzunehmen, um die alte Frau nicht über Gebühr anzustrengen. Ruth empfand die Zeremonie trotzdem als feierlicher als all die Trauungen in der Kirche. Sie sagte mit klarer Stimme »Ja«, und das tat Hinrich ebenso. Als er ihr den Ring an den Finger steckte, fühlte sie sich rundum glücklich.

»Ihr dürft euch küssen!«, sagte Mina, nachdem der Pastor sein Brevier zusammengeklappt hatte.

Diesen Wunsch erfüllten Ruth und Hinrich ihr gerne und waren dabei so leidenschaftlich, dass der Pfarrer sich mahnend räusperte. »Wir sollten nun zu Sankt Michaelis gehen und Gott dort bitten, dieser Ehe seinen Segen zu geben.«

»Vorher aber soll Großmutter Mensing uns segnen«, erklärte Ruth mit einer Festigkeit, die Mathias die Stirn runzeln ließ.

Die junge Frau schien energischer zu sein als die meisten ihres Geschlechts und würde Hinrich womöglich dazu drängen, auf sein gerechtes Erbe zu dringen. Er nahm auch eine gewisse Veränderung an seinem Bruder wahr. Bislang hatte er diesen für weltfremd und jungenhaft gehalten. Nun aber wirkte Hinrich mit einem Mal wie ein erwachsener Mann. Mit der entsprechenden Frau an seiner Seite würde er für ihn zu einem Konkurrenten werden, dem nur schlecht beizukommen war. Ruth Simonsen – oder

Mensing, wie sie jetzt hieß – sah ganz so aus, als wäre sie eine solche Frau.

Während Mathias seinen Gedanken nachhing, segnete Mina das Brautpaar und küsste beide auf die Stirn. »Es ist nun fünfzig Jahre her, seit ich Braut war. Möge euch unser Herr im Himmel leichtere Tage schenken, als ich sie ertragen musste!«, flüsterte sie, während ihr die Tränen kamen.

»Wir sollten gehen!«, rief der Arzt und öffnete die Tür.

»Auf Wiedersehen, Großmutter Mensing«, sagte Ruth, küsste Minas Hand und verließ an Hinrichs Arm den Raum.

6.

Die Kirche war voll, als Ruth und Hinrich nach vorne geführt wurden und sich dort auf zwei blumengeschmückte Stühle setzten. Die wenigsten, die gekommen waren, kannten noch den Grund, weshalb sich die Familien Simonsen und Mensing einst zerstritten hatten, waren aber neugierig darauf, das Paar zu sehen, das diesem Zwist durch Heirat ein Ende setzen sollte.

Einer, den Ruth gerne bei ihrer Hochzeit gesehen hätte, fehlte jedoch. Ihr Bruder Jeremias befand sich derzeit auf See, und darauf zu dringen, auf seine Rückkehr zu warten, hatte sie Minas Schwäche wegen nicht gewagt. So saß sie als frischgebackene Ehefrau auf ihrem Stuhl, wechselte immer wieder liebevolle Blicke mit Hinrich und stellte fest, dass er doch nicht ganz so zurückhaltend war, wie er im Allgemeinen erschien. Sie waren verheiratet! Das würden sie heute noch feiern und ab dem nächsten Tag ihr Leben gemeinsam verbringen. Mehr, so sagte sie sich, hätte sie sich vom Schicksal nicht wünschen können.

Nachdem der Pfarrer seinen Segen gesprochen hatte und der letzte Ton der Orgel verklungen war, ging es zum Hochzeitsmahl.

Auch bei diesem hatte Ruth Wert auf Tradition gelegt, denn es fand in dem Schifferkrug statt, in dem die Simonsens seit Generationen Heirat und Geburt gefeiert und von ihren Toten Abschied genommen hatten. Für einige der besseren Gäste war die schlichte Einrichtung des Gasthauses ungewohnt, doch an dem Essen, das der Wirt auftischen ließ, hatte niemand etwas auszusetzen.

Die Gäste ließen Ruth und Hinrich hochleben, und einige gaben eindeutige Zweideutigkeiten von sich. Diese wurden von den konservativeren Herrschaften mit strafenden Blicken, von den meisten aber mit Gelächter bedacht. Es herrschte eine ausgelassene Stimmung, die nur Mathias nicht erfasste. Als er sah, wie geschickt Ruth sich im Gespräch mit etlichen der reichsten Bürger Hamburgs erwies, begriff er, dass sie eine noch größere Gefahr für ihn darstellte, als er es erwartet hatte. Bislang war es ihm gelungen, seinen Bruder von den Geschäften fernzuhalten und ihn bezüglich ihrer Einnahmen schamlos zu betrügen. Sollte Hinrich jedoch die Wahrheit erfahren, würde er seinen Anteil mit Nachdruck fordern, und sei es nur, um für seine Heiden Schulen zu bauen.

Zum Glück habe ich vorgesorgt, dachte Mathias und griff an seinen Rock. Mathias wartete einen günstigen Augenblick ab, in der die Rede auf die Hochzeitsgeschenke des jungen Paares kam. Dann zog er einen Umschlag hervor und hob ihn hoch.

»Ich habe hier ein Geschenk von Onkel Zechariah an dich! Da du ihm bei deinem Besuch in London sagtest, es sei dein Herzenswunsch, als Missionar in die Welt hinauszuziehen, hat er dir eine Stellung als Missionar mit einer guten Dotierung und freier Passage auf einem Schiff Seiner Majestät, Königs Georg IV., besorgt. Da der Brief etliche Zeit unterwegs war, müssen du und Ruth bereits morgen mit unserer *Arcadia* nach London aufbrechen, um rechtzeitig an Bord der HMS *Hesione* zu gelangen.«

Es war, als hätte er eine Granate mit brennender Lunte mitten unter die Gäste geworfen.

Jakob musterte Hinrich mit mühsam unterdrücktem Zorn. »Ich dachte, du hättest den Gedanken an diese Missioniererei inzwischen aufgegeben!«

Ruth war ebenfalls verwirrt und sah Hinrich fragend an. Dieser saß bleich auf seinem Platz und schämte sich, weil er ihr den Brief seines Londoner Onkels auf Mathias' Anraten hin verschwiegen hatte. Sollte er sagen, er lehne dieses Angebot ab? Ruth und deren Familie wäre dies gewiss am liebsten. Andererseits würde er damit den Bruder seiner Mutter kränken, und das wollte er ebenfalls nicht.

»Ich weiß nicht, wie Onkel Zechariah dazu kam, dies in die Wege zu leiten«, antwortete er schwächlich.

»Du hast während deines Besuchs bei ihm wahrscheinlich so eifrig von deiner Berufung zum Missionar gesprochen, dass er es dir ermöglichen wollte. Hätte er gewusst, dass du dich verheiraten willst, hätte er wohl darauf verzichtet«, erklärte Mathias. Immer schön anderen die Schuld zuschieben, dachte er dabei. Wenn seinem Bruder und dessen Frau etwas zustieß, so sollte man Zechariah Bartlett dafür verantwortlich machen und nicht ihn.

»Nun, das …« Jakob Simonsen hatte sich wieder in der Gewalt. »Wenn es nicht anders geht, werdet ihr eben aufbrechen«, sagte er an Ruth und Hinrich gewandt und sah dann Mathias an. »Wohin soll die Fahrt gehen?«

»In die Südsee«, antwortete Mathias mit einer Stimme, die wenig Rückschlüsse darauf ließ, ob ihm dies gefiel oder nicht.

»Die Südsee? Das ist doch am anderen Ende der Welt – und gewiss keine ungefährliche Gegend. Wurde dort nicht Captain James Cook von den Eingeborenen ermordet?«, fragte Jakob besorgt.

»Das ist schon etliche Jahrzehnte her! Onkel Zechariah würde Hinrich gewiss an keinen Ort schicken, an dem ihm Unheil drohen könnte. Zudem schreibt er, dass es dort weder Gelbfieber noch andere schlimme Krankheiten gäbe, dafür aber ein freundliches und angenehmes Volk, das leicht für das Christentum gewonnen werden kann.«

Mathias setzte ein Lächeln auf, das allen zeigen sollte, wie wenig er seinen Bruder und dessen Frau dort in Gefahr sah. Der Hinweis auf seinen Onkel, dessen Namen hier in Hamburg alle kannten, die mit Handel zu tun hatten, sorgte zudem dafür, dass Ruths Vater sich nicht gegen diese Missionsreise stellen konnte, ohne schief angesehen zu werden.

Jakob trank einen Schluck und richtete seinen Blick auf Tochter und Schwiegersohn. »Wie Herr Mathias Mensing sagte, soll die *Arcadia* morgen mit Beginn der Ebbe auslaufen. Ihr habt daher noch viel zu tun, euer Reisegepäck in Seekisten zu verstauen. Gebt gut darauf acht, was ihr mitnehmt! In dieser Weltgegend wird es lange dauern, bis euch das, was ihr vergessen habt, nachgeschickt werden kann.«

Ruth nickte lächelnd, obwohl ihr zum Weinen war. Bereits am nächsten Tag die Eltern und ihre jüngeren Geschwister verlassen zu müssen und sie lange Zeit nicht wiederzusehen, erschien ihr grausam. Es schmerzte sie auch, dass sie nicht von Jeremias würde Abschied nehmen können. So hatte sie sich ihre Heirat nicht vorgestellt. Sie wechselte einen Blick mit Hinrich, und ihr wurde klar, dass auch er einen längeren Aufenthalt in der Heimat einer so überraschenden Abreise vorgezogen hätte.

Entschlossen stand sie auf und hob die Hand. »Es ist Gottes Wille, dass es so geschieht. Wir sollten uns dadurch aber nicht verdrießen lassen. Auch wenn wir voneinander scheiden müssen, so schenkt unser Herr im Himmel uns auch ein Wiedersehen. Trinkt daher und esst, auf dass wir uns vor euch nicht schämen müssen.«

»Das war gut gesprochen, Tochter!«, rief Jakob und hob sein Glas. »Lasst uns auf eure glückliche Rückkehr trinken.«

»Und darauf, dass Hinrich viele Heiden zum Christentum bekehrt und nicht von ihnen gefressen wird«, platzte ein Gast heraus, der schon etwas zu tief ins Glas geschaut hatte.

Mathias quittierte die Worte mit einem sanften Lächeln, denn genau dieses Schicksal, von den Wilden gefressen zu werden, wünschte er dem Bruder und dessen schöner Frau.

Als wollten sie diesen Zwischenruf vergessen machen, lobten nun einige Gäste das junge Paar, das sich auch von diesem überraschenden Geschenk nicht aus der Bahn werfen ließ. Nur Dolf Sölters Sohn Cord, der sich ebenfalls Hoffnungen auf Ruth gemacht hatte, verzog das Gesicht.

Ein älterer Mann sah es und legte ihm die Hand auf die Schulter. »Seid froh, dass Sie nicht um diesen Rotschopf gefreit haben. Ich kannte ihre Großmutter Erna. Sie hatte ebenfalls rote Haare, die meisten davon aber auf den Zähnen. Ruth wird ihrem Mann die Hosen noch in der Hochzeitsnacht ausziehen und nicht mehr hergeben. Ihnen wäre es nicht besser ergangen!«

7.

Kurz vor Mitternacht endete das Fest. Anstatt ihre Hochzeitsnacht gemeinsam zu feiern, hieß es für Ruth und Hinrich erst einmal, sich zu trennen. Zwar war bereits eine Truhe mit Ruths Kleidern und anderen Habseligkeiten in das Haus der Mensings geschafft worden. Für die große Reise, die ihr bevorstand, war es jedoch viel zu wenig. Sie musste daher noch einmal in das Haus ihrer Eltern zurückkehren und dort zusammensuchen, was sie mitnehmen wollte. Es ging dabei nicht nur um Kleider und Bettzeug. Fast wichtiger waren Geschirr, Bestecke, Kochtöpfe und Pfannen, da sie dort, wo sie ihren Wirkungskreis finden sollten, wohl nichts dergleichen besorgen konnten. Dazu kamen Mittel gegen verschiedene Krankheiten.

Nach mehreren Stunden harter Arbeit waren zwei große Seekisten gefüllt und wurden verschlossen, um erst wieder geöffnet zu werden, wenn sie ihr Ziel erreicht hatten. Das, was sie während der Reise benötigte, kam in eine kleinere Seekiste, die in ihrer Kabine Platz finden sollte.

Der neue Tag dämmerte bereits, als alles gepackt war. Ruth war müde und hätte sich gewünscht, noch ein paar Stunden schlafen zu können. Dafür aber war sie zu angespannt und fühlte gleichzeitig den Abschiedsschmerz. Auch ihre Mutter wirkte bedrückt.

»So habe ich mir deine Hochzeit nicht vorgestellt«, sagte Frieda seufzend und schloss ihre Tochter in die Arme.

»Ich mir weiß Gott auch nicht!«, antwortete Ruth, zuckte dann aber mit den Achseln. »Da es nun einmal so ist, sollten wir das Beste daraus machen und uns auf das Wiedersehen freuen!«

»Das sollten wir.« Frieda seufzte bei dem Gedanken, dass ihre Tochter so weit in die Ferne ziehen musste. Vielleicht würde ihr dort sogar ein Enkel geboren, von dem sie lange Zeit nichts erfahren dürfte. Um ihrer Tochter den Abschied nicht noch schwerer zu machen, beherrschte sie sich und sorgte dafür, dass diese frühstückte, um nicht mit leerem Magen aufbrechen zu müssen. Dies war, wie sie von ihrem Mann wusste, fast ebenso schlimm, wie wenn jemand zu sehr schlemmte und es danach auf See bereute.

Während Jakob dafür sorgte, dass die Seekisten zur *Arcadia* gebracht wurden, stand Ruth der Abschied von ihren jüngeren Geschwistern bevor. Anna, Esther und David hatten zwar gewusst, dass ihre Schwester nach der Heirat nicht mehr bei ihnen wohnen würde. Bislang aber hatte es so ausgesehen, als würde diese nur in das Haus Mensing umziehen, in dem sie Ruth jederzeit hätten besuchen können. Nun erfuhren sie, dass sie ihre Schwester auf lange Zeit nicht wiedersehen würden, und das ließ die Tränen reichlich fließen.

»Ist ja schon gut! Ich bin doch nicht aus der Welt«, versuchte Ruth, ihre Schwestern zu trösten, die sich verzweifelt an sie klammerten. Auch David weinte, obwohl er ein Junge war und diese anders als Mädchen doch keine Tränen vergossen.

»Es wird Zeit, wenn du dich noch von Großmutter Mensing verabschieden willst!«, mahnte Frieda.

Ruth atmete tief durch und löste sich aus der Umklammerung ihrer Schwestern. »Jetzt weint nicht länger!«, sagte sie zu ihnen. »Der Tag wird kommen, an dem wir uns wiedersehen.«

Dabei musste sie selbst gegen ihre Tränen ankämpfen. Wenn sie sich jedoch gehen ließ, würden die Kleinen noch verzweifelter sein, sagte sie sich und verabschiedete sich nun von allen, die im Haus lebten. Die Hausmädchen und Küchenmägde schluchzten, und auch die beiden Diener wischten sich über die feuchten Augen.

»Kehrt gesund zurück!«, flehte Enno Holten, der einst für Simon und Jakob Simonsen gefahren war und nun hier sein Gnadenbrot erhielt.

»Das werde ich! Ich werde wiederkommen!« Ruths Worte klangen wie ein Schwur, und keiner von denen, die dabei waren, würde diesen Moment je in seinem Leben vergessen.

Schließlich fasste ihr Vater sie um die Schulter und führte sie hinaus. Dabei schüttelte er mehrmals den Kopf. »Ich hatte Hinrich für vernünftiger gehalten und gedacht, er wolle erst einmal einige Zeit hierbleiben.«

Frieda, die an der anderen Seite ihrer Tochter ging, sah ihn mit einem misslungenen Lächeln an. »Schuld ist weniger er als sein Onkel aus London, der ihm diese Fahrt besorgt hat.«

»Engländer, sage ich nur! Kein Herz in der Brust und im Kopf nur ein Kontobuch, in dem sie notieren, welchen Gewinn sie machen.« Jakob schnaubte verächtlich, obwohl er während der Franzosenzeit in England gelebt und dort Freunde gefunden hatte. Die Enttäuschung, seine Tochter gleich nach der Hochzeit zu verlieren, war jedoch zu groß.

Als sie das Haus der Mensings erreichten, fanden sie dort Hinrich voller Verzweiflung vor. Auch wenn er immer wieder den Wunsch geäußert hatte, Missionar zu werden, so hatte er doch nicht die geringsten Vorkehrungen dafür getroffen und stand vor der schier unlösbaren Aufgabe, in wenigen Stunden alles zu besorgen, was er brauchte.

Während Ruth die durchwachte Nacht anzumerken war, hatte sich Hinrich nach der Rückkehr von seiner Hochzeitsfeier hingelegt, aber nur wenige Stunden schlafen wollen. Stattdessen war er erst vor Kurzem aufgewacht und wirkte nun völlig hilflos.

»Hast du dein Brevier und deine Gebetbücher bereits gepackt?«, fragte ihn Frieda.

»Ja, das habe ich. Ein paar Bücher muss ich noch kaufen, ebenso Papier, Tinte und Federn. Dazu …«

»Dann geh jetzt und besorge alles. Um das andere werde ich mich kümmern«, unterbrach Frieda ihn und zupfte Ruth am Ärmel. »Geh zu Großmutter Mensing! Setze dich, wenn der Ohrensessel noch im Zimmer ist, dort hinein und ruhe dich ein wenig aus. Sobald Hinrich zurück ist, schicke ich ihn zu dir, damit ihr euch von der alten Frau verabschieden und ihren Segen für die Reise empfangen könnt.«

Wie alle anderen auch glaubte Frieda nicht, dass Ruth und Hinrich bei ihrer Rückkehr Mina Mensing noch lebend antreffen würden. Umso wichtiger erschien es ihr, dass sie so von ihr schieden, wie es sich gehörte.

8.

Mina Mensing lag wach in ihrem Bett und sah Ruth mit leuchtenden Augen an. Für die junge Frau war nicht zu übersehen, wie schwach die Großmutter ihres Mannes nun wirkte. Wie es aussah, hatte Mina ihre letzte Kraft verbraucht, um die Trauung noch zu erleben. Nun würde sie wie eine Kerze erlöschen. Noch aber war ihr Geist hellwach, und sie erkannte die Müdigkeit in Ruths Augen.

»Du siehst aus, als hättest du in der Nacht kein Auge zugetan«, sagte sie mitfühlend.

»Ich musste packen! Es ist alles so überraschend gekommen«, antwortete Ruth leise.

»Das kam es fürwahr! Ich zürne mit dem Bruder meiner Schwiegertochter. Er hätte Hinrich wenigstens ein Jahr in der Heimat gönnen sollen.« Mina schwieg kurz und schien dann in für Ruth unerreichbare Fernen zu sehen.

»Vielleicht ist es auch gut, dass ihr reist«, setzte sie mit brüchiger Stimme hinzu. »Ich weiß nicht, wie lange Gott, der Herr, mir noch auf Erden vergönnt. Es würde mir das Herz zerschneiden, wenn Hinrich mit ansehen müsste, wie mich die Kraft verlässt.«

»Er wäre gewiss glücklicher, wenn er bei dir bleiben und dich umsorgen könnte«, wandte Ruth ein.

Mina nickte. »Ich weiß! Dennoch ist es mir so lieber. Ich weiß ihn mit dir verbunden, und das söhnt mich mit so vielem in meinem Leben aus. Doch nun setz dich in den Sessel und schließe die Augen, um ein wenig zu ruhen.«

Ruth gehorchte, wollte aber das Gespräch mit der alten Frau fortführen. Ehe sie sichs jedoch versah, dämmerte sie weg und wachte erst wieder auf, als Hinrich sie sanft bei der Schulter berührte.

»Es freut mich, dass du noch ein wenig Ruhe gefunden hast, mein Lieb«, sagte er lächelnd. »Ich muss mich vor dir schämen, weil mich die Schwäche in der Nacht überfallen hat, während du wacker alles zusammengesucht und gepackt hast, was du für die Reise brauchst.«

»Ist dein Gepäck fertig?«

Hinrich nickte. »Deine Mutter hat alles zusammensuchen lassen. Ich war ihr dabei wohl keine große Hilfe!«

»Der Haushalt ist nun einmal die Angelegenheit der Frauen. Männer werden damit wenig behelligt und wissen daher meist nicht, was zu tun ist.« Ein Zwinkern in Ruths Augen nahm der letzten Bemerkung die Schärfe.

Hinrich küsste sie auf die Wange und blickte danach seine Großmutter traurig an. »Nun ist die Zeit des Abschieds gekommen. Weiß Gott, ich würde lieber hier bei dir bleiben!«

»Gottes Wege sind unergründlich! Es ist auch Sein Wille, dass du und Ruth heute noch aufbrechen müsst. Wer weiß, ob nicht ein höherer Auftrag dahintersteckt«, antwortete Mina.

»Du meinst, dass Gott mich schickt, Menschen zu bekehren, die, sollte ich später kommen, nicht mehr des Himmelsreichs gewärtig sein können?« Für Hinrich war dies ein Antrieb, der den Schmerz des Abschieds ein wenig linderte.

Auch Ruth nahm sich zusammen. Sie küsste die alte Frau und vergoss ein paar Tränen. »Mag Gott es fügen, dass wir uns wiedersehen!«

»Und wenn nicht hier auf Erden, so doch im Himmel. Und nun fahrt mit Gott!«, sagte Mina leise.

Sie fühlte, dass sie nicht mehr lange leben würde, und war daher glücklich, dass ihr Enkel und Ruth zueinandergefunden hatten.

»Lebe wohl, Großmutter!« Auch Hinrich küsste Mina und fasste dann nach Ruths Hand. »Ich bin froh, dass du mein Weib geworden bist! Jede andere Braut hätte sich geweigert, am Tag nach der Hochzeit ins Ungewisse aufzubrechen. Du aber hast dein Schicksal freudig in die Hand genommen und deine Vorbereitungen getroffen.«

»Freudig vielleicht nicht, aber was sollte ich anderes tun?«, fragte Ruth mit einem verkrampften Lächeln.

»Wenn wir London erreicht haben, werde ich Onkel Zechariah aufsuchen und mich beschweren, weil er mich durch sein Geschenk um meine Hochzeitsnacht gebracht hat.«

Seine Worte klangen ein wenig frivol, doch auch Ruth ärgerte sich über die Situation. Sie hatte sich darauf gefreut, mit ihrem Mann zusammen zu sein und die ersten Tage zu genießen. Dann soll es eben auf der Reise geschehen, sagte sie sich, winkte Mina noch einmal zu und verließ deren Zimmer.

Der Abschied von den Eltern war kurz und schmerzvoll. Tränen verschleierten Ruths Blick, als sie mit Hinrich zusammen zum Hafen ging und ein Boot sie zur *Arcadia* brachte. Ihre Seekisten waren bereits an Bord geschafft und bis auf ihr Reisegepäck im Laderaum verstaut worden.

Der Kapitän empfing sie mit höflichen Worten. Er schien nicht so recht zu wissen, was er von ihnen halten sollte. Immerhin war Hinrich einer der Eigner seines Schiffes, auch wenn er die Geschäfte der Reederei voll und ganz seinem Bruder überlassen hatte. Dieser war bereits an Bord gekommen und hatte ihm mündliche Anweisungen gegeben, wie er in London mit dem jungen Paar verfahren musste.

Nun trat Mathias auf die beiden zu. »Kommt gut an! Und du, Hinrich, sorge für viele neue Christenmenschen«, sagte er, stieg über die Jakobsleiter von Bord und ließ sich mit dem Boot, mit dem Ruth und Hinrich gekommen waren, an Land bringen.

Unterdessen erteilte der Kapitän seine Befehle. Um den Matrosen nicht im Weg zu stehen, traten Ruth und Hinrich an die Heckreling und blickten auf die Stadt. Das Klingkling der Ankerwinde erscholl, und die *Arcadia* glitt in die Strömung hinein. Der Kapitän ließ gerade so viel an Segeln setzen, dass das Ruder griff. Nun hatte die große Fahrt begonnen, die Ruth und Hinrich bis ans andere Ende der Welt bringen würde.

Ruth und Hinrich blieben am Heck stehen und schauten zurück, bis auch der markante Turm der Sankt-Michaelis-Kirche in der Ferne entschwand. Als Hinrich nun nach Ruths Händen fasste, fühlten diese sich eiskalt an.

»Oh, Gott, du frierst ja, mein Lieb!«, rief er erschrocken.

»Das ist der Schlafmangel«, erwiderte Ruth. »Ich werde wohl am besten in unsere Kabine gehen und mich hinlegen.«

»Ich glaube, das werde ich auch tun.« Diesmal klang es nicht anzüglich, denn Hinrich war rechtschaffen müde, und der abrupte Abschied von seiner Großmutter und all dem, was ihm gestern noch wichtig gewesen war, hatte ihn erschöpft.

Sein Blick suchte den Kapitän, und er trat mit Ruth im Arm auf ihn zu. »Es wäre sehr freundlich von Ihnen, uns zu unserem Quartier führen zu lassen.«

»Ich habe Ihr Gepäck in meine Kajüte schaffen lassen und werde während der Fahrt nach England in der meines Steuermanns schlafen«, antwortete der Mann. Auch wenn er sich über Hinrichs Stellung in der Reederei im Unklaren war, so stand diesem als Miteigner des Schiffes dieser Raum fraglos zu.

»Haben Sie Dank!«, antwortete Hinrich und führte Ruth zum hinteren Niedergang.

»Sei vorsichtig! Die Treppe ist sehr steil, und wer sie nicht gewohnt ist, kann leicht hinabstürzen«, warnte er sie.

Um Ruths Lippen spielte ein Lächeln. Sie war oft genug auf den Schiffen ihres Vaters gewesen und die Schiffstreppen schneller hinab- und hinaufgesaust als ihr Bruder. Auch jetzt machte ihr der Niedergang keine Probleme, während Hinrich sich bei einem kurzen Ruck, der durch das Schiff ging, rasch festhalten musste, um nicht den Halt zu verlieren.

Als sie wenig später die Kapitänskajüte betraten, fanden sie diese nur schlicht eingerichtet. Ein festgeschraubter Tisch, zwei ebenfalls am Boden befestigte Stühle und ein Bett, das für zwei schlanke Personen gerade ausreichte, bildeten mit der in eine Ecke geschobenen Seekiste des Kapitäns das gesamte Mobiliar. Neben der großen Kiste stand ihr eigenes Gepäck.

Während Hinrich das Bett skeptisch musterte, musste Ruth leise lachen. »Für die wenigen Tage, die wir bis England brauchen, wird es wohl ausreichen.«

»Die Kajüte ist ja groß genug, doch das Bett könnte bequemer sein«, antwortete Hinrich und musste dann auch lachen. »Auf jeden Fall werden wir uns hier näher sein, als wir es bisher waren.«

Ruth überlegte, ob sie ihn auffordern sollte, die Hochzeitsnacht gleich jetzt nachzuholen, stellte dann aber fest, dass sie zu müde dazu war.

9.

Ruth schlief lange und blieb zwischendurch nur einmal für eine knappe Stunde wach, um den seitlich an die Kajüte angebauten Abort zu benutzen und zu Abend zu essen. Anschließend hätte Hinrich sie gerne im Bett umarmt und ihre Nähe genossen, doch sie schlief ansatzlos wieder ein.

Am nächsten Tag brachte die *Arcadia* die Elbmündung hinter sich und fuhr in die Nordsee ein. Ruth war nun munter genug, um sich ihrer Ehe erfreuen zu können. Als sie sich jedoch zu Hinrich umsah, wirkte dieser seltsam bleich und schluckte heftig.

»Was ist mit dir, mein Lieber?«, fragte sie besorgt.

»Ich fürchte, mich überkommt ein Unwohlsein«, gab er gepresst zurück.

»Komm mit nach unten! Es ist besser, du legst dich ins Bett«, forderte Ruth ihn auf. »Sollte dir übel werden, so habe ich in der Kajüte eine Schüssel gesehen, die uns gute Dienste leisten wird.«

Hinrich überlegte, ob er heldenhaft an Deck bleiben und sich an die Reling stellen sollte. Doch da fasste Ruth ihn bereits unter und führte ihn zum Niedergang. Er war unsicher auf den Beinen, doch sie hielt ihn fest und brachte ihn heil in die Kajüte. Dort zog sie ihm Rock, Weste und Hosen aus, half ihm ins Bett und legte die Decke über ihn.

Zuerst klagte Hinrich noch, was für ein jämmerlicher Kerl er sei, weil er nicht einmal die niedrigen Wellen der Nordsee ertragen könne. Bald aber übernahm sein Magen die Herrschaft, und während er in heftigen Schüben erbrach, war er froh um Ruths helfende Hand, die ihm die Schüssel hinhielt und in den kurzen Pausen, die ihm die Übelkeit ließ, ein mit einer belebenden Essenz benetztes Tuch auf die Stirn legte.

Doch auch der schlimmste Anfall von Seekrankheit ging vorüber, und als er am Morgen erwachte, hatte er das Gefühl, wieder ein Mensch zu sein. Ruth hatte lange an seinem Bett gesessen, aber als er eingeschlafen war, hatte sie sich hingelegt und im Schlaf eng an ihn geschmiegt. Ihre Hand ruhte an seiner Hüfte, und er spürte, wie sein Körper darauf reagierte. Er war ein verheirateter Mann und hatte eine Frau, mit der er sich mit Gottes Segen vereinigen durfte, schoss es ihm durch den Kopf. Daher war er kurz davor, Ruth zu wecken.

Nach einem Augenblick des Nachdenkens sagte er sich, dass es wohl besser war, wenn er sich vorher wusch und die Zähne putzte. Immerhin hatte er in der Nacht geschwitzt und zudem erbrochen. Auch erschien ihm, nachdem sein Magen die zuletzt genossene Nahrung schnöde von sich gegeben hatte, ein ausreichendes Frühstück fast noch erstrebenswerter, als Ruth zu bitten, ihre Pflicht als Ehefrau zu erfüllen.

»Auch bin ich dann gewiss kräftiger, und es wird uns mehr Freude machen«, sagte er leise. Immerhin galt es, die Hochzeitsnacht nachzuholen, und das sollte nicht zwischen Tür und Angel geschehen.

Doch zunächst blieb er ruhig liegen und bewunderte in dem Dämmerlicht, das durch die Vorhänge des Fensters fiel, Ruths schönes und im Schlaf so friedlich wirkendes Gesicht. Ich kann mich glücklich schätzen, sie für mich gewonnen zu haben, dachte er. Zunächst hatte er sich um sie bemüht, um seiner Großmutter eine Freude zu machen. Längst hatte er sich eingestanden, dass ihn Ruth bereits von Anfang an fasziniert hatte. Selbst sein Bruder hatte zugestehen müssen, dass sie sowohl schön wie auch klug war. Mathias hatte bei diesen Worten direkt neidisch geklungen. Welche Braut sein Bruder auch nach Hause bringen würde – mit Ruth würde diese sich niemals messen können.

Als Ruth aufwachte, blickte sie ihn verträumt an.

»Habe ich dich geweckt?«, fragte sie.

»Nein, ich fürchte, ich habe dich geweckt. Sollte es so sein, bitte ich dich um Verzeihung«, antwortete Hinrich.

»Nein, das hast du gewiss nicht! Wie geht es dir, mein Liebling? Du siehst weitaus besser aus als am Abend.« Ruth klang erleichtert.

»Es geht mir auch weitaus besser. Ich dachte mir, wir sollten uns jetzt waschen, danach essen und …«

Hinrich verstummte und überlegte, wie man der eigenen Frau erklären konnte, dass man sie begehrte.

Ruth begriff jedoch, was er meinte. Ihre Augen leuchteten auf, und sie küsste ihn auf die Wange. »Es könnte mir gefallen, mit dir zusammen zu sein, mein Liebster. Oben an Bord ist es gewiss zu stürmisch. Daher ist es wirklich am besten, hier in der Kajüte zu bleiben und Mann und Weib zu sein.«

Sie sah rasch Hinrich an, um zu sehen, wie er es auffassen würde. Er lächelte jedoch nur und stieg aus dem Bett.

Ruth folgte ihm und fand sich kurz darauf gleich mit zwei Problemen belastet. Zum einen schwappte das Wasser, das einer der Matrosen auf Hinrichs Aufforderung gebracht hatte, durch den Seegang so sehr, dass sie Angst bekam, es könnte überfließen.

Zum anderen war sie es nicht gewohnt, sich in der Gesellschaft eines Mannes zu waschen. Sie genierte sich, als sie ihr Nachthemd auszog und schnell mit dem nassen Waschlappen über den Körper fuhr, und wandte ihm daher die Kehrseite zu.

Eigentlich hatte Hinrich nicht hinschauen wollen, aber unwillkürlich tat er es doch. Nun bewunderte er die langen, eleganten Beine, den angenehm gerundeten Po und die schlanke Taille seiner Frau. Ein wenig wünschte er sich, sie würde auch zu ihm herüberschauen, und trödelte deswegen ein wenig. Tatsächlich musterte Ruth ihn mit einem raschen Blick und fand, dass er auch ohne Kleidung sehr gut aussah. Bevor sie jedoch mehr über ihn erfahren wollte, sollte der Magen zu seinem Recht kommen.

Das Essen kam aus der Kombüse. Hinrich schnaubte leise, als er einen Löffel davon nahm, und sah dann Ruth an. »Hier wurde wohl der zum Koch ernannt, der nicht rasch genug ›Ich kann nicht kochen!‹ rufen konnte.«

Ruth lachte. »Das mag sein! Wir sollten uns an dieses Mahl jedoch gewöhnen. Ich glaube nämlich nicht, dass man an Bord seiner Majestät King George's ship *Hesione* besser auftischt.«

»Du kannst Englisch?«, fragte Hinrich verwundert.

»Ein wenig. Mein Bruder – Jeremias meine ich, nicht David – brauchte einen Partner zum Üben, und da Vater keine Zeit hatte, wurde ich dazu bestimmt.«

»Das ist sehr gut!«, rief Hinrich begeistert. »Dann kannst du dich in London mit meinem Onkel Zechariah und dessen Frau, Lady Ellinor, unterhalten. Sie ist die Tochter eines echten Lords, eines Earls oder Grafen, wie man bei uns in Deutschland sagt. Wir werden wohl bei ihnen wohnen, bis die *Hesione* ausläuft.«

»Dann hätten wir noch einen oder zwei Tage zu Hause bleiben können!«

Ruth klang enttäuscht, denn ob sie nun einen Tag länger bei Hinrichs englischen Verwandten blieben oder nicht, fiel ihrer

Meinung nach nicht ins Gewicht. So hätten sie wenigstens die Hochzeit so abschließen können, wie es die Brautpaare seit Anbeginn der Zeit taten.

Dann aber dachte sie daran, dass der Tag noch lang war und Hinrich und sie ihn in der Kabine verbringen wollten. Daher ließen sie die Reste des frugalen Mahles abtragen, schoben den Riegel vor und sahen einander an. Als junger Student war Hinrich einmal von älteren Kommilitonen in ein Bordell mitgenommen worden, dort aber vor Verlegenheit fast gestorben. In dem Moment, in dem eine Hure ihn mit in ihren Verschlag hatte nehmen wollen, war er davongelaufen. Auch Ruths Erfahrung bestand nur aus den theoretischen Erläuterungen ihrer Freundinnen und einiger Mägde. Trotzdem empfand sie weniger Scheu als ihr Mann.

»Was meinst du? Sollten wir uns nicht ins Bett legen?«, fragte Hinrich schließlich mit heiserer Stimme.

»Aber gewiss nicht in Hose, Rock und Kleid«, antwortete Ruth lächelnd und begann, sich auszuziehen. Ihr Hemd behielt sie jedoch an, da sie es als unschicklich empfand, sich völlig nackt zu zeigen.

Auch Hinrich legte seine Kleidung ab. Sein Hemd war kürzer als das ihre und reichte nur bis zu den Hüften. Vor allem aber konnte es nicht verbergen, dass darunter ein gewisses Körperteil nach vorne ragte.

Ruth riskierte einen Blick, wusste aber nicht zu sagen, ob die Größe dieses Körperteils mit den Berichten ihrer Freundinnen übereinstimmte oder ob diese aufgeschnitten hatten. Da es nun einmal das Glied ihres Mannes war, musste sie es in sich aufnehmen, und das würde sie tun, ohne darüber zu klagen.

Sie setzte sich aufs Bett, legte sich aber noch nicht hin, sondern streckte die Arme nach Hinrich aus. »Ich hoffe, du verzeihst mir, wenn ich etwas ängstlich bin.«

Nun fasste Hinrich Mut und setzte sich neben sie. Ruth lehnte sich an ihn, und er schloss die Arme um sie. So saßen sie einige Zeit. Dann fühlte Hinrich den Wunsch, ihren Körper zu erkunden, und strich mit den Händen sanft über ihren Leib.

Es war ein seltsames Gefühl für Ruth, erregend und fordernd zugleich, und ihre Hände glitten nun wie von selbst über seinen Rücken. Dabei berührte ihre Hüfte seine männlichsten Teile, und sie hörte ihn aufkeuchen.

»Verzeih, ich vermag mich nicht mehr zurückzuhalten!«, flüsterte er, hob sie ganz aufs Bett und glitt zwischen ihre Beine.

Rasch raffte Ruth ihr Hemd, so dass ihr Unterleib bloß lag. Sie spürte, wie etwas gegen ihre Scheide drückte und sich dann langsam, aber unwiderstehlich Bahn schuf. Zunächst waren Hinrichs Bewegungen noch sacht, aber er wurde mit der Zeit heftiger, und sein Keuchen erfüllte den Raum.

Ruth biss die Zähne zusammen, um nicht selbst laut zu werden. Hatte sie zunächst befürchtet, es könnte unangenehm für sie sein, so wurde ihre Anspannung von einer Woge der Lust hinweggeschwemmt. Ein Ziehen durchzog ihren Unterleib, süß und scharf zugleich, und sie wünschte sich für den Augenblick, es würde niemals vergehen. Fast im selben Augenblick erlahmte Hinrich und sank nach Luft schnappend auf das Bett.

»Verzeih, wenn ich etwas zu rau mit dir umgegangen bin«, sagte er, als er wieder zu Atem gekommen war.

»Es ist schon gut!«, antwortete sie und fasste nach seiner rechten Hand. »Nun sind wir nicht nur auf dem Papier, sondern auch richtig Mann und Frau.«

Hinrich nickte. »Das sind wir! Und bei Gott, ich bin glücklich, dass wir es sind.«

»Das bin ich auch!«, sagte Ruth und schmiegte sich wie ein Kätzchen an ihn.

10.

Als die *Arcadia* London erreichte, erwartete Hinrich, dass Ruth und er zu seinem Onkel Zechariah Bartlett gebracht würden. Der Kapitän des Schiffes hatte jedoch von Mathias Mensing genaue Anordnungen erhalten, die er unbedingt befolgen müsse. Daher ankerte die *Arcadia* ein Stück vor London in der Nähe eines schlanken Kriegsschiffs. Die Seekisten wurden aus dem Laderaum geholt und mittels einer als Ladebalken verwendeten Rah auf das große Beiboot geschafft. Kaum war dies geschehen, ging der Kapitän unter Deck und klopfte an die Kajütentür.

»Das Boot wartet!«

»Das ist gut.« Hinrich sah Ruth auffordernd an. »Es ist an der Zeit, das Schiff zu verlassen. Ich kann dir versprechen, dass wir heute Abend bei Onkel Zechariah besser speisen werden als hier auf der *Arcadia*.«

»Es sollte nicht zu gut schmecken, sonst fällt es uns schwer, uns an die Kost auf der *Hesione* zu gewöhnen«, sagte Ruth gut gelaunt und folgte ihm an Deck. Vier Matrosen trugen ihre privaten Seekisten hinter ihnen her. Diese wurden ebenfalls auf das Boot verladen. Ruth wurde auf einem Bootsmannsstuhl zum Boot hinabgelassen. Hinrich verwendete die Jakobsleiter und half ihr unten, auf einer der Bänke Platz zu nehmen.

Sechs Matrosen legten sich in die Riemen und ruderten los. Unterdessen blickte Hinrich sich verwundert um. Auch wenn er am Ufer mehrere Häuser entdeckte, so waren sie hier gewiss noch nicht in London. Stattdessen hielt das Boot auf das Kriegsschiff zu, an dessen Bug Ruth nun den Namen *Hesione* ausmachte.

»Wolltest du nicht deinen Oheim besuchen, bevor wir aufs Schiff gehen?«, fragte sie verwundert.

Hinrich wirkte verwirrt. »So dachte ich es mir! He, wo bringt ihr uns hin?«, fragte er den Maat, der die Steuerpinne bediente.

»Auf die *Hesione,* so wie es uns aufgetragen worden ist«, antwortete dieser und schüttelte den Kopf über diese Frage.

»Da hat wohl jemand etwas falsch verstanden. Wahrscheinlich sollte nur unser Gepäck auf das Schiff gebracht werden«, sagte Hinrich zu Ruth und winkte ab. »Dann werden wir eben von dort aus Onkel Zechariah aufsuchen.«

Ruth gab sich mit dieser Erklärung zufrieden und starrte auf das Schiff, dem sie immer näher kamen. Die *Hesione* zählte zu den letzten Neubauten, die im vergangenen Krieg gegen Napoleon fertiggestellt worden waren, und ersetzte eines der älteren Schiffe, die nun abgetakelt vor Anker lagen und erst wieder in Dienst gestellt würden, wenn die Royal Navy auf einen Feind traf, für den dies nötig war. Derzeit genügten Fregatten wie die *Hesione,* um den Anspruch Englands auf die Herrschaft der Meere zu behaupten.

Der Kapitän des Schiffes empfing sie persönlich, als sie an Bord erschienen. Es handelte sich um einen hageren Mann, der um die sechzig Jahre alt war und in einer etwas schmuddelig wirkenden Uniform steckte. Seine Stirn war von Falten und von Furchen durchzogen, die Augenbrauen waren fast zusammengewachsen, und der Blick seiner hellen Augen lag so abschätzig auf Ruth, dass diese ihr Schultertuch enger um sich zog.

»Willkommen an Bord, Mister Mensing! Madam!«, grüßte Gervase Smyth, der es dank seiner engen Verbindungen zu den Bartletts geschafft hatte, dem Schicksal vieler anderer Schiffskapitäne zu entgehen, abgemustert und auf Halbsold gesetzt zu werden. Dafür war er Samuel Bartlett und nun auch dessen Sohn Zechariah gewisse Gefallen schuldig, die er ihnen gerne leistete. Einer davon war, diesen jungen Mann und dessen Frau in die Südsee mitzunehmen.

Auf Ruth wirkte er nicht allzu sympathisch. Sie nahm sich jedoch vor, nicht voreingenommen zu sein. Hinrich erwiderte den Gruß und wies dann in die Richtung, in der er London vermutete.

»Ist es möglich, ein Boot zu bekommen, das uns zu meinem Onkel Zechariah Bartlett bringt?«

Smyth hatte bereits durch einen Matrosen der *Arcadia,* der mit dem kleinen Boot zu seinem Schiff gerudert war, einen Brief von Mathias Mensing mit Anweisungen erhalten, und schüttelte den Kopf. »Das wird bedauerlicherweise nicht möglich sein. Wir haben Befehl, auszulaufen, sobald Sie und Ihre Ehefrau an Bord sind.«

Ihm war zwar aufgetragen worden, abzusegeln, sobald sein Schiff bereit war, aber er hätte ruhig noch ein paar Tage warten können. Mathias hatte die Sache jedoch dringend gemacht, und daran hielt er sich.

»Wir verstauen nur noch Ihr Gepäck, dann gehen wir ankerauf«, erklärte er und wies auf einen jungen Mann, der hinzugetreten war. »Das ist mein erster Offizier, Lieutenant James Hutton! Er wird sich während der Reise um Sie kümmern und Sie jetzt erst einmal zu Ihrem Quartier bringen. Danach sorgen Sie dafür, dass die *Hesione* zum Auslaufen bereit ist!« Das Letztere galt nicht mehr Ruth und Hinrich, sondern Lieutenant Hutton.

»Aye, aye, Sir!«, sagte dieser und bat das junge Paar, ihm zu folgen.

Ruth spürte eine gewisse Spannung zwischen dem Kapitän und seinem ersten Offizier. Da Smyth ihr nicht behagte, neigte sich ihre Sympathie Hutton zu. Dieser war ein hochgewachsener, agil wirkender junger Mann mit von der Sonne verbrannten, aber sympathisch wirkenden Gesichtszügen. Seine Uniform und sein Zweispitz waren bereits älteren Datums und wiesen darauf hin, dass er nicht mit Reichtümern gesegnet war. Er ging ihnen voraus, warnte sie, wenn ein Schiffsbalken drohte, und brachte sie in eine karg ausgestattete Kajüte ohne Fenster oder eine andere Möglichkeit, frische Luft hereinzulassen. An der rechten Wand stand ein schmales, bereits älteres Bett, an der linken ein neu aussehendes. Der Platz zwischen beiden Betten war so eng, dass zwei Personen kaum aneinander vorbeikamen. Dazu gab es noch einen kleinen, herabklappbaren Tisch. Als Stühle mussten die beiden Seekisten herhalten, die sie für die Reise benötigten. Verglichen mit der Kapitänskajüte auf der *Arcadia*, war es ein sehr spartanisches Quartier.

»Müssen wir die ganze Reise über hier hausen?«, fragte Hinrich enttäuscht, da er Ruth gerne etwas Besseres geboten hätte.

»Die *Hesione* ist ein Kriegsschiff und nicht für Passagiere eingerichtet«, antwortete James Hutton bedauernd. »Die Achterkabinen gehören dem Kapitän und unserem Arzt, der so ungefällig war, die seine nicht für Sie räumen zu wollen. So müssen Sie leider mit meiner Kajüte vorliebnehmen. Ich habe vom Schiffszimmermann das zweite Bett einbauen lassen, da mein eigenes nicht für zwei Personen gedacht ist.«

»Sie mussten Ihre eigene Kajüte für uns räumen? Ich hoffe, Sie verzeihen uns dies«, erwiderte Ruth besorgt.

James Edward Hutton lächelte jedoch nur. »Der Einzige, der Ihnen gram sein könnte, ist Midshipman Simmons, da er seine Kajüte für mich räumen und seine Hängematte wieder bei seinen Kameraden in deren Messe aufhängen musste. Da sie dort nur zu dritt sind, wird er es überstehen. Die Besatzung der *Hesione* ist bei Weitem nicht mehr so groß wie zu Zeiten des Krieges. Daher findet hier jeder seinen Platz. Wenn Sie noch etwas benötigen, lassen Sie es mich wissen. Ich muss jetzt nach oben und die Befehle des Kapitäns ausführen.«

Da sowohl Ruth wie auch Hinrich im Augenblick keine weiteren Wünsche hatten, verließ James Hutton die Kajüte und stieg an Deck.

Der Kapitän stand auf dem Achterdeck und musterte ihn mit eisiger Miene. »Haben Sie unsere Passagiere gut untergebracht, Mister Hutton?«

»Aye, aye, Sir!«

»Dann sorgen Sie dafür, dass wir die Themse so bald wie möglich hinter uns lassen und wieder das offene Meer um uns sehen!«

»Aye, aye, Sir!« James salutierte und erteilte seine Befehle.

Während etliche Matrosen die Wanten hochkletterten, um die Segel loszumachen, und andere sich bei der Ankerwinde versammelten, fragte James Hutton sich, weshalb Smyth so zur Eile drängte. Es wäre seiner Erfahrung nach genug Zeit gewesen, den Wunsch ihrer Passagiere zu erfüllen und ihnen einen Besuch bei ihren Verwandten in London zu ermöglichen.

Während er die Arbeit seiner Männer überwachte, beschäftigten James Huttons Gedanken sich unwillkürlich mit dem jungen Paar, das sie in die Südsee bringen sollten. Es hieß, Hinrich Mensing sei Missionar. Dafür erschien er ihm aber noch arg jung. Auf jeden Fall war er sehr um seine junge Frau besorgt. Diese war sehr schön, fand James, aber auch von einer gewissen Kühle, die andere auf Abstand hielt. Allerdings galt das nicht für jeden. Sie würde sich hier an Bord vorsehen müssen, damit nicht doch einer der Besatzung versucht sein könnte, ihr aufzulauern und sie in einen versteckten Winkel des Schiffes zu zerren. Ein paar Kandidaten gab es unter der Besatzung, und er beschloss, diese im Auge zu behalten.

11.

Als die *Hesione* die Themse verließ und die bewegte Nordsee befuhr, befürchtete Hinrich, erneut seekrank zu werden. Der Anfall ging jedoch rasch vorüber. Daher konnten sie, nachdem er aus diesem Grund Smyths Einladung zum Essen am ersten Tag noch abgelehnt hatte, nun doch an der Mahlzeit teilnehmen.

Die große Heckkajüte, die Smyth bewohnte, hätte selbst einen Admiral entzückt. Da weniger Offiziere und Mannschaften an

Bord waren als in Kriegszeiten, hatte er eine der beiden Nebenka-
binen mit seiner verbinden lassen. Dies war ein Stich gegen James
Hutton gewesen, als dieser zum ersten Offizier seines Schiffes ernannt worden war. Die andere Kajüte hatte nämlich dessen Vor-
gänger an Bord bewohnt.

James wusste, dass sein Kapitän ihn nicht mochte, hatte darüber
bisher nur mit den Achseln gezuckt. Nun aber ärgerte er sich,
denn Smyth hätte seine Kajüte durch eine einfache Trennwand teilen und dem Paar einen angenehmeren Raum zur Verfügung stellen können als die lichtlose Kammer, in der sie jetzt untergebracht
waren. Er enthielt sich jedoch jeder Kritik und blieb der stille Zu-
hörer, der nur dann sprach, wenn er direkt angesprochen wurde.

Captain Smyth stellte Ruth und Hinrich seine Offiziere und
Decksoffiziere vor und ließ dann das Mahl auftragen. Da sie erst
vor Kurzem ausgelaufen waren, gab es von allem noch reichlich.

Ruth fand das Essen besser als auf der *Arcadia* und freute sich,
weil Hinrich nach seinem Fastentag wieder kräftig zulangen konnte. Solange sie aßen, wurde nur wenig gesprochen. Als den Männern danach je ein Glas Portwein und Ruth eines mit einem leichten Rheinwein serviert wurde, brachte Smyth den obligatorischen
Toast auf König George IV. aus. Da sich seine Offiziere wegen
Ruths Anwesenheit zurückhielten, ergriff er erneut das Wort.

»Sie und Ihre Frau Gemahlin werden während unserer Reise
meine Gäste sein!«, sagte er zu Hinrich.

Dieser erhob sein Glas. »Ich danke Ihnen, Herr Kapitän, auch
im Namen meiner Frau.«

Da Smyth danach Ruth anblickte, nahm auch diese ihr Glas in
die Hand. »Captain, wir sind Ihnen sehr verbunden.«

»Ist hier auch gemütlicher, als auf den eigenen Seekisten sitzend
essen zu müssen. Ich weiß nicht, weshalb Mister Hutton seine Kajüte nicht bequemer einrichten lässt. Immerhin ist er der Erbe eines Earls. Wenn Lord Humphrey das Zeitliche segnet, wird er der

neue Herr auf Huttonsfield sein. Ist aber ziemlich zäh, der alte Herr, und will so alt werden wie Methusalem. Da kann es noch dauern, bis Mister Hutton sich den Purpurmantel überwerfen und seinen Platz im House of Lords einnehmen kann.«

Smyth lachte, doch Ruth spürte eine Menge Missgunst und Neid bei ihm. Unwillkürlich sah sie James Hutton an, doch dieser wirkte so unbewegt wie ein Fels, den die Brandung nicht kümmert, die gegen ihn anrollt.

»Wir sind Mister Hutton sehr verbunden, weil er uns seine Kabine zur Verfügung gestellt hat«, sagte sie mit einem Lächeln, das jene, die sie kannten, alles andere als freundlich genannt hätten.

»Wir konnten Sie ja schlecht in der Messe der Midshipmen unterbringen«, meinte Smyth und brach erneut in ein wieherndes Lachen aus.

Er wurde jedoch rasch wieder ernst und musterte das junge Paar. Hinrich war er noch nie begegnet, kannte aber dessen älteren Bruder von mehreren Besuchen bei den Bartletts her. Mathias war ein ruhiger und zurückhaltender Mann, doch Smyth zählte jedes Mal, wenn er ihm die Hand gab, hinterher seine Finger. Er fühlte etwas an Mathias Mensing, das jeden zur Vorsicht mahnen sollte.

Hinrich hatte dies wohl nicht getan, und nun befand er sich samt seiner jungen Frau auf dem Weg zu einer Insel, auf der die wildesten Kannibalen lebten, die Smyth sich vorstellen konnte. Mit einem gewissen Spott fragte er sich, ob die Eingeborenen auch die Frau verspeisen würden. Wahrscheinlich nicht, sagte er sich, da sie diese »Ehre« nur besonderen Männern zukommen ließen, wie den Häuptlingen und Priestern feindlicher Stämme. Ein Mann auf Otaheite hatte ihm erklärt, man wolle die geistige Kraft dessen in sich aufnehmen, den man aß. Wenn Hinrich Mensing nicht achtgab, würde auch er als Spender dieser angeblichen Kraft enden.

Smyth zuckte mit den Schultern. Es konnte ihm gleichgültig sein, was mit seinen Passagieren geschah. Weitaus wichtiger für ihn war James Hutton. Dieser befand sich nun bereits seit mehr als sieben Jahren an Bord seines Schiffes. Dabei war Hutton noch als Knabe auf die *Hesione* geschickt worden, um hier ein rasches Ende zu finden. Doch gleichgültig, ob er ihn bei schwerem Sturm bis zur Spitze des Hauptmasts hinaufgejagt, ihn zu einer gelbfieberverseuchten Küste oder zum Wasserholen auf eine von üblen Menschenfressern bewohnte Insel geschickt hatte, James Edward Hutton war stets mit heiler Haut zurückgekommen.

Die Männer an Bord nannten ihn wegen dieses sagenhaften Glücks bereits »Lucky Jim Hutton«. Einige der abergläubischeren Matrosen prophezeiten jedoch, dass James Hutton das ihm vom Schicksal vorgegebene Glück bald aufgebraucht haben und es noch ein schlimmes Ende mit ihm nehmen würde. So lange aber mochte Smyth nicht warten. Mittlerweile brannte ihm die Zeit unter den Nägeln. Lord Humphrey Hutton war ein Greis und konnte von Gott jederzeit von dieser Welt abberufen werden. Wenn dies geschah, bevor James Hutton sein Schicksal ereilt hatte, konnte er die Belohnung, die ihm noch der alte Samuel Bartlett versprochen hatte, in den Wind schreiben.

»Das darf nicht geschehen!«, entfuhr es ihm unwillkürlich. Sofort sah er aller Augen auf sich gerichtet und rettete sich in ein Lachen.

»Nur ein zufälliger Gedanke! Nicht der Rede wert …«, sagte er und musterte Ruth, Hinrich und seinen ersten Offizier mit einem durchdringenden Blick. Sowohl für das junge Paar wie auch für James Edward Hutton sollte es bei dieser Reise keine Wiederkehr geben.

Im Lauf der Zeit wurde für die Bewohner der Küstenstädte an Nord- und Ostsee und der an großen, schiffbaren Strömen liegenden Städte der Seehandel immer wichtiger. Vor allem die Ostsee und die Nordsee wurden befahren. Als Amerika noch nicht entdeckt war, wirkten die islamischen Reiche beiderseits der Straße von Gibraltar vor dem Mittelmeer wie ein Sperrriegel, der nur beschränkt Seehandel zuließ. Auch sorgten die führenden Handelsstädte in Italien wie Venedig und Genua dafür, dass das Mittelmeer ihr Meer blieb.

Im nördlichen Europa kam im Mittelalter die Deutsche Hanse auf, die den Handel in Nord- und Ostsee mehrere Jahrhunderte lang beherrschte. Zentrum der Hanse war Lübeck, das den Verbund der Hanse jedoch immer mehr zum eigenen Nutzen einsetzte und dadurch den Zusammenhalt der Hanse und auf Dauer damit auch ihre eigene Macht und ihren Einfluss schmälerte. Als die Anrainerstaaten von Nord- und Ostsee wie England, die Niederlande, Dänemark, Schweden, Polen und Russland zu großen Staaten heranwuchsen, sank die Bedeutung der Hanse immer mehr, und Lübeck verlor seine herausragende Rolle.

Dafür nahm die Bedeutung einer Stadt am Unterlauf der Elbe immer mehr zu. Offiziell gehörte Hamburg zu Holstein, das in Personalunion mit Dänemark verbunden war, aber zum Heiligen Römischen Reich Deutscher Nation gezählt wurde. Allerdings war es den Hamburgern gelungen, aufgrund von Privilegien, die ihnen von verschiedenen Kaisern überlassen worden waren, eine weitestgehend unabhängige Position gegenüber dem dänischen König zu erringen. Die Hanseaten, wie sie wegen ihrer Zugehörigkeit zur Hanse auch genannt wurden, scheuten nicht davor zurück, Urkunden zu ihren Gunsten abzuändern und angeblich mündliche Versprechungen in geschriebene Form zu bringen. Ihr größter

Coup war eine Landkarte, auf der die Norderelbe, an der Hamburg lag, als der Hauptstrom eingezeichnet war, die breitere und wasserreichere Süderelbe dagegen als kleiner Nebenarm.

Der eigentliche Aufstieg Hamburgs begann, als Amerika und der Seeweg nach Indien entdeckt worden waren und die Güter von dort und aus Afrika in die europäischen Häfen geschafft wurden. Nun waren aber die Seemächte jener Zeit sehr eigen, was Handel betraf. Man konnte nicht einfach ein Schiff losschicken, um in Kolonien eines anderen Staates Handel zu treiben. Dafür benötigte man eine Erlaubnis, und die wurde nur ungern gewährt. Hamburg profitierte dennoch vom Überseehandel, denn die Hamburger Schiffer holten die Güter aus Häfen wie London, Hoorn, Amsterdam, Le Havre, Lissabon und Sevilla und brachten sie nach Hamburg, von wo aus sie ins gesamte Heilige Römische Reich und darüber hinaus verkauft wurden.

Die Versuche des dänischen Königs, der immer eigenständiger werdenden Stadt das Wasser abzugraben, endeten meist mit einem Fehlschlag. Mehr als eine Stadt wurde zum Hafen ausgebaut, um Hamburg abzulösen, doch blieb der Handelsumsatz gewöhnlich gering. In Hamburg hingegen wuchs der Handel und damit der Reichtum der Kaufherren, die teilweise eigene Schiffe besaßen, oft aber freie Schiffer in Anspruch nahmen, von denen einige zu großen Reedern wurden. Von Zeit zu Zeit erhielten Hamburger Kaufleute das Privileg, Handel mit Häfen in den Kolonien zu treiben. Der Hauptverdienst war jedoch die Übernahme von Handelsgütern in den Hafenstädten der Kolonialmächte und der Weiterverkauf in die mittel- und osteuropäischen Reiche.

Im ausgehenden 18. Jahrhundert änderte sich jedoch vieles. Bis dato hatte England darauf bestanden, dass Waren aus seinen Kolonien nur auf eigenen Schiffen nach Europa gebracht werden durften. Nach der Unabhängigkeit der dreizehn amerikanischen Kolonien konnte dies nicht mehr durchgesetzt werden. Nun segelten auch Schiffe aus Hamburg regelmäßig über den Atlantik, und der Reichtum der Kaufherren und Reeder wuchs.

Die einzige Hafenstadt an der Elbe, die halbwegs mithalten konnte, war Altona, das von den Privilegien der dänischen Könige profitierte, die Bedeutung Hamburgs aber niemals erreichen konnte. Fast ein Jahrzehnt lang aber, von 1806 bis 1814, schien sich die Waage auf die Seite Altonas zu neigen. Als mittlerweile freie Reichsstadt wurde Hamburg von den Truppen Napoleons besetzt, und die von ihm verkündete Kontinentalsperre, um den Handel Englands mit Europa abzuschneiden, traf Hamburg als besetzte Stadt weitaus schlimmer als Altona, das unter der Herrschaft des dänischen Königs stand. Während in Hamburg die Franzosen die Kontinentalsperre rigoros durchsetzten, drückten die dänischen und holsteinischen Beamten das eine oder andere Auge zu. Für die Hamburger Schiffer blieben nur ein gewisser Küstenhandel sowie der Schmuggel englischer Waren von Helgoland aus, das kurz zuvor von England besetzt worden war.

Im Jahr 1813 sah es für kurze Zeit so aus, als wäre die französische Besatzung Hamburgs beendet, denn Napoleon zog die Truppen ab, um die Verluste seiner Grande Armee auszugleichen. Lange währte die Freiheit jedoch nicht, denn schon nach wenigen Monaten besetzten die Franzosen die Stadt erneut. Der neue Gouverneur Louis-Nicolas Davout ließ Hamburg befestigen und auf eine längere Belagerung vorbereiten. Alle Bewohner, die nicht für ein halbes Jahr Vorräte an Lebensmitteln und Heizmaterial anlegen konnten, mussten an Weihnachten 1813 die Stadt verlassen. Mehr als eintausend Menschen kamen dabei vor Kälte und Hunger ums Leben.

Als die Franzosen 1814 die Stadt doch übergeben mussten, hatten sie Hamburg bis aufs Blut ausgepresst. Dennoch erholte sich die Stadt innerhalb weniger Jahre, und die Hamburger Handelsflotte, die 1814 kaum mehr existent gewesen war, wuchs rasch und übertraf bald wieder die ihrer Konkurrentin Altona.

GLOSSAR

Abmustern – die Arbeit auf einem Schiff beenden

Achtpfünder – Kanone, die eine acht Pfund schwere Kugel verschießt

Agraffe – Schmucknadel

Anheuern – sich auf einem Schiff als Matrose verpflichten

Belegnagel – kurzer, oben abgerundeter und unten verjüngter Stab, der auf Segelschiffen verwendet wird, um Taue zu befestigen

Besanmast – hinterster Mast eines Segelschiffs

Boney – englischer Spottname für Napoleon

Bootsmannsstuhl – eine Art Sitz, mit dem man von einem Boot auf ein Schiff gezogen oder herabgelassen werden kann

Captain – Kapitän

Colonel – franz. Oberst

Commander – Kommandant eines kleineren Schiffes

Dingi – kleines Beiboot

Dotation – finanzielle Zuwendung

Drehbasse – drehbares Geschütz, meist auf einer Schiffsreling befestigt

Duke – engl. Herzog

Earl – engl. Graf

Elle – Längenmaß, ca. 57 Zentimeter

Faden – Längenmaß, ca. 1,72 Meter

Federal Island – Nuku Hiva, Insel der Marquesas-Inseln

Fleet – Kanal in Hamburg

Flüstertüte – trichterförmiges Sprechrohr aus Metall

Fockmast – vorderster Mast eines Segelschiffs

Formosa – Taiwan

Fortifikationshaus – Stadtbefestigung an der Elbe

Fregatte – Kriegsschiff mittlerer Größe

Fuß – Längenmaß, ca. 29 Zentimeter

Großmast – Hauptmast eines Schiffes

Guinea – britische Goldmünze

Heuer – Seemanslohn

Jakobiner – hier allgemein für die französische Revolutionsregierung

Jakobsleiter – Bezeichnung für die Strickleiter, mit der man an und von Bord klettern kann

Kattegat – Seegebiet zwischen Norddänemark und Schweden

Klabautermann – koboldartiger Seegeist

Konfekt – Naschwerk

Konterbande – Schmuggelgut

Kosaken – leichte, russische Reiterei

Krähennest – Mastkorb, Ausguck

La Dominica – Hiva Oa, Insel der Marquesas-Inseln

Linienschiff – Segelschlachtschiff

Löschen der Ladung – Entladen des Schiffes

Louisdor – französische Goldmünze

Maat – höherrangiger Matrose

Marques – engl. Markgraf

Marquesas – Inselgruppe in der Südsee nahe dem Äquator

Marssegel – nächstes Segel über dem Großsegel

Metapher – bildlicher Begriff

Midshipman – in etwa Fähnrich zur See

Niedergang – Treppe ins Schiffsinnere

Norderelbe – nördlicher Seitenarm der Elbe in Richtung Hamburg

Oheim – Onkel

Otaheite – alter Name für Tahiti

Passage – Mitreisegelegenheit

Peloton – Erschießungskommando

Pressgang – von einzelnen Schiffen ausgeschickte Gruppen, die passende Männer teilweise mit Gewalt als Matrosen rekrutieren

Priem – Kautabak

Prise – in diesem Fall erobertes Schiff einer feindlichen Macht

Rah – segeltragende Querstange am Mast

Reling – Geländer an der Bordwand

Rigg – seemännischer Begriff für Takelage

Royal Navy – königliche Flotte, Kriegsflotte Englands

Rudergänger – Mann am Steuer des Schiffes

Salär – Gehalt

Sansculotten – abfällige Bezeichnung für die Revolutionäre in Frankreich

Seelenverkäufer – sehr altes und unsicheres Schiff

Segel reffen – Segelfläche verkleinern

Segel setzen – Segelfläche vergrößern

Skagerrak – Seegebiet zwischen Dänemark und Norwegen

Smutje – Bezeichnung für den Schiffskoch

Society for the Propagation of the Gospel in Foreign Parts – englische Missionsgesellschaft

Soldat fou, menacer femmes – Soldat verrückt, bedrohen Frauen

Sou – kleine französische Münze

Stenge – Mastverlängerung, um weitere Segel anbringen zu können

Takelage – die Masten, Taue, Rahen und Stengen eines Segelschiffs

Teerjacke – Bezeichnung für Seemann

Torf – Heizmaterial, wird in Mooren gestochen und getrocknet

Tschako – hutähnliche Kopfbedeckung der Soldaten

Tyne – Fluss in Nordengland

Unterschleif – die Unterschlagung von Geld und Gütern

Wanten – Taue, die die Masten stabilisieren, bei größeren Schiffen miteinander verbunden wie Strickleitern

Zahlmeister – für den Verkauf und Ankauf von Waren verantwortlicher Vertreter des Schiffseigners

Yankees – Bezeichnung für englische Siedler aus den Gebieten um New York

PERSONEN

Familien Lüders und Simonsen

Lüders, Hauke – Kapitän und Schiffseigner
Lüders, Erna – Hauke Lüders' Tochter
Simonsen, Lia – Simon Simonsens Mutter
Simonsen, Simon – Schiffskapitän
Simonsen, Jakob – Simons Sohn, Reeder
Simonsen, Frieda – Jakob Simonsens Ehefrau (geborene Nauer)
Simonsen, Ruth – Jakobs und Friedas älteste Tochter
Simonsen, Jeremias, David, Esther und *Anna* – Ruths Geschwister

Zu Lüders und Simonsen gehörig

Burschied – Matrose
Fedders, Jan – Matrose
Gartz, Mabel – ehemalige Sklavin
Gartz, Michel – Zahlmeister
Gartz, Molly – Michel Gartz' und Mabels Tochter
Glick – Matrose
Hein – Matrose
Hendricks – Matrose
Holten, Enno – Matrose
Klemme, Detlef – Kapitän
Lene – Magd
Nela – Magd
Steeden, Geert – Mollys Ehemann
Timmermann, Pieter – Matrose
Trine – Magd
Ulla – Magd

Familien Mensing und Thadde

Mensing, Jörgen – Schiffskapitän
Mensing, Mina – Jörgen Mensings Ehefrau (geborene Thadde)
Mensing, Derek – Jörgen Mensings Sohn, Reeder
Mensing, Heather – Derek Mensings Ehefrau (geborene Bartlett)
Mensing, Mathias – Derek und Heathers ältester Sohn
Mensing, Hinrich – Derek und Heathers jüngerer Sohn
Thadde, Cornelius – Kaufherr in Hamburg
Thadde, Greta – Cornelius Thaddes Frau
Thadde, Thaddäus und Matthäus – Thaddes Söhne
Thadde, Lukas – Cornelius Thaddes Neffe

Familien Bartlett und Hutton

Bartlett, Ebenezer – Kaufherr in London
Bartlett, Harriet – Ebenezer Bartletts Tochter
Bartlett, Samuel – Ebenezer Bartletts Neffe und Schwiegersohn
Bartlett, Zechariah – Samuel und Harriets Sohn
Hutton, Humphrey – 18. Earl of Huttonsfield
Hutton, Ellinor – Lord Humphreys Tochter
Hutton, Henry – Lord Huttons Neffe
Hutton, James Edward – Henry Huttons Sohn

Weitere Personen in Hamburg

Godehard, Klaas – Kaufherr in Hamburg
Küsters, Mats – Matrose
Nilsen, Nils – Matrose
Oltmanns – Steuermann
Reimers – Kapitän
Schabrock, Jens – Matrose

Sievers, Frerk – Kapitän der *Pelikan*
Sölter – Kaufherr in Hamburg
Sölter, Cord – Dolf Sölters Sohn
Sölter, Dolf – Sölters Sohn
Treemers, Hajo – Matrose
Wenders – Wirt

Weitere Personen in England

Cage, Bartholomew – englischer Admiral
Jones, John – englischer Kapitän
Longley – Midshipman
Smyth, Gervase – englischer Marineleutnant

Franzosen

Bertran – Flüchtling
Fossé – Offizier
Le Clerc – Offizier
Maurice – Soldat
Mener – Offizier
Prochain – Offizier

Dramatisch, exotisch, opulent …

INY LORENTZ

DIE
PERLEN
PRINZESSIN
– KANNIBALEN –

Historischer Roman

Fernab ihrer verfeindeten Familien in Hamburg soll für Ruth und Hinrich Mensing auf der Südsee-Insel Hiva Oa ein neues Leben beginnen: Hinrich möchte dort den Stamm der Hanatea zum Christentum bekehren – Berichte über Kannibalen auf der Insel hält er für übertrieben.

Tatsächlich wird das junge Ehepaar freundlich aufgenommen. Ruth schließt schnell Freundschaft mit der Frau des Häuptlings und beginnt, die Sprache der Hanatea zu lernen. Das gefällt Hinrich zwar nicht besonders, andererseits gelingt es ihm aber dank Ruths Hilfe mehr als einmal, die Hanatea zu beeindrucken und zu einem geachteten Mitglied des Stammes aufzusteigen. Bald ist er überzeugt, große Fortschritte als Missionar zu machen.

Als jedoch ein feindlich Stamm das Dorf überfällt, muss Hinrich erkennen, wie sehr er die alten Götter der Hanatea unterschätzt hat …

Teil zwei der historischen Familiensaga »Die Perlenprinzessin« erscheint im Juni 2021 bei Knaur

INY LORENTZ

erobert mit ihrer Berlin-Trilogie
um eine Berliner Fabrikantenfamilie ein neues Jahrhundert!

Teil I

Tage des Sturms

Märzrevolution 1848: Als uneheliche Tochter des Schlossherrn hat die junge Magd Resa von ihrer Herrin Rodegard nicht viel Gutes zu erwarten. Da diese auch noch der Heiratsaussicht ihrer Tochter im Weg ist, lässt sie das Mädchen in ein Berliner Bordell verschleppen. Während der blutigen Barrikadenkämpfe der Märzrevolution steht plötzlich ein verletzter junger Mann vor den verriegelten Toren des Bordells und bittet Resa um Hilfe. Ist Friedrich für Resa die Chance, sich ihr Leben zurückzuholen und Rache an Rodegard zu nehmen?

KNAUR

Teil II

Licht in den Wolken

Auf einem Internat für höhere Töchter lernt Rieke, Tochter eines verarmten Offiziers, 1864 Gunda von Hartung und deren Bruder Theo kennen. Dieser verhält sich dem selbstbewussten Mädchen gegenüber anfangs äußerst schroff, doch als Riekes Vater im Kampf schwer verwundet wird, steht er ihr selbstlos zur Seite.

Noch bevor die beiden einander allerdings ihre Gefühle gestehen können, kommt es zu einem folgenschweren Missverständnis. Theo tritt in die Armee ein und zieht mit in den Deutsch-Französischen Krieg. Wird Rieke ihn jemals wiedersehen?

Teil III

Glanz der Ferne

Berlin in den Jahren 1897–1900: Den Familien von Hartung und von Gentzsch stehen im Berlin des ausgehenden 19. Jahrhunderts unruhige Zeiten bevor. Mittlerweile hat Theo von Hartung die Leitung der Tuchfabrik von seinem Vater übernommen, zur selben Zeit macht Vicky von Gentzsch, die Nichte von Theo und Rieke, die Bekanntschaft einer zauberhaften Dame, die sie in die mondänen Kreise der hochgeborenen Berliner Gesellschaft einführt. Hier scheint Vicky ein Leben zu erwarten, das um so vieles interessanter und freier ist als ihr steifes Zuhause bei ihrem strengen Vater Gustav. Doch Vickys neue Freundin hat keinesweges im Sinn, dem Mädchen zu einem besseren Leben zu verhelfen …